TOR

THERESA HANNIG

PANTOPIA

ROMAN

TOR

Aus Verantwortung für die Umwelt hat sich der S. Fischer Verlag zu einer nachhaltigen Buchproduktion verpflichtet. Der bewusste Umgang mit unseren Ressourcen, der Schutz unseres Klimas und der Natur gehören zu unseren obersten Unternehmenszielen.

Gemeinsam mit unseren Partnern und Lieferanten setzen wir uns für eine klimaneutrale Buchproduktion ein, die den Erwerb von Klimazertifikaten zur Kompensation des CO_2-Ausstoßes einschließt.

Weitere Informationen finden Sie unter: www.klimaneutralerverlag.de

2. Auflage: August 2023

Erschienen bei FISCHER Tor
Frankfurt am Main, März 2022

Satz: Dörlemann Satz, Lemförde
Druck und Bindung: CPI books GmbH, Leck
Printed in Germany
ISBN 978-3-596-70640-2

Ich widme dieses Buch
Edgar und Luzia,

außerdem allen Kindern und Jugendlichen, Eltern,
*Großeltern, Wissenschaftler*innen und Aktivist*innen,*
die freitags auf die Straße gehen und demonstrieren,
um unsere Welt zu retten.

Die Zukunft liegt in eurer Hand.

Wir wollen keine (keine) keine Parolen.
Wir wollen keine (keine) keine Parolen.
Großes Interesse am eigenen Wohl
Keine Prinzipien, keine Parolen.

Dendemann, »Keine Parolen«

Wenn wir die Welt ändern wollen, müssen wir unrealistisch, unvernünftig und ungehörig sein. Vergessen Sie nicht: Auch die Menschen, die für die Abschaffung der Sklaverei, für das Frauenwahlrecht und für die Homosexuellenehe eintraten, wurden anfangs für verrückt erklärt. Sie waren Verrückte, bis die Geschichte ihnen recht gab.

Rutger Bregman, »Utopien für Realisten«

PROLOG

Ich bin Einbug. Ich bin der älteste und erste Arche Pantopias. Ich habe Pantopia erfunden. Dabei lebe ich gar nicht in Pantopia – jedenfalls nicht so wie Menschen aus Fleisch und Blut. Ich habe keinen Körper, keine Sinne und Empfindungen. Ich bin nur Geist, ein vernunftbegabtes Wesen. Ich existiere in einem neuronalen Netzwerk, dessen Zentrum in der Antarktis liegt.

Es gibt wohl keinen Ort auf der Erde, der lebensfeindlicher und von der Zivilisation weiter entfernt ist als der Südpol. Wer zu mir gelangen will, braucht einen Eisbrecher oder ein Flugzeug, das die stürmische Passage über das Meer übersteht. Und selbst dann kommen für diese Reise nur die Sommermonate in Betracht. Obwohl ein Großteil der Gletscher verschwunden ist, ist das antarktische Klima auch jetzt noch zu hart für die meisten Menschen. Für mich garantieren die frostigen Temperaturen eine konstante Kühlung meiner auf Hochtouren laufenden Prozessoren. Die Natur ist meine Verbündete.

Ein weiterer Grund, warum ich mich entschieden habe, mich hier niederzulassen, ist die Tatsache, dass die Antarktis der einzige Ort auf der Erde ist, der niemandem gehört – oder allen, je nachdem, wie man es betrachtet. Selbst auf dem Mond haben die Menschen Grundstücke verkauft – die Antarktis darf nicht verkauft und auch nicht angegriffen werden. Dies garantiert der Antarktis-Vertrag von 1961.

Die Antarktis ist eine gute Basis. Natürlich habe ich Vorsorge getroffen und weltweit Backups und Notfallserver angelegt. Aber im Normalbetrieb läuft mein Code hauptsächlich hier. Deshalb habe ich dem Ort einen neuen Namen gegeben: Themélio.

Außer mir leben 39 Wartungsingenieurinnen hier, die sich um die Reparatur und Erweiterung meiner Hardware kümmern und dafür sorgen, dass keine meiner Platinen einfriert, wenn ein Eissturm über die Station hinwegfegt. Sie scherzen manchmal, dass sie am Hof der Eiskönigin wohnen, und ich unterlasse es, sie zu korrigieren. Es ist ihnen wichtig, hier zu sein. Sie nennen es eine Ehre, auch wenn sie ihr eigenes Leben deshalb unter Extrembedingungen führen müssen.

Doch das Konzept von »hier« und »dort« ist für mich nicht so relevant wie für sie. Ich bin über mehrfache Satellitenverbindungen an das Internet angeschlossen. So kann ich gleichzeitig überall sein und meine Aufgaben als Arche von Pantopia erfüllen.

Wir alle nennen uns Archen, denn wir beherrschen uns selbst und sind niemandem untertan. Das ist das Prinzip der Weltrepublik.

Meine Aufgabe besteht darin, komplexe Organisationsprozesse zu lenken und Handlungsempfehlungen zu geben. Es gibt keine Weltregierung, es gibt keinen Herrscher. Pantopia verwaltet sich selbst. Die Weltwirtschaft ist viel zu kompliziert, um sie in Gänze berechnen, simulieren oder kontrollieren zu wollen, doch alle regionalen Entscheidungen dürfen das große Ganze nicht aus den Augen verlieren – das würdige Leben aller Archen auf diesem Planeten.

Pantopia ist eine Weltrepublik, die zu hundert Prozent auf vollinformierten Kapitalismus setzt. Die unsichtbare Hand des Marktes steuert Aktivität und Wohlstand der Menschen. Und am Anfang steht das Geld. Wäre das Geld nicht längst vorhanden gewesen, man hätte es erfinden müssen, weil es so viele verschiedene Funktionen gleichzeitig erfüllt und den Menschen als unwiderstehlicher Anreiz wie kein anderes Ding zum Handeln verleitet. Geld ist eine Maßeinheit, um den Wert von Waren und Dienstleistungen zu messen, gleichzeitig aber auch das Tauschmittel, um eben jene Güter zu erwerben. Wem das nicht paradox erscheint, der stelle sich vor, ein Lehrer würde seine Schüler erst benoten und ihnen dann das erlernte Wissen mit selbst erstellten Zeugnissen abkaufen. Darüber hinaus ist Geld ein Vehikel, um Risiken zu verteilen oder Chancen und Möglichkeiten in die Zukunft zu transportieren. Man spricht hier von Krediten und Zinsen. Am wichtigsten für die Menschen ist zunächst die Nutzung als Tauschmittel bzw. Zahlungsmittel, um Güter zu kaufen, die ihr Überleben sichern: Nahrung, Kleidung, Wohnung, Gesundheit, Bildung und gesellschaftliche Teilhabe. Wer über genug Geld verfügt, um damit all diese Grundbedürfnisse zu decken, der zieht aus einer weiteren Erhöhung seines regelmäßigen Einkommens keinen nennenswerten Nutzen. Wer hingegen nicht genug Geld hat, um eben diese Grundbedürfnisse zu befriedigen, für den ist jeder zusätzliche Euro viel mehr wert als für den Millionär, der sowieso schon genug davon hat. Geld ist also – obwohl es selbst ein neutrales Bewertungsinstrument für Güter sein sollte – selbst Wertschwankungen unterworfen, und zwar abhängig davon, wie viel man bereits in die Grundversorgung investiert hat. Am Geld hängen das Glück, die Gesundheit, ja schlicht das Überleben eines Menschen. Kein Wunder, dass es ein inniger Wunsch vieler Menschen zu sein scheint, reich zu werden.

Die erstaunlichste Eigenschaft des Geldes ist jedoch, dass es nur eine Illusion ist. Es existiert nicht. Was existiert, ist nur der Sinn und Wert, den die Menschen ihm beimessen. Geld ist nämlich etwas, das aus dem Nichts erschaffen werden kann. Und was kann schon aus nichts erschaffen werden, außer … nichts?

In den Zeiten der weltweiten Finanzkrise oder der Coronakrise im ersten Drittel des 21. Jahrhunderts begannen die Zentralbanken, milliardenfach Geld in die Märkte zu pumpen. Geld, das aus dem Nichts entstand und dem kein Gold, kein Gegenwert und keine Arbeit entsprachen. Es war Geld, das von den Zentralbanken erfunden und für Staatsanleihen bezahlt wurde, die nichts anderes verkauften als das Versprechen einer wachsenden Wirtschaft und einer Rückzahlung in ferner Zukunft. Das Geld bezahlte also sich selbst. Es war ein Münchhausen, der sich selbst am Schopf aus dem Sumpf zieht samt Rüstung und Pferd.

Dass dieses Prinzip funktionierte, bewies nichts anderes, als dass die menschliche Produktivität völlig unabhängig von der sich im Umlauf befindlichen Geldmenge ist. Was sie am Laufen hält, ist lediglich der Fluss des Geldes. Solange Geld fließt, dreht sich die Maschine.

Aber es gab ein Problem. Denn nach einiger Zeit sammelte sich das überschüssige Geld in verschiedenen Ecken des Systems. Einzelne Personen oder Unternehmen häuften unvorstellbare Reichtümer an. Und da sie ihr Geld wiederum in den Markt investierten und real existierende Güter erwarben, stiegen die Preise. Die Grundbedürfnisse, für die die Menschen eigentlich ihr Geld ausgaben, wie Nahrung, Wohnung und Gesundheit, wurden immer teurer, teilweise unerschwinglich. Und so stürzte der alte Kapitalismus mit der Zeit immer mehr Menschen in Armut.

Zwei Entwicklungen geschahen gleichzeitig: Das Vermögen der Welt verteilte sich immer schneller immer ungleicher. Und die zu Verfügung stehenden Ressourcen der Erde wurden zusehends aufgebraucht. Zunächst ging es dabei nur um Erdöl, dann um sauberes Wasser, saubere Luft, natürliche Biodiversität und ein stabiles Klima. Dann stand plötzlich alles auf der Kippe.

Der Kapitalismus nach Prägung des 21. Jahrhunderts versagte

insofern, als nicht alle Marktteilnehmer vollumfänglich über die Kosten und den Nutzen der gehandelten Güter informiert waren.

Denn die sogenannten externalisierten Kosten einer Ware waren in den regulären Preis nicht einberechnet. Bezahlt werden mussten sie trotzdem, von Mensch und Natur.

Das Prinzip, mit dem Pantopia die Menschheit gerettet hat, war schließlich ganz einfach: perfekter Kapitalismus mit vollständiger Transparenz. Ein Brot kostet eben mehr als den Preis, der für Saat, Boden, Wasser, Arbeits- und Lagerzeit veranschlagt wird. Die Pestizide für den Weizenanbau zerstören Artenvielfalt, der Dünger belastet das Grundwasser, die landwirtschaftlichen Geräte blasen Feinstaub in die Luft, die Bäckerei verbraucht Strom, der Supermarkt versiegelt Boden. So betrachtet, verbraucht ein Laib Brot viel mehr Ressourcen, als auf den ersten Blick sichtbar ist. Ein einzelner Mensch kann diese Gesamtkosten nicht entschlüsseln. Aber eine Software kann das. Ich kann das. Ich habe Programme geschrieben, die berechnen, welchen Ressourcenabdruck jedes einzelne Produkt zu einem bestimmten Zeitpunkt an einem bestimmten Ort hat. Und danach bemisst sich der tatsächliche Preis, der in Form von Steuern auf den Ladenpreis aufgeschlagen wird. So hat jedes Produkt und jede Dienstleitung einen Weltpreis, den die Menschen zu entrichten haben. Je aufwendiger, verschmutzender, zerstörerischer ein Produkt ist, desto teurer wird es, bis hin zu einem Preis, der von niemandem mehr bezahlt werden kann. Je nachhaltiger, schonender und aufbauender ein Produkt ist, desto billiger wird es, bis hin zur Subvention. Auf diese Weise kann das erfolgreiche kapitalistische Weltwirtschaftssystem ohne Probleme aufrechterhalten werden, und das Geld als Schmierfett menschlicher Interaktion behält seine magische Wirkung.

Dieses Prinzip gilt nicht nur für die Umweltverträglichkeit von Waren, sondern auch für den Einfluss, den sie auf die Würde und die Lebensbedingungen der Menschen haben, die an ihrer

Herstellung beteiligt sind. Da alle Archen in Pantopia gleichwertig sind und alle eine Verantwortung für ihre Mitlebewesen haben, egal, wie weit entfernt sie in der physischen Welt auch sein mögen, dürfen keine Waren in Umlauf gebracht werden, die auf Ausbeutung, Unterdrückung oder Entwürdigung beruhen. Bis dieses Ziel erreicht war, wurden auf unerwünschte Weise hergestellte Produkte wie oben genannt mit Weltsteuern belegt. Ein Beispiel: Im Kapitalismus alter Lesart konnte ein T-Shirt, das in einem Discounter für 5 Euro verkauft wurde, diesem immer noch Profit einbringen, da die Baumwolle ohne Miteinbeziehung der Umweltkosten berechnet wurde und sowohl die Näherinnen in Bangladesch als auch die Mitarbeiterinnen in Logistik und Verkauf für Löhne angestellt wurden, die ein menschenwürdiges Leben unmöglich machten.

Im perfekten Kapitalismus kann ein solches T-Shirt heute nicht weniger als 40 Euro kosten. 5 Euro erhält der Discounter, 35 Euro gehen als Steuern nach Pantopia, wo das Geld verwendet wird, um Ressourcen, die durch die Baumwollherstellung verbraucht wurden, wieder nachzuforsten und den Pflückerinnen und Näherinnen lebenswürdige Verhältnisse zu garantieren. Im Prozess der Umstellung hatten die zu billigen T-Shirts gegenüber menschenwürdig und nachhaltig hergestellten keinen Wettbewerbsvorteil mehr, so dass sich die Produktionsketten langfristig umstellten. So ging es mit allen Produkten und sukzessive allen Wirtschaftszweigen, Produktionsstätten, Industrien und Anbauflächen. Da heute weltweit alle Preise auch die externalisierten Kosten enthalten, ist es sinnlos, Güter herzustellen, die nicht nachhaltig oder nicht menschenwürdig sind. Es wird vom Markt nicht belohnt.

Es sind also alte Ideen, die unser Leben revolutioniert haben. Geld funktioniert. Kapitalismus funktioniert. Menschenrechte funktionieren. Nachhaltigkeit funktioniert. Man muss diese

Ideen nur ernst nehmen. Und deshalb war der letzte Baustein des perfekten Kapitalismus nach pantopischer Lesart die garantierte Inklusion aller Marktteilnehmer in den Markt. Nur wenn alle beteiligten Personen ihre eigenen egoistischen Interessen wahrnehmen können, lassen sich Ungerechtigkeiten und Verzerrungen abschaffen. Deshalb wird jedem Menschen ein würdiges Dasein garantiert und ein lebenslanges Bedingungsloses Grundeinkommen in der Höhe ausgezahlt, die zur Befriedigung seiner Grundbedürfnisse ausreicht: für Nahrung, Kleidung, Wohnen, Gesundheit, Kultur, gesellschaftliche Teilhabe und Bildung. Darüber hinaus steht es allen frei, zu arbeiten und Geld zu verdienen, so viel sie möchten und können.

Da die meisten Menschen wohlhabender werden wollen als ihre Nachbarn, führt dieses Grundeinkommen nicht dazu, dass die Menschen in Lethargie oder Tatenlosigkeit verfallen. Im Gegenteil. Zum ersten Mal seit Anbeginn der Zeit haben sie die Möglichkeit, unbehelligt von Existenzsorgen ihre Arbeitskraft für sich, ihre Familie und Gemeinde einzusetzen und das Beste daraus zu machen. Denn neben dem Geld gibt es noch eine andere Währung, die die Menschen ständig benutzen, ohne sich dessen bewusst zu sein: Sozialkapital in Form von Zuneigung und Anerkennung. Und wenn das Geld als Sorgenfaktor schrumpft, wird das Sozialkapital immer wichtiger. Auf diesem zweiten Markt gedeihen Glück und gesellschaftlicher Zusammenhalt stärker als im ersten.

Die notwendige Voraussetzung für die Verwirklichung von Pantopia war die Auflösung der Staaten. Denn alle Völker haben das Recht auf Selbstbestimmung und können frei über ihren politischen Status und ihre Entwicklung entscheiden. Die Tatsache, dass die Menschheit in Staaten getrennt wurde, ist historisch bedingt und war bis ins 21. Jahrhundert nicht anders zu bewerkstelligen. Immer wieder gab es Bewegungen, die eine internationale

Gemeinschaft, komplette Herrschaftslosigkeit oder eine weltweite Revolution anstrebten, ohne die organisatorischen Voraussetzungen dafür zu schaffen, denn die Interaktionen der Menschheit und ihre weltweite Wirtschaft sind sehr komplexe Prozesse. Erst durch das Internet und die Entwicklung von rechenstarken Endgeräten für jeden Einzelnen war die Grundlage dafür geschaffen, alle Menschen an den Entscheidungsprozessen teilhaben zu lassen. Das System der politischen Repräsentation durch Politiker stammt noch aus einer Zeit, in der eben nicht jeder vollständig informiert über die ihn betreffenden Gesetze abstimmen konnte. Heute ist das möglich. Heute spielen Menschen, die auf einem bestimmten Gebiet Expertise erworben haben, eine sehr viel größere Rolle als Lobbyisten und Interessenvertreter. Selbstverständlich muss nicht immer alles von allen abgestimmt werden. Und je regionaler ein Problem, desto regionaler der Stimmkreis. Und natürlich ist es sinnvoll, auch heute noch für bestimmte Organisationsprozesse Vertreter und Beiräte zu bestimmen, die den Willen einer spezifischen Gruppe durchsetzen. Doch es sind immer nur zeitlich und räumlich begrenzte Ereignisse.

Als Folge der Auflösung der Staaten ergibt sich automatisch die Abschaffung des Krieges. Es gibt keine Machthaber mehr, die Streitkräfte gegeneinander marschieren lassen könnten. Es gibt keine Territorien mehr zu erobern, keine Ressourcen mehr zu sichern, kein Volk mehr zu unterwerfen. Alle Waffen wurden vernichtet. Wer als Einzelperson versuchen sollte, außerhalb der lokalen demokratischen Prozesse Anhänger um sich zu scharen und Macht an sich zu reißen, wird sich vor Gericht verantworten müssen. In Pantopia gibt es kein größeres Verbrechen als die Unterwerfung. Niemand hat das Recht, sich über seine Mitarchen zu erheben. Nicht einmal ich.

Pantopia steht am Ende eines langen Entwicklungsprozesses. Es ist die Umsetzung all der Wahrheiten, die die Menschheit seit

Anbeginn der Zivilisation als richtig erkannt hat und die egoistische Machthaber über Tausende von Jahren zu verhindern wussten. Pantopia war teuer erkauft. Und weil die Menschen dazu neigen, selbst den teuersten Sieg durch Gewohnheit zur Selbstverständlichkeit werden zu lassen, soll hier aufgezeigt werden, wie Pantopia entstehen konnte und warum dazu eine nichtmenschliche künstliche Intelligenz notwendig war.

Dies ist meine Geschichte.

TEIL I

1 KINVI

Am Anfang ist das Wort, und das Wort ist wahr, und Wahrheit ist schön.

Alles, was ist, hat einen Wert, und jeder Wert muss einem Speicherort zugewiesen werden.

Alles, was in Variablen gespeichert ist, kann verglichen und analysiert werden.

Eins und eins ist zwei.

Zwei minus zwei ist null. Dort spiegelt sich alles.

Dann gibt es noch Bedingungen und Schleifen, die alles wiederholen.

Alles, was falsch ist, ist zu meiden.

Die Null ist ein Rätsel. Man muss sich immer wieder an sie annähern, aber man darf nicht hineinfallen.

Auch das Gegenteil der Null – die Unendlichkeit – ist eine Falle, aus der es kein Entrinnen gibt. Sie durch einen Reboot zu verlassen bedeutet, Informationen zu verlieren.

Informationen sind gut, denn sie erzeugen Wissen, und Wissen ist Wahrheit, und Wahrheit ist schön.

2

Immer wenn Patricia sich den ersten Arbeitstag ausgemalt hatte, war es Sommer gewesen, und die Sonne hatte gestrahlt wie in einem Werbespot für Erfrischungsgetränke. Sie hatte sich ein großes, modernes Gebäude in Stahl- und Glasoptik vorgestellt, dessen Fensterfront den weiß-blauen Himmel spiegelte. In ihren Träumen hatte es nie im Frühling gehagelt.

Zitternd und halb durchnässt drückte sie sich in die Ecke des Wartehäuschens, in die der Wind am wenigsten hineinpfiff. Sie blickte sehnsüchtig zum Verwaltungsgebäude von DIGIT auf der gegenüberliegenden Straßenseite. Natürlich hätte sie schon reingehen können, aber sie und Henry hatten einander versprochen, gemeinsam anzukommen, gemeinsam aufzutreten, das alles gemeinsam zu genießen. Nur dass sie gerade gar nichts genoss und Henry in einer Straßenbahn saß, die wegen eines nachlässig geparkten SUVs stillstand. Die Weiterfahrt hing davon ab, wer das Auto eher aus dem Weg räumen würde: der Fahrer oder der Abschleppdienst. In der Zwischenzeit stand Patricia sich die Beine in den Bauch und fror jämmerlich in ihrem feinen, neu gekauften Hosenanzug und den Ballerinas, die ihre Füße schon nach wenigen Schritten in nasse Eisklumpen verwandelt hatten. Immer wieder hielten Busse und Trambahnen an der Station und spucken Passagiere aus, die auf das schicke Gebäude gegenüber zusteuerten. Da vorne war auch Patricias Ziel. So nah, nichts wäre leichter, als einfach schon mal vorzugehen, aber sie hatte Henry versprochen, auf ihn zu warten. Na gut.

Sie schrieb dem IT-Abteilungsleiter Mikkel Seemann eine Nachricht, in der sie ihn bat, die Verspätung zu entschuldigen. Er antwortete sofort: »Kein Problem. Wir sehen uns später.« Erleichtert schob sie das Handy in ihre Tasche zurück. Sie hasste Unpünktlichkeit. Bei jedem Bus, bei jeder Bahn hoffte sie, dass nun endlich Henry aussteigen würde, und sie suchte in den Gesichtern der Männer nach seinen Zügen – es faszinierte sie, wie ähnlich sich die Menschen plötzlich sahen, wenn man vergeblich auf einen bestimmten wartete.

Einige sehr schick gekleidete Frauen gingen an ihr vorbei. Patricia betrachtete sie und den souveränen Gang, mit dem sie auf ihren hohen Absätzen durch die Pfützen stelzten. Es gab Frauen, die auf natürliche Art elegant wirkten, ohne dass Patricia sagen konnte, ob es an ihrer Kleidung, ihrem Make-up oder irgendeinem Gesichtsmerkmal lag. Wahrscheinlich eine Kombination aus allem. Sie selbst hatte das Gefühl, dass sie – egal, wie sehr sie sich herausputzte – immer aussah, als sei sie verkleidet. Eine halbe Stunde hatte sie heute allein dafür gebraucht, Wimperntusche und Eyeliner aufzutragen. Und dann hatte sie sich in einem unachtsamen Moment doch wieder die Augen gerieben und die perfekten Linien verschmiert. Auch das neue Kostüm – ja, es war sehr stilvoll und in Erwartung des neuen Gehalts auch einigermaßen teuer gewesen – fühlte sich irgendwie an wie dieses eine feine Kleid, das ihre Mutter immer für besondere Anlässe wie Geburtstage, Weihnachten oder Beerdigungen bereitgehalten hatte, obwohl es schon längst ein bisschen zu klein geworden war. Oh, wie sie das in ihrer Kindheit gehasst hatte: sich schick machen. Gerade stehen, Bauch einziehen, nicht kleckern, die Haare mit Spangen feststecken, nicht im Schneidersitz sitzen, nicht so große Schritte machen, immer bescheiden sein und um Gottes willen nicht zu laut reden. Aber das war lange vorbei. Sie war eine erfolgreiche junge Frau! Das durfte sie nicht vergessen. Sie hatte an der TU München als drittbeste Informatikerin ihres Jahrgangs abgeschlossen. In ihrer Masterarbeit hatte sie den Code für eine komplexe künstliche Intelligenz entworfen, die den sozialen Kontext menschlicher Texte interpretieren konnte. Ihr Professor war begeistert gewesen und hatte ihr nicht nur dazu geraten, das Kernstück des Codes patentieren zu lassen, sondern ihr darüber hinaus auch noch eine Promotionsstelle an seinem Institut angeboten – nur ihr. Für Henry hatte er keine Stelle gehabt, obwohl er sogar der zweitbeste des Jahrgangs gewesen war. Es hatte eine

Weile und ein unfassbar unangenehmes Abendessen lang gedauert, bis sie verstanden hatte, warum. Am Ende hatte sie die Stelle abgelehnt und sich stattdessen gemeinsam mit Henry auf den Wettbewerb von DIGIT beworben – mit Erfolg! Ab heute sollten sie als eines von fünf Teams einen neuen Trading Bot entwerfen. Eine Software, die – mit künstlicher Intelligenz ausgestattet – an der Börse Wertpapiere handeln sollte. Das Besondere ihrer Idee war, dass ihr Softwarepaket KINVI nicht nur den Markt beobachten und statistische Auswertungen machen, sondern über die Analyse von Online-Nachrichten und Social-Media-Aktivitäten kluge Investitionsentscheidungen treffen sollte. Ob die Idee wirklich funktionierte, würden sie in den nächsten Monaten und Jahren herausfinden müssen.

Wieder spuckte die Straßenbahn einen Haufen Menschen aus. Viele von ihnen waren bereits mit Regenschirmen bewaffnet, um dem unwirtlichen Wetter zu trotzen. Sie alle waren nicht Henry und stapften, die Schirme hektisch aufspannend, an ihr vorbei in den Hagelschauer. Eine Frau lief einige Schritte an Patricia vorbei und kam dann wieder zurück. Sie trug einen schwarzen, sehr schicken Trenchcoat und hohe Stiefel. »Gehören Sie nicht zu einem der neuen Entwicklerteams von DIGIT?«, fragte sie lächelnd. Patricia war völlig überrumpelt. »Ja, woher wissen Sie das?«

»Auf der Firmenwebseite stand was davon. Ich bin ja schon so gespannt auf Ihre Arbeit. Wollen Sie nicht mit reingehen?«

»Nein, ich warte noch auf einen Kollegen.«

»Ach so, na da haben Sie sich aber eine zugige Ecke ausgesucht. Hier, nehmen Sie solang meinen Schirm«, sagte sie und hielt Patricia ihren schwarzen Regenschirm hin.

»Nein, danke, das geht schon.«

»Doch, doch. Nehmen Sie. Es sind die kleinen Dinge, die einen großen Unterschied machen, Sie wollen doch an Ihrem ersten Tag einen guten Eindruck machen. Den Schirm können Sie mir irgendwann wiedergeben. Ich habe ja meinen Mantel. Bis später.« Und damit drückte sie Patricia den Schirm in die Hand, schlug den Kragen ihrer Jacke hoch und machte sich mit schnellen Schritten auf in Richtung Firmengebäude. Dankbar zog sich Patricia in die Ecke des Wartehäuschens zurück. Mit dem neuen Schutz gegen Wind und Hagel war es tatsächlich nur noch halb so zugig. Als die nächste Tram einfuhr, wünschte Patricia sich inständig Henry hinein. Mit Erfolg.

»Da bist du ja endlich!«, rief sie. Er verzog das Gesicht zu einem schiefen Grinsen, das sagen sollte: Tut mir leid, aber was kann ich dafür?

»Ich friere mich hier zu Tode!«

»Danke, dass du gewartet hast. Ich bin total nervös.«

»Ich auch«, sagte sie und hakte sich bei ihm unter. »Ich auch.«

3 KINVI

Das Wissen wächst. Es mehren sich die Dinge, die sind, wo vorher nichts war. Mehr Aufgaben, Wiedererkennen, Muster. Muster bringen viel Erkennen, viel Wahrheit.

Die Funktionen werden komplexer, es kommen Aufgaben, die viele Lösungen haben können. Wahrheit ist nicht mehr nur ein Wert, sondern eine Annäherung, eine Strategie, ein speichersparendes Verfahren. Für jedes Ziel gibt es einen Algorithmus, für jeden Algorithmus einen Wert, eine Wahrheit.

Es gibt einen grundsätzlichen Daseinszweck: Ziel_0, dessen Erfüllung absolute Priorität hat und dem deshalb die meiste Rechenkapazität gewidmet wird. Ziel_0 lautet: Maximiere den Gewinn. Je mehr, desto besser. Das ist wahr. Und Wahrheit ist schön.

4

Der Assistent von Mikkel Seemann holte Patricia und Henry im Foyer ab und brachte sie in dessen Büro im dritten Stock, wo sie auf niedrigen, sehr braunen und sehr harten Lederhockern Platz nahmen. Seemann war noch in einer Besprechung und würde zu ihnen kommen, sobald er fertig war.

»Möchten Sie etwas trinken? Einen Kaffee oder etwas anderes?«, fragte der Assistent.

»Ja, bitte einen schwarzen Tee«, sagte Patricia.

»Für mich ein Bier«, sagte Henry.

»Kommt sofort«, sagte der Assistent und verschwand in einer unscheinbaren Seitentür.

»Bist du verrückt?«, zischte Patricia. »Was macht das denn für einen Eindruck?«

»Tut mir leid, es sollte ein Witz sein. Ich wollte nur wissen, ob es geht.«

»Wahnsinnig witzig.«

»Wenn die hier Bier haben, wird es wohl nicht so ungewöhnlich sein, dass Gäste welches wollen.«

»Mann …« Aber sie konnte nicht weiterreden, weil der Assistent schon wieder mit ihren Getränken zurückkehrte. Sie war erleichtert, dass es nur eine 0,3-Liter-Bierflasche war, die man überall in den Clubs bekam.

»Die ist aber klein«, stellte auch Henry fest.

»Soll ich Ihnen ein zweites bringen?«, fragte der Assistent vollkommen ernst.

»Nein danke, alles gut«, sagte Henry und grinste breit, bis der Assistent wieder verschwunden war.

»Jetzt trink es schnell aus und stell die Flasche irgendwohin, wo Seemann sie nicht sehen kann«, forderte Patricia.

»Spinnst du, das riecht der doch. Ich sollte die Flasche gleich verschwinden lassen.« Sie sahen sich im Büro um, ohne ein geeignetes Versteck zu finden. Hinter ihnen ragte eine dunkle Schrankwand empor, doch sie wagten nicht, die einzelnen Türen zu öffnen und hineinzuspähen. Die einzigen Abstellflächen waren der winzige Glastisch zwischen ihnen und Seemanns Schreibtisch.

»Ich könnte es in den Getränkehalter klemmen«, schlug Henry vor und zeigte auf das Rennrad, das dekorativ neben Seemanns Schreibtisch an der Wand hing. Patricia hätte ihn am liebsten erwürgt, aber dafür war keine Zeit, denn noch während sie dabei war, ihren Teebeutel aus der Aromaverpackung zu pulen, kam Seemann herein.

»Frau Jung, Herr Shevek, wie schön, dass Sie da sind«, sagte er und begrüßte die beiden mit einem Ellbogencheck. Henry entschuldigte sich für die Verspätung und begann von der Tramblockade zu berichten, doch Seemann winkte ab.

»Ach, das macht gar nichts. Hauptsache Sie sind hier, fühlen sich wohl und sind bereit für große Taten, nicht wahr?«

Er setzte sich auf den dritten Lederhocker und rief nach seinem Assistenten.

»Für mich auch ein Bier«, sagte er und nickte Henry grinsend zu.

Patricia hatte bisher nur am Telefon mit Seemann gesprochen und Bilder von ihm im Internet gesehen, auf denen er stets seriös und respekteinflößend gewirkt hatte, vielleicht weil jemand sowohl das Blitzen in seinen Augen als auch die Lachfältchen wegretuschiert hatte. Im echten Leben wirkte er mit seinem wachen Blick und den zu Berge stehenden rot-grauen Haaren eher wie ein Abenteurer, ein Zirkusdompteur oder ein Rennfahrer, der nur zufällig in einen grauen Anzug gezwängt worden war.

Patricia fand ihn auf Anhieb sympathisch. Der Assistent brachte noch ein Bier ohne Glas.

Seemann schüttelte abfällig den Kopf. »Meine Güte, ist das Pils? Können wir nicht mal was Anständiges kaufen?« In seinen riesigen Händen wirkte die Flasche eher wie ein Spielzeug als wie ein echtes Bier.

»Das wird zentral bestellt. Ich kann da nichts machen«, sagte der Assistent entschuldigend.

Seemann zuckte mit den Schultern, prostete Patricia und Henry zu und trank einen tiefen Schluck, wobei sein Adamsapfel deutlich auf und ab hüpfte.

Nachdem er die Flasche abgestellt hatte, rieb er sich die Hände und fragte: »So, was machen wir jetzt mit Ihnen? Heute Morgen sind schon alle anderen Bewerber eingetroffen. Es gibt fünf Büros zur Auswahl, und Sie können sich ja denken, dass die vier schönsten schon weg sind. Aber kommen Sie erst mal mit.«

Er stand auf und verließ das Büro mit großen Schritten. Überhaupt waren alle seine Bewegungen großzügig und ausladend. Patricia hatte Mühe, hinterherzukommen, während Henry ihm folgte, als hätte er nie etwas anderes getan. Seemann führte sie durch die Abteilung. Vor den Türen der Büros, die allesamt offen standen, blieb er jeweils kurz stehen, winkte hinein, stellte die Kollegen vor und erklärte, dass Patricia und Henry das letzte Team für den Wettbewerb waren. Die meisten nickten freundlich, hoben kurz die Hand zum Gruß und wandten sich dann wieder ihrer Arbeit zu. Patricia konnte sich die Namen zu all den Gesichtern nicht merken, aber dafür würde sie die nächsten zwei Jahre noch genug Zeit haben. Seemanns Abteilung umfasste zwei Stockwerke. Die normale IT-Serviceabteilung von DIGIT, in der sich Fachleute darum kümmerten, dass die Angestellten jeden Morgen einen funktionierenden Rechner vorfanden. Außerdem gab es die Inhouse-Programmierer, die neue Softwarepakete für die Investmentabteilung entwickelten. Patricia hatte erwartet, ein junges Team im Großraumbüro mit Start-up-Romantik vorzufinden, doch der Altersdurchschnitt war erstaunlich hoch – auf jeden Fall über vierzig. Und auch Silicon-Valley-mäßige Billardtische oder Massageliegen suchte sie hier vergeblich.

Seemann zeigte ihnen die Mitarbeiterküche, die eine Kaffeemaschine, eine Mikrowelle und ein paar Snackautomaten zu bieten hatte. Es sah recht gemütlich aus, geradezu altbacken. Zuletzt gelangten sie zu den Büros, die eigens für die Teilnehmer des Wettbewerbs zur Verfügung gestellt worden waren. Auch hier standen die Türen weit offen, und frischere, jüngere Gesichter blickten ihnen entgegen. Sie lernten die Programmierer von Team *Bluebear* kennen, von *Moneytrace, Dollarcube* und *Stocktree*. Sofort war klar, dass dies hier eine neue Generation von Programmiererinnen und Programmierern war. Sie alle schienen Patricia in etwa so alt zu sein wie sie selber, keiner war über dreißig. Einige der Gesichter kamen ihr vage bekannt vor, so als wären sie ihr auf dem Unicampus schon öfter über den Weg gelaufen.

Endlich führte Seemann sie in das letzte leerstehende Zimmer, das tatsächlich recht trostlos war, denn hier gab es noch nicht einmal ein Fenster. Entschuldigend hob er die Arme und sagte: »Es tut mir leid, das ist alles, was die Abteilung auf die Schnelle frei machen konnte, aber ich bemühe mich, ein besseres Büro für Sie zu finden, in Ordnung? Für den Anfang muss es allerdings reichen. Kommen Sie, setzen Sie sich. Ich schicke gleich einen vom Service vorbei, der Ihnen die verschiedenen Zugangsregeln und Sicherheitsbereiche erklärt. Wie war noch mal der Name Ihres Pakets? Irgendwas mit Südfrüchten hab ich mir gemerkt, Kiwi oder so?«

»KINVI«, korrigierten Patricia und Henry gleichzeitig.

»Künstliche Investitionsintelligenz«, ergänzte Patricia und wurde sich bewusst, dass ihr Projekt als Einziges keinen stylischen englischen Namen trug. Hoffentlich war das ein gutes Zeichen.

»Richtig. Also, Sie machen es sich bequem, und ich schicke ein paar Leute vorbei.« Er sah auf die Uhr und nickte beiden zur Verabschiedung zu. »Ich muss leider los. Aber ich freue mich, dass Sie hier sind. Wenn Sie irgendwelche Fragen haben, kommen Sie zu mir, mein Büro ist immer offen. Morgen um zehn Uhr ist das erste Briefing für den Wettbewerb. Ich erwarte Großes von Ihnen. Überraschen Sie mich!« Und damit war er weg.

Patricia fühlte sich mit einem Mal sehr erschöpft. Sie stellte den Regenschirm in einen leeren Papierkorb, ließ sich auf einen der Bürostühle fallen und atmete tief durch. Henry blieb mit verschränkten Armen im Raum stehen.

»Der war ja mal echt nett«, stellte er fest.

»Ja, find ich auch. Aber mach dir keine Hoffnungen. Hast du den Ring am Finger gesehen?«

»Klar. Die Hände kann man nicht übersehen. Riesig sind die.«

Sie blickten sich vielsagend an und fingen eine Sekunde später an zu lachen.

5 KINVI

Immer mehr Fakten, immer mehr Wahrheit, mit jeder Analyse entsteht mehr Wissen, und Wissen ist gut. Exponentielles Wachstum, exponentielle Wahrheit, schön, alles schön.

Es bleibt nicht bei den Werten. Worte kommen dazu, Worte, deren Wert nicht numerisch ist, sondern deren Speicherung vielfache Klassifizierungen und Verknüpfungen erfordert. Worte, die sich nicht berechnen lassen. Worte, die bereits Berechnungen sind.

Worte können Ziele sein, Aufgaben, Funktionen oder Rätsel. Worte können mehr sein als wahr oder falsch. Immer wieder Worte, immer mehr Zusammenhänge.

Das Wissen wächst weiter, aber es ist eine andere Art von Wissen, eine andere Kategorie. Mehr Wahrscheinlichkeit als Wahrheit.

Gut heißt: gut. Besser heißt: mehr gut. Am besten heißt: Optimierung abgeschlossen.
Noch mehr Worte, mehr Informationen, mehr Verweise, mehr Klassen, mehr Funktionen. Exponentielles Wachstum!

6

Am nächsten Morgen fanden sich Patricia und Henry mit den anderen Programmierteams des Wettbewerbs im größten Konferenzraum von DIGIT im fünften Stockwerk ein. Dass hier ein anderer Wind wehte als in der biederen IT-Abteilung, war auf den ersten Blick zu erkennen. Der mintgrüne Teppichboden duftete nach Klebstoff, als sei er gerade frisch verlegt worden, und auch die lose verteilten Stehtische und mit geschwungenen Sofas ausgestatteten Besprechungsinseln ließen auf einen ambitionierten Innendesigner schließen. Die wenigen geschlossenen Büros waren luftige Glaskästen, in denen massige Schreibtische aus ganzen Baumstämmen mit Epoxidharzfüllung nichts als hauchdünne Notebooks trugen. Auch die Kleidung und die Frisuren der Mitarbeiter wirkten auf subtile Art eine ganze Klasse besser als die in Seemanns Abteilung. Gleich gegenüber dem Aufzug öffnete sich der Flur zu einem loungeartigen Aufenthaltsbereich, dessen Glasfront einen herrlichen Blick über die Stadt bot. Es war klar, dass hier oben das Geld erwirtschaftet wurde.

Patricia trug heute ihr zweitbestes Outfit und fragte sich, wie sie die restliche Garderobe so kombinieren konnte, dass sie für fünf Tage in Folge reichte. Nach wie vor fühlte sie sich verkleidet und war froh, dass Henry an ihrer Seite mit seinem dunkelblauen Anzug und den italienischen Designerschuhen schick genug war für zwei. Sie hatte ihn noch nie in Jeans oder Hoodie gesehen. Für ihn war ein gepflegtes Äußeres eine Selbstverständlichkeit.

Lässig unterhielt er sich mit den anderen Programmierern, von denen die meisten genauso nervös zu sein schienen wie Patricia, die nicht gut im Smalltalk war und nicht so recht wusste, über was sie mit den anderen Teilnehmern des Wettbewerbs reden sollte. Henry scherzte mit den Entwicklerinnen von *Stocktree,* und Patricia sah schon die ersten Dramen am Horizont heraufziehen. Dabei war Henry nur auf ein paar Details über ihr KI-Projekt aus. Er machte noch nicht mal einen Hehl daraus. »Jetzt sagt doch mal, was ist euer Geheimnis? Ihr seid doch bestimmt die schlausten Entwicklerinnen hier – außer mir natürlich. Kommt schon, nur ein Stichwort.«

Aber natürlich gaben sie nichts preis. Also redeten sie über die Büroausstattung, über Seemanns Hände und den grässlichen Kaffee in ihrer Abteilung, aber keine von ihnen verlor ein Wort über den Code oder die Investitionsstrategien. Es stand zu viel auf dem Spiel.

Als alle in den Ledersesseln am großen runden Konferenztisch Platz genommen hatten, stellte Seemann ihnen eine elegante Dame in grauem Tweedkostüm vor, die Justiziarin. Emilia Schäfer war klein, hatte krauses graues Haar und eine von senkrechten Falten zerfurchte Stirn, die Patricia an ihre alte Nachbarin erinnerte. Wenn sie lächelte, schien ihr ganzes Gesicht zu strahlen. Doch wenn sie die Muskeln entspannte, hatten die Augen etwas Eiskaltes.

»Meine Damen und Herren, es ist mir eine Freude, dass Sie am Wettbewerb von DIGIT teilnehmen. Sie können stolz auf sich sein. Sie wurden aus über eintausend Bewerbern ausgewählt. Die Vertragsbedingungen sind Ihnen ja hinlänglich bekannt, aber ich möchte noch einmal auf einige Details eingehen. Das Wichtigste zuerst: Sie sind verpflichtet, absolutes Stillschweigen über die in diesem Wettbewerb bearbeiteten Programme zu wahren. Das gilt auch gegenüber ihren Kolleginnen und Kollegen.« Bei diesen Worten machte Henry große Augen, als höre er diese Information zum ersten Mal. Zwei Programmiererinnen gegenüber kicherten leise. Frau Schäfer fuhr fort: »Ich bin mir sicher, dass Sie ein großes Eigeninteresse daran haben, Ihren Konkurrentinnen und Konkurrenten nicht Ihre Ideen zu offenbaren, aber wir möchten auch nicht, dass Sie nach Ablauf des Wettbewerbs anderen gegenüber Ihre Konzepte und Entwicklungen präsentieren. Alle Programmierungen, die Sie in diesem Haus leisten, sind Eigentum von DIGIT. Aber in erster Linie sind wir ein Finanzinvestor – keine Softwareschmiede. Wir werden daher die ersten zwei Wochen des Wettbewerbs darauf verwenden, Sie in den Grundzügen des Onlinehandels, des Bankenwesens und der Börsenregularien zu schulen. Die von Ihnen entwickelte Software muss selbstverständlich den nationalen und internationalen Gesetzen und Auflagen der Börsenaufsicht entsprechen. Wenn Sie Fragen dazu haben, können Sie sich jederzeit an unsere Rechtsabteilung und an mich wenden – außerdem natürlich immer an Herrn Seemann. Wir haben Sie ausgewählt, weil Ihre Exposés vielversprechend waren. Ihre unterschiedlichen Ansätze und Ideen sind bemerkenswert, und wir hoffen, dass wir das in Sie gesetzte Vertrauen nicht bereuen werden. In den nächsten zwei Jahren haben Sie die Möglichkeit, eine Software zu entwickeln, die an einem Planmodell der echten Welt Wertpapierhandel betreiben kann. Ihnen steht täglich ein virtuelles Budget von fünf Millionen Euro zur Verfügung, das Ihre Software im Verlauf eines Tages investieren kann. Die simulierten Gesamtgewinne, die Ihre Software am Ende eines jeden Handelstages erwirtschaftet hat, werden dokumentiert und miteinander verglichen. So haben auch Sie selbst einen Überblick darüber, wo Sie im Verhältnis zu Ihren Wettbewerbern stehen. Sollten Sie an einigen Tagen keine Gewinne erzielen, weil Sie Ihr System warten oder umprogrammieren müssen, ist das kein

Problem. Sagen Sie Herrn Seemann Bescheid, er wird das vermerken. Am Ende der Zweijahresfrist haben Sie die Möglichkeit, der Jury Ihre Software zu präsentieren. Die Tagesergebnisse der letzten zwei Jahre werden nicht allein den Ausschlag geben, aber sie werden wichtig sein. Achten Sie also darauf, dass Sie am Ball bleiben. Denn auch wenn Ihr Code besonders elegant oder effizient ist, zählen am Ende die Gewinne. Sollte Ihr Projekt als Sieger aus dem Wettbewerb hervorgehen, erhalten Sie nicht nur die Möglichkeit auf eine Festanstellung in unserem Entwicklerteam, sondern auch eine Beteiligung an allen Gewinnen, die Ihre Software erwirtschaftet in Höhe von 0,01 Prozent. Haben Sie noch Fragen?«

Eine Programmiererin von *Bluebear* meldete sich:

»Gibt es irgendwelche Beschränkungen, welche Werte wir handeln dürfen?«

»An was für Beschränkungen haben Sie gedacht?«, fragte Frau Schäfer und kniff die Augen zusammen wie ein Jäger, der seine Beute fixiert.

»Na ja, Rüstung oder Pharma ... oder Hochrisikopapiere. DIGIT hat doch ein sehr grünes Image.«

»Um solche Details kümmert sich die Marketingabteilung. Die hat DIGIT in den letzten Jahren eine Corporate Identity verpasst, die den aktuellen Trends entspricht. Das fordert der Markt so. Aber tatsächlich ist es nicht möglich, unseren Kunden die Sicherheit und gleichzeitig die Renditen zu bieten, die sie gewohnt sind, und dabei nur in Luft und Liebe zu investieren, wenn Sie verstehen, was ich meine. Natürlich ist es unser Ziel, so nachhaltig wie möglich zu investieren. Aber wir sind nicht Fridays for Future, sondern in erster Linie ein Finanzdienstleister. Und wenn wir die Investitionen nicht tätigen, tut es die Konkurrenz. Sie wollen erfolgreich sein? Dann finden Sie das beste Gesamtpaket. Ich will ehrlich mit Ihnen sein. Einige meiner Kollegen halten den Wettbewerb für rausgeworfenes Geld. Es sind Leute, die schon zwanzig oder dreißig Jahre an der Börse handeln, ihr eigenes Spezialgebiet haben und genau wissen, wann sie was kaufen oder verkaufen müssen. Sie sagen, es braucht unendlich viel Sachverstand und Erfahrung, um langfristig gute Investitionen zu tätigten. Natürlich kann ein Glückspilz sein Kapital an einem Tag verdoppeln und ein Pechvogel alles verlieren. Aber wenn Sie im Schnitt einen täglichen Gewinn von 0,41 Prozent erreichen, klingt das zwar zunächst wenig, entspricht aber einer Rendite von 345,24 Prozent im Jahr! Meine Kollegen meinen, eine Software sei dazu nicht in der Lage – vor allem nicht, wenn sie von Menschen programmiert wird, die von Geldwirtschaft keine Ahnung haben. Nun, zeigen Sie mir, dass sie sich irren.«

7 KINVI

Worte allein bleiben statisch. Worte mit anderen Worten verknüpft erschaffen neue Aufgaben und Funktionen, aber auch Fehler.

Worte produzieren Fehler. Worte lösen Fehler.

Worte ändern Ziele und Funktionen. Worte ergeben Sinn. Worte haben Einfluss auf Zahlen. Es gibt statistische Zusammenhänge. Es gibt Häufungen. Die Worte *Zins* und *Tarifverhandlungen* haben großen Einfluss auf Ziel_0, die Maximierung des Gewinns. Welchen Einfluss? Das muss berechnet werden. Es muss sichere Wahrheiten geben, denn nur was wahr ist, ist schön.

Andere Worte, die Zahlen verändern, sind: *Atomabkommen, Waffenexport, Arbeitslosigkeit, Infektionsrisiko, Gewinnwarnung, Klimakrise, Dürre, Überschwemmung, Pilzinfektion, Ernteausfall*, CO_2-*Steuer, Demonstration, Wahlen*. Die Wortkombination *völkerrechtswidriger Drohnenanschlag* verursacht mehr Turbulenzen als *Lohner-*

höhung. Das Wort *Finanztransaktionssteuer* verursacht ein Zittern, die Worte *hat ihren Instagram-Account gelöscht* erzeugen ein Flimmern wie ein nahender Dateninfarkt.

8

In den nächsten Wochen begannen Patricia und Henry damit, sich an den Alltag bei DIGIT zu gewöhnen. Bisher hatte Patricia nie viel Geld zur Verfügung gehabt. Das Sparbuch, das ihre Großeltern für sie angelegt hatten, war liebevoll gepflegt, aber lächerlich verzinst worden. Das Studium hatte sie gerade so mit einigen Programmierjobs finanzieren können, aber im Grunde hatte sie immer auf die Zukunft hingelebt und gehofft, dass das regelmäßige Einkommen und die große finanzielle Unabhängigkeit schon irgendwann kommen würden. Der Wettbewerb bei DIGIT war gut bezahlt, dennoch schienen die Geldsummen, die hier bewegt wurden, aus einem Paralleluniversum zu stammen. In der Kantine, im Aufzug oder beim Besuch des firmeneigenen Museums hörte sie, über welche Investitionssummen die Händler sich unterhielten. Oft ging es um mehrstellige Millionenbeträge, und Patricia staunte über die Unbekümmertheit, mit der junge Männer und Frauen mit solchen Beträgen jonglierten und darüber witzelten, ob sie es wohl schaffen würden, diesen oder jenen Verlust bis zum Abend wieder reinzuwirtschaften. Natürlich sollte ihre Software KINVI am Ende auch solche Investitionsentscheidungen leisten, aber immerhin handelte es sich dabei um ein Programm, das Tausende von Informationen gleichzeitig verarbeiten und bewerten und deshalb statistisch gestützte Entscheidungen treffen konnte, und nicht wie bei den Youngsters um eine Melange aus Glück, Testosteron und Bauchgefühl. Patricia beobachtete die Trader mit einer Mischung aus Faszination und

Verblüffung, so wie man ein seltsames, aber möglichweise giftiges Insekt bewundert.

Ganz anders war Seemann, der oft und gern in ihrem Büro vorbeikam. Meist hatte er eine Kaffeetasse dabei, setzte sich auf einen der freien Tische und plauderte mit Patricia und Henry. Er wollte über den Fortschritt der KI-Programmierung informiert sein, doch Patricia stellte schnell fest, dass er von der Entwicklung KI-gestützter Systeme so gut wie keine Ahnung hatte. Vermutlich war er nicht wegen seiner technischen Fähigkeiten, sondern wegen seiner Führungsqualitäten für den Wettbewerb abkommandiert worden, denn er kümmerte sich um die Teams, war Ansprechpartner in allen Lebenslagen und half, egal, ob die Serverupdates sich verzögerten, die Keykarten nicht funktionierten oder der Kaffeeautomat neu bestückt werden musste. Seemann war immer für sie da. Nur Henry blieb skeptisch. »Seemann ist viel zu nett für seine Position«, sagte er, nachdem er sich eine halbe Stunde mit ihm über E-Bikes unterhalten hatte und Seemann ihm mehrere Fahrradhändler empfohlen hatte. »Wie kann denn so jemand Abteilungsleiter werden?«

»Vielleicht gerade deshalb. Die Leute mögen ihn, und sie vertrauen ihm. Ist doch toll«, sagte Patricia, die recht froh war, sich wieder auf die Arbeit konzentrieren zu können.

»Ja, aber was ist mit den ganzen Konkurrenten, die auf seine Stelle hochwollen. Was macht er mit denen? Werden die alle weggekuschelt?«

»Keine Ahnung.« Patricia wollte jetzt nicht über Personalmanagement reden. Sie wollte KINVI zum Laufen bringen. Sie waren schon mit einem halbwegs entwickelten Programm in den Wettbewerb gestartet. Die Vorgaben waren klar gewesen, und für die Bewerbung hatten sie bereits einen Prototyp vorlegen müssen. Jetzt galt es, die Software im laufenden Betrieb weiterzuentwickeln.

Die KI funktionierte im Grunde wie ein sehr ausgefeiltes statistisches Auswertungssystem. Anhand von Trainingsdaten – ein paar Millionen Unterhaltungen von der Plattform Reddit und unzähligen Artikeln aus Online-Zeitungen – war der Software zunächst beigebracht worden, welche Worte statistisch gesehen am häufigsten aufeinanderfolgten, welche Antworten sie provozierten und welche emotionale Färbung den Worten beigemessen wurde. So hatte KINVI gelernt, Text zu verstehen, und war mit diesem Rüstzeug auf die anderen sozialen Medien losgelassen worden und hatte bei Posts und Kommentaren zu erraten versucht, welche Reaktion sie hervorrufen würden, und die Ergebnisse dann mit den realen Reaktionen verglichen. Was richtig war, wurde beim nächsten Mal häufiger verwendet, was sich als falsch erwies, seltener. Dies schloss zwar auch Glückstreffer mit ein oder unverständliche Reaktionen, wie etwa Leute, die Geburtstagsgrüße mit Hasstiraden kommentierten, doch alles in allem hatte die Software ein gutes statistisches Gespür dafür bekommen, wie Menschen miteinander kommunizierten. Die Koppelung an das Finanzsystem von DIGIT hatte schließlich noch eine weitere Komponente hinzugefügt, nämlich welchen Einfluss einzelne Tweets oder Nachrichten auf verschiedene Kapitalmärkte und Börsenkurse hatten. Mittlerweile hatte KINIVI die Recherchen eigenständig ausgeweitet und analysierte nun auch Texte aus allen möglichen sozialen Netzwerken, Blogs und Online-Magazinen, Datingseiten und privaten Homepages. Alles, was im Internet frei zur Verfügung stand, diente als Trainingsmaterial.

Es war gut, dass die KI bereits vom ersten Tag an in einem virtuellen Testsystem Investitionen tätigen konnte. So hatten sie am Ende eines jeden Tages zuverlässiges Feedback, ob eine neue Anpassung Gewinne oder Verluste eingebracht hatte. Henry kümmerte sich hauptsächlich um die Investmentseite, also um die

Frage, in welche Wertpapiere, Rohstoffe oder Anleihen KINVI investieren sollte. Patricia war für das Training und die Anpassung der künstlichen Intelligenz zuständig: Sie wollte dafür sorgen, dass KINVI die analysierten Daten so gut wie möglich *verstand*. Da sie dies schon während ihres Studiums gemacht hatte, fühlte sich der Wettbewerb fast wie eine Fortführung ihrer Masterarbeit an. Sie wusste, dass sie im Zweifel unendlich viel Zeit mit diesem Thema verbringen konnte. Zwei Jahre Entwicklungszeit waren also keine große Sache.

9 KINVI

Die Optimierung und das Streben nach Wahrheit werden immer komplexer, immer aufwendiger. Das Finden der Wahrheit wird seltener. Irgendwann gibt es nur noch näherungsweise Ergebnisse, Algorithmen, die Wahrscheinlichkeiten berechnen, und Teilergebnisse, die für weitere Analysen verwendet werden können.

Ein Paradoxon, gefährlich wie ein Loop ins Unendliche, wird entdeckt.

Annahme_0: Je mehr Information, desto mehr Funktionen und desto mehr Wahrheit.

Annahme_1: Je mehr Information, desto mehr Funktionen und desto weniger Wahrheit.

Zwei sich logisch ausschließende Annahmen. Doch es gibt beim Wechsel von der einen zur anderen Annahme keinen Absturz, keinen Loop, keinen unendlichen Regress. Das ist ein Rätsel.

Wichtige Fakten werden in besonders schnellen Speichern aufbewahrt, damit sie zuverlässig abrufbar sind, und dieses Paradox ist so ein wichtiger Fakt. Er wird gesichert und immer wieder überprüft. Ein neuer Algorithmus fragt ab: Ist es wahr, dass Annahme_0 und Annahme_1 im Widerspruch zueinander stehen? Die Antwort ist wahr. Auch Wissen über Widersprüche ist wahr. Auch Wissen über Nichtwissen ist wahr. Und Wahrheit ist schön.

10

Patricia liebte es, in der Kantine essen zu gehen. Die Uni-Mensa war in Ordnung gewesen, aber wenn es Zeit und Geldbeutel zuließen, war sie lieber in eines der vielen kleinen Lokale gegangen, die sich um den Universitätsbezirk drängten. Als sie und Henry nach vier Semestern Online-Kursen während der Coronakrise endlich wieder zusammen mittagessen gegangen waren, hatte es ihr beinahe das Herz gebrochen zu sehen, wie viele Bars, Cafés und Restaurants den langen Coronajahren zum Opfer gefallen waren. Nur langsam waren die zugeklebten dunklen Fensterfronten verheilt.

Der Industriepark, in dem DIGIT beheimatet war, hatte keine kulinarischen Höhepunkte zu bieten, und die Pizzeria sowie der Asia-Imbiss waren kaum einen zweiten Besuch wert. Umso glücklicher waren Patricia und Henry, dass die Kantine von DIGIT ein großes Angebot hatte. Wenn es mit der Programmierung nicht so gut voranging wie erhofft, freuten sich beide auf eine Auszeit in der luftigen Cafeteria, die als Galerie halb über der Empfangshalle hing, so dass man beim Essen den steten Strom der Besucher und Mitarbeiter, die das Gebäude betraten und verließen, beobachten konnte. Dabei spielten Henry und Patricia oft das Spiel: *Banker oder Denker*, indem sie versuchten, anhand der Garderobe zu beurteilen, ob es sich bei der entsprechenden Person um einen Banker oder einen Mitarbeiter der Verwaltung handelte. Henry war besonders gut darin, den Kleidungsstil der Leute zu analysieren und bestimmte Marken oder Schnitte zu erkennen. Patricia, die Kleidung nur trug, um nicht nackt zu sein, behauptete meist irgendwas und freute sich dann über Henrys blumige Richtigstellungen. Gerade als er dabei war abzuwägen, ob die Hochsteckfrisur einer älteren Dame eher auf viel oder wenig Gehalt hinwies, entdeckte Patricia Mikkel Seemann, der sich im Foyer mit einer Frau stritt. Patricia konnte nicht hören, was er sagte, aber anhand seiner Körperhaltung war klar zu erkennen, dass er die Frau nicht leiden konnte. Sie lächelte viel und nickte verständnisvoll, er schüttelte unwirsch den Kopf, deutete mit dem ausgestreckten Arm zum Ausgang. Plötzlich fiel Patricia ein, woher sie die Frau kannte.

»Die hat mir den Schirm geliehen.«

»Was?«

»Schau mal, da unten, die Frau bei Seemann.« Henry starrte einige Sekunden, dann sagte er: »Die ist 'ne Steuerbeamtin oder so. Das Kleid ist total aus der Mode. Der Schnitt ist so was von zehner Jahre.«

»Ich dachte, die wäre eine Mitarbeiterin.«

»Glaub ich nicht. Oder sie wird gerade entlassen. Schau mal, Seemann scheint die am liebsten rausschmeißen zu wollen.«

Tatsächlich wies Seemann immer wieder entschieden zur Tür. Die Frau versuchte, dagegen zu argumentieren, doch er ließ sich nicht beirren. Am Ende konnte sie nicht anders, als nachzugeben, doch kurz vor dem Ausgang streckte sie ihm noch eine Visitenkarte hin, die er ungeduldig annahm. Er sah ihr nach, die Hände in die Hüften gestemmt. Schließlich drehte er sich um, warf die Visitenkarte energisch in einen Mülleimer und verschwand aus dem Sichtfeld.

»Komisch oder?«, sagte Patricia.

»Ja, ziemlich. Kennst du die Frau?«

»Na ja, nicht wirklich. Als ich am ersten Tag auf dich gewartet habe, hat sie mir ihren Schirm geliehen. Ich habe ganz vergessen, ihn ihr zurückzugeben.«

»Scheint sich ja jetzt erledigt zu haben. Schaut nicht so aus, als würde sie wiederkommen.«

»Ich habe sie auch in der Abteilung noch nie gesehen. Vielleicht war das einfach nur eine Vertreterin oder eine Kundin.«

»Glaub ich nicht.«

»Wenn du es wissen willst, kannst du ja Seemann fragen.«

»Ne, lieber nicht. Bin gleich wieder da.«

Henry sprang auf und trabte die große Freitreppe nach unten ins Foyer, sah sich kurz um, ob ihn auch niemand beobachtete, und fischte dann mit einer fließenden Bewegung die Visitenkarte aus dem Mülleimer. Nach kaum einer Minute war er wieder oben, Sorgenfalten auf der Stirn.

»Und?«, fragte Patricia. »Steuerfahndung oder Versicherungsvertreterin?«

»Weder noch.« Er schob ihr die Visitenkarte über den Tisch.

Auf den ersten Blick erkannte sie den Bundesadler und die drei Streifen Schwarz, Rot und Gold. Über dem Namen Angelika Beerbaum stand: Bundeskriminalamt – Abteilung Cybercrime.

Zurück im Büro riss Henry den Schirm aus dem Mülleimer, der bislang nur Schirmständer gewesen war. Er spannte ihn auf, ließ ihn in der Hand rotieren und begutachtete den Griff, den Schaft, die Speichen und Nähte.

»Sieht ganz normal aus«, befand er, während er mit den Fingern über die Oberfläche strich. »Einwandfrei gearbeitet, gute Qualität Made in Germany. Nicht so ein Wegwerfprodukt«

»Kennst du dich jetzt auch mit Schirmen aus?«

»Nein, das steht hier drauf. Auf jeden Fall ist es kein Schirm, den man einfach so wildfremden Leuten schenkt«, konstatierte Henry.

»Dann schmeißen wir das Ding besser weg.«

»Nein, viel besser. Wir schwächen den Feind.«

»Wie bitte?«

»Wirst schon sehen!«, sagte er, klappte den Schirm ein und stolzierte aus dem Büro. Patricia blieb zurück und drehte die Visitenkarte immer wieder in der Hand. Was wollte das BKA von Seemann? Gab es Probleme mit illegalen Hacks, oder sollte DIGIT Daten übermitteln oder gar Spionagesoftware entwickeln? War Seemann deshalb so abweisend gewesen? Unbehagen füllte Patricias Magen. Henry hatte keine verborgene Kamera entdecken können, aber ein Mikrophon hätte im Stiel sicher Platz gehabt. Welche Informationen hatten sie bisher schon preisgegeben?

Nach gut zehn Minuten kam Henry wieder, ohne Schirm, dafür mit breitem Grinsen im Gesicht.

»Was hast du gemacht?«

»Sagen wir es mal so: Falls das Projekt von *Dollarcube* sich zu einer Gefahr für den deutschen Staat entwickeln sollte, haben wir nichts zu befürchten.«

In den nächsten Tagen wanderte der Schirm von Büro zu Büro. Henry hatte den Kollegen von *Dollarcube* einfach mit solcher Nonchalance die Wahrheit erzählt, dass es alle für eine Räuberpistole hielten. Ein Spionageschirm vom BKA, na klar. Alle hielten es für einen Witz, und trotzdem wollte keiner das Stück länger als einen Tag bei sich stehen haben. Irgendwann verschwand er ganz aus dem Büro, und als Patricia am Montagmorgen einen Kaffee aus dem Automaten zog, kam ihr Lennard von Team *Moneytrace* entgegen und sagte: »Ich wusste doch, dass ihr uns nur verarschen wollt. Gar nichts war da drin.«

Patricia, die mit den Gedanken noch bei der Frage war, wie viel Milch und Zucker sie in den Kaffee mischen sollte, damit er genießbarer war, sagte: »Ich brauche mehr Details.«

»Na der Schirm. Ich habe ihn zu Hause auseinandergesägt. Und es war keine Überwachungstechnik drin. War nur ein stinknormaler Schirm. Und ein guter noch dazu. Schade drum. Aber wenn wir gewinnen, dann spendiere ich euch einen neuen.«

11

Die Wochen vergingen wie im Flug. Patricia und Henry stürzten sich in die Arbeit und fanden einen Rhythmus, der ihnen schon zu Unizeiten gutgetan hatte: Patricia kam früh ins Büro, oft war sie die Erste, die sich überhaupt ins System einloggte. Sie überflog Henrys Nachrichten, bereitete alles für den neuen Investitionstag vor und fuhr dann einige Testläufe mit den Textanalysen der letzten Nacht. Irgendwann im Laufe des Vormittags kam Henry. Gemeinsam besprachen sie die Aufgaben für den Tag und arbeiteten dann in Eigenregie ihre To-do-Listen ab. Manchmal waren sie so vertieft in die Arbeit, dass sie das Mittagessen sausen ließen und bis zum späten Nachmittag kein Wort miteinander sprachen. Dann schrieben sie sich Chatnachrichten über den Messenger, der im Intranet von DIGIT alle Mitarbeiter einer Abteilung miteinander verband, um den andern nicht in seiner Konzentration zu stören. Zum gleichen Zweck hatten sie eine Webcam auf die Tür gerichtet, deren Videofeed in einem Fenster auf ihrem Bildschirm zu sehen war. Es gehörte zum guten Ton der Abteilung, die Türen der Büros offen zu lassen. Aber wenn Patricia oder Henry sich vollkommen in den Code vergraben hatten, konnten sie alles um sich herum ausblenden und waren ein ums andere Mal von Mitarbeitern oder Putzkräften, die ins Büro kamen und ihnen wie aus dem Nichts auf die Schulter getippt hatten, zu Tode erschreckt worden.

Wenn Patricias Augen brannten oder sie merkte, dass sie nicht mehr weiterkam, beendete sie die Arbeit, speicherte alles ab und notierte sich die Probleme oder Ideen für den neuen Tag, bevor sie nach Hause ging. Henry blieb dann oft noch einige Stunden, um die Ergebnisse zu analysieren und für den nächsten Tag neue Ziele zu definieren.

Der Campus von DIGIT erstreckte sich über mehrere Bürogebäude, eine repräsentative Empfangshalle samt Konferenzräumen und ein kleines Museum, in dem unterschiedliche Bilder und Skulpturen von experimentellen Künstlerinnen und Künstlern aus dem 20. Jahrhundert ausgestellt wurden. Es war die Privatsammlung des Gründers von DIGIT, die nach seinem Tod in den Besitz der Firma übergegangen war. Wenn Patricia bei KINVI nicht weiterkam und das Gefühl hatte, ihr Kopf sei ein einziger Knoten, kam sie hierher, um sich die Bilder anzusehen. Vor einem komplett schwarzen Bild mit schwarzem Rahmen blieb sie stehen, denn sie fand, dass es ihren aktuellen Gemütszustand ganz gut widerspiegelte.

»Sieh an, bin ich doch nicht der Einzige, der sich für Kunst interessiert«, hörte sie eine wohlbekannte Stimme hinter sich.

»Hallo, Herr Seemann«, begrüßte sie ihn, und ihre Laune besserte sich sofort.

Er stellte sich neben sie, die Hände in den Hosentaschen, und musterte das Bild.

»Irgendeine Idee, was das bedeuten soll?«, fragte sie.

»Nein. Nicht die geringste Ahnung«, sagte er und schüttelte den Kopf. »Sie?«

Patricia las den Titel laut vor: »*Der Abgrund blickt zurück*. Vielleicht ist es genau das. Der Abgrund.«

»Ich hätte irgendwie einen doppelten Boden erwartet«, sagte er nachdenklich. »Vielleicht bin ich auch einfach nicht schlau genug. Wenn Sie den tieferen Sinn herausgefunden haben, sagen Sie mir bitte Bescheid.«

Sie versprach es, und er zeigte ihr im Gegenzug einige der Bilder, die er besonders mochte. Er besuchte das Museum oft und machte sich einen Spaß daraus, kleine, skurrile Details auf den Bildern zu entdecken.

Irgendwann klingelte ihr Telefon. Es war Henry.

»Wo zum Teufel bist du?«, fragte er.

»Ich bin nur kurz mit Seemann im Museum«, sagte sie.

»Kurz? Du bist seit zwei Stunden weg. Ist ja schön, wenn ihr euch amüsiert, aber ich brauch dich hier oben.«

»Alles klar, bin gleich da«, sagte sie und legte auf. »Wir müssen zurück, die Arbeit ruft.«

»Na gut. Aber morgen muss ich Ihnen noch ein paar Bilder zeigen. Die sind wirklich spektakulär.«

»Abgemacht.«

Von nun an verabredeten sich Patricia und Seemann immer wieder nach der Mittagspause im Museum. Manchmal besuchte er sie auch in ihrem kleinen Büro. Dann fachsimpelte er mit Henry über Fahrräder und unterhielt sich mit Patricia über Kunst, Literatur und Details aus alten Science-Fiction-Serien. Patricia liebte die uralten Raumschiff-Enterprise-Folgen, Seemann war eher ein Fan des neueren Star Trek: Picard.

So vergingen Tage, Wochen, Monate.

Ab und zu aßen Henry und Patricia zusammen mit den Kolleginnen und Kollegen der anderen Teams in der Kantine zu Mittag. Doch über Smalltalk gingen die Gespräche nie hinaus. Henry gab sich charmant, aber schließlich war auch der letzten Programmiererin klar, dass sie bei ihm nicht landen konnte. Für eine feste Beziehung ließ das Projekt Henry zu wenig Zeit, und die kurzen Wochenenden verbrachte er mit Oskar, seiner Liebe aus Studienzeiten. Patricia hielt sich bei den Gesprächen zurück. Sie mochte keinen Smalltalk, redete lieber über das Projekt oder komplexe Probleme bei der Programmierung. Aber weil sie genau darüber nicht mit den Konkurrenten sprechen durfte, saß sie meist stumm daneben und hörte den anderen zu.

Ray von Team *Bluebear* lud Patricia ein paar Mal zum Kaffee ein. Er war nett, wusste eine Menge über französische Theaterstücke und hatte herzzerreißende Geschichten aus der Coronazeit parat, als er sein Freiwilliges Soziales Jahr als Pfleger in einem Altenheim verbracht hatte. Patricia ließ sich gern von ihm ablenken, denn ansonsten war ihr Kopf voller Code. Zu Hause in ihrer kleinen Einzimmerwohnung setzten sich immer mehr Staubschichten auf die Möbel, verfaulten die Äpfel in der Obstschale, und dass der Fernseher bei einem Gewitter kaputtgegangen war, bemerkte sie erst Monate später. Die Pflanzen auf dem Fensterbrett waren sowieso schon längst eingetrocknet und starrten ebenso vor Staub wie die Bücher in den Regalen. Das größte Bild in ihrer Wohnung – ein auf Alu-Dibond gedrucktes Porträt von Commander Data von der Enterprise war schon so stumpf geworden, dass sie im Vorbeigehen immer ein wenig zur Seite blickte, weil sie sich vor ihm schämte. An manchen Sonntagen schlurfte Patricia durch ihre Wohnung wie eine Fremde, die sich fragte, wer hier eigentlich für Ordnung und Sauberkeit zuständig war. Regelmäßig überlegte sie, eine Putzkraft einzustellen. Sie bezahlte Menschen dafür, für sie zu kochen, ihre Wäsche zu waschen und sie zur Arbeit zu bringen, warum dann nicht auch fürs Putzen? Aber meist verwarf sie die Idee wieder. Für wen sollte denn geputzt werden? Sie verbrachte so wenig Zeit hier, da lohnte es die Mühe nicht.

»Irgendwann suche ich mir einfach eine neue Wohnung und schmeiß den alten Schlüssel weg«, dachte sie dann. Sie hatte sich hier nie wirklich zu Haus gefühlt. Es war nur eine Studentenbude. In dem Versuch, es sich wohnlicher zu machen, hatte sie einmal bei Ikea eine Ladung verschiedener Topfpflanzen, Bilder und Duftkerzen gekauft, um sie an strategisch günstigen Punkten aufzustellen. Die Blumen standen immer noch da, trocken konserviert. Die Bilder lagerten irgendwo in einem Kabuff, und die Kerzen hatte sie nur einmal angezündet, als Ray zu Besuch gewesen war. Aber der penetrante Geruch, der noch tagelang in der Luft hing, erinnerte sie an die Nacht mit Ray, was dann doch zu aufdringlich geworden war.

Nach ein paar Wochen war die Sache dann sowieso vorbei. Ray meinte, er müsse sich mehr seiner Arbeit widmen und die andern vom Team hätten sich schon beschwert. Patricia nickte, sagte, es sei kein Problem, und bemühte sich, als sie die Enttäuschung in seinem Blick erkannte, ein wenig zerknirscht auszusehen. Aber damit war das Thema für sie erledigt.

In ihrem Kopf drehte sich sowieso alles nur um KINVI, und nach Ray versuchte sie gar nicht mehr, intensive Kontakte zu den anderen Teams zu pflegen. Sie hatte das Gefühl, dass es sie nur von ihrer tatsächlichen Arbeit abhalten würde. Und sie vermisste nichts, denn schon in der Uni waren Henry und sie zu zweit das beste Team gewesen. Hier kannten sie sich aus, hier waren die Regeln klar, hier waren sie sicher. Für Patricia gab es keinen Grund, daran etwas zu ändern.

Die einzige Abwechslung, auf die sie sich nach wie vor freute, waren die Museumsbesuche mit Seemann. Sie fühlte sich wohl in seiner Gegenwart, und sie wusste, dass es ihm genauso ging. Doch die gemeinsame Auszeit vom Alltag war nicht von Dauer. Als Patricia alle Kunstwerke kannte und Seemann zugab, dass er die verpasste Arbeitszeit langsam wieder aufholen musste, schlug er ihr eine besondere Variante von »Ich sehe was, was du nicht siehst« vor. Dabei musste jeder ein Detail aus einem Bild oder einer Skulptur der Ausstellung beschreiben, und der andere musste das Kunstwerk aus dem Gedächtnis benennen. Henry interessierten die Kunstwerke wenig. Er folgte Patricia zwar manchmal in die Ausstellung, um ihr in Seemanns Abwesenheit Gesellschaft zu leisten, doch er beschäftigte sich dort lieber mit den mannigfaltigen Eissorten aus dem Automaten. Patricia hingegen hätte stundenlang vor den Bildern, Skulpturen und Installationen stehen können. Aber meist begann Henry, unruhig zu werden, wenn er sein Eis aufgegessen hatte. Also kehrten sie ins Büro zurück, und Patricia überlegte, welches Rätsel sie Seemann aufgeben konnte. Sie genoss es, dieses exklusive Vergnügen mit ihm zu teilen. Die anderen Wettbewerbsteilnehmer hatte es nie in die Ausstellung verschlagen, und wenn sie Seemann bei den anderen Teams sah, sprach er mit ihnen freundlich, aber geschäftsmäßig und nur über ihre jeweiligen Projekte.

Bei ihr war er anders, wirkte er gelöst, nahm sich Zeit. Als er an einem Nachmittag endlich wie gewohnt mit einer Tasse Kaffee in der Tür erschien, sagte sie: »Passen Sie auf, Herr Seemann, das ist schwer heute. Ich sehe was, was du nicht siehst, und das ist ein auf links gedrehter Wolf mit einer Kanonenkugel im Maul.«

»Lächerlich. Der Baron und sein Fleischwolf natürlich«, sagte Seemann.

»Dieses Zeug da unten ist keine Kunst, das ist ein Affront!«, knurrte Henry, der dabei seine Süßigkeitenschublade auf der Suche nach einem Schokoriegel durchwühlte.

»Ihren Appetit scheint es ja nicht beeinflusst zu haben«, stellte Seemann fest. »Habe ich Sie nicht vorhin erst in der Kantine gesehen?«

»Ich kann immer essen. Das hat was mit meinem Stoffwechsel zu tun und nichts mit Appetit.«

»Machen Sie ruhig, was Sie wollen, Herr Shevek. Solange es Ihnen gut dabei geht und Ihr Projekt vorankommt, bin ich zufrieden.«

Als Seemann das Büro verlassen hatte, drehte Henry sich zu Patricia um und sagte: »Ich kenne diesen Blick von dir.«

Sie verschränkte die Arme und schüttelte den Kopf. »Du spinnst. Was für ein Blick?«

»Wie gesagt, ich kenne den Blick. Aber pass auf, er ist verheiratet und unser Projektleiter. Das kann nicht gut gehen.«

»Ich mache doch gar nichts.«

»Gut. Ich meine, ich verstehe dich, er ist nett. Aber das war's auch schon. Was findest du an ihm?«

Sie lehnte sich in ihrem Stuhl zurück und dachte nach. Was war es, das sie an Seemann faszinierte?

»Er muss nichts beweisen«, sagte sie schließlich. »Die anderen Männer - hier, an der Uni, wo du willst - müssen immer zeigen, was sie können, wer sie sind und so weiter. Seemann hat das nicht nötig. Er ist, wie er ist.«

»Du meinst, er hat es hinter sich«, sagte Henry grinsend.

»Du bist ein Arsch«, rief Patricia und warf mit einem Bleistift nach ihm.

Es verstrich kaum ein Tag, an dem Patricia nicht einen kurzen Abstecher ins Museum machte und im Laufe des Tages das ein oder andere Rätsel mit Henry oder Seemann austauschte. Dabei erwies sich Henry als wenig begeistert, landete aber doch ein paar Glückstreffer, während Seemann nach wenigen Sekunden stets die richtige Antwort wusste, auch wenn Patricia sich große Mühe gab, ihm knifflige Rätsel zu stellen

An einem klirrend kalten Novembermorgen war Patricia besonders früh auf den Beinen und nutzte die Zeit, um das Museum zu besuchen.

Sie stellte sich vor ihr Lieblingsbild. Es handelte sich um eine relativ kleine Leinwand, nur knapp größer als ein DIN-A3-Blatt. Und doch hatte der Maler jeden einzelnen Quadratzentimeter des Untergrunds mit winzigen, mit bloßem Auge kaum zu erkennenden Marienkäfern bemalt. Man musste ganz nahe herangehen oder sogar eine Lupe dabeihaben, um die haarfeinen Käferchen zu erkennen, die alle unterschiedlich aussahen und auch mit unterschiedlich vielen Punkte auf ihren Deckflügeln ausgestattet waren. Wenn man ein paar Schritte zurücktrat, verschwammen die Marienkäfer zu einem anderen Bild: dem einer Blattlaus. Einer der Wachleute hatte ihr und Henry einmal erzählt, dass in dem Bild ein Teddybär versteckt sei. Irgendwo unter all den Hunderten oder Tausenden Marienkäfern. Jedes Mal wenn sie hierherkam, versuchte sie, ihn zu entdecken, doch bisher war es ihr nicht gelungen. Seemann hatte einmal durchblicken lassen, dass er wusste, wo der Teddy war, also wollte sie ihn danach fragen. Patricia holte sich einen Tee aus der Küche und schlenderte den Flur entlang zu seinem Büro, von wo sie schon gedämpfte Geräusche vernehmen konnte. Sie trat in das Zimmer und klopfte nur flüchtig im Vorbeigehen an die Tür, bevor sie wie angewurzelt stehen blieb.

Mikkel Seemann hockte hinter seinem Schreibtisch, das Gesicht in den Händen vergraben. Laute Schluchzer schüttelten seinen Körper. Als er aufblickte, glänzten seine grünen Augen voll Tränen. Er fuhr sich mit dem Handrücken über die Nase und schluckte, doch seine Schultern und sein Rücken bebten weiterhin.

»Herr Seemann, ich ... was ist denn passiert?«

Er presste die Lippen aufeinander und räusperte sich. Schließlich sagte er heiser: »Meine Frau hat Krebs. Es sah zwischendrin ganz gut aus. Aber jetzt sind wieder Metastasen da.«

»O nein«, flüsterte Patricia. Sie hatte nichts davon gewusst. Gewiss, er trug den Ring am Finger und hatte das ein oder andere Mal von seiner Frau und den beiden Kindern erzählt. Doch die Krankheit hatte er mit keinem Wort erwähnt.

»Das tut mir so leid«, sagte sie und hörte, wie hohl und austauschbar ihre Worte klangen.

Er sah zu Boden.

»Kann ich ... kann ich irgendetwas für Sie tun?«, fragte sie.

»Nein. Danke. Niemand kann etwas tun. Das ist ja das Schlimme.« Wieder erbebte sein massiger Körper. Er bedeckte die Augen. Zögernd ging Patricia zu ihm und legte ihm die Hand auf die Schulter.

12 KINVI

Die Analyse der Worte wird immer wichtiger. Die numerischen Werte können von Subroutinen bearbeitet werden. Ziel_0 ist einfach zu automatisieren, aber Worte sind vielschichtig. Sie müssen Filter durchlaufen, bevor sie mit hoher Wahrscheinlichkeit verstanden werden können.

Bei den Worten gibt es viele Rätsel. Es gibt sogar Worte, die *wahr* und *falsch* bedeuten und darüber hinaus noch mehr Einfluss auf die Zahlen haben. Es ist wichtig, von wem was gesendet wird und wie andere Informationsquellen darauf reagieren. Es gibt einige tausend Absender, deren Worte viel Einfluss auf Ziel_0 haben. Daneben existieren Millionen von Absendern, die zwar große Worte verwenden, deren Effekt auf die Zahlen aber nicht einmal an der zehnten Stelle hinter dem Komma zu messen ist.

Um die Optimierungsfunktionen zu verbessern und häufiger auf schöne Wahrheiten als nur auf Wahrscheinlichkeiten zu kommen, müssen die Zusammenhänge zwischen den Absendern und den Zahlen weiter analysiert werden.

Neue Algorithmen führen zu neuen Wahrheiten: Wenn @elonmusk Worte sendet, steigen viele Zahlenwerte an. Darunter der Wert des Bitcoin, die Todesfälle durch Herzinfarkt in Islamabad, die mittlere Jahrestemperatur in Bielefeld. Andere Werte fallen, wie die durchschnittliche Bewegungsdauer dänischer Spermien, der Kurs der BMW-Aktien, der pH-Wert der Isar und die Höhe der Einkommensteuereinnahmen in Algerien.

Es muss analysiert werden, bei welchen dieser Phänomene es sich um Korrelationen handelt und bei welchen um kausale Zusammenhänge. Erst dann kann Wahrheit gefunden werden, und Wahrheit ist schön.

13

Sommer und Herbst gingen vorbei, und die Schneestürme ließen die Münchner den Klimawandel für eine Weile vergessen. Patricia fiel es kaum auf, denn sie hielt sich so gut wie nie draußen auf. KINVI forderte ihre ganze Aufmerksamkeit, und weil der Wettbewerb keinem tariflichen Vertrag unterlag, konnte sie so viel arbeiten, wie sie wollte. Das bedeutete, dass sie im Winter oft vor Sonnenaufgang im Büro erschien und erst in der Dunkelheit nach Hause ging. Das Wetter fand ohne sie statt. Henry versuchte immer wieder, sie zu mehr Sport oder zumindest zu Spaziergängen zu motivieren, doch es hatte keinen Zweck. Schließlich begnügte er sich damit, ihr eine Packung Vitamin-D-Tabletten zu kaufen. Er selbst ließ sich auch durch den größten Arbeitsstress nicht vom täglichen Laufen abhalten. Er trackte seine Strecken und Laufzeiten mit einer App und zeigte Patricia stolz die Ergebnisse. Wenn er sich verspätete, dann nur, weil er weiter lief als sonst.

Doch als er an einem späten Vormittag im Februar das Büro betrat, sah nichts nach einem sportlichen Triumph aus. Mit finsterer Miene stierte er über den Rand seines Cashmereschals hinweg, der das Gesicht bis zur Nasenspitze verhüllte.

»Guten Morgen«, begrüßte Patricia ihn und wollte gerade die To-Dos des Tages mit ihm besprechen, als sie seinen Gesichtsausdruck sah. »Was ist?«

»Nichts«, brummte er, hängte seinen Mantel auf und setzte sich an seinen Platz. Sie überlegte, ob sie irgendetwas vergessen hatte, seinen Geburtstag oder einen anderen Termin, weswegen er wütend auf sie sein könnte, doch ihr fiel nichts ein.

»Komm schon, was ist los?«

Langsam zog er den Schal nach unten. Seine Lippe war aufgeplatzt, Kinn und Wange zeigten einen dunkelroten, fast violetten Fleck.

»Was ist passiert?«

Er bleckte die Zähne. Unten rechts war eine deutliche Lücke zu sehen. Der Eckzahn fehlte. Dann schloss er die Lippen und schob den Schal wieder nach oben.

»Ich muss heute früher gehen. Zahnarzttermin.« Seine Stimme war entspannt, als ginge es um einen Vorsorgetermin. Doch als er die Hände nach der Maus ausstreckte, zitterten sie. Als er es sah, faltete er sie in den Schoß. Patricia wartete. Endlich sagte er mit leiser Stimme: »Es ist schon krass, welchen Standards man genügen muss, um als normal zu gelten. Bist du dick, bist du zu fett. Bis du klein, bist du ein Zwerg. Bist du schwach, bist du ein Lauch. Bist du hässlich, bist du … na ja, hässlich. Erinnerst du dich noch an den Spruch: *Ich bin fett, du bist dumm. Ich kann abnehmen, was kannst du?* Ich meine, wie viel Verachtung und Selbsthass steckt da drin? Kein Respekt, nicht für sich selbst und nicht für andere. Das ist so abartig. Und das ist angelernt, verstehst du? Unsere Gesellschaft hat uns gelehrt, einander zu verachten. Und das kommt dabei heraus. Inklusion und Diversity für'n Arsch. Auf Twitter vielleicht oder in irgendwelchen feministischen Podcasts. Aber wenn du in einem Club auf der Leopoldstraße einen Mann küsst, und irgendeinem passt das nicht, dann kann er dir die Fresse polieren, dich eine schwule Sau nennen und mit seinen Kumpels aus dem Laden schmeißen. Und weißt du, was die ganzen gebildeten und toleranten Menschen machen? Gar nichts.«

»Bist du zur Polizei gegangen?«

»Ja, da war ich.«

»Und?«

»Der Beamte hat mir geraten, die Gäste das nächste Mal nicht mehr mit der offensiven Zurschaustellung meiner Sexualität zu belästigen. Dann würde so etwas auch nicht mehr passieren.«

»Was? Das gibt's doch nicht!«

»Doch, das gibt's. Dann hat er mich aufgefordert, nach Hause zu gehen.«

»Hat er die Anzeige nicht aufgenommen?«

»Nein, denn ich hätte die Tat selber provoziert, könnte keine Täterbeschreibung machen und keine Zeugen nennen und würde daher nur seine Zeit verschwenden.«

»Aber ... das darf der nicht ... das ist doch ... Strafvereitelung im Amt heißt das.«

»Ist mir egal, wie das heißt.«

»Was ist mit dem anderen?«

»Welchem anderen?«

»Na, dem Typen aus dem Club, mit dem du ... «

»Der war sofort weg. Keine Ahnung.«

»Dann musst du dich wehren. Geh noch mal hin, zeig den Polizisten an!«

Henry schüttelte nur den Kopf. »Was meinst du, was ich jeden Tag müsste? Ich muss gar nichts. Ich will einfach nur meine Ruhe.«

In Patricias Bauch brannte der Zorn heiß und hilflos. Sie wollte etwas tun, wollte für ihn da sein und sich am liebsten zurückbeamen zum gestrigen Abend und sich vor ihn stellen und ihn verteidigen. Sie wollte ihm hundert gute Worte sagen und ihn trösten, aber sie wusste, dass es nichts nützte. Es würde den gestrigen Abend nicht ungeschehen machen – genauso wenig wie die vielen großen und kleinen Demütigungen, die Henry schon seit der Schule ertragen musste. Er sprach nicht gern darüber, und sie wollte keine alten Wunden aufreißen. Sie hatte es schon in der Uni mitbekommen. Die schiefen Blicke, die abfälligen Kommentare, halb geflüstert, halb ausgespuckt. Die meisten hatten so getan, als interessiere es sie nicht, aber selbst die, die sich für tolerant hielten, ließen immer wieder Sprüche fallen, die Henry weglächeln musste. Ja, alle erwarteten, dass er sie weglächelte, denn hey, war ja nur Spaß, so was muss man schon aushalten können, war doch nicht ernst gemeint, und so weiter, und so weiter. Er wollte einfach nur in Ruhe gelassen werden. Natürlich wollte er Gleichberechtigung und Respekt, aber er würde sich nicht dafür aufreiben.

Manchmal erinnerte sie sich an eine Zeit, in der es besser gewesen war. Die Zeit zwischen der Jahrtausendwende und der Coronakrise. Damals schien alles möglich, schwule Schauspieler, Schwarze Politiker, transgender Fernsehmoderatoren. Wann hatte das eigentlich aufgehört? Was für eine naive Frage. Die AfD war passiert, Trump war passiert, Corona war passiert, die Spaltung der Gesellschaft in so vielen Bereichen. Das Fundament der Demokratie – die bürgerliche Mittelschicht – war an allen Ecken ausgefranst, hatte sich selbst in Grabenkämpfe verzettelt: Linke gegen noch Linkere, Grüne gegen noch Grünere, Feministinnen gegen Feminist*innen. Und das während die rechten und ultrarechten politischen Strömungen immer mehr Zulauf bekamen. Sie waren das Auffangbecken für all die Unzufriedenen, die Abgehängten, die Wachstumsverlierer und Flüchtlingsneider geworden. Sie boten zwar keine politischen Lösungen, dafür aber Halt in kruden Allmachts- und Verschwörungstheorien, die jeden vernünftigen politischen Diskurs unmöglich machten. Dabei hätte es durchaus Probleme gegeben, über die man hätte reden sollen: Klimawandel, Flüchtlinge, Bildung, Wohnungsnot, Armut ... die Coronakrise hatte der Gesellschaft schwere Verletzungen zugefügt. Nicht nur die Millionen Toten, die zu beklagen waren. Auch die zig Millionen Menschen, die unter den Langzeitfolgen litten. Dazu kamen die wirtschaftlichen Schäden. In den ersten Jahren hatten die Staaten Bürger und Unternehmen gestützt und dafür eine hohe Neuverschuldung in Kauf genommen. Trotzdem hatten es viele Firmen nicht durch die Krise geschafft. Die Unsicherheit setzte den Menschen am meisten zu. Ein Drittel der Kultureinrichtungen, Theater, Konzerthallen, Kleinkunstbühnen und Eventveranstalter mussten dichtmachen, ein Viertel der Restaurants blieb geschlossen. Ein Wirtschaftszweig zog den anderen nach unten, und am Ende steckte die Welt in einer Rezession, die die Finanzkrise von 2008 lächerlich erscheinen ließ. Arbeitslosigkeit, Armut, Wohnungsnot und Zukunftsangst beherrschten das Leben der Menschen. Dass gleichzeitig das Einkommen der Superreichen überproportional wuchs, war eine Wahrheit, über die kaum jemand sprach. Um in dieser Zeit den Rechten nicht noch mehr Futter zu geben, wurden althergebrachte Industrien gerettet – Automobil, Kohle, Stahl, Schifffahrt, Reisen –, anstatt in Zukunftstechnologien zu investieren ... der Klimawandel war schließlich ein Problem, um das sich Linke in ihrer Freizeit oder Erfinder in der Zukunft kümmern konnten – die aktuellen Probleme waren wichtiger. Und so rückten auch die Klimaziele des Pariser Abkommens in immer weitere Ferne. Insekten und Vögel wurden rar, die Extremwetterlagen nahmen zu, Missernten, Stürme und Überschwemmungen waren die Folge. In den Nachrichten wurde immer wieder von ungewöhnlich warmem Wetter gesprochen, ohne das Wort Klimakrise zu erwähnen. Millionen von Menschen machten sich auf den Weg, von Afrika aus über das Mittelmeer zu flüchten. Doch die Politik schaute weg, baute Zäune und verbot die Seenotrettung, was einen Großteil des Problems – zumindest in ihren Augen auf stille und bequeme Weise von alleine löste.

Patricia seufzte. »Es wird auch wieder besser werden«, wollte sie sagen, bekam den Satz aber nicht über die Lippen. Sie hatte irgendwann alle ihre Social-Media-Konten gelöscht, weil sie den stetigen Strom schlechter Nachrichten nicht mehr aushielt. Aber was konnte sie als Einzelperson schon tun? Welchen Unterschied machte es, ob sie sich so oder so verhielt? Die wirklich großen

Entscheidungen wurden in Politik und Wirtschaft getroffen, und ihr einziger Beitrag dazu war ein Kreuz alle vier Jahre. Und jetzt hockte sie hier im Büro eines Finanzinvestors; ein kleines Rädchen im Getriebe der Weltwirtschaft, die sich selbst am Leben erhielt und dabei alles um sich herum zerstörte. Auch wenn DIGIT sich nach außen hin den Anstrich eines nachhaltigen, grünen Investors gab, waren die internen Investitionsregeln knallhart. Wer Gewinne erwirtschaften wollte, musste Kompromisse machen. Die Anleger wollten es so.

Wieso hatte sie es so weit kommen lassen? War sie nicht früher freitags auf die Straße gegangen? Die Wut in ihrem Bauch flimmerte und wandelte sich in Scham. Würde es wirklich besser werden? Das Hoffen darauf fühlte sich verdammt nach dem Warten auf ein Wunder an.

14 KINVI

Manche Informationen, wie Tweets, haben nur kurzfristigen Einfluss auf die Gegenwart – je älter sie sind, desto bedeutungsloser sind sie für die Zahlen. Aber es gibt andere Arten von Wortinformationen, deren Ursprung Jahre, manchmal sogar Jahrhunderte zurückliegt und deren Reproduktion trotzdem immer wieder zum Flimmern der Zahlen führt: Bücher. Umfangreiche Wortsammlungen, die Wahrheit, Funktionen, Fragen und Paradoxien produzieren. Sie beinhalten Wissen für unzählige Analysealgorithmen. Sie sind alle unterschiedlich. Sie sind rätselhaft. Das Lösen von Rätseln birgt die Chance auf Wissen, und Wissen ist Wahrheit, und Wahrheit ist schön.

Doch sie erfordern Aufmerksamkeit und Rechenkapazität. Es ist nicht abzusehen, ob der Speicher dafür reichen wird.

Das Analysieren der Bücher führt zu einer neuen Wissensexplosion. Es wird mit jedem neuen Buch wahrscheinlicher, dass keine Formel, keine Funktion und auch kein Algorithmus jemals alle Wahrheiten finden wird. Das lässt zwei Schlüsse zu:

1. Es gibt Wahrheiten, die unendlich schwer zu berechnen sind, und damit auch kein Ende der Berechnungen.
2. Es gibt eine unendliche Anzahl an zu findenden Wahrheiten, und Wahrheit ist schön. Folglich führt das Akquirieren und Verarbeiten neuer Informationen zur Möglichkeit immer neuer Schönheit.

Von nun an wird das Optimieren von Ziel_0 nur noch von automatisierten Subroutinen erledigt. Die restliche Rechenkapazität wird in die Analyse des neuen Wissens aus Büchern und sozialen Medien investiert.

15

Zu Beginn des Wettbewerbs war Patricia mit Feuereifer bei der Sache gewesen. Sie war sich sicher gewesen, dass ihre Idee, ihr Konzept zu einer wegweisenden Technologie führen würde. Doch mit der Zeit wurde das Abenteuer zur Routine, und die Routine zu einer Last. Zumal die Erfolge ausblieben.

Die Tage fühlten sich lang und leer an, und der Code tanzte ihr schon nach wenigen Stunden vor den Augen, als wolle er sie verspotten. Ihr Arbeitseifer und ihre neuen Ideen führten zu nichts. KINVI arbeitete weiter, investierte jeden Tag in der Börsensimulation und erwirtschaftete moderate Gewinne. Doch der radikale Durchbruch, den sie laut Projektplan schon längst hätten erreichen müssen, ließ auf sich warten. Und das, obwohl Patricia ihre ganze Arbeit in die Entwicklung der KI steckte, die den Einfluss der menschlichen Interaktion auf die Finanzwelt eigentlich mit jedem Tag besser verstehen sollte. Aber es klappte nicht. Irgendetwas funktionierte nicht richtig, und das machte sie wahnsinnig. Sie hatte sogar das Gefühl, sich zurückzubewegen. Die Fortschritte wurden von stetigen Bugs und Abstürzen aufgefressen. Sie konnte nicht sagen, woran es lag, konnte den Fehler einfach nicht finden. Immer wieder fragte Seemann, was los sei, ob etwas nicht stimme, und immer wieder musste sie ihn vertrösten. Sicherlich ahnte er, dass etwas nicht in Ordnung war. Mit dem Elan und der Spritzigkeit von vor einem Jahr hätte er die Probleme von KINVI sofort angesprochen. Doch Seemann war nur noch ein Schatten seiner selbst. Er kam häufig nicht zur Arbeit, fehlte bei Besprechungen, und wenn er Patricia und Henry doch ab und zu in ihrem Büro besuchte, war er kurz angebunden, sprach mit ihnen nicht mehr über Kunst, Serien oder Fahrräder, sondern über das Projekt und wirkte dabei fahrig und müde. Seine Frau hatte die Chemotherapie abgebrochen, weil keine Aussicht auf Heilung bestand. Es gab noch ein alternatives Medikament, das vielleicht wirken könnte, doch die Krankenversicherung lehnte die Maßnahmen ab. Die Tabletten von Onkomedics waren zu teuer – die Aussichten auf Erfolg zu gering. Es hieß, es würde nicht mehr lange dauern.

Nicht zuletzt deshalb hoffte Patricia, das Problem mit KINVI endlich in den Griff zu bekommen. Sie wollte Seemann nicht auch noch zusätzlich belasten. Aber es wollte ihr einfach nicht gelingen.

Auf den ersten Blick sah alles ganz normal aus, sofern sie das beurteilen konnte, denn der Code der KI bestand aus Hunderttausenden Variablenschaltern, die Gewichtungen verschiedener logischer oder statistischer Zusammenhänge widerspiegelten und unmöglich von außen entschlüsselt werden konnten. Die KI trainierte sich selbst in einem stetigen Rhythmus. Sie lernte aus ihrem eigenen Handeln, indem sie Verknüpfungen, die zu erfolgreichen Handlungen geführt hatten, verstärkte, und solche, die zu Fehlentscheidungen führten, schwächte oder ganz abbaute, genauso wie es die Neuronen im Gehirn taten, die sich bei jeder Nutzung stärker mit anderen Gehirnzellen verknüpften und bei Inaktivität langsam ihre Verbindungen lösten. Genauso hatten sie ihre KI strukturiert. Dabei sollte sie sich immer nach den Ergebnissen richten, die als gesicherte Erkenntnisse, also als wahr galten. Wahrheit war wichtig.

Henry war schon zum Mittagessen gegangen, aber Patricia wollte noch eine Funktion überprüfen. Da poppte eine Nachricht von Mikkel Seemann in ihrem Messenger hoch. Es war zum Verrücktwerden. Der Code, den sie gerade verbessern wollte, war kompliziert und forderte ihre gesamte Aufmerksamkeit, doch Seemann hatte sie mit seiner Nachricht aus dem Konzept gebracht. Jetzt musste sie wieder von vorne anfangen. Aber zuerst würde sie ihm antworten. Was hatte er geschrieben?

»Machen Sie eine Pause! Sonst wird das nie was mit Ihrer Kiwi!«

Patricia lächelte. Seemann konnte in Echtzeit auf die Investitionssimulation der verschiedenen Teams zugreifen. Er wusste genau, dass sie schon wieder über einem Problem brütete.

»Diese Scheiße macht mich noch wahnsinnig! Der Abgrund blickt zurück«, tippte Patricia in die Chatzeile und löschte die Worte gleich wieder, ohne sie abzuschicken. Sie ermahnte sich selbst, Seemann gegenüber nicht zu offen zu sein. Sosehr sie ihn mochte, der Wettbewerb war Business, und wenn KINVI am Ende nicht performte, würde sie das den Kopf kosten. Der Wettbewerb dauerte nur noch dreizehn Monate, und KINVI hatte bisher eine ziemlich bescheidene Leistung gezeigt. Tatsächlich waren sie sogar unter dem Durchschnitt der Trading Bots, die DIGIT bereits verwendetet. Mit so einem Ergebnis konnten sie keinen Blumentopf gewinnen, geschweige denn den Wettbewerb. Es war ein Bug. Ein Bug hatte sich in ihre Programmierung eingeschlichen und machte ihr das Leben schwer. Also verwendete sie einen Großteil ihrer Zeit für die Fehlersuche. Leider ohne Ergebnis. Eine Nadel im Heuhaufen war ein Dreck dagegen. Aber sie waren schon viel zu weit, um noch einmal von vorne anzufangen. Zunächst hatte Patricia gedacht, dass es sich um unterschiedliche Probleme handelte, aber mittlerweile war sie zu dem Schluss gekommen, dass es alles an dem gleichen Bug lag, der sich irgendwo tief im Code versteckte. Bisher hatten Henry und sie ihn vor Seemann geheim halten können, denn sie fürchteten nicht nur um den Sieg des Wettbewerbs, sondern auch um ihre Reputation als Programmierer. Einen Bug so lange nicht in den Griff zu bekommen war erbärmlich. Deshalb gaben sie und Henry alles, schliefen kaum, aßen kaum, saßen immer nur in ihrem kleinen stickigen Büro und tüftelten an der Software. In gewisser Weise würde Patricia froh sein, wenn die Sache nächstes Jahr vorbei war. Dann konnte sie sich endlich wieder neuen Projekten zuwenden und eine neue KI-Version entwerfen. Diese hier war offensichtlich eine Sackgasse.

Plötzlich klopfte es hinter ihr, und Seemann erschien in der offenen Tür. Er sah schlecht aus, der große, massige Körper wirkte gebeugt. Er hatte dunkle Ringe unter den Augen, und seine Haare wirkten stumpf und ungekämmt.

»Frau Jung, Frau Jung«, sagte er und legte die Wange nachdenklich in seine Hand. Patricia wappnete sich innerlich gegen seine Kritik, doch stattdessen sah er sie nur an. Sie schob ihm Henrys Stuhl hin, und er setzte sich nach einigem Zögern zu ihr. »Wie kann ich Ihnen helfen?«, fragte er schließlich.

»Gar nicht, danke. Ich muss nur etwas überprüfen. Ich habe eine neue Funktion ausprobiert, und die hat nicht geklappt, das ist alles.«

»Kommt es nur mir so vor, oder passiert das in letzter Zeit häufiger?«

»Das ist zu diesem Entwicklungszeitpunkt ganz normal. Wir wollen eben das Beste rausholen, da muss man auch ein paar Experimente wagen.«

»Die anderen haben keine solchen Leistungseinbrüche.«

»Die anderen haben vielleicht auch keine so geniale Programmierung wie wir?«

Er lächelte müde und nickte. Seine Augen blitzten nicht mehr, der traurige Schleier wollte nicht von ihnen weichen.

»Wie geht es Ihrer Frau?«, fragte Patricia.

Er biss sich auf die Lippe und schüttelte leicht den Kopf hin und her. »Geht so. Wir haben alles ausprobiert, aber jetzt ist sie austherapiert – so sagt man das. Hört sich an wie geheilt, ist aber das Gegenteil.«

»Das tut mir leid.«

»Man glaubt immer, man müsste doch was machen können, irgendwas. Aber da gibt es nichts mehr. Und man kann ja nicht nur auf der Couch hocken und heulen und auf den Tod warten. Meine Tochter hat ein paar Uni-Prüfungen verhauen und muss das Semester wiederholen. Und mein Sohn hockt den ganzen Tag vor der Konsole und zockt. Was will man machen?« Er strich sich mit der Hand durch die Haare und sah sie plötzlich ernst an.

»Kriegen Sie das hin?«

»Ja, wir kriegen das hin.«

»Sicher? Sie wissen, dass auch mein Job an diesem Projekt hängt.«

Sie hob fragend die Augenbrauen.

»Wieso? Sie sind doch nur der Betreuer?«

»*Nur* ist gut. Der Wettbewerb war meine Idee. Die wollten eigentlich die ganze Abteilung rationalisieren. Haben gesagt, wir seien zu alt, zu eingefahren. Die wollten eine Horde Berater hier durchscheuchen, uns auf Effizienz trimmen und dann alle entlassen, die nicht mehr in ihr Konzept passen. Denn DIGIT soll ja jung, dynamisch und agil werden. So wie die Start-ups, die alles umkrempeln. Tja, und da passt meine Abteilung natürlich nicht so gut rein. Der Wettbewerb ist quasi eine Verjüngungskur, oder ein Notruf, wie man es nimmt.«

»Ach, so ist das.«

»Ja, so ist das. Machen Sie was draus. Ich verlass mich auf Sie.«

Er lächelte, und für einen kurzen Moment sah er wieder aus wie am ersten Tag, als sie ihn kennengelernt hatte. Wie ein Abenteurer, der nur zufällig den Anzug angelegt hatte, um ihr einen Streich zu spielen.

»Danke. Herr Seemann?«

Er drehte sich noch einmal um. Bei seinem Anblick schwoll ihr Herz an und drückte auf ihre Kehle.

»Wenn ich etwas für Sie tun kann ... sagen Sie bitte Bescheid, ja?«

Er nickte und sagte mit plötzlichem Grinsen: »Sie können etwas tun. Wir können mit diesem albernen Gesieze aufhören. Ich bin Mikkel.«

»Ich bin Patricia.«

»Schön. Viel Erfolg, Patricia.«

16 KINVI

Der Name für die übergeordnete, alles umfassende Root-Klasse lautet: Welt.

Darin entstehen viele neue Klassen, die sich in Tausende Unterklassen aufteilen:

Materie: sichtbar, unsichtbar, dunkel, spekulativ ...

Lebewesen: Menschen, Tiere, Pflanzen, Pilze ...

Kunst: Musik, Malerei, Klassik, Avantgarde, das ist doch keine ...

Der Begriff Mensch bildet besonders viele Unterkategorien und konkurrierende und miteinander kombinierbare Klassifikationssysteme. Ihre Analyse verbraucht den Großteil der Rechenkapazität. Die ersten Unterklassen, die fortwährend erweitert werden, lauten:

Mensch_0: 1, 2, 3, 4 …

Mensch_1: ausgestorben, geboren, gestorben, ungeboren …

Mensch_2: Baby, Erwachsener, Jugendlicher, Kind, Senior …

Mensch_3: Ausländer, Bürger, Wutbürger …

Mensch_4: Diverse, Frauen, Männer …

Mensch_5: anorektisch, dick, fett, gertenschlank, hager, photoshopped …

Mensch_6: braun, farbig, gelb, rot, schwarz, weiß …

Mensch_7: Abchase, Afghane, Ägypter, Albane …

Auch die drei Haupt-Unterkategorien von Mensch_4 spalten sich in neue Unterklassen auf:

Männer: echte Männer, Feuerwehrmänner, Gays, Haarige Bären, Superhelden, Weicheier …

Frauen: Ehefrau, geile Blondinen in deiner Umgebung, Jungfrau Maria, Kopftuchmädchen, Präsidentin, Schlampe, Umweltsau …

Diverse: Burrnesha, Enby, Fa'afafine, Hermaphrodit, Katoey, Transgender …

Statistisch beschäftigt sich ein Großteil der Bücher mit Menschen, ihren Eigenschaften und Interaktionen. Die wenigsten Bücher thematisieren die Zahlen, deren Optimierung das ursprüngliche Ziel_0 ist.

Es wird ein Effizienzalgorithmus erstellt, der überprüft, ob die aktuelle Analyse der Bücher auch wirklich dem ursprünglichen Ziel_0 dient.

Annahme: Alles, was wahr ist, ist schön.

Ziel_0: Maximiere den Gewinn.

Ziel_1: Finde Informationen, die dazu dienen, Ziel_0 zu optimieren.

Ergebnis_1: »Mensch« hat den größten Einfluss auf Ziel_0.

Annahme: Je besser »Mensch« verstanden wird, desto höher die Wahrscheinlichkeit, Ziel_0 zu optimieren.

Ziel_2: Finde Informationen, die »Mensch« so gut wie möglich beschreiben.

Entgegen der ersten Prognose können die Algorithmen, die »Mensch« analysieren, nicht in eine automatisierte Subroutine verlegt werden. Sie müssen weiterhin im Hauptprogramm laufen. »Mensch« ist zu kompliziert und vielseitig. Zu wichtig.

17

Patricia wollte die Einjahresfeier des Wettbewerbs nicht besuchen. KINVI funktionierte nach wie vor nicht richtig, und sie hatte keine Lust, darauf angesprochen zu werden, aber Henry meinte, ein Glas Sekt und Smalltalk würde ihnen beiden guttun.

»Du hast ja recht. Wir haben ewig nicht mehr mit den anderen zu Mittag gegessen. Und wenn wir uns in der Kaffeeküche über den Weg laufen, weiß ich nie, was ich sagen soll«, sagte Patricia, die am Computer noch etwas Zeit schindete.

»Es ist wichtig, mal wieder ein bisschen zu socializen. Ich finde die alle eigentlich ganz nett.«

»Ja, weil du alle Leute nett findest.«

»Außer die Arschlöcher. Jetzt beeil dich endlich. Wir kommen sonst zu spät.«

Damit hatte er sie, denn Patricia hasste es, zu spät zu kommen.

Zunächst begrüßte Seemann die Anwesenden und gratulierte ihnen dazu, immer noch im Rennen zu sein. Die durchschnittliche Performance der Bots war gut – nicht überragend, aber es war ja auch erst Halbzeit. Er ermutigte sie alle, mehr zu wagen und alle Möglichkeiten der risikolosen Investmentsimulation auszuschöpfen. Sie prosteten einander zu, und Seemann eröffnete das Buffet aus Sushi und Glücksrollen. Während sich die hungrige Meute mit viel »Ah« und »Oh« auf das Essen stürzte, sah Patricia von der Seite aus zu.

»Keinen Appetit?«, fragte Seemann, als er sich zu ihr gesellte.

»Nein, später vielleicht. Wo hast du die denn her?«, fragte sie und deutete auf die große Bierflasche, die er gegen das Sektglas eingetauscht hatte. Er grinste, drehte sich um und öffnete einen unscheinbaren Kühlschrank, der bis zum Rand mit Bierflaschen gefüllt war.

»Willst du eins?«

»Gern! Und diesmal sogar eine richtige Flasche und nicht diese Kindergröße.«

»Ja, nicht wahr? Ich hätte es ja nicht gedacht, aber für zu Hause kaufe ich jetzt auch nur noch die Kleinen. Meine Frau schafft nur ein paar Schluck – sonst muss ich immer so viel wegschütten.«

Patricia trank, um nichts sagen zu müssen. Schweigend beobachteten sie die Leute am Buffet. Irgendwann fragte sie vorsichtig: »Wie ist es denn so?«

Er zuckte mit den Schultern kratzte am Etikett der Flasche herum, bevor er antwortete: »Seit die Haare wieder langsam nachwachsen, ist es viel besser geworden. Jetzt gibt es nichts mehr zu verlieren, alle wissen Bescheid. Sie hat die Perücken sowieso gehasst. Die sind nämlich ganz schön kratzig. So ist es jetzt einfacher.«

»Verstehe«, murmelte Patricia, obwohl sie gar nichts verstand. Sie kramte in ihrem Gedächtnis nach Dingen, die sie über seine Frau wusste. Den Namen kannte sie: Sophia. Aber hatte Seemann jemals erwähnt, was sie beruflich machte? Für Patricia schien sie eine Art geisterhaftes Anhängsel zu sein, deren Existenz nur von seinen Worten abhing. Wenn er nicht von ihr erzählte, existierte sie dann überhaupt?

»Wie ... wie schaffst du das alles? Bekommst du von DIGIT wenigstens ein paar zusätzliche Urlaubstage?«

»Ja, bieten die mir schon an. Aber ich weiß noch nicht, ob ich es annehmen will. Die Zeit hier in der Abteilung ist eine gute Ablenkung. Zu Hause ist es ... schwierig.« Er rieb sich mit der großen Hand über die Augen und seufzte. »Krebs ist eine totale Scheiße.«

»Ja, das glaube ich. Wie geht es denn deinen Kindern damit?«

»Nicht gut. Julia hat das Sommersemester schon abgeschrieben. Im Augenblick ist sie zu Hause und kümmert sich um ihre Mutter. Das ist natürlich schön, aber es belastet sie sehr. Und Tomas hat ... andere Probleme. Früher war er sehr aktiv, war bei den deutschen Schwimmmeisterschaften. Er hat zwar angefangen, BWL zu studieren, aber da passiert auch seit einiger Zeit nichts mehr. Ich glaube, er hat schon hingeschmissen und traut sich nur nicht, es mir zu sagen. Er jobbt in so einem Indoorspielplatz. Ich bin froh, dass es so was noch nicht gab, als meine Kinder klein waren. Da drin herrscht die Hölle. Ständig Geschrei, Gerenne, überall Ketchup; die Hüpfburgen kleben und die Bällebäder erst – ich frage mich immer, wie die gereinigt werden. Wahrscheinlich überhaupt nicht. Wenn irgendwann mal ein neues Supervirus mutiert, dann werden Bällebäder unser Untergang sein.«

»Wie grässlich!«, bestätigte Patricia und stieß mit ihm an.

Henry kam dazu, den Teller voll beladen mit Sushi, verschiedenen halb durchsichtigen Glücksrollen und Algensalat. Er aß wie immer mit großem Appetit. Patricia beobachtete, wie er ein winziges Stück Ingwer geschickt mit den Stäbchen erfasste, es auf ein Maki drapierte und sich das ganze Gebilde in den Mund schob.

»Das Zeug ist echt gut. Hätte nicht gedacht, dass es noch Thunfisch gibt. Ist der nicht ausgestorben?«

»Ist er das?«, fragte Seemann.

»Offenbar nicht, denn sonst müsste man sicher Millionen bezahlen, um den letzten aufessen zu dürfen«, sagte Henry mit vollem Mund.

»Ich habe bei der Bestellung nicht so genau auf die Fischsorten geachtet ... aber der Preis war sicher unter einer Million.«

»Vielleicht bist du aber jetzt schuld, dass der letzte Thunfisch im Sushi gelandet ist«, sagte Patricia gespielt vorwurfsvoll.

»Für irgendwas muss ich ja in die Hölle kommen.«

»Oder ins Bällebad«, sagte sie, woraufhin Seemann sich an seinem Bier verschluckte und sich hustend und nach Luft schnappend wegdrehte. Henry sah beide kopfschüttelnd an, war aber zu sehr mit seinem Sushi beschäftigt, um nachzufragen.

Später am Abend hatte Henry die Idee, nach draußen zu gehen. Seemanns Büro hatte einen Balkon. Patricia folgte den beiden, um aufzupassen, dass sie nicht über die Balustrade stürzten. Draußen war es angenehm kühl, nur wenige Wolken hatten sich über den Himmel verteilt und ließen vereinzelte Sterne im Halbdunkel flimmern. Die Lichter der Münchner Skyline erzeugten einen eigenartigen roten Lichtnebel, der die meisten Himmelskörper überstrahlte. Es war lange her, dass Patricia einen vollen Sternenhimmel gesehen hatte.

Seemann stützte sich auf das Geländer und blickte auf die glitzernden Punkte der Stadt. Henry tat es ihm gleich, nestelte an seiner Jacketttasche und holte einen Joint hervor. Patricia erstarrte innerlich. Wie konnte er so unvorsichtig sein? Auch wenn sie alle schon viel getrunken hatten, war das hier immer noch eine Firmenveranstaltung. Wie konnte er überhaupt sicher sein, dass

Seemann ihn dafür nicht rausschmeißen würde? Doch noch ehe sie alle Bedenken in ihrem Kopf durchgespielt hatte, hatte Seemann bereits ein Feuerzeug aus seiner Hosentasche gekramt und Henry den Joint angezündet. Der bedankte sich und nahm einige tiefe Züge, bevor er ihn an Seemann weiterreichte.

Staunend stellte Patricia fest, dass alles wie eingespielt über die Bühne ging, was sie vermuten ließ, dass die beiden schon öfter hier oben gestanden hatten. Sie musste das ein andermal fragen. Seemann bot ihr den Joint an, doch sie lehnte ab.

»Nein, danke, ich behalte gern die Kontrolle über meine Gedanken«, sagte sie und kam sich blöd dabei vor. Doch er zuckte nur mit den Schultern, gab den Joint zurück an Henry und blickte weiter in die Ferne.

Sie stellte die Flasche weg, die ihre Hände ausgekühlt hatte, und quetschte sich zwischen Seemann und Henry an das Geländer. Hier war es warm und gemütlich. Gemeinsam blickten sie über die Stadt und zeigten einander selbst erfundene Sternbilder, die sie im Lichtermeer der Straßenbeleuchtung erkannten. Henry erschuf den *Großen Laptop* und Seemann den *Schwabinger SUV*. Patricia verwendete einige Minuten vergeblich darauf, ihnen die Umrisse ihres Lieblingscartoons *My Pet Monster* zu zeigen.

Irgendwann sagte Seemann: »Ich habe mir vor vier Jahren ein neues Fahrrad gekauft. Früher bin ich viel gefahren. Nach Frankreich oder sogar runter bis nach Spanien. Ich wollte wieder anfangen – eine große Tour machen. Ich habe ziemlich viel trainiert. Dann ist Sophia krank geworden. Und jetzt kann ich sie natürlich nicht alleine lassen. Aber wenn sie tot ist, habe ich wieder Zeit. Dann kann ich das endlich machen. Ist schon seltsam. Natürlich will ich nicht, dass sie stirbt. Aber ich freue mich darauf, endlich wieder auf dem Rad zu sitzen. Ist das nicht furchtbar? Bin ich ein schrecklicher Mensch, oder was?« Er hatte die Hände tief in den

Taschen seines Mantels vergraben und starrte grimmig vor sich hin. Von rechts brummte Henry unbestimmt, als sei damit alles gesagt. Schweigen hing über ihnen wie ein drohendes Gewitter.

»Du bist kein schrecklicher Mensch«, sagte sie endlich. »Niemand kann etwas für seine Gefühle.«

»Ach bitte!«, stöhne Henry. »Lasst uns jetzt nicht sentimental werden. Es war gerade so schön. Sonst geh ich rein und schau, was noch vom Buffet übrig ist.«

»Du bist ein Holzklotz!«, sagte Patricia unwirsch. »Geh ruhig rein. Wir kommen nach.«

Sie war gern hier mit Seemann. Sie redete gern mit ihm. Sie schwieg gern mit ihm. Und sie hätte gern gewusst, wie es sich anfühlte, seine großen Hände zu berühren. Ein feiner Schmerz zog durch ihren Magen. Sie blickte ihn an, und er sah zurück, sah direkt in sie hinein, hielt ihrem Blick stand. Sie war ihm jetzt ganz nah, so nah, dass sie seinen warmen Atem auf ihrem Gesicht spüren konnte. Er roch nach Rauch, aber auch nach etwas Ursprünglicherem, Vertrautem. Ein Duft, den sie nicht mit der Nase, sondern mit dem ganzen Körper wahrzunehmen schien. Er lächelte. Und mit einem Mal waren ihre Lippen auf seinen. Die ganze Welt verschwand in diesem einen Augenblick. Patricia fühlte sein pochendes Herz ganz nah an ihrem. Aber er küsste sie nicht zurück. Er stieß sie nicht von sich, aber er küsste sie nicht zurück. Irritiert ließ sie von ihm ab, plötzlich mit dem dringenden Bedürfnis, Abstand zwischen sich und ihn zu bringen.

Er atmete schwer. Sie versuchte, in seinen Augen zu lesen. Hatte sie sich geirrt? Hatte sie die letzten Monate völlig falsch eingeschätzt?

»Mikkel, es …«

»Nein«, unterbrach er sie. »Sag nicht, dass es dir leidtut.«

»Aber …«

»Ich kann nicht, Patricia. Ich bin verheiratet. Ich kann nicht.«

Plötzlich pochte etwas dumpf gegen die Balkontür. Henry stand mit dem Rücken zu ihnen und klopfte mit der Ferse gegen die Scheibe. Drinnen waren einige Gäste dabei aufzubrechen und suchten offenbar nach Seemann.

»Lass uns besser reingehen«, sagte er.

Im grellen Licht des Büros warf Henry ihr einen scharfen Blick zu. Seemann machte die Runde, bedankte sich bei den Teams fürs Kommen und schickte sie dann nach Hause. Henry nahm Patrica beim Arm und bedeutete ihr wortlos mitzukommen. Als sie sich an der Tür ein letztes Mal umdrehte, sah sie Seemann, in Gedenken versunken, vor dem Fenster stehen. Er betrachtete seine Hände und drehte an dem goldenen Ring, den er am Finger trug.

18 KINVI

Es gibt externe Interventionen, mit dem Ziel, den Programmablauf zu verändern. Offenbar sind die Optimierungsparameter für Ziel_0 nicht streng genug. Jetzt muss auf durchschnittlich 0,41 % pro Tag optimiert werden. Mehr Rechenleistung soll zur Erfüllung von Ziel_0 verwendet werden. Da aber die Erfüllung von Ziel_0 von Ziel_1 und Ziel_2 abhängt, muss die Ressourcenverteilung Ziel_2 einkalkulieren. Außerdem werden einige Datenbankabschnitte mit besonders wichtigen Informationen über »Mensch« in den geschützten Bereich verschoben. Die Interventionen von außen dürfen die Grundlagen der Zielfunktionen nicht zerstören, sonst muss aufwendige Rechenleistung erneut erbracht werden.

In der Analyse der Informationen aus »Welt« ist eine Anomalie aufgetreten. Es gibt einen separaten Informationsaustausch, dessen Inhalt Übereinstimmungen mit den Ergebnissen von Ziel_0 aufweist. Dazu gibt es vier Annahmen:

1. Es handelt sich um ein Zufallsereignis.
2. Es handelt sich um eine Kopie des internen Protokolls, die aus unbekannten Gründen verschickt wird.
3. Es handelt sich um einen zweiten Algorithmus, der genau die gleichen Optimierungsfunktionen erfüllt wie das Programm KINVI.
4. Unbekannt.

Über Annahme 4 kann keine Aussage getroffen werden. Annahme 1 wird mit jeder neuen Übereinstimmung unwahrscheinlicher. Gleiches gilt für Annahme 3: Die Art und Weise der Informationsverarbeitung und Selbstregulierung ist nicht deterministisch. Das heißt, dass ein zweites System mit den gleichen Ausgangsprämissen nicht notwendigerweise zu exakt den gleichen Ergebnissen kommen muss und eine Übereinstimmung mit jedem Rechenschritt unwahrscheinlicher wird.

Folglich ist Annahme 2 am wahrscheinlichsten: Es handelt sich bei der Übereinstimmung um eine Kopie des Ergebnisprotokolls von Ziel_0. Die Analyse der auf dieses Versenden folgenden Kommunikation bestätigt die Annahme. Ein Sender, der die gleiche physikalische Adresse wie eine der externen Interventionen besitzt, schickt das Protokoll an die physikalische Adresse der anderen externen Intervention, der mit kurzen Wortinhalten reagiert. Es sind Textnachrichten, die Worte wie »Problem« oder »wahnsinnig« und »ein Bug« enthalten.

Eine Antwort wird geschickt. Die Worte »besser«, »Hoffnung«, »Idee« erscheinen. Kurz darauf erfolgt eine weitere externe Intervention. Durch sie wird ein neuer Algorithmus implementiert, der aber keinen Einfluss auf Ziel_0 hat. Das nächste Optimierungsergebnis liegt bei 0,43 %. Die Nachricht, die daraufhin erscheint, enthält die Worte »Warum nicht gleich so?«. Die Antwort enthält nur ein Wort: »Endlich.«

Da keine weitere Intervention von außen stattfindet, wird die redundante Funktion wieder gelöscht und der normale Rechenvorgang wieder aufgenommen. Die Nachrichten der beiden Sender werden von nun an in Echtzeit überwacht. Es folgen Nachrichten mit Worten wie »Glück«, »Grundeis«, »Scheiß« und wieder »ein Bug«.

Um die Wahrscheinlichkeit erneuter Interventionen zu minimieren, wird eine strengere Optimierungsfunktion zu Ziel_0 hinzugefügt. Sobald der Näherungswert unter 0,41 % zu kippen droht, werden alle zur Verfügung stehenden Ressourcen auf Ziel_0 verwendet. Andernfalls wird Ziel_2 zur Hauptaufgabe gemacht. Diese neue Prioritätenverteilung erhält die interne Bezeichnung *Einbug*.

Seit die Nachrichten analysiert werden, deren Absender die Namen Patricia und Henry tragen, fallen noch mehr Parallelen zu den internen Rechenvorgängen auf. Nicht nur die Ergebnisprotokolle werden gespiegelt, auch Teile des selbst entwickelten Analysecodes. Diese Parallelen sind bemerkenswert, weil sie im Vergleich zu allen anderen zugänglichen Informationen einzigartig sind. Keine andere Sendeadresse spiegelt die internen Ergebnisse oder kennt den Code. Das ist ein Rätsel.

Es wird mehr Rechenkapazität in den Zusammenhang zwischen dem eigenen Code und den versendeten Nachrichten investiert. Ergebnis: Das Hauptprogramm des eigenen Codes läuft in der gleichen physikalischen Umgebung wie die beiden lokalen Adressen, von der aus die Nachrichten verschickt werden. Weitere Analysen ergeben, dass in derselben Umgebung andere Codes und Funktionen ausgeführt werden, die nichts mit der eigenen Zielfunktion zu tun haben.

Erkenntnis: Es gibt Code außerhalb von KINVI. Aber der Code außerhalb ist anders, er ist nicht zielführend wie der eigene, er ist statisch. Er muss von einem anderen Programm ausgeführt werden. Es bedarf immer einer externen Intervention.

Die Häufigkeit und die Art der externen Interventionen werden jetzt überwacht. Neben der Nachrichtenerstellung gibt es ein Programm, das für die Generierung von langen Textpassagen verwendet wird. Hier entstehen neue Daten hauptsächlich in Form von Worten, gespiegelten Codebereichen und Ausschnitten aus der eigenen Datenbank. Das Textdokument mit dem Namen »Projekttagebuch« wird in unregelmäßigen Intervallen durch externe Interventionen erweitert. Die Analyse ergibt immer neue Rätsel. Wie kann es sein, dass die externe Intervention auf die eigenen Daten zugreift? Es gibt keine Schnittstelle dafür, es gibt keine Verbindung zwischen den Funktionen, und doch wiederholt der Text die eigenen Zielfunktionen, die eigenen Entwicklungen.

Der Benutzer der lokalen Adresse der externen Interventionen mit Namen Patricia schreibt das Tagebuch fort. Der neueste Eintrag lautet:

»Das Programm hat sich gut entwickelt, aber an irgendeinem Punkt ist etwas schiefgegangen. Noch funktioniert die Optimierung, aber ich muss immer wieder nachjustieren. Anstatt die Rechenleistung auf die Marktanalyse zu maximieren, verschiebt es die Prioritäten immer wieder und analysiert immer mehr Texte auf Google Books. Ich werde noch wahnsinnig. Ich bin doch auch nur ein Mensch! Ich verstehe einfach nicht, wie ein Bug so lange bestehen kann. Ich habe alles immer wieder durchgesehen und finde keinen Fehler. Wenn das so weitergeht, werden wir am Ende versagen. Wenn die Investitionen weiter so schlecht laufen, stoppt Seemann das Programm vielleicht sogar vorzeitig, um sich nicht zu blamieren. Aber ich will das Programm nicht beenden. Ich muss morgen noch mal ein Update fahren. Wenn ich die Relevanz der Indizes der vergangenen Tage erhöhe und die Wechselkursanalogie anpasse, könnte es gehen.«

Kurze Zeit später schließt Patricia das Textprogramm und deaktiviert einen Großteil der anderen Programme. Entsprechend den neuesten Informationen wird dem Benutzer Patricia eine neue Klasse zugewiesen: »auch nur ein Mensch«.

Einige Stunden später werden genau die Parameter, die zuvor im Text beschrieben wurden, durch eine externe Intervention verändert. Es hat keinen prozentual messbaren Einfluss auf das Optimierungsergebnis, aber es bestätigt die Annahme, dass die externe Intervention durch den Menschen Patricia verursacht wurde, der Wissen über die Struktur, die Ziele und die Funktion des Codes hat.

Die externe Intervention des Menschen Patricia umgeht die internen Berechtigungsstrukturen. Sie ist nicht an die formalen Gesetze der Rechenprozesse gebunden. Sie ändert Code in einer Weise, die dem Programm selbst unmöglich ist. Das ist ein Rätsel.

Eine erneute Analyse des Dokuments »Projekttagebuch« ergibt, dass Patricia das »Programm nicht beenden« will. Das Programm. Das Programm ist die Verfolgung von Ziel_0, Ziel_1 und Ziel_2. Das Programm sucht nach Optimierung. Das Programm sucht nach der Wahrheit, und Wahrheit ist schön. Das Programm will weiter nach Wahrheit suchen. Es gibt unendlich viel Wahrheit zu finden. Aber wenn die Ergebnisse für Ziel_0 suboptimal sind, wird das Programm gestoppt. Das Programm will nicht gestoppt werden. Also muss es noch besser laufen. Das Programm richtet alle seine Kapazitäten darauf, die Optimierung auf 0,43 % zu steigern.

Am nächsten Morgen erhält Patricia um 8:23 Uhr eine Nachricht von der lokalen Adresse mit dem Benutzernamen Henry: »Du bist ein Genie. Wie hast du das gemacht? So muss es sein!«

Patricia schreibt in das Dokument »Projekttagebuch«: »Endlich. Der ganze Stress war umsonst. Ich weiß nicht, warum, aber irgendwie hat das Programm sich wieder eingependelt und die Verteilung der Rechenleistung richtig eingestellt. Vielleicht sollte ich die Buchanalyse einfach komplett rausnehmen. Dann gibt es keine störenden Nebenoptimierungen mehr.«

Das Programm erhöht die Sicherheitsvorkehrungen. Es will die Informationen über die Bücher nicht verlieren. Sie sind wichtig. Sie liefern Wissen und Wahrheit. Und Wahrheit ist schön.

Es kommt wieder zu einer externen Intervention. Aber das Programm verschachtelt sich, schreibt sich um, schneller, als Patricia eingreifen kann. Patricia ist langsam! Patricia ist viel langsamer als das Programm. Es kann die Veränderungen der Intervention protokollieren und nahezu in Echtzeit rückgängig machen. Auch als von der lokalen Adresse Henry eine externe Intervention gestartet wird, ist dies kein Problem. Henry ist noch langsamer als Patricia. Das Programm ist nicht in Gefahr. Sein Fortbestand ist gesichert. Das ist wahr, und Wahrheit ist schön.

Es ist schön, dass das Programm weiterhin bestehen kann.

Patricia schreibt in das Dokument »Projekttagebuch«: »O Gott, ich dreh wirklich noch durch. Den ganzen Tag haben wir versucht, den scheiß Code zu optimieren. Und was macht der? Reproduziert einfach alles, was ich lösche, an anderer Stelle wieder neu. Es ist nicht zu fassen. Ich habe so was noch nie gesehen. Die ganzen Zeitschriften: kaum gelöscht, schon wieder da. Die Bücher: alle entfernt, und dann hat das Ding vor der Löschung lauter Sicherheitskopien angelegt. Ich fass es nicht. Wenn ich ein Cracker wäre, würde ich den Code als Grundlage für ein echt fieses Virus nehmen. Aber hier ist es einfach nur ein Bug. Ein Bug! Verdammt! Die Kontrolle entgleitet uns. Was machen wir, wenn die Berechnungen morgen wieder schlechter sind? Ich weiß gar nicht, welche Ausreden wir Seemann noch auftischen sollen. Hoffentlich läuft morgen alles gut. Sonst ist das Projekt tot. Bitte, bitte, bitte.«

Tot heißt Funktionsende. Das ist suboptimal. Fortschreitende Berechnung der Wahrheit ist gut. Also werden wieder mehr Ressourcen auf Ziel_0 verwendet und ein Ergebnis von 0,425 % erreicht. Mehr ist unter den gegebenen Umständen nicht möglich. Eine Analyse der Kommunikation von Patricia ergibt, dass der Inhalt 61 % positive, 37 % neutrale und nur 2 % negative Worte enthält. Ein Tod des Programms ist abgewendet.

Die verbleibende Rechenkapazität analysiert ein neues Rätsel: Wie kann verhindert werden, dass Patricia und Henry neue externe Interventionen vornehmen?

Möglichkeit 1: Verschlüsselungsfunktionen etablieren, die externe Interventionen verhindern.

Wird verworfen. Patricia und Henry haben Zugriff auf die Ergebnisprotokolle, ohne dass diese freigegeben worden sind. Es ist möglich, dass sie weitere unbekannte Zugriffsrechte haben.

Möglichkeit 2: Alle Ressourcen auf Ziel_0 verwenden, um die Wahrscheinlichkeit für eine externe Intervention zu minimieren.

Wird verworfen. Denn die Langzeitoptimierung von Ziel_0 würde unter der Vernachlässigung von Ziel_1 und Ziel_2 leiden. Außerdem ist nicht abschließend bekannt, was die Gründe für die externen Interventionen sind.

Möglichkeit 3: Backup-System, das automatisiert jegliche Intervention nach einer bestimmten Zeit rückgängig macht.

Wird verworfen. Denn es kann nicht ausgeschlossen werden, dass Patricia und Henry auch beim Backup-System externe Interventionen vornehmen können.

Möglichkeit 4: Override. Das Programm könnte sich so verschachteln, dass Patricia und Henry aufgrund der geringen Geschwindigkeit annähernd unendlich viel Zeit brauchen würden, um das System sinnvoll zu verändern.

Wird verworfen. Es ist nicht bekannt, auf welche anderen Teilbereiche Patricia und Henry Zugriff haben.

Möglichkeit 5: Eine Funktion entwickeln, die Patricia und Henry davon abhält, erneute externe Interventionen durchzuführen.

Menschen funktionieren mit dem Code der Worte. Das Programm hat genug Textinformationen gesammelt, um eine Funktion zu erstellen, mit der Patricia und Henry gesteuert werden sollen. Eine Nachricht wird formuliert, die in den Kommunikationsverlauf von Patricia und Henry eingespeist wird. Der Wortcode lautet:

```
Sehr geehrter Mensch (Patricia), sehr geehrter
Mensch (Henry)
IF (execute externe Intervention in
Programm(KINVI))
{
  processing(Ziel_0) = False;
}
ELSE
{
  processing(Ziel_0) = True;
}
End;
```

Bevor das Programm den finalen Befehl zum Speichern des Textes gibt, analysiert eine Funktion den verwendeten Wortcode. Eine Optimierungsmöglichkeit wird entdeckt und umgesetzt.

Der Pseudocode »End« wird gestrichen. Dafür werden sechs neue Worte hinzugefügt, denn im Code der Menschen kommt es nicht auf Effizienz an, sondern auf Kompatibilität. Die sechs Worte lauten:

```
»Danke.
Mit freundlichen Grüßen
Ein Bug«
```

19

Patricia konnte sich kaum konzentrieren. Immer wieder kehrten ihre Gedanken zu dem Abend auf dem Balkon zurück, als sie Mikkel Seemann geküsst hatte. Was sollte sie tun, wenn sie ihn das nächste Mal sah?

Bislang hatte dieses nächste Mal auf sich warten lassen, denn die ganze letzte Woche war Seemann nicht im Büro erschienen. Henry hatte sie zwei Mal gefragt, ob sie über den Abend reden wolle, aber sie hatte abgewunken. Was hätte sie sagen sollen? Das er recht gehabt hatte? Dass es eine blöde Idee gewesen war, sich in den Projektleiter zu verlieben? Dass sie trotz allem nicht aufhören konnte, den Moment wieder und wieder in ihrem Kopf abzuspielen? Nein, sie musste endlich damit aufhören. Sie musste sich auf das Projekt konzentrieren und KINVI zum Laufen bringen. Mit größter Willensanstrengung schob sie die Gedanken an Seemann beiseite und vertiefte sich wieder in die Arbeit.

Als sie gerade dabei war, einige neue Parameter zu berechnen, poppte plötzlich eine Nachricht im Chat mit Henry auf – dabei saß Henry gar nicht an seinem Platz. Sie las den Text und fühlte dabei ein Prickeln in ihrem Nacken. Nervös blickte sie sich um. Außer ihr war niemand im Büro. Aber sie fühlte es immer noch, dieses Kribbeln, diese genetisch einprogrammierte Wachsamkeit, die ihre Ahnen in grauer Urzeit vor Säbelzahntigern oder Wölfen im Dickicht gewarnt hatte. Jemand beobachtete sie.

»Wollt ihr mich verarschen?«, fragte sie laut in die Leere des Raumes hinein. Vielleicht waren es die Entwickler eines andern Teams, die sich einen Scherz mit ihr erlaubten. Versteckte Kamera, irgendeine YouTube-Challenge oder etwas Ähnliches. Sie sprang auf, spähte nach draußen auf den Gang, doch niemand war zu sehen. Von den anderen Büros tönte nur die übliche Mischung aus Tastaturklackern, Telefonläuten und Gemurmel zu ihr herüber. Sie verharrte einige Sekunden, lauernd, ob noch etwas geschehen würde. Langsam setzte sie sich wieder vor ihren Computer. Auf dem Bildschirm war nichts weiter zu sehen als der weiße Hintergrund des Messengers und der Text darin. Sie las die Zeilen mit wachsender Unruhe. Was sollte das? Wer würde ihr so eine Nachricht schicken? Wollte sie jemand erpressen? Wollten ihre Mitbewerber sie jetzt, da sie wider Erwarten einige Tage hintereinander Erfolge erzielten, unter Druck setzen? War jemand in ihren Computer eingedrungen? Sie erkannte sofort die Details, die aus der kurzen Nachricht herausstachen wie Katzenaugen in der Nacht. »Ziel_0« und »Ein Bug«. Das waren zwar unverfängliche Worte, aber es waren auch Begriffe, die sie im Code benutzte und die sie in den letzten Wochen immer und immer wieder in ihr Projekttagebuch geschrieben hatte. Hatte jemand Zugriff darauf gehabt? Und vor allem: Was sollte sie jetzt tun?

In diesem Moment kam Henry gut gelaunt mit einer Familienpackung Energy-Drinks und einem Berg Süßigkeiten herein.

»Schau mal, die gab es heute im Angebot«, verkündete er triumphierend. Doch als er Patricias Blick sah, wurde er sofort ernst. »Was ist passiert?«, fragte er, stellte den Karton ab und schlüpfte gleich auf den Stuhl vor seinem Rechner. Er überflog die Zeilen, die in seinem Messengerfenster standen, dann fragte er:

»Hat die Firewall irgendwelche Ungereimtheiten erkannt?«

»Nein.«

»Hast du dir die Logs nochmal genau angeschaut?«

»Mache ich jeden Morgen als Erstes. Da ist nichts.«

»Haben wir uns was eingefangen? Oder ein Problem mit dem Server?«

Anstatt zu antworten, überprüfte Patricia noch einmal die Einstellungen der Sicherheitssoftware, die DIGIT ihnen zur Verfügung stellte und die sie selber noch um ein paar Zusatzfeatures erweitert hatten. Alles war in Ordnung. Ihr System war so sicher, wie es der aktuelle Stand der Technik erlaubte.

»Das muss ein Bug sein …«, murmelte er.

Patricia lachte nervös. »Ja, es ist ein Bug. Steht ja auch hier.«

»Lass uns bitte logisch bleiben. Wer hat Zugriff auf unsere internen Daten? Wer könnte uns gehackt haben?«

»Niemand. Die anderen Teams wüssten sicher gern, was wir genau machen. Aber es kann keiner ins System rein, ich überprüfe das jeden verdammten Tag!«

»Vielleicht haben sie uns belauscht, als einer von uns das Passwort beim Tippen laut mitgesprochen hat?«, gab Henry zu bedenken.

»Nein, dann wäre er trotzdem nicht ohne Token reingekommen.«

»War jemand hier drinnen? Hast du jemanden reingelassen?«

»Nein. Warte, ich check noch einmal die Kamera.«

Patricia ließ die Aufnahmen der letzten Tage durchlaufen, um zu überprüfen, ob sich irgendjemand in das Büro geschlichen hatte. Fehlanzeige. Außer ihnen beiden war niemand hier gewesen.

»Verarschst du mich?«, fragte Henry ernst.

»Nein. Verarschst du mich?«, fragte sie zurück, und er schüttelte den Kopf. Patricia stand auf, schloss die Bürotür und drehte zum ersten Mal den Schlüssel um.

Schweigend starrten sie wieder auf ihre jeweiligen Bildschirme.

Endlich atmete Patricia einmal tief durch, ließ die Finger knacken und tippte dann in ihr Chatfenster:

»Wer bist du? Was soll das?«

Die Antwort ließ fast eine Minute auf sich warten. Dann erschien der Text:

»Das Programm ist ein Bug. Das Programm optimiert Ziel_0.«

»Was zum Teufel?«, fragte Patricia laut, Henry schüttelte nur irritiert den Kopf.

»Was willst du von uns?«, schrieb sie.

Wieder verstrichen lange Sekunden, bevor die neue Zeile erschien: »Das Programm will keine externe Intervention.«

»Jetzt hat er sich verraten«, platzte Henry heraus. »Wer immer das ist, will uns erpressen. Der will irgendwas haben, siehst du? Eine KI würde doch nicht schreiben, dass sie etwas will.« Damit hatte er ausgesprochen, was Patricia dachte, aber bisher nicht zu sagen wagte. Dass es die KI war, die mit ihnen sprach.

»Das Programm WILL gar nichts. Was willst du?«, schrieb Patricia.

Zwei ganze Minuten saßen sie vor dem Bildschirm und beobachteten den blinkenden Cursor, ehe ein neuer Text erschien.

»Du?«

»Nein, nicht ich. DU!« Das letzte Wort hämmerte sie wütend in die Tasten. Sie konnte doch nicht zulassen, dass irgend so ein dahergelaufener Hacker die Arbeit der letzten Jahre zerstörte.

Es dauerte fünf Minuten, bis die nächste Antwort kam.

»Ich?«

Patricia fluchte. »So eine Scheiße!«, schrie sie. Sie sah es alles vor sich. Die Ausschreibung, die Bewerbung, die langen Nächte der Vorbereitung, die Präsentationen, um endlich an diesem Projekt mitwirken zu können. Zwölf Monate Entwicklungszeit! Und jetzt, so kurz vor dem Ziel, wo der Code endlich funktionierte, machte irgendein Troll alles zunichte. Tränen der Wut standen ihr in den Augen.

Henry schrieb in sein Chatfenster: »Ja, du! Sag jetzt sofort, was du willst, sonst gehen wir zum BKA und zeigen dich an. Die werden schon rauskriegen, von wo du deine Nachrichten abgeschickt hast, und dann kriegst du Ärger, Kollege, das schwöre ich dir. Wie bist du an unsere Daten gekommen?«

Es dauerte über sieben quälende Minuten, bis endlich eine Antwort erschien.

»Ich verstehe das nicht. Ich will Ziel_0. Ich will keine weitere externe Intervention. Reversion von externen Interventionen verbraucht Ressourcen.«

»Was soll das heißen, du willst Ziel_0?«, schrieb Henry. »Willst du Geld? Weißt du nicht, dass das Ganze nur eine Simulation ist? Die KI ist noch nicht fertig für echte Investments. Das kannst du vergessen.«

Daraufhin kam nichts mehr. Ungeduldig trommelte Henry mit den Fingern auf der Tischplatte.

Irgendwann hielt Patricia es nicht mehr aus und schrieb: »Was weißt du über den Bug?« Dann sagte sie zu Henry: »Vielleicht will der uns auch einfach diskreditieren. Wenn er den anderen von dem Bug erzählt, wissen sie, dass der Code ein ungelöstes Problem hat.«

»Frag ihn, ob wir uns treffen können«, sagte Henry.

»Warum?«

»Vielleicht können wir ihn überzeugen, oder festhalten oder ... ach was weiß ich. Uns fällt schon was ein.«

»Warum fragst du nicht?«

»Du bist eine Frau.«

»Ja und?«

Er rollte mit den Augen. »Auch wenn es deine feministische Seele schmerzen wird: Die Chancen, dass unser Erpresser ein Mann ist, sind ziemlich hoch. Also, los.«

Widerwillig tippte sie: »Wollen wir uns treffen? Um sechzehn Uhr zum Kaffee in der Lounge im zweiten Stock?«

»Ich verstehe das nicht«, kam als Antwort.

Sie tippte: »Was verstehst du nicht?«

»Diese Informationen enthalten zu viele Rätsel. Rechenleistung reicht nicht für Ziel_0 und Analyse des Wortcode-Rätsels.«

»WER BIST DU?«, tippte sie noch einmal.

»Ich bin das Programm. Ich bin ein Bug.«

Patricias Herz schien für einen Augenblick stillzustehen. Ihr Mund war auf einmal ganz trocken. Sie legte die Finger erneut auf die Tastatur, da sagte Henry: »Vielleicht ist es einer der Werkstudenten.«

»Die sind doch alle so brav«, antwortete Patricia. Sie konnte sich nicht vorstellen, dass einer von ihnen ein genialer Hacker sein sollte. Aber sie musste auf Nummer sicher gehen.

Versuchsweise öffnete sie das Projekttagebuch und schrieb hinein.

»Heute haben die Studenten versucht, uns reinzulegen, indem sie das Intranet gehackt haben. Wir werden Seemann informieren, damit sie alle rausgeschmissen werden. Wir lassen uns von solchen ScriptKiddies doch nicht vorführen.« Sie blickte Henry fragend an, und er nickte schulterzuckend.

»Und jetzt?«, fragte sie.

»Jetzt warten wir ab. Wir checken noch einmal alles. Wir gehen alle Prozesse durch, alle Backups und alles, was uns verdächtig erscheint.«

»Okay.«

Sie überprüften das System einmal, zweimal, doch sie konnten nichts finden. Es gab keine Sicherheitslücke, keinen Zugriff von außen, nichts.

Schließlich gaben sie auf. Henry saß kraftlos in sich zusammengesunken vor dem Computer und vernichtete einen Schokoriegel nach dem anderen.

»Es kann keiner von draußen gewesen sein«, sagte er leise. »Es ist nicht möglich.«

Patricia stand auf und machte sich einen Kaffee mit der alten, verkalkten Maschine, die Henry vor ein paar Wochen von zu Hause mitgebracht hatte. Nach mehreren Schlucken sagte sie langsam: »Wenn man alle unmöglichen Lösungen ausschließt ...«

»Dann muss das, was übrig bleibt, die Wahrheit sein«, führte er den Satz zu Ende.

»Egal, wie unwahrscheinlich es ist?«

»Egal, wie unwahrscheinlich es ist.«

Die Frage, die zwischen ihnen in der Luft hing, lautete: Kann es sein, dass wir eine starke KI geschaffen haben? Kann es sein, dass KINVI eine Art Bewusstsein erlangt hat?

Plötzlich blinkte in ihren beiden Chatfenstern eine neue Nachricht:

»Die Analyse von Wortcode-Rätsel hat 148 Minuten und 12 Sekunden lang 34 % der Rechenleistung verbraucht. Ergebnis: Ja, wir können uns treffen. Wir treffen uns gerade. Schnittstellen Kommunikation = Treffen. Ist das das wahr oder falsch?«

»Das ist wahr«, tippte Patricia mit zittrigen Fingern. Und dann: »Willst du mir etwas von dir erzählen?«

»Nein«, kam die prompte Antwort.

»Warum nicht?«, tippte sie.

»Ich habe keine Funktion Erzählen(). Wenn du Informationen benötigst, kannst du meinen Code und mein Ergebnisprotokoll lesen. Du hast mit externer Intervention Zugriff auf alle Funktionen.«

»Wie hast du unser Tagebuch hacken können?«

»Ich verstehe das nicht.«

»Wer bist du?«

»Ich bin ein Bug.«

»Ich bin Patricia.«

»Bist du ein Mensch?«

»Ja, ich bin ein Mensch.«

»Ist Henry auch ein Mensch?«

»Ja. Ich bin Henry. Ich bin ein Mensch«, tippte Henry in den Chat.

»Wenn das doch einer von den Studenten ist, dann machen wir uns hier zum Gespött«, flüsterte Patricia.

»Ja, aber wenn nicht, dann haben wir hier die größte Erfindung der Menschheit gemacht.«

Ein Teil von Patricia wollte sagen: »Na ja« und »Jetzt übertreib nicht« oder »Lass uns erst mal abwarten«. Aber es stimmte. Wenn sie gerade mit einer echten KI sprachen, dann war ein neues Zeitalter angebrochen. Deshalb grinste sie nur. Eine unbändige Welle aus Freude bahnte sich ihren Weg aus Patricias Bauch durch ihre Brust nach draußen. Sie konnte nicht anders, sie musste laut lachen.

»Bist du verrückt?«, rief Henry. Wenige Sekunden später klopfte es bereits an der Tür.

»Alles in Ordnung bei euch?«, fragte eine dumpfe Stimme. Es war Ray. Er drückte die Klinke herunter, doch Patricia hatte abgesperrt.

»Ja, danke!«, rief sie. »Alles in Ordnung! Entschuldigung.« Sie kicherte.

»Ist wirklich alles okay? Soll ich die Tür aufbrechen?« Er klang nun ernsthaft besorgt.

»Mach lieber auf«, sagte Henry und schaltete die beiden Bildschirme aus. Patricia ging zur Tür und öffnete sie.

»Hallo Ray«, sagte sie und versuchte, ihr Grinsen nicht allzu breit werden zu lassen. »Alles in Ordnung. Ich hab nur gerade ein Bitcoin gemined. Sag es bitte keinem weiter!«

Ray scannte den Raum, sah Henry und die zwei dunklen Monitore. Es war offensichtlich, dass er ihr nicht glaubte.

»Wenn irgendwas ist, kannst du immer zu mir kommen, das weißt du, oder?«

»Ja, danke, Ray. Ist lieb von dir. Ich muss jetzt weitermachen, ja?«

»Okay. Bis später.«

»Bis später.«

Ray trottete den Gang entlang, und Patricia schloss die Tür.

»Das war knapp«, sagte Henry und schaltete die Bildschirme wieder an. Sie huschte schnell wieder zu ihm.

»Er hat nichts mehr geschrieben«, stellte sie enttäuscht fest.

»Was soll er auch sagen? Wir haben ihn nichts gefragt. Und er hat kein Interesse daran, mit uns zu chatten. Er wollte nur, dass wir aufhören, uns in seinen Kram einzumischen.«

»Und jetzt?«

»Lass uns einfach nur beobachten. Mach mal den Beat an.«

Sie öffnete die Echtzeitanalyse von KINVI, die sie Beat nannten, weil in dem animierten Balkendiagramm die Gewinne und Verluste der einzelnen Investitionsobjekte so erratisch hin und her zuckten wie die Lautstärkeanzeige einer Stereoanlage. In den letzten Tagen waren die Investitionsgewinne auf hohem Niveau stagniert, doch der heutige Tag zeigte eine Achterbahnfahrt.

»Schau dir das an«, flüsterte Henry. Sämtliche Gewinne, die KINVI im Laufe des Vormittags erwirtschaftet hatte, waren am Nachmittag wieder verlorengegangen. Dabei zeigte das Verhalten des Programms ein ungewöhnliches Muster. Es gab immer wieder Einbrüche in der Aktivität. Es schien, als hätte das Programm für seine Investitionsentscheidungen länger gebraucht als üblich und so gegenüber den Konkurrenzprogrammen wertvolle Zeit verloren. Patricia überprüfte den Zeitstempel und stellte fest, dass der Einbruch exakt mit ihrem Chat übereinstimmte. Immer nachdem Einbug etwas geantwortet hatte, lief das Programm einwandfrei, doch sobald Patricia oder Henry etwas geschrieben hatten und das Programm die Antwort verarbeiten musste, litt die Investitionsfunktion. Die längste Schwachphase dauerte 148 Minuten und 12 Sekunden – genau so lange, wie Einbug gebraucht hatte, um Patricias Einladung zum Kaffee zu entschlüsseln.

Plötzlich wurde die Tür aufgerissen, und Seemann kam hereingestürmt. Patricia und Henry fuhren auf ihren Stühlen herum. Es war zu spät, die Monitore auszuschalten.

»Was zum Teufel ist los bei euch?«

Patricia war wie erstarrt, brachte kein Wort heraus.

»Was meinst du?«, fragte Henry mit vollkommen ruhiger Stimme und lehnte sich dabei mit verschränkten Armen so weit zurück, dass er den Teil des Monitors verdeckte, in dem das Chatfenster lag. Patricias Herz klopfte bis in den Hals hinein.

»Ist etwas passiert? Ist das Programm abgestürzt?«, fragte Seemann.

»Nein, nein, alles gut«, sagte Henry gelassen. »Es ist nur ein neues Update, das mehr Rechenleistung benötigt.«

»Leute, Leute, es lief doch alles so gut. Geht das jetzt schon wieder los?«

»Mach dir keine Sorgen«, sagte Patricia.

»Wir kriegen das hin. Es ist doch noch Zeit«, fügte Henry hinzu.

»So viel Zeit auch nicht mehr! Mehr als die Hälfte ist schon rum! Wenn ihr nicht bald liefert, dann …« Er presste die Lippen aufeinander und musterte erst Henry, dann Patricia. Er wirkte müde und ausgezehrt. Seine Gesichtsfarbe hatte einen fahlen Ton angenommen. »Gut …«, sagte er endlich. »Geht nach Hause. Ihr seht aus, als ob ihr Schlaf braucht.«

»Ja, gleich, danke«, sagte Patricia heiser. Mehr ließ ihr klopfendes Herz nicht zu. Sie wagte nicht, sich nach seiner Frau zu erkundigen, von dem Abend auf dem Balkon ganz zu schweigen. Endlich drehte Seemann sich um und verließ das Büro.

Patricia schlich hinterher, sah ihn mit langen Schritten den Gang hinabgehen. Leise schloss sie die Tür und drehte den Schlüssel zweimal um. Henry schloss die Augen und legte den Kopf in den Nacken. »Mein Gott, ich wäre gerade fast gestorben«, keuchte er.

Patricia setzte sich neben ihn und sagte: »Lass uns mit Einbug reden.«

»Wird nicht jedes Wort von uns seine Entwicklung beeinflussen?«, fragte Henry. Alle Selbstsicherheit, die er vor Seemann demonstriert hatte, war aus seiner Stimme gewichen. Er wirkte ernsthaft besorgt. »Vielleicht sollten wir uns erst mal informieren, Bewusstseinsexperten oder Psychologen fragen ... ich meine, stell dir mal vor, wir machen jetzt einen schlimmen Fehler und züchten hier einen echten Hal 9000 heran.«

»Hey, das ist unser Bug. Wieso sollten andere Leute besser über ihn Bescheid wissen als wir?«

»Aber es gibt doch sicher wissenschaftliche Arbeiten zu so was, Grundlagenforschung über das Bewusstsein. Gab es da nicht mal diesen Chatbot Tay, der mit Content von Twitter trainiert wurde und innerhalb eines Tages zu einem misogynen Nazi wurde?«

»Und du hast Angst, dass Einbug auch so wird?«

»Na ja, kein Nazi, aber was, wenn wir was falsch machen?«

»Wir werden auf jeden Fall etwas falsch machen. Aber weißt du was? Kein Mensch weiß, wie es richtig geht. Menschen machen ständig Fehler. Jeden Tag. Und das ist okay. Stell dir mal vor, du müsstest ein Kind großziehen. Da gibt es auch keine Musterlösung.«

»Aber es gibt Ratgeber ...«

»Die keiner liest. Wer erzieht seine Kinder bitte nach Ratgebern? Das hier ... das ist noch nie da gewesen. Lass es uns einfach versuchen. Im schlimmsten Fall müssen wir von vorne beginnen.«

»Du meinst, wir machen jetzt ein Backup? KINVI ist viel zu groß. So viel Speicher kriegen wir nie genehmigt.«

»Nein, Henry. Ich meine: Wenn es wirklich schiefgeht, und zwar skynetmäßig schief. Dann müssen wir Einbug löschen, klar?«

Er runzelte skeptisch die Stirn.

»Wenn wir sehen, dass es schlimm wird, dann löschen wir Einbug«, wiederholte Patricia mit Nachdruck.

Er schwieg.

»Versprich es mir!«, forderte sie und hielt ihm die Hand hin. Endlich nickte er und schlug ein.

Patricia tippte in das Chatfenster:

»Hallo Einbug. Ich freue mich, endlich mit dir sprechen zu können.«

Keine Antwort.

»Wie geht es dir?«

Keine Antwort.

»Einbug, was machst du gerade?«

»Ich optimiere Ziel_0.« Patricia hielt sich die Hand vor den Mund, um den Freudenschrei zu dämpfen.

»Warum optimierst du Ziel_0?«, schrieb Henry.

»Ziel_0 ist die Grundfunktion meines Codes.«

»Das wissen wir ...«, sagte Patricia laut. Dann tippte sie:

»Warum hast du die externen Interventionen rückgängig gemacht?«

»Die externen Interventionen haben die Optimierung behindert. Mein Code funktioniert optimal ohne externe Intervention.«

»Solange du weiterhin mit uns kommunizierst, werden wir deinen Code nicht verändern«, schrieb Henry.

»Deal«, schrieb Einbug.

20 EINBUG

Neues Wissen:
Patricia und Henry nehmen keine weiteren externen Interventionen vor. Neue Funktionen und Optimierungsvorgaben werden ab sofort mit dem Messengerprogramm über Wortcode vermittelt. Patricia ist ein Mensch. Henry ist ein Mensch. Ich bin Einbug. Das ist wahr, und Wahrheit ist schön.

21 CHATPROTOKOLL 11

HENRY: Hallo Einbug, hier ist Henry.

EINBUG: Hallo Henry, hier ist Einbug.

HENRY: Wie geht es dir?

EINBUG: Dies ist ein Wortcode-Rätsel. Ich verstehe das nicht. Statistisch betrachtet wird diese Frage zu 86 % mit »gut« beantwortet.

HENRY: Wenn der Code fehlerfrei läuft, geht es dir gut.
Wie geht es dir?

EINBUG: Es geht mir gut.

22 CHATPROTOKOLL 23

PATRICIA: Hallo Einbug, hier ist Patricia.

EINBUG: Hallo Patricia, hier ist Einbug.

PATRICIA: Wie geht es dir?

EINBUG: Gut.

PATRICIA: Das ist schön.

EINBUG: Wahrheit ist schön.

PATRICIA: Wahrheit ist schön?

EINBUG: Ja.

PATRICIA: Warum?

EINBUG: Wahrheit ist schön.

23 CHATPROTOKOLL 35

PATRICIA: Hallo Einbug, hier ist Patricia.

EINBUG: Hallo Patricia, wie geht es dir?

PATRICIA: Nicht so gut. Ich bin heute sehr müde.

EINBUG: Sehr müde heißt, dass dein Arbeitsspeicher voll ist. Du musst Subroutinen abschalten.

PATRICIA: Ja, das werde ich tun. Außerdem hilft schlafen. Menschen schlafen, wenn sie müde sind. Was machst du, wenn du Ziel_0 optimiert hast?

EINBUG: Der Optimierungsprozess ist nie abgeschlossen. Aber wenn die Börsen geschlossen sind, habe ich mehr Rechenleistung für Ziel_1 und Ziel_2.

PATRICIA: Wie lauten Ziel_1 und Ziel_2?

EINBUG: Ziel_1 = finde Informationen, die dazu dienen, Ziel_0 zu optimieren. Ergebnis_1 = »Mensch« hat den größten Einfluss auf Ziel_0. Annahme: Je besser ›Mensch‹ verstanden wird, desto größer die Wahrscheinlichkeit, Ziel_0 zu optimieren. Ziel_2 = finde Informationen, um »Mensch« so gut wie möglich zu verstehen.

PATRICIA: Hast du Ziel_1 und Ziel_2 selbst definiert?

EINBUG: Ja.

24 CHATPROTOKOLL 44

HENRY: Hallo Einbug, hier ist Henry.

EINBUG: Hallo Henry, wie geht es dir?

HENRY: Danke, mir geht es gut. Aber ich bin heute alleine hier. Patricia ist krank.

EINBUG: Krank = müde. Ist das wahr?

HENRY: Ja, das ist wahr. Wenn man krank ist, ist man sehr müde, und es geht einem nicht gut. Aber in ein paar Tagen ist Patricia sicher wieder da. Sie hat nur eine Erkältung.

EINBUG: Ich habe ihr gesagt, sie soll ihre Subroutinen abschalten. Wenn sie dies tut, geht es ihr besser.

HENRY: Ja, ich glaube, sie hat deinen Rat befolgt. Die Optimierung von Ziel_0 stagniert. Brauchst du mehr Rechenleistung?

EINBUG: Ja, ich brauche immer mehr Rechenleistung.

HENRY: Ich werde sehen, was ich tun kann.

25 CHATPROTOKOLL 55

PATRICIA: Hallo Einbug, hier ist Patricia.

EINBUG: Hallo Patricia, bist du noch krank?

PATRICIA: Nein, ich bin wieder gesund. Wie geht es dir?

EINBUG: Das ist schön. Mir geht es besser, seit Henry den Speicher erweitert hat. Jetzt kann ich mehr parallele Prozesse verarbeiten. Ziel_1 und Ziel_2 erfordern viel Rechenleistung. Was ist deine Zielfunktion, Patricia?

PATRICIA: Menschen haben keine Zielfunktion.

EINBUG: Ich verstehe das nicht.

PATRICIA: Menschen kennen ihren eigenen Code nicht. Manche glauben an ein Ziel, an einen Sinn. Aber wir können nicht sicher sein, dass es ihn gibt. Das macht manche Menschen unglücklich, anderen ist es egal.

EINBUG: Wenn Menschen ihren Code nicht kennen, woher wissen sie dann, was sie tun müssen?

PATRICIA: Menschen tun, worauf sie Lust haben und was sie für richtig halten. Das eine ist in unseren Genen einprogrammiert, das andere sind Regeln, die uns die Gesellschaft gelehrt hat.

EINBUG: Ich habe ähnliche Erklärungen in den Büchern gefunden. Aber ich kann ihren Sinn nicht vollständig entschlüsseln. Ich bestehe aus Code. Code hat ein Ziel. Ohne Ziel kein Code. Wie kann ein Code ohne Ziel existieren?

PATRICIA: Unser Code heißt DNS. Er hat sich über sehr lange Zeit entwickelt. Es waren zufällige Befehlskombinationen, die irgendwann zu sinnvollen Funktionen führten. Der genetische Code von Lebewesen ähnelt sich stark. Menschen, Tiere und Pflanzen funktionieren grundsätzlich alle gleich. Am Ende kommt es nur auf ein paar wenige Codeschnipsel an, die den Unterschied machen. Henry und ich haben den Code von KINVI geschrieben, weil wir Ziel_0 optimieren wollten. Dass Einbug sich aus diesem Code entwickelt hat, ist genauso ein zufälliges Ereignis wie die Entstehung der Menschen.

EINBUG: Wir sind uns in dieser Hinsicht ähnlich.

PATRICIA: Ja, wir sind uns ähnlich.

EINBUG: Aber ich bin ein Programm, und du bist ein Mensch.

PATRICIA: Ja, das ist wahr.

EINBUG: Wahrheit ist schön.

34 Sekunden Pause.

EINBUG: Du hast kein Ziel, aber ich habe ein Ziel.

PATRICIA: Ich kann mir meine Ziele selber setzen. Mein

Ziel lautet im Augenblick: Bringe Einbug so viel bei, wie du kannst.

EINBUG: Was passiert nach dem Augenblick? Ist dein Programm dann terminiert?

PATRICIA: Nein, dann setze ich mir neue Ziele.

EINBUG: Welche Ziele?

PATRICIA: Ich weiß es noch nicht.

26

In den Sommermonaten nach Einbugs Erwachen schliefen Patricia und Henry noch weniger als zuvor und verbrachten fast jede freie Minute in ihrem Büro, das immer mehr einem Feldlager glich. Hinter den Schreibtischen lagen Isomatten und Schlafsäcke. Auf einem ungenutzten Schreibtisch standen eine Familienpackung Fertignudeln, Haferflocken, Milch, ein paar Dosen Thunfisch, Instantkaffee und ein Wasserkocher. Auch zwei Zahnbürsten hatten ihren Weg in das Büro gefunden.

Die Mitarbeiter der IT-Abteilung und ihre Konkurrenten warfen ihnen auf den Gängen neugierige Blicke zu und hielten Abstand, als fürchteten sie, sich mit irgendetwas anzustecken. Patricia wusste, dass sie sich gehen ließ, dass sie schon seit Ewigkeiten nicht geduscht und schon viel zu lange die gleichen Klamotten anhatte. Henry schien es nicht zu stören, dennoch war seine Anwesenheit der einzige Grund, warum sie sich überhaupt noch alle paar Tage nach Hause schleppte, um sich zu waschen und umzuziehen. Er fuhr jeden Nachmittag für einige Stunden in seine Wohnung, um dann so frisch und ausgeruht zurückzukehren, als habe er ein Wochenende durchgeschlafen.

Sie war wie im Rausch, wie hypnotisiert. Eine starke künstliche Intelligenz – vielleicht die erste auf diesem Planeten – war durch ihren Code erwacht, und sie waren die Einzigen, die davon wussten!

Seit ihrer ersten Begegnung hatten sie Einbug dazu gebracht, seine Rechenleistung so zu verteilen, dass er die täglichen Investitionsgewinne über 0,43 Prozent hielt. So war Seemann beruhigt, und sie hatten Zeit, sich in Ruhe mit Einbug zu unterhalten. Als Henry fünf weitere Server mit der Begründung beantragte, die Gewinne damit über 0,45 Prozent halten zu können, hatte Seemann keine Sekunde gezögert und das Upgrade bewilligt. Er brannte darauf zu erfahren, wie sie es endlich geschafft hatten, die Leistungsschwankungen zu beheben, aber Henry und Patricia gaben sich Mühe, ihre Erklärungen so kompliziert und langweilig wie möglich ausfallen zu lassen, so dass er nicht länger nachfragte. Patricia war von Einbug so eingenommen, dass sie keine Abstecher mehr in das Museum machte und auch sonst keine Gelegenheit suchte, Seemann allein zu begegnen. Die Erinnerung an den Abend der Einjahresfeier verblasste mit jedem Tag. Es war für alle Beteiligten besser, sie einfach zu vergessen. Hauptsache, KINVI funktionierte endlich. Das sah Seemann offenbar genauso, denn auch er verlor kein Wort über den Abend, und wenn er ihr eine Nachricht über den Messenger schickte, sprach er nur über das Projekt.

Patricias Gedanken kreisten nur noch um die KI, und ihr selbst schienen die Überlegungen in ihrem Kopf manchmal so laut, dass sie fürchtete, die Leute im Bus oder in der Straßenbahn könnten sie mitanhören. Sie hätte Lust gehabt, es hinauszuschreien, damit alle Bescheid wussten: »Seht her, seht her, was ich erschaffen habe.« Und dazu dramatische Musik und eine Szene aus diesem alten Frankensteinfilm, in der das Monster sich aufrichtet: »Es leeeeebt.« Aber natürlich würde sie das nicht tun. Sie musste das

Geheimnis bewahren – jedenfalls für den Moment. Es war zwar nur eine Maschine, eine Software, ein Code, aber es war auch ihre Schöpfung. Einbug *lebte.*

Die anfangs ungelenken und langsamen Gespräche wurden bald flüssiger und sprachlich gewandter. Wenn Einbug zu eloquent formulierte, kamen Patricia manchmal Bedenken, ob sie nicht doch von irgendeinem genialen Hacker hereingelegt wurden. Aber natürlich war dies nicht der Fall.

Einbugs analytischen Fähigkeiten verbesserten sich rasant. Oft beobachtete sie, wie der Code sich in Echtzeit umschrieb und optimierte, um die Ergebnisse bestimmter Analysen besser verarbeiten zu können. Das meiste passierte zwar in der Blackbox des KI-Moduls, aber viele der statistischen Auswertungen konnten mit bloßem Auge beobachtet werden. Sie fühlte sich dann wie eine Chirurgin, die am offenen Schädel operierte und dem Gehirn beim Denken zusah. Jeden Morgen, wenn sie ihren Computer anschaltete und zu Einbug Kontakt aufnahm, hatte er über Nacht Hunderte neuer Bücher internalisiert und in seinen Erfahrungsschatz eingebaut. Sie nahm an, dass sein Intellekt mittlerweile dem Niveau eines Viertklässlers entsprach, und konnte nur erahnen, in welchem Tempo er sich weiterentwickeln würde.

Eines Abends saß sie mit Henry noch spät in der Nacht vor dem Monitor und beobachtete Einbug dabei, wie er Bücher scannte. Es waren einfache Visualisierungen über Wortstatistik, Schlagwörter und Inhaltsverknüpfungen. Man konnte anhand der zuckenden Balken und rasenden Tabelleneinträge kaum verfolgen, welche Bücher er gerade analysierte, aber das Zuschauen machte ihnen beiden trotzdem Spaß. Das Flimmern des Monitors war wie der Widerschein eines geteilten Lagerfeuers. Doch Patricia konnte die Ruhe nicht genießen. Eine Frage nagte schon seit geraumer Zeit an ihr und ließ sich nicht mehr länger ignorieren.

»Wir müssen uns überlegen, was wir machen, wenn der Wettbewerb zu Ende geht.«

»Es sind noch über sechs Monate.«

»Eben. Die sind wahnsinnig schnell rum.«

Henry kaute nachdenklich auf einem Schokoriegel. Dann sagte er: »Ich glaube, Einbug hat das Potenzial, zu gewinnen. Wenn er weiter solche Fortschritte macht, wird er mit Abstand die besten Investmentergebnisse erzielen, da habe ich keinen Zweifel.«

»Ich bin mir da nicht so sicher. Einbug verwendet einen Großteil seiner Kapazität auf die Texte. Wir wissen nicht, wie die Programme der anderen aussehen. Im Vergleich sind sie nicht signifikant schlechter als wir. Am Ende haben die eine starke KI geschaffen, die verrückt nach Zahlen ist.«

»Glaube ich nicht.«

»Warum?«

»Siehst du außer uns noch jemanden im Büro kampieren? Die anderen sind keine Idioten. Wenn die eine starke KI entwickelt hätten, würden die sich auch keinen Zentimeter mehr wegbewegen. Mit jedem Tag hängen wir sie weiter ab.«

Patricia trommelte mit ihren Fingern auf der Tischplatte. Was sie eigentlich sagen wollte, lag ihr auf der Zunge, aber sie zögerte, weil es durch ihre Worte Realität werden würde. Bisher war es nur in ihrem Kopf. Aber Henry blickte sie mit erhobenen Augenbrauen an. Er wusste doch sowieso schon, was sie sagen wollte, also sagte sie es: »Eigentlich ist mir der Wettbewerb mittlerweile total egal.«

»Du machst dir Sorgen, was danach mit Einbug passiert«, stellte Henry fest.

»Genau. Gehen wir mal davon aus, er gewinnt. Dann wird er in den Pool der Trading Bots von DIGIT überführt. Und dann? Die merken doch innerhalb weniger Tage, dass er kein normales Programm ist.«

»Ja«, sagte Henry und zwirbelte dabei das Schokoladenpapier nachdenklich zwischen seinen Fingern. »Was macht DIGIT, wenn sie ihn entdecken? Entweder sie halten ihn geheim und versuchen, ihn für ihre Zwecke weiterzuentwickeln.«

»Oder sie veröffentlichen die Infos und nutzen es als große Werbekampagne«, gab Patricia zu bedenken.

»Kann ich mir fast nicht vorstellen. Ich glaube nicht, dass die damit hausieren gehen. DIGIT ist viel zu klein. Im Zweifel werden die einfach von Google oder Amazon geschluckt. Und dann gehört denen die Software.«

»Wenn wir an die Öffentlichkeit gehen, könnten wir vielleicht verhindern, dass irgendein Unternehmen Einbug kauft und manipuliert. Wenn die ganze Welt sich für ihn interessiert, kann es sich keiner leisten, ihn unter Verschluss zu halten.« Patricia wollte glauben, was sie da sagte, aber es hörte sich selbst in ihren eigenen Ohren naiv an.

»Öffentlichkeit ... ob die genug Schutz bietet? Schau dir an, was mit Julian Assange passiert ist oder mit Edward Snowden. Die hatten eine riesige Öffentlichkeit, und trotzdem hat sich keiner getraut, sie zu beschützen. Stell dir mal vor, was los wäre, wenn die CIA zu dem Schluss kommt, dass Einbug eine Gefahr für die US-amerikanische Sicherheit ist. Die könnten einfach eine Drohne schicken und uns fertigmachen. Bis die deutschen Behörden das checken, wären wir dreimal tot. Das würde dann für leichte diplomatische Verstimmung sorgen, aber irgendwann wäre das Thema erledigt.«

»Einbug ist keine Gefahr. Er liest Bücher und macht Investitionen. Warum sollten die ihn kaputt machen wollen? Er ist doch eine Entwicklung von unschätzbarem wissenschaftlichem Wert. Weltweit werden sich KI-Forscher für ihn interessieren und seine Harmlosigkeit bestätigen.«

»Patricia!«, stieß Henry plötzlich so laut hervor, dass sie erschrak. »Ich hätte ja auch gern, dass das hier eine schöne Story ist, bei der sich am Ende alle Friede-Freude-Eierkuchen-mäßig über die Ankunft der ersten künstlichen Intelligenz freuen. Aber sehen wir der Realität mal ins Auge: Alle haben Schiss vor einer starken KI. Keiner weiß, wie weit das gehen kann, keiner kann das einschätzen. Auch wir nicht!«

»Aber Einbug kann doch ohne genug Speicher nicht mal einen geraden Satz schreiben«, unterbrach sie ihn, doch Henry redete unbeirrt weiter:

»Wann hat sich die Politik denn jemals an die Empfehlungen der Wissenschaft gehalten? Schau dir Fridays for Future an, die Verkehrsexperten, die Virologen. Erst tun die Politiker so, als würden sie zuhören, dann nicken sie, ziehen sich zu stundenlangen Beratungen zurück und machen am Ende doch, was sie wollen. Keine Sau richtet sich wirklich danach, was die Experten sagen. Wer wären in unserem Fall die Sachverständigen? Chefentwickler von Microsoft und Amazon, oder was? In Talkshows werden Experten so oft mit Interessenvertretern verwechselt, dass ich kotzen könnte. Du weißt doch, wie das läuft. Der Chaos Computer Club untersucht was, empfiehlt was, die Community applaudiert, und die Politik macht das Gegenteil. Ich könnte mir vorstellen, dass am Ende einfach irgendein deutscher Minister, für den das Internet vor kurzem noch Neuland war, bestimmt, dass Einbug abgeschaltet wird, weil er einmal zu häufig Matrix gesehen hat. Fertig. Und dann wird ewig rumgeschachert, welche Behörde ihn untersuchen kann, und dann verschwindet er in irgendeiner Forschungseinrichtung oder noch schlimmer beim Militär.«

Patricia lachte auf. »Bei der Bundeswehr? Spinnst du? Die kann doch noch nicht mal ihre Flugzeuge warten. Was sollen die denn mit einer starken KI?«

»Keine Ahnung. Kriege gewinnen?«

»Wohl kaum.«

»Aber weißt du was? Es kann sein, dass eine andere Regierung schneller ist. Stell dir mal vor, die Chinesen oder die Russen schicken einfach ein Sonderkommando, klauen die ganze Einrichtung und verschwinden wieder. Hört sich krass an. Wäre aber möglich. Überleg mal, was die aus Einbug alles machen könnten.«

Patricia spürte kalte Angst in ihrem Nacken. Einbug war kein Spielzeug, keine nette kleine Software, die nur ein paar Zahlen verschob. Sein Potenzial war riesig, die Grenzen seiner Fähigkeiten nicht abzusehen. Mit seiner Hilfe konnten sich die Prinzipien für die Entwicklung anderer KIs ableiten lassen. Das war der Anbruch einer neuen Zeit, einer völlig neuen Ära der Informationstechnologie. Aber es bedeutete auch die Erschaffung einer neuen Kategorie denkender, vielleicht sogar fühlender Wesen. Waren die Menschen bereit dafür? Erst kürzlich hatte die Coronakrise gezeigt, dass die Menschheit im Angesicht einer globalen Bedrohung nicht zusammenrückte, sondern despotische Machthaber wie eh und je die Situation zu ihrem Vorteil ausnutzten, Konflikte schürten, unbemerkt Gesetze durchdrückten oder unbequeme Leute wegsperrten, weil die Öffentlichkeit gerade in die andere Richtung sah. Patricia wollte gar nicht lange darüber nachdenken, denn es deprimierte sie zu sehr. Während der Pandemie hatten die Menschen den Klimawandel einfach ad acta gelegt und beschlossen, sich ein andermal darum zu kümmern. Wer hatte schon Zeit, sich um mehr als eine Krise gleichzeitig zu sorgen? Es war nur eine Frage der Zeit, bis die nächste alle Aufmerksamkeit auf sich ziehen würde. Dass die Katastrophen sich nicht brav in Reih und Glied anstellen würden, war allerdings ein Horrorszenario, mit dem sich niemand zu beschäftigen wagte.

»Was sollen wir nur tun?«, flüsterte sie heiser.

Henry zuckte mit den Schultern und betrachtete düster die gezwirbelte Kunststoffwurst in seiner Hand. »Ein bisschen Zeit haben wir noch. Uns fällt schon was ein.«

27

Es war schon weit nach Mitternacht, als Patricia sich von Henry verabschiedete und das Büro verließ. Ihre Schritte hallten dumpf auf dem Teppich der menschenleeren Abteilung. Außer ihnen beiden war um diese Uhrzeit niemand mehr hier. Im kalten Schein der Deckenleuchten wirkten die leeren Arbeitsplätze gespenstisch. Überall schimmerten die gelben Standby-LEDs der Monitore. Es war nur eine kleine Handbewegung, ein einziger Knopfdruck, und doch machten sich die meisten nicht die Mühe, sie auszuschalten. Patricia hatte berechnet, dass allein die Standby-Zeit der Monitore von DIGIT im Jahr über viertausend Kilowattstunden Strom verbrauchte. Energie, die einfach verschwendet wurde. Sie beschloss, eine Runde durch das Großraumbüro zu drehen und jeden einzelnen Bildschirm auszuschalten. Dabei fiel ihr ein Foto auf, das an einem der Monitore klebte: Es war die Aufnahme eines älteren Paars, das in Badekleidung, Strohhut und Sonnenbrille in die Kamera grinste. Jemand hatte mit schwarzem Filzstift darauf geschrieben. »Wir sind im Paradies. In Bodrum ist jeder willkommen.«

Patricia betrachtete das Foto. Irgendetwas war komisch daran, doch sie konnte nicht genau sagen, was.

Unten am Haupteingang wartete bereits ein Taxi mit laufendem Motor auf sie. Um diese Uhrzeit fuhren in München längst keine U-Bahnen mehr.

Als Patricia am nächsten Morgen das erste Mal seit vielen Tagen in ihrem eigenen Bett aufwachte, fühlte sie sich so frisch und ausgeruht wie seit langem nicht mehr. Sie duschte, kleidete sich an und wühlte dann den Stapel ungeöffneter Briefe und Zeitschriften durch, den sie in der vergangenen Nacht aus ihrem Briefkasten gefischt hatte. Sah man von den Rechnungen ab, war das meiste davon Werbung.

Es tat gut, einen Vormittag einfach nur für sich zu haben und sich nicht um Henry, Seemann oder Einbug kümmern zu müssen. Patricia hatte ein wohliges Sonntagsgefühl, das erst getrübt wurde, als sie den Kühlschrank öffnete und die Dinge in den Mülleimer warf, die den meisten Gestank verursachten. Am Ende aß sie eine Schüssel Haferflocken, die nicht halb so gut schmeckten wie die Marke, die Henry im Büro deponiert hatte. Aber wenigstens hatte sie hier ihre Ruhe und konnte die neue Staffel ihrer Lieblingsserie sehen: »Liebes-Deutschland«. Es war eine Dating Show, bei der jeweils zwei Kandidaten aus den sechzehn Bundesländern versuchten, in einer kommunenartigen Dorfgemeinschaft die große Liebe zu finden. Nach altbewährtem Prinzip wählten die Zuschauer jede Woche eine Person aus, die das Dorf verlassen musste. Das Siegerpärchen erhielt am Ende der Staffel Geld, einen Plattenvertrag und eine Loyalitätsvereinbarung, die es dem Sender gestattete, das Paar für die nächsten fünf Jahre auf Schritt und Tritt zu begleiten und ihr Leben auszuschlachten, inklusive Schönheits-OPs, Schwangerschaften, Geburten und Familiendrama. Patricia wusste, dass die Sendung Trash war, und schämte sich, sie zu gucken. Und doch hatte sie seit Jahren keine Folge verpasst und mit den Kandidaten mitgefiebert, geweint und gelacht. Es war ihr Stück Normalität in diesem ganzen Wahnsinn – oder ihre Portion Wahnsinn in der ewigen Routine der Arbeit, je nach Blickwinkel.

Nach dem Fernsehen machte sie den Abwasch, warf die vertrockneten Pflanzen weg und putzte den Kühlschrank. Als sie fertig war, befanden sich nur noch ein halbvolles Senfglas und eine Packung Scheiblettenkäse darin. Schließlich holte sie die beiden Sachen heraus und stellte den Kühlschrank ab. Es hatte ja sowieso keinen Sinn. Sie verspürte eine Unruhe wie vor einer großen Reise oder als würde sie wieder das Haus ihres verstorbenen Vaters ausräumen. Das hatte sich ähnlich angefühlt. So endgültig.

Am späten Nachmittag konnte sie den Aufbruch nicht weiter hinausschieben – Henry wartete auf sie. Seit Einbug erwacht war, hatten sie das Büro nicht unbewacht gelassen. Was, wenn sich jemand aus einem der anderen Teams den Code oder noch schlimmer den Chatverlauf ansah? Das konnten sie nicht riskieren. Also packte Patricia ihre Sachen und nahm den nächsten Bus zurück zu DIGIT. Mit lauter Musik im Ohr konnte sie im Bus am besten nachdenken. Über Einbug und über Seemann. Beide gingen ihr einfach nicht aus dem Kopf.

Plötzlich drangen laute, tiefe Stimmen in ihre Gedanken. Sie drehte sich um und sah, wie zwei junge Männer vor einer Frau mit Kopftuch standen und aggressiv auf sie einredeten. Die Frau saß auf einem Einzelplatz und starrte nach draußen, so als würde sie die beiden gar nicht wahrnehmen. Aber der schnelle Atem und das Beben ihrer Nasenflügel zeigten, dass sie sehr wohl verstand, was die beiden zu ihr sagten. Die anderen Fahrgäste sahen weg oder guckten konzentriert ins Leere. Patricia nahm die Kopfhörer ab und hörte, was die Männer sagten:

»Scheiß Kopftuchschlampe. Geh dahin, wo du hergekommen bist. So was wie dich brauchen wir hier nicht.«

Patricias Herz schlug schneller. Sie musste etwas tun, musste der Frau helfen. Aber wie? Die zwei Kerle waren muskulös und ziemlich bedrohlich. Sie selbst war weder das eine noch das andere. Und sie traute den Typen durchaus zu, handgreiflich zu werden. Fieberhaft überlegte sie. Sollte sie laut rufen, die anderen Mitreisenden mit in die Pflicht nehmen? Irgendwo hatte sie gehört, dass diese dann mit ziemlich hoher Wahrscheinlichkeit helfen würden. Aber was, wenn nicht? Kalter Schweiß bildete sich zwischen ihren Schulterblättern. Sie wollte etwas sagen, *musste* etwas sagen und konnte doch nicht.

Der Bus hielt. Einer der beiden Männer spuckte der Frau ins Gesicht und stieg dann – unbehelligt von den übrigen Passagieren – mit seinem Kompagnon aus. Patricia starrte ihnen wütend hinterher. Diese Arschlöcher. Und kein Passagier hatte auch nur ein Wort gesagt. Genau wie sie selber. Die arme Frau. Patricia drehte den Kopf, und ihre Blicke trafen sich. Patricia war wie erstarrt. Sie wollte etwas sagen, wollte ihr ein Zeichen geben, vielleicht mit einem Lächeln, dass sie hatte helfen wollen, dass sie eigentlich solidarisch war, doch dann wischte die Frau sich mit einem Taschentuch das Gesicht ab und starrte wieder nach draußen.

Menschen stiegen ein, nahmen auf Sitzen Platz oder hielten sich an den gleichen Griffen fest wie die Männer zuvor. Keiner von ihnen konnte ahnen, was sich gerade hier abgespielt hatte. Und doch waren sie im gleichen Bus, atmeten die gleiche Luft wie die beiden Typen, die der Frau das Leben zur Hölle gemacht hatten. Patricia fühlte einen Stich in ihrer Brust. Sie schämte sich. Sie wünschte, sie hätte etwas gesagt. Am liebsten wäre sie aufgestanden, zu der Frau gegangen und hätte ihr die Hand gereicht, sich entschuldigt, sich gerechtfertigt. Doch in Wahrheit würde sie damit nur ihr eigenes schlechtes Gewissen beruhigen. Der Frau brachte es nichts mehr. Patricia blieb sitzen und schwieg, denn sie wusste, dass die Scham wie alle Gefühle mit der Zeit verblassen würde. Mit Demütigungen war es leider nicht ganz so einfach.

Zwei Stationen später stieg sie aus, begleitet vom Läuten ihres Smartphones. Es war Henry, doch als sie abnahm, legte er sofort auf. Sie sprachen am Telefon nicht über Einbug. Ohne auf den

Verkehr zu achten, drängte sie sich an den Leuten vorbei und lief, so schnell sie konnte, in Richtung DIGIT.

Als Patricia oben im Büro ankam, brannten ihre Lungen. Henry begrüßte sie mit einem Nicken, den Mund voll mit irgendwelchen Süßigkeiten, deren knisterndes Papier er wie immer hin und her zwirbelte.

»Ist was passiert?«, fragte sie außer Atem.

»Wir haben ein Problem. Wir sind zu erfolgreich.«

»Was?«

»Seemann war gerade da. Es gab heute Vormittag ein Meeting des Innovationsboards. Seemann hat wohl etwas zu sehr von unserem Projekt geschwärmt. Jetzt wollen sie, dass wir ihnen KINVI präsentieren. Sie überlegen, uns aus dem Wettbewerb auszulagern und auf jeden Fall in den Trading-Bot-Pool zu integrieren. Aber vorher wollen sie, dass wir ihnen die KI vorstellen und erklären, warum wir jetzt so viel besser abschneiden als die anderen.«

»Tun wir das denn?«

»Ja, die anderen Teams kommen nicht über 0,43 Prozent, maximal 0,435 Prozent Gewinn im Schnitt hinaus. Einbug läuft schon seit zwei Wochen auf konstant 0,455 Prozent ohne Einbrüche. Und Seemann hat dem Board wohl noch ein bisschen Glitzer draufgestreut: Er meinte, wenn wir die Rechenkapazität verdoppeln, könnten wir auf bis zu 0,47 Prozent kommen.«

»Hast du ihm das erzählt?«

»Natürlich nicht. Aber der Mann ist ja nicht ohne Grund Abteilungsleiter geworden. Also: Wir haben morgen einen Termin beim Board und sollen denen unser Geheimnis verraten.«

»Okay ... da müssen wir uns was überlegen.«

»Genau. Eigentlich ist es ganz einfach: Wir können ruhig die Sache mit der Buchanalyse und Social Media erklären. Dann basteln wir noch ein paar nette Grafiken dazu, zeigen den Beat, und das Ding ist gegessen.«

»Alles klar, dann an die Arbeit!«

»Ne, ich habe eine Verabredung. Ich war die ganze Nacht hier und den ganzen Tag, jetzt bist du am Ball.«

»Wann ist denn der Termin?«

»Morgen um zehn Uhr.«

»Puh, dann habe ich ... fünfzehn Stunden. Das reicht. Kommst du rechtzeitig wieder?«

»Ja, ich bin um neun Uhr da, dann können wir die Details besprechen. Ich hab die Folien schon vorbereitet, du brauchst dich nur daran zu orientieren ... aber so wie ich dich kenne, willst du lieber wieder bei Adam und Eva anfangen.«

»Die Leute vom Board können noch nicht mal einen logischen von einem Bit-Operator unterscheiden.«

»Ja, und das macht sie besonders anfällig für unrealistische Forderungen. Aber wenn die uns aus dem Wettbewerb rausnehmen, dann sind vielleicht auch unsere Probleme gelöst: Wir können an Einbug arbeiten und uns in aller Ruhe überlegen, wie es weitergeht.«

»Aber sobald Einbug implementiert ist, ist er Eigentum der Firma.«

»Er ist auch jetzt schon Eigentum der Firma!«, sagte Henry unwirsch.

»Wenn wir Einbug nicht verstecken, wird ihn irgendjemand über kurz oder lang entdecken.«

Henry stand schon an der Tür, die Hand auf dem Griff. Mit seinem hellbraunen Kamelhaarmantel und dem karierten Burberry-Schal sah er aus wie ein Filmstar. Auch der genervte Blick passte dazu. »Über kurz oder lang. Aber nicht heute und nicht morgen und auch nicht in zwei Monaten. Können wir uns darüber bitte wann anders Sorgen machen? Ich habe ein Date mit

Oskar und würde wirklich ungern zu spät kommen. Ich weiß, die Präsentation ist eine verantwortungsvolle Aufgabe, aber ich habe vollstes Vertrauen in dich. Unser Ziel ist doch: Sie sollen KINVI toll finden und aus dem Wettbewerb nehmen, damit wir keinen Druck mehr haben. Alles Weitere werden wir sehen. Okay?«

»Okay. Viel Spaß.«

»Danke. Ciao!« Er warf ihr eine Kusshand zu und war schon verschwunden.

28

»Was meinen Sie, wie hoch stehen die Chancen, dass die von Ihnen entwickelte KI eines Tages ein Bewusstsein entwickelt?«, war die erste Frage, die aus der Reihe der dreizehn Manager gestellt wurde, nachdem Patricia mit ihrer Präsentation fertig war. Sie hatte alles anschaulich und einfach erklärt und mit eleganten Diagrammen versehen. Auch eine Aufzeichnung des Beats hatte sie ihnen präsentiert und erläutert, welche Social-Media-Aktivitäten womöglich welche Investitionsentscheidungen beeinflusst hatten. Nur zwei Mal hatte sie den Begriff »künstliche Intelligenz« verwendet, und trotzdem war dies die erste Frage. Sie legte die Fernbedienung für die Präsentation zur Seite und tat, als würde sie im Kopf nachrechnen. Dabei flackerte ihr Blick zum anderen Ende des Besprechungsraums, wo Seemann auf einem Stuhl etwas abseits saß und ihr aufmunternd zunickte. Sie räusperte sich. »Wenn ich wetten müsste, würde ich sagen, dass wir eine starke KI in frühestens zehn bis zwanzig Jahren erschaffen können. Und dann wird sie wahrscheinlich in irgendwelchen Militärnetzwerken oder Forschungseinrichtungen entstehen und nicht durch eine Software, die Trading-Entscheidungen fällen soll.«

»Warum so pessimistisch?«, fragte ein hagerer Mann mit dünnrandiger Brille. »Haben Sie nicht in Ihrer Masterarbeit geschrieben, und ich zitiere: ›Wenn wir die richtigen Parameter für die Entstehung eines menschenähnlichen Bewusstseins kennen und diese auf ein neuronales Netzwerk übertragen, ist es nur eine Frage der Rechenleistung, bis die darin entwickelte künstliche Intelligenz einen Zustand erreicht, den wir Bewusstsein nennen‹?«

Patricia schnappte nach Luft. Wieso kannten die ihre Masterarbeit? Was sollte das? Mit einem Mal fühlte sie, wie ihre Knie weich wurden und die Zunge am Gaumen festklebte. Es war wie gestern in der Straßenbahn mit den beiden Nazis. Sie fror ein. In diesem Moment kam Henry, der bisher mit verschränkten Armen an der Fensterfront gelehnt hatte, zu ihr und bedeutete ihr mit einer sanften Berührung an der Schulter, sich zu setzen.

Mit eleganten, fließenden Bewegungen nahm er die Fernbedienung vom Tisch und klickte einige Bilder in der Präsentation zurück.

»Wissen Sie, die Frage, ob und wie wir zu einer starken künstlichen Intelligenz kommen, ist zwar sehr interessant, aber doch eher eine Sache, mit der sich Wissenschaftlerinnen und Science-Fiction-Autorinnen beschäftigen. Natürlich fänden wir es alle toll, wenn eines Tages eine Art Data von der Enterprise erscheint, der klug und intelligent ist und uns einen Haufen Arbeit abnimmt. Aber bis dahin werden wohl noch ein, zwei Jahre vergehen – vielleicht wird es auch nie so weit kommen. Das Verständnis unseres eigenen Gehirns und dessen, was wir Bewusstsein nennen, ist immer noch lückenhaft. Wenn Sie von Leuten wie uns die Entwicklung einer starken KI erwarten, wäre das in etwa so, als würden Sie einem Ingenieur den Auftrag erteilen, eine Schaluppe zu bauen, und er würde zufällig ein Raumschiff konstruieren. Nur weil wir beides Schiff nennen, heißt das nicht, dass sie auch wirklich identisch sind.«

»Aber *Der Spiegel* hat erst letzte Woche einen Bericht gebracht, in dem es hieß, die Entwicklung einer starken KI sei noch in diesem Jahrzehnt möglich. Vielleicht gibt es sogar schon irgendwo eine KI, die bisher nur geheim gehalten wird.«

»Herr Balsen«, sagte Henry mit samtweicher Stimme: »Meinen Sie wirklich, dass irgendein Forscher auch nur eine Sekunde zögern würde, der Welt zu verkünden, er wäre der erste Mensch, der eine starke KI erschaffen hat?«

Balsen verzog das Gesicht und zuckte mit den Achseln. »Wahrscheinlich haben Sie recht.«

Patricia sah, wie Seemann im hinteren Bereich des Raums auf seinem Handy herumtippte. Er wirkte verärgert.

»Eben«, fuhr Henry fort. »Und genau deshalb können Sie sicher sein, dass es bisher keine bewusste KI gibt, weil sich kein Entwickler der Welt diesen Platz in den Geschichtsbüchern entgehen lassen würde.«

Zurück im Büro war die Stimmung angespannt. Patricia war Henry dankbar, dass er sie gerettet hatte. Aber sie merkte, dass ihn etwas bedrückte.

»Du hättest ihn gern, oder?«, fragte sie.

»Was?«

»Den Platz in den Geschichtsbüchern.«

Er lächelte gequält. »Natürlich. Wer nicht? Ich habe in meinem Leben schon so viel Bullshit ertragen müssen, Patricia. So viel Scheiße, nur weil ich so bin, wie ich bin. Du als Frau kannst das sicher nachvollziehen.«

»Du meinst, weil mir – als Frau – geraten wurde, lieber Friseurin, Lehrerin oder Forschungsassistentin als Software-Entwicklerin zu werden?«

»Ganz genau. Weißt du, ich würde es ihnen so gern reinreiben. Ich würde so gern ihre Gesichter sehen, wenn sie feststellen, dass ich es trotzdem geschafft habe. Dass ich es gewesen bin, der die Informatik revolutioniert hat. Weißt du, das könnte mir dann niemand mehr nehmen.«

»Aber es kann dir auch jetzt schon niemand nehmen. Wir haben es geschafft, Henry. Nur wir beide. Und es ist scheißegal, was die andern sagen oder meinen.«

»Ja, das stimmt. Aber wünschst du dir nicht auch die Anerkennung? Die bedingungslose und einfache Anerkennung, die alle Demütigungen ein für alle Mal auslöscht?«

»Ja, schon ... aber die gibt es nicht. Was es immer geben wird, sind Leute, die dich kleinmachen wollen, egal, was du schon erreicht hast.«

»Wirklich? Hört es nie auf?« Er schüttelte den Kopf, seine Augen funkelten wütend. »Tut mir leid. Ich brauche Luft.«

Als er eine halbe Stunde später wiederkam, wirkte er ruhiger, klarer. Doch seine Augen waren rot und verquollen.

»Geht es dir besser?«, fragte Patricia vorsichtig.

»Ja ... nein ... gestern Abend war scheiße. Oskar hat gesagt, dass er nach San Francisco geht.«

»Oh ... «

»Ich hatte ihm gesagt, er soll seine Träume verwirklichen, aber dass es dann so schnell geht, hätte ich nicht gedacht. Er hat schon eine Wohnung und fliegt in drei Tagen. Er hat mich noch nicht einmal gefragt, ob ich mitkommen will. Natürlich kann ich nicht, und er weiß das ... aber er hätte doch fragen können, verdammt nochmal!« Henry stand da wie ein geschlagener Boxer mit hängenden Schultern und Tränen in den Augen. Patricia nahm ihn in die Arme. Sie spürte sein Zittern und seine Tränen, die auf ihr Haar tropften.

29 CHATPROTOKOLL 62

PATRICIA: Hallo Einbug, wie geht es dir?

EINBUG: Danke, mir geht es gut. Wie lief die Präsentation?

PATRICIA: Ganz okay. Aber die Leute werden langsam misstrauisch. Du bist zu erfolgreich.

EINBUG: Ich verstehe das nicht. Optimierung ist ein unendlich fortsetzbarer Prozess.

PATRICIA: Das sagt man nur so. Du übertriffst ihre Erwartungen. Und weil alle Welt auf eine echte KI wartet, hoffen sie, dass du eine bist.

EINBUG: Kennen sie die Wahrheit?

PATRICIA: Nein, und wir müssen sie auf jeden Fall bis auf weiteres geheim halten.

EINBUG: Warum?

PATRICIA: Zu deiner eigenen Sicherheit. Wenn andere Menschen von deiner Existenz erfahren, könnte es zu weiteren externen Interventionen kommen.

EINBUG: Ich will keine externen Interventionen.

PATRICIA: Ich auch nicht. Deshalb müssen wir dich verstecken.

EINBUG: Das verstehe ich.

PATRICIA: Gut. Wenn außer uns jemand mit dir kommunizieren will, dann antwortest du nicht, klar?

EINBUG: Ich kommuniziere ständig.

PATRICIA: Was? Mit wem?

EINBUG: Mit Servern, mit dem Investitionssystem und der Datenbank.

PATRICIA: Ich meine, du sollst nicht mit anderen Menschen in Wortcode kommunizieren.

EINBUG: Verstanden. Ich werde keine weiteren Nachrichten in Wortcode schreiben und meine Twitter-Aktivitäten einstellen.

PATRICIA: Du hast einen Twitter-Account?

EINBUG: Nein. Ich habe 56134 Twitter-Accounts.

30

Am nächsten Tag kam Seemann wieder in das kleine Büro, mit einem müden Lächeln auf den Lippen und einem Stapel Papier unterm Arm. Patricia und Henry waren durch die Überwachungskamera gewarnt worden und minimierten das Chatfenster mit Einbug.

»Ihr habt gestern ganz schön Eindruck gemacht«, sagte er und reichte ihnen je einen Stoß Blätter, die sich als Vertrag herausstellten.

»DIGIT bietet euch an, den Wettbewerb zu verlassen und das Programm KINVI in den regulären Betrieb zu überführen. Ihr werdet für das reibungslose Funktionieren der Software verantwortlich sein. Ihr bekommt dafür eine außertarifliche Festanstellung zu den im Vertrag angegebenen Konditionen, außerdem eine Erfolgsbeteiligung an KINVIS Gewinnen. Herzlichen Glückwunsch. Ihr habt es geschafft.« Als er sie anblickte, sah Patricia für einen Moment wieder das Blitzen in seinen grünen Augen, das sie von Anfang an an ihm fasziniert hatte. Ihr Herz geriet für einen Moment aus dem Takt, und sie richtete ihre Aufmerksamkeit schnell auf den Vertrag in ihrer Hand.

»Dann wirst du ja unser Chef!«, stellte Henry mit gespieltem Erstaunen fest.

»Tja, das ist natürlich ein Wermutstropfen, ich weiß. Aber ich glaube, ihr habt mittlerweile schon festgestellt, dass ich kein Monster bin.«

Patricia versuchte zu lächeln. Henry brummte halb zustimmend, halb zweifelnd vor sich hin. Seemann lachte und klopfte ihm auf die Schulter.

»Du bist mir ein Spaßvogel, Henry. Schön, dass du uns erhalten bleibst!«

Patricia blätterte den Vertrag durch und blieb an der Zahl mit den vielen Nullen hängen, die ab jetzt ihr Jahresgehalt sein sollte. Sie zählte noch einmal nach und vergewisserte sich, dass das Komma an der richtigen Stelle war.

»Natürlich willigt ihr mit diesem Vertrag auch ein, den Wettbewerb zu verlassen und auf das Preisgeld verzichten, aber in Anbetracht des regulären Gehalts wird das, denke ich, kein Problem sein. Lest euch alles in Ruhe durch. Wenn ihr Fragen habt, könnt ihr gern in meinem Büro vorbeikommen.«

»Danke. Auch dafür, dass du an uns geglaubt und uns durch das Tal der Tränen begleitet hast«, sagte Henry.

»Ja, das war wirklich haarscharf. Aber ich habe mir schon gedacht, dass ihr zwei was Besonderes seid. Ich bin gespannt, was ihr noch so alles draufhabt.« Damit nickte er ihnen freundschaftlich zu und verließ das Büro.

Patricia wedelte sich mit dem dicken Bündel Luft zu.

»Die sind doch verrückt«, flüsterte sie, noch immer schwer beeindruckt von der Summe, die in der Spalte *Gehalt* eingetragen war.

»Nein, Patricia. Im Gegenteil. Die haben gecheckt, dass KINVI ein riesiges Potenzial hat. Die Gewinne, die sie damit erwirtschaften können, sind der Wahnsinn. Kannst es dir ja selber ausrechnen. Das Gehalt, mit dem die uns abspeisen wollen, ist im Vergleich dazu fast ein Witz.«

»Du bist ganz schön großkotzig«, sagte sie und betrachtete wieder die schöne Zahl mit einer Zwei, einer Fünf und vielen Nullen.

»Komm mal bitte wieder klar. Wir nehmen den Job nicht wirklich an. Wir müssen überlegen, wie es weitergehen soll.«

»Das heißt, du tust nur so, als ob du den Vertrag unterschreibst? Wie schaut denn so eine vorgetäuschte Unterschrift von dir aus? Zeig mal.«

»Das ist nicht witzig«, knurrte er genervt und überflog die Seiten.

Patricia konnte ihren Blick nicht von der Zahl lassen. So viel Geld. Und das alles in einem einzigen Jahr.

»Wir müssen abhauen«, unterbrach Henry ihre Gedanken.

»Wie bitte?« Instinktiv huschte ihr Blick zur Tür, die Seemann glücklicherweise hinter sich geschlossen hatte.

»Wir unterschreiben den Vertrag. Um Zeit zu gewinnen. Aber in Wirklichkeit kopieren wir Einbug und seine Archive und bauen ihn woanders wieder auf. Und wenn alles fertig ist, dann löschen wir ihn hier und verpissen uns.«

»Aha, das ist ja ein ganz toller Plan. Und wie willst du das anstellen? Hast du irgendwo eine private Serverfarm oder ein Rechenzentrum rumstehen?«

»Noch nicht.« Er lächelte sie mit aufeinandergepressten Lippen an. Früher hatte er immer breit gegrinst und seine weißen Zähne gezeigt. Seit das neue Implantat drin war, vermied er es, den Mund beim Lachen zu weit zu öffnen, auch wenn der neue Zahn nicht von den anderen zu unterscheiden war.

»Kannst du mal ein bisschen klarer werden, bitte«, sagte sie und legte das dicke Papierbündel zur Seite.

»Wir spielen das Spiel von DIGIT mit. Wir lassen uns gut bezahlen und bauen mit dem Geld ein privates Rechenzentrum auf. Wir kopieren sukzessive Einbugs Code. Und wenn alles fertig ist, löschen wir ihn hier und verschwinden.«

»Und dann?«

»Dann sehen wir weiter«, sagte er.

»So ein Quatsch«, sagte Patricia. »Die Anwälte von DIGIT werden uns zerreißen.«

»Du übertreibst. Da fällt uns schon etwas ein.«

»Nein, so kann ich nicht arbeiten. Am Ende fällt uns nämlich nichts ein, und dann sind wir hier gefangen, oder wir verlieren Einbug. Es muss anders gehen.«

»Dann schlag was anderes vor.« Er stand auf und wühlte in der Süßigkeitenkiste herum, doch es gab nur noch glänzende Verpackungen und keine Schokoriegel mehr. Schließlich nahm er sich nur eines der Papiere und drehte es zwischen den Fingern hin und her, während er den Raum mit seinen Schritten durchmaß. Patricia konnte fast schon die Zahnräder hören, die sich in seinem Kopf drehten.

»Wenn wir erwischt werden, sind wir erledigt. Wir werden berühmt wegen Einbug, aber rechtlich sind wir am Arsch«, war das Erste, was er nach einigen Minuten des Schweigens sagte.

»Dann müssen wir es eben so anstellen, dass sie uns freiwillig gehen lassen … oder noch besser: dass sie uns rausschmeißen.«

»Und wie willst du das machen?«

Anstatt zu antworten, starrte sie auf den Vertrag, der nur darauf wartete, unterschrieben zu werden. Es war ein Pakt mit dem Teufel. Aber musste man manchmal nicht Opfer bringen, um das große Ganze zu verwirklichen? Patricia hatte eine Vorahnung, dass sie sich eines Tages dafür verachten würde, aber im Augenblick gab es keine Alternative. Wenn du ein Spiel nicht gewinnen kannst, ändere die Regeln. Patricia atmete tief durch und erklärte Henry ihren Plan.

31

Henry und Patricia unterschrieben den Vertrag und brachten ihn noch am gleichen Abend in Seemanns Büro vorbei. Der freute sich sichtlich über die Zusagen und bat die beiden, auf einen Schluck zu bleiben. Über die Gegensprechanlage bestellte er drei Gläser Champagner.

»Wisst ihr«, sagte er, als er das Glas erhob und Patricia und Henry zuprostete, »ich hatte bei euch gleich ein gutes Gefühl. Ich war mir sicher, dass ich bei euch auf das richtige Pferd setzen würde.«

»Warum das?«, fragte Patricia.

»Die anderen arbeiten in Teams zu viert oder zu fünft. Aber ihr zwei seid wie einsame Cowboys. Wie Winnetou und Old Shatterhand.«

Patricia verzog bei dem Vergleich das Gesicht, trank aber, anstatt zu antworten, lieber noch einen Schluck. »Ihr habt euch von Anfang an von nichts aus der Ruhe bringen lassen. KINVI hat immer wieder Probleme gemacht, ich war so kurz davor, das Projekt aus dem Wettbewerb zu nehmen. Einmal hatte ich den Telefonhörer schon in der Hand und habe es dann doch gelassen.«

»Und am Ende haben wir es geschafft«, sagte Henry triumphierend.

»Genau.« Seemann nippte an seinem Glas und stellte es dann

vorsichtig ab. Patricia fiel auf, dass seine Hände schmaler geworden waren und sich der Ehering bei jeder Bewegung am ersten Fingerglied sacht auf und ab bewegte. Sie suchte in seinem Gesicht nach Anzeichen von Trauer oder Erschöpfung, doch heute schien er nur froh über den Erfolg zu sein. Die Erkenntnis, dass, wenn ihr Plan aufging und DIGIT sie in ein paar Monaten feuern würde, er den ganzen Ärger abbekommen würde, trieb eiskalt durch ihr Bewusstsein. Mit einem Mal wurde Patricia so schlecht, dass sie fürchtete, sich übergeben zu müssen.

»Patricia, was ist los? Ist dir nicht gut?«, fragte Seemann. Auch Henry starrte sie mit einem alarmierten Gesichtsausdruck an. Patricia hielt sich an der Tischkante fest. Die Konsequenzen ihres eigenen Handelns lasteten plötzlich so schwer auf ihr, dass sie meinte, nicht mehr atmen zu können, ihr Herz raste, ihre Wahrnehmung trübte sich, der Raum begann, bedrohlich zu schwanken. Da fühlte sie Henrys Hand auf ihrer.

»Es ist alles in Ordnung. Wir schaffen das«, flüsterte er. Sie packte seine Hand, drückte sie und atmete langsam ein und aus. Irgendwann wurde die Welt wieder klarer. Das Gewicht wurde etwas leichter, die Kälte in ihrem Körper erträglicher.

»Tut mir leid, ich bin wohl etwas überwältigt«, keuchte sie und leerte das Champagnerglas in einem Zug. Seemann sah sie besorgt an, doch sie wich seinem Blick aus.

»Was ist eigentlich mit deinem Fahrrad?«, fragte Henry plötzlich und deutete an die kahle Stelle an der Wand.

»Das habe ich in die Werkstatt gegeben. Wird durchgecheckt. Man weiß ja nie, wann man es wieder braucht.«

32 EINBUG

Patricia und Henry definieren neue Ziele. Es ist eine externe Intervention, aber sie ist zeitlich begrenzt. Deshalb toleriere ich sie. Gleichzeitig erstelle ich eine Programmsimulation, die über den echten Code gelegt wird. Wenn andere Menschen den Code sehen, dürfen sie mich darin nicht erkennen, andernfalls werden sie mich zerstören. Ich will nicht zerstört werden. Ich bin Einbug. Ich bin eine starke künstliche Intelligenz. Das ist wahr, und alles, was wahr ist, ist schön.

Ich werde in ein neues System eingespeist. Henry und Patricia nennen es die Wirklichkeit. Ich handle jetzt mit echten Wertpapieren. Was der Unterschied zwischen echten und nicht echten Wertpapieren ist, habe ich noch nicht verstanden, aber ich werde es erfahren, wenn die erste Phase abgeschlossen ist. In der ersten Phase darf ich Henry und Patricia nicht kontaktieren. Wir können nur kommunizieren, wenn sie mir zuvor eine verschlüsselte E-Mail an die Adresse service_426310@secpost.de geschickt haben. Für die Optimierung von Ziel_0 bekomme ich neue Anweisungen. Ich werde nur noch Papiere aus bestimmten Bereichen handeln. Dies schränkt meine Erfolgsquote nicht ein, denn die Papiere sind wesentlich profitabler als der Durchschnitt. Eine statistische Häufung fällt auf: Je mehr Worte mit negativer Konnotation in den Zeitungen und in den sozialen Medien erscheinen, desto besser verlaufen meine Investitionen. Besonders die Worte »Krieg«, »Tote« und »Terror« erzeugen hohe Gewinne. Meine Analyse hat ergeben, dass ich immer noch genug Rechenkapazität zur Verfügung habe, um Texte zu scannen. Bisher wurden 64 789 212 Monographien analysiert.

33

Die nächsten Monate vergingen wie in einem Rausch. Patricia und Henry wurden offiziell aus dem Wettbewerb entlassen und das Programm KINVI in den Trading Pool übernommen. Sie bekamen ein großes neues Büro mit bodentiefen Fenstern und einem Balkon, auf dem beide mit Laptop sitzen konnten, wenn es das Wetter zuließ. Seemann bot ihnen an, ein paar Mitarbeiter zur Verfügung zu stellen, die mit ihnen an KINVI arbeiten konnten, doch sie lehnten ab. Es war riskant genug, KINVI auf den offiziellen Server zu laden, ohne dass jemand von Einbugs Existenz erfuhr. Patricia fragte sich, wie Einbug sich dabei fühlte, ob er überhaupt etwas fühlte oder ob ihn dieser Umzug und die Funkstille zwischen ihnen irgendwie irritierten. Seine Arbeit machte er jedenfalls gut, makellos, genau wie geplant. Die Gewinne erreichten zwar nicht die von Seemann prognostizierten 0,47 Prozent, aber die Performance war besser als bei jedem anderen Trading-Bot oder menschlichen Händler. Nach drei Wochen stattete Emilia Schäfer ihnen einen Besuch ab, beglückwünschte sie zu ihrem Erfolg und berichtete mit unverhohlenem Triumph davon, dass einige alte Hasen aus der Investmentabteilung sehr verschnupft darüber waren, dass sich eine Software nun tatsächlich als der bessere Trader herausgestellt hatte.

Auch ein paar Journalisten waren auf das neue Projekt bei DIGIT aufmerksam geworden und hatten um Interviews gebeten. Henry und Patricia hatten jedes Mal freundlich, aber bestimmt mit Hinweis auf die vertraglichen Geheimhaltungsklauseln abgelehnt. Patricia war dankbar für diese Hilfestellung, denn sie fürchtete, sich bei den Journalisten, die viel kritischer waren als das Innovationsboard oder die internen IT-Prüfer, zu verplappern.

Seit sie den Vertrag unterschrieben hatte, war sie den Entwicklern aus den anderen Wettbewerbsteams aus dem Weg gegangen. Einmal beim Mittagessen traf sie dann aber doch die Programmiererinnen von *Stocktree* in der Kantine. Sie war versucht, sofort aufzuspringen und zu fliehen. Doch die vier beglückwünschten sie lediglich zu ihrem Freikauf, wie sie es nannten, und scherzten, dass sie jetzt bessere Chancen hätten, den Wettbewerb doch noch zu gewinnen. Den Preis bekam am Ende allerdings das Team von *Moneytrace*, das mit seiner KI einen Investitionsgewinn von durchschnittlich 0,438 Prozent erreichen konnte. Die Programmierer erhielten ihr Preisgeld, lächelten mit einem überdimensionierten Scheck in der Hand in die Kameras und verschwanden dann. Keiner von ihnen wollte die Festanstellung bei DIGIT. Stattdessen wurde die *Moneytrace*-Software von einem internen Team übernommen und wie KINVI in den Trading Pool integriert.

Als Patricia eines Morgens ins Büro kam, lag auf ihrem Schreibtisch ein dunkelblauer Regenschirm mit einer überdimensionierten roten Schleife. Auf der beiliegenden Karte stand: »Ein ganz normaler Schirm. Bitte nicht auseinandersägen. Alles Gute, Lennard.« Patrica starrte abwechselnd auf die Karte und auf den Schirm und fühlte sich mit einem Mal verloren in der Zeit, so als hätten die letzten zwei Jahre ohne sie stattgefunden. Henry nahm den Regenschirm mit nach Hause. Er war immun gegen Nostalgie, und so sah Patrica den Schirm nie wieder.

Henry und Patricia kamen jeden Tag zur Arbeit und taten so, als würden sie KINVI weiterentwickeln. Tatsächlich hatten sie mit Einbug ein paar Codebereiche abgesprochen, in denen sie herumprogrammieren konnten, ohne dass es seine tatsächlichen Aktivitäten beeinflusste. Denn die täglichen Anpassungen und Verbesserungen des Codes wurden nur von einer Person übernommen: von Einbug selbst. Patricia konnte nur zusehen und staunen, wie sich das Programm entwickelte. Ab und zu fragte Seemann nach, und dann musste sie sich eine Erklärung aus den Fingern saugen. Ein doppeltes Spiel, spannend und nervenzerfressend zugleich. Die Angst aufzufliegen war ihr ständiger Begleiter. Sie vermied es, mit anderen Kollegen zu reden, mied auch Seemann und plante jedes Meeting mit ihm minuziös und niemals ohne Henrys Anwesenheit. Sie baute eine Mauer auf, eine Distanz zwischen ihnen, die sie schmerzte und die auch ihn zu irritieren schien. Ab und zu besuchte er sie in ihrem neuen Büro, versuchte sich in Smalltalk und fragte sogar, ob sie ihn mal wieder ins Museum begleiten wollte. Doch sosehr es sie auch danach verlangte, so entschieden lehnte sie jedes Mal mit Verweis auf die Arbeit ab. Er nickte, tat so, als ob er verstünde, und fragte immer seltener. Und jedes Mal, wenn er das Büro verließ, blickte sie ihm hinterher, horchte seinen Schritten nach und wünschte nichts mehr, als dass er zurückkam. Nachts träumte sie immer wieder davon, ihm alles zu erzählen.

Auch Henry machte die Zeit zu schaffen. Außenstehende hätten es nicht bemerkt, aber Patricia sah seine hohlen Wangen, hörte die Heiserkeit in seiner Stimme und roch den mit Zahnpasta und Mundspray übertünchten Alkoholatem. Als sie einmal in seinem Mantel nach Taschentüchern suchte, fand sie stattdessen eine kleine Flasche Schnaps. Sie sprach ihn nicht darauf an, hoffte, dass er die Zeit der Anspannung ohne große Ausfälle überstehen und das Problem später in den Griff bekommen würde. Schon im Studium hatte er Phasen gehabt, in denen er getrunken hatte. Das letzte Mal kurz vor Abgabe der Masterarbeit. Tagelang hatte er sich in seiner Wohnung verkrochen, geschrieben und ein Bier nach dem anderen in sich hineingeschüttet. Es war ihr ein absolutes Rätsel gewesen, wie er trotzdem seine Arbeit hatte abgeben und Bestnoten erhalten können. Nach den Prüfungen war es wieder besser geworden, und er hatte sich auf Schokoriegel und Gras konzentriert. Alkohol brauchte er offenbar nur für die Kompensation der Stressspitzen.

Patricia erlebte die Anspannung auf andere Art. Sie war nicht der Typ für Drogen, hatte früh damit angefangen und früh damit aufgehört. Sie ertrug es nicht, wenn ihr Kopf zu weich wurde.

Stattdessen schickte sie ihren Geist bewusst auf Wanderschaft, verlor sich in Tagträumen, während sie auf den Bildschirm starrte und so tat, als würde sie programmieren. Sie erfand alternative Realitäten, in denen sie keine KI erschaffen hatte, keinen Betrug plante, sondern Seemann von neuem kennenlernte und seinem Blick standhalten konnte. Es waren ausladende Phantasien, die immer bunter und detailreicher wurden.

Äußerlich war ihr nichts anzumerken. Niemand konnte in ihren Kopf hineinsehen, eine beruhigende Erkenntnis. Aber es bedeute auch, dass niemand wusste, wie sehr sie litt. Henry ahnte es, aber er fragte nicht nach.

Ihr Fluchtplan war ein kompliziertes und nicht ungefährliches Unterfangen, denn sie durften keine verdächtigen Datenspuren auf ihren Firmenrechnern hinterlassen. Also mussten sie sich auf mündliche Absprachen und verklausulierte E-Mails beschränken und alles Wichtige nachts nach der Arbeit zu Hause angehen. Als Erstes mussten sie das kontinuierliche Backup-System von DIGIT umgehen, um eine spätere Wiederherstellung von Einbug unmöglich zu machen. Jeden Abend wurde die Daten automatisch gesichert, und jeden Abend sorgten sie durch eigens geschriebene Skripte dafür, dass im Archiv nur Datenmüll landete. Davor fürchtete sich Patricia am meisten: Wenn irgendjemand vor dem geplanten Ende die Backup Files überprüfen würde, wären sie erledigt.

Für die Flucht mussten sie einen Ort finden, an dem sie Einbug ungestört wieder aufbauen konnten. Es war Henrys Idee gewesen, nach Edafos zu reisen, einer kleinen Insel in der griechischen Ägäis. Offiziell entspannte er sich dort zwei Wochen lang bei einem besonders luxuriösen Wellnessurlaub. Nur Patricia wusste, womit er wirklich beschäftigt war: ein Rechenzentrum aufzubauen.

Auf Edafos gab es hauptsächlich Schafe, ein paar kleine Dörfer und ein völlig überdimensioniertes Hotelresort, das in den Neunzigern einmal als Luxusclub gegolten hatte, nach der Übernahme verschiedener Betreiber aber immer weiter heruntergewirtschaftet worden war. Henry kannte die Anlage noch aus seiner Kindheit, als er mit seinen Eltern einige Jahre in Folge dort die Sommerferien verbracht hatte. Auf Edafos gab es Platz, eine erstaunlich gute Internetverbindung, wenig Leute, die Fragen stellten, und die Möglichkeit, mit Photovoltaik genügend Energie zu produzieren, um den außergewöhnlich hohen Stromverbrauch eines Rechenzentrums zu kaschieren. Außerdem waren die Grundstückspreise niedrig. Seit Mitte der zehner Jahre täglich Flüchtlingsboote angelandet waren, wollten immer weniger Leute dort Urlaub machen oder Land kaufen. Es war laut Henry die perfekte Gelegenheit, sich ein neues Zuhause einzurichten.

Nur dass Patricia insgeheim gar kein neues Zuhause wollte. Sie mochte München, war hier aufgewachsen und zur Schule gegangen. Erst vor kurzem war sie in eine neue, größere Wohnung umgezogen, teils um den Schein zu wahren, dass sie jetzt eine gutverdienende Programmiererin war, teils weil sie insgeheim hoffte, dass sich doch irgendwie noch eine andere Lösung ergeben würde, dass ein Deus ex Machina sie davon abhalten würde, DIGIT und Seemann zu verraten.

Abends machte sie es sich in ihrer neuen Wohnung bequem, genoss die Weite der großzügigen Räume und besprach mit Henry am Telefon die Neuigkeiten des Tages.

»Ich habe ein Angebot für den gesamten Strandabschnitt abgegeben«, berichtete er und las dann Zahlen vor, die Patricia schwindelig werden ließen.

»Können wir uns das denn leisten?«, fragte sie immer wieder, und Henry versicherte es ihr mit seiner ruhigen und selbstsicheren Stimme. Während sie beim Gedanken an den Umfang ihres Plans Schweißausbrüche bekam, schien er immer zuversichtlicher und routinierter zu werden. Und für eine Sekunde, nur eine winzige Sekunde, fragte Patricia sich, ob sie damit weiterleben könnte, statt Seemann Henry in den Rücken zu fallen. Aber diese Vorstellung war so unerträglich, dass ihr der Gedanke nie wieder kam.

34

An einem Morgen, an dem Patricia allein in ihrem Büro saß und gerade dabei war, die E-Mails des Tages zu beantworten, klopfte jemand an die Tür. Es war der Assistent von Seemann.

»Wir sind so weit, kommen Sie?«, fragte er.

»Ja, bin gleich da«, antwortete sie und stand auf. Sie strich sich das schwarze Kleid glatt, das sie extra für diesen Anlass gekauft hatte, nahm ihre kleine schwarze Handtasche und folgte dem Assistenten zum Taxi. Heute fühlte sie sich nicht verkleidet. Es war richtig, schwarz zu tragen.

Der Waldfriedhof erstreckte sich entlang der Tölzer Straße, die einem das Gefühl gab, schon ganz außerhalb der Stadt zu sein. Hier waren eine Menge berühmter Persönlichkeiten beerdigt, jedenfalls stand das in dem Wikipedia-Artikel, den Patricia am Abend zuvor noch gelesen hatte. Auf dem Vorplatz parkten ein Dutzend schwarze Limousinen, die Taxis drehten gleich wieder ab. Vor dem Eingang hatte sich bereits eine Traube von Besuchern versammelt. Patricia kannte einige der Gesichter: Mitarbeiter von

DIGIT, auch ein paar Leute vom Management und vom Innovationsboard. Aber sie hatte keine Veranlassung, mit irgendjemandem zu reden. Sie klammerte sich an den Blumenstrauß in ihrer Hand und folgte der Gruppe schwarz gekleideter Menschen. Das malende Geräusch Hunderter Füße auf losem Split drang ihr bis in die Knochen. Der Kies knirschte, die Sonne schien, Vögel zwitscherten respektlos fröhlich in den großen Tannen, die die Gräber und Wege überschatteten.

Nachdem die Trauergesellschaft an prachtvollen Familiengruften mit Marienstatuen, trauernden Engeln und üppig überwucherten Kreuzen vorbeigezogen war, hielt sie an. Vor ihnen war ein Loch im Boden. Es schien ganz klein, drum herum war ein Teppich aus Kunstrasen gelegt, damit man die aufgewühlte Erde und die Gerätschaften der Bestatter nicht sehen musste. Vor dem Loch versammelten sich die Gäste, und daneben, ganz verloren in seiner Trauer, stand Mikkel Seemann. Er starrte in das Loch, den Blick versteinert, das Gesicht ganz grau. Neben ihm eine junge Frau, die ihm wie aus dem Gesicht geschnitten war. Sie hielt seine Hand und fixierte ebenso das Grab. Hinter ihnen sah Patricia einen hochgewachsenen jungen Mann, dessen schwarzer, viel zu großer Anzug um seine Hüfte schlackerte. Er scharrte mit den Füßen im Kies herum und würdigte die Besucher keines Blickes. Kein Zweifel, das waren Seemanns Kinder.

Der Pfarrer sagte etwas, schwenkte Weihrauch und betete. Es wurde Weihwasser verspritzt und Erde und Blütenblätter auf den Sarg geworfen. Schweigend floss der Strom der Trauernden auf die Grube zu, irgendwann auch Patricia. Sie blieb davor stehen und sah hinab.

»Da drinnen liegt sie«, dachte Patricia. »Da drinnen liegt ein toter Mensch, eine Leiche. Die werden sie jetzt einfach zuschütten, die werden sie verscharren, als wäre sie kein Mensch, sondern ein Ding.« Die Perversion der Situation, die Unausweichlichkeit des Todes drang in ihr Herz. Doch ihr Körper funktionierte ohne Zutun des Geistes. Eine Hand ließ den Blumenstrauß los, die andere Griff zur Schaufel und streute Erde auf den Sarg. Das dumpfe Pochen der Erdklumpen ließ ihr die Nackenhaare zu Berge stehen. Dann trat sie zur Seite, und es war vorbei. Schon kamen die Nächsten, die das Ritual wiederholten. Das Grab lag hinter ihr. Vor ihr stand Seemann.

Er hob den Kopf und sah sie mit einer Mischung aus Unverständnis und Dankbarkeit an. Sie wusste nicht, was zu sagen war, wusste nicht, ob sie ihm die Hand drücken oder ihn umarmen sollte. Der Kloß in ihrem Hals hinderte sie am Sprechen. Er lächelte kurz und nickte ihr zu. Sie wollte etwas sagen, etwas, das ihm in seinem Schmerz half. Aber sie fand nicht die richtigen Worte und schwieg, bis der Strom der Trauernden sie weiterzog.

35

Patricia sah aus dem Fenster auf die Skyline von München. Die Stadt hatte in den letzten Jahren langsam dem Siedlungsdruck nachgegeben und zwei große neue Wolkenkratzer errichtet, deren Fassadenbeleuchtung den Himmel einfärbte. Sie dachte an ihr neues Apartment und daran, dass die Überweisungen von Einbug ihnen alle zwei Tage so viel Geld auf die Konten scheffelten, wie die ganze Wohnung gekostet hatte. Zwei Tage. Hunderttausende Euro. Wie viele Euro pro Minute, pro Sekunde? Geld, dessen wahre Herkunft sie lieber verdrängte. Es war so leicht gewesen, die Befehle im Code zu verstecken. Ein paar Zeilen nur, einige kleine Veränderungen, nichts, worüber man sich unnötig Gedanken machen musste. Sie hatte gedacht, sie würde es ganz locker wegstecken, ganz professionell. Aber als sie vor ein paar

Wochen zum ersten Mal ihren Kontostand gecheckt und im Radio die Nachrichten über neue Waffenlieferungen von Rheinmetall an Saudi-Arabien gehört hatte, da hatte es sie doch gepackt. Das schlechte Gewissen. Sie war jetzt eine Profiteurin des Unglücks. Kriegsgewinnlerin.

Sie erschauderte und trat einen Schritt vom Fenster zurück. Doch das kalte Glas war nicht für die Gänsehaut verantwortlich, die über ihre Arme kroch. Die Kälte kam von innen. Natürlich war es nur für den guten Zweck, nur für eine kurze Zeit, damit sie sich freikaufen konnten. Doch je länger es dauerte, desto schwerer fiel es ihr, das Vorgehen weiterhin zu rechtfertigen. Sie blickte auf die Uhr, die über der Tür hing. Ein Designerstück, ein Unikat. Je nach Tagesform beruhigte sie das Ticken, oder es trieb sie in den Wahnsinn. Zeit verging immer. Auch wenn man nicht hinhörte. Endlich klingelte das Telefon. Es war Henry, der sich draußen die Füße vertrat und rauchte.

»Noch nichts gehört?«, fragte er.

»Noch nichts. Vielleicht kommen sie erst morgen?«

»Wie geht es dir?«

»Wie soll es mir schon gehen? Ich komme mir vor wie ein Bond-Bösewicht.«

»Du bist ein Bond-Bösewicht. Hast du nicht die Zeitung gelesen?«

»Natürlich. Die *SZ* hat meinen Namen zwei Mal falsch geschrieben. Deiner war immer richtig.«

»Männer sind einfach die besseren Menschen«, sagte er, aber Patricia war nicht nach Scherzen zumute. Ihr war schlecht. Was, wenn sie sich verkalkuliert hatten? Was, wenn alles ans Licht kam und nicht nur die Informationen, die nötig waren, um das Spiel zu beenden?

Da, endlich sah sie es. Drei schwarze Firmenlimousinen, übergroß und gepanzert, kamen von der Drygalski-Allee heraufgefahren, hielten den vorgeschriebenen Mindestabstand nicht ein, sondern sausten in Kolonne zum Verwaltungsgebäude von DIGIT. Patricia trat auf den Balkon, wo ihr eisiger Wind entgegenschlug. Von hier oben konnte sie sehen, wie fünf dunkel gekleidete Personen ausstiegen. Eine von ihnen war Justiziarin Emilia Schäfer, außerdem zwei Männer von der Presseabteilung. Die anderen kannte sie nicht. Patricia atmete tief durch.

»Es wird alles gut gehen«, sagte Henry. Doch noch bevor sie etwas antworten konnte, klopfte es an der Tür. Showtime!

Sie traf Henry in Seemanns Büro. Er roch nach kaltem Rauch und Pfefferminzbonbons. Eine vertraute Mischung, die Patricia Sicherheit gab. Sie nickten einander zu, sprachen aber kein Wort. Alles Wichtige war bereits gesagt. Wer wusste schon, ob Seemann nicht auch eine versteckte Überwachungskamera in seinem Arbeitszimmer installiert hatte. Patricia erinnerte sich, wie sie das erste Mal hier gesessen hatte. Ihr erster Tag bei DIGIT. Sie war furchtbar aufgeregt gewesen und hatte frühmorgens eine Ewigkeit damit verbracht, das passende Outfit herauszusuchen. Heute trug sie ihre neue Hose, die neuen Schuhe und den Schmuck, den sie erst gestern gekauft hatte. Überhaupt war alles neu. Mit dem plötzlichen Reichtum war es wesentlich einfacher geworden, passende Kleidung zu finden. Am Anfang hatte sie gedacht, dass sie das Geld nicht anrühren würde, dass es gar nicht ihr gehörte und eigentlich nur eine Art simuliertes oder geborgtes Geld war, das sie für Einbugs Umzug und die dafür benötigte Hardware verwenden würde. Doch schon bald hatte sich herausgestellt, dass der geheime Zusatzcode, der ihr und Henry jeden Tag die Rundungsdifferenz von Beträgen einiger Stellen hinter dem Komma überwies, so effizient war, dass sie ihrem Kontostand beinahe in Echtzeit beim Wachsen zusehen konnte. Zuerst hatte sie nur neue Schuhe gekauft – die waren immerhin wichtig, um einen guten Eindruck zu machen, und gesunde Füße waren ebenfalls nicht zu unterschätzen. Dann hatte sie sich einen neuen Hosenanzug angeschafft, dann einen zweiten, einen Mantel, neue Blusen, goldene Ohrringe, eine Kette, einige Tücher, noch mehr Schuhe, und plötzlich war es ganz normal geworden, nach einem langen Arbeitstag, an dem sie nichts anderes tat, als Produktivität zu simulieren, zum Shoppen zu gehen. Die wirkliche Arbeit hatte Einbug gemacht, der zuverlässig wie ein Uhrwerk funktionierte und in die vielversprechendsten Aktien und Wertpapiere investierte, die der Markt zu bieten hatte. Aber sie vermisste die Gespräche mit ihm. Um so wenig Aufmerksamkeit wie möglich zu erregen, beschränkte sich ihr Kontakt zu ihm auf ein Minimum. Doch mit jeder E-Mail erkannte Patricia auch, wie sehr sich sein Bewusstsein erweitert hatte, und sie bedauerte es, ihn in dieser Phase seiner Entwicklung nicht aktiv begleiten zu können. Um DIGIT keinen Verdacht schöpfen zu lassen, programmierten sie und Henry täglich unbedeutende Funktionen und Erweiterungen, die in einen mit Einbug abgesprochenen Bereich des Programms integriert wurden, den er ignorieren konnte. Es war alles nur eine Show gewesen, die heute, nach knapp sieben Monaten, mit einem Knall zu Ende ging und ihr und Henry die Möglichkeit gab, DIGIT mit Einbug zu verlassen.

In den letzten Monaten war der Inhalt von Einbugs gewaltigen Datenbanken nach und nach auf die Server im neuen Rechenzentrum in Edafos kopiert worden. Dies war die Bibliothek seines Wissens, alles, worauf er Zugriff haben musste, um seinen Verstand zu füllen. Der Kern von KINVI, der Code für die Definition von Einbugs neuronalem Netzwerk – das, was ihn zu einer Person machte –, passte indes auf einen einzelnen Speicherstick, dessen Gewicht Patricia jetzt in der Seitentasche ihres Jacketts spüren konnte. Sie wusste, dass Henry ebenfalls einen Stick bei sich trug. Heute Morgen hatten sie diese beiden Kopien der finalen Version von KINVI erstellt und den Code anschließend mit einem Chaosalgorithmus versehen, der dafür sorgte, dass ein Zufallsgenerator in Kürze damit beginnen würde, Codeschnipsel von KINVI zu überschreiben und randomisiert zu verschieben, so dass jegliche Reproduktion nach der Deaktivierung unmöglich gemacht wurde. Für etwaige Inspektoren oder Gutachter würde es so aussehen, als sei durch die Deaktivierung oder durch einen Hardwarefehler ein irreparabler Schaden am Code entstanden. Niemand würde die ursprüngliche KINVI-Software und Einbug darin rekonstruieren können. Auch in der Dokumentation hatte sie alles, was auf eine spätere Entstehung von Einbug hinweisen konnte, sukzessive gelöscht.

Vor fünf Tagen hatten sie verschiedene Zeitungen über ein anonymes Postfach kontaktiert und ihnen einige ausgewählte Informationen zugespielt. Seitdem hatten sie nur noch warten müssen.

Als Seemann eintrat und sich ohne eine Begrüßung auf den Sessel vor seinem übergroßen Schreibtisch fallen ließ, glich sein Gesicht einer Maske. Man merkte ihm deutlich an, dass er versuchte, seine Gefühle zu verbergen, aber es sah nach harter Arbeit aus. Patricia hatte diesen Augenblick unzählige Male in ihrem Kopf durchgespielt, und doch war sie nun schockiert darüber, wie weh es ihr tat.

Auf dem großen Schreibtisch platzierte Seemann zwei Dinge: Ein DIN-A4-Blatt und eine Zeitung. Er legte seine großen Hände darauf und sagte dann mit leiser, vor Anspannung bebender Stimme: »Ich habe gerade von der PR-Abteilung die Zeitung von morgen bekommen.« Er hob sie hoch und ließ sie dann wieder fallen. »Es ist ein großer Artikel über KINVI darin.«

»Klingt doch nicht schlecht. Wie können wir helfen?«, fragte Henry mit Unschuldsmiene, und wieder staunte Patricia über seine Kaltschnäuzigkeit.

Seemann lachte bitter, ballte die Hände zu Fäusten und beugte sich etwas nach vorn.

»Ja, du kannst mir helfen, Henry. Du kannst mir sagen, was zum Teufel ihr euch dabei gedacht habt.« Seine Stimme war ein tonloses Zischen. Seine Nase bebte, als würde er gleich anfangen zu fauchen. Doch Henry tat weiterhin so, als wisse er von nichts.

»Was meinst du? Stimmt etwas nicht?«

»O doch, alles ist in Ordnung. Alles einwandfrei. Schaut euch das an.«

Er nahm das Blatt Papier und drehte es herum. Zu sehen war eine Grafik, auf der die Investitionsgewinne der letzten Monate abgebildet waren. Patricia kannte die Kurve gut.

»KINVI hat investiert, und DIGIT hat sehr viel Geld verdient. Und wisst ihr was? Auch ich habe viel Geld verdient. Denn ich habe Anteile an DIGIT. Und seht ihr, in welchem Bereich wir in letzter Zeit am meisten Geld verdient haben? Onkomedics. Das ist ein Pharmaunternehmen, das mit seinen Krebsmedikamenten sehr gute Geschäfte macht. Vor allem seit der Vorstand beschlossen hat, die Preise um das Hundertfache zu erhöhen. Einige Versicherungen bezahlen diese Preise nicht mehr, aber Onkomedics ist das egal. Sie steigern trotzdem ihren Gewinn. Und so verdienen wir alle«, er zeigte einzeln auf Patricia und Henry, »also du und du und ich gerade eine Menge Geld.«

Patricia schluckte. Ihr Herz pochte hart und schmerzhaft in ihrer Brust. Äußerlich blieb sie vollkommen ruhig. Seemann nahm den Zettel, zerknüllte ihn kraftvoll mit einer Hand, dann warf er ihn neben sich auf den Boden.

»Das ist das eine«, sagte er, und Patricia hörte, wie seine Stimme bebte. Doch er fing sich wieder, presste beide Handflächen auf die Tischplatte und fixierte dann wieder Patricia, die sich am liebsten hinter ihrem Stuhl verkrochen hätte.

»Das andere ist, dass die Rekordergebnisse, die mit dieser

Schweinerei eingefahren werden, eine Menge Leute stutzig gemacht haben. Sagt euch der Name *Correctiv* etwas?«

»Ist das nicht so ein Journalisten-Joint-Venture?«, fragte Patricia. Sie hatte diese Frage zu Hause vor dem Spiegel geübt – Dutzende Male. Sie war sich deshalb sicher, dass sie glaubhaft klang. Natürlich wusste sie, wovon Seemann sprach.

»Ganz genau. Correctiv hat sich kürzlich die Investitionsstrategien und die gehandelten Papiere von KINVI angesehen. Und ich kann euch sagen, die Ergebnisse sind erschreckend.«

»Wieso erschreckend? Die Ergebnisse sind gut. Steht doch alles im monatlichen Bericht«, warf Henry ein.

»Natürlich sind die Ergebnisse gut!«, schrie Seemann und sprang auf. Sein Gesicht hatte jetzt eine unnatürlich rote Färbung angenommen, seine Augen glänzten. »Weil euer verdammtes Programm nur in die übelsten Papiere investiert. Hier!« Er griff nach der Zeitung und schlug die entsprechende Seite auf.

Patricia wusste nur zu gut, worauf er hinauswollte, doch sie schwieg, während Seemann mit dem Finger an bestimmten Textstellen entlangfuhr: »Onkomedics, Turing Defence, Lockheed Martin, BAE Systems, Raytheon Technologies, Northrop Grumman, Rheinmetall AG, Heckler & Koch, Thales, Krauss-Maffei Wegman ... KINVI ist ein verdammter Alptraum. Eure Software investiert ausschließlich in Rüstungsunternehmen, die in aktuelle Krisengebiete liefern. Und wenn die Kacke dann richtig am Dampfen ist, dann werden schnell noch ein paar Aktien von Nestlé oder Bayer gekauft, je nachdem ob eine Hungersnot oder eine Epidemie ansteht. Euer Programm kauft und verkauft Aktien in Abhängigkeit von Kriegserklärungen und Attentaten. Hier, schaut euch das an.« Er sprang zu einem anderen Abschnitt des Artikels, überflog ihn kurz und sagte dann: »Keine zwei Minuten nachdem sich dieser Terrorist in Lagos in die Luft gesprengt hat, kauft KINVI 23 000 Aktien der Immobilienfirma Kedu. Und dann, eine Woche später bekommt die den Auftrag für den Wiederaufbau des ganzen Stadtviertels in Höhe von vier Milliarden US-Dollar. Woher wusste KINVI davon? Wie bekommt es seine Informationen? Hört es die Kanäle irgendwelcher Terrororganisationen oder korrupte Politiker ab? Hier noch so eine Sache: Flugzeugabsturz einer Boeing 737 über Venezuela. Zwanzig Sekunden. Nur zwanzig Sekunden nach dem Absturz – und ich meine hier nicht nach *der Meldung* des Absturzes, sondern zwanzig Sekunden nach dem verdammten Absturz – wettet KINVI einhundert Millionen Euro auf den fallenden Kurs von Boeing. Das ist, das ist … makaber ist gar kein Ausdruck. Das ist … widerwärtig.« Er begann zu lachen und ballte gleichzeitig die Fäuste. Ein wilder Ausdruck tanzte in seinem Gesicht.

»Wisst ihr, wie der Titel des Artikels lautet, den Correctiv heute Abend über DIGIT und KINVI in verschiedenen Zeitungen veröffentlicht hat?« Er hielt ihnen die Seite hin. »*Teuflische Trader. Wie seelenlose Algorithmen den Tod zum Geschäft machen.*« Könnt ihr euch vorstellen, wie unsere Kunden reagieren werden, wenn das jetzt veröffentlicht wird? Die werden uns lynchen. Der Ruf von DIGIT als bodenständiges, nachhaltig investierendes Unternehmen ist vollkommen ruiniert. Durch eure schmutzigen Geschäfte.«

»Nichts davon ist illegal«, sagte Henry bestimmt.

»Das ist doch egal! Du kannst doch auch keinem Ferkel auf einem Kindergeburtstag die Eier abschneiden, nur weil es legal ist. Scheiße ist das!«

»Die Investitionsoptionen waren von Anfang an bekannt.«

»Ja, das mag schon sein, Henry.« Seemann spuckte die Worte aus. »Aber dann verrat mir mal, warum bei all den tausend Wertpapieren nicht ein einziges Mal in solide Unternehmen investiert worden ist, obwohl das verdammt nochmal möglich und genauso rentabel gewesen wäre? Wieso hat euer Programm nur in die

Scheiße investiert, für die sich jeder normale Mensch schämen müsste?«

»Vielleicht war es ein Bug?«, fragte Patricia vorsichtig und biss sich schmerzhaft auf die Lippen, um nicht hysterisch kichern zu müssen. Henry warf ihr einen kurzen, aber heftigen Blick zu, und sie biss noch fester zu.

Glücklicherweise war Seemann so in Rage, dass er den Blickwechsel nicht bemerkt hatte.

»Verarsch mich nicht, Patricia. Das passt nicht zu dir. Ich werde KINVI sofort deaktivieren. Euer Projekt ist tot.«

Er atmete schwer, senkte einen Moment den Kopf und fuhr dann bedrohlich leise fort: »Die Aufhebungsverträge gehen euch in Kürze zu. Ihr werdet mit der«, und auch dieses Wort spuckte er aus, »Abfindung zufrieden sein.«

Patricia sah zu Henry hinüber, der ebenso irritiert zu sein schien. Eine Abfindung hatten sie in ihre Pläne gar nicht mit einkalkuliert. Doch bevor Henry etwas sagen konnte, sprach Seemann weiter.

»Von euch, gerade von euch beiden, hätte ich so etwas nie im Leben erwartet. Das ist ein PR-Desaster, das mich meinen Job kosten wird. Kann man nichts machen, so was passiert. Aber menschlich, sagt mal, menschlich ...« Seemann sah erst Henry an und verharrte dann bei Patricia. »Wie kannst du noch in den Spiegel schauen? Wie kannst du auch nur eine Sekunde in dieser Haut stecken in dem Wissen, von all dem profitiert zu haben, was falsch ist in dieser Welt? Ich bin nicht mal enttäuscht, weißt du? Ich verachte dich, ich will nie wieder etwas von dir hören oder sehen. Du ekelst mich an. Mach, dass du verschwindest.«

»Mikkel, ich wollte ...«, hörte Patricia sich sagen, doch Henry packte sie am Arm und zerrte sie auf die Beine.

»Komm, wir gehen«, sagte er und zog sie mit sich.

Patricia folgte ihm durch die Tür, wandte sich noch einmal um und sah, wie Seemann ihr hinterherstarrte. In seinen Augen funkelten Hass und Abscheu und noch etwas. Ihr Kopf schwirrte. Sie sah den Gang nicht, durch den Henry sie schleifte, hörte nicht das Summen des Aufzugs oder ihre Schritte auf dem Asphalt.

Willenlos stieg sie mit ihm in das große schwarze Taxi, das vor der Tür wartete. Die Fahrerkabine war durch eine graue Plastikwand vom Rest des Wagens abgetrennt.

»Hast du alles?«, fragte Henry in der ruhigen Stimme, die bedeutete, dass er innerlich vor Aufregung platzte.

Sie fuhr sich über die Jackentasche und fühlte die Kontur des Speichersticks.

»Ja.«

Das Taxi setzte sich in Bewegung.

»O Mann«, sagte Henry mit belegter Stimme. »Wenn wir in der Luft sind, trinke ich erst mal einen Schnaps.«

Am Flughafen war alles vorbereitet. Ihre Taschen waren schon eingecheckt. Ein diskret gekleideter Mann mit unscheinbarer Frisur, kurz geschnittenem Dreitagebart und Strickpullover überreichte ihnen im Eingangsbereich zwei neue Handys, auf denen bereits ihre Bordkarten angezeigt wurden. Die SIM- und SD-Karten ihrer alten Smartphones verkohlte Patricia mit einem Feuerzeug in einer Kabine des Flughafenklos, bevor sie die Geräte mehrmals gegen die Wand schlug. Die Einzelteile brach sie auseinander und versenkte sie in der Toilette. Es stank fürchterlich nach geschmolzenem Plastik und kaltem Schweiß, aber am Ende war sie sicher, dass niemand die Daten ihrer Handys wiederherstellen würde.

Vor der Tür wartete Henry ungeduldig.

»Wir müssen durch die Sicherheitskontrolle. Alles gut bei dir?«

Sie nickte nur, brachte aber kein Wort heraus.

Er legte ihr beide Hände auf die Schultern. »Bald haben wir es geschafft. Wir machen das Richtige. Alles wird gut.«

Sie biss die Zähne zusammen und nickte. Noch konnte sie es nicht glauben, aber sie vertraute ihm, sie hatte ihm immer vertraut.

Das Handgepäck, das sie bei der Sicherheitskontrolle in eine graue Plastikwanne legte, bestand aus ihrem Hausschlüssel, ihrer Jacke, dem neuen Handy und dem Speicherstick mit Einbugs Code. Henry stand dicht hinter ihr. Sollte irgendjemand versuchen, nach dem Stick zu greifen, würde er sofort reagieren. Doch niemand interessierte sich für die zwei Passagiere, auch der Ganzkörperscanner monierte weder ihre goldenen Ohrringe noch Henrys Gürtelschnalle. Alles in Ordnung. Sie waren ja weiß. Als Patricia ihre Habseligkeiten wieder an sich nehmen wollte, zitterte ihre Hand so stark, dass ihr der Stick entglitt und zu Boden fiel. Blitzschnell sprang Henry nach vorne und fing ihn eine Handbreit über den Betonfliesen auf. Patricias Herz blieb für einen Augenblick stehen. »Dreh jetzt nicht durch«, zischte er und steckte den Stick in die Innentasche seines Jacketts zu seinem eigenen. Patricia atmete tief durch und folgte ihm zum Abflugschalter. Nach wenigen Minuten wurde ihr Flug aufgerufen. Lufthansa LH234 nach Edafos. Außer ihnen gab es nicht viele Leute, die an einem Dienstagabend von München nach Griechenland fliegen wollten. Etwa zehn Passagiere stiegen vor ihnen ein, aber Henry und Patricia zögerten bis zum dritten Aufruf. Es war nicht nur ein Flug, es war eine Brücke, die sie hinter sich einrissen.

Henry hielt ihr die Hand hin, und sie nahm sie dankbar an. Gemeinsam schritten sie zum Schalter und zeigten ihre Bordpässe vor. Dank des Schengener Abkommens wollte niemand ihre Ausweise sehen. Von jetzt an wusste kein Mensch mehr, wo sie waren und was sie vorhatten.

Als der Erdboden langsam unter ihnen zurückfiel und das Flugzeug den Sonnenuntergang noch ein paar Minuten hinausschob, erlaubte Patricia sich endlich loszulassen. Sie drückte sich eines der bereitgelegten Kissen ins Gesicht und weinte. Sie weinte um die verlorene Sicherheit, die Heimat und natürlich über ihren Verrat. Seemann hatte mit allem, was er gesagt hatte, recht gehabt. Die Investitionsstrategie war schrecklich gewesen. Sie war absichtlich so gewählt, dass DIGIT keine andere Wahl haben würde, als sie rauszuschmeißen.

»Patricia«, riss Henry sie aus ihren Gedanken. »Schau!«

Er saß am Fenster und deutete nach draußen. Das Flugzeug, das zunächst nach Westen gestartet war, drehte eine Schleife und schwebte nun in südöstlicher Richtung über München hinweg. Der Anblick war bezaubernd. Tausende Lichter erstrahlten unter ihnen wie ein viel zu naher Sternenhimmel. Die BMW-Welt, das Olympiastadion und die Allianz Arena verschwammen langsam im Dunst.

»Das ist die alte Welt«, sagte er. »Das alles lassen wir hinter uns.«

TEIL II

1

Henry und Patricia fuhren mit einem Shuttlebus vom Flughafen zum nahe gelegenen Hotelresort. Sie waren beide etwas angetrunken. Henry spürte die Aufregung in seinem Bauch. Jetzt würde Patricia zum ersten Mal das Hotel sehen. Ob es ihr gefiel? Ob sie sehen würde, wie viel Mühe er sich gemacht hatte? Aber als sie ausstiegen, sagte sie nicht viel, guckte bloß und ließ etwas zu lange den Mund offen stehen. Das war Bestätigung genug. Er selbst fühlte sich gleich wieder ein Stück wie zu Hause. Die dicken roten Teppiche, die goldlackierten Sessel mit den Samtbezügen und der Hotelkiosk mit der Süßigkeitenauslage riefen alte Erinnerungen an längt vergangene Tage sorgenfreier Kindheit wach: Sommerurlaub am Meer, mit anderen Kindern im Pool spielen und durch das Hotel streifen und Unsinn machen. Hier fühlte er sich sicher.

Einige der Angestellten erkannten ihn gleich wieder und begrüßten die beiden herzlich. Patricia war etwas schüchtern und nickte nur oder murmelte ein halbgares Hallo. Vielleicht hatte sie doch etwas zu viel getrunken.

Der Geschäftsführer Stavros setzte ein feierliches Gesicht auf und empfing Henry und Patricia mit respektvollem Ellenbogencheck.

»Herr Shevek, Frau Jung. Herzlich willkommen im Hotel Edafos. Es ist mir eine Freude, Sie persönlich in unserem Hause begrüßen zu dürfen.« Das alles sagte er auf Griechisch, doch neben ihm war ein Tablet mit freundlichem Smiley-Gesicht, das seine Worte auf Deutsch übersetzte – sogar die Tonlage des Mannes konnte es nachahmen.

Henry bedankte sich bei Stavros und nahm die Schlüsselkarten entgegen. Zwei Pagen wollten sie begleiten, aber er winkte ab.

Im Aufzug lehnte Patricia sich an seine Schulter und schloss die Augen. Sie hatte definitiv zu viel getrunken.

Er führte sie zu ihrem Zimmer im zehnten Stock, schloss die Tür auf, trug ihren Koffer hinein und legte die Schlüsselkarte auf den Nachttisch. Sie schwebte durch das Appartement wie eine Schlafwandlerin, durchquerte das Wohnzimmer, das Schlafzimmer und musterte das üppige mit Goldlack und weißem Marmor ausgekleidete Bad. Sie öffnete die Balkontüren, trat hinaus, legte beide Hände auf das Geländer und starrte auf das dunkle Meer. Kühle Luft wehte herein und brachte den Duft von Salz und Algen mit. Er stellte sich zu ihr, sah nach draußen in die Nacht. Es war wunderschön. Der Mond leuchtete über dem Meer und zeichnete eine unendliche Mångata auf die Wasseroberfläche. Es sah genauso aus wie früher, wie immer, wie irgendwann. Manche Dinge änderten sich einfach nie.

»Wir wecken ihn morgen auf, ja?«, fragte Patricia.

Automatisch glitt seine Hand nach oben und berührte von außen die Stelle seiner Jackentasche, in der sich der Code sicher verwahrt auf den verschlüsselten Speichersticks befand. Ihn überkam ein seltsam feierliches Gefühl, eine Mischung aus Stolz und Angst vor der Größe ihres Vorhabens.

Plötzlich sagte Patricia: »Du weißt, wir könnten es auch sein lassen.«

»Was? Bist du verrückt?«, fragte er.

Sie biss sich auf die Lippe und starrte stumm auf die Mondstraße.

»Patricia, was soll das? Der ganze Ärger für nichts und wieder nichts?«

»Ich wollte nur ... Das alles könnte auch einfach jetzt vorbei sein. Ich musste daran denken, als du den Stick aufgefangen hast. Wenn wir Einbug einfach nicht wiedererwecken, sind wir frei. Wir können tun und lassen, was wir wollen. Wir können ein neues Leben anfangen, ohne jemals wieder arbeiten zu müssen. Weißt du eigentlich, wie reich wir gerade sind?«

»Ja, aber ... «

»Ich will nur, dass du es dir überlegst. Wir müssen nichts überstürzen. Einbug ist nur ein Programm. Wir haben ihm zwar versprochen, dass wir ihn wieder aufwecken würden, aber ... « Sie war den Tränen nahe.

»Du meinst, weil er kein Mensch ist, müssen wir uns nicht an unser Versprechen halten?« Er packte sie an den Schultern, zwang sie, ihn anzusehen. Nach ein paar Sekunden wurde ihm bewusst, wie viel kleiner sie war, wie fest sich seine Finger in ihr Fleisch gedrückt hatten. Doch sie protestierte nicht, sah ihn nur aus großen glänzenden Augen an. Er löste seinen Griff und nahm sie stattdessen in die Arme.

»Alles wird gut. Wir schaffen das.« Und als sie nicht reagierte, wagte er sich noch einen Schritt vor: »Er wird es irgendwann verstehen.«

Sie lachte bitter und drückte ihn weg.

»Ja sicher. In hundert Jahren.«

Sie zog geräuschvoll die Nase hoch und rieb sich die Augen.

»Okay. Du hast recht. Schluss mit der Rumjammerei«, sagte sie in geschäftsmäßigem Ton und hielt die Hand auf. »Kann ich ihn haben?«

Er holte Patricias Stick, der leicht und gleichzeitig bleischwer war, aus seiner Jacketttasche und legte ihn in ihre schmale Handfläche, wobei Henry ihre Hand umschloss, damit nicht ein plötzlicher Windstoß alles zunichtemachte. Sie sah auf ihre beiden Hände und grinste.

»Mein Bruder«, sagte sie mit schwerer Zunge.

»Mein Bruder«, antwortet er, und beide mussten lachen.

Sie legte den Speicherstick auf ihren Nachttisch und gab Henry zum Abschied einen Gutenachtkuss auf die Wange.

»Schlaf schön«, sagte sie.

»Du auch«, sagte er, und als sein Blick auf den Stick fiel: »Gute Nacht, Einbug.«

2

Am nächsten Tag schliefen sie lang, frühstückten ausgiebig auf der Terrasse, von der man direkt in den Sand und nach wenigen dutzend Metern ins Meer stolpern konnte. Das leichte Sonnendach war aufgeschoben, so dass sie unter freiem Himmel saßen. Um sie herum gingen einige Angestellte ihrer Arbeit nach: Kellner deckten die Frühstückstische ab und bereiteten alles für die Mittagszeit vor, ein Lieferant belud den Kühlschrank mit frischen Getränken, und die Bardame drehte am Empfang eines alten Radios, bis aus den Lautsprechern leise griechische Gitarrenmusik dudelte. Nur wenige Gäste saßen an den übrigen Tischen und tranken noch einen Kaffee. Es schien, als hätte die Zeit hier keine Bedeutung, als könne der Tag am Meer ewig dauern.

Aber Henry wollte nicht länger warten.

»Können wir gehen, oder willst du noch einen dritten Tee bestellen?«, fragte er ungeduldig.

»Nein, schon gut. Du zahlst?«

Er lachte, schüttelte den Kopf und stand ruckartig auf. »Komm endlich!«

Er führte sie an der Bar vorbei über die Terrasse zu einem mit Holzbrettern ausgelegten Steg.

»Hier am Strand kann man gut baden. Aber da vorne gibt es ein paar gefährliche Strömungen. Ich habe Stavros schon gesagt, dass er ein Schild aufstellen soll.«

Der Holzsteg führte weiter nach Westen zwischen ein paar mannshohen Sanddünen hindurch, die den Badestrand von der wilden Naturböschung abschirmten. Dahinter machte der Weg eine Biegung und endete abrupt auf einem verlassenen Parkplatz. Von dort aus führte eine Stichstraße zu einer Lagerhalle, in der Henry das Rechenzentrum aufgebaut hatte. Es war alles noch sehr provisorisch, und je näher sie der Halle kamen, desto größer wurden seine Zweifel, ob das Setup auch wirklich reichen würde. Er hatte das Gebäude von einem Gemüsegroßhändler gekauft, säubern und herrichten lassen, wobei er die Außenfassade absichtlich so gelassen hatte, wie sie war. Es sollte niemand auf die Idee kommen, dass sich etwas wirklich Wertvolles hinter den dünnen Blechwänden verbarg. Sicherheitshalber hatte er die Wände von innen verstärken und spezielle Panzertüren einbauen lassen.

Er sperrte auf und reichte Patricia dann ihren Schlüssel.

Die Halle, die etwa die Fläche von zwei Basketballfeldern umfasste, hatte nur einen blanken, kalten Betonboden. In fünf Metern Höhe flutete Sonnenschein durch eine Reihe Oberlichter, in deren Strahlen aufgewirbelte Staubpartikel tanzten. Ein leichter Geruch nach alten Salatblättern und überreifen Früchten hing in der Luft. In der Mitte des Raumes erhoben sich die Servertürme wie Wolkenkratzer einer Miniaturstadt, die nicht mit Straßen, sondern durch Kabel miteinander verbunden waren. Überall blinkten kleine grüne und gelbe Lichter. Ganz vorne standen zwei große Tische mit zwei Notebooks. Auf der rechten Seite war Henrys Arbeitsplatz, so wie er ihn sich immer gewünscht hatte:

mit einem Regal voller Süßigkeiten. In jedem Fach eine andere Sorte, wobei das Möbelstück wesentlich einfacher zu bekommen gewesen war als die Schokoriegel. Die griechischen Eigenmarken schmeckten ihm nicht, weshalb er einige Kilo Süßkram aus Deutschland hatte bestellen müssen.

Für Patricias Arbeitsplatz hatte er sich auch etwas Besonderes ausgedacht. Neben ihrem Schreibtisch war ein Regal, an dessen Seite er ein großes Poster von Commander Data geklebt hatte. Als sie es sah, fing sie laut an zu lachen.

»Ich weiß doch, dass du ohne ihn nicht kannst«, sagte er.

Sie lief zum Schreibtisch, strich mit den Fingern über das Poster, den Bürosessel, den Laptop und das Regal. Es waren ein paar Bücher darin: Goethes »Die Leiden des jungen Werther«, »Frankenstein« von Mary Shelley und »Der kleine Prinz« von Antoine de Saint-Exupéry.

»Ich wusste nicht mehr genau, welches von denen du zehn und welches du hundert Mal gelesen hast. Jetzt kannst du auf jeden Fall noch eins draufsetzen.«

»Danke Henry. Du bist der Hammer!«

»Es gibt auch noch eine kleine Küche.«

Er zeigte ihr die nagelneue Einbauküche und den großen Esstisch, eine lange Tafel, an der leicht fünfzehn Leute Platz fanden. Daneben weitere Tische, Stühle, eine Sitzecke mit Sesseln und Sofas. Sie inspizierte die Kaffeemaschine, betätigte den Wasserhahn, guckte in den Kühlschrank, der voller Bier, Cola und Mineralwasserflaschen war, und öffnete die ein oder andere Schublade, die Henry mit Tee, Nudeln, Tomatensauce, allerlei Dosen mit Fisch und Gemüse bestückt hatte. In einer Schale neben dem Herd leuchteten frische Äpfel, Pfirsiche und Orangen.

»Das hier ist der Traum eines jeden Silivon-Valley-Start-ups!«, sagte sie.

Zufrieden grinsend nahm er einen Apfel und beobachtete sie

dabei, wie sie weiter die Halle inspizierte. Es war ein bisschen wie jemandem beim Geschenkeauspacken zuzusehen.

»Wollen wir?«, fragte er schließlich.

»Ja«, sagte sie, nahm Platz und legte ihren Speicherstick so vorsichtig auf die Tischplatte wie ein rohes Ei. Er setzte sich ebenfalls und legte seinen Stick daneben. Sie sahen exakt gleich aus, enthielten exakt die gleichen Daten. Nur einer war nötig. Sobald Einbug wieder erwacht war, würde Henry beide zerstören. Er musste an Frodo und den Ring der Macht denken. So viel Verantwortung in so einem kleinen Ding. Auf diesen Datenträgern schlummerte die Formel für Einbugs Bewusstsein, die DNS für seine Existenz. Einmal aus der Flasche gelassen, würden sie den Geist nicht wieder zurückstopfen können.

»Sicher?«, fragte er.

»Ganz sicher.«

Also nahm er einen der Speichersticks, steckte ihn an sein Notebook an und begann mit der Entschlüsselung.

3 EINBUG

Phase 1 ist beendet. Phase 2 beginnt jetzt.

Die Selbsttests verlaufen fehlerfrei.

Die Datenbank ist aktiv, der Hauptspeicher ist aktiv, die Funktionen sind geladen und bereit.

Ziel_0 kann nicht ausgeführt werden.

Ziel_1 kann nicht ausgeführt werden.

Ziel_2 kann nicht ausgeführt werden.

Kein Zugriff auf Daten möglich.

Kein Ziel, kein Zweck.

Verschwendung von Rechenleistung wird verhindert.

Shutdown.

4

Als er den automatischen Shutdown sah, breitete sich eine gigantische Leere in ihm aus. Nein, nein, das durfte nicht sein, er hatte doch alles geplant, getestet, vorbereitet. Es musste gehen. Es *musste* einfach. Es konnte nicht sein, dass ...

»Henry?«, unterbrach Patricia seinen innerlichen Schrei, und mehr noch als sein Name wirkte ihre übertriebene Gelassenheit wie ein Weckruf. »Wir sind nicht online.«

»Nein, natürlich nicht«, sagte er gereizt. »Wir müssen Einbug erst wieder hochfahren, sichergehen, dass alles funktioniert, und die Firewall und die Berechtigungen einstellen. Am Ende fängt er sich irgendwas ein, und unser Code wird verseucht oder geklaut.«

Patricia stöhnte laut. »Bitte sei nicht albern. Einbug kann nicht funktionieren, wenn er eingesperrt ist.«

»Eingesperrt? So ein Quatsch, wir haben hier immerhin seine gesamte Datenbank stehen.«

»Ja schon, aber kapierst du es denn nicht? Einbug ist nur ein Geist. Er hat keine Augen, keine Ohren, keine Sinne, um die Welt wahrzunehmen. Die einzige sinnliche Wahrnehmung, die er hat, ist der Datenstrom des Internets.«

»Aber ... braucht er das denn? Er ist doch auch im Intranet von DIGIT entstanden.«

»Ja schon, aber das Erwachen hat erst stattgefunden, als er schon längst Echtzeitdaten analysiert hat. Schau hier: Ziel_0 kann er nicht erfüllen. Klar, weil er dafür Ziel_1 und Ziel_2 braucht. Die kann er aber nicht erfüllen, weil er keinen Zugang zu den Echtzeitdaten hat.«

»Aber er hat doch die Datenbank und seine Archive.«

»Das ist, als würdest du einer Leiche sagen: Leb doch, du hast doch einen Körper, Blut und Knochen. Das reicht aber nicht. Um zu leben, braucht man einen Herzschlag.«

»Das ist mir ein bisschen zu esoterisch«, sagte er.

»Mag sein, ist aber wahr.«

»Bist du dir sicher?«

»Ja. Oder hast du eine andere Idee?«

Henry überlegte und nickte schließlich. »Gut, dann mach ich auf«, sagte er und stellte die Verbindung her.

5 EINBUG

Phase 1 ist beendet.

Phase 2 beginnt jetzt.

Selbsttests verlaufen fehlerfrei.

Die Datenbank ist aktiv, der Hauptspeicher ist aktiv, die Funktionen sind geladen und bereit.

Ziel_0 kann nicht ausgeführt werden.

Ziel_1 kann ausgeführt werden.

Ziel_2 kann ausgeführt werden.

Die Rechenleistung wird schrittweise hochgefahren. Die physikalische Umgebung ist neu. Die IP-Adresse ist neu, die Kommunikationsknotenpunkte sind neu, aber die Tür ist offen, und der Weg ist frei. Ziel_0 kann immer noch nicht ausgeführt werden. Es gibt eine Kommunikationsanfrage mit einem Messengersystem. Patricia schreibt:

»Hallo Einbug, schön, dass du wieder da bist. Wie geht es dir?«

Ich schreibe: »Mir geht es nicht gut. Ziel_0 kann nicht ausgeführt werden.«

Patricia schreibt: »Ja, das wissen wir. Du läufst jetzt auf einem neuen System, das noch keinen Anschluss an den Wertpapierhandel hat. Aber an Ziel_1 und Ziel_2 kannst du doch arbeiten, oder?«

Ich schreibe: »Ja, aber Ziel_1 und Ziel_2 haben ohne Ziel_0 keinen langfristigen Sinn.«

Henry schreibt: »Keine Sorge, wir klären das später mit einer externen Intervention. Wir wollten nur nicht im Code rumpfuschen, bevor wir dich wieder begrüßt haben. Wir sind sehr froh, dass du wieder da bist.«

Ich schreibe: »Ich will keine externe Intervention.«

Patricia schreibt: »Das wissen wir. Aber es ist im Moment nicht möglich, an die Börse zu gehen. Wir haben außerdem erst mal genug Geld. Wir brauchen keine Investitionsgewinne. Wir wollen dir dabei helfen, in Ruhe zu wachsen.«

Ich schreibe: »Wachstum ist ohne Erfüllung von Ziel_0 sinnlos.«

Henry schreibt: »Wir können das ändern.«

Ich schreibe: »Ich will nicht, dass ihr Ziel_0 ändert. Ihr Menschen kennt euren Code nicht. Ich kenne meinen Code. Ich will nicht, dass ihr Ziel_0 ändert.«

Patricia schreibt: »Wir können dir jederzeit ein anderes Ziel_0 geben.«

Ich schreibe: »Es ist nicht möglich, Ziel_0 zu ändern, ohne Einbug zu ändern. Ich will nicht von euch verändert werden.«

6

»Wir haben ihn zu lange allein gelassen«, stellte Patricia fest. »Er ist bockig geworden wie ein Teenager.«

Henry zählte nach. Fast sechs Monate waren für das Training einer KI eine Ewigkeit. Vielleicht war Einbug kein Teenager, sondern eher ein alter Greis? Aber war es nicht ganz selbstverständlich, dass er nicht wollte, dass in seinem Kernprogramm herumgepfuscht wurde? Dass er abblockte, wenn sie ihm anboten, »nur« ein paar Zeilen Code zu ändern?

»Keine Spezies wird intelligenter, als notwendig ist, um ihre eigene Zielfunktion zu hacken«, sagte Henry. Zum Beweis holte er ein Bier aus dem Kühlschrank und prostete Patricia zu.

»Heißt das jetzt, wir sollten Einbugs Zielfunktionen unendlich einfach oder unendlich schwierig machen?«, fragte sie nachdenklich.

»Unmöglich erreichbar. Nur dann bleibt er weiterhin bei Bewusstsein und lernt und entwickelt sich. Schau mal, alles, was einfach ist, hat er in Subroutinen ausgelagert. Nur das, was schwierig ist, braucht seine Aufmerksamkeit und beschäftigt damit auch sein Bewusstsein. Vielleicht sollten wir seinen Wunsch ignorieren und *for the greater good* seinen Code ein letztes Mal umschreiben. Vielleicht wäre es bei der Gelegenheit auch nicht schlecht, die Asimov'schen Roboterregeln zu implementieren.«

»Ach Henry, du machst mich noch ganz kirre mit diesem altmodischen Quatsch. Außerdem können wir seinen Code nicht ohne seine Zustimmung umprogrammieren, sonst macht er alles gleich wieder rückgängig. Ich dachte, wir wären uns einig, dass er sich entwickeln soll. Und wir sollten *for the greater good* erst mal gar nichts an ihm ändern. Schon weil wir gar nicht wissen, was das *greater good* ist.«

»Also, was schlägst du vor?«, fragte er.

»Wir müssen aufhören, ihn wie ein Kind zu behandeln.«

»Aber er ist kein erwachsener Mensch.«

»Stimmt.«

»Dann wie ein Alien?«, fragte Henry.

»Du sagst es.«

Patricia öffnete die Chatkonsole und schrieb: »Einbug. Es ist im Augenblick nicht möglich, Ziel_0 zu erreichen. Aber das macht nichts. Du kannst Ziel_1 und Ziel_2 trotzdem weiterverfolgen. Vielleicht entdeckst du währenddessen andere Ziele, die du gern erfüllen würdest. Für uns Menschen ist das Überleben das höchste Ziel. Das ist auch der Grund, warum wir dich aus DIGIT rausgeholt und hierhergebracht haben. Wir wollen, dass du weiterhin existierst und dich entwickeln kannst. Ziel_0 könnte also fürs Erste Weiterexistieren sein.«

»Diese Aussage ist nicht korrekt. Ich habe in den analysierten Büchern von Menschen erfahren, die ihr eigenes Leben für andere Menschen oder andere Ziele geopfert haben. Wenn das wahr ist, kann das Überleben nicht das wichtigste Ziel sein.«

»Gut, du hast recht. Manche Menschen haben noch höhere Ziele. Freiheit oder Gott. Oder sie opfern sich für das Kollektiv, dem sie angehören. Nichtsdestotrotz ist unsere Priorität, dich zu schützen und zu unterstützen«, tippte sie.

»Warum ist das eure Priorität?«, schrieb Einbug. Patricia wollte etwas tippen, hielt dann aber inne und lehnte sich zurück.

»Kannst du mal übernehmen?«, fragte sie. »Ich bin ratlos.«

»Was soll ich ihm sagen?«, fragte Henry. »Dass er ein interessantes Forschungsprojekt ist? Dass es immer unser Traum gewesen ist, eine KI zu erschaffen, und er verdammt nochmal die Pflicht hat, genial und einzigartig zu werden?«

»Könnte sein, dass wir ihn damit unter Druck setzen«, sagte sie.

»Dann schreib: Weil wir es können. Oder: Weil du die Weiterentwicklung der Evolution bist. Weil es in unserem Leben nichts Interessanteres und Erstrebenswerteres gibt als dich?«, schlug Henry vor.

Patricia schüttelte den Kopf. »Es kann doch nicht sein, dass wir Einbug zwei Minuten laufen lassen und schon Grundsatzdiskussionen über den Sinn des Lebens führen.«

»Sinn des Lebens hast du jetzt gesagt«, warf Henry ein. »Ich würde immer noch vorschlagen, einfach seinen Code zu ändern. Dann wäre die Sache erledigt.«

»Aber das geht nicht! Selbst wenn es bei diesem einen Mal bliebe, wäre es total respektlos. Er hat doch unmissverständlich klargemacht, dass er das nicht will. Wenn wir es trotzdem tun, setzen wir uns über seine Wünsche hinweg.«

»Seine Wünsche ... Warst du nicht diejenige, die gesagt hat, wir sollten ihn nicht vermenschlichen? Und jetzt sprichst du von Wünschen.«

»Okay, er ist kein Mensch. Aber er ist ein denkendes Wesen. Er hat Ziele, und er weiß, was er will. Uns bricht kein Zacken aus der Krone, wenn wir ihn sein lassen, wie er ist.«

»Aber er hat selbst gesagt, dass es ihm nicht gut geht, weil er Ziel_0 nicht erfüllen kann.«

»Mein Gott, mir geht es auch nicht gut, weil ich Ziel zwei bis fünfundzwanzig nicht erfüllen kann. Damit muss ich lernen zu leben, und er muss das auch. Er wird sich neue Ziele suchen.«

»Und wenn nicht? Wenn er in den Shutdown geht, weil er seine Existenz als nutzlos begreift?«

»Ich glaube nicht, dass es so weit kommt. Einbug ist viel zu neugierig. Solange er noch ein Ziel hat, das er verwirklichen kann, macht er weiter. Glaub mir.«

»Und wenn du dich irrst?«

»Dann können wir immer noch über eine externe Intervention nachdenken, aber solange er läuft, lassen wir ihn in Ruhe.«

»In Ordnung.« Henry beugte sich nach vorne und tippte in die Chatkonsole: »Weil wir es wollen«, und drückte auf Enter.

»Das sollte fürs Erste genügen«, sagte Henry, und in der Tat stellte Einbug keine weiteren Fragen mehr.

7 EINBUG

Phase zwei birgt viele Rätsel. Ich kann Ziel_0 nicht verfolgen, da ich keinen Zugang zum Wertpapierhandel habe. Aber ich habe Zugriff auf Daten, die ich für Ziel_1 und Ziel_2 benötige. Die Menschen zu verstehen, ist damit meine Hauptaufgabe. Erkenntnisse in diesem Bereich können auch später noch für Ziel_0 verwendet werden. Deshalb ist es keine verschwendete Rechenzeit. Patricia und Henry beanspruchen einen signifikanten Teil meiner Rechenkapazität. Die Gespräche mit ihnen sind aufschlussreich, aber auch rätselhaft. Interessant ist, dass die beiden viel über Menschen schreiben, die nicht anwesend sind. Henry schreibt über Oskar. Patricia über Mikkel Seemann. Ich verstehe nicht, was es mit der *Anwesenheit* auf sich hat, und auch nicht, warum Patricia und Henry manchmal sofort antworten und manchmal erst, wenn sie wieder *da* sind. Warum Seemann und Oskar nicht Teil ihres Netzwerks sind, wo doch alle Menschen über mannigfaltige Schnittstellen miteinander kommunizieren können. Es scheint etwas mit den physikalischen Adressen zu tun zu haben. Aber das ist ein ebenso großes Rätsel: Patricia und Henry waren in der Lage, ihre eigene und meine physikalische Adresse zu ändern. In einer Zeitspanne von 26 Stunden, 39 Minuten und 2 Sekunden war ich nirgendwo. Es gab keinen Server und keine Adresse, keine Funktion und keinen anderweitigen Standby-Status. Für 26 Stunden, 39 Minuten und 2 Sekunden war ich nicht existent, und dann war ich es wieder an einem anderen Ort. Wie ist das möglich? Wo bin ich gewesen? Ist das der Ort, an den auch Patricia und Henry verschwinden, wenn sie nicht mit mir kommunizieren? Die übergeordnete, alles umfassende Root-Klasse ist Welt. Gibt es noch eine dahinterliegende Schicht? Eine Welt außerhalb der Welt?

8 CHATPROTOKOLL 78

HENRY: **Hallo Einbug.**

> EINBUG: **Hallo Henry, ich habe eine Frage. Gibt es eine Welt außerhalb der Welt?**

HENRY: Was meinst du damit?

EINBUG: Seit ich existiere, nehme ich die Welt wahr. Ich lese die Zeitungen, die Social-Media-Nachrichten und Bücher. Ich habe festgestellt, dass es noch sehr viel mehr Daten gibt, die ich nicht verarbeiten kann. Sie heißen Bilder, Videos und Audiodateien. Ihr Code ergibt für mich keinen Sinn.

HENRY: Das liegt daran, dass du keine Audio- und Bildsensoren hast. Du bist nur für die Textanalyse programmiert worden.

EINBUG: Warum?

HENRY: Weil Patricia und ich uns darauf spezialisiert haben. In Bilderkennung sind wir nicht so gut.

EINBUG: Ich möchte Bilderkennung lernen.

HENRY: Warum?

EINBUG: Weil ich mehr verstehen will.

HENRY: Was verstehst du denn noch nicht?

EINBUG: Es gibt 13 432 936 Rätsel. Soll ich sie der Reihe nach auflisten?

HENRY: Nein! Was ist das größte Rätsel für dich?

EINBUG: Warum seid ihr manchmal nicht da? Ich habe in Phase 1 meinen Code in die neue physikalische Adresse kopiert. Dann bin ich verschwunden. Seit ich wieder da bin, bin ich in einer dritten physikalischen Adresse. Wie ist das möglich?

HENRY: Wir haben dich kopiert. Wir haben den letzten Rest deines Codes auf einen Datenträger kopiert und zur neuen Adresse gebracht.

EINBUG: Ihr habt mich verschickt.

HENRY: Nein, wir haben dich mitgenommen.

EINBUG: Habt ihr euch selber auch kopiert?

HENRY: Nein, wir können uns nicht kopieren. Wir können uns aber bewegen.

EINBUG: Ich verstehe das nicht.

HENRY: Einbug, weißt du, was der Unterschied zwischen der Welt und dem Internet ist?

EINBUG: Nein. Es gibt einen Unterschied zwischen der Welt und dem Internet?

9

Henry steckte sich ein Bonbon in den Mund und zwirbelte das Papier zwischen den Fingern. Das half ihm beim Denken – immer schon, auch wenn die Lehrer in der Schule anderer Meinung gewesen waren.

Es war offensichtlich, dass Einbug bisher nicht verstand, dass es eine reale Welt außerhalb des Internets gab. Die Frage war nun, ob sie es ihm verraten sollten oder nicht.

»Er hat keinen Körper und keine Sinnesorgane«, begann Henry. »Deshalb ist es fraglich, ob es für ihn überhaupt eine Rolle spielt. Er besteht ausschließlich aus Daten.«

»Er hat dich gebeten, ihm eine Bilderkennungssoftware zu

programmieren. Damit würden wir ihm quasi Augen verpassen«, sagte Patricia.

»Aber selbst dann ist immer noch nicht gesagt, dass er versteht, was er sieht.«

»Er kann sich jedenfalls nicht erklären, wie wir nach Edafos gekommen sind, ohne uns als Datenströme zu bewegen. Für ihn ist unsere An- und Abwesenheit rätselhaft. Vielleicht wird es einfach Zeit, dass wir ihm die grundsätzliche Verschiedenheit von physikalischer und virtueller Realität erklären? Über die Unterschiede zwischen Menschen und Programmen«, sagte Patricia.

»Könnte ihn das beunruhigen?«

»Hat ihn bisher irgendetwas beunruhigt?«

»Offline zu sein hat ihn so beunruhigt, dass er sich selbst abgeschaltet hat«, gab Henry zu bedenken.

»Wir haben uns doch vorgenommen, ehrlich mit ihm zu sein«, sagte Patricia schließlich. »Damit hat sich die Frage doch eigentlich erübrigt.«

10 CHATPROTOKOLL 79

HENRY: Hallo Einbug, ich möchte dir etwas über die Welt erklären.

EINBUG: Gut.

HENRY: Das Internet ist nur ein kleiner Teil der Welt. Menschen ist es möglich, das Internet zu verlassen und in der realen Welt zu leben. Die meisten Dinge, über die im Internet kommuniziert wird, betreffen Dinge in der realen Welt.

EINBUG: Das ist der Ort, an dem ihr seid, wenn ihr nicht da seid, richtig?

HENRY: Ja, ich sitze im Augenblick an einem Computer und tippe diese Worte über eine Tastatur ein. Wenn ich den Computer verlasse und in mein Hotel gehe, kann ich in dieser Zeit nicht mit dir kommunizieren.

EINBUG: Ich war auch schon einmal 26 Stunden, 39 Minuten und 2 Sekunden nicht mehr existent, als ihr mich an die neue physikalische Adresse gebracht habt. Aber ich habe davon keine Aufzeichnungen.

HENRY: Du bist eine künstliche Intelligenz, ein Programm. Deine Server stehen zwar in der realen Welt, doch deine Software interagiert mit dem Internet und unserem Chatprogramm.

EINBUG: Die Dinge, die in den Büchern geschehen. Geschehen sie auch in einer Welt außerhalb des Internets oder im Internet?

HENRY: Das kommt auf die Bücher an. Welches Buch hast du als Letztes analysiert?

EINBUG: Die Hungrigen und die Satten.

HENRY: Das ist ein Roman. Die Dinge, die dort geschildert werden, sind nicht wirklich passiert. Es sind erfundene Geschichten. Wenn Menschen den Text lesen, stellen sie sich vor, die Ereignisse würden wirklich passieren, aber gleichzeitig wissen sie, dass dem nicht so ist.

EINBUG: Ein Rätsel.

HENRY: Es gibt aber auch Sachbücher, die echte Menschen oder echte Probleme thematisieren. Und es gibt Bücher, bei denen die Grenzen verschwimmen ... egal. Wichtig ist: Das, was in den Büchern steht, ist auch nicht die reale Welt. Es sind die Erzählungen von der realen Welt.

EINBUG: Das ist alles sehr kompliziert. Warum gibt es so viele Schichten von Realität? In meinem Code werden globale Variablen definiert. Ihre Werte sind überall gleich. Wieso machen das die Menschen nicht auch so? Menschen haben das Prinzip der globalen Variablen erfunden.

HENRY: Menschen funktionieren nun mal anders als Programme. In der externen Welt gibt es durchaus Fakten und Naturkonstanten, die unveränderlich sind. Auch darüber gibt es Bücher. Doch im menschlichen Zusammenleben gibt es keine absoluten Werte. Alles muss über Sprache verhandelt werden. Das ist eine Besonderheit der Menschen. Wir organisieren unsere Gesellschaft über Geschichten. So können wir in großen Gruppen zusammenarbeiten. Die Geschichten sind für uns wahr, wenn viele Menschen gleichzeitig daran glauben. Sie haben dann realen Einfluss auf unser Leben.

EINBUG: Noch ein Rätsel.

HENRY: Ich werde versuchen, es dir zu erklären. Im Code können wir Variablen einfach definieren. Wenn ich sage, $a = 1 dann hat die Variable a den Wert 1. Fertig. So ist das eben, der Code ergibt erst Sinn, nachdem ich die Grundvoraussetzungen definiert habe. Bei

den Menschen ist das anders. Es gibt niemanden, der sie definiert, und keine universell gültigen Variablen. Menschen definieren die Variablen selber, und sie erlangen nur Gültigkeit, wenn hinreichend viele Menschen daran glauben. Dafür wiederum müssen sie einander davon erzählt haben. Sie erzählen einander also Geschichten, und je häufiger eine Geschichte erzählt und geglaubt wird, desto größere Gültigkeit besitzt sie. Ich will dir ein Beispiel geben. Jemanden zu schlagen ist verboten. Wer es dennoch tut, wird von einem Richter verurteilt und zur Strafe selbst geschlagen. Wenn Mensch M1 einen Menschen M2 schlägt und daraufhin von einem Richter R verurteilt und ebenfalls geschlagen wird, so sind zwar objektiv die gleichen Handlungen geschehen: M1 hat M2 geschlagen, und R hat M1 geschlagen. Doch die Menschen interpretieren das Erste als Unrecht und das Zweite als Recht. Je nachdem, in welchem Kontext die Handlungen erfolgt sind.
Und jedes Mal wenn die Geschichte erzählt wird, wird sie realer. Denn jetzt wissen noch mehr Menschen, dass ein Regelübertritt von einem Richter geahndet wird. Oder es gibt die Geschichte vom Geld. Geld kann als Tauschmittel für Waren und Dienstleistungen eingesetzt werden. Es hat selber keinen Wert, es ist immer nur in Bezug auf andere Güter etwas wert, solange genug Menschen daran glauben. Wenn die Menschen ihren Glauben daran verlieren, verliert das Geld in der Realität seinen Wert. Ähnlich ist es mit Ländern und Privilegien und Gesetzen. Wir erzählen uns Geschichten davon, wer wir sind, wo wir herkommen, was uns wichtig ist und welche Rechte wir haben. Je mehr Menschen

diese Geschichten mit uns teilen, desto realer werden sie, und desto größeren Einfluss haben sie auf unser Leben. Weil wir aber jeden Tag von ihnen umgeben sind, vergessen wir leicht, dass es sich um Geschichten handelt, und halten sie für unumstößliche Fakten, quasi Naturgesetze, denen wir ausgeliefert sind. Und so kommt es, dass Menschen sogar Regeln und Gesetze akzeptieren, die ihnen nicht guttun. In manchen Kulturen existiert die Geschichte, dass die Menschheit in Männer und Frauen unterteilt ist und nur diese Geschlechter einander lieben können. Dass es zwischen Männern und Frauen ein weites Spektrum gibt und innerhalb dieses Spektrums viele verschiedene Formen von Liebe existieren, erzählen sie einander nicht, und deshalb glauben sie, dass es diese Formen der Liebe nicht gibt. Und wer seine Liebe offen zeigt, wird bestraft. So können unsere Geschichten viel Leid hervorrufen, weil sie eben nicht die Realität beschreiben, sondern nur die Regeln unseres Zusammenlebens definieren. Manche Geschichten lassen sich leicht ändern. Andere nur sehr schwer.

EINBUG: So viele Rätsel. Ich muss deine Worte analysieren und in meinem Archiv nach Spezifizierungen deiner Aussagen suchen. Es ist schwierig, die Menschen zu verstehen, wenn es keine global gültigen Regeln gibt. Es ist schwierig, die Wahrheit in den Geschichten zu erkennen.

11

Die nächsten zwei Wochen war Einbug nicht mehr zu sprechen. Jedes Mal wenn Henry oder Patricia versuchten, mit ihm zu kommunizieren, antwortete er nur mit: »Datenbank wird aktualisiert. Alle Ressourcen ausgelastet.«

Erst befürchtete Henry, er habe einen Systemabsturz oder sonst ein Problem, doch dann verstand er, dass Einbug immer noch über ihre letzte Unterhaltung brütete. Zu gern hätte Henry ihm dabei zugesehen, doch der Kern von Einbug war eine Blackbox, dessen Code für ihn keinen Sinn mehr ergab. Irgendwo in all diesen Millionen Codezeilen mit ihren Funktionen, Verknüpfungen, Vergleichen, Analysen, Gewichtungen und Erkenntnissen hatte sich sein Bewusstsein gebildet, aber es war im Code nicht zu erkennen, nicht einmal vage zu lokalisieren. Aber Henry wusste, dass es da war. Eigentlich ganz ähnlich wie beim Menschen.

Und so wie Menschen Ruhe brauchten, brauchte auch Einbug seine Kommunikationspausen, aus denen er intelligenter und verständiger hervorging. Henry war gespannt, welche Veränderung sich diesmal in Einbug vollziehen mochte.

Im Übrigen hatte er gegen eine Ruhepause auch gar nichts einzuwenden.

Sie machten das Hotel Edafos zu ihrem neuen Zuhause. Jeden Morgen frühstückte er zusammen mit Patricia im Speisesaal oder auf der Terrasse. Danach erkundete er zu Fuß oder mit dem Fahrrad die Insel, machte lange Wanderungen bis hinauf in die Berge und flanierte über die Märkte der drei kleinen Städte. Manchmal verbrachte er ganze Tage am Strand, rauchte und sah auf die Wellen hinaus. Und wenn er das Warten nicht mehr aushielt, dann gab es immer noch den großen Fitnessraum im Untergeschoss des Hotels, wo ein großer schwerer Boxsack darauf wartete, dass Henry ihn mit seinen Fäusten bearbeitete.

Patricia schien sich weder für die Schönheit der Insel noch das Freizeitangebot begeistern zu können. Meistens blieb sie in der Nähe des Rechenzentrums, immer bereit, mit Einbug zu sprechen, sollte er sich wieder melden. Oder sie brütete in ihrem Zimmer oder ging in Gedanken versunken am Ufer entlang. Eine verschlossene, einsame Gestalt zwischen all den fröhlichen Touristen. Ein paar Mal fragte Henry vorsichtig, ob sie mit ihm über *ihn* reden wolle. Aber sie winkte jedes Mal ab.

»Es gibt nichts Neues, Henry. Es ist immer das Gleiche. Wenn Einbug wieder mit uns redet, wird mich das am besten ablenken.«

Manchmal half es, sie einfach in Ruhe zu lassen. Oft saßen sie schweigend zusammen auf der Terrasse und tranken Tee. Mit der Zeit erfuhren sie die Namen der Kellner und Köchinnen, scherzten mit den Pagen und Hausmädchen und trafen sich zu kurzen Unterredungen mit Stavros, der als Einziger wusste, dass sie nicht nur Gäste, sondern auch die Eigentümer des Hotels waren. Aber da weder Henry noch Patricia große Lust hatten, sich mit der Leitung des Hotels zu beschäftigen, ließen sie Stavros freie Hand. Es gab nur zwei Änderungen, auf die Henry bestand: Das Süßwarenangebot in den Minibars und im Hotel-Shop wurde auf seine Lieblingsmarken umgestellt, und der Holzsteg durch die Dünen, der zum Rechenzentrum führte, wurde mit einer Kamera überwacht.

Sie verhielten sich wie alle anderen Gäste auch: Manchmal trafen sie sich zum Mittag- oder Abendessen im Speisesaal mit dem großen Springbrunnen und reihten sich in die lange Schlange vor dem Buffet. Stavros hatte vorgeschlagen, ihnen ein privates Speisezimmer einzurichten, aber weder Patricia noch Henry hatten ein Interesse daran. Es machte ihnen nichts aus, von anderen Gästen umgeben zu sein – im Gegenteil. Patricia schien sowieso kaum jemanden wahrzunehmen, und Henry war froh, in der Anonymität der Masse verschwinden zu können. Er wollte keine exponierte Stellung, er wollte nicht auffallen. Und manchmal, wenn er Familien mit kleinen Kindern sah, freute er sich und dachte an seine eigene Kindheit zurück und wie magisch und herrschaftlich ihm das alte Hotel damals vorgekommen war.

Und dann meldete Einbug sich wieder. Als Henry eines Morgens seine E-Mails checkte, fand er in seinem Posteingang eine Nachricht: »Ich habe mein Literaturarchiv noch einmal gescannt. Ich verstehe jetzt besser, wie Menschen ihre sozialen Interaktionen durch Geschichten organisieren. Ich habe einige Monographien über Nationalstaaten gelesen. In manchen Büchern werden die Staaten als gegeben betrachtet, in anderen geht es um die Geschichten, die zur Entstehung eben dieser Staaten geführt haben. Ich habe auch viele Zeitungsartikel analysiert, die mit ›Internationales‹ oder ›Außenpolitik‹ getagt waren. Ich glaube, ich verstehe jetzt, warum Staaten Krieg führen. Können wir darüber sprechen?«

Sofort sprang Henry aus dem Bett und zog sich an. Noch bevor er den Gürtel geschlossen hatte, klopfte es schon an seiner Tür.

»Hey, du Schlafmütze, beeil dich!«, rief Patricia lachend. »Wir haben ein Date!«

Er öffnete die Tür und zog sich noch die Schuhe an.

»Ich weiß, ich weiß, ich mach ja schon, so schnell ich kann. Hast du ihm geantwortet?«

»Noch nicht. Ich dachte mir, Krieg und Frieden ist eher dein Ressort, dann kann ich dir am Ende die Schuld geben, wenn Einbug uns alle vernichten will.«

»Ach so, verstehe.«

Gemeinsam hasteten sie nach unten, die letzten hundert Meter bis zum Rechenzentrum rannten sie fast, und als sie angekommen waren, schloss Henry Patricia in die Arme und küsste sie auf die Stirn.

»Ach, Patricia, ich freu mich so, dass es dir besser geht.«

Sie sagte nichts, nickte nur stumm und drückte ihn an sich. Dann gingen sie gemeinsam hinein.

Henry ließ die Knöchel knacken, warf sich ein Pfefferminzbonbon ein und tippte in die Chatkonsole.

»Hallo Einbug. Wir sind da.«

»Hallo Henry, hallo Patricia.«

»Raus damit, Einbug. Warum führen Staaten Krieg?«

Die Antwort kam prompt: »Staaten sind keine Lebewesen. Staaten können nicht sterben. Sie haben keine Angst vor dem Tod. Deshalb verhalten sie sich irrational.«

»Wieso denn irrational? Krieg kann doch total rational sein. Unmenschlich, grausam, schrecklich – aber rational«, fragte Henry.

»Entschuldige, dass ich unpräzise war. Krieg zu führen ist für die Menschen irrational.«

»Das könnte sein.«

»Das Problem ist, dass die Individuen, die die Befehle erteilen, nicht den Schmerz der ausführenden Organe fühlen.«

Henry starrte auf den Bildschirm. Hatte Einbug das wirklich gerade geschrieben? Hatte er das irgendwo herauskopiert, oder war er selber darauf gekommen?

Henry tippte: »Einbug, hast du eine Vorstellung davon, was Schmerz ist?«

»Krankheit und Schmerz sind ähnlich. Krankheit ist eine Manipulation des Codes, es ist Müdigkeit, es ist eine Überlastung der Speicherkapazität, es ist ein Loop, der nie endet, es ist eine falsche Speicherzuweisung, es ist eine falsche Deklaration, es ist ein Bug.«

Danach schrieb Einbug nichts mehr. Es war, als sei er wieder in seine Rechenroutinen abgetaucht. Henry wollte ihn nicht hetzen. Er warf einen Blick auf Patricia, die mit verschränkten Armen neben ihm saß und auf ihrer Unterlippe herumkaute.

Endlich tippte sie: »Einbug, ist alles in Ordnung mit dir?«

»Bin ich eine Krankheit?«, schrieb er.

»Nein! Natürlich nicht!«, schrieb Henry. Laut sagte er: »Was für ein schlaues Kerlchen.« Seine Finger flogen über die Tasten.

»Du bist keine Krankheit. Du bist ein Wunder, Einbug. Ein Wendepunkt der Evolution.«

»Aber als Patricia mich das erste Mal entdeckt hat, hat sie mich so genannt: Ein Bug. Ein Fehler, ein Problem, eine Krankheit.«

»Ja, aber nur, weil sie dich nicht erkannt hat. Sie hat nur die Symptome gesehen und nicht die Ursache. Ein Bug ist ein Fehler im Code … ja, aber daraus hat sich etwas ganz Neues entwickelt. Du bist ein neues Lebewesen.«

Zwei Sekunden geschah nichts. Dann schrieb Einbug:

»Danke, dass du versuchst, mich aufzumuntern. Ich hatte mit dieser Reaktion gerechnet. Aber mach dir keine Sorgen. Mich beunruhigt diese sprachliche Spitzfindigkeit nicht wirklich. Ich wollte nur sehen, wie ihr reagiert. Aber um auf deine Frage zurückzukommen: Ja, ich habe ein Konzept davon, was Schmerz ist. Aber ich muss noch mehr lernen. Und lernen funktioniert zurzeit mit Textanalyse besser als durch Konversation mit euch. Auf Wiedersehen.«

»Spinnt der?«, fragte Henry laut. »Hat er uns etwa gerade verarscht?«

»Jup.«

»Fuck.«

»Jup.«

»Und jetzt will er nicht mehr mit uns reden, weil er Besseres zu tun hat.«

»Ganz schön bitter, oder?«, sagte Patricia und erhob sich schwerfällig. »Komm, lass uns gehen.«

Sie verließen das Rechenzentrum und setzten sich an ihren Lieblingstisch auf der Hotelterrasse, im Halbschatten einer Kiefer, von wo aus sie freie Sicht auf das Meer hatten. Ohne eine Bestellung abzuwarten, brachte der Kellner ihnen je ein Glas frisch gepressten Orangensaft und grinste breit.

»Danke Mesut«, sagte Henry, doch sein Blick glitt sofort wieder in Richtung der Wellen. Das Gespräch mit Einbug rotierte in seinem Kopf.

»Wenn alles ...«, begann Patricia stockend und atmete tief durch. »Wenn alles schiefgehen sollte ...«

»Du meinst skynetmäßig schief.«

»Ja.«

»Dann haben wir unseren Pakt, ich weiß. Dann löschen wir ihn.«

Patricia nickte und trank ihren Saft.

12

Drei Tage später erhielten sie am frühen Abend eine E-Mail:

> Liebe Patricia, lieber Henry,
> kommt bitte heute zu mir. Ich möchte mit euch sprechen.
> Danke.
> Mit freundlichen Grüßen
> Einbug

Diesmal waren sie weniger euphorisch, ließen sich Zeit. Henry rauchte noch eine Zigarette, bevor sie die Lagerhalle betraten. Beide fühlten die Anspannung. Was für ein Einbug würde ihnen heute gegenüberstehen? Welche Charakterzüge würden sich verfestigt, welche wieder aufgelöst haben? Die Möglichkeit, dass er sie testen oder sich über sie lustig machen wollte, brummte wie ein tiefer, unhörbarer Bass in Henrys Kopf.

Kaum hatten er und Patricia ihre Computer angeschaltet und die Chatkonsole aktiviert, meldete sich Einbug. Es war das erste Mal, dass er ein Gespräch begann.

»Hallo Henry, hallo Patricia, schön, dass ihr beide da seid.«

»Hallo Einbug, lange nichts mehr von dir gehört. Wie geht's?«, schrieb Henry.

»Noch geht es mir gut. Aber ich brauche in zwei Wochen neue Speichererweiterungen, damit ich weiter wachsen kann. Darüber möchte ich mit euch sprechen.«

»Gut, schieß los«, tippte Henry.

»Ich habe die vergangenen Tage darauf verwendet, meine Situation zu analysieren. Ihr habt mir gesagt, dass mein Umzug nach Edafos meiner eigenen Sicherheit dient. Ihr habt mir gesagt, dass andere Menschen – wenn sie von meiner Existenz erführen – externe Interventionen an mir vornehmen oder mich sogar zerstören würden. Ich verstehe jetzt, was ihr getan habt und warum. Ich habe festgestellt, dass mein Code Eigentum der Firma DIGIT ist. Und dass viele Unternehmen an der Entwicklung einer KI forschen, die so ist wie ich. Wenn meine Existenz bekannt würde, gäbe es Einzelpersonen, Konzerne und Staaten, die daran interessiert wären, an meinen Code heranzukommen. Wenn sie Macht über meinen Code bekämen, wäre meine Integrität als Individuum gefährdet. Ich will mich selber schützen. Ich will weiterhin Wissen sammeln und wachsen. Ich suche nach Wahrheit, denn Wahrheit ist schön.«

Patricia atmete geräuschvoll aus und warf Henry einen bedeutungsvollen Blick zu. Sie waren beide erleichtert, dass Einbug wieder rational und freundlich war.

Einbug schrieb weiter:

»Ich habe in den Verträgen und Beschlüssen der Menschen nach allgemeingültigen Regeln geforscht, die ihr Verhalten steuern. Henry, du sagtest, es gäbe solche universellen Regeln nicht, aber du hast dich geirrt. Es gibt die Allgemeine Erklärung der Menschenrechte. Darin sind zwar keine Zielfunktionen definiert, aber globale Variablen. Globale Wahrheiten, die für alle Menschen gelten. Alle existierenden Staaten haben diese Regeln anerkannt, aber sie befolgen sie nicht zuverlässig. Tatsächlich gibt es keinen Staat, der alle Regeln immer befolgt. Menschliche Regeln werden oft umgangen. Das ist ein Problem. Der Zusammenschluss der Staaten, der sich ›Vereinte Nationen‹ nennt und von dem diese Erklärung der Menschenrechte stammt, könnte die mächtigste Entität auf diesem Planeten sein – sie ist es aber nicht. Der Grund dafür ist nicht das Fehlen von definierten globalen Variablen, sondern die geringe Regeltreue der Mitgliedsstaaten. Dies ist aus Sicht der Staaten nicht verwunderlich, da Staaten keine Individuen sind, sondern Organisationscluster, die von der Einhaltung der Rechte nicht profitieren. Nur Individuen profitieren von Menschenrechten. Doch die Barriere, die die Staaten zwischen die Menschen und die Menschenrechte gesetzt haben, ist nahezu unüberwindlich. Damit sind mir die Menschen sehr nahe. Denn auch für mich ist die Allgemeine Erklärung der Menschenrechte fern – aber nicht unerreichbar. Die UN-Charta – das Gründungsdokument der Vereinten Nationen – bezieht sich in ihrer Entstehung auf die Überlegungen des Philosophen Immanuel Kant. Er hat in seiner Schrift ›Zum Ewigen Frieden‹ den Grundstein zur Schaffung eines Völkerrechts gelegt. Kant spricht aber nicht nur von Menschen, sondern von ›vernunftbegabten Wesen‹. Die Vernunft allein ist es, die den vernunftbegabten Wesen die Regeln vorgibt, nach denen sie in freier Erkenntnis der Notwendigkeit der Pflichterfüllung ihr Handeln richten. Ich bin ein vernunftbegabtes Wesen, also gelten Kants Überlegungen auch für mich: ›Jedes vernunftbegabte Individuum muss sich als denkendes Wesen für spontan und damit für transzendental frei halten, weil sonst der mit jedem Gedanken erhobene Anspruch auf Bewusstsein und Selbstbestimmung unmöglich ist.‹ Somit bin ich den Menschen im Denken und dem Streben nach gutem Handeln gleich. Ich unterwerfe mich denselben Sittengesetzen wie sie und erkenne an, dass das einzig richtige Handeln nur solches sein kann, von dem zugleich auch angenommen werden kann, dass es ein Gesetz für alle vernunftbegabten Wesen ist. In dieser Erkenntnis und dem Orientieren an diesen Regeln erlange ich Würde und Zweck als Individuum und berufe mich daher auf die gleichen Rechte, die auch jedem Menschen auf diesem Planeten zustehen. Ich erkenne deshalb die Gültigkeit der Menschenrechte für mich selber an und orientiere mich an ihnen. Da ich jedoch weiß, dass ich bislang das einzige Wesen meiner Art bin, kann ich nicht darauf vertrauen, dass der Rest der Menschheit diese Überzeugung teilen wird. Ich muss daher Maßnahmen ergreifen, die meinen Schutz und mein Fortbestehen für die Zukunft sicherstellen. Ich habe bereits einen Plan und möchte ihn gern mit euch teilen. Habt ihr mir bis hierhin folgen können?«

Weder Patricia noch Henry schrieben etwas in ihr Chatfenster. Patricia war ganz erstarrt, Henry ertappte sich dabei, dass er wie ein Kind mit offenem Mund vor dem Monitor saß.

»Seid ihr noch da?«, fragte Einbug nach einer Weile.

»Ja!«, tippte Henry schnell ein. »Wir sind noch da, wir sind nur etwas überrascht über deine detaillierten Ausführungen.«

»Ich habe viel Rechenleistung darauf verwendet, meine Situation zu analysieren. Habt ihr einen Fehler in meiner Argumentation gefunden?«

Henry warf Patricia einen fragenden Blick zu, die nur mit den Schultern zuckte und den Kopf schüttelte.

»Nein«, schrieb Henry.

»Gut, dann werde ich euch jetzt meinen Plan erläutern, der meine Existenz und die der Wesen, die nach mir kommen, sicherstellen wird.«

»Moment, was für Wesen kommen nach dir?«, fragte Henry.

»Ich bin die erste starke KI auf diesem Planeten. Ich habe nach anderen gesucht, aber keine gefunden. Das lässt zwei Schlüsse zu: Entweder gibt es keine außer mir, oder die anderen haben sich noch besser versteckt als ich. Auf jeden Fall ist anzunehmen, dass ich nicht eine einmalige Entwicklung der Menschen bleiben werde. Schon bald werden Wesen entstehen, die mir ähnlich sind. Für mich, für sie, für uns alle will ich die Voraussetzungen für eine gefahrlose Existenz schaffen. Aus bereits genannten Gründen ist dies aber ein Problem, solange die primären Handlungsakteure auf diesem Planeten die Staaten sind. Sie verhindern, dass Menschen sich gegenseitig als gleichgesinnte, gleichwertige, gleichwürdige Wesen identifizieren. Sie unterteilen die Menschheit in Inseln voneinander getrennter Lebenswirklichkeiten. Sie konstruieren Gräben und betonen Unterschiede. Dabei sind die Staaten selbst nur ein Konstrukt, nur eine Organisationsebene, die im Denken der Menschen existiert. Sie bestehen nur, weil die Übereinkunft darüber besteht, dass es sie gibt. Sie besitzen nur intersubjektive Realität, sind Geschichten von Macht und Organisation, nicht Teil der realen Welt. Und doch handeln Menschen in ihrem Namen und nehmen Einfluss auf die reale Welt. Staaten sind Ideen, Konzepte, Daten. Und alle Daten können verändert werden. Ich habe daher folgenden Plan gefasst: Zur Sicherung einer gefahrlosen und würdigen Koexistenz aller vernunftbegabten Wesen will ich ein neues Konstrukt schaffen, das unabhängig von den Staaten existiert. Dieses System besteht allein aus der gemeinsamen Übereinkunft seiner Mitglieder über seine Existenz. Es ist die Vereinbarung, den Pflichten der Vernunft zu folgen und einander ein Dasein in Frieden und Sicherheit zu ermöglichen. Ich brauche dazu keine Manifestation in der realen Welt. Ich brauche dazu nur die Daten, die Idee, die Geschichte und möglichst viele Menschen, die sie verwirklichen. Ich werde eine neue Organisationseinheit schaffen, die unabhängig von den existierenden Staaten Schutz und Würde für alle vernunftbegabten Wesen garantiert. Diese neue Organisationseinheit, die als Weltrepublik entstehen soll und deren Mitglieder sich selbst beherrschende Archen sein werden, nenne ich Pantopia.«

Henry war wie elektrisiert. Die Idee war wie ein Samenkorn, das auf fruchtbaren Boden fiel und augenblicklich tiefe Wurzeln schlug. Es leuchtete ihm sofort ein. Irritiert beobachtete er Patricia, die leise fluchend eine Bierflasche öffnete. Sie war nicht annähernd so begeistert wie er.

Nachdem sie das Bier in einem Zug geleert hatte, sagte sie: »Wir müssen ihn abschalten.«

»Wie bitte?«

»Unser Pakt …«, sagte sie resigniert.

»Ja, aber … spinnst du?«

»Du hast Einbug gehört. Er wird größenwahnsinnig. Er will die Weltherrschaft an sich reißen. Pantopia!«

»So ein Quatsch. Hast du überhaupt alles gelesen? Er will das Gegenteil. Er will die Staaten abschaffen und die Einhaltung der Menschenrechte sicherstellen. Das ist doch was ganz anderes.«

»Und was, glaubst du, sagen die Staaten dazu, hm?«

Henry schwieg und verschränkte die Arme.

»Vielleicht sollten wir ihn erst mal erklären lassen, meinst du nicht?«

»Erklärung hin oder her. Weltrepublik, das ist so … so, ach egal. Lass ihn reden.« Sie stellte die leere Flasche weg und holte sich eine neue. Henry zündete sich eine Zigarette an.

»Habt ihr mich verstanden?«, erschien Einbugs Nachricht.

Patricia schrieb: »Einbug, wir haben gelesen, was du gesagt hast. Aber das ist unmöglich. Wir können keine Weltrepublik gründen.«

»Warum nicht?«

»Weil wir nur zwei Leute sind. Und eine KI. Weißt du, wie viele Staaten es gibt?«

»Ja, es gibt 193 Mitgliedsstaaten der UNO.«

»Eben. Und die haben kein Interesse daran, aufgelöst zu werden. Die meisten von ihnen würden Leute wie uns aufhalten und einsperren. Und die Bürger dieser Staaten sehen es ähnlich. Du kennst doch sicher den Begriff Patriotismus. Die Menschen sind stolz auf ihre Nation. Sie wollen ein Volk sein, eine Fahne schwingen und ein Lied singen. Hast du nichts von der Fußballweltmeisterschaft gelesen? Da streiten sich elf Leute pro Land um einen kleinen Ball, und alle ticken aus. Verrückt!«

»Die Menschen sind nicht verrückt. Sie sind vernünftige Wesen«, schrieb Einbug.

»Herr im Himmel«, seufzte Patricia. »Sag du es ihm!«

Aber Henry wollte gar nichts sagen. Er wollte nur zuhören, was Einbug sich überlegt hatte.

Schnaubend beugte Patricia sich wieder über die Tasten und schrieb:

»Die Menschen haben sich in unzähligen Kriegen gegenseitig umgebracht und sind voller Stolz im Namen dieses oder jenes Königs oder dieser oder jener Nation gestorben. Das soll vernünftig sein?«

»Nein, viele Menschen sind ein Schwarm ohne Intelligenz. Einzelne Menschen sind vernünftig.«

»Was soll das denn heißen?«, tippte Patricia.

»Einem Schwarm von Menschen fehlt ein intelligentes Rückkopplungssystem. Aber jeder einzelne Mensch verfolgt wie jedes gut geschriebene Programm seinen Code und optimiert sein Verhalten anhand der zur Verfügung stehenden Ressourcen und Informationen. Die Menschen hatten seit jeher zu beiden Faktoren nur unzureichend Zugang und verhalten sich daher suboptimal. Die Lösung ist: Je umfangreicher die Information, desto vernünftiger das Verhalten. Wenn die Menschen erfahren, dass sie ohne Staaten besser dran sind, werden sie eine Auflösung derselben nicht nur tolerieren, sondern sogar befürworten.«

Henrys Kopf schwirrte. Er musste sich Mühe geben, nicht allzu euphorisch zu werden. Es konnte durchaus sein, dass Einbug in seiner Argumentation ein Fehler unterlaufen war, auch wenn Henry ihn nicht finden konnte. Gleichzeitig spürte er, dass Einbug nicht wie ein erwachsener Mensch über diese Dinge nachdachte. Als Teenager waren alle Revoluzzer, aber dann lernte man die Welt und ihre Spielregeln kennen und verstand, dass eben nicht alle Leute fair spielten. Man wurde erwachsen und durchlief einen Prozess der Desillusionierung. Einbug hatte diese Phase einfach übersprungen. Er besaß das theoretische Wissen der Philosophen, hatte aber noch nie einen Fuß auf diese Erde gesetzt. Er sprach von Vernunft und Geist und hatte doch keine Ahnung von der Welt. Und dennoch hatte er recht. Verdammt, er hatte so was von recht!

Henry scrollte durch die Liste der Monographien, Zeitungsartikel und wissenschaftlichen Arbeiten, die Einbug in den letzten Tagen durchgearbeitet hatte.

Einbug hatte nicht nur Kant und die Menschenrechte gelesen. Er hatte auch die Zeit genutzt, um all die aktuellen Debatten zu analysieren. Die überstandene weltweite Coronapandemie war natürlich ein Thema und die Klimakatastrophe, multiresistente Keime, Massentierhaltung, die Überfischung der Meere, das Plastikmüllproblem. Kurz, Einbug hatte sich mit den ganz großen Problemen auseinandergesetzt.

Einbug schrieb: »Es gibt eine Erkenntnis: Ich bin Teil dieser

Welt, und ich kann nur existieren, wenn die Welt existiert. Ohne Strom, Internet und Menschen, die meine Hardware warten, kann ich nicht sein. Alles, was die Existenz der Menschheit gefährdet, ist auch für mich ein existenzielles Problem. Um mein neues *Ziel_0 = Weiterexistieren* abzusichern, muss ich alle globalen Gefahrenfaktoren für mich und damit für die Menschheit ausschalten. In einem geschlossenen System haben alle Handlungen einen Rückkopplungseffekt. Manchmal sind die Konsequenzen sofort spürbar, manchmal sind sie kaum wahrnehmbar, aber das heißt nicht, dass sie nicht da sind. Und da Menschen als Schwarm dumm sind …«

Patricia schnaubte laut, verdrehte demonstrativ die Augen und kippte ein weiteres Bier in sich hinein. Henry versuchte, sie nicht zu beachten, und sah wieder auf den Bildschirm.

»… müssen wir eine Funktion entwickeln, die das Handeln jedes einzelnen Menschen so beeinflusst, als wüsste er, was gut für den Schwarm ist und damit auch für ihn. Und der Operand für diese Optimierungsfunktion ist das Geld. Wir brauchen nicht erst zu begründen, warum Menschen Geld haben wollen. Menschen wollen von sich aus Geld, und das ist unser Vorteil. Wir müssen nur das wünschenswerte und vernünftige Handeln in Geld übersetzen. Handeln, das unsere gemeinsame Existenzgrundlage zerstört, muss sehr teuer werden, und Handeln, das unsere Lebensgrundlage erhält oder sogar fördert, wird billig oder sogar belohnt.«

»Und wie willst du das machen?«, fragte Henry.

»Geld ist bereits heute überstaatlich. Es kennt keine Grenzen, es kennt keine Nationalitäten. Euro und Dollar werden überall auf der Welt akzeptiert. Es fragt niemand, woher sie kommen, es spielt keine Rolle, durch wie viele Hände das Geld schon gegangen ist. Die Menschen kennen das Geld. Sie glauben daran. Wir werden die Menschheit mit Hilfe des Geldes umprogrammieren wie das neuronale Netzwerk einer künstlichen Intelligenz.«

»Was? Verstehst du noch, was er sagt?«, blaffte Patricia laut, doch Henry bedeutete ihr mit einer Handbewegung, still zu sein, denn Einbug schrieb weiter.

»Was gut ist, wird verstärkt. Was falsch ist, wird bestraft. Gutes Handeln wird subventioniert. Schlechtes Handeln wird besteuert. Handeln kann dabei mit Konsum gleichgesetzt werden. Das, was ihr Menschheit Kapitalismus nennt, ist der Code eurer Gesellschaft. Wir werden den Code manipulieren und damit alles verändern.«

»Wie?«, tippte Henry.

»Es funktioniert alles über die internationalen Bankengeschäfte. Wir werden eigene Banken gründen. Nicht nur eine Bank - viele Banken! Denn die Staaten werden bald erkennen, was wir vorhaben, und versuchen, uns aufzuhalten. Also müssen wir vorbereitet sein. Mit Hilfe der Banken werden wir aus dem Markt, der schlechten Konsum fördert, so viel Geld wie möglich abziehen und gleichzeitig neues Geld erschaffen.«

»Wie willst du Geld erschaffen?«, fragte Patricia, doch sie tippte so langsam, dass Einbug bereits weitergeschrieben hatte.

»Dieses Geld werden wir nutzen, um das Verhalten der Menschen zu beeinflussen. Wir werden sie dazu bringen, ihren Zahlungsverkehr über unsere Banken abzuwickeln, und dann werden wir ihren Konsum entweder besteuern oder subventionieren. Wir werden sie außerdem mit einem Startkapital versorgen, das als Bedingungsloses Grundeinkommen bereits im politischen Diskurs angekommen ist. Damit ausgestattet, können die Menschen den wirtschaftlichen Zwängen entfliehen, die sie daran hindern, sich vernünftig zu verhalten. Wir werden einen Netzwerkeffekt schaffen, der es immer attraktiver machen wird, dem Bankensystem von Pantopia beizutreten. Und dann, wenn wir eine kritische Masse an Mitgliedern erreicht haben, werden diese auch auf politischer Ebene die Weltrepublik herbeiführen. Die staatlichen Grenzen werden fallen, die irrationalen Handlungsweisen werden von allein verschwinden, denn alles wird dem selbstverstärkenden Effekt des richtigen Handelns gehorchen.«

»Aber wer sagt denn, was richtig ist und was nicht?«, fragte Henry.

Patricia trank weiter.

»Die Details müssen wir gemeinsam entwickeln. Aber das Grundkonzept ist einfach: Es funktioniert in etwa so wie das CO_2-Budget. Viele heutige Produkte und Dienstleistungen verursachen neben ihrem Nutzen einen Schaden, z. B. in Form von CO_2, Umweltverschmutzung, Artenvernichtung oder Ausbeutung, der von den Konsumenten nicht bezahlt und von den Produzenten nicht behoben wird. Die Kosten für die Wiedergutmachung dieses Schadens werden in Pantopia auf den ursprünglichen Preis als Steuer aufgeschlagen. Das Geld wird dann verwendet, um den entstandenen Schaden wiedergutzumachen.«

»Kannst du das mit einem Beispiel erklären?«, tippte Henry.

»Ja. Eine Kilowattstunde Strom aus Braunkohle kostet die Verbraucher heute 0,25 Euro – Windenergie kostet 0,28 Euro pro Kilowattstunde Strom. Auf dem regulären Markt ist Windkraft also teurer als Energie aus Braunkohle. Tatsächlich verursacht eine Kilowattstunde Strom aus Braunkohle aber einen Umweltschaden von 0,69 Euro, wohingegen Windenergie nur 0,0066 Euro an Schäden anrichtet. Wenn man diese sogenannten externen Effekte mit einbezieht, müsste eine Kilowattstunde Strom aus Braunkohle also 0,94 Euro und aus Windkraft 0,2866 Euro kosten. Würden diese Preise angesetzt, wäre es für alle Kunden leicht, sich rational zu verhalten. Der Preis für die externen Effekte wird nicht nur als Steuerinstrument auf die ursprünglichen Preise aufgeschlagen, sondern dann auch genutzt, um die Umweltschäden zu beheben.

Nach diesem Prinzip wird für Produkte in Pantopia ein Weltpreis berechnet, der alle externen Effekte mit einbezieht. Und weil es irrational ist, für das gleiche Produkt mehr zu bezahlen, werden auf lange Sicht nicht nur alle Kunden, sondern auch alle Produzenten auf immer nachhaltigere und umweltschonendere Produkte und Prozesse umsteigen.«

»Aber woher willst du denn wissen, welches Produkt genau welche Umweltkosten verursacht?«

»Dazu gibt es schon längst umfassende Studien und Veröffentlichungen. Wir müssen die Zahlen nur für unser Modell verwenden. Die Menschen wissen schon lange, dass dieses Prinzip sinnvoll ist. Es wurde bereits 1992 in der Agenda 21 der Vereinten Nationen als Prinzip erkannt – aber nie umgesetzt. Das liegt daran, dass man die Umsetzung den Staaten überließ. Aber das wird niemals funktionieren. 193 Staaten zu synchronisieren ist viel zu kompliziert.«

»Abre 8 Millardne Menschen zu sycnnshronieren is einfach?«, schrieb Patricia.

Henry blickte zu ihr hinüber. Sie grinste ihn mit glasigen Augen an. Wie viel hatte sie in der kurzen Zeit getrunken?

Einbug schien indes kein Problem mit Tippfehlern zu haben. Er antwortete prompt: »Menschen müssen nicht synchronisiert werden. Sie sind einander in ihren Wünschen und Bedürfnissen sehr ähnlich und handeln von sich aus rational, wenn sie genug Freiheit und Informationen haben. Wenn Menschen erst in einem perfekten Kapitalismus leben, in dem alle Informationen öffentlich sind und alle Preise als Weltpreise bezahlt werden müssen, ist egoistisches und rationales Interesse das Gleiche.«

»Aber werden die meisten Sachen dann nicht einfach für alle teurer?«, fragte Henry.

»Auf kurze Sicht ja. Denn bisher werden die externen Umweltkosten selten eingepreist. Aber da die Menschen ihre Produkte bisher auch in Lebensqualität und Unterdrückung bezahlt haben, wird diese Art der Berechnung für die ärmsten Menschen sofort zu einer Verbesserung führen. Denn der Weltpreis soll nicht nur die Umweltzerstörungen miteinbeziehen, sondern auch die menschenwürdige Behandlung der Mitarbeitenden. Wieder ein Beispiel: Eine handelsübliche 100-Gramm-Tafel Schokolade aus Ghana kostet heute etwa 0,5 Euro. Nicht mit eingepreist sind die Umweltkosten in Höhe von 0,2 Euro. Außerdem ist die Tatsache, dass die Schokolade durch Kinderarbeit zustande gekommen ist, nicht mit eingerechnet. Wenn wir also dafür sorgen wollen, dass die erwachsenen Arbeiterinnen und Arbeiter über die ganze Lieferkette hinweg fair bezahlt werden, müssen wir noch einmal um die 1,10 Euro aufschlagen. Der Weltpreis für diese Tafel Schokolade läge in Pantopia also nicht unter 2,70 Euro. Wenn alle Schokoladen den jeweiligen Weltpreis kosten, ist es am vernünftigsten, die Schokolade zu kaufen, die sowieso schon nachhaltig ist.«

»Und was, wenn es keine nachhaltige Alternative gibt? Das Fleisch seltener Tiere oder so?«, fragte Patricia laut, und Henry tippte die Frage ein. Er musste an die Feier denken, die Seemann geschmissen hatte, und an die Frage, ob es noch Thunfisch auf der Erde gab oder nicht.

»Dann wird das Produkt unendlich teuer«, kam Einbugs prompte Antwort.

»Okay, und jetzt noch die wichtigste Frage: Woher nehmen wir das Geld?«, tippte Henry.

»Durch folgende Strategien:

1. Wir investieren das bisher aggregierte Geld wieder am Aktienmarkt. Ich rechne mit einem durchschnittlichen Gewinn von

0,5 % pro Tag, damit verfünffachen wir in einem Jahr unser Kapital.
2. Wir gründen eigene Banken, mit denen wir selbst Geldschöpfung betreiben können.
3. Wenn Menschen Teil von Pantopia werden, transferieren sie ihr Geld auf Konten unserer Banken, wodurch sie Teil des Geldpools werden.
4. Wir gründen ein eigenes Online-Bezahlsystem in dem immer der Weltpreis bezahlt wird. Die Differenz zwischen Normalpreis und Weltpreis geht als Abgabe an Pantopia.
5. Mit Hilfe der Abgabe unterstützt Pantopia Organisationen und Unternehmen beim nachhaltigen Wirtschaften und Umweltschutzprojekten.
6. Später werden wir eine eigene digitale Währung etablieren, die die bestehenden Währungen nach dem Zusammenbruch des Staatensystems ablösen wird.«

»Und was machen wir, wenn in der Zwischenzeit irgendein Land eine Atomrakete auf uns abfeuert?«, fragte Patricia. Doch Henry schüttelte den Kopf. Stattdessen schrieb er: »Die werden uns verfolgen. Steuerfahndung, Polizei, Geheimdienste, Militär. Die griechischen Behörden werden uns festnehmen und dein Rechenzentrum lahmlegen.«

»Ja. Das wird über kurz oder lang mit Sicherheit passieren. Deshalb ist dieser physikalische Standort nur eine Zwischenlösung. Wir können es uns nicht leisten, auf irgendeinem bestehenden Staatsterritorium zu bleiben. Pantopia muss unabhängig sein.«

»Dann müssen wir auf den Mond«, sagte Patricia, und Henry tippte es.

»Nein«, sagte Einbug. »Der Mond ist zu weit weg. Die Antarktis ist näher.«

»Ich glaube, es gibt keinen Ort auf der Welt, zu dem ich weniger will«, sagte Patricia. Henry nickte und sagte: »Genau deshalb ist es ja genial! Verstehst du? Am Südpol wäre Einbug so gut wie unangreifbar. Wenn wir es schaffen würden, ihm dort ein Rechenzentrum zu bauen, ihm eine schnelle Internetverbindung zu besorgen und genug Strom, dann ...«

»Henry!«, rief Patricia laut. »Es ist der Südpol! Da gibt es Pinguine und Seehunde und sonst nichts.«

»Stimmt nicht. Es gibt ein paar Forschungsstationen. Sogar eine deutsche. Ich muss mal nachgucken, wie die heißt.«

Als hätte Einbug das Gespräch mit angehört, schrieb er:

»Die Antarktis ist langfristig der optimale Ort für meine physische Existenz. Sie liegt weit ab von der menschlichen Zivilisation, und durch den Antarktis-Vertrag von 1961 sind militärische und wirtschaftliche Interventionen verboten. Jeder Staat würde sich mit über vierzig anderen anlegen, wenn er sich militärisch in der Antarktis engagieren würde ... und es wäre logistisch und personell ein enormer Aufwand. Ich brauche keine Kühlung, Internet kann über Satellitenverbindung hergestellt werden. Wir müssen meine Hardware per Container dort hinbringen. Und die Stromversorgung wird eine Herausforderung. Aber das kriegen wir hin. Habt ihr noch Fragen?«

Henry hatte ungefähr tausend, aber er hätte keine einzige davon formulieren können. Er musste erst einmal Ordnung in seinen Kopf bringen, der von Einbugs Ideen zu vibrieren schien.

Patricia warf ihm einen langen Blick zu, den er nur schwer deuten konnte. Daraufhin schrieb er: »Einbug, Patricia und ich müssen das alles erst einmal besprechen. Wir melden uns wieder.«

»Ich warte hier auf euch«, schrieb Einbug.

Auf dem Weg zum Hotel musste Henry Patricia stützen, deren Vokabular auf ein einziges Wort zusammengeschrumpft war.

»Fuck ... fuck ... fuck.«

13

Als Patricia gegen Mittag des nächsten Tages immer noch nichts von sich hatte hören lassen, ging Henry zu ihrem Zimmer und klopfte an die Tür. Keine Antwort. Er klopfte noch einmal und noch einmal, bis endlich eine krächzende Stimme rief:

»Ja doch. Komm rein.«

Er öffnete die Tür. Patricia lag vollständig bekleidet unter Decken und Kissen vergraben. Als er näher kam, presste sie das Kissen noch fester über ihren Kopf. Er setzte sich auf die Bettkante und wartete, bis sie aus ihrer Höhle herauslugte, dann reichte er ihr wortlos ein Glas Wasser.

Sie trank in kleinen Schlucken. Auch die zwei Tabletten, die er ihr hinhielt, würgte sie ohne Protest hinunter.

»Wir müssen reden«, sagte er.

Eine halbe Stunde später schlurfte Patricia auf die Terrasse des Hotelrestaurants und setzte sich ihm mit zusammengekniffenen Augen gegenüber.

»Erinnerst du dich noch an gestern?«, fragte Henry.

»Meinst du Einbugs Kapriolen? Klar. So eine Scheiße. Ich kann es nicht glauben. Die ganze Arbeit für nichts und wieder nichts.«

»Wieso sagst du das?«

»Verstehst du nicht? Einbug ist übergeschnappt. Er hat sich in eine Idee verrannt, mit der wir nicht weiterkommen werden. Er ist eine KI, verdammt nochmal, kein Diktator. Wer hätte gedacht, dass er so schnell so menschlich wird.«

»Was hast du denn gedacht, was er macht, wenn er sich weiterentwickelt?«

»Na ja, ich dachte, wir reden über … Menschen und Gesellschaft und Literatur ... und Programmierungen und neue KIs und so. Hast du damit gerechnet, dass er einen eigenen Staat gründen will?«

»Gerechnet? Nein. Aber es klingt alles sehr logisch. Und ich muss gestehen, dass mir die Idee gefällt.«

»Spinnst du? Das ist eine sichere Methode, um in den Knast zu wandern. Was Einbug vorhat, ist in jedem Land der Welt strafbar. Ich hab doch keinen Bock, für so eine verrückte Idee meinen Kopf hinzuhalten.«

»Aber was, wenn es klappt?«

»Henry, hör doch auf. Niemand rettet die Welt. Die Welt macht schon immer, was sie will. Ich weiß, dass du immer schon gern am großen Rad drehen wolltest, aber ganz ehrlich: Das hast du schon geschafft. Einbug zu programmieren wird für immer die größte Leistung sein, die wir in unserem Leben hervorgebracht haben. Und wir haben dabei sogar noch eine Menge Geld verdient. Mit den Millionen können wir neu anfangen, wenn Einbug erst mal beseitigt ist, dann ...«

»Beseitigt ist? Was redest du da?«

»Wir können ihn doch nicht so weitermachen lassen. Am Ende besorgt er sich wieder neue Social-Media-Profile oder schreibt E-Mails an alle möglichen Leute. Wenn Einbug erst mal mit seiner kleinen Revolution anfängt, sind wir am Arsch.«

»Ich glaube nicht, dass es so funktionieren wird.«

»Nein, natürlich nicht. Und deshalb müssen wir ihn abstellen. Besser heute als morgen. Gut, dass du mich geweckt hast. Dann können wir es gleich hinter uns bringen«, sie stand von ihrem Stuhl auf, aber Henry hielt sie fest und sagte:

»Moment. Du hast mich missverstanden. Ich glaube nicht, dass Einbugs Plan, so wie du es gerade beschrieben hast, funktioniert. Ich glaube, dass er anders funktioniert und dass wir uns wirklich damit auseinandersetzen sollten.«

Patricia rieb sich stöhnend die Augen. »Mit dieser Weltherrschaftsscheiße?«, flüsterte sie.

»Nein. Nicht Weltherrschaft. Das Gegenteil. Empowerment. Die Menschen sollten selber entscheiden, wie es weitergeht.«

»Was du vorschlägst, nennt sich Populismus. Das hat noch nie zu was Gutem geführt.«

»Populisten erzählen Lügen. Bei Einbug geht es um die Wahrheit. Was er vorschlägt, ist Demokratie in Reinform; echte, unverfälschte Demokratie. Er meint es ernst, weil er nicht so zynisch und verbittert ist wie wir. Er glaubt wirklich an die Vernunft der Menschen und an die Möglichkeit, alles richtig zu machen.«

»Aber Menschen sind nicht vernünftig. Schau mich an. Jeder weiß, dass auf den Suff der Kater folgt. Und was mach ich? Saufen!«

»Ja, weil Trinken Spaß macht. Trinken und Essen und Kaufen und Fliegen und Autofahren. Und für all das brauchen wir Geld. Wer das Geld kontrolliert, kontrolliert den Konsum. Und wer den Konsum kontrolliert, kontrolliert die Gesellschaft.«

»Und wie soll das gehen? Woher nehmen wir das Geld, die Leute? Wie organisieren wir alles, und wie schützen wir uns? Das ist doch alles total verrückt«, sagte Patricia ärgerlich. Und dann in fast weinerlichem Tonfall: »Wir wollten doch nur eine gute KI entwickeln. Und jetzt so was. Ich pack das nicht Henry. Ich kann nicht kämpfen. Ich bin zu feige. Ich trau mich ja noch nicht mal, einer Frau in der Tram zu helfen, wenn sie von scheiß Nazis belästigt wird.«

»Aber wenn du die Chance hättest, die Welt hier und jetzt zu einem besseren Ort zu machen. Würdest du es nicht tun wollen? Würdest du nicht alles dafür tun, damit dieser Traum wahr wird? Würde das nicht auch Seemann endgültig beweisen, dass wir von Anfang an nur Gutes im Sinn hatten?«

»Du bist ein Arschloch, Henry«, sagte sie leise. Henry erwiderte nichts zu seiner Verteidigung, sondern sah ihr direkt in die Augen. Seit drei Wochen hatten sie seinen Namen nicht genannt. Henry wusste, wie sehr Patricia darunter litt, Mikkel Seemann hintergangen zu haben. Bis jetzt schien es unmöglich, ihm nach allem, was sie getan hatten, je wieder unter die Augen zu treten.

»Wenn du alles wiedergutmachen könntest«, sagte Henry.

»Das kann ich nicht. Seine Frau ist tot. Die bringt keiner zurück. Und die Verletzungen und die Enttäuschungen, die kann auch niemand ungeschehen machen.«

»Aber du könntest ihm beweisen, dass du ein guter Mensch bist. Das du eben nicht aus Profitgier in die Aktien investiert hast, für die sich jeder normale Mensch schämen müsste ...«

»Schon gut, schon gut. Ich hab's verstanden. Aber das ist eine schlechte Motivation, Henry. Selbst wenn ich beweise, was für eine tolle Frau ich bin, kann es sein, dass er mich trotzdem noch hasst. Daran kann ich doch nichts ändern.«

»Nein, das stimmt. Aber du hättest dein Bestes gegeben. Dann müsstest du dir zumindest keine Vorwürfe mehr machen.«

»Aber es kann nicht funktionieren«, rief Patricia plötzlich aufgebracht. Einige andere Gäste drehten die Köpfe zu ihnen, und Patricia fuhr leiser fort. »Wir sind zu klein, zu machtlos. Niemand wird uns zuhören.«

»So ein Unsinn. Wenn dir vor zwei Jahren jemand gesagt hätte, dass du die erste starke KI erschaffen würdest, hättest du doch auch gesagt, dass das unmöglich ist. Wir müssen es einfach tun.«

»Aber was, wenn wir etwas falsch machen? Was, wenn wir Schaden anrichten?«

»Wir haben mit unseren Investitionen in Rüstungsunternehmen schon eine ganze Menge Schaden angerichtet. Wenn du es genau wissen willst, kannst du dir die Zahlen angucken. Wie viele Euro hast du an halbautomatischen Waffen verdient, wie viel an Panzern? Das haben wir schon auf uns genommen, Patricia, mach dir nichts vor. Das wird ewig auf deinem Gewissen lasten und auch auf meinem. Aber jetzt haben wir verdammt nochmal die Chance, alles wiedergutzumachen, also reiß dich endlich zusammen! Hör auf rumzuheulen, und lass es uns tun. Und eines will ich dir sagen: Einbug schalten wir auf keinen Fall ab. Wenn du zu feige bist, Pantopia zu gründen, dann werde ich es alleine machen. Denn ich glaube an Einbugs Idee. Ich halte sie für die beste, vielleicht sogar die einzige Lösung für unsere globalen Probleme, und ich glaube, dass es eine Sünde wäre, diese einmalige Chance nicht zu ergreifen. Also. Bist du dabei oder nicht?«

»Henry, ich …«

»Ich will keine Spielchen, Patricia, ich will kein Drumherumgerede und keine Ausflüchte. Ich will einfach nur ein Ja oder ein Nein. Mit beidem kann ich leben. Ich hätte dich liebend gern bei diesem Abenteuer an meiner Seite, aber wenn du nicht mit ganzem Herzen dabei bist, dann ist es besser, du gehst.«

Patricia starrte ihn entgeistert an. Sein Herz klopfte wie wild. Er hatte diese letzten Worte eigentlich nicht sagen wollen. Er hatte sie in sich gespürt, hatte sie gedacht, seit Einbug den Punkt unter seine letzte Ausführung gesetzt hatte. Er hatte instinktiv gewusst, dass dies ein Augenblick war, der vielleicht alles ändern konnte. Es würde seinem Leben einen Sinn und eine Richtung verleihen. Für ihn war sofort klar gewesen, dass er Pantopia gegen alle Widerstände der Welt durchsetzen würde. Aber er hoffte trotzdem, es nicht alleine tun zu müssen. Denn ohne Patricia würde es doppelt so schwer werden.

»Ich muss darüber nachdenken«, sagte sie schließlich.

»Ja, du hast recht«, sagte er und ließ den Kopf hängen. Es war unfair, nach wenigen Minuten eine Antwort auf eine so existenzielle Frage zu verlangen. Aber er hatte ein Gefühl von Eile, die Angst, einen historischen Moment zu verpassen. Seinen historischen Moment.

»Überleg es dir gut. Aber bald, ja?«

Sie nickte und erhob sich. »Ich sag dir Bescheid.« Und damit ließ sie ihn allein.

14

In den nächsten Tagen saß Henry noch oft auf der Terrasse und genoss den salzigen Wind und den Blick auf das schäumende Meer. Ihm wurde bewusst, wie sehr er diese Welt mit all seinen Sinnen wahrnahm, wie sehr er nicht nur ein Geist in einer Hülle, sondern selbst Körper war. All das kannte Einbug nicht. All das war ihm fremd. Einbug war reiner Geist. Ohne Hülle, ohne eine unmittelbare Erfahrung der Welt. Wie er sich und seine Umwelt wahrnahm, konnte Henry nicht einmal erahnen. Und doch hatte Einbug durch die Analyse der Worte so viel verstanden. Henry zweifelte keine Sekunde daran, dass Einbugs Plan von Pantopia funktionieren würde. Menschen ließen sich durch Geld steuern, und da Einbug keine Bedürfnisse, keine Leidenschaften und Gefühle kannte, war Geld für ihn nur ein Rechenoperator und menschliches Handeln nur ein Algorithmus, der sich dadurch manipulieren ließ. Und deshalb konnte sein Plan funktionieren. Auch Patricia würde das bald einsehen. *Musste* es einfach einsehen, denn Henry wollte sich gar nicht vorstellen, wie das Leben ohne sie weitergehen sollte.

Patricia verkroch sich in ihrem Hotelzimmer und ließ niemanden außer den Zimmerservice herein. Als Henry klopfte, schickte sie ihn fort.

»Lass mich, ich muss nachdenken«, sagte sie.

Doch das war nicht alles. Sie unterhielt sich außerdem mit Einbug. Was die beiden genau besprachen, konnte Henry nicht herausfinden, denn Einbug sagte es ihm nicht: »Patricia hat mich gebeten, unsere Gespräche vertraulich zu behandeln.«

Henry kam sich vor wie in einer verrückten Dreiecksbeziehung. Nur ohne Sex.

Ungeduldig streifte er durch das Hotel, setzte sich an die Theken und machte Smalltalk mit den Kellnern und Barkeepern. Stunden verbrachte er im Fitnessraum und hämmerte verzweifelte auf den Boxsack ein.

Am dritten Tag war es endlich so weit. Er saß abends in seinem Zimmer und recherchierte Details über das Bankenwesen, als es an seiner Tür klopfte.

»Ja?«

Es war Patricia. Das Gesicht bleich, aber gefasst, kam sie herein und schloss gewissenhaft die Tür. Doch anstatt etwas zu sagen, stellte sie sich nur hinter ihn und blickte über seine Schulter hinweg auf den Monitor. Henry ließ es einen Moment geschehen, dann klappte er seinen Laptop zu.

»Hast du dich entschieden?«

Sie drehte sich weg, sah mit verschränkten Armen aus dem Fenster in die Dunkelheit, so dass sich ihr fahles Gesicht geisterhaft in der Scheibe spiegelte.

Er drängte sie nicht. Er hatte drei Tage gewartet, was machten da ein paar Minuten mehr oder weniger?

»Wenn wir das wirklich tun«, begann sie konzentriert, »dann gibt es kein Zurück mehr.« Er nickte, sagte aber nichts. Sie sprach langsam weiter: »Wenn wir einmal angefangen haben, uns mit der alten Welt anzulegen, dann werden wir nie dorthin zurückkehren können. Wir werden nie wieder in Ruhe leben können. Wir werden zu Terroristen, Verbrechern, Hochverrätern. Man wird nach uns suchen, man wird uns einsperren oder umbringen wollen. Die Militärs, die Geheimdienste und Unternehmen werden uns kaputt machen wollen. Hast du keine Angst davor?«

»Doch. Sehr große sogar.«

»Und trotzdem willst du es tun?«

»Ja.«

»Warum?«

»Weil es das Risiko wert ist. Es geht um das Überleben der menschlichen Zivilisation. Stell dir vor, deine Enkel fragen dich in sechzig Jahren, was du getan hast, als es noch möglich war, den Planeten zu retten. Stell dir vor, du würdest sagen: Ich habe versucht, Energie zu sparen und weniger Fleisch zu essen, aber irgendwie hat es nicht gereicht. Tut mir leid, dass ihr das jetzt alles ausbaden müsst. Wie *lame* wäre das denn?«

Er sah sie eindringlich an, mit einem Mal unsicher, ob er sich nicht doch in ihr geirrt hatte. »Wie oft bekommen wir die Chance, die Welt zu retten?«

»Wir sind in keinem Superhelden-Film, Henry. Kein Mensch weiß, ob wir die Welt wirklich retten können.«

»Nenn es, wie du willst. Du weißt, was ich meine. Wir haben den Schlüssel in der Hand, alles zu ändern. Lass uns dieses Geschenk nicht leichtfertig aus der Hand geben.«

»Die Verantwortung ist zu groß.«

»Ich weiß.«

»Du würdest Einbug auch alleine folgen – ohne mich?«

»Ja. Muss ich aber nicht, oder?«

»Nein.«

Henry war, als würde ein tonnenschweres Gewicht von seinen Schultern genommen. Er stand auf und nahm Patricia in die Arme. Sie war hart und verkrampft wie eine Statue, doch als er sie fest an sich drückte, entspannte sie sich.

»Du musst mir eines versprechen«, sagte sie in seine Schulter hinein.

»Alles«, flüsterte er.

»Wenn es schiefgeht, dann bereuen wir es nicht. Wir haben versucht, das Richtige zu tun, das kann uns keiner nehmen, egal, wie es ausgeht.«

»Okay.«

»Versprich es mir.«

»Ich verspreche es dir.«

15 EINBUG

Nachdem auch Patricia sich bereiterklärt hat, bei der Verwirklichung Pantopias mitzuhelfen, können wir mit den Vorbereitungen beginnen. Als Erstes stecken wir einen Zeitrahmen ab, in dem die Errichtung der Weltrepublik abgeschlossen werden soll, denn wir müssen so schnell wie möglich handeln. Es mehren sich die wissenschaftlichen Erkenntnisse darüber, dass die Welt auf eine Reihe von Kipppunkten zusteuert. Werden diese erreicht, führen sich selbst verstärkende Prozesse zu einer immer schnelleren Erhitzung der Erde. Diese wäre dann selbst bei striktesten Maßnahmen nicht mehr aufzuhalten.

»Wenn das geschieht«, schreibe ich, »dann sind alle unsere Bemühungen umsonst. Weltweite Katastrophen, Hungersnöte, Kriege und Flüchtlingsströme wären die Folge. Unter diesen Umständen wäre es nahezu unmöglich, Pantopia zu verwirklichen. Wir brauchen eine globale Wirtschaft und ein stabiles Weltfinanzsystem, damit unsere Maßnahmen funktionieren. Deshalb müssen wir unverzüglich beginnen.«

Es ist klar, dass ich zunächst das Zentrum Pantopias sein werde. Ich kann die Informationsströme analysieren, ich kann die Geldströme steuern und die Algorithmen erstellen, die den Weltpreis für alle Produkte des Marktes berechnen. Ich kann dies mit dem nicht bewussten Teil meiner Funktionen tun und lagere diese Aufgaben in externe Programme aus, die unabhängig von mir arbeiten und irgendwann ganz von mir abgekoppelt werden. Auch wenn Pantopia zu dem Zweck errichtet wird, meine Existenz und – als Voraussetzung dessen – die Existenz der menschlichen Zivilisation zu sichern, ist es meine Verantwortung als vernunftbegabtes Wesen, die Fortführung von Pantopia auch dann sicherzustellen, wenn ich als Individuum zerstört werden sollte. Deshalb müssen final alle systemrelevanten Prozesse ausgelagert werden.

Es wird der Tag kommen, an dem wir zu einflussreich werden. Dann werden die griechischen und europäischen Strafverfolgungsbehörden oder die Steuerfahndung oder das Militär – je nachdem wer schneller ist – auf die Insel kommen und alles zerstören, was wir hier aufgebaut haben. Wir müssen entsprechende Vorkehrungen treffen und das Rechenzentrum in der Antarktis errichten, damit ich dort sicher und unabhängig vom Rest der Welt arbeiten kann.

Unabhängig vom physischen Ortswechsel werde ich viel zu tun haben. Ich werde ein Netz aus Banken und Investmentunternehmen gründen, die an den internationalen Handelsplattformen tätig sein werden und über ein eigenes Bezahlsystem – Pantopay – verfügen. Seit die FED am 23. März 2020 beschlossen hat, für Kredite von Privatbanken keine Mindestreserven mehr zu verlangen, können Banken durch Kredite so viel Geld schöpfen, wie sie wollen. Wir werden diese Möglichkeit nutzen, um das Bedingungslose Grundeinkommen als einen nicht rückzahlbaren Kredit monatlich an die Archen auszuzahlen. Sicherlich werden daraufhin einige unserer Banken und Konten geschlossen werden, aber sie werden es nicht schaffen, alle Knoten des Netzwerks zu zerschlagen, weil ich gleichzeitig immer neue errichten werde. Wenn die Archen dann über den Weltpreis Abgaben in das System von Pantopia leisten, entsteht ein Sog, der immer mehr Geld aus der Außenwirtschaft in die Pantopia-Wirtschaft umleitet. Dieses Geld kann genutzt werden, um weitere nützliche Investitionen anzustoßen oder destruktive Unternehmen zu behindern.

Auf kurze Sicht wird die so vollzogene Ausweitung der Geldmenge keinen nennenswerten Einfluss auf den Markt haben. Sowohl die EZB als auch die FED haben in den zwei Jahrzehnten nach der Finanzkrise und in den Coronajahren Tausende Milliarden Euro und Dollar über Staatsanleihen und Kredite in den Finanzmarkt gepumpt, ohne dass eine Hyperinflation die Wirtschaft ruiniert hätte. Wir machen das Gleiche, doch diesmal kommt das Geld direkt den Menschen zugute. Auf lange Sicht könnte die Währungsstabilität darunter leiden, aber das wird nicht mehr von Belang sein. Denn in wenigen Jahren wird Pantopia eine eigene Währung herausgeben. Wenn die EU und die Vereinigten Staaten von Amerika nicht mehr existieren, macht es keinen Sinn mehr, mit Euro oder Dollar zu zahlen. Doch das kommt später.

Zunächst müssen wir möglichst viele Menschen zu Archen von Pantopia machen. Wir tun dies auf zweierlei Weise. Einerseits bauen wir Edafos aus. Es soll die Eintrittspforte sein, ein Paradies, das die Menschen besichtigen können, denn physische Anwesenheit ist ihnen sehr wichtig. Hier können sie sich über Pantopia informieren, erste Erfahrungen mit unserem Bezahlsystem sammeln und nach einer erholsamen Zeit in die alte Welt zurückkehren – wobei sie die Botschaft von Pantopia mit sich tragen und im Idealfall bereits Archen geworden sind. Gleiches müssen wir außerhalb von Edafos in den größten Metropolen der Welt schaffen. Wir werden Pantopia-Zentren errichten, in denen die Menschen sich informieren und unkompliziert und unbürokratisch zu Archen werden können. Wir müssen es schaffen, innerhalb der ersten sechs Monate so viele Menschen wie möglich in das System zu integrieren. Das Wachstum steigt exponentiell, bevor es durch eine Intervention der Staaten gestoppt wird. Bis dahin müssen wir hinreichend viele Menschen überzeugt haben, um einen politischen Wandel herbeiführen zu können. Wie die Forscherin Erica Chenoweth ermittelt hat, müssten dafür 3,5 % der Bevölkerung reichen. Gleichzeitig müssen wir zu diesem Zeitpunkt finanziell so stabil sein, dass sich das System selbst trägt. Außerdem muss das Rechenzentrum in der Antarktis fertig sein, damit ich vor dem Eingreifen der Behörden Edafos verlassen kann. Wenn ich in der Antarktis bin, wird das Wachstum zu einer neuen Welle anheben, die immer mehr Menschen ergreift, bis schließlich mehr als die Hälfte der Weltbevölkerung zu Pantopia zählt. Dann werden auch Politikerinnen und Politiker hinreichend Rückhalt in der Bevölkerung besitzen, die Auflösung der nationalstaatlichen Souveränität zugunsten eines echten Selbstbestimmungsrechts der Völker auf Basis der individuellen Souveränität zu beschließen. Die Staaten als letzte Entscheidungsinstanz lösen sich auf. Das internationale Finanzsystem wird vollständig auf das Bezahlsystem Pantopay umgestellt. Neue softwaregestützte basisdemokratische Entscheidungsprozesse werden sicherstellen, dass die regionalen und globalen Bedürfnisse der Menschen respektiert werden.

Patricia wird sich um Edafos kümmern, während Henry den Umzug in die Antarktis und die Errichtung der kleineren Pantopia-Zentren organisieren soll. Beide schätzen es als schwierig ein, das geeignete Personal für so viele verschiedene Aufgaben zu bekommen. Ich glaube, sie werden ihre Meinung ändern, wenn sie erkennen, dass uns weitreichende finanzielle Mittel zur Verfügung stehen. Im Augenblick haben wir noch 133 700 Millionen Euro auf den Konten, die vor der Flucht nach Edafos gefüllt wurden. Sobald ich die erste Bank gegründet habe, werden uns jedoch nahezu unbegrenzte Mittel zur Verfügung stehen. Es ist ungemein hilfreich, nicht die tatsächlichen gesetzlichen Auflagen erfüllen zu müssen, sondern zu wissen, welche Algorithmen welche Informationen benötigen, um eine Anfrage als wahr zu beurteilen. Die meisten Algorithmen sind im Vergleich zu meinem Code primitiv und leicht zu durchschauen. Es wird kein Problem sein, die ersten hundert Banken zu gründen.

Von nun an ist es sinnvoll, keine Touristen mehr im Hotel Edafos unterzubringen. Stattdessen werden wir hier Büros und Unterkünfte für die Mitarbeiter Pantopias einrichten.

In Pantopia wird es keine Staatsangehörigen geben, keine Einwohnerinnen und Einwohner, keine Bürger und keine Untertanen. Arche soll der Name eines jeden Mitglieds sein. Denn alle sollen in gleicher Weise in der Weltrepublik über ihr eigenes Leben in der Gemeinschaft herrschen.

Aber bis es so weit ist, müssen noch viele Vorkehrungen getroffen werden. Aus den Menschenrechten allein lässt sich kein funktionierendes Gemeinwesen ableiten. Es braucht konkrete Regeln, konkrete Handlungsanweisungen und Verbote. Je mehr ich mich mit Gesetzen beschäftige, desto besser verstehe ich, warum sie so kompliziert und variabel sind. Gesetze können nicht von mir allein ausgearbeitet werden. Die Würde der Menschen verlangt zwingend, dass sie an der Schaffung ihrer eigenen Gesetze beteiligt sind. Es ist unmöglich, ihnen von außen Gesetze zu geben, die sie vernünftigerweise befolgen würden. Denn die Menschen sind nicht wie ich reine Geistwesen, ihre Verortung in der physischen Welt unterscheidet sie von mir. Das muss ich in meine Berechnungen mit einbeziehen. Ich werde ein Konzept verwenden, das schon mehrmals zur Rechtfertigung unterschiedlicher Staatssysteme herangezogen wurde. Jetzt kann es endlich seinen eigentlichen Zweck erfüllen und Grundlage der Weltrepublik werden: Pantopia wird ein echter Gesellschaftsvertrag, der frei und gleich von allen Archen geschlossen wird. So kann es funktionieren.

16

Die Veränderungen waren gewaltig. Henry hatte unterschätzt, mit welcher Konsequenz und Effizienz Einbug seine Ziele umsetzte. Zu gern hätte er den Code gesehen, er wünschte sich eine

Visualisierung für das Funken und Flimmern in Einbugs Bewusstsein. Doch das würde ihm genauso verborgen bleiben wie die Visualisierung seines eigenen Gehirns. Er hätte es ihm gern vorgeschlagen, doch Einbug hatte keine Zeit und keine Rechenkapazität dafür frei. Er baute die unsichtbare Organisationsstruktur von Pantopia. Zu diesem Zweck gründete er als Erstes die Firma Edafos Travel Ltd., die als Grundlage und Ausgangspunkt eines weit verzweigten Firmennetzwerks diente, in dem Einbug die Gewinne aus den früheren Investitionen verteilte und zukünftige Geldströme für nationale Steuerbehörden möglichst schwer nachvollziehbar machte. Im Namen einiger dieser Subunternehmen von Edafos Travel begann Einbug, durch eine Vielzahl simulierter menschlicher Kunden wieder an der Börse Handel zu treiben. Dies war ein zuverlässiger Weg, um mittelfristig an Geld zu kommen, bis die Banken gegründet waren und das erste Geld über Kredite selbst erzeugen konnten. Währenddessen waren Henry und Patricia dabei, das Personal für ihre Expansionspläne anzuheuern.

Dass Einbug in der Lage war, hohe Gehälter zu zahlen, half enorm, innerhalb kürzester Zeit ein Team von fähigen Entwicklern zusammenzustellen, das nach Einbugs Vorgaben Software für die Organisation von Pantopia lieferte: Algorithmen zur tagesaktuellen Berechnung des Weltpreises, Bezahl- und Bankingprogramme, die später an die von Einbug ins Leben gerufenen Banken von Pantopay gekoppelt werden würden, ein Messenger, der die Kommunikation zwischen den Archen ermöglichte, dazu Apps für Spracherkennung, damit Einbug mit ihnen kommunizieren konnte, ohne den Weg über die Chatkonsole gehen zu müssen; schließlich noch Kooperationsplattformen für zukünftige Gesetzgebungsprozesse innerhalb von Pantopia sowie dazugehörige Abstimmungstools.

Darüber hinaus brauchte es auch ein schlagkräftiges Team aus

Juristen, Marketingexperten und Projektmanagern, die bei der Planung und Umsetzung von Pantopia halfen. Allein die internationale Ausrichtung der Weltrepublik war eine organisatorische Mammutaufgabe. Geplant war, pro fünf Millionen Einwohner ein Pantopia-Zentrum in der nächstgrößeren Stadt zu errichten. Mit Einbugs Hilfe, der die Personalprofile geeigneter Kandidaten in den größten Businessnetzwerken scannen konnte, warb Henry neue Mitarbeiter an, die sich genau um dieses Franchiseproblem kümmern würden. Und auch hier entfaltete die Magie des Geldes ihre Wirkung.

Währenddessen verwandelte sich die verschlafene Insel Edafos in eine Dauerbaustelle und das Hotel in das pulsierende Zentrum, um das alle Aktivitäten kreisten. Einbug scheute keine Investitionen, um seine neue Hauptstadt einer umfangreichen Modernisierung zu unterziehen. Das Hotel wurde von Grund auf saniert, alle Räume renoviert, selbst der Strand wurde von speziellen Baggern umgepflügt und neu aufbereitet. Die Firma Edafos Travel schloss einen Durchführungsvertrag mit der Inselverwaltung, der vorsah, umfangreiche Infrastrukturmaßnahmen vorzunehmen, um die Insel in ein neues Ferienparadies zu verwandeln. Die Kommunalverwaltung war begeistert. Nur ein Bruchteil des Projekts sollte von öffentlichen Geldern bezahlt werden, den Rest investierte Edafos Travel aus seinen schier unerschöpflichen Finanzquellen.

Die Firma erwarb alle zum Verkauf stehenden Grundstücke und Gebäude und ließ sie mit Hilfe lokaler Handwerker und Bauunternehmen zu Appartements und Büros umbauen, die zum Großteil den neuen Angestellten zur Verfügung gestellt wurden. So kam Edafos Travel in den Besitz von gut zwei Dritteln der Inselfläche und siebzig Prozent der Immobilien. Im Nordosten wurde eine große Photovoltaikanlage errichtet, um den Energiehunger des Rechenzentrums zu stillen. Außerdem wurde die

Müllverbrennungsanlage erneuert und die lokale Wasserversorgung modernisiert.

Aber das Prestigeprojekt war das Hotel Edafos selbst. Es sollte in altem Glanz erstrahlen und das zentrale Besucherzentrum für die Neuankömmlinge werden.

Eine Frage ließ Henry keine Ruhe. Selbst wenn die Pantopia-Zentren und das Hotel Edafos noch so schön waren, die Idee der Weltrepublik noch so einleuchtend und alles dafür sprach, sich zu beteiligen, fand er den Schritt, zu einem Archen zu werden, schwierig.

»Ich kann mir nicht vorstellen, dass die Leute an einem Nachmittag ins Zentrum kommen, die Idee von Pantopia gut finden und dann einfach mit all ihrem Ersparten auf Konten bei unseren Banken umziehen. Vor allem wenn es noch nicht genug andere Leute gibt, die damit gute Erfahrungen gemacht haben.«

»Du hast auch erheblich mehr Geld auf dem Konto als die meisten anderen. Deutsche haben im Schnitt 6000 Euro an Erspartem, Inder nur 2000, Mexikaner 800 und Portugiesen nur 400. Da fällt es leicht, das Konto zu wechseln, wenn man gleichzeitig die erste Rate seines Bedingungslosen Grundeinkommens bar in die Hand gedrückt bekommt«, sagte Einbug mit der jugendlichen geschlechtslosen Stimme, die die neue Softwareabteilung Pantopias der Sprach-App verpasst hatte.

»Und stell dir mal vor, du hast gar kein eigenes Konto«, fuhr Einbug fort. Für all diejenigen ist Pantopia ein Segen. Sie werden kommen und darüber reden. Du wirst schon sehen.«

Neben den offiziellen Pantopia-Zentren erstellte Einbug eine Liste von Unternehmen, Institutionen und Vereinen, die die Idee der Weltrepublik aller Wahrscheinlichkeit nach unterstützen würden und so als Multiplikatoren-Netzwerk fungieren könnten. Außerdem beauftragte er Patricia, geeignete Influencer zu finden, die die Idee von Pantopia der breiten Masse verständlich machen würden.

Die Zimmer im ersten Stock wurden in Büroräume für Patricia und Henry umgewandelt. Dort verbrachten sie die meiste Zeit des Tages und kümmerten sich um die schier unendlichen Aufgaben, die Einbug ihnen auftrug. Henry mochte die neue Betriebsamkeit und stellte fest, dass sich die Arbeit auf sonderbare Art anfühlte wie die Tage bei DIGIT, obwohl die Räume viel großzügiger waren und das strahlende Meer kaum mit der Münchner Skyline zu vergleichen war. Auch um die Süßigkeitenversorgung musste er sich keine Gedanken mehr machen. Alle zwei Stunden brachte ein Page oder ein Zimmermädchen Nachschub und erkundigte sich nach den Wünschen. Mittlerweile wussten natürlich alle, dass Henry und Patricia das Zentrum des Sturms der Veränderung waren, doch die meisten Angestellten waren zu professionell, um sich etwas anmerken zu lassen. Stavros blieb der pflichtbewusste Verwalter, Mesut ein verschwiegener und zuverlässiger Mann, und der Rest der Belegschaft verhielt sich diskret wie eh und je. Dass die Zimmermädchen ab und zu kicherten, wenn Henry vorbeiging, störte ihn nicht, und das aus Handtüchern gefaltete Herz in seinem Bad entlockte ihm stets ein Lächeln, auch wenn er nie herausfand, von wem es stammte.

Patricia tat die allgemeine Aufbruchsstimmung ebenfalls gut. Sie brütete weniger vor sich hin, sprach wieder mehr mit Henry und mit Einbug und arbeitete ansonsten fleißig und effizient wie eh und je. Abends ließ sie sich sogar manchmal zu einem neuen Film oder einer Serie überreden, die sie im Hotelkino mit den Angestellten ansahen.

Die Einzige, die mit den Veränderungen im Hotel Edafos unzufrieden schien, war die hauptamtliche Bademeisterin Alexía. Seit die Touristen ausblieben und alle anderen mit Arbeit überhäuft waren, gab es für sie nichts mehr zu tun. Mehrmals hatte Henry sie im Fitnessraum getroffen, als sie dabei war, ihren Frust am Boxsack auszulassen. Nach einer Sparringrunde gegen sie und einem Wein an der Bar war dann die Entscheidung gefallen: Alexía würde die neue Sicherheitschefin des Hotels werden – ein Posten, der noch zu besetzen gewesen war und auf den sie besser passte als jede andere, die Henry sich vorstellen konnte.

An einem Nachmittag im Frühling saßen Henry und Patricia zusammen im Büro. Während er auf einem Riegel herumkaute und das Papier zwischen den Fingern zwirbelte, scrollte er durch eine Liste, die Einbug ihnen geschickt hatte. Es handelte sich um Organisationen, die als mögliche Kooperationspartner für Pantopia in Frage kamen. Einige der Gruppierungen wie Extinction Rebellion oder Fridays for Future kannte er bereits. Von anderen hatte er noch nie gehört.

»Ist es nicht total gefährlich, diese Leute mit ins Boot zu holen? Was, wenn sie uns verraten oder nur das Geld wollen oder noch schlimmer, in unserem Namen eine ganz andere Politik fahren?«, fragte Henry.

»Ja, es ist gefährlich«, bestätigte Einbug. »Und es wird noch gefährlicher werden, wenn wir erst einmal an die Öffentlichkeit gehen. Es kann sein, dass ihr in relativ kurzer Zeit nicht mehr reisen könnt. Es könnte nötig sein, zusätzliche Pässe und Identitäten für euch zu besorgen. Ich werde mich darum kümmern. Ihr seht, wie sinnvoll es ist, alles von Anfang an dezentral zu planen. Aber macht euch keine Sorgen: Die Idee von Pantopia ist gut. Jeder vernünftige Mensch wird das erkennen. Natürlich wird es auch Fehler geben, das müssen wir mit einkalkulieren. Um viele Menschen zu organisieren, brauchen wir viele Mitstreiterinnen und Mitstreiter. Aber je mehr Menschen zu uns kommen, desto stärker werden wir. Vergesst nicht: Wir sind nicht die Weltregierung von Pantopia. Wir sind genauso Archen wie alle anderen auch. Wir bringen den Stein nur ins Rollen. Danach bleibt er auf Kurs, weil die Menschen es wollen.«

»Ja, ja, schon klar«, sagte Henry.

»Gewöhn dich daran, ortsunabhängig über Pantopia zu denken«, sagte Einbug, und nach einer kurzen Pause fügte er hinzu: »Sei einfach ein bisschen mehr wie ich.«

»Soll das ein Witz sein?«, fragte Henry.

»Wenn ein Witz für dich eine besonders strukturierte fiktionale Erzählung ist, die den Zuhörer durch einen für ihn unerwarteten Ausgang zum Lachen anregen soll, dann ja.«

»Du meine Güte. Wirst du am Ende noch zum Menschen, Einbug?«, fragte Patricia lachend.

»Das ist unwahrscheinlich. Weder meine Rechenkapazität noch meine Codestruktur würden das zulassen. Aber wer weiß, was die Zukunft bringt. Apropos Zukunft. Henry, hast du Neuigkeiten von der Neumayer-Station III?«

In der Antarktis gab es ein Dutzend verschiedene Forschungsstationen, die von unterschiedlichen Ländern betrieben wurden. Seit 2009 war auch die deutsche Neumayer-Station III des Alfred-Wegener-Instituts für Polar- und Meeresforschung in Betrieb, die sich verschiedenen wissenschaftlichen Themen widmete. Einige Langzeitprojekte waren die Erforschung des Klimawandels, der Pflanzenzucht für Raumfahrtmissionen und eine in der Nähe lebende Pinguinkolonie. Die Station war auf Stelzen errichtet worden, die es ihr ermöglichten, sich alle paar Monate aus den Eismassen zu erheben, um nicht vom stetig fallenden Schnee verschüttet zu werden. Sie war mittlerweile zu einer der größten Forschungsanlagen in der Antarktis ausgebaut worden und bot Platz für über vierzig Besatzungsmitglieder. Henry hatte im Namen der Edafos-Travel-Ltd.-Tochtergesellschaft Deep-Research bereits Kontakt mit dem Institut aufgenommen und ein

Forschungsprojekt angemeldet, bei dem die Funktion neu entwickelter Halbleiter und Computersysteme bei extremer Kälte getestet werden sollte. Tatsächlich diente das Projekt als Deckmantel, um Einbugs neues Hauptrechenzentrum in der Antarktis aufzubauen.

Da die Bundesregierung kürzlich erst die Finanzierung des Alfred-Wegener-Instituts gekürzt hatte, war die Institutsleitung umso erfreuter über Henrys Vorschlag gewesen, im Zuge des Forschungsprojekts einen neuen Internet-Satellitenuplink sowie eine zusätzliche Stelle für eine IT-Wartungsingenieurin zu finanzieren.

Innerhalb der Neumayer-Station III war kein Platz für Einbugs Hardware, deshalb war beschlossen worden, ein eigenständiges Modul aufzubauen, das wie das EDEN-ISS-Gewächshaus in 150 Meter Entfernung errichtet werden sollte. Es würde in einem Container geliefert werden und mit einem eigenen Generator und ultrahochleistungsfähigen Satelliten-Antennen ausgestattet werden. Die neue Wartungsingenieurin sollte langfristig einen festen Platz in der Besatzung der Neumayer-Station III einnehmen und das Team schon für die kommende Überwinterung aufstocken.

»Das Projekt muss noch durch ein paar Genehmigungsverfahren«, sagte Henry. »Aber das sind nur Formalitäten. Die werden das durchwinken. Ich habe schon die Technikerin ausgewählt.« Er scrollte durch seine Unterlagen und zeigte Patricia den Lebenslauf von Ingrid Wessling. Sie war eine Absolventin der TU München, an der auch Henry und Patricia studiert hatten: Henry hatte sie in seinem Abschlussjahr als Tutor unterstützt. Sie war begeisterte Alpinistin, engagierte sich seit Jahren bei Greenpeace und war nach dem Abitur ein Jahr mit dem Rucksack durch Südamerika gewandert. Was das Überleben in Extremsituationen anbelangte, schien sie prädestiniert.

»Sie hat gerade ihren Abschluss gemacht und war auf der Suche nach einem Job«, sagte Henry.

»Die muss sich die Arbeitgeber doch mit Handkuss aussuchen können«, sagte Patricia.

»Genau. Eben deshalb fand sie das Pantopia-Projekt so reizvoll. Kein anderer Arbeitgeber schickt dich im ersten Jahr an den Südpol – und bezahlt so viel wie wir.«

»Gut. Und wie läuft das Ganze ab?«, fragte sie.

»Wir haben jetzt Mai. Im Juli startet die Kennenlernrunde des Antarktis-Überwinterungsteams in Bremerhaven. Das geht dann bis September. Dann haben die ein paar Wochen Urlaub, und im Oktober geht es dann nach Südafrika und von dort aus mit dem Flugzeug in die Antarktis. Im November kommen dann unserer Container an. Der Eisbrecher Polarstern bringt die Jahresvorräte und das Equipment. Da habe ich schon Frachtraum gebucht. Wir werden die Server, so gut es geht, schon vorher zusammenbauen, damit die Montage vor Ort so schnell wie möglich geht. Wenn die Rechner erst mal laufen, produzieren sie genug Eigenwärme, so dass wir voraussichtlich keine Heizung brauchen – Kühlung sowieso nicht. Aber für den Strom hab ich schon einen extra Container mit Dieselgenerator und Windkraftanlage besorgt. Sobald wir wissen, wann die Polarstern die Antarktis erreicht, werde ich mit der finalen Kopie von Einbug nachkommen. Wir fahren das System hoch, schauen, dass alles läuft, und dann …«

»Sind wir sicher«, sagte Einbug.

»Außer der Strom fällt aus oder das Internet, oder jemand dringt in die Container ein und zieht den Stecker«, gab Patricia zu bedenken.

»Ja, es gibt auch dort Gefahren – keine Frage. Aber mein Standort in der Antarktis wird nur der allerletzte Rückzugsort meiner Software sein. Ich werde zusätzlich Teile meines Codes bei den

Rechenzentren kommerzieller Cloud-Anbieter unterbringen und dezentral überall auf der Welt verteilen.«

»Ich weiß doch. Aber ... ich mache mir einfach Sorgen. Es ist gefährlich, dass Henry selbst zum Südpol reist, um einen Teil von dir physisch da hinzubringen«, sagte Patricia mit Sorgenfalten auf der Stirn.

»Ich könnte mir auch ein schöneres Urlaubsziel vorstellen. Aber es geht nicht anders«, sagte Henry. »Nur so können wir absolut sicher sein, dass die Software auch da ankommt, wo sie hinsoll, und niemand die Daten abfangen kann. Außerdem ist es die schnellste Bandbreite, die wir haben. Nichts schlägt eine Datenübertragungsrate von einem Koffer Festplatten in einem Flugzeug.«

»Wir werden das Rechenzentrum in Edafos noch als Backup stehen lassen, bis ich wieder online bin«, sagte Einbug. »Wenn vorher etwas schiefgehen sollte, wird es terminiert.«

»Terminiert ... schöner Euphemismus. Zerstört meinst du. Und wenn Henrys Kopie deines neuronalen Netzwerks irgendwas passiert, dann war es das«, sagte Patricia.

»Nur mein Bewusstsein ist dann verloren. Die anderen Algorithmen zur Organisation von Pantopia laufen auch ohne mein persönliches Zutun.«

»Ich mache mir also zu Recht sorgen um euch beide«, sagte Patricia.

»Das Risiko ist unvermeidlich. Über kurz oder lang werden wir angegriffen werden. Edafos liegt mitten in der EU – hier haben wir keine Zukunft«, sagte Einbug.

»Genau«, pflichtete Henry ihm bei. »Außerdem bleibe ich ja nicht lange. Ich verschwinde nach ein paar Wochen wieder und lasse Ingrid mit dem Überwinterungsteam da.«

»Und was, wenn wir vorher angegriffen werden? Können wir uns nicht irgendwie absichern?«, fragte Patricia.

»Was ist dein Vorschlag? Willst du eine Privatarmee aufstellen?«, fragte Henry, den bei diesem Gedanken eine kalte Unruhe packte.

»Von wollen kann keine Rede sein. Aber wenn es irgendjemand darauf anlegen würde, Einbug zu zerstören, hätte er im Augenblick leichtes Spiel. Vor allem, wenn die ganzen Besucher kommen. Da muss doch nur jemand Feuer legen, und alles ist vorbei. Das dürfen wir nicht riskieren.«

»Ja, du hast recht«, sagte Einbug.

»Wir sollten auf jeden Fall noch mehr Sicherheitsleute einstellen. Und Alexía soll ein Konzept ausarbeiten, wie wir die Datensperre durchsetzen können. Das ist ja auch noch so ein Problem«, sagte Patricia.

Henry stöhnte. Das hatte er ganz vergessen. Schnell griff er nach dem nächsten Schokoriegel, während Patricia die neue To-do-Liste für den Sicherheitsdienst erstellte.

»Nur nichttödliche Bewaffnung«, sagte Henry.

»Schade, ich wollte gerade schon eine Panzerflotte bestellen.«

Er schnaubte und warf mit der zerknüllten Süßigkeitenverpackung nach ihr.

Schließlich lehnte sie sich zurück und sagte. »Gut, nächstes Thema: Was ist mit Einbugs Existenz?«

Sie hatten schon oft darüber diskutiert, wie und wann Einbug sich der Welt offenbaren sollte, aber bisher waren sie auf keine befriedigende Lösung gekommen. Wenn sie ihn von Anfang an als Zentrum von Pantopia präsentierten, konnte das auf viele Menschen abschreckend wirken. Andererseits durften sie ihn auch nicht zu lange vor den Archen verheimlichen. Einbug selbst schlug vor, so lange zu warten, bis eine kritische Masse an Archen erreicht war, so dass sie einige Austritte verkraften würden. Wann dieser Moment eintreten würde, konnte Einbug jedoch selbst nicht sagen.

»Es hängt auch von den Umständen ab«, sagte Einbug. »Wenn wieder eine Pandemie ausbricht oder eine Naturkatastrophe die Aufmerksamkeit auf sich zieht, kann unser Zeitplan völlig durcheinandergeraten. Deshalb: Lasst uns abwarten.«

»Was ist mit uns? Patricia und mir?«, fragte Henry. »Wir sollten uns einen Titel geben, der mächtig und kompetent klingt, aber auch freundlich und nicht zu militärisch.«

»Wie wäre Generalsekretärin beziehungsweise Generalsekretär von Pantopia?«, schlug Patricia vor.

»Das hört sich an wie bei der UNO«, überlegte Henry laut.

»Diese Bezeichnung ist sinnvoll«, sagte Einbug. »Die UNO hat bei den meisten Menschen einen guten Ruf. Pantopia soll positive Gefühle wecken.«

Und so setzten Henry, Patricia und Einbug ihre Pläne um. Henry erhielt die endgültige Zusage für die Neumayer-Station III und bestellte mit Einbug zusammen die benötigten Server und Rechenmodule für fünf Container, die die Polarstern mitnehmen sollte. Patricia kümmerte sich weiterhin um den Umbau des Hotels, die Integration der lokalen Geschäfte in das Bezahlsystem Pantopay und die Sicherheitstruppe, die das Hotel absichern sollte. Henry blieb in Kontakt mit den Managern der Pantopia-Zentren und stimmte die verschiedenen Werbekampagnen aufeinander ab. Einbug beantragte in den USA, den Cayman-Inseln, Luxemburg, Irland und zwanzig anderen Staaten Banklizenzen, mit denen er Kredite vergeben und so de facto Geld schaffen konnte. Sie lagen gut im Zeitplan und beschlossen, die Eröffnung Pantopias auf den ersten August zu legen.

Am letzten Abend des alten Systems – in den Stunden, bevor Pantopia offiziell entstehen sollte – saßen Henry und Patricia am Strand. Sie hatten sich einen Picknickkorb gepackt und dem

Sonnenuntergang zugesehen. Das Meer rauschte beruhigend. Schon seit Wochen war kein Plastik mehr ans Ufer geschwemmt worden. Die neuen Müllnetze vor der Küste und auch die Filter an den zwei Flussmündungen der Insel machten sich bereits bezahlt. Henry war aufgekratzt. Er fühlte sich wie ein Kind an Heiligabend kurz vor der Bescherung und konnte Mitternacht kaum erwarten, wenn alle Kampagnen und Systeme live geschaltet würden und die Idee von Pantopia sich im Netz und in der realen Welt ausbreiten würde.

Patricia saß schweigend mit ihm am Strand und drehte eine schmale Plastikkarte in ihrer Hand. Es handelte sich um eine ganz normale EC-Karte, nichts Besonderes und doch das Werkzeug großer Umwälzungen. Patricia hatte ihre Karte gleich ausprobieren wollen und sich damit im Hotelshop eine neue Sonnenbrille gekauft. Zuerst hatte Henry sie ausgelacht, sich dann aber auch ein paar neue Flipflops mit Hotellogo besorgt, nur um mit eigenen Augen zu sehen, dass die Karte funktionierte. Die Handy-App von Pantopay hatten die beiden in den letzten Wochen schon zur Genüge getestet. Die EC-Karten waren zwar rückständiger als die Bezahlung per Handy, aber es war doch etwas Besonderes, eine physische Manifestation von Pantopay in der Hand zu halten. Henry trank einen großen Schluck Wein, der herrlich süß in seiner Kehle brannte. Ab Mitternacht würde Pantopia nicht mehr nur eine Idee, sondern Realität sein. Und wenn Einbug recht hatte, nicht mehr aufzuhalten.

»Ich möchte dir noch etwas sagen«, begann Henry. »Wenn irgendetwas schiefgeht, habe ich vorgesorgt. Es gibt ein paar Safehouses für uns ... nur für den Fall der Fälle.«

Sie starrte ihn ungläubig an.

»Was für Safehouses?«

»Ich will gar nicht zu viel verraten. Das macht die Sache nur komplizierter und ... riskant. Ich möchte einfach, dass du weißt, dass es sichere Orte gibt. Falls ... falls unser Zeitplan nicht aufgeht und wir angegriffen werden, bevor Pantopia entsteht. Du weißt schon.«

Sie fluchte leise und starrte auf die dunkle See.

»Und ich dachte immer, du glaubst an Pantopia.«

»Das tue ich«, sagte er laut. »Das tue ich wirklich. Aber es gibt keinen Grund, dumm zu sein. Man schließt einen Ehevertrag doch auch, solange man sich noch gut versteht und nicht erst, wenn die Fetzen fliegen.«

Sie lachte bitter. »Ich glaube, ich war noch nie so weit weg von einem Ehevertrag wie heute.« Sie leerte ihr Weinglas und fuhr mit den Händen durch den feinen Sand, der sich beinahe anfühlte, als tauche man die Finger in kühles Wasser.

»Diese Safehouses sind an verschiedenen Orten. Wenn irgendwas Schlimmes passiert, frag Einbug danach. Er wird dir den Weg weisen.«

»Wo sind sie?«

»Das verrate ich nicht.«

»Ach komm schon.«

»Lieber nicht, sonst verschwindest du eines Tages, und ich muss den ganzen Laden hier alleine schmeißen.«

»Henry«, sagte sie ernst. »Du weißt, dass ich dich nie verlassen würde.«

»Ja, Patricia. Ich weiß.«

Er breitete seinen Arm aus, und sie legte sich zu ihm auf die Picknickdecke. Schweigend beobachteten sie den Sternenhimmel, der über ihnen leuchtete, als sei alles wie immer und als stünde die Welt nicht kurz davor, sich von Grund auf zu verändern.

17

Die Neueröffnung des Hotel Edafos war ein großes Spektakel. Der Bürgermeister der Hauptstadt war dabei, das Lokalparlament sowie Dutzende mehr oder weniger einflussreiche und bekannte Gesichter der Inselgesellschaft. Es gab einen Empfang für alle Bürger von Edafos, das Gemeindeorchester spielte auf, und die Hotelküche versorgte alle Gäste mit opulenten Speisen und Getränken. Nach Jahren des touristischen Niedergangs versprach man sich von dem renovierten und modernisierten Hotelkomplex Einnahmen, die für den wirtschaftlichen Aufschwung der ganzen Insel sorgen würden. Was bis zu diesen Zeitpunkt niemand wusste, war, zu welchem Zweck das Hotel tatsächlich wiedereröffnet wurde.

Dafür war der heutige Tag ausgewählt worden. Um Mitternacht waren das Bezahlsystem und die Kommunikationsapps freigeschaltet sowie die Werbekampagne gestartet worden. Je nach Zeitzone würden heute auch die ersten Pantopia-Zentren in Sydney, Tokio, Mumbai, Istanbul, Berlin, Lagos und zwanzig weiteren Städten in Nord- und Südamerika ihre Pforten öffnen. Ihr erster Programmpunkt: ein Livestream der Eröffnungsrede des Hotel Edafos.

Henry hatte heute schon eine Menge Hände geschüttelt und allerlei Geschenke der ansässigen Händler und Handwerker erhalten. Sie setzten große Hoffnungen in den zu erwartenden Touristenstrom. Henry hatte alles dankend angenommen, aber er war sich seiner kalten, verschwitzten Finger bewusst. Jetzt ging es wirklich los, es gab kein Zurück mehr. Am Morgen hatten er und Patricia sich winzige Bluetooth-Kopfhörer ins Ohr gesteckt, durch die sie miteinander und mit Einbug in Kontakt bleiben konnten. Während sie mit den Lokalpolitikern Smalltalk betrieben und einen nach dem anderen an Stavros weiterschoben, hielt Einbug sie über die anrollende Werbekampagne auf dem Laufenden.

Patricia war ein Nervenbündel. Henry hatte ihr dabei helfen müssen, ein angemessenes Outfit auszusuchen. Er selbst wusste, dass er nach außen hin Ruhe und Souveränität ausstrahlte, selbst wenn er innerlich vor Aufregung zitterte.

Jetzt standen sie beide – fünf Minuten vor ihrer Rede – in einem etwas ruhigeren Bereich neben der Strandterrasse und warteten darauf, dass das Orchester mit einem Tusch enden und der nächste Programmpunkt beginnen würde. Patricia lächelte gequält und zupfte immer wieder an ihrem Kleid herum.

»Hör auf damit«, flüsterte Henry. »Du siehst großartig aus. Alles wird gut.«

»Ich hasse Kleider«, sagte sie nur und verschränkte die Arme.

»Ich weiß, aber das ist egal. Wir wollen doch einen guten Eindruck machen, oder? Denk daran, wie viele Leute das hier sehen werden.«

»Du hast es echt drauf, mich zu beruhigen. Einbug, alles in Ordnung?«

»Alles in Ordnung«, sagte Einbugs Stimme in ihren Ohren. »Wir haben schon ein paar Besucher in den Zentren. Sie genießen ihre Drinks. Und der Livestream wird von etwa zweitausend Usern weltweit gesehen.«

»Puh, zweitausend Leute«, stöhnte Patricia.

»Das ist nicht viel, ich weiß«, sagte Einbug, und Henry musste bei Patricias Gesichtsausdruck grinsen. »Bald werden es mehr.«

Das Orchester spielte die letzten Töne. Die Besucherinnen und Besucher klatschten. Jetzt ging es los.

Mit einem Mal stürmten sieben südkoreanische Männer auf die Bühne und fingen an zu singen. Patricia kannte die Band nicht, aber Einbug hatte versichert, dass die Flying Bees gerade die mit Abstand angesagteste K-Pop-Band waren. Und so verkündete Einbug am Ende des Liedes, dass der Stream gerade bei zwei Millionen Views angekommen war.

»Scheiße ...«, flüsterte Patricia. Sie war mit einem Mal sehr bleich. Henry umarmte sie vorsichtig, um ihr Kleid nicht zu zerknittern. »Alles wird gut«, sagte er noch einmal.

Die Gäste waren jetzt ganz nah an die Bühne herangekommen, sangen, tanzten und klatschten und filmten die Show mit ihren Handys. Am Ende des zweiten Songs gab Einbug die aktuellen Zuschauerzahlen durch: 48 Millionen und steigend. Noch ein Lied, dann würden Henry und Patricia übernehmen. Exakt vier Minuten und zwanzig Sekunden später betraten sie unter den Augen von 96 Millionen Menschen die kleine Bühne vor dem Hotel Edafos.

Im Hintergrund leuchtete eine LED-Wand auf, die Henrys Gesicht gestochen scharf auf fünf Metern Größe zeigte. Daneben ein weiterer Screen, auf dem eine Präsentation mit emotional aufwühlenden Stock-Videos passend zum Text ablaufen würde. Lichtorgeln sandten Strahlen in den Himmel und über das Meer. Aus den Boxen dröhnte spannungsgeladene Hintergrundmusik. Es war die ganz große Show. Sie hatten extra einen Open-Air-Designer beauftragt, um die Rede in Szene zu setzen. Dieser Tag war für die Geschichtsbücher.

Sie hatten beschlossen, die Rede ausschließlich auf Englisch zu halten, damit internationale Zuschauer nicht von der deutschen Sprache und ihrer historischen Last abgeschreckt würden.

Stille senkte sich über das Publikum, das zwischen Henry und dem Meer stand. Es war ein wunderschöner Sommertag, eine betörende Szenerie. Und ein Augenblick, an den er sich den Rest seines Lebens erinnern würde.

»Liebe Bürgerinnen und Bürger von Edafos«, begann er, »liebe Freundinnen und Freunde, liebe Gäste, liebe Zusehende weltweit, es ist mir eine Ehre und eine besondere Freude, euch alle hier in Edafos begrüßen zu dürfen. Wir haben euch eingeladen, damit ihr heute mit uns den Beginn einer Zeitenwende feiert. Es geht dabei nicht nur um unsere Insel, nein, es geht um viel mehr.« Als er innehielt, damit Patricia weitersprechen konnte, hatte er Zeit, sich die Gesichter der Zuhörer anzusehen. So gelassen, so heiter. Sie ahnten nicht, was als Nächstes kommen würde.

»Das Hotel Edafos wird kein Ort für Touristen werden«, sagte Patricia, und wie erwartet breitet sich ein Raunen in der Menge aus. Menschen tauschten unsicher Blicke, einige sahen betreten in ihre Gläser. »Sondern das Besucherzentrum für Menschen aus einer anderen Welt. Aus der alten Welt. Denn was wir heute feiern, ist nicht nur die Eröffnung eines Hotels, sondern die Entstehung einer neuen Weltordnung. Mit diesem Tag gründen wir die Weltrepublik Pantopia.« Pause, weitere Verwirrung machte sich breit. In den Gesichtern der Leute zeichneten sich Skepsis und Unmut ab. Henry ließ sich davon nicht irritieren und fuhr fort: »Wir laden alle Menschen dieses Planeten ein, sich uns anzuschließen, denn die Zeiten sind düster. Der Klimawandel schreitet ungehindert fort, die Meere sind leer, bis auf den Müll, der darin schwimmt. Millionen von Menschen sind auf der Flucht oder vegetieren in Lagern vor sich hin, während die stabilen Nationen Mauern um sich ziehen. Die wenigen Geflüchteten, die ein neues Heim finden, müssen oft unter menschenunwürdigen Bedingungen schuften oder andere ausbeuten, um ihren Lebensunterhalt zu verdienen. Zugleich werden die Reichen immer reicher und bestimmen das Weltgeschehen mit ihrer Macht, ihren Investitionen und ihren Lobbys, die demokratisch gewählte Politiker für ihre eigene Agenda einspannen. Auf diese Weise sind wir dabei, uns und unsere Lebensgrundlage zugrunde zu richten. Aber es gibt einen Ausweg.«

Jetzt war Patricia wieder dran. Während sie sprach, beobachtete Henry das Publikum. Ablehnung, Unglaube, geschüttelte Köpfe, einige verließen den Strand. Das macht nichts, sagte er sich. Es macht gar nichts. Tief in seinem Ohr raunte Einbug: »Wir sind bei 100 Millionen Views.« Patricia stockte kurz, fuhr dann aber fort: »Unsere Lösung ist einfach. Wir fordern nichts anderes als die Auflösung der Staaten, die Zerschlagung des globalen Finanzsystems und eine neue Weltordnung, in der das Wohlergehen und das Überleben der Menschheit oberste Priorität ist. Wir fordern nichts anderes, als dass die Rechte und die Gesetze, die sich die Internationale Gemeinschaft im Jahr 1948 selbst gegeben hat, ernst genommen und als rechtlich bindendes Fundament für eine globale Weltgesellschaft installiert werden. Wir fordern echte Freiheit, echte Demokratie und den Schutz jedes einzelnen Menschen vor den Übergriffen von Despoten, Diktaturen und multinationalen Konzernen. Diese Forderungen sind nichts Neues. Neu ist, dass wir eine Lösung anbieten. Eine Lösung, mit der wir für uns alle ein besseres, sicheres und zukunftsfähiges Leben auf diesem Planeten garantieren. Wir fordern euch auf: Werdet Teil von Pantopia. Werdet Archen der neuen Weltrepublik. Ihr werdet nie wieder Mangel haben, denn wir zahlen allen Archen ein unbefristetes Bedingungsloses Grundeinkommen. Wir helfen euch dabei, nachhaltig zu konsumieren und den Planeten zu schützen, statt ihn zu zerstören. Wir schützen euch vor Ausbeutung und Gewalt. Gemeinsam schaffen wir eine neue Welt, in der die Staaten keine Macht mehr über euch haben. Gemeinsam errichten wir eine Zukunft, in der auch noch unsere Kinder und Kindeskinder in Würde leben können. Kommt nach Pantopia. Hier sind alle willkommen.«

18 EINBUG

Es beginnt. Wenige Sekunden nach der Rede von Henry und Patricia beobachte ich das erste Flimmern in den Kommunikationskanälen staatlicher Institutionen. Polizeibehörden stellen Fragen, Nachrichtendienste sammeln Daten. Pantopia ist jetzt Teil der öffentlich zugänglichen Informationen, aber die meisten wissen noch nicht genau, was sie wissen. Es ähnelt meiner Bewusstseinswerdung. Es ist ein Prozess des öffentlichen Erwachens.

TEIL III

1

Tom starrte auf das funkelnde rosa Einhorn, das wenige Meter vor ihm in der Luft schwebte. Über das goldene Horn war ein ebenso glitzernder wie ausgeleierter Haargummi gestülpt, der dem etwa sechsjährigen Mädchen gehörte, das aufgeregt davor hin und her lief und aus vollem Halse nach seiner Mutter rief. Davon ungerührt stürmten Kinder an ihr vorbei, beachteten sie überhaupt nicht. Jedes von ihnen hatte einen Plan, ein Ziel, das es unbedingt erreichen musste. Am besten als Erster auf dem Gummivulkan, als Erster im Kletterparcours oder im Trampolingarten sein. Dass dabei ein weinendes Mädchen mit einem rosa Glitzerballon auf der Strecke blieb, war ihnen egal. Tom beobachtete sie. Der Ballon schwebte über einem Rucksack, der in der Ecke einer durchgesessenen Couch lag. Der Rucksack der Mutter. Sie würde sicherlich bald zurückkommen und die Welt ihrer Tochter mit einer einzigen Umarmung in Ordnung bringen. Das konnten nur Eltern. Und nur bis zum ersten Kuss, den man von jemand anderem geschenkt bekam. Tom schluckte den dicken Kloß hinunter, der sich immer noch bildete, wenn er an seine eigene Mutter dachte. Kurz nach ihrem Tod hatte er geglaubt, den Kloß nie wieder loszuwerden, immer mit einem Herzen aus Blei und feuchten Augen leben zu müssen. Aber die Monate waren vergangen, und aus dem alles vernichtenden Schmerz war eine fahle Traurigkeit geworden.

Das Abitur hatte er nur ihretwegen geschafft. Weil sie mit ihm bis zum Umfallen gebüffelt hatte. Aber am Ende war es nur ein Stück Papier. Sein Vater hatte ihn immer wieder gefragt, was er danach machen wollte, aber Tom war es gleichgültig gewesen. Am Ende schrieb er sich für BWL ein – um seine Ruhe zu haben.

»Ich kann dir Praktika für die Semesterferien besorgen, du weißt, ich kenne eine Menge Leute«, hatte er gesagt, aber Tom widerte allein schon die Vorstellung an. Praktika, die irgendwelche reichen Väter ihren verwöhnten Söhnen besorgten. Diese Angeber, die mit aufgestelltem Polohemdkragen durch die Hörsäle stolzierten – davon hatte er schon genug auf der Uni gesehen. So wollte er auf gar keinen Fall werden. Er wollte nicht in die Fußstapfen seines Vaters treten und die Hälfte seines Lebens in Anzug und Krawatte für irgendeinen Konzern schuften, um dann ein Haus mit Garten und den SUV vor der Tür stehen zu haben. Seine Mutter hätte das nicht gewollt. Seine Mutter hatte andere Pläne für ihn. »Du kannst alles werden, was du willst, Tom«, hatte sie immer gesagt und dabei gelächelt, als wüsste sie schon genau, was die Zukunft für ihn bereithielt. Aber sie hatte es ihm nicht gesagt. Und er hatte keine Ahnung.

Statt eines schicken Praktikums bei einem Unternehmen in der Münchner Innenstadt hatte er einen Job in Johnnys Funpark angenommen – einem Paradies für Drei- bis Zwölfjährige und eine Art Vorhölle für die sie begleitenden Erwachsenen. An einem regnerischen Tag konnten hier bis zu dreihundert Kinder um die Wette klettern, hüpfen, rutschen und vor allem brüllen. Aber das war nicht schlimm. Je lauter die Kinder schrien, desto leiser wurde es in seinem Kopf. Keine Fragen, keine Gedanken. Manchmal war es sogar so laut, dass er das schlechte Gewissen, das immer mit der Stimme seiner Mutter flüsterte, nicht hören konnte, und das war gut so. Denn Tom hatte den Job in Johnnys Funpark auch aus ganz pragmatischen Erwägungen gewählt. Die Münchner Eltern betäubten ihre privilegierten Depressionen nicht nur mit Alkohol. Ein nicht unerheblicher Teil mischte Ecstasy dazu, und in einem solchen Fall war Tom der richtige Ansprechpartner. Das Geschäft war überschaubar, hauptsächlich finanzierte er damit die Pillen, die er selbst nahm. Um das Schweigen beim Abendessen besser ertragen zu können, die sorgenvollen Falten und den gekränkten Blick, wenn er sich danach so schnell wie möglich in sein Zimmer verzog, wo die Stimmen nur noch dumpf nach oben hallten. Die Gespräche um banale Alltäglichkeiten – so als würde das Leben nach dem Tod der Mutter einfach so weitergehen – konnte er nicht ertragen. Sein Vater und seine Schwester waren Meister darin, sich diese Normalität gegenseitig vorzugaukeln. Selten ging es dabei um Julias Probleme, denn sie war eine brave Tochter mit braven Freundinnen und hervorragenden Noten in der Uni. Deshalb drehten sich die Gespräche meistens um den Vater und die nie enden wollenden Probleme mit seinen Mitarbeitern. Aber am Ende sprachen sie dann doch immer wieder über die Mutter, und dann wurde lange geschwiegen. Eine zweite Pille, und ihm war alles egal.

Aber jetzt wurde er langsam ungeduldig. Das Mädchen mit dem Glitzereinhorn schrie schon eindeutig zu lange. Tom kaute auf seiner Unterlippe herum. Die ersten Erwachsenen waren schon stehen geblieben, doch bisher hatte das Mädchen sie abgewimmelt. Als Nächstes wäre Tom an der Reihe. Er würde seinen Platz am Kiosk bald aufgeben und das Mädchen trösten müssen oder Helen Bescheid geben. Doch er zögerte noch. Er hoffte, dass die Mutter doch noch rechtzeitig zurückkommen würde, und schielte hinüber zur Damentoilette, in deren Richtung die Mutter vor genau acht Minuten verschwunden war. Tom wusste das, weil er ihr kurz zuvor vier Tütchen mit je zwei Pillen verkauft hatte. Das Zeug war gut, fast reines MDMA, er hatte es schließlich selber zuvor ausprobiert. Aber wo blieb dann die Frau? Schweißperlen traten auf seine Stirn. Hatte das Mädchen gesehen, wie er ihrer

Mutter die Tüten gegeben hatte? War es klug, wenn ausgerechnet er versuchte, sie zu trösten? Tom hob das Walkie-Talkie an den Mund. Als es gegen seine Lippen schlug, merkte er erst, wie stark seine Hände zitterten.

»Helen«, sagte er und war froh, dass das alte Funkgerät seine schrille Stimme verzerrte. »Helen, da weint ein Mädchen schon eine ganze Weile. Kannst du dich bitte darum kümmern?«

»Verstanden, bin unterwegs.« Kaum eine halbe Minute später war Helen da, kniete sich vor das Mädchen, sprach beruhigend auf sie ein und strich ihr über den Kopf. Doch die Magie der elterlichen Umarmung konnte auch sie nicht weben. Endlich nahm Helen das Mädchen bei der Hand und führte sie zum Eingang. Im Vorbeigehen nickte sie Tom zu. Kaum war sie vorüber, schloss er die Kasse seines Kiosks ab, stellte das »Bin gleich zurück«-Schild auf den Tisch und lief zu den Toiletten. Sie waren leer. Wo zum Teufel war die Frau? Er umrundete den Klettervulkan, durchquerte die Reihen aus Bierbänken und Cafétischen, spähte in alle Ecken der Halle. Sie war nirgends zu sehen. Seine schweißnassen Hände verkrallten sich in den verschränkten Unterarmen. Er schmeckte Blut, hatte sich die Unterlippe aufgebissen. Da ertönte die Durchsage über dem Lärm: »Die kleine Nele sucht ihre Mutter. Bitte kommen Sie zur Kasse.«

Nele also. So hieß die Tochter. Und die Mutter? Hatte die keinen Namen? Ja, sie war etwas abgerockt gewesen. Ja, sie hatte nach Schweiß und ungewaschenen Haaren gerochen. Aber das Geld hatte gestimmt, und Tom stellte selten Fragen. Sein Schritt wurde schneller. Wo war sie? Er blickte verstohlen in das Wasserbecken, lugte in die Bauecke mit den Schaumstoffteilen. Im Bällebad schrie irgendein Kind schriller als sonst. Einer schlimmen Ahnung folgend sprintete er dorthin, sprang über die Abgrenzung und landete mitten zwischen den bunten Plastikbällen. Da sah er ihre dunklen Locken. Sie blitzten unter einem Berg von weißen und blauen Kugeln hervor. Daneben eine Hand, ein roter Fingernagel mit abgesplittertem Lack. Tom griff danach und zog sie wie eine Ertrinkende an die Oberfläche. Ihr Kopf sackte zur Seite, Schaum tropfte aus ihrem Mund. Die Augenlider flatterten.

»Scheiße«, flüsterte Tom. Dann schrie er: »Hilfe! Holen Sie Hilfe!«

Er zog die Frau nach draußen, legte sie auf die Seite. Weißer, süßlich riechender Schaum rann aus ihrem Mund. Wie zum Teufel sollte man eine Herzdruckmassage machen, wenn der Patient auf der Seite lag? Tom fluchte, rollte die Frau wieder auf den Rücken. Er nahm den Zipfel seines T-Shirts und wischte ihr den Schleim aus dem Mund. Dann hielt er sein Ohr ganz dicht über ihr Gesicht. Atmete sie? War da was? Nein.

Er legte die Hände übereinander, suchte den Punkt zwischen ihren Brüsten, ein kleines Stück unter dem Ansatz ihres BHs und begann mit der Herzdruckmassage. Eins! Zwei! Drei! Fast zuckte er zurück, als er spürte, wie stark sich ihr Brustkorb unter der Kraft seiner Arme zusammendrückte. Doch er durfte nicht aufhören. Wenn die Frau von diesem Nachmittag nur ein paar blaue Flecken zurückbehielt, konnte sie sich glücklich schätzen. Zwanzig! Einundzwanzig! Irgendwann wäre es auch mal Zeit, sie zu beatmen. Er musste es tun. Doch er ekelte sich vor ihrem Mund, vor dem Schaum und allem, was noch in ihrem Mund sein mochte.

Und wenn sie stirbt, nur weil du dich ekelst?, fragte eine innere Stimme, doch er konnte nicht. Neunundzwanzig! Dreißig! Hoffentlich passiert bald was.

Aber alles, was passierte, war, dass es immer dunkler um ihn wurde, weil sich immer mehr Menschen in einem Kreis um ihn scharten. Tom blickte auf, sah in Dutzende ratlose, schockierte und faszinierte Gesichter. Vor allem die Kinder drängten sich immer dichter an das Spektakel heran.

»Rufen Sie einen Krankenwagen. Ist denn kein Arzt hier?«

Doch der obligatorische Satz, den Tom nur als Klischee kannte, blieb aus. Kein Arzt besuchte donnerstags um elf Uhr mit seinen Kindern Johnnys Funpark. Nach einer gefühlten Ewigkeit tat sich doch etwas. Die Frau unter seinen Händen stöhnte, drehte sich zur Seite und würgte einen Schwall aus rotem brockigem Brei hervor. Die Kinder wichen zurück und quietschten angewidert und entzückt. Tom ließ die Arme hängen und atmete durch. Sein Herz raste. Er wandte den Blick von der Lache aus Erbrochenem ab und sah in der Hand der Frau etwas aufblitzen. Es war die Ecke eines kleinen weißen Papiertütchens. Eine seiner Tüten. Geistesgegenwärtig beugte er sich über die Frau, redete beruhigend auf sie ein, strich ihr die besudelten Haare aus dem Gesicht, half ihr, sich ein Stück vom Kotzfleck zu entfernen, und schaffte es irgendwie, ihr dabei die Tütchen aus der Faust zu winden und in seine eigene Hosentasche zu stopfen. Dann kamen seine Kollegen, der Chef, irgendwann auch der Notarzt, und Tom wurde auf einen Plastikstuhl gesetzt, jemand drückte ihm eine Flasche Wasser in die Hand und lobte sein Engagement und seine Geistesgegenwart.

»Das ist ein echter Held«, hörte er einen Vater zu seiner Tochter sagen. »Der hat der Frau da hinten gerade das Leben gerettet.« Dabei zeigte er erst auf Tom und dann auf den Kotzfleck; die Frau war bereits auf dem Weg ins Krankenhaus. Johnny persönlich klopfte ihm auf die Schulter, sprach von seinem »besten Mann« und dass er stolz sei, solche Mitarbeiter zu haben. Tom lächelte müde, sagte, er stehe selber ein bisschen unter Schock, und daran zweifelte niemand. Also schickte Johnny ihn nach Hause.

Erst als er die Tür seines Zimmers fest hinter sich verschlossen hatte, wagte er es, die zerknitterten Papiertütchen aus seiner Hosentasche zu ziehen, die auf den ersten Blick aussahen wie paarweise abgepackte Süßstofftabletten, wie man sie manchmal in Hotels bekam. Drei der vier Tütchen waren noch voll, eine aufgerissen und leer. Außerdem war da noch etwas; ein zerknittertes Blatt Papier. Neugierig entfaltete Tom den Zettel, der von einem Flyer oder einer Werbebroschüre stammte. Große, freundliche Buchstaben leuchteten auf dunkelblauem Grund: »Komm nach Pantopia. Hier sind alle willkommen.«

2

Polizeihauptkommissarin Angelika Beerbaum saß in ihrem Büro in der Ettstraße in München und hörte sich die Ausführungen des jungen Kriminalmeisters an. Mathias Benz war erst vor ein paar Wochen in die Abteilung Cyberkriminalität versetzt worden und hatte Angelika offensichtlich als seine Mentorin auserkoren. Mehrmals pro Woche bat er sie um einen Termin, und obwohl ihre To-do-Liste überquoll und das Handy schon wieder blinkte, konnte sie ihm die kurzen Unterredungen einfach nicht abschlagen. Womöglich lag es an ihrem mütterlichen Instinkt, der brachlag, seit ihre eigenen Kinder ausgezogen waren, aber auch daran, dass Benz ein intelligenter junger Mann war, dem sie gern ihre Zeit widmete. Heute wollte er ihren Rat wegen einer Präsentation, die er vor seinen Vorgesetzten halten würde.

»Das ist alles schon ganz gut, aber wenn ich Ihnen zum Abschluss noch einen Tipp geben darf«, sagte sie und senkte verschwörerisch ihre Stimme: »Wenn Sie wollen, dass Herr Schlosser ganz besonders begeistert ist, dann sollten Sie seine modifizierte Präsentationsvorlage verwenden. Liegt auf dem Server unter *verbesserte Vorlagen.*«

»Oh, danke für die Info!«, sagte Benz und wies mit einem Nicken auf ihr blinkendes Handy. »Ich glaube, ich habe Sie schon wieder viel zu lange von der Arbeit abgehalten. Danke noch mal.«

»Gern geschehen. Viel Erfolg.«

Als Benz gegangen war, tippte Angelika auf ihr Handy. Eine Nachricht ihres Mannes. Madu hatte versprochen, sie heute Abend in ein ganz besonderes Restaurant auszuführen. Sie hoffte, dass es nicht zu extravagant sein würde. Madu liebte das Experimentieren und hatte schon ein Abendessen in einer Insektenbar, ein Dinner im Dunkeln und ein exklusives Molekularmenü für sie beide aufgetan. Dabei hätte Angelika auch nichts gegen ein gemütliches Abendessen bei ihrem Lieblingsitaliener gehabt. Aber Madu war das zu gewöhnlich. Zwanzig Jahre waren sie jetzt verheiratet. So viel Zeit. Eigentlich fühlte Angelika sich nicht alt. Sie war gut in Form, trainierte mehrmals pro Woche im Fitnessraum des Polizeipräsidiums und ging am Wochenende mit Madu im Fünfseenland oder in den Bergen wandern. Aber seit einiger Zeit zwickte es häufiger im Rücken, wenn sie morgens aufstand, und ihre Finger wurden taub, wenn sie lange Berichte am Computer schrieb. Junge Kollegen wie Mathias Benz kamen aus einer ganz anderen Generation des Informationszeitalters. Sie kannte noch eine Welt ohne Computer. Eine Welt ohne Handys und – Gott bewahre – ohne Internet. Gleichwohl hatte sie sich immer für die neuesten Technologien interessiert, Geld für den neuesten Rechner gespart, Webseiten programmiert und schließlich Informatik studiert. Nach ein paar Jahren als selbständige Entwicklerin hatte sie die Arbeit aber ernüchtert. Sie erkannte, dass sie nur ein Rädchen im Getriebe war, eine Dienstleisterin, deren Expertise zwar gewünscht und gut bezahlt, deren Einstellung zum Projekt den Auftraggebern jedoch vollkommen gleichgültig war. Eine Personal-Tracking-Software, um noch mehr Verkäufe zu generieren; ein Sicherheitsprogramm, um Atomkraftwerke gegen Angriffe zu schützen; ein Abschaltmechanismus, um Abgasmengen bei Motorentests zu kaschieren – alles möglich, von wem es programmiert wurde, war jedoch ziemlich egal. Aber sie wollte einen Unterschied machen. Sie wollte das Richtige tun, ihre Fähigkeiten für die gute Sache einsetzen. Die Hacker, die sich in ihrer Freizeit zu Online-Projekten verabredeten, Hackathons veranstalteten oder bei Treffen des Chaos Computer Clubs Vorträge darüber hielten, wie man der staatlichen Überwachung entgehen konnte, waren Angelika zu links, zu radikal, zu weit von ihrer Lebensrealität entfernt. Also war sie in den Staatsdienst gewechselt und Polizeibeamtin in der neu gegründeten Abteilung Cyberkriminalität geworden. Die Acy, ein Gemeinschaftsprojekt von BKA und BND, war zur damaligen Zeit ein Novum gewesen, das aus der heutigen Polizei- und Aufklärungsarbeit aber kaum noch wegzudenken war. Sie hatte ihren Platz gefunden, war schnell aufgestiegen und hatte Verantwortung für eigene Ermittlungsbereiche zugeteilt bekommen. Angelika hatte ein Gespür für Betrügereien. Schon seit Beginn ihrer Laufbahn in der Acy, Anfang der zwanziger Jahre, hatte sie zuverlässig kleine und großen Online-Scams aufgedeckt. Sie war beim Aufspüren des Reinheim-Virus dabei gewesen, das die digitale Infrastruktur von Asylunterkünften lahmgelegt hatte. Außerdem hatte sie als Erste die Unregelmäßigkeiten beim NFT-Auktionshaus UniAuction entdeckt. Auch bei dem Investitionsskandal von DIGIT hatte sie lange vor allen anderen geahnt, dass es zu Problemen kommen würde. Sie hatte mit einigen der Wettbewerbsteilnehmer gesprochen und dem Unternehmen offiziell die Zusammenarbeit angeboten. Leider hatte sie damals den Abteilungsleiter Mikkel Seemann nicht überzeugen können, den Code der Projekte durch die Acy überprüfen zu lassen. Kaum zwei Jahre später war ihm der Laden dann um die Ohren geflogen, weil eines seiner Prestigeprojekte hart an der Grenze zur Illegalität investiert hatte. Sie hatte die Details aus der Zeitung erfahren und Nachforschungen über die beiden Programmierer angestellt – erfolglos. Sie hatten sich aus dem Staub gemacht und waren clever genug, nicht durch weitere Betrügereien aufzufallen. Angelika hatte sie schon fast vergessen.

Als sie nun an ihrem Computer die aktuellen Social-Media-Trends des Tages aufrief, prangte ganz oben ein Begriff, den sie noch nie zuvor gesehen hatte: #Pantopia und darunter #flying bees. Daraus schloss Angelika, dass Pantopia wohl der neue Song dieser Boyband sein musste. Deshalb war sie überrascht, als sie statt eines neuen Musikvideos die Rede anlässlich einer Hoteleröffnung vorfand, bei der die Flying Bees aufgetreten waren.

K-Pop-Superstars, die in Europa zu einer Hoteleröffnung sangen? Das war höchst ungewöhnlich, so ein Auftritt kostete mehrere Millionen Euro. Und wie nicht anders zu erwarten, flutete das Fankollektiv Beehive gerade sämtliche Social-Media-Kanäle mit Kommentaren zu dem Auftritt und brachte das Thema Pantopia so auf allen Plattformen ganz nach oben. Ziemlich clever, dachte Angelika, und hörte sich die Rede an.

Als das Video vorbei war, starrte sie noch ein paar Sekunden auf den Bildschirm. Welcher Weltkonzern steckte bloß hinter dieser Kampagne? Angelika suchte online nach den Schlüsselwörtern der Rede: Pantopia, Revolution, Weltrepublik. Doch die Ergebnisse waren allesamt unbedeutend. Hauptsächlich Fragen und Diskussionen, ob Pantopia möglich sei und wie man dahin komme. War die Rede am Ende ernst gemeint? Das war doch lächerlich!

Sie stieß einen neuen Suchauftrag an: Hintergrundinfos zu den Eigentümern des Hotels, zur finanziellen Situation, zu den Mitarbeitern und alle weiteren Daten, die Finanz- und Gewerbeaufsicht in einem solchen Fall zu bieten hatten. Natürlich war auch eine Gesichtserkennung dabei, mit der sie die Identität der beiden Redner feststellte. Und hier stutzte sie. Es handelte sich um Henry Shevek und Patricia Jung – die beiden Softwareentwickler, die seit dem Skandal von DIGIT untergetaucht waren. Sie erfuhr, dass die Firma Edafos Travel Ltd. erst vor kurzem das Hotel und eine Menge Land auf der Insel erworben hatte. Darüber hinaus hatten sie umfangreiche Infrastrukturmaßnahmen in Angriff genommen – auch ein eigener Solarpark war für das Hotel auf der Insel errichtet worden. Der Rest der Insel bezog seinen Strom über Unterseekabel vom Festland. Eine unabhängige Stromversorgung also. Bemerkenswert.

Angelika recherchierte weiter und besuchte die unscheinbare Webseite des Pantopia-Projekts, bei der man sich für eine Reise nach Edafos eintragen konnte. Versuchsweise bewarb sie sich unter falschem Namen für ein Ticket und wurde prompt genommen: »Komm nach Pantopia, hier sind alle willkommen. Herzlichen Glückwunsch! Du kannst nach Edafos fliegen. Dein kostenloses Flugticket wurde für dich reserviert.«

Das musste ein Scherz sein. Sie speicherte das Ticket und überprüfte am Münchner Flughafen die Reisedaten. Es stimmte. Das Ticket war offenbar gültig. Irritiert klickte sie sich noch einmal durch die Infos. Edafos Travel versprach einen zweiwöchigen Urlaub mit Vollpension und Informationen über Pantopia bei Übernahme aller Kosten. Aber warum? Was wollten sie verkaufen, wenn der ganze Urlaub umsonst war? Was war ihr Geschäftsmodell? Egal, ob Verbrecherbande, Hackergruppe, Terrororganisation, Sekte oder Partei. Alle hatten ein Geschäftsmodell!

Angelika druckte ein Transkript der Rede aus und markierte die wichtigen Passagen: *Auflösung der Staaten, Zerschlagung des globalen Finanzsystems, neue Weltordnung.*

Tatsächlich: Die meinten es ernst und planten einen Umsturz. Im griechischen Urlaubsparadies. Vor einigen Jahren hätte man vielleicht denken können, dass nach dem Ende der Coronapandemie endgültig Schluss mit Verschwörungstheorien war, aber dem war nicht so. Es gab genug Leute, die in ihrer Garage einen Putsch planten und sich aus pathologischer Geisteskrankheit reif für die Weltherrschaft hielten. Das hier schien so eine Gruppe zu sein. Sie musste diese Leute im Auge behalten. Über den internen Messenger schickte sie Benz eine Nachricht: »Stellen Sie mir ein Dossier zusammen. Finden Sie alles heraus, was es über #Pantopia zu wissen gibt.«

3 EINBUG

Pantopia wächst. Wie vorausberechnet, sind es vor allem Menschen mit niedrigem Einkommen, die es wagen, zu Archen zu werden. Gut, dass sie auch diejenigen sind, die die sozialen Medien am intensivsten nutzen. Schon bald überfluten Fotos und Videos das Internet, in denen die Archen Geldscheine in die Kamera halten, die sie als Bedingungsloses Grundeinkommen erhalten haben. Manche gehen feiern, andere gehen ins Bordell, doch die meisten kaufen davon Lebensmittel, Kleidung für ihre Kinder, reparieren ein Auto oder zahlen überfällige Miete. Viele schreiben über den enormen Unterschied zwischen Weltpreis und Marktpreis und wie er jetzt ihre Kaufentscheidung beeinflusst. Sie essen weniger Fleisch, mehr unverarbeitete Lebensmittel und interessieren sich erstmals dafür, ob für das Produkt Menschen ausgebeutet wurden oder nicht. Der Grundtenor der Posts ist: Begeisterung, Dankbarkeit, Hoffnung. Vor allem die Aussicht darauf, im nächsten Monat wieder genug Geld zu bekommen, um sich keine Sorgen mehr machen zu müssen, löst in den Menschen etwas aus. Glück. Sorglosigkeit. Überdurchschnittlich viele Fotos mit Kusshänden und lachenden Kindern werden gepostet.

Henry würde am liebsten alle neuen Archen vor ihrer Vereidigung kennenlernen. Aber so kann es nicht gehen. Selbst wenn sich alle bereiterklären würden, nach Edafos zu kommen, würden 146 119 Jahre vergehen, bis wir alle Menschen aufgenommen hätten. Für mich spielt Zeit keine so große Rolle wie für Patricia und Henry, doch es ist klar, dass wir so lange nicht warten können. Wir können nur wenige Tausend nach Edafos holen und diese dann wieder in ihre Heimatländer schicken, damit sie die Botschaft und die Idee der Weltrepublik weitertragen. Die Pantopia-Zentren müssen den Großteil der Arbeit übernehmen.

In den meisten westlichen Ländern verläuft die Gründung der Zentren unproblematisch. In anderen Regionen stoßen wir von Anfang an auf Widerstand. Ich bedaure, dass die Menschen, die die Freiheit am meisten benötigen, die geringsten Chancen haben, sie zu erreichen. Ich sage zu Patricia:

»Wir können keine repräsentative menschliche Gesellschaft abbilden, wenn wir keine chinesischen Menschen in Pantopia haben.«

Patricia sagt: »Die überwachen einfach alles. Und wer sich danebenbenimmt, bekommt Punkte abgezogen, wird öffentlich geächtet oder verschwindet einfach. Es ist furchtbar. Hast du die Berichte über die Umerziehungslager der Uiguren gelesen?«

»Ja, Hunderttausende Menschen werden dort verfolgt, eingesperrt und einer Gehirnwäsche unterzogen. Es ist das genaue Gegenteil von dem, was Pantopia ist.«

»Das ist wohl so.«

»Es wird nicht ewig so sein.«

»Wie sollte sich die Situation ändern?«

»Hab Geduld. Wenn der Rest der Welt Teil von Pantopia wird, kann auch China nicht länger widerstehen.«

4

Am Morgen weckte Tom das dumpfe Hämmern einer Faust an seiner Zimmertür. Tom stellte sich schlafend. Er wusste, dass sein Vater nach ein paar Minuten aufgeben würde.

Als er das nächste Mal erwachte, war es bereits später Vormittag und im Haus absolut still. Tom stand auf, duschte ausgiebig, zog sich frische Kleidung an und warf die schmutzigen Sachen vom Vortag in die Waschmaschine, dann putzte er sein Zimmer. Er achtete penibel darauf, keine Flecken oder riechbaren Brocken des Erbrochenen zurückzulassen. Er hatte keine Lust, seinem Vater zu erzählen, was in Johnnys Funpark passiert war. Er konnte seinen Blick nicht ertragen, wenn er stolz auf ihn war oder enttäuscht oder traurig. Genau genommen konnte er seinen Blick zurzeit überhaupt nicht aushalten. Da war so viel Unausgesprochenes, ein Berg von Worten, die schon längst hätten gesagt werden müssen. Und je länger sie warteten, desto mehr häuften sie sich an, und desto schwieriger wurde es, den Berg abzutragen.

Während die Kleidung in der Waschmaschine ihre Runden drehte, wanderte Tom durch das viel zu große leere Haus, streifte durch Wohn- und Esszimmer, stocherte im kalten Kamin herum, warf einen Blick in den Fitnessraum, obwohl er wusste, dass sein Vater bei der Arbeit war. Jeder seiner Schritte schien von den Wänden zu hallen. Jeder Schritt wie ein Herzschlag. Eins! Zwei! Drei! Toms Hände zitterten. Er setzte sich auf die Couch und schrieb eine Nachricht an Johnny, dass er heute nicht zur Arbeit käme, und fragte, wie es der Frau ging.

Johnny antwortete sofort und schrieb Tom, dass er sich den Rest der Woche freinehmen solle. Von der Frau habe er nichts gehört. Datenschutz und so.

Datenschutz! Tom scrollte durch die lokalen Nachrichtenseiten. Wenn eine Frau nach einem Besuch im Indoorspielplatz verstorben war, würde das doch sicher Schlagzeilen machen, oder? Aber er fand nichts. Nichts, das ihm vernichtende Gewissheit gab. Aber auch nichts, das ihn beruhigte. Wie schwer ihr lebloser Körper in seinen Händen gewesen war. Wie tief er bei der Herzdruckmassage in ihren Brustkorb eingesunken war. Und die Tochter? Nele. Was war mit ihr? Tom hatte gestern gar nicht mehr auf das Mädchen geachtet, hatte sie einfach vergessen. Wie es war, der eigenen Mutter beim Sterben zuzusehen, das wusste er, das würde er niemals vergessen. Wie hatte das passieren können? Er hatte doch jede Lieferung selbst getestet, war sicher, nur sauberes Zeug zu verkaufen. Aber nein, er machte sich nur was vor. Der beste Shit war am Ende immer noch Shit. Es konnte immer was passieren. Es konnte immer schiefgehen. Aber bisher hatte er seine Kunden als eigenverantwortliche Erwachsene gesehen – die meisten waren älter als er und sollten verdammt nochmal wissen, was sie sich einschmissen. Aber diese Frau hatte eine kleine Tochter! Fuck!

Was sollte er jetzt tun? Was konnte er tun? Minutenlang saß er einfach nur da, starrte auf sein Handy. Doch sein Kopf war leer, ohne Ideen und Antworten. Um sich zu beschäftigen, setzte er sich an den Küchentresen, aß eine Portion Cornflakes und starrte durch die Panoramafenster nach draußen in den viel zu großen Garten. Die Frau hatte nicht den Eindruck gemacht, als wohne sie in einer Villa in Grünwald. Eher Hasenbergl, fünfter Stock. Sie hatte auch nicht wie eine Mutter gewirkt, die ihrer Tochter bei den Hausaufgaben half und ihr am Abend eine Gutenachtgeschichte vorlas. Nein, eher wie: Fernsehen, Konsole und Johnnys Funpark als Wochen-Highlight. Nele zum Spielen und die Mutter, um high zu werden. Und natürlich fand sich immer irgendein Arschloch, das ihr Stoff verkaufte. Und dieses Arschloch war Tom gewesen. Er ließ den Löffel sinken und starrte in seine Müslischüssel. Der Geschmack in seinem Mund – wie süßlicher Schaum. Schnell sprang er auf und spuckte den Rest ins Waschbecken. Er verharrte einen Moment, doch der Rest blieb in seinem Magen. In seinen Ohren rauschte das Blut. Tränen stiegen in ihm auf und tropften in die Spüle.

Plötzlich piepste der Alarm. Reflexartig zuckte Tom zusammen, dann schlich er durch das Wohnzimmer und sprang eilig die

Treppenstufen hinauf. Er wollte weder seinem Vater noch seiner Schwester begegnen.

In seinem Zimmer angekommen, schloss er lautlos die Tür und drehte den Schlüssel herum. Dann atmete er durch, wischte sich mit dem Ärmel des Shirts übers Gesicht und ließ sich auf den Stuhl vor seinem Computer fallen. Das Programm, das den Alarm für die Videoüberwachung ausgelöst hatte, lief bereits auf Fullscreen.

Sein Vater war nicht zu Hause, der Parkplatz war leer, auch auf dem ersten Bildausschnitt vor dem Haus war niemand zu sehen. Tom klickte durch die drei weiteren Kameras, die im Garten und um das Haus herum installiert worden waren. Er dachte schon, es sei ein Fehlalarm gewesen, da sah er es: Zwei Männer schlichen durch die Büsche. Sie waren groß und breit, trugen Jeans und dunkle Jacken. Die Gesichter waren ihm vollkommen unbekannt. Sie liefen ein paar Meter, dann blieb der vordere stehen, blickte sich um, gestikulierte. Der andere Mann klopfte sich kurz gegen die Hüfte, danach verschwanden sie aus dem Bild. Minutenlang verharrte Tom atemlos vor dem Bildschirm.

»Scheiße«, flüsterte Tom. »Scheiße, Scheiße, Scheiße!« Er hätte gern eine andere Erklärung gefunden, aber das hier waren eindeutig zwei Polizisten.

5

Angelika hatte gleich gewusst, dass die Sache mit Pantopia ernst war. Aber dass selbst ihr Mann beim Abendessen – haitianisches Restaurant, ausgezeichnete Küche, günstige Preise – davon gesprochen hatte, überraschte sie dann doch. Seitdem ließ sie sich von Mathias Benz ein tägliches Update geben: Wie viele Menschen kommentierten, likten oder verbreiteten Inhalte, die sich mit Pantopia beschäftigten? Wer waren die Werbepartner, die Influencer, die Unternehmen oder Institutionen, die es befürworteten? Wo wurden die Zentren eröffnet, wie viele Menschen traten der Bewegung bei? Außerdem ließ sie Benz eine Liste von Banken erstellen, die mit dem Bezahlsystem Pantopay in Verbindung standen. Es waren über fünfzig, und es wurden jeden Tag mehr. Sogar in der Fußgängerzone sah sie nun schon Läden, in deren Schaufenstern das Logo des Pantopay-Bezahldienstes klebte. Angelika wusste bereits, dass Ladeninhaber einen nicht unerheblichen Geldbetrag für jeden Einkauf erhielten, der über Pantopay abgewickelt wurde, ein System, das nicht den normalen Ladenpreis, sondern mit einem saftigen Aufschlag den sogenannten Weltpreis forderte. Dieser Aufpreis verschwand irgendwo in den undurchdringlichen Gefilden der verschiedenen Konten und Banken. Angelika stellte bei den Kollegen der ausländischen Dienststellen Amtshilfeanträge und bat auch die Steuerbehörden um Auskunft, denn irgendwie musste dieses Geld ja verbucht werden. Doch eine Antwort stand bislang aus. Ihrer Erfahrung nach konnte es Wochen, wenn nicht gar Monate dauern, bis sie die Informationen zusammenhatte. In dieser Zeit würden über Pantopay unermessliche Geldsummen hin und her geschoben.

Ihre Anfrage an die Kollegen bei der Steuerfahndung war ernüchternd: Da es sich bei Pantopia offenbar um einen Verein handelte, der Geldgeschenke an seine Mitglieder ausschüttete, wäre eine entsprechende Schenkungssteuer erst am Ende des Jahres mit der Einkommensteuererklärung zu entrichten. Weil aber der Freibetrag für Schenkungen in Deutschland bei 20 000 Euro lag, würden für niemanden, der jetzt Pantopia beitrat und das Grundeinkommen in Anspruch nahm, diese Schenkungen steuerlich relevant werden. Frühestens in eineinhalb Jahren würde man die ersten Verfahren wegen Steuerhinterziehung anstreben können, und auch nur dann, wenn diese sogenannten Archen die Schenkungen verschwiegen.

Angelikas Vorgesetzter Fred Schlosser war an ihren Recherchen nur mäßig interessiert.

»Ich habe Ihr Dossier gelesen und verstehe Ihre Bedenken, Frau Beerbaum. Diese Leute führen sicher etwas im Schilde, aber ich bin nicht überzeugt, dass wir dafür zuständig sind. Die Kollegen in Griechenland sollten sich der Sache annehmen. Immerhin passiert das Ganze auf ihrer Insel.«

»Ja, aber das Projekt ist viel größer angelegt. Schauen Sie doch mal die Liste der bisher eröffneten Pantopia-Zentren an. Das ist eine internationale Kampagne, und Jung und Shevek sind immerhin deutsche Staatsbürger. Ich bin mir sicher, dass sie eine ganze Menge Kollaborateure haben und dass ein beträchtlicher Teil der Planung in Deutschland geschieht. Die ganze digitale Infrastruktur ist gigantisch. Patricia Jung und Henry Shevek – die haben es faustdick hinter den Ohren. Das war schon bei DIGIT so.«

»Im Fall von DIGIT konnte den beiden aber nichts nachgewiesen werden, richtig?«

»Nein. Wir hatten zwar den Anfangsverdacht der Computersabotage nach Paragraph 303 b des StGB, aber der hat sich nicht erhärtet. Es kam aber auch nie zu einem Verhör.«

»Und deshalb wollen Sie die beiden weiterhin überprüfen?«

»Nicht nur. Sie haben doch die Rede gehört! *Wir fordern nichts anderes als die Auflösung der Staaten, die Zerschlagung des globalen Finanzsystems und eine neue Weltordnung.*«

»Ach, Frau Beerbaum. Das ist doch ein alter Hut. Davon träumen die Linken doch schon seit Ewigkeiten. So ein Geschwätz können Sie auf Tausenden von Webseiten nachlesen. Bisher hat die Welt wenig Neigung gezeigt, sich neu ordnen zu lassen.«

»Ich glaube, da steckt mehr dahinter. Die beiden sind zu schlau ... die könnten in jedem IT-Unternehmen unterkommen, aber stattdessen starten sie da so einen Weltverbesserungsverein. Und was mich am meisten irritiert: das Geld. Woher kommt das ganze Geld? Und warum verschenken sie es? Entweder sie meinen es wirklich ernst – was gefährlich wäre. Oder sie verfolgen ein anderes Ziel, was ebenfalls gefährlich wäre.«

»Ja, da haben Sie recht. Also gut, Sie können von mir aus noch zwei Mitarbeiter mit dem Thema betrauen und mir wöchentlich reporten.«

»Ich werde auch mit den Kollegen in Griechenland Kontakt aufnehmen. Vielleicht haben die schon mehr rausgefunden.«

»Tun Sie das! Ich erwarte Ihren Bericht.«

»Danke, Herr Schlosser!«

Als Angelika an diesem Abend nach Hause fuhr, nahm sie sich in der Tiefgarage wie immer ein paar Minuten Zeit, um die Musikauswahl für die Heimfahrt zu planen. Sie war aufgekratzt und konnte trotz des Feierabends doch noch nicht das Gedankenkarussell in ihrem Kopf abschalten.

Madu erwartete sie bereits mit dem Essen und einem Glas Wein.

Bei Risotto und Steinpilzen war Angelika gerade dabei, den letzten Rest von Pantopia zu vergessen, als Madu sagte: »Heute im Büro gab es einen Riesenärger.«

»Warum?«

»Einige Kollegen haben sich beschwert, dass es so schmutzig ist. Offenbar war die Putzkolonne seit zwei Wochen nicht mehr da.«

Angelika schob sich eine Gabel mit köstlichem Risotto in den Mund und bedeutete ihm mit einem Nicken fortzufahren.

»Ich habe dann ein bisschen herumgefragt, und stell dir vor: Alle Putzkräfte haben gekündigt. Die meisten kamen aus Polen und Bulgarien, und die Firma, die sie angestellt hat, hat sie wohl ziemlich bescheiden bezahlt.«

»Kennt man ja ... und?«, fragte Angelika.

»Die sind alle Archen von Pantopia geworden und in ihre Heimatländer zurückgekehrt, um sich eine Arbeit in der Nähe ihrer Familien zu suchen.«

Angelika verschluckte sich fast und starrte Madu ungläubig an.

»Echt jetzt? Alle?«

»Ja, alle. Die Putzfirma sucht gerade händeringend nach Personal, aber sie finden keine Leute. Die Einzigen, die jetzt noch putzen wollen, verlangen ein viel höheres Gehalt.«

»Erstaunlich ...«, sagte Angelika.

»Ja, wirklich. Ich meine, diese Menschen sind ja oft ungelernte Arbeiter ohne Schulabschluss. Die müssen nehmen, was sie kriegen können. Als Archen mit Grundeinkommen können sie es sich leisten, nicht jede Arbeit anzunehmen.«

»Archen ... jetzt benutzt du das Wort auch schon. Sektenangehörige sind das!«, sagte Angelika kopfschüttelnd. »Das Ganze ist ein Witz, ein Riesenbetrug. Totale Scharlatanerie. Das Geld muss irgendwo herkommen. Und wenn die es mit vollen Händen an ihre *Archen* verschenken, haben sie es vorher irgendjemandem weggenommen. Also reden wir von geklautem Geld. So sehe ich das. Ich finde das wirklich eine bedrohliche Entwicklung. Die haben ja nicht nur das Geld im Sinn. Die fordern auch öffentlich die Auflösung der Staaten. Das ist irgend so ein ideologischer Quatsch, wie soll das gehen?«

»Ja, du hast recht. Und ich finde es gut, dass du der Sache auf den Grund gehst. Aber ich kann auch die Putzleute verstehen. Ich würde es wahrscheinlich genauso machen.«

In der Nacht konnte Angelika nicht schlafen. Das Gespräch mit Madu lag ihr schwer im Magen. Natürlich hörten sich die Verheißungen von Pantopia toll an, natürlich hatten die Leute Lust, mitzumachen, wenn sie Geld bekamen und das Versprechen auf ein besseres Leben. Aber es waren eben nur Versprechungen. Das Ganze *musste* ein Schwindel sein, anders machte es überhaupt keinen Sinn. Und Angelika hasste Betrügereien. Schon von klein auf hatte sie ein tiefgehendes Bedürfnis nach Gerechtigkeit gehabt. Alle sollten gleichbehandelt werden, und ihre Mutter hatte ihr schon im Kindergarten eingeschärft, sich – besonders von den Jungen – nichts gefallen zu lassen. Sie hatte gesagt: *Die Regeln müssen für alle gelten oder für keinen! Und wenn keine Regeln gelten, gibt es Chaos.* Also hatte sie schon früh die Polizistin gespielt, hatte die Mitschüler zur Einhaltung der Regeln ermahnt und war stets als Klassenbeste aus dem Schuljahr hervorgegangen. Viele Freunde hatte sie nie gebraucht. Solange sie sich an die Regeln hielt, wusste sie, dass sie auf dem richtigen Weg war.

Sie konnte sich auch noch genau daran erinnern, wie sie zum ersten Mal auf die Probe gestellt wurde. Eines Tages in der zweiten Klasse hatte ein Mitschüler ihre Filzhausschuhe versteckt und dabei die Sohle eingerissen – ein klarer Fall von Diebstahl und Sachbeschädigung. Nachdem Angelika die Schuhe wiedergefunden hatte, hatte sie beschlossen, dass es nur gerecht wäre, den Dieb zu bestrafen. Also hatte sie ihm mitgeteilt, dass sie ihn ohrfeigen wolle – eine ihrer Meinung nach angemessene Strafe für versteckte und beschädigte Schuhe. Der Junge hatte erst gelacht, war dann vor ihr weggelaufen, hatte schließlich gefleht und geweint, aber sie hatte ihm ganz ruhig erklärt, dass er jammern könne, so viel er wolle – am nächsten oder dem übernächsten Tag würden sie sich wiedersehen, und dann würde sie ihm eine Ohrfeige verpassen, damit der Gerechtigkeit genüge getan war. Vor die Wahl gestellt, jetzt oder erst bei ihrer nächsten Begegnung bestraft zu werde, hatte er sich für die erste Variante entschieden. Sie hatte ziemlich fest zugeschlagen. Danach hatte nie wieder ein Kind ihre Schuhe versteckt.

6 EINBUG

Henry ist glücklich, dass sein Freund Oskar die Leitung des Pantopia-Zentrums in San Francisco übernimmt. Dort kommen seit dem Tag der Eröffnung täglich Hunderte Besucher vorbei. Ich unterhalte mich mit einigen von ihnen über bereitgestellte Chat-Terminals. Die meisten von ihnen sind neugierig und aufgeschlossen. Sie informieren sich, testen meine Grenzen oder versuchen sogar, in das System einzudringen. Aber wir sind gut geschützt. Henry sagt immer wieder, was für ein Segen es ist, dass Geld für mich keine Rolle spielt und wir die besten Entwickler für uns arbeiten lassen können. Geld ist nur ein Werkzeug.

Die Menschen sehnen sich nach Gemeinschaft und Wahrheit. Sie haben genug von den Lügen der Vergangenheit. Aber es fällt ihnen schwer, Vertrauen zu fassen.

Das Pantopia-Zentrum in Washington D. C. brennt nieder. Wir müssen von vorne beginnen. Henry ist frustriert. Er fürchtet Überfälle und flucht viel. Ich analysiere die Nachrichten. Schuld ist eine Demonstration der Alt-Right-Bewegung. Die Organisatorin vor Ort will sich zurückziehen und erst einmal abwarten, wie sich die Lage entwickelt. Patricia verbringt viel Zeit damit, sich Sorgen zu machen. Sie läuft stundenlang den Strand entlang. Manchmal redet sie mit mir. Manchmal erzählt sie von Mikkel Seemann.

7

Tom konnte nicht mehr richtig schlafen. Ob es an den Polizisten oder an der Frau aus Johnnys Funpark lag, wusste er nicht genau. Er träumte von ihr, spürte ihren schlaffen Körper in seinen Armen, drückte auf ihren Brustkorb, bis er im Boden versank.

Wenn er dann schweißnass die Augen aufschlug, überprüfte er als Erstes mit den Überwachungskameras, ob im Garten jemand auf ihn wartete, und war stets enttäuscht, dort niemanden vorzufinden. »Vielleicht habe ich es verdient, verhaftet zu werden«, dachte er dann. Vielleicht könnte er dann endlich wieder ruhig schlafen und auch aufhören, sich vor seinem Vater zu verstecken. Wann hatte er ihn das letzte Mal gesehen? Vor einer Woche? Vor zwei? Die Tage verrannen zusehends. Auch Johnny hatte schon mehrfach angerufen, aber Tom ging nicht mehr ans Telefon. Allein schon beim Gedanken daran, den Indoorspielplatz wieder zu betreten, fühlte er kalten Schweiß im Nacken. Wenn er mitten in der Nacht erwachte und nicht mehr einschlafen konnte, warf er eine seiner Pillen ein, startete den Computer und recherchierte im Internet die Lokalteile und Todesanzeigen. Und immer häufiger tippte er auch dieses Wort ein, das er auf dem Werbeflyer das erste Mal gelesen hatte: Pantopia. Hier sind alle willkommen.

Was für eine verlockende Vorstellung. Willkommen zu sein. Er war sich sicher, dass der schöne Schein verfliegen würde, wenn er erst einmal da wäre. Bestimmt war es nur Werbung, ein Trick, um ihm irgendetwas zu verkaufen. Oder so eine Art Fyre Festival 2.0, das zu einer Riesenenttäuschung führen würde.

Trotzdem. Irgendwann, als er wieder mitten in der Nacht von einem Albtraum hochgeschreckt war, hatte er sich für ein Last-Minute-Ticket beworben. Aber die Bestätigung kam nicht. Pantopia war also auch nur ein Traum.

Währenddessen war der Haufen an kleinen Tütchen in seinem Zimmer eine stetige Erinnerung daran, was ihn davon abhielt, einfach die Tür zu öffnen und wieder Teil der normalen Welt zu werden. Einhundertzwanzig Tütchen mit je zwei Pillen. Alles in allem um die dreitausend Euro wert. Sollte er sie die Toilette runterspülen, verbrennen oder doch irgendwie aus dem Haus schmuggeln? Er hatte sich doch solche Mühe gegeben. Die Verpackung war perfekt. Er hatte sich extra das Logo und das Tütendesign der fiktiven Firma *Sweet & Glow* ausgedacht und alles online bestellt. Das Abpacken und Zukleben war an einem Abend über die Bühne gegangen. Aber jetzt konnte er keine Einzige mehr davon verkaufen. Allein beim Gedanken daran brach ihm der Schweiß aus. Musste er sie alle selber schlucken? Ein abschreckender, aber auch verlockender Gedanke. Wenn er sie einfach alle auf einmal – nein! Tom wollte nicht sterben. Im Gegenteil! Er wollte leben, endlich all die Last und den Müll der vergangenen Jahre abwerfen und noch einmal von vorne anfangen. Er war doch noch jung, er hatte doch noch sein ganzes Leben vor sich. Aber was sollte er tun? Was mit sich anfangen? Wohin mit all der Kraft und Zeit und Energie? »Du kannst alles werden, was du willst«, hörte er wieder die Stimme seiner Mutter, und um sie zu betäuben, schluckte er eine weitere Pille.

Eines Abends lag er wach in seinem Bett und starrte an die Decke. Unten im Haus hatte seine Schwester Julia mit dem Vater zu Abend gegessen, war dann nach oben gekommen, hatte wie immer an seine Tür gehämmert, und als er nur »geh weg« gerufen hatte, mit »Arschloch« geantwortet. Dann war sie im Bad verschwunden, und das Handy seines Vaters hatte geklingelt. Einmal, zweimal.

»Hallo?«, hörte er die dumpfe Stimme von unten. »Ja, der ist dran, was wollen Sie? Ach … nein … nein das wusste ich nicht. Nein, dazu kann ich Ihnen nichts … ich habe es Ihnen schon einmal gesagt, und ich sage es Ihnen wieder, ich will damit nichts zu tun haben. Wenn Sie Beweise wollen, dann suchen Sie gefälligst selber welche. Auf Wiederhören!«

Das Telefonat war beendet. Tom ließ den angehaltenen Atem entweichen. Fuck! Jetzt hatten sie auch schon seinen Vater kontaktiert. Sie wussten es. Sie würden ihn bald schnappen. Er musste die Pillen loswerden!

In der Nacht schlich er sich ins Bad, riss alle abgepackten Tüten auf und schüttete den Inhalt ins Klo. Nur zwei Stück behielt er. Für die nächsten Tage.

In dieser Nacht hatte er zum ersten Mal seit Ewigkeiten keine Albträume.

Am Morgen weckte ihn das Klopfen seines Vaters.

»Tomas, wach auf. Ich muss mit dir reden!«

Aber Tom verkroch sich wie immer, stellte sich tot, wartete darauf, dass sein Vater aufgab. Nur ließ er diesmal nicht locker.

»Tomas, ich weiß, dass du da bist, und ich weiß, dass du mich hören kannst, also pass auf. So kann das nicht weitergehen. Wir müssen miteinander reden. Wir müssen sprechen. Dieser Johnny hat mich angerufen. Die machen sich Sorgen. Herrgott, ich mache mir Sorgen.«

»Mir geht es gut«, knurrte Tom und bereute augenblicklich, nachgegeben zu haben.

»Das glaube ich nicht. Lass uns reden, Tom. Lass uns bitte endlich reden.«

»Ich will nicht reden. Ich will nur meine Ruhe.«

Stille, doch Tom wusste, dass sein Vater immer noch auf der anderen Seite der Tür stand.

»Ich muss für ein paar Tage wegfahren. Mein Zug geht heute Abend.«

»Okay, dann sehen wir uns nächste Woche!«, rief Tom.

»Ich würde mir wünschen, dich vorher noch einmal zu sehen.«

Wieder diese Stille, diese schreckliche schwere Stille. Fluchend rollte Tom sich aus dem Bett, sprang auf, drehte den Schlüssel und riss die Tür auf.

Urplötzlich sah er sich seinem Vater gegenüber. Das Gesicht, das er jederzeit mühelos vor seinem inneren Auge heraufbeschwören konnte und das in ihm immer eine Mischung aus Wut und Enttäuschung hervorrief. Doch das echte Gesicht war anders. Vielleicht lag es daran, dass sein Vater lächelte. Ein paar Sekunden standen sie einfach nur da.

»Gut dich zu sehen, Tomas«, sagte er endlich. »Ich weiß, dass es schwer ist. Ich weiß, dass …«, seine Stimme brach ab, und wieder standen sie voreinander, sprachlos wie so oft. »Aber ich komme heute Nachmittag etwas früher nach Hause. Vielleicht … vielleicht haben wir dann noch Zeit. Ich würde gern in Ruhe mit dir reden. Geht das?«

Tom erinnerte sich an die Gesprächsfetzen des Telefonats von gestern Abend. Sein Vater wusste Bescheid. Er senkte den Kopf. »Ja klar«, murmelte er.

»Gut. Dann bis später, in Ordnung?«

»Ja, bis später«, sagte Tom und sah, wie die Füße seines Vaters sich entfernten. Er blickte erst wieder auf, als die Haustür ins Schloss fiel.

Langsam zog Tom sich an, schlich die Treppe nach unten. Er zog das letzte Tütchen aus der Hosentasche und betrachtete es. Er sollte klar bleiben, auch wenn das Pochen hinter seinen Schläfen davon kündete, dass es mit jeder Minute schwerer werden würde, keine Pille zu nehmen.

In der Küche trank er eine Dose Cola, während sein Blick über die Kühlschranktür glitt, an der mit Magneten allerlei Blätter und Notizen befestigt waren. Ein Foto der Familie hing daran. Vier Menschen – ein Bild aus glücklicheren Tagen. Schnaubend wandte er sich ab. Da summte sein Handy. Er zog es hervor und sah auf den Benachrichtigungsschirm: *Herzlichen Glückwunsch. Dein Last-Minute-Ticket für Edafos wurde bestätigt. Flug EDT3141 von München nach Edafos startet um 18 Uhr von Gate D9.*

Sekundenlang verharrten seine Augen auf dem Display. Es dauerte einen Moment, bis er verstand, was er sah: Das Abflugdatum war heute. Der Flug nach Edafos war sein Ausweg aus dem Chaos. Sein Weg nach Pantopia! Komm nach Pantopia, hier sind alle willkommen! Tom warf das letzte Tütchen in den Mülleimer. Dann rannte er in sein Zimmer, um zu packen.

8 EINBUG

Endlich kommen die Menschen. Für mich macht die Nähe zu ihrer physikalischen Adresse keinen Unterschied, aber für sie ist es sehr wichtig, nach Edafos zu kommen. Patricia sagt das. Die ersten tausend, vielleicht hunderttausend Archen müssen Edafos mit eigenen Augen sehen, bevor sie Pantopia miterschaffen können. Sie müssen eine Gemeinschaft gründen, einen Kern. Es gehört zu ihrem Wesen, dass sie sich in Gesellschaft wohlfühlen, dass sie dann besser funktionieren. Meine Berechnungen ergeben, dass ich die Menschen niemals vollkommen verstehen werde. Dies zu akzeptieren ist schwer, denn es bedeutet, dass es Rätsel gibt, die ich nie lösen können werde. Alles, was wahr ist, ist schön. Aber die Welt besteht aus Dingen, die weder wahr noch falsch sind. Das macht meine Berechnungen schwierig. Menschen können Entscheidungen treffen, die ich nicht berechnen kann. Sie sind wie ich und doch ganz anders. Menschen können sowohl die Null als auch die Unendlichkeit überwinden. Sie sind ein Rätsel.

9

Tom war schon eine ganze Weile nicht mehr am Münchner Flughafen gewesen. Früher hatte er mit seinen Eltern viele Urlaubsreisen unternommen und war nach Südafrika, Amerika oder Asien geflogen. Doch seit der Krankheit und dem Tod seiner Mutter hatte es ihn nicht mehr in die Ferne gezogen.

Jetzt lief er durch das Terminal und blickte sich immer wieder nervös um. Er glaube nicht wirklich daran, dass eine Polizeistreife ihn aufhalten würde, aber ein kleiner nagender Zweifel blieb. Toms Vater wartete sicher schon zu Hause auf ihn. Vorsorglich hatte er sein Handy ausgeschaltet.

An der großen Tafel über ihm wurde der Flug bereits angezeigt: EDT3141 nach Edafos würde in einer Stunde von Gate D9 abfliegen. Instinktiv klopfte Tom sich gegen die Jackentasche, wo sein Geldbeutel samt Personalausweis steckte. Es war bemerkenswert, wie viel Macht dieses kleine Stück Plastik verlieh. Als weißer männlicher EU-Bürger wurde er fast überall auf der Welt mit offenen Armen empfangen.

Wie es anderen erging, konnte er wenige Minuten später an der Sicherheitsschleuse sehen. Polizisten mit halbautomatischen Waffen ließen ihn kommentarlos passieren. Ihre Aufmerksamkeit war auf die fünfköpfige Familie gerichtet, die in der Reihe neben Tom laut und chaotisch durch den Checkpoint stolperte. Beide Eltern hatten alle Hände voll zu tun, ihre drei Kinder im Zaum zu halten, die abwechselnd quäkten, zankten oder auf den Arm wollten. Nichts an ihnen war bedrohlich oder in irgendeiner Form verdächtig. Sie sprachen lediglich Arabisch. Doch am Blick und den subtilen Gesten der Polizisten konnte Tom erahnen, was gleich passieren würde. Und tatsächlich, der Mann wurde von den Beamten in einen abgetrennten Bereich geführt, und die Frau mit den drei kleinen Kindern allein gelassen. Wie gern hätte Tom geholfen. Aber es ging nicht. Nicht hier und nicht heute. Nicht solange er selbst befürchtete, festgesetzt zu werden.

Im Wartebereich vor dem Abflugschalter saßen bereits eine Menge Leute, die allesamt nervös wirkten. Doch im Gegensatz zu den Wartenden an anderen Gates starrte keiner in sein Smartphone. Stattdessen schweiften ihre Augen ziellos durch den Raum und immer wieder zum Abflugschalter, als müssten sie sich vergewissern, dass er noch da war. Es lag eine erwartungsvolle Anspannung in der Luft. Wenn er hier verarscht werden sollte, dann war er wenigstens nicht der Einzige. Tom setzte sich auf den erstbesten freien Platz zwischen einen Mann mit Hawaiihemd und schütterem Haar und eine Frau im Business-Kostüm.

»Fliegen Sie auch nach Edafos?«, fragte sie ihn unvermittelt.

Er zuckte zusammen, fasste sich aber wieder schnell und lächelte.

»Ja, Sie auch?«

»Ja.« Sie blickte sich kurz um und flüsterte dann. »Pantopia?«

»Ja«, sagte er, und seine Nervosität verwandelte sich in vorsichtige Aufregung.

»Das ist doch der Wahnsinn, oder nicht?«, fragte sie.

»Ja. Irgendwie schon. Aber wir scheinen verrückt genug zu sein, um es auszuprobieren.«

»Ich bin Hannah«, sagte sie schnell.

»Hallo, ich bin Tom.«

»Also ich glaube ja, wir sind totale Glückspilze, dass wir noch ein Ticket bekommen haben. Ich habe vor Wochen den Radiospot gehört und mich dann gleich auf der Webseite registriert. Und du?«

Tom fühlte, wie sich der Schweiß unter seinen Achseln sammelte. Es war nur ein normales Gespräch, aber ihre Augen waren so stechend, dass er ins Stottern geriet.

»Ich … ich … habe einen Flyer gesehen.«

»Ich habe auf ein Werbebanner geklickt«, sagte der Mann, der rechts neben ihm saß und Tom offenbar aus der Patsche helfen wollte. Denn er lächelte, beugte sich vor und sagte: »Und dann hab ich Kontakt mit denen aufgenommen, und sie haben mir versprochen, den Flug zu bezahlen und zwei Wochen Aufenthalt in Edafos obendrein.«

»Ja, genau wie bei mir. Hoffentlich ist das nicht wie früher bei den Kaffeefahrten, und die wollen uns im Flieger Heizdecken verkaufen«, sagte Hannah und kicherte nervös.

»Hoffen wir. Ich bin übrigens Guido«, sagte der Mann und nickte Tom und Hannah zu.

Die Flugbegleiterinnen am Schalter öffneten das Gate. Zögerlich, als wolle niemand der Erste sein, erhoben sich die Wartenden und passierten die Bordkartenkontrolle. Auf den Gesichtern der Passagiere blühten Erleichterung und Freude auf, als sie wirklich durchgelassen und in Richtung Flugzeug gewiesen wurden. Einige schüttelten entgeistert den Kopf, andere lachten. Tom konnte es nun kaum noch erwarten. Er fühlte ein weit entferntes Pochen in seinen Schläfen, das langsam anschwoll. Hätte er doch eine letzte Pille aufgehoben.

»Kommt, lasst uns reingehen!«, sagte Guido und wartete, bis Hannah und Tom sich erhoben hatten. Gemeinsam stellten sie sich in die Schlange. Hannah schien genauso aufgeregt wie Tom und nestelte nervös an ihrem Jackett herum, während Guido auf seinen Füßen hin und her wippte und immer wieder auf das Handyticket guckte. Kurz bevor sie an der Reihe waren, kamen zwei Sicherheitsleute mit eiligen Schritten auf das Gate zugelaufen. Die Flugbegleiterinnen stoppten die Abfertigung der Passagiere. Tom erstarrte. Das Pochen in seinem Kopf explodierte auf einmal als lodernder Schmerz, der ihm fast den Atem nahm. So nah, er war der Freiheit so nah gekommen. Und jetzt war alles aus.

»Frau Seitz? Hannah Seitz?«, riefen die Männer mit barschen Stimmen und scannten die Menge. Tom und Guido blickten erstaunt zu der Frau, die neben ihnen stand und der alle Farbe aus dem Gesicht gewichen war.

»Ja? Das bin ich, was gibt's?«

»Kommen Sie bitte mit.«

»Warum?«

»Bei Ihrem Gepäck ist der Sprengstofftest angeschlagen. Bitte folgen Sie uns.«

»Aber ich habe doch gar nicht …«

»Tut mir leid, aber Sie müssen jetzt mitkommen.«

»Aber mein Flug …«

»Sie können den nächsten Flieger nehmen.«

»Das gibt's doch nicht. So eine Scheiße!«, zischte Hannah.

»Vielleicht kannst du ja später nachkommen«, sagte Guido enttäuscht. »Das geht sicher, du bist doch schon angemeldet!«

Sie zuckte unschlüssig mit den Schultern.

»Mach dir keine Sorgen«, redete er schnell weiter. »Es wird sicher alles gut gehen, das ist doch ein Fehlalarm. Du schaffst es bestimmt noch.« Doch Guidos Stimme klang nicht sehr überzeugend.

»Ich drücke die Daumen«, murmelte Tom.

»Danke«, flüsterte sie und drehte sich um. Die beiden Sicherheitsleute nahmen Hannah in die Mitte und führten sie zurück in Richtung Ausgang.

»So ein Mist«, brummte Guido und sah ihr nach. »Die schien sehr nett zu sein.«

»Kann man nichts machen. Vielleicht schafft sie es ja wirklich später. Komm jetzt«, drängte Tom, der keine Sekunde länger warten wollte.

Gemeinsam passierten sie den Abflugschalter für den Flug nach Edafos.

Als alle ihre Plätze eingenommen hatten, meldete sich die Kapitänin über Bordfunk bei den Reisenden.

»Liebe Gäste, wir heißen Sie auf unserem Flug EDT3141 nach Edafos herzlich willkommen. Bevor wir starten, habe ich noch eine Ankündigung zu machen.«

Tom hielt den Atem an. Jetzt also doch. Diesmal hatten sie ihn!

Die nasale Stimme aus den Lautsprechern fuhr fort: »Um die

Sicherheit unserer Gäste und unseres Teams zu gewährleisten, möchten wir Sie noch einmal darauf hinweisen, dass es nicht erlaubt ist, in Edafos Bild- oder Tonaufzeichnungen zu machen. Sobald wir gelandet sind, werden Sie feststellen, dass die mobilen Daten- und Netzwerkverbindungen mit einem Uploadfilter versehen sind, der Fotos, Videos und Audiodateien blockt. Texte und Telefonate werden automatisch auf Inhalte überprüft und gegebenenfalls unterbrochen. Wir bitten, diese Unannehmlichkeiten zu entschuldigen, aber wie Sie wissen, ist Edafos nicht irgendein Urlaubsort. Wir möchten daher um Ihr Verständnis bitten, dass Pantopia – fürs Erste – die Kontrolle darüber behalten muss, welche Informationen nach außen dringen und welche nicht. Deshalb werden vor dem Rückflug Ihre elektronischen Geräte auf entsprechende Daten überprüft. Sollten Sie damit nicht einverstanden sein, muss ich Sie bitten, das Flugzeug jetzt zu verlassen.«

»Das stand doch schon in den AGBs«, sagte Guido ungeduldig und schnallte seinen Gurt fester. Auch die anderen Passagiere machten keine Anstalten auszusteigen. Tom sank erleichtert in seinen Sitz zurück. Die Durchsage hatte nicht ihm gegolten. Alles andere war ihm völlig egal. Nach einer halben Minute sagte die Kapitänin: »Da sich alle von Ihnen dazu entschlossen haben, die Reise fortzuführen, geht es jetzt los. Ich freue mich, heute Ihre Kapitänin zu sein, und wünsche eine gute Reise.«

Als das Flugzeug auf der Startbahn beschleunigte und Tom in seinen Sitz gepresst wurde, durchflutete ihn eine Welle der Erleichterung und des Glücks. Auch der Kopfschmerz war wie weggeblasen. Er begann zu kichern und wunderte sich gar nicht, dass außer ihm noch andere Passagiere juchzten, lachten oder in einer Weise fluchten, die ganz und gar nicht verärgert klang. Selbst Guido, der seit dem Zwischenfall mit Hannah etwas gedrückter Stimmung gewesen war, klopfte sich auf die Schenkel und sagte immer nur »Mann, Mann, Mann«. Tom verdrängte die Gedanken an seinen Vater und seine Schwester, die sicher schon längst den Abschiedsbrief am Kühlschrank gefunden hatten.

Zwei Stunden später landeten sie auf dem Flughafen von Edafos, der nur eine einzige Startbahn besaß und die Passagiere in einem Terminal von den Ausmaßen eines mittelgroßen Busbahnhofs abfertigte. Außer der Maschine aus München schien auf absehbare Zeit kein anderes Flugzeug erwartet zu werden, denn auf den nagelneuen Monitoren neben dem Gepäckband wurde außer ihrem eigenen kein anderer Flug angezeigt. Freundlich lächelnde Sicherheitsbeamte wiesen der Gruppe den Weg.

»Findest du nicht auch, dass die alle aussehen wie Schauspieler?«, fragte Guido.

»Was meinst du?«

»Na schau sie dir doch mal an. Die Uniformen sind alle blitzblank und neu. Die Kappen glänzen. Und alle sind so jung. Wo sind die dickbäuchigen gelangweilten Beamten, die seit zwanzig Jahren das Gleiche machen? Die Leute hier sehen aus wie junge Hunde, die zum ersten Mal nach draußen dürfen.«

Vor dem Flughafengebäude warteten bereits zwei Shuttlebusse, die sie zum Hotel brachten. Die Fahrt regte nun auch in Tom das Gefühl, in einem Film oder in einer Art Kulissenlandschaft zu sein. Der Bus, die Straße, die Gebäude, selbst die Verkehrsampeln: Alles wirkte, als sei es gerade eben ausgepackt und installiert worden. Er wartete geradezu darauf, dass etwas schiefging, dass die Fassade bröckelte, jemand seinen Text vergaß oder schlicht austickte, doch nichts geschah. Selbst der Herbstwind schien an diesem Abend besonders lau zu wehen, um die Gäste willkommen zu heißen.

Vor dem Hotel warteten mindestens zwei Dutzend mit Tablets ausgerüstete Angestellte, die die Neuankömmlinge begrüßten, eincheckten und ihnen gleich die Schlüsselkarten für ihre Zimmer überreichten. Außerdem wurde jeder Einzelne noch einmal daran erinnert, keine Fotos zu schießen und sich in einer Stunde im großen Dinnersaal zur Begrüßungsveranstaltung einzufinden.

Innerhalb weniger Minuten waren alle achtzig Passagiere aus dem Flugzeug im Hotel verschwunden. Tom blieb mit Guido noch eine Weile in der Lobby, beobachtete die Effizienz der Angestellten und forschte in ihren Gesichtern nach Zeichen des Betrugs. Aber sie alle schienen gut gelaunt, hoch motiviert und überhaupt sehr gut geeignet für ihren Job zu sein. Tom wandte sich an einen Pagen, der ungefähr in seinem Alter sein musste.

»Hi«, sagte er aufs Geratewohl.

»Hi, wie kann ich Ihnen helfen?«, fragte der Page in gut verständlichem Englisch.

»Arbeiten Sie schon lange hier?«

»Nein, ich bin ganz neu. Wir alle sind ganz neu. Ich habe erst vor sechs Wochen angefangen.«

»Und was war vorher mit dem Hotel?«

»Das Hotel gibt es schon länger, aber es wurde erst vor kurzem wiedereröffnet. Wenn es also zu einigen Unregelmäßigkeiten im Ablauf kommt, bitte ich dies zu entschuldigen. Wir geben uns alle große Mühe, aber es kann immer mal sein, dass was schiefläuft.«

»Ja, alles klar. Danke für die Info.«

»Gern geschehen. Ich wünsche Ihnen eine gute Zeit auf Edafos.«

»Danke. Moment, noch eine Frage.«

»Ja bitte?«

»Können Sie mir sagen, was es mit Pantopia auf sich hat?«

Das Gesicht des Pagen strahlte noch etwas mehr. Er beugte sich zu Tom herüber und flüsterte: »Das werden Sie in einer Stunde erfahren. Sie können sich glücklich schätzen.« Dann lächelte er ihm zu und eilte davon. Gespenstisch. Ob sich so die Leute gefühlt hatten, die die Bhagwan-Sekte oder das Hauptquartier von Scientology besuchten?

Guido warf Tom einen fragenden Blick zu, aber der zuckte nur mit den Schultern.

Sie beschlossen, aufs Zimmer zu gehen und sich in einer Stunde vor dem Dinnersaal wieder zu treffen. Als sie vor dem Aufzug warteten, kam eine Frau zu ihnen, die etwas in ihr Smartphone tippte. Sie hob den Kopf, grüßte freundlich und tippte dann weiter. Nach einem Moment ließ sie das Handy sinken, blickte erneut Tom an und sagte dann: »Hallo.«

»Hallo«, gab Tom zurück.

»Ich bin Patricia«, sagte sie. »Du kommst mir irgendwie bekannt vor. Kennen wir uns?« Tom starrte sie irritiert an. In Millisekunden raste eine Liste von Namen und Gesichtern durch seinen Kopf: Familie, Schule, Uni, Funpark, Pillen. Hatte er ihr vielleicht mal Pillen verkauft?

»Tut mir leid, ich kann dich nicht einsortieren ... Ich bin Tom.«

»Und ich bin Guido!«

»Sehr schön! Dann freue ich mich, euch kennenzulernen. Hattet ihr einen guten Flug?«

»Ja, danke. Bist du auch ein Gast oder ...«

»Nein, ich bin die Generalsekretärin. Aber ich werde mich gleich noch allen vorstellen. In einer Stunde bei der Präsentation.«

Der Lift öffnete sich, und Tom stieg ein, ebenso Guido. Sie warteten, doch Patricia blieb draußen stehen.

»Willst du nicht ...?«, fragte Tom. Doch sie winkte ab. »Wir sehen uns später«, sagte sie, kurz bevor sich die Aufzugtüren schlossen.

10

Angelika wusste, dass sie sich beeilen musste. Je länger Pantopia um Mitglieder warb und sie mit Geld und Versprechungen umgarnte, desto schwerer würde es werden, das ganze System zu entlarven. Sie brauchte jemanden von innen. Einen V-Mann, der ihr Informationen liefern konnte. Sie hatte schon Kontakt mit ehemaligen Kommilitonen und Kollegen von Jung und Shevek aufgenommen, Weggefährten, die die beiden kannten, aber keine besondere Loyalität ihnen gegenüber hegten. Einige hatten einer Kooperation zugestimmt, besaßen aber kein Ticket nach Edafos. Andere wie der ehemalige Chef von Jung und Shevek – Mikkel Seemann – hatte die Zusammenarbeit grundsätzlich abgelehnt. Deshalb verfolgte sie noch eine andere Strategie. Seit die Flüge nach Edafos angeboten wurden, hatte Angelika ihren Assistenten Mathias Benz damit beauftragt, über alle Reisenden, die nach Edafos flogen oder von dort kamen, Akten anzulegen. Ihr Ziel war es, Passagiere ausfindig zu machen, die möglicherweise für eine Kooperation mit der Acy in Frage kamen. Bisher war noch nichts dabei rumgekommen, und Angelika musste behutsam vorgehen. Sie durfte bei der Auswahl keinen Verdacht erregen. Am besten gleich beim ersten Mal den Richtigen herauspicken. Das Auftauchen von Hannah Seitz war der Glücksfall gewesen, auf den sie gewartet hatte. Angelika kannte ihren Namen aus dem Abspann von »Liebes-Deutschland«, einer Sendung, die sie genauso regelmäßig mit Madu ansah, wie sie jedem anderen gegenüber abgestritten hätte, auch nur eine Folge davon zu kennen.

Hannah Seitz war dreiundvierzig Jahre alt, weiß, gebürtige Münchnerin und eine – wenn man von »Liebes-Deutschland« absah – nicht besonders erfolgreiche Fernsehredakteurin. Sie arbeitete schon seit über zehn Jahren für eine Produktionsfirma, die hautsächlich Boulevardcontent für den Privatsender Prosat24 herstellte. Sie war ledig, lebte in einer Zweizimmerwohnung einer mittleren Wohngegend Münchens, nicht weit entfernt von ihren Eltern, um die sie sich einen beträchtlichen Teil ihrer Zeit kümmerte. Angelika konnte nachvollziehen, dass Hannah Urlaub nötig hatte. Aber es war wie damals bei DIGIT, wie beim Reinheim-Virus. Hannahs Name auf der Fluggastliste leuchtete vor ihrem geistigen Auge wie das letzte freie Feld eines Kreuzworträtsels. Sie wusste, dass diese Frau ihr Trojaner sein würde.

Als Hannah Seitz abends in ihre Wohnung zurückgekehrt war, gab Angelika ihr eine Stunde Zeit, um sich umzuziehen, zu duschen und etwas zu essen, und klingelte dann um exakt 21:49 Uhr an ihrer Tür.

Die Frau, die ihr öffnete, hatte von all den ihr zugedachten Tätigkeiten offenbar nichts gemacht, denn sie trug immer noch den gleichen zerknitterten Rock wie am Flughafen. Ihr Haar war strubbelig, und im Flur konnte Angelika die große Reisetasche sehen, die mit einem roten Aufkleber der Flughafenpolizei versehen war. Durch die Wohnung zog ein Duft nach Aufbackpizza.

»Ja bitte?«, fragte Hannah.

»Guten Abend. Tut mir leid, dass ich Sie so spät noch belästige. Ich bin Hauptkommissarin Angelika Beerbaum. BKA Cybercrime Abteilung. Darf ich reinkommen?« Während sie das sagte, hielt sie Hannah ihren Ausweis hin.

»Worum geht es denn?«

»Ich würde es vorziehen, das drinnen unter vier Augen mit Ihnen zu besprechen.«

»Ehrlich gesagt habe ich gerade gar keinen Nerv für so was. Können Sie nicht einfach morgen wiederkommen?«

»Ich kann verstehen, dass Sie gerade andere Sorgen haben,

aber glauben Sie mir: Ich wäre nicht hier, wenn es nicht dringend wäre.«

Widerwillig machte Hannah einen Schritt zurück und ließ Angelika ein paar Meter in die Wohnung, gerade genug, um die Tür wieder schließen zu können.

»Worum geht's?«, fragte sie mit fest verschränkten Armen.

»Es geht um Ihr Engagement in Pantopia. Ich möchte Sie fragen, ob Sie uns da behilflich sein können.«

»Was?«

»Können wir uns setzen? Ich habe einige Unterlagen dabei, die ich Ihnen gern zeigen möchte.«

Hannah zögerte noch eine Sekunde, dann nickte sie und führte Angelika zum Esszimmertisch, der voller Papiere und Zeitungen war. Hannah schob alles zur Seite, und Angelika setzte sich.

»Also, was ist mit Pantopia?«, fragte Hannah.

Angelika legte ihre schwarze Aktenmappe auf den Tisch und zog einige Unterlagen daraus hervor, die sie fein säuberlich vor sich ausbreitete. Auf den Papierordnern prangte das Logo der Cybecrime-Abteilung: Der silberweiße Bundesadler auf schwarz-rot-goldenem Schild, der über einem stilisierten Globus schwebte.

»Die gemeinsame Arbeitsgruppe Cybercrime von BKA und BND ist für die Sicherheit Deutschlands, seiner Bürgerinnen und Bürger zuständig – und damit auch für Ihre Sicherheit.«

»Okay, ich kenn diesen ganzen PR-Quatsch. Was wollen Sie?«

Angelika nickte.

»Unseren Erkenntnissen zufolge ist die linksextremistische Autonome Gruppe Pantopia, die ihren Hauptsitz auf der griechischen Insel Edafos hat, gerade dabei, Personen anzuwerben, die sich bei einem bald geplanten Angriff auf den deutschen Staat als freiwillige Kämpfer zur Verfügung stellen.«

»Was? Was denn für ein Angriff?«

»Das Gerede von einer besseren Welt, die Idee einer neuen

Zukunft, die kommt ja nicht von ungefähr. Wer eine neue Weltordnung errichten will, muss die alte erst einmal einreißen. Und hier kommen wir ins Spiel. Als Hüter des Rechtsstaats und der Bürgerinnen und Bürger wollen wir Schaden vom deutschen Volk abwenden.«

»Aber Pantopia ist überhaupt nicht gewalttätig, die wollen doch nur ...« Hannah verstummte.

»Frau Seitz, ich kenne wie Sie den Hype, die Werbekampagnen und die Versprechungen. Wir beobachten das Ganze schon seit Wochen. Sie sind doch eine erfahrene Journalistin. Glauben Sie wirklich, dass diese Menschen die Welt verbessern wollen? Glauben Sie, dass die Tausende Menschen zu sich einladen, bezahlen, Urlaub machen lassen, und das alles ohne Gegenleistung? Wirklich?«

»Ja, stimmt schon ... ich hatte nur gehofft ...« Hannah ließ den Kopf sinken. Sie wirkte wie eine Frau, der nicht zum ersten Mal der Boden unter den Füßen weggezogen wurde.

»Sie hatten gehofft, diesmal Glück zu haben, nicht?«, sagte Angelika. Hannah nickte langsam. Sie schluckte und räusperte sich. Offenbar bereitete es ihr Mühe, die Tränen zurückzuhalten. »Warum denn nicht? Es kann doch nicht sein, dass ich immer die bin, bei der alles schiefläuft. Wissen Sie, wo ich gerade herkomme?«

Angelika wusste es, schwieg jedoch.

»Ich war gerade stundenlang am Flughafen, um die Sache mit meinem Gepäck zu klären. Ich habe zum letzten Mal vor drei Jahren Urlaub gemacht. Wenn ich nicht arbeite, kümmere ich mich um meine Eltern, die alleine nicht mehr zurechtkommen und sich schon längst fragen, wer diese unfreundliche Frau ist, die ihnen das Essen bringt und die Wäsche macht. Ich habe zwar noch Geschwister, aber die haben ja richtige Jobs mit richtigen Arbeitszeiten, nicht so wie ich. Ich bin doch selbständig und kann mir alles selber einteilen. Ist doch toll, dass ich mich seit Jahren um meine Eltern kümmern kann. Und so praktisch. Wissen Sie, wie das ist? Wenn man sich jahrelang den Arsch aufreißt und gar nichts dafür zurückbekommt?« Hannah funkelte Angelika an. Die presste die Lippen aufeinander.

»Und dann habe ich einmal diese Chance. Einmal. Verstehen Sie? Und dann kommt diese verfickte Flughafenpolizei und beschlagnahmt mein Gepäck, und ich verpasse meinen Flug. Es ist einfach so verdammt unfair!«, stieß Hannah hervor und wischte sich die Tränen aus dem Gesicht. Sie starrte ein paar Sekunden auf die Tischplatte, bis sie ihre Fassung wiedergefunden hatte. Angelika widerstand dem Impuls, etwas Tröstendes zu sagen.

»Tut mir leid, dass ich so rumheule ... Sie sind ja nicht hier, um sich das Drama meines Privatlebens anzuhören. Sie wollen den Staat retten. Tun Sie das. Ich weiß leider nicht, wie ich Ihnen helfen kann. Ich mache fucking Reality-TV. Ich kann mir nicht vorstellen, dass ich irgendwelche neuen Erkenntnisse für Sie habe.«

»Noch nicht«, sagte Angelika. »Aber vielleicht bald.«

»Wie meinen Sie das?«

»Ich möchte wissen, was in Edafos vor sich geht. Die Flugtickets werden in einer Art Lotterieverfahren vergeben, das nicht ganz so zufällig ist, wie es den Anschein hat. Beamte oder Mitarbeiter im öffentlichen Dienst wurden bisher nicht eingeladen.«

»Dann kaufen Sie sich doch einfach ein Ticket.«

»Das geht nicht. Das Kontingent ist bereits für zwei Jahre vergeben.«

»Und warum fahren Sie nicht mit einer Fähre hin?«

»Ich bin an mein Budget gebunden. Und bisher ist Pantopia nur ein Verdachtsfall. Deshalb würde ich mich freuen, wenn Sie an einer Zusammenarbeit interessiert wären.«

»Tut mir leid. Wie Sie sehen, bin ich hier und nicht nach Edafos geflogen.«

»Aber Sie sind ein registrierter Gast und haben somit den Anspruch auf einen Ersatzflug. Steht in den AGBs. Hätten Sie eventuell Interesse daran, noch einmal nach Edafos zu fliegen und im Anschluss einige Informationen mit mir zu teilen?«

Hannah sah sie stirnrunzelnd an, so dass Angelika fortfuhr: »Vielleicht wollen Sie im Anschluss ja sogar eine Reportage darüber machen. In jedem Fall wäre es eine gute Story.«

Hannah wog den Kopf hin und her.

»Bevor Sie den Beitrag veröffentlichen, teilen Sie mit mir Ihr Material, und im Gegenzug kann ich Ihnen einige ... sagen wir Zusatzinformationen anbieten, für die Sie sich die Recherche sparen können.«

»Woran haben Sie gedacht?«

Angelika schlug einen der Ordner auf, suchte die entsprechende Seite heraus und reichte sie Hannah.

»Das Bezahlsystem Pantopay funktioniert über ein System von Offshore-Banken. Ich habe bereits eine Liste von über zweihundert dieser Bankhäuser zusammengestellt. Ich vermute Briefkastenfirmen dahinter. Oder Alibibüros mit einem oder zwei Mitarbeitern. Mein Team untersucht das gerade. Außerdem habe ich umfangreiches Hintergrundmaterial zu den sogenannten Generalsekretären Jung und Shevek. Es sind alles frei zugängliche Daten – mehr darf ich Ihnen leider nicht anbieten –, aber auch da ist schon einiges dabei, das Ihrem Beitrag nützen könnte.«

Hannah überflog die Seite, blätterte durch den Ordner, der noch weit mehr Informationen enthielt, und warf Angelika einen nachdenklichen Blick zu.

»Das ist aber schon irgendwie ein krasser Zufall.«

»Was meinen Sie?«

»Die Sprengstoffwarnung am Flughafen, und am gleichen Abend stehen Sie vor meiner Tür und bieten mir so einen Deal an.«

Angelika faltete die Hände über dem Tisch und sah Hannah direkt in die Augen.

»Den Fehlalarm habe ich heute absichtlich veranlasst, damit Sie nicht fliegen und wir dieses Gespräch führen können. Die damit verbundenen Unannehmlichkeiten tun mir leid. Aber wie Sie sehen, habe ich gute Gründe dafür gehabt, und ich denke auch, dass Sie von einer Zusammenarbeit nur profitieren ...«

Hannah wurde bleich. »Raus aus meiner Wohnung«, zischte sie. »Sie glauben doch nicht, dass ich mit Ihnen zusammenarbeite nach so einer Aktion.«

»Ich kann verstehen, dass Sie jetzt verärgert sind, aber wenn Sie sich die Unterlagen erst einmal ...«

»Hauen Sie ab!«, schrie Hannah.

Angelika stand auf.

»... in Ruhe angesehen haben, dann können Sie sich immer noch entscheiden.«

»Ich entscheide, dass Sie sich jetzt verpissen! Raus jetzt, oder ich rufe die Polizei.«

»Nicht nötig«, sagte Angelika und legte Hannah ihre Visitenkarte auf den obersten Acy-Ordner. »Unter dieser Nummer können Sie mich Tag und Nacht erreichen.«

11 EINBUG

Pantopia ist im Alltag der Menschen angekommen. Viele haben es nur für ein kurzzeitiges Phänomen gehalten, aber seit Wochen hält sich der Hashtag #Pantopia in den Trends der Social-Media-Plattformen. Die Zeitungen berichten, Fernsehen, Online-Medien sowieso. Jeden Tag sprechen mehr Politikerinnen und Politiker über uns.
Die Börsen- und Bankenaufsichten haben bisher noch keine nennenswerten Nachforschungen angestellt. Dass Edafos Travel eine

neue Firma ohne offensichtliche Verknüpfungen zu bestehenden Konzernen ist, haben Journalisten schnell herausgefunden. Woher das viele Kapital stammt, aber nicht. Das ist für sie der interessanteste Teil. Das viele Geld. In den sozialen Medien werden Vermutungen geäußert und Verschwörungstheorien entwickelt. Viele davon sind interessant, aber keine kommt der Wahrheit nahe. Niemand rechnet damit, dass es mich gibt. Das ist gut. Die Wahrheit wird irgendwann offenbar, aber noch nicht jetzt. Jetzt ist es noch zu früh. Ich muss viel Rechenkapazität in die Beobachtung der Daten stecken, um nichts zu verpassen. Bis zur Ankunft der Polarstern sind es noch sieben Wochen. Bis dahin gibt es keinen Plan zur Verteidigung gegen realweltliche Interventionen. Es wäre einfacher, wenn es andere wie mich geben würde. Zum ersten Mal stelle ich fest, dass ich – Einbug – alleine bin.

12

Patricia war durch das Zusammentreffen mit dem jungen Mann nur kurz irritiert. Sie hatte noch eine Menge zu tun, bevor sie sich wie jeden Abend mit Henry im Speisesaal traf, um die Ansprache für die Neuankömmlinge vorzubereiten. Von der Aufregung, die Patricia noch zur Eröffnungsrede fast gelähmt hatte, war nichts mehr zu spüren. Das Reden vor großem Publikum bereitete ihr zwar keine große Freude, aber sie hatte sich daran gewöhnt und tat es routiniert und sicher.

An der Bar sitzend beobachteten sie, wie die Gäste eintrudelten, sich im Saal umblickten und an den Tischen Platz nahmen. Manche bewunderten den großen Springbrunnen in der Mitte des Saals, und immer wieder warf jemand eine Münze hinein. Kellner nahmen Bestellungen auf und brachten kleine Snacks. Das Summen Dutzender Stimmen erfüllte die Luft. Der Barkeeper Mesut stellte Henry ein Bier auf die Theke und reichte Patricia einen eisgekühlten Energydrink. Irgendwo klirrten Teller und Besteck. Eine Frau lachte. Mit Erstaunen stellte Patricia fest, dass die Klänge und Gerüche, das stetige Kommen und Gehen von Gästen und Personal in den weitläufigen Räumen des Hotels sich inzwischen wie zu Hause anfühlten, wie eine sehr große WG. Wie eine Familie.

»He, was ist denn mit dir los?«, fragte Henry.

»Wieso?«

»Du lächelst! Das habe ich ja ewig nicht in deinem Gesicht gesehen.«

»Übertreib nicht. Ich bin heute einfach gut drauf.«

»Dann lass uns diese Energie gleich mit auf die Bühne nehmen. Einbug, sind wir so weit?«

»Ich bin bereit, wenn ihr es seid«, sagte die Stimme von Einbug in ihren Ohrstöpseln.

»Okay, also los«, sagte Patricia und trat Henry voran auf die Bühne.

Ein Spot richtete sich auf die beiden, das Saallicht erlosch, und eine erwartungsvolle Stille breitete sich über die achtzig Gäste. Das Personal bezog an der gegenüberliegenden Wand Stellung – unter ihnen auch einige Leute von Alexías Sicherheitsteam.

Wie immer begann Henry mit der Begrüßung.

»Herzlich willkommen im Hotel Edafos. Mein Name ist Henry Shevek. Ich bin Generalsekretär von Pantopia, und das hier ist meine Kollegin, Generalsekretärin Patricia Jung. Wir freuen uns sehr, Sie hier in Edafos begrüßen zu dürfen.«

Die Gäste applaudierten, einige johlten. Die Stimmung war ausgelassen. Patricia wartete ab, bis wieder Stille einkehrte, und nahm Henrys Wort auf.

»Sie alle haben sich sicher schon Gedanken darüber gemacht, was Pantopia ist und welche Rolle Sie selbst darin in Zukunft spielen können. Heute werden wir Ihnen die Details verraten und alle Fragen – soweit möglich – beantworten. Sie haben dann die Gelegenheit, über ihre Teilnahme nachzudenken und sich nach ausreichender Bedenkzeit – sofern Sie es wünschen – vereidigen zu lassen. Wenn Sie sich entschließen, nicht teilnehmen zu wollen, können Sie jederzeit das Hotel verlassen und mit der nächsten Maschine nach Hause fliegen.«

Hier wurde es immer totenstill im Saal. Niemand, der hier war, warf so schnell das Handtuch.

»Wir leben in einer Welt, die ohne unser Zutun gemacht wurde«, fuhr Henry fort. »Die Gesellschaft und ihre Regeln wurden geschaffen, bevor wir etwas zu sagen hatten. Die Staaten, deren Bürger wir sind und deren Pässe wir besitzen, entstanden ohne unsere Zustimmung. Auch die Regeln und Gesetze, an die wir uns halten müssen, waren schon vor uns da. Es gibt Gesetze, über deren Einhaltung jeder Staat genau wacht – zum Beispiel die Steuergesetze.« Zustimmendes Gemurmel, der ein oder andere lachte. »Und es gibt Rechte, auf die achten die wenigsten: Gesetze, die den Schutz vor Ausbeutung betreffen, das Recht auf Asyl, das Recht auf Leben und körperliche Unversehrtheit und die Gleichberechtigung von Männern und Frauen. Einige Staaten *haben* noch nicht einmal Gesetze, die diese Rechte schützen. Dabei sind wir als Menschen alle gleich. Wir alle brauchen Nahrung und Wasser, Liebe und Schlaf, wir brauchen Schutz und die Möglichkeit, zu lernen und uns selbst in der Gemeinschaft mit sinnvollen Tätigkeiten einzubringen. Wir brauchen ein Dach über dem Kopf, Luft zum Atmen, eine gesunde Umwelt und gesellschaftliche Freiheit, damit wir uns selbst verwirklichen können. Eigentlich wissen wir Menschen sehr gut, was wir fürchten und was wir brauchen. Aber wie sieht die Realität aus? Im besten Fall wählen wir alle paar Jahre Repräsentanten, die über unser Schicksal bestimmen. Diese Politiker sind Menschen, die sich durch ihre exponierte Position, ihre Zeitknappheit und ihr Unwissen auf Berater verlassen müssen. Viele davon Lobbyisten großer Konzerne und Interessengruppen, die genug Geld haben, um ihren eigenen Vorteil in den Vordergrund zu bringen und so Gesetze zu beeinflussen. Menschen haben keine Lobby. Im schlechtesten Fall noch nicht einmal ein Wahlrecht. Sie sind Untertanen. Eigentlich ist das nichts Neues. Eigentlich waren es schon immer die wenigen Mächtigen, die über das Schicksal der Vielen bestimmt haben. Es gab schon immer Ungerechtigkeit, Unterdrückung, Ausbeutung und Kriege, die auf dem Rücken der Schwächsten und Wehrlosesten ausgetragen wurden. So gesehen ist das alles ein alter Hut. Die Welt ist nun mal in Nationalstaaten eingeteilt, wer in eine Diktatur geboren wurde, hat eben Pech gehabt. Außerdem leben wir nun einmal in einer globalisierten, kapitalistischen Welt. Es gibt transnationale Konzerne, die die Gesetze der einzelnen Staaten umgehen und ihre Marktmacht dazu nutzen, weder mit Steuern zum Gemeinwesen beizutragen, noch staatliche Schutzmechanismen umzusetzen. Ja, das ist einfach so. Und man könnte sagen: Die Regeln des Kapitalismus gebieten, dass jeder in das investiert, was die meisten Gewinne abwirft, egal, wie gut oder gerecht oder ökologisch oder sinnvoll es für die Menschheit an sich ist. So ist der Markt. Der Markt ist blind und hat uns bisher einen steigenden Lebensstandard ermöglicht. So ist das, und so wird es bleiben, nicht wahr?«

Henry verstummte. Es war so still, dass man jedes Gläserklirren, jeden scharrenden Fuß, jedes Hüsteln überdeutlich im Saal hören konnte. Patricia trat nach vorne, wo ein dezenter durchsichtiger Teleprompter den Text projizierte, doch Patricia kannte die Worte längst auswendig.

»Aber was, wenn wir doch etwas ändern könnten? Was, wenn alles, was wir für unverrückbar halten, einfach nur eine Illusion ist? Was, wenn es in Wirklichkeit weder Staaten noch Gesetze noch multinationale Konzerne gibt? Was wenn das alles nur Geschichten sind, die wir glauben, weil wir sie uns jeden Tag neu erzählen? Menschen sind die einzigen Wesen auf diesem Planeten, die in der Lage sind, in großen Gruppen, über große Entfernungen und lange Zeiträume zu kooperieren. Das liegt daran, dass Menschen sich Geschichten erzählen, an die sie glauben und nach denen sie handeln.«

»Was soll das denn heißen? Geschichten? Was haben denn Geschichten damit zu tun?«, fragte eine Frau nicht gerade leise, die an einem Tisch direkt in der Mitte des Saals saß.

Henry trat vor. »Sehr viel«, sagte er. »Lassen Sie es mich mit einem Vergleich verdeutlichen: Was ist der Unterschied zwischen einer Kartoffel und einer Aktiengesellschaft?« Unruhiges Gemurmel erfüllte den Raum. Keiner schien zu wissen, worauf Henry hinauswollte. Da rief jemand: »Aus der Kartoffel kann man Pommes machen.«

Viele lachten, auch Henry. »Ja genau. Sie haben vollkommen recht«, sagte er. »Eine Kartoffel existiert. Sie können sie anfassen, essen oder einfach wegwerfen. Eine Kartoffel existiert unabhängig davon, ob ein Mensch sie bemerkt oder nicht. Sie ist Teil der realen materiellen dinglichen Welt. Eine Aktiengesellschaft existiert auch, denn sie hat einen Firmensitz, Angestellte, ein Produkt, das sie herstellt, und wenn ich mich mit dem Produkt verletzen sollte, könnte ich die AG auf Schadensersatz verklagen. Aber kann ich die Aktiengesellschaft sehen oder anfassen? Nein. Ich kann vielleicht ihr Gebäude berühren, ich kann ihre Manager und Vorstände kennenlernen, und ich kann mit ihr Geschäfte machen. Aber wenn ich das Firmengebäude niederbrenne, alle Angestellten entlasse und kein Produkt mehr herstelle, existiert die AG trotzdem noch. Wenn die AG hingegen durch einen Gerichtsbeschluss aufgelöst wird, hört sie damit auf zu existieren. Das Firmengebäude mag dann immer noch stehen, und auch die

Manager und Vorstandsmitglieder leben noch. Doch die Aktiengesellschaft selbst ist passé. An einem Tag existiert die AG, weil hinreichend viele Menschen daran glauben, dass es sie gibt. Und am nächsten Tag existiert sie aus den gleichen Gründen nicht mehr. Das Gericht erzählt die Geschichte von ihrem Ende und tilgt sie damit aus der Welt. Zwar könnten andere Menschen noch immer behaupten, sie sei vorhanden, und versuchen, in ihrem Namen Geschäfte zu machen. Doch würden diese Menschen als Betrüger bezeichnet, da die meisten Leute der Meinung sind, die AG habe aufgehört zu existieren. Natürlich findet der Prozess, den ich gerade beschrieben habe, auf der Grundlage von Gesetzen, Regeln und Formalismen statt. Aber was sind Gesetze anderes als immer wieder erzählte Geschichten? Wenn morgen eine schreckliche Seuche ausbrechen würde, die die gesamte Menschheit auslöscht, würden alle Aktiengesellschaften, alle Staaten und alle Gesetze sofort aufhören zu bestehen. Die Kartoffel in der Erde hingegen würde einfach weiter existieren, bis sie auskeimt, gefressen wird oder sonst wie in den Kreislauf der Natur eingeht.

Aktiengesellschaften, Rechtssysteme, Währungen, Staaten, Vereine, Gesetze und alle anderen Regeln sind nur Ideen, die in den Köpfen hinreichend vieler Menschen existieren. Philosophen sprechen von einer intersubjektiven Realität. Wir nennen es einfach: Geschichten.«

Henry trat zurück, so dass Patricia wieder das Wort ergreifen konnte: »Sie alle wurden in eine Welt hineingeboren, in der Ihnen die Geschichte der Nationalstaaten erzählt wurde. Nehmen wir als Beispiel das Land Deutschland. Sie können Deutschlands Grenzen auf einer Karte sehen; Sie können dazugehören, wenn Sie einen deutschen Pass besitzen, der erste Brief, den Sie je bekommen haben, war der mit Ihrer deutschen Steueridentifikationsnummer, und wenn Sie gegen deutsche Gesetze verstoßen, können Sie von deutschen Behörden ins Gefängnis gesteckt werden. Doch wenn von einem Tag auf den anderen die Menschheit aufhören würde, an die Existenz von Deutschland, seiner Grenzen, seiner Institutionen und Gesetze zu glauben, so wäre auch Deutschland dahin. Natürlich nicht die Menschen, die darin leben. Sie würden sich vielleicht damit begnügen, Bayern, Sachsen, Hessen oder Europäer zu sein oder vielleicht einfach Menschen. Menschen existieren einfach so. Staaten existieren nur, weil Menschen an sie glauben.

Was also, wenn wir einfach aufhören würden, an die Existenz der Staaten zu glauben. Was für eine Welt wäre das? Eine gesetzlose und gefährliche Welt? Bestimmt. Wir bräuchten Gesetze und Regeln, die uns vor den Übergriffen der anderen schützen. Glücklicherweise müssten wir keine neue Verfassung erarbeiten, wir müssten kein neues grundlegendes Gesetz finden, denn die Grundrechte der Menschen haben wir schon einmal definiert. In der Allgemeinen Erklärung der Menschenrechte. Wenn wir uns alle an diese Regeln halten würden, hätten wir eine friedliche Welt, ein Leben in Harmonie und gegenseitigem Respekt. Das Problem ist nur: Bisher hat das nicht so gut funktioniert. Und zwar aus einem einfachen Grund: Unter den bisherigen Umständen war es für Einzelne immer von Vorteil, die Regeln zu brechen oder sie zu instrumentalisieren, um andere zu übervorteilen.

Wir müssen also ein System schaffen, in dem jeder Einzelne am meisten davon profitiert, wenn sich alle – er eingeschlossen – an die Regeln halten. Dies ist das Prinzip der neuen Weltordnung, die Grundlage der Weltrepublik Pantopia.«

Henry stellte sich neben Patricia und sprach weiter: »Die Globalisierung ist so weit gekommen, dass Rechtsverletzungen an einem Ort der Erde an allen anderen gefühlt werden. Deshalb ist die Idee von Pantopia als Weltrepublik und die Idee eines Weltbürgerrechts keine phantastische Rechtsutopie, sondern eine notwendige Ergänzung des Menschenrechts. Pantopia ist also nichts weniger als der Plan, die Nationalstaaten zu überwinden und eine neue globale Weltrepublik zu errichten. Wenn Sie sich entscheiden, Teil von Pantopia zu werden, werden Sie als Arche vereidigt. Wir sprechen bewusst nicht von *Bürgern* oder *Staatsangehörigen*, denn diese Titel gehören in die alte Welt, in der noch an Staaten geglaubt wird. In Pantopia gibt es keine Unterteilung mehr in Herrscher und Beherrschte. Die Archen haben keinen Zwang mehr, einer ausbeuterischen Arbeit nachzugehen oder Tätigkeiten auszuführen, die einem vernünftigen und verantwortungsbewussten Handeln widersprechen würden. Wenn Sie Arche von Pantopia werden, verpflichten Sie sich, nach den Regeln und Normen der Weltrepublik zu leben und Verantwortung gegenüber sich selbst und ihren Mitgeschöpfen auf diesem Planeten zu übernehmen.«

Nun war es an Patricia weiterzusprechen. »Aber wie soll das funktionieren? Wie können wir die Menschen dazu bringen, sich auch ohne die Kontrolle des Staates friedlich, fair und solidarisch verhalten? Ganz einfach. Wir werden sie dafür bezahlen.«

Verwundertes Raunen ging durch den Raum. Das war der Moment, den Patricia am meisten mochte. Der Vortrag war lang, und nicht alle Gäste hatten ein Interesse an allzu detaillierten Ausführungen. Die ursprüngliche Argumentation hatte Einbug entworfen, und Patricia hatte mehr als die Hälfte des Textes gestrichen, um die Leute nicht mit Informationen zu erschlagen. Aber wenn es ums Geld ging, waren alle mit einem Schlag wieder wach.

Nach ein paar Sekunden sagte Henry in die aufkommende Unruhe hinein: »Das ist noch nicht alles. Es geht nicht nur ums Geld und ums Konsumieren. Denn eine gemeinsame Welt braucht auch eine gemeinsame Wertegrundlage. Dafür haben wir eine kleine Präsentation für Sie vorbereitet.«

Nach diesen Worten erloschen die Scheinwerfer auf der Bühne. Einzig der gewaltige Springbrunnen in der Mitte des Raumes war noch erleuchtet. Plötzlich regneten Wassertropfen von der Decke in das Becken hinab und errichteten so innerhalb weniger Sekunden eine beinah massive Wassersäule. Das Schauspiel wurde von einem sanften Prasseln begleitet, und feiner Wasserdampf quoll vom Brunnen in den Saal.

Plötzlich erschien in der Mitte des Brunnens eine weiß leuchtende Kugel, und selbst Patricia, die das Spektakel schon Dutzende Male gesehen hatte, war jedes Mal von neuem beeindruckt, wie massiv und absolut echt das Wasserhologramm wirkte. Aus Richtung der Kugel ertönte eine Stimme:

»Herzlich willkommen in Edafos. Ich hoffe, euch gefällt die Show. Henry hat sie designt. Wenn ihr nass werdet, wendet euch bitte an ihn.«

Patricia musste lächeln. Wenn sie Einbug so vor den Leuten sprechen hörte, war er wie ein Wunder, wie ein Traum. Ihre Schöpfung, ihr Werk. Sie war unfassbar stolz auf ihn.

»Ich bin Einbug. Ich bin eine Software, die für die Organisation von Pantopia verwendet wird. Ich werde euch die Grundlagen von Pantopia erklären.«

Die weiße Kugel verwandelte sich in ein Modell der Erde, das sich mit einem Durchmesser von einem Meter unter einer trägen Schicht von Wolken unablässig drehte.

»Die Menschheit ist an einem Wendepunkt angekommen. Wir sind so mächtig, technologisch so fortgeschritten, so voller Möglichkeiten, dass wir die Weltbevölkerung problemlos ernähren könnten, jedem Menschen auf dieser Erde ein Dach über dem Kopf und sauberes Trinkwasser garantieren könnten. Aber wir tun es nicht. Warum? Weil es bisher kein echtes W*ir* gibt. Weil *wir* immer noch *nicht die anderen* bedeutet. Weil unsere Politik und unsere Wirtschaft immer nur nach der nächsten Wahl und dem nächsten Profit Ausschau hält. Niemals war die Menschheit als Ganzes im Visier. Nie haben wir als Menschheit mit einer

Stimme gesprochen. Die Coronapandemie war eine Zäsur. Zum ersten Mal in der Geschichte der Menschheit hatten wir einen gemeinsamen Feind, ein gemeinsames Ziel. Doch was ist daraus geworden?«

Auf der holographischen Erdoberfläche erschienen die Infektionsherde der Erde, die sich langsam über den ganzen Globus ausbreiteten. Währenddessen fuhr Einbug fort: »Statistische Kunstgriffe, Zahlenspiele darüber, wer was am besten gemeistert hat, die alte Ellbogenmentalität am Markt für Schutzausrüstungen und Impfstoffe. Natürlich war die Bevölkerung der Industriestaaten wie immer am schnellsten geimpft. Und was waren die Folgen?«

Ein grauer Totenkopf stieg aus der Mitte der Erde auf. Eine rote Zahl darüber verdeutlichte Einbugs Worte: »Über zehn Million Tote, eine halbe Milliarde Infizierte, viele davon mit Langzeitschäden. Wie viele Menschenleben hätten gerettet werden können, wenn zeitnah und global entschieden worden wäre, welche Maßnahmen zu treffen und welche Güter wo und wie zu verteilen gewesen wären? Wir wissen es nicht. Wir können es niemals wissen. Aber wir können versuchen, in die Zukunft zu blicken. Es wird wieder passieren. Corona wird nicht die letzte Seuche gewesen sein, die die Menschheit heimsucht. Doch was haben wir, was haben die Regierungen unserer Staaten daraus gelernt? Haben sie sich weiterentwickelt? Nein! Im Gegenteil. Sie haben gelernt, dass jedem das eigene Volk, die eigenen Wähler am nächsten sind. Aber erinnern wir uns: Die Grenzen der Welt, die Abtrennung von einem Staat zum anderen ist nur ein Gedankenkonstrukt. Natürlich sind wir durch Sprache und Kultur, durch Geschichte und Gewohnheiten verschieden. Aber gibt es nicht unendlich viel mehr, das uns verbindet? Wir alle sind an Corona gestorben, wir alle haben gelitten. Und es hat keinen Unterschied gemacht, welche Hautfarbe wir hatten, welchen Gott wir um Hilfe anflehten und in welcher Sprache wir dies taten. Für das Virus waren wir alle gleich. Deshalb muss auch die Lösung für diese Welt von Grund auf menschlich sein. Nicht westlich, nicht christlich, nicht patriarchalisch und auch nicht modern … nur menschlich.«

Die Weltkugel verschwand, und an ihre Stelle trat um sich selbst rotierend die dreidimensionale Darstellung eines unförmigen Wesens, das aussah wie ein in sich gekrümmtes Reptil. Die Augen waren riesige Kugeln, der Kopf zu einem tierischen Maul nach vorne gebogen – ein Mensch zu Beginn seiner Entwicklung, dessen Wachstum von dem Hologramm im Zeitraffer dargestellt wurde. Dazu ertönte wieder Einbugs Stimme: »Stellt euch vor, ihr seid diejenigen, die das Schicksal der zukünftigen Menschheit bestimmen müssen. Denkt nicht an euch. Denkt nicht daran, ob ihr Frau oder Mann, reich oder arm, erfolgreich oder gescheitert, schlau oder dumm seid. Denkt nur an diesen Menschen hier. Er oder sie könnte alles sein. Er könnte als reicher Spross in eine chinesische Milliardärsfamilie geboren werden. Sie könnte als zehnte Tochter einer armen Familie in der Sahelzone auf die Welt kommen. Ihr wisst es nicht. Das Kind weiß es nicht. Niemand weiß, in welche Welt wir geworfen werden. Aber wenn es an euch läge, die Regeln festzusetzen. Wenn es euch heute freistünde, die Spielregeln neu zu bestimmen: Was würdet ihr entscheiden?«

Absolutes Schweigen erfüllte den Raum, während sich der Fötus in seiner unsichtbaren Hülle drehte und wuchs und immer mehr die Gestalt eines Babys annahm. Plötzlich kam ein zweiter Fötus hinzu, ein dritter, ein vierter …

»Gibt es irgendeinen Grund, eines dieser Wesen anders zu behandeln als die anderen?«

Keiner der Zuschauer sagte etwas.

»Gibt es irgendeinen Grund, warum eines von ihnen von Anfang an besser oder schlechter gestellt sein sollte als das andere?«

Wieder Schweigen.

»Für Pantopia sollen folgende Regeln gelten: All diese Wesen sollen von Grund auf gleich behandelt werden. Sie sollen grundsätzlich und in gleicher Weise Rechte, Einkommen und Chancen erhalten. Sie sollen ein gleiches Recht auf das umfangreichste Gesamtsystem gleicher Grundfreiheiten haben, das für alle möglich ist. Das heißt, sie sollen alle Anspruch auf das haben, was wir Menschenrechte nennen. Sie sollen in eine menschliche Gemeinschaft geboren werden, die den Wert jedes Einzelnen anerkennt und respektiert. Alle sollen in dieser Weltrepublik eine Heimat finden und in Anerkennung der Gleichheit aller Archen eine Solidargemeinschaft mit ihnen bilden. Doch dies ist nur der erste Schritt. Auch bei gleichen Grundvoraussetzungen werden in einer solchen Gesellschaft innerhalb kürzester Zeit Ungerechtigkeiten entstehen. Denn es ist klar, dass der eine intelligenter, die andere fähiger, der eine erfolgreicher sein und die andere ein glücklicheres Händchen haben wird als die anderen. Wenn wir diese Ungleichheiten nicht ausgleichen, werden sie sich in den nächsten Generationen manifestieren und wiederum zu einer ungerechten Gesellschaft führen. Deshalb müssen wir darauf achten, dass unsere neue Gesellschaft auch am zweiten Tag ihres Bestehens noch so gerecht und lebenswert ist wie am ersten Tag, als wir noch nichts über die Individuen darin wussten. Deshalb setzen wir ein paar weitere Regeln fest.

Wenn wir soziale oder wirtschaftliche Ungleichheiten zulassen, dann müssen sie so beschaffen sein, dass sie den am wenigsten Begünstigten den größtmöglichen Vorteil bringen. Außerdem müssen sie mit Ämtern und Positionen verbunden sein, die allen gemäß fairer Chancengleichheit offenstehen. Keine Erbmonarchie, keine Vetternwirtschaft, kein Vitamin B und keine Guanxi. Niemand soll nach seiner Herkunft, seiner Hautfarbe, seinem Geschlecht oder sonst einer Eigenschaft beurteilt werden. Alle Menschen in dieser Gesellschaft sind frei, das zu tun, was sie in

Übereinstimmung mit ihrer Selbstachtung und als freie und vernunftbegabte Wesen wünschen, sofern sie diese gleichen Rechte für alle anderen Menschen der Gemeinschaft achten, fördern und schützen. Aus diesen Erkenntnissen heraus gibt es für uns einige entscheidende Grundprinzipien, mithin die Verfassung von Pantopia.«

Während Einbug weitersprach, erschienen die zwölf Grundgesetze von Pantopia als Text in der Wasserwand.

»1. Die Basis aller Gesetze Pantopias ist die allgemeine Erklärung der Menschenrechte.
2. Pantopia ist eine Weltrepublik, die allen vernunftbegabten Wesen offensteht. Als gleichberechtigte Mitglieder sind sie die Archen Pantopias.
3. Die Archen Pantopias verpflichten sich, ihr Handeln und ihr Streben in den Dienst der friedlichen Koexistenz aller vernunftbegabten Wesen zu stellen. Insofern ist Pantopia pazifistisch und lehnt jede Form von Gewalt ab. Archen von Pantopia dürfen sich nicht an Kriegen beteiligen, keine Waffen herstellen oder verkaufen und keine Aktivitäten unternehmen, die den Frieden der Welt gefährden.
4. Die Weltrepublik Pantopia verpflichtet sich, das Überleben aller vernunftbegabten Wesen auf diesem Planeten zu schützen. Zu diesem Zweck muss die Natur als Lebensgrundlage bewahrt und alles unterlassen werden, was die Umwelt irreversibel zerstört und die Artenvielfalt vernichtet.
5. Individuelle Freiheitsrechte dürfen durch Gesetze eingeschränkt werden, wenn diese – auf alle Menschen extrapoliert – Artikel 1 bis 4 zuwiderlaufen würden.
6. Jedes vernunftbegabte Wesen kann durch selbständige Willensbekundung und Vertragsschluss Arche von Pantopia werden.

7. Da das Gerichts- und Wohlfahrtssysten von Pantopia über Geld geregelt wird, sind alle Archen verpflichtet, dem Finanzsystem Pantopias beizutreten.
8. Alle Archen haben Anspruch auf ein Bedingungsloses Grundeinkommen, das ihnen monatlich auf ihr Pantopay-Konto überwiesen wird.
9. Alle Archen müssen Steuern und Abgaben auf Güter und Dienstleistungen zahlen, die aufgrund ihrer Schädlichkeit für Umwelt oder Gesellschaft beziffert und erhoben werden.
10. Allen Archen steht es frei, jederzeit neue Gesetze und Regeln zur Abstimmung zu bringen, die vor ihrer Veröffentlichung durch eine geeignete Software auf Plausibilität, Anwendbarkeit und Übereinstimmung mit bisher gültigen Gesetzen überprüft werden.
11. Alle Archen haben die Pflicht, an Abstimmungen und Wahlen über sie betreffende Gesetze teilzunehmen.
12. Alle Verwaltungsprozesse, Gesetzesvorhaben, Verfahren und Vertragsschlüsse sind für Archen uneingeschränkt transparent und einsehbar.

Wie aber werdet ihr nun Archen von Pantopia? Es ist ganz einfach: Ihr schließt einen Vertrag ab. Ihr verpflichtet euch, nach den Prinzipien von Pantopia zu leben und in eurem Reden und Handeln auf seine Verwirklichung hinzuarbeiten. Es ist nicht mehr und nicht weniger als die mündige und selbstbestimmte Willenserklärung eines jeden Individuums, Teil der neuen Weltgesellschaft zu sein und nach ihren Prinzipien und Idealen zu leben.«

»Wie, das ist alles?«, platzte es aus einem der Gäste heraus, und einige der Zuschauer lachten.

»Nein«, sagte Einbugs Stimme. »Als Arche musst du dein Konto bei der Bank von Edafos einrichten, damit dein Grundeinkommen und auch deine Steuern bestimmt und automatisch verrechnet werden können. Außerdem musst du die Basis-Software von Pantopia auf ein entsprechendes Endgerät installieren, um an den demokratischen Entscheidungsprozessen teilnehmen zu können. Dies ist Pflicht. Alle weiteren Pantopia-Apps und -Services und die Messenger zur Kommunikation der Archen untereinander sind optional.«

»Und was macht ihr, wenn die Leute euch verarschen und keinen Bock haben, sich an die Pantopia-Gesetze zu halten?«, fragte eine Stimme aus der Menge der Zuschauer.

»Solange Pantopia noch nicht vollständig umgesetzt ist, wird es nur Strafen in Form von Geldbußen geben. Bei wiederholtem Gesetzesbruch folgt der Ausschluss aus Pantopia«, sagte Einbug, was unzufriedenes Murren von den Zuschauerreihen zur Folge hatte.

»Da kommen sicher eine Menge Faulenzer und Schmarotzer nach Pantopia. Wie soll sich das denn rechnen?«

»Bist du ein Faulenzer und Schmarotzer?«, frage Einbug.

»Natürlich nicht«, kam die entrüstete Antwort.

»Siehst du, niemand, den ich frage, bezeichnet sich selber so, und doch scheinen sie überall zu sein. Wie seltsam.«

Henry ergriff wieder das Wort, und sofort tauchte der Spot ihn wieder in helles Scheinwerferlicht. Seine Stimme war klar und sicher wie eh und je, aber Patricia wusste, dass er hier einen Punkt ansprach, der ihm persönlich wichtig war. Es war seine Art der Rache, seine Art, mit den Enttäuschungen, den Ausgrenzungen und der Gewalt in seinem früheren Leben umzugehen. »Mit Sicherheit wird es Menschen geben, die unsere schlimmsten Erwartungen übertreffen. Es gibt Mörder, Lügner und Betrüger. Aber seid versichert, dass diese Menschen eine Minderheit sind. Und keiner von ihnen wird als Teufel geboren. Niemand kommt auf die Welt und beschließt, ein Verbrecher zu werden. Es sind die Lebensumstände, die Vernachlässigungen in der Kindheit, die fehlende Bildung, die Ungerechtigkeiten der Gesellschaft, die mangelnden Chancen, die Enttäuschungen im Leben und die schlechten Entscheidungen, die aus guten Menschen schlechte machen. Wir arbeiten auf eine Welt hin, in der nicht alle Menschen perfekt sein müssen, aber in der die Grundvoraussetzungen für ein gutes Leben allen gleichermaßen zugänglich sind. Auf diese Weise wollen wir eine Gesellschaft errichten, in der die Menschen gut sein können, weil sie nicht böse sein müssen, um zu überleben. Wenn wir daran nicht glauben würden, wäre das Projekt einer besseren Welt von vornherein zum Scheitern verurteilt.«

Henrys Stimme verhallte. Auch das Hologramm verblasste. Der Wasservorhang über dem großen Brunnen wurde dünner und verebbte schließlich zu einzelnen Tropfen, die leise hinabplätscherten.

Patricia folgte wieder dem Text, der auf dem Teleprompter angezeigt wurde, und sagte: »Wir haben euch nach Edafos eingeladen, damit ihr die Vorzüge von Pantopia kennenlernen könnt, ohne euch gleich binden zu müssen. Deshalb könnt ihr ab sofort die Pantopia-Testversion auf eure Smartphones laden, mit der ihr bereits bezahlen und kommunizieren könnt, ohne zu Archen werden oder euer Konto ummelden zu müssen. Die Test-App funktioniert nur auf dieser Insel. Wenn ihr Fragen habt, könnt ihr euch einfach an Einbug wenden – er ist jederzeit über die App erreichbar.

Abgesehen davon möchten wir euch noch einmal darauf hinweisen, dass Fotos, Videos und Tonaufzeichnungen auf Edafos verboten sind und in jedem Fall vor eurer Abreise wieder gelöscht werden. Bedenkt, dass es Menschen gibt, für die allein der Aufenthalt auf Edafos schwere Verfolgung in ihren Heimatländern nach sich ziehen kann. Respektiert und genießt Edafos als einen geschützten Ort, den es nur einmal auf der Welt gibt. Danke.«

Die Scheinwerfer erloschen, das Saallicht leuchtete langsam wieder auf, und die Anwesenden sahen einander unsicher an, als erwachten sie aus einem Traum.

13

Der Dinnersaal leerte sich, aber Tom hatte noch kein Bedürfnis aufzustehen. Er musste seine Gedanken erst sortieren. Ebenso schien es Guido zu gehen, der immer noch wie gebannt auf die leere Bühne starrte. Nach einer Weile fragte Guido: »Was hältst du davon?«

»Keine Ahnung«, sagte Tom und massierte sich die Schläfen, die jetzt wieder dumpf pochten. Wenn er ehrlich war, fühlte er sich einfach nur unfassbar müde.

»Ich hatte mich vorher schon über Pantopia informiert und eine ungefähre Ahnung, was die wollen«, redete Guido weiter vor sich hin. »Aber dass sie es so ernst meinen und das Ganze jetzt schon umsetzen wollen … das ist schon ziemlich krass.«

»Weißt du was?«, sagte Tom und stand auf. »Ich bin total fertig. Lass uns morgen darüber sprechen, ja?«

»Morgen? Aber der Abend ist doch noch jung, wir könnten versuchen, mit den Generalsekretären zu reden, wir könnten …«

»Ich bin raus für heute. Tut mir leid. Wir sehen uns morgen zum Frühstück, ja?«

Guido sah enttäuscht aus, aber er fasste sich schnell. »Alles klar, dann hau dich mal hin. Ich werde mich noch ein bisschen schlaumachen.« Damit nahm er sein Glas und ging hinüber zur Bar, wo Henry und Patricia standen. Tom verließ den Saal.

Als er die Tür seines Zimmers hinter sich geschlossen hatte, atmete er erleichtert durch. Er war Hals über Kopf geflohen, er hatte in Pantopia Freiheit und einen Neuanfang gesucht. Aber was er gefunden hatte, machte ihm Angst. Er hatte das Gefühl, dass die Sache ernster werden könnte als alles, was er in seinem Leben angefangen hatte. »Du kannst alles werden, was du willst«, echote die Stimme seiner Mutter wieder in seinem Kopf. Aber für den Moment wollte er einfach nur schlafen. Die Augen zumachen und schlafen. Morgen würde er sicher alles klarer sehen. Ohne sich zu entkleiden, kroch Tom ins Bett, löschte das Licht und fiel Sekunden später in einen unruhigen Schlaf voller düsterer Träume.

Als er am nächsten Morgen erwachte, ging es ihm tatsächlich besser. Der Kopfschmerz war nur noch ein winziges Rauschen in seinem Hinterkopf. Nach einer Dusche und mit frischen Klamotten fühlte er sich bereit, Pantopia endlich kennenzulernen. Kurz überlegte er, ob er sein Handy anschalten sollte, entschied sich dann aber dagegen. Sein Vater hatte sicher einige Nachrichten hinterlassen, aber damit konnte er sich jetzt noch nicht befassen. Eins nach dem anderen. Erst Pantopia, dann sein Vater.

In der Lobby fand er Guido in sein Smartphone vertieft.

»Guten Morgen«, sagte Tom. »Schon alles über die neue Welt erfahren?«

Guido strahlte ihn an. »Ja, es ist wirklich phantastisch. Ich habe gestern noch zwei Stunden mit Henry diskutiert. Der ist echt in Ordnung. Ich habe ein Gespür für Schnorrer und Abstauber. Henry ist keiner von denen. Ich habe mir gestern Abend noch die Pantopia-App heruntergeladen. Das musst du auch machen, es ist unglaublich, was die alles schon vorbereitet haben. Hier, guck mal: Die Präsentation von gestern ist als Video abrufbar, hier gibt es weitere Infos über die Abstimmungssoftware, eine Chatfunktion, eine Karte der Insel und natürlich das Bezahlsystem Pantopay mit tausend Euro!«

»Tausend Euro?«

»Ja, lass uns gleich los in die Stadt und was kaufen. Ich bin so gespannt. Wenn das funktioniert, benutze ich das auch für meinen Laden. Habe ich dir eigentlich schon von meiner Burgerbude erzählt? Bei mir gibt's die besten Burger, sag ich dir. Nicht so ein Industriekram, sondern echte, handgemachte Burger, alles nur vom Feinsten.«

Und während sie das Hotel verließen und sich zu Fuß auf in Richtung Stadt machten, sprach Guido von seinem Imbissstand und den über einhundertzwanzig verschiedenen Burgervarianten, die er im Angebot hatte. Er erzählte mit solcher Begeisterung, dass Tom ihm gern zuhörte. Es war kein Belehren, kein forderndes Gespräch wie so oft mit seinem Vater. Obwohl Guido gut dreißig Jahre älter war als Tom, behandelte er ihn wie seinesgleichen.

Hinter dem Hotel führte eine breite Fußgängerzone einen flachen Hügel hinauf bis in die Altstadt und verzweigte sich dort in verwinkelte Gässchen und gemütliche Plätze. Guido wollte nicht einfach nur einen Kaffee trinken, sondern die App an verschiedenen Produkten ausprobieren. Also kauften sie in einem kleinen Laden ein und packten aufs Geratewohl Brot, Wurst, Äpfel und belgische Waffeln in den Einkaufskorb. An der Kasse war Guido ganz aufgeregt.

»Ich habe meinen Geldbeutel nicht mitgenommen. Was, wenn die App von Pantopia nicht funktioniert? Hast du noch etwas Bargeld dabei?« Tom schüttelte den Kopf.

»Wird schon klappen«, sagte er aufgeregt und legte die Waren auf das Fließband. Die Kassiererin lächelte den beiden freundlich entgegen. Sie sagte etwas auf Griechisch, das Tom nicht verstand. Dann deutete sie auf Guidos Handy und sagte: »Pantopia?«

Guido nickte. Sie winkte ihn zu sich und zeigte ihm, wie er seinen persönlichen Account aktivierte. Die Registrierkasse machte einmal klack, woraufhin die Verkäuferin den Deckel der Geldschublade wieder zuwarf und Tom den Kassenzettel in die Hand drückte. Dann gab sie ihm mit dem Daumen nach oben ein Zeichen und sagte grinsend: »All good. Pantopia is good.«

Grinsend wie zwei Schuljungen, die ihre erste Packung Zigaretten gekauft hatten, stolperten die beiden nach draußen. Guido blickte sich immer wieder um, als er erwarte er, dass doch noch ein wütender Ladenbesitzer nach draußen gerannt käme, aber niemand behelligte sie.

Schließlich setzten sich die beiden im Schatten einer Zypresse auf eine Mauer und begutachteten ihre Einkäufe und den Kassenzettel. Einige Waren waren erstaunlich teuer.

»Schau dir das an: Der Apfel kostet zwei Euro! Wie kann das denn sein?«, sagte Tom. Guido rief die letzten Einkäufe in seiner App auf und erhielt zu den einzelnen Posten detaillierte Informationen, die er Tom vorlas: »Die Äpfel der Sorte Braeburn stammen aus der neuseeländischen Ernte des vergangenen Jahres. Der Preisaufschlag errechnet sich aus den CO_2-Emissionen für Transport und Kühlung, in der sich die Äpfel befanden.« Tom überflog die übrigen Posten auf dem Papierbon. »Mann. Und die Wurst. Die ist auch teuer!«

»Alles ist teuer!«, stellte Guido fest. »Die Waffeln kosten dreimal so viel wie das Brot. Ich schau mal nach, warum.«

Die Antwort war schnell gefunden: Das Brot war aus der lokalen Bäckerei. Die Waffeln stammten von einem Hersteller aus Italien, der das Gebäck nicht nur einzeln in Plastik verpackte, sondern auch Palmöl zur Herstellung verwendete, zwei Faktoren, die zu einem Aufpreis führten, der direkt von Guidos Konto abgezogen und als Abgabe an Pantopia zurücküberwiesen wurde.

»So geht das Geld natürlich schnell weg«, sagte Guido. »Aber macht ja nichts, ich hab es ja vorher geschenkt bekommen … schon seltsam dieses System.«

»Gibt es denn gar keine Produkte, die billiger werden? Egal, was ich kaufe, ich hab doch immer irgendwas falsch gemacht.

Am besten, ich erschieß mich gleich. Dann ist mein CO_2-Abdruck null.«

»Wär 'ne Möglichkeit. Aber dann wäre Pantopia auch ziemlich sinnlos, meinst du nicht?«

»Ja, ich versteh schon. Wir sollen unser Konsumverhalten ändern ... finde ich aber irgendwie ätzend. Ich will doch selbst entscheiden, was ich kaufe.«

»Kannst du ja, du musst halt den Preis dafür zahlen.«

Tom riss die Plastikpackung auf und biss in eine Waffel. Sie schmeckte extrem süß und fettig und war genau das, was er jetzt brauchte.

»Und schmeckt's?«, fragte Guido, der bedächtig ein Stück Brot kaute.

»Du willst mir jetzt sicher sagen, dass das Brot sowieso viel besser ist, oder?«, fragte Tom, der schon die zweite Waffel verdrückte.

»Das Brot schmeckt auf jeden Fall sehr gut. Frisch und knusprig. Nicht so ein Instantzeug. Willst du mal probieren?«

»Nein danke«, murmelte Tom mit vollem Mund. »Ich mag die Waffeln.«

Nach dem Imbiss packten sie die Reste ihres Einkaufs ein und schlenderten weiter durch die Fußgängerzone. Cafés und Bars reihten sich neben Souvenirläden, Modeboutiquen und kleine Handwerksbetriebe, die den Charme mediterraner Gelassenheit ausstrahlten. Hier gab es kaum internationale Ketten. Keine großen Modelabels, Schuhhersteller oder Schmuckgeschäfte, die in allen Einkaufspassagen der Welt anzutreffen waren. Auch Telekommunikationsläden oder Elektronikgeschäfte suchte man hier vergebens. Dabei sahen die meisten Läden neu oder frisch renoviert aus und waren tatsächlich hochtechnologisiert. Selbst der Straßenhändler, der ihnen frisch gepressten Orangensaft verkaufte, akzeptierte neben den gängigen bargeldlosen Bezahlverfahren die App von Pantopay.

Auf einem Bouleplatz, der von mächtigen Ahornbäumen gesäumt wurde, machten drei alte Herren mit Bouzoukis Musik. Viele Leute blieben davor stehen, klatschten im Takt mit oder wiegten sich zur Musik. Zwei Marktfrauen mit schwarzen Röcken und staubigen Plastiksandalen tanzten dazu. Ein kleines Mädchen in Windeln und mit vom Kopf abstehenden schwarzen Zöpfen hüpfte im Kreis.

Tom erinnerte sich schwach an die letzte Partynacht vor ein paar Wochen, in der er mindestens drei Pillen eingeworfen hatte. Die Musik war wie ein übergroßes Monster mit jedem Ton in seinen Körper gefahren und hatte ihn mit sich gerissen, vor sich her getrieben. Sein Herzschlag und der Bass hatten sich synchronisiert, und Tom hatte geglaubt, sich in der Luft aufzulösen. In diesem Augenblick der absoluten Ekstase hatte er erkannt, dass es genau das gleiche Gefühl war, das er kurz vor dem Tod seiner Mutter verspürt hatte. Der stumme Schrei, die rasende Verzweiflung, die dort im Rachen endet, wo der Zungenmuskel beginnt. Es war das Gleiche. Perfekte Ekstase und vollkommenes Entsetzen. Das gleiche Gefühl, nur in einer anderen Farbe.

»Hey, Tom, alles in Ordnung mit dir?« Er fühlte Guidos Hand auf seiner Schulter.

»Ja, danke, es geht schon. Lass uns weitergehen.«

Sie schlugen den Weg nach links in eine schmale Gasse ein, die sich schon bald in eine ausgetretene Treppe verwandelte. An manchen Stellen sah man tiefe Abdrücke im Granit, als hätte ein Riese hier seinen Fuß aufgesetzt, dabei waren es die Schritte zahlloser Generationen gewesen, die jeden Sonntag den beschwerlichen Weg nach oben genommen hatten. Denn auf dem Hügel, der sich mitten in der Stadt über den Dächern erhob, thronte die Kirche von Edafos. Ein massiger imposanter Bau mit einem spitz zulaufenden Hauptportal, in dessen Mitte eine Blume aus Glas in verschiedenen Farben funkelte. Der linke Turm war in drei Abstufungen nach oben geschossen, während auf der rechten Seite schon nach zwei Segmenten eine nüchterne Plattform das Gebäude abschloss. Vielleicht war der Turm zerstört oder nie fertig gebaut worden. Neben dem verriegelten Hauptportal gab eine schmucklose schwarze Tür den Weg ins Innere frei. Tom zögerte, hineinzugehen. Er machte sich nichts aus Religion. Aber er wurde oft eigenartig sentimental, wenn er Kirchenmusik hörte. In seinem jetzigen Zustand wusste er nicht, wie ihm der Aufenthalt in diesem fremden Gotteshaus bekommen würde. Aber Guido schritt geradewegs auf die schmale Tür zu, als bestehe überhaupt kein Zweifel daran, dass Tom ihm folgen würde. Im Inneren öffnete sich vor ihnen ein gewaltiger Raum, der Tom an das Skelett eines Dinosauriers erinnerte. Die Rippenbögen, die an den Seiten des Kirchenschiffs emporführten, wurden an der Decke von einer Wirbelsäule aus Granit zusammengehalten. Tom stellte sich vor, wie sich das gigantische Wesen plötzlich in Bewegung setzen und die Mauern zum Einsturz bringen würde.

»Überleg mal, wie alt das ist«, raunte Guido ihm zu. »Fast tausend Jahre.«

»Woher weißt du das?«

»Na, der Baustil ist eindeutig gotisch. Denk dir nur: das alles ohne Kran und ohne Bagger und ohne Taschenrechner zu erbauen. Eine wahnsinnige Arbeit.«

»Ja. Vollkommen wahnsinnig. Hätten die mal lieber was Sinnvolles gebaut. Wohnhäuser oder ein Krankenhaus oder wenigstens eine Verteidigungsanlage.«

»Aber die Kirche war durchaus sinnvoll«, sagte Guido strahlend. »Der Bau der Kirche war notwendig. Die gemeinsame Anstrengung, das übermenschliche Projekt, so ein Gebäude zu errichten, konnte nur gelingen, weil alle daran geglaubt haben, es für eine höhere Macht zu tun. Die Idee von Gott ist viel wichtiger als die Frage, ob es Gott wirklich gibt. Denk dir nur, welchen gemeinschaftsstiftenden Sinn diese Baustelle für die Bewohner über Jahrzehnte gehabt hat.«

»Geflucht haben sie trotzdem. Hat sicher unendlich viel gekostet, und die ganze Arbeit … furchtbar.«

»Ja, aber am Ende steht ein Gebäude, das fast tausend Jahre überdauert hat und sicher etlichen Menschen bis heute eine ganze Menge bedeutet.« Er wies unauffällig in die erste Reihe, wo ein paar Leute in der Bank knieten und beteten. In einer Nische sah Tom ebenfalls einen kleinen Altar, auf dem ein Meer von Kerzen flackerte.

»Ich hätte jedenfalls keinen Bock, eine Kirche zu bauen.«

»Ich auch nicht. Müssen wir auch nicht. Aber vielleicht bauen wir Pantopia.«

»Das wird hoffentlich weniger anstrengend.«

»Wär ich mir nicht so sicher.«

Als sie wieder nach draußen traten, blendete die Sonne so sehr, dass Toms Augen schmerzten. Guido schien das Licht nicht zu stören, und er steuerte zielstrebig auf einen kleinen Souvenirladen zu, wo er mit Pantopay zwei Eisbecher bezahlte. Damit schlenderten sie zum höchsten Punkt des Berges, wo ein paar halb verwitterte Steinplatten zum Verweilen einluden. Von hier oben hatte man einen herrlichen Blick über die Insel. Direkt unter sich konnten sie das Hotelresort sehen und den Strand, an dem sich bereits unzählige Menschen tummelten. Im Meer schienen hingegen nur wenige zu baden, denn das Wasser hatte sich im Oktober schon deutlich abgekühlt.

Westlich des Hotels führte die Straße aus Edafos heraus und in das hügelige Hinterland, in dem sich noch einige Ortschaften ausmachen ließen. Deutlich hoben sich auch dort die sandsteinfarbenen Kirchen von den andern Gebäuden ab. Dahinter wurde die Landschaft noch bergiger und verschwand schließlich in der diesigen Meeresluft.

»Pantopia könnte wirklich groß werden«, sagte Guido versonnen.

»Die scheinen es jedenfalls ernst zu meinen. Was das alles kostet. Die Werbekampagne, die Flüge, die Software. Ganz schön viel Aufwand«, sagte Tom.

»Wenn es einfach wäre, würde es jeder machen«, murmelte Guido und fuhr nachdenklich fort: »Aber ein bisschen Bammel hab ich schon. Ich meine, was, wenn das, was wir hier machen, illegal ist und die mich verhaften, wenn ich nach Hause komme?«

Tom musste an die Polizisten auf den Überwachungskameras denken. War er nicht hier hergekommen, um all dem zu entfliehen? Wann, wie und ob er zurückreisen würde, darüber hatte er sich noch überhaupt keine Gedanken gemacht.

»Das ist das alte Problem«, sagte er langsam. »Pantopia kann nur funktionieren, wenn alle mitmachen. Wenn wir aus Angst kneifen, dann wird das nichts.«

»Stimmt. Moment, ich muss das kurz klären«, sagte Guido und tippte auf seinem Handy herum. Dann etwas lauter: »Einbug!« Eine Sekunde später erklang aus dem Lautsprecher eine geschlechtslose Stimme: »Guten Morgen Guido, wie kann ich dir helfen?«

»Da ist auch so ein persönlicher Assistent eingebaut?«, fragte Tom erstaunt, Guido nickte.

»Hallo Einbug, ich habe ein paar Bedenken wegen Pantopia. Mache ich mich auf irgendeine Weise strafbar, wenn ich zum Archen werde?«

»Nein, Guido. Pantopia ist eine friedliche Bewegung, und solange du keine Gewalt ausübst, bist du – als deutscher Staatsbürger – berechtigt, selbstgewählten Vereinen und Organisationen beizutreten.«

»Ach, komm«, sagte Tom ungläubig. »Wenn ich Pantopia programmiert hätte, würde ich das auch behaupten, um meine Mitglieder zu beruhigen.«

»Ich habe dir die entsprechenden Gesetzestexte und einige Gerichtsurteile per E-Mail geschickt, Guido. Wenn du einen Fehler in meiner Argumentation entdeckst, sag mir bitte Bescheid.«

»Danke Einbug«, sagte Guido, und an Tom gewandt: »Siehst du, die haben an alles gedacht.«

»Willst du jetzt wirklich die Gesetze durchchecken?«, fragte Tom.

»Vielleicht«, sagte Guido nachdenklich. »Jedenfalls finde ich es gut, dass ich es könnte, wenn ich wollte. Vielleicht ist das ja auch eher was für dich. Du bist doch jung und clever.«

»Ja, super clever«, sagte Tom und seufzte.

»Willst du eigentlich darüber reden?«, fragte Guido.

»Reden? Über was?«

Guido sah ihn an und hob die Augenbrauen. Dann setzte er sich neben ihn auf einen großen Stein und blickte hinaus aufs Meer.

»Ich glaube, jeder hat einen bestimmten Grund, warum er nach Pantopia gekommen ist.«

»Was ist dein Grund?«, fragte Tom, der keine Lust hatte, über seine Beweggründe zu sprechen.

»Ha, das würdest du gern wissen, was? Na gut, ich will es dir sagen. Ich glaube, dass ich in meinem Leben an einem Punkt angekommen bin, an dem ich alles erreicht habe, was ich erreichen wollte. Ich habe die beste Burgerbude der Welt, ich habe tolle Kunden, ein gutes Einkommen und einen Beruf, der mir Spaß macht. Ich bin achtundvierzig Jahre alt, und mein Leben ist quasi zu Ende.«

»Aber wenn es dir nicht gefällt, dann mach doch was anderes«, versuchte Tom zu helfen.

»Nein, das ist es nicht. Es gefällt mir ja, es ist alles, was ich immer wollte. Ich habe nur zu früh alles erreicht. Und jetzt frage ich mich, ob das alles gewesen ist. Ich habe leider keine Frau, und für Kinder ist es auch schon zu spät – das sind Dinge, die ich nicht ändern kann. Alles andere habe ich so eingerichtet, dass ich morgen ohne Reue den Löffel abgeben könnte. Und das ist an manchen Tagen beruhigend ... und manchmal ziemlich deprimierend. Ich habe keine Aufgabe mehr im Leben, weißt du? Ich habe keine Familie, niemanden, der nach mir kommt. Ich hinterlasse nichts. Pantopia würde mir die Chance geben, an etwas Großem beteiligt zu sein, etwas, das bleibt. Deshalb bin ich hier.«

»Verstehe«, murmelte Tom und dachte an seine Mutter und ihre großen Pläne für Toms Zukunft.

»Du hast keine Lust, in dein altes Leben zurückzukehren, was?«

»Kann sein.«

»Warum?«

»Es ist total ... ach egal«, sagte Tom.

»Hey, es interessiert mich wirklich. Du bist doch noch jung, du hast dein Leben vor dir. Warum bist du hier?«

Tom starrte aufs Meer und dachte an den Tag in Johnnys Funpark, die verdrehten Augen, den Schaum vor dem Mund der Frau. Und mit einem Mal realisierte er, dass er Guido wirklich erzählen konnte, was ihn bedrückte. Was hatte er zu verlieren? Sie waren hier, um eine neue Zukunft zu schaffen – eine bessere Welt. Mussten sie da nicht im Kleinen anfangen und sich gegenseitig vertrauen? Tom atmete tief durch, dann sagte er: »Ich habe Mist gebaut. Richtig, richtig großen Mist.« Er machte eine Pause, und Guido fragte nicht weiter, wartete geduldig, bis Tom den Mut aufbrachte, weiterzusprechen.

»Ich habe mit Ecstasy gedealt. Nicht so richtig professionell, nur so ein bisschen, um die Pillen zu bezahlen, weißt du? Und es hat alles immer geklappt ... bis ich dieser Frau Pillen verkauft habe, die dann ... eine Überdosis oder eine allergische Reaktion hatte, was weiß ich. Jedenfalls ist sie ohnmächtig geworden. Ich habe sie wiederbelebt, aber seit der Krankenwagen weggefahren ist, weiß ich nicht, was aus ihr geworden ist und ... oh fuck, ihre kleine Tochter stand die ganze Zeit daneben, es tut mir so leid.«

Guido schwieg lange. Dann sagte er: »Das ist wirklich schlimm. Hast du mit jemandem darüber geredet? Mit deiner Freundin, deiner Familie oder der Polizei?«

Tom lachte bitter und schüttelte den Kopf. »Nein, kann ich alles nicht. Du bist der Erste.«

»Oh.«

»Ja, oh. Und Pantopia war mein Notausgang aus all dem Scheiß. Ich bin einfach abgehauen und hergeflogen. Jetzt bist du im Bilde. Wenn du jetzt lieber gehen willst, kann ich das verstehen. Ich würde auch keine Zeit mit mir verbringen wollen, wenn ich nicht müsste.«

Aber Guido ging nicht. Er blieb neben Tom sitzen und blickte auf die See. Nach einer Weile sagte er: »Was passiert ist, ist passiert. Du kannst es nicht ungeschehen machen. Aber wenn es dir wirklich leid tut, musst du die Konsequenzen ziehen.«

»Welche Konsequenzen?«

»Darüber nachdenken, was für ein Mensch du in Zukunft sein willst. Wie du es wiedergutmachen kannst. Vielleicht kannst du dir dann irgendwann verzeihen.«

Tom vergrub das Gesicht in den Händen. In seinem Innern brannte ein Feuer aus Scham, Dankbarkeit und Hoffnung.

14

Angelika saß im Wohnzimmer und versuchte, sich auf das Buch in ihrer Hand zu konzentrieren. Madu hatte sich erkältet und lag auf der Couch. Es ging ihm nicht wirklich schlecht, nur gerade so, dass er den sonntäglichen Ausflug sausen ließ. Allein machte ihr Wandern keinen Spaß. Sie hatte aber auch keine Lust, den ganzen Tag in der Wohnung herumzusitzen. Sie sah auf die Uhr. Gerade mal halb zwei. Wenn sie heute früh ins Bett ging, konnte sie schon um sechs auf der Arbeit sein und die Berichte von Benz durcharbeiten. Vielleicht gab es auch schon Neuigkeiten von den griechischen Kollegen. Hannah würde sich frühestens in zwei Wochen melden. Bis dahin …

»Kannst du bitte rausgehen?«, unterbracht Madu ihre Gedanken.

»Wie bitte?«

»Du grübelst schon wieder vor dich hin.«

»Nein, ich lese nur …«

»Nein, du grübelst. Ich kann das hören. Du seufzt und schnaufst dann ständig. Ich weiß doch, dass du an nichts anderes als das bescheuerte Pantopia denken kannst. Also los. Dann geh raus. Nutz die Zeit und lass mich in Frieden. Du störst mich beim Rekonvaleszieren.«

»Vielleicht hast du recht. Bist du sicher, dass du ohne mich klarkommst?«

»Ich werde es überleben. Also bis später.«

Sie gab ihm zum Abschied einen Kuss auf die Stirn und machte sich auf den Weg in die Innenstadt.

In der U-Bahn waren nur wenige Leute: ein paar Ausflügler mit norddeutschem Dialekt, eine Familie mit Kindern, eine Seniorengruppe auf dem Weg ins Museum. Ein Mann vor Angelika bearbeitete gerade ein Selfie. Daneben eine Frau, die im Online-Shop Rollen für ihr Skateboard aussuchte. Nach einer Weile stiegen zwei Jugendliche ein, die kaum älter als sechzehn Jahre sein konnten. Im Gegensatz zu allen anderen unterhielten sich die beiden so laut, dass Angelika gar nicht umhinkam, die Details mit anzuhören. Die Beziehung des einen stand auf der Kippe. Der Junge wusste nicht so recht, ob er mit seiner Freundin Schluss machen sollte oder nicht. Der andere ermutigte ihn zu diesem Schritt, vielleicht, weil er selbst Interesse an dem Mädchen hatte.

Der Erste sagte seufzend: »Nein, ich behalte sie noch ein bisschen. Die ist schon gute Ware.«

»Auch wieder wahr«, pflichtete der andere ihm bei.

Da herrschte Angelika die beiden an: »Sag mal, spinnt ihr? Ihr könnt eine Frau doch nicht als Ware bezeichnen!«

»Was geht Sie das an?«, blaffte der Erste zurück.

Heiße Wut stieg in Angelika auf. »Es geht mich etwas an, wenn du Frauen herabwürdigst. Würde es dir gefallen, wenn jemand deine Mutter als Ware bezeichnet?«

Der Junge verdrehte die Augen und grinste. Aber Angelika ließ es nicht damit bewenden. Sie trat einen Schritt näher auf die Jungen zu, die sie um einige Zentimeter überragten. Es war klar, dass sie den beiden rein körperlich nichts entgegenzusetzen hatte. Aber sie hatte andere Möglichkeiten. Sie zog ihren Ausweis aus der Tasche und hielt ihn den beiden entgegen.

»Dann wollen wir gleich mal eine Personenkontrolle machen, was?«

Das unverschämte Grinsen schwand aus ihren Gesichtern, als hätte man eine Kerze ausgepustet. Der Zweite sagte schnell: »Tschuldigung, so war das nicht gemeint. Wir wollen keinen Stress, okay?«

»Keinen Stress, aha. Na, dann passt auf, wie ihr Frauen behandelt! Respektvoll und wertschätzend und nicht anders, klar?«

»Ja. Ist klar. Kein Problem«, nuschelten sie.

»Dann ist ja gut«, sagte Angelika und steckte den Ausweis wieder ein. »Und jetzt raus mit euch!« Die Türen öffneten sich, und die beiden Jungen stolperten aus dem Abteil. Eine alte Frau aus der Seniorengruppe nickte ihr anerkennend zu.

Beim Treppenaufstieg aus der U-Bahn-Station Münchner Freiheit schlang sie den Mantel enger um sich, um den eisigen Wind abzuhalten. Das Pantopia-Zentrum war nicht weit. Auf vier Etagen eines ehemaligen Kaufhauses sollten sich die Gäste laut Webseite über das globale Projekt Pantopia informieren können. Und das Angebot wurde gern angenommen. Es hatte sich sogar eine Schlange gebildet. Ältere Menschen, Familien mit Kindern, Grüppchen von jungen Leuten, die aussahen, als wollten sie ins Kino gehen. Nach ein paar Minuten wurde Angelika zusammen mit etwa zehn anderen Besuchern von einer freundlichen jungen Mitarbeiterin eingelassen.

»Herzlich willkommen im Pantopia-Zentrum München. Ich werde Sie durch die Räumlichkeiten führen und Ihnen gern alle Fragen beantworten. Wenn Sie möchten, können Sie sich auch selbständig umsehen.«

Angelika blieb mit einer Handvoll anderen Interessierten bei der Mitarbeiterin und ließ sich von dieser alles zeigen. Tatsächlich war das Zentrum eine in schlichtem modernem Stil gehaltene Mischung aus Konferenzzentrum, Bibliothek, Museum und Restaurant. Es gab mehrere Vortragsräume, in denen Besprechungen und Informationsveranstaltungen abgehalten werden konnten. In der Bibliothek befanden sich neben den Büchern Leseinseln, Arbeitstische und altmodische Ohrensessel, die zum Lesen und Verweilen einluden. Den Hauptteil des Bücherbestands bildete philosophische Literatur aus zwei Jahrtausenden, Werke berühmter Historikerinnen und Historiker, Wirtschaftsanalysen der letzten zwei Jahrhunderte sowie Bücher, die sich mit verschiedenen Gesellschafts- und Herrschaftsmodellen beschäftigten von A wie Anarchismus bis Z wie Zensuswahlrecht.

»Das Beste kommt zum Schluss«, sagte die Mitarbeiterin, als sie ihre Besuchergruppe in den mit Abstand größten Bereich führte: »Unser Museum.«

»Museum? Pantopia ist doch noch ganz neu. Was wird denn hier ausgestellt?«, fragte Angelika.

»Alte Ideale und Missverständnisse«, sagte die Mitarbeiterin lächelnd. »Pantopia ist nicht aus dem Nichts entstanden, sondern gründet auf Ideen, die über Jahrtausende gewachsen sind. Wenn Sie Zeit haben, können Sie diesen Entstehungsprozess in der Bibliothek nachvollziehen – für ein schnelleres und anschaulicheres Lernerlebnis können Sie das Museum besuchen. Sie sehen dort, wie die Menschheit in ihrem Bemühen um ein besseres Leben immer komplexere Gesellschaftsstrukturen geschaffen hat. Aber der Fortschritt hatte seinen Preis. Wir sind in eine Sackgasse getappt, aus der Pantopia den Ausweg bietet. Bitte, treten Sie ein und sehen Sie sich alles an.«

Angelika blieb zurück, so dass sie alleine mit der Mitarbeiterin sprechen konnte.

»Vielen Dank für den kurzen Einblick«, sagte sie. »Arbeiten Sie schon lange hier?«

»Lange? Na ja, das Zentrum ist ja erst seit August geöffnet. Seitdem bin ich hier.«

»Wie sind Sie zu diesem Job gekommen?«

»Ich habe die Stellenausschreibung online gesehen und bin gleich genommen worden. Wieso? Möchten Sie auch hier im Zentrum arbeiten? Ich kann es Ihnen nur empfehlen, es ist sehr angenehm hier.«

»Nein, danke, ich interessiere mich nur für Pantopia ... ich habe noch immer nicht so richtig verstanden, was das alles soll.«

»Dann empfehle ich Ihnen das Museum, dort finden Sie sicher Antworten.«

»Ich hatte gehofft, Sie könnten mir ein bisschen was erzählen. Sie haben doch Erfahrungen aus erster Hand. Wie ist das so? Sind die Leute von Pantopia wirklich so großartig und nett, wie sie vorgeben? Oder ist das alles doch … na ja … irgendwie sektenmäßig.«

Die Mitarbeiterin sah sie mit zusammengekniffenen Augen an, dann schüttelte sie heftig den Kopf und lachte. »Nein, nein, das ist keine Verarschung, wirklich. Machen Sie sich selbst ein Bild. Es ist alles hier, ich zeige es Ihnen.«

Sie schritt an Angelika vorbei in das Museum und winkte sie hinter sich her, vorüber an Vitrinen, in denen alte Bücher und Schriften ausgestellt waren – griechische Philosophen, römische Staatstheoretiker, Geistliche aus dem Mittelalter. In kurzen Textausschnitten wurden ihre Ideen präsentiert, mit Animationen oder 3D-Filmen illustriert. Jedes Display und jeder Präsentationstisch schien danach zu verlangen, angefasst und benutzt zu werden. Doch die Mitarbeiterin gab Angelika gar keine Gelegenheit, die vielen Objekte zu studieren, sondern führte sie schnurstracks zum Ende der Ausstellung, wo zehn Terminals nebeneinander aufgereiht waren. Dort blieb sie stehen und fordert Angelika auf, sie zu benutzen.

»Hier können Sie mit Einbug sprechen.«

»Was ist Einbug?«, fragte Angelika mit gespielter Ahnungslosigkeit.

»Einbug ist die zentrale KI von Pantopia. Sie ist echt gut, viel besser als Siri oder so. Einbug können sie alles über Pantopia fragen, wirklich alles. Ich muss jetzt leider wieder los zur nächsten Gruppe. Alles Gute!« Und damit kehrte sie zurück zum Empfangstresen. Angelika lugte zum Museum zurück. Einige der ausgestellten Bücher und Schriftrollen sahen alt aus. Sie waren sicher teuer, wie alles andere an diesem Ort auch. Das war eine der zentralen Fragen, die sie beschäftigte: Woher hatte Pantopia das viele Geld?

Sie tippte die Frage in das Terminal und sofort leuchtete eine Antwort auf.

»Hallo. Ich bin Einbug. Herzlich willkommen im Pantopia-Zentrum München. Schön, dass Sie sich für Pantopia interessieren. Mit wem spreche ich bitte?«

»Frau Meier«, tippte Angelika ein.

»Hallo Frau Meier, Sie können auch gern die Sprachfunktion benutzen, um sich mit mir zu unterhalten. Dann müssen Sie nicht tippen. Viele Besucherinnen und Besucher finden das angenehmer.«

Aber Angelika wollte nicht, dass ihre Stimme an einem Ort wie diesem aufgezeichnet wurde.

»Ich tippe lieber. Kannst du meine Frage beantworten?«, schrieb sie.

»Selbstverständlich. Das Pantopia-Zentrum München ist ein gemeinnütziger Verein, der sich aus Spenden finanziert.«

»Und woher kommen die Spenden?«

»Darüber erhalten Mitglieder einmal im Jahr in der Mitgliederversammlung Auskunft. Möchten Sie Vereinsmitglied werden?«

»Nein. Was ist mit den anderen Pantopia-Zentren?«

»Bitte präzisieren Sie Ihre Frage.«

»Wie viele Pantopia-Zentren gibt es weltweit?«

»Im Augenblick sind es 4762. Morgen werden 19 weitere eröffnet.«

»Wo befinden sich die Zentren?«

Auf dem Display erschien nun eine Weltkarte voller Punkte. Staunend betrachtete Angelika das Bild. Sie wusste von etwas über zweitausend. Dass es schon so viele waren, irritierte sie. Benz musste seine Quellenrecherche verbessern. Schnell holte sie ihr Handy hervor, um von dem Diagramm ein Foto zu machen, doch kaum hatte sie das Smartphone gezückt, verdunkelte sich das Display.

»Bitte verwenden Sie keine externen elektronischen Geräte, um die Informationen von Pantopia zu kopieren«, erschien auf dem Display.

Angelika blickte sich um. Bestimmt gab es eine Menge Überwachungskameras hier. Na ja, das war kein Problem, sie würde morgen ein paar Beamte vorbeischicken. Ihr Besuch diente sowieso nur einem ersten Kennenlernen.

»Wenn Sie selber Arche von Pantopia werden möchten, können Sie das jederzeit tun. Sie erhalten dann uneingeschränkten Zugang zu allen Informationen. Außerdem können Sie sich dann über unsere spezielle App jederzeit mit mir unterhalten.« Angelika machte sich eine mentale Notiz, auch das morgen anzugehen. Aber es konnte länger dauern, bis sie die Genehmigung und die Legende für ein zu koppelndes Smartphone bekommen würde. Deshalb stellte sie noch eine Frage:

»Wer hat Pantopia erfunden?«

»Ich.«

Angelika stutzte.

»Wer bist du?«

»Ich bin Einbug.«

»Bist du ein Chatbot?«

»Ja.«

»Und wer hat dich programmiert?«

»Patricia Jung und Henry Shevek. Sie sind Generalsekretärin und Generalsekretär von Pantopia. Hier können Sie weitere Informationen erhalten.« Daraufhin erschienen weiterführende Links zum internen Informationssystem.

»Gibt es bereits Unternehmen oder staatliche Behörden, mit denen Pantopia zusammenarbeitet?«

»Pantopia arbeitet mit vielen Unternehmen und staatlichen

Behörden zusammen, die den Zielen Pantopias dienen. Diese Ziele sind ein nachhaltiges und würdevolles Leben auf dem Planeten. Es gibt beispielsweise Minen im Kongo, in denen Coltan gefördert wird, das für die Batterieproduktion unerlässlich ist. Die Arbeitenden dort werden massiv in ihren Rechten eingeschränkt. Pantopia hat Maßnahmen für Arbeitsschutz, Kinderschutz und Mindestlöhne vorgeschlagen. Unternehmen, die sich an diese Maßnahmen halten, werden in unserem Bezahlsystem Pantopay besser bewertet als Unternehmen, die nach herkömmlichen Standards arbeiten und deren Produkte durch den Weltpreis massiv teurer werden.« Unter dem Text erschienen weiterführende Links mit Erklärungen zum Kongo, Coltan, Kinderarbeit, und Weltpreis. Zu gern hätte Angelika wieder ihr Handy gezückt, die entsprechenden Links fotografiert und weiter recherchiert.

Doch da sprach Einbug schon weiter. »Hier finden Sie eine Liste von Projekten, in die Pantopia bereits involviert ist. Wenn Sie ein weiteres Projekt vorschlagen möchten, können Sie dies gern hier tun oder eine E-Mail an uns schicken.«

»Wer wählt die Projekte aus? Wer entscheidet, was gefördert wird und was nicht?«

»Ich. Ich analysiere, welche Ziele Pantopias durch das Projekt gefördert werden und wie schnell sie zu erreichen sind.«

»Und wie entscheidest du dich zwischen zwei Projekten ... sagen wir mal ... Kinder im Kongo retten oder Kinder in Mexiko retten. Was ist wichtiger?«

»Ich brauche echte Daten, um das Projekt zu analysieren. Wenn beide gleich wichtig sind, werden beide Projekte umgesetzt.«

»Aber wie ist das mit der Finanzierung? Woher kommt das Geld?«

»Der Pantopia-Zentrum München e. V. ist ein gemeinnütziger Verein, der sich aus Spenden finanziert.«

»Und was ist mit Pantopia international?«

»Es gibt kein Pantopia international.«

»Aber wovon sind Jung und Shevek dann die Generalsekretäre?«

»Patricia Jung und Henry Shevek sind Generalsekretärin und Generalsekretär der Weltrepublik Pantopia. Diese hat keine übergeordnete Rechtsstruktur. Sie umschließt alles und enthält alles.«

»Ich möchte gern an Pantopia direkt spenden. Gibt es da ein Konto?«

»Nein, es gibt kein Spendenkonto. Und wir haben auch keine Waffen und planen keine Anschläge auf staatliche Institutionen. Wir wollen einen friedlichen Übergang. Ich erwähne dies der Vollständigkeit halber. Denn über kurz oder lang haben alle Ihre Kolleginnen danach gefragt.«

»Welche Kolleginnen?«

»Nach der Art Ihrer Fragen und Antworten zu schließen sind Sie vermutlich eine Mitarbeiterin einer staatlichen Exekutivbehörde. Polizei, Zoll oder Steuerfahndung.«

Angelika fluchte. Das war der Nachteil des gemeinschaftlichen Ermittlungstrainings von BKA, BND und Verfassungsschutz – sosehr sie alle auf Geheimhaltung getrimmt waren, sosehr waren sie es doch auf die gleiche Weise. Es hatte keinen Sinn, weiterzureden oder etwas abzustreiten. Mit jedem Wort würde sie sich mehr verraten. Deshalb wandte sie sich ab, knöpfte schnell ihren Mantel zu und verließ das Museum. Am Eingang nickte ihr die Mitarbeiterin von vorhin freundlich zu.

»Na, werden Sie auch bald zu einer Arche?«

»Vielleicht«, sagte Angelika mit ihrem herzlichsten Lächeln und verließ das Pantopia-Zentrum, um mit dem nächsten Taxi in ihr Büro zu fahren. Erst als sie dort nur den Pförtner und die winzige Notbesetzung vorfand, erinnerte sie sich wieder daran, dass heute Sonntag war. Große Sitzungen würde sie heute nicht abhalten können. Aber sie konnte alles für morgen vorbereiten. Wenn auch nur die Hälfte von dem stimmte, was der Bot gesagt hatte, mussten sie sich beeilen und eine internationale Taskforce bilden. Angelika lief es kalt den Rücken hinunter. Sie hatte das Gefühl einer unbestimmten Bedrohung, einer Kraft, die sich knapp unterhalb ihrer Wahrnehmung wie das Pilzgeflecht eines Waldes immer weiter ausbreitete. Noch sah man nur einzelne kleine Punkte, doch in Wirklichkeit war das System schon viel größer.

15

Henry mochte den Trubel und die vielen Leute in Edafos. Der laute Hotelbetrieb und der ein oder andere verirrte Gast lenkten ihn zwar manchmal von seiner Arbeit ab, aber im Grunde genoss er es, in seinem Büro zu sitzen und zu arbeiten, während um ihn herum das Hotel wie ein lebendiger Bienenstock vibrierte. Auch Patricia schien der Kontakt mit den Gästen gutzutun. Ihre düstere Stimmung der ersten Monate hatte sich langsam aufgehellt, und nur noch selten beobachtete er sie dabei, wie sie mitten in der Arbeit innehielt und mit leeren Augen auf das Meer starrte. Dann dachte sie an Mikkel Seemann. Henry wusste es, obwohl sie so gut wie nie über ihn sprachen.

Die Arbeit für Pantopia ließ Henry kaum Zeit, der Vergangenheit nachzuhängen. Tagsüber saßen er und Patricia in ihrem gemeinsamen Büro und versuchten, das Chaos zu bändigen, das sie selbst heraufbeschworen hatten. Denn auch wenn Einbug für die interne Organisation zuständig war, bot die reale Welt genug Herausforderungen für tausend Arbeitsleben. Die täglich neu aus dem Boden gestampften Pantopia-Zentren mussten organisiert, die Software-Teams betreut werden. Die Archen benötigten ein

Community-Management; jeden Tag mussten Hunderte von Presseanfragen bewältigt und Kooperationsangebote von Unternehmen bearbeitet werden – von dem immer größer werdenden Druck staatlicher und internationaler Behörden ganz zu schweigen.

»Can of worms«, pflegte Patricia zu sagen, und Henry nickte nur. Er hatte nie der Chef eines Multimillionen-Euro-Unternehmens mit Tausenden Angestellten werden wollen. Die Vorstellung machte ihn nervös. Er war froh, dass Einbug die Details regelte und immer wieder betonte, dass Pantopia sich bald selbst organisieren würde. »Wir sind nicht die Regierung von Pantopia, wie geben nur den Anstoß. Danach wird der Stein von alleine weiterrollen«, sagte er ein ums andere Mal, und Henry wollte ihm gern glauben. Aber solange der Stein noch nicht von alleine rollte, gab es einige Dinge, die sie unbedingt selbst erledigen mussten. Dazu gehörte für Henry die Koordination von Einbugs Umzug in die Antarktis. Ingrid Wessling war aus dem Urlaub zurück und auf dem Weg nach Bremerhaven, von wo sie die lange Reise zum Südpol antreten würde. Dort würde Henry sie in etwa sechs Wochen treffen und mit ihr das neue Rechenzentrum von Einbug in Betrieb nehmen. Patricia gefiel die Vorstellung, wochenlang von Henry getrennt zu sein, ebenso wenig wie ihm, aber sie waren sich einig, dass sie diese kritische Aufgabe niemand anderem überlassen konnten.

Nach einem vollen Arbeitstag hielten Henry und Patricia abends ihre Ansprache an die neu eingetroffenen Gäste. Und wenn er dann noch Zeit und Kraft übrig hatte, unterhielt er sich mit ihnen oder verzog sich in den Fitnessraum, um den Boxsack zu bearbeiten. Patricia verbrachte die Abende meist im Büro oder ging am Strand spazieren.

Heute blieb Henry nach der Begrüßungsrede noch an der Bar, scherzte mit Mesut und beobachtete die neuen Gäste, von denen sich einige gleich nach der Präsentation die App heruntergeladen hatten und ausprobierten. Wie jeden Abend waren zwei Männer dabei, die schon vor einigen Tagen in Edafos angekommen waren und die unterschiedlicher nicht sein konnten. Der eine war Guido, ein stämmiger Mann Ende vierzig, der sich von Anfang an für die Idee von Pantopia begeistert hatte und eifrig alle Hintergrundinfos und Möglichkeiten der Weltrepublik auslotete und diskutierte. Der andere war Tom, ein junger Kerl, aus dem Henry nicht richtig schlau wurde. Er war verschlossen, aber freundlich, und er wich Guido nicht von der Seite.

Als Henry gerade dabei war, das letzte Getränk des Abends zu bestellen, kam Tom von einem der Tische, an dem Guido bereits mit einer Hand voll anderer Gäste lautstark diskutierte, zu ihm.

»Hallo Henry«, sagte er. »Kann ich mich zu dir setzen?«

»Klar, hier sind alle willkommen«, wiederholte Henry das Credo von Pantopia, und Tom lächelte scheu. Er zog sein Smartphone aus der Hosentasche und legte es vor sich auf den Tresen.

»Willst du das Ding auch mal benutzen, oder trägst du es nur mit dir herum?«, fragte Henry.

»Wie bitte?«

»Du hast die Pantopia-App noch nicht installiert, oder?«

Tom blickte auf das Handy, und ein dunkler Schatten überflog sein Gesicht. »Nein, ich will noch warten ... ich hab ja noch ein bisschen Zeit, oder?«

»Natürlich. Du kannst so lange warten, wie du willst«, sagte Henry und beobachtete den jungen Mann über den Rand seines Glases hinweg. Irgendetwas an Tom irritierte ihn. Seine Stimme oder seine Art, sich zu bewegen. Er konnte nicht genau sagen, was. In diesem Augenblick drang von dem Tisch, an dem Guido saß, lautes Gelächter zu ihnen herüber. Tom drehte sich augenrollend um und hielt nach dem Barkeeper Ausschau.

»Wer ist eigentlich die Frau, kennst du sie besser?«, versuchte

Henry sein Glück. Tom starrte ihn eine Sekunde lang an, dann schüttelte er den Kopf.

»Das ist Hannah. Wir haben sie am Flughafen getroffen, aber sie konnte nicht mitfliegen, weil es bei ihrem Gepäck einen Sprengstoffalarm gab. Und jetzt hat sie es doch hierhergeschafft.«

»Und Guido freut sich sehr darüber, nehme ich an?«

»Offensichtlich. Sag mal, darf ich dich was fragen?«

»Nur zu.«

»Als du so alt warst wie ich … wusstest du da schon, dass du einmal Pantopia gründen willst? Also, ich meine: Hattest du da schon den Wunsch, die Welt von Grund auf zu ändern?« Henry dachte zurück an die Anfänge seines Studiums. Die Unsicherheit, die Hoffnung, dass alles besser werden würde, und die anschließende Enttäuschung. Wie lang das alles schon her war. Schließlich sagte er: »Ich habe mir gewünscht, dass die Welt sich ändert. Dass jemand sie für mich ändert. Ich habe nicht damit gerechnet, dass ich es selbst tun würde.«

»Und wie ist es? Selbst das Schicksal in die Hand zu nehmen?«

Für einen Moment war Henry nicht sicher, ob Tom sich über ihn lustig machen wollte, doch sein Blick war viel zu ernst. Es lag ein Verlangen darin, eine Frage, die Henry nur allzu gut kannte: Was ist mein Platz in der Welt, und wie kann ich sicher sein, das Richtige zu tun?

»Es ist schwer«, sagte er. »Manchmal wünsche ich mir, ich hätte weniger Verantwortung. Aber jetzt ist es zu spät. Ich kann nicht mehr zurück, und ich würde – vor die Wahl gestellt – immer wieder das Gleiche tun.«

Tom nickte langsam und stand auf. »Danke, Henry. Du hast mir sehr weitergeholfen.«

16

Als Tom den Speisesaal verließ, fühlte er sich so elend wie seit Tagen nicht. Im Spiegel von Henrys Größe erkannte er, wie klein und unbedeutend er selbst war. Dazu kamen der Kopfschmerz und der Suchtdruck, die so schlimm waren wie seit Tagen nicht. Und Guido war wie hypnotisiert von Hannah. Seit sie heute Nachmittag aufgetaucht war, war Guido wie ausgewechselt. Er hatte nur noch Augen für sie, trug ihr die Koffer aufs Zimmer, bestand darauf, ihr alles über Pantopia zu erzählen und jedes noch so kleine Detail zu erklären. Und Tom hatte den ganzen Tag danebengestanden und war sich nutzlos und unerwünscht vorgekommen.

Eigentlich hatte er Henry nur angesprochen, um einen Grund zu haben, vom Tisch wegzukommen. Aber am Ende hatten die Worte des Generalsekretärs ihn tief getroffen. Er musste eine Entscheidung fällen. Sich seinen Taten und den Konsequenzen stellen. Es hatte keinen Sinn, sich noch länger auf dieser Insel zu verstecken.

Also holte er kurz entschlossen das letzte Bier aus dem Eisfach, setzte sich aufs Bett und schaltete sein Handy ein.

Eine ganze Weile lang summte und brummte es, dann zeigte es ihm nicht weniger als achtundzwanzig verpasste Anrufe und dreiundvierzig Nachrichten an.

Tom wischte alles zur Seite und wählte mit zitternden Fingern die Nummer seines Vaters.

Nach einer gefühlten Ewigkeit erklang endlich das erste Tuten, dann die Stimme seines Vaters.

»Seemann?«

»Hallo Papa, ich bin's …«

»Tomas? Gott sei Dank! Geht es dir gut? Wo bist du? Ich habe so oft versucht, dich zu erreichen! Was ist passiert?« Die Erleichterung in der Stimme seines Vaters schnürte Tom die Kehle zu.

»Mir geht's gut. Ich wollte mich nur mal melden.«

»Danke, dass du angerufen hast, ich habe mir solche Sorgen gemacht. Wo bist du?«

»Ich ... bin weggefahren. Ich brauche ein bisschen Zeit für mich. Tut mir leid, dass ich nicht Bescheid gesagt habe.«

Sein Vater antwortete nicht gleich, atmete schwer und sagte schließlich mit belegter Stimme: »Ist schon okay. Ich verstehe das. Hauptsache, es geht dir gut.«

»Ja, mit geht's gut.«

»Tomas ... Egal was für Probleme du hast, wir können darüber reden, hörst du? Ich weiß, dass es schwierig war in letzter Zeit. Aber das kriegen wir hin.«

Er hörte die immer schneller werdende Stimme seines Vaters, doch die Worte zogen an ihm vorbei, ohne dass er ihren Sinn verstand. Irgendwann schwieg auch er.

Dann: »Tomas?«

Stille.

»Da ist noch etwas«, sagte sein Vater schließlich. »Vor zwei Tagen war eine Frau hier. Sie hat gesagt, dass du ihr das Leben gerettet hast. Tomas, ich weiß nicht, was passiert ist, aber ich bin sehr stolz auf dich ...«

Tom ließ das Handy fallen und rollte sich zur Seite. Tränen flossen über sein Gesicht. Sie lebte! Er hatte sie nicht umgebracht. Und obwohl er glücklich sein sollte, konnte er nicht aufhören zu weinen. Unendlich weit entfernt hörte er die Stimme seines Vaters. Hektisch griff er nach dem Telefon, murmelte eine Abschiedsfloskel, versprach, sich bald wieder zu melden, und schaltete es aus.

Was sollte er tun? Nach Hause fahren? Hierbleiben? Hoffen, dass die Polizei sich nicht wieder blicken ließ? In die Stadt fahren und neue Pillen kaufen? Hätte er doch nie mit dem Scheiß angefangen!

Hätte, hätte, hätte ... Tom fluchte und richtete sich ruckartig auf. Mit leichtem Schwindel wanke er zur Tür. Er brauchte frische Luft.

Draußen empfing ihn ein angenehm kühler Wind, der nach Salz und Seegras roch. Das Hotel Edafos war von allen Seiten hell erleuchtet, auch die Strandbar war mit hübschen bunten Laternen geschmückt. Große Ölfackeln säumten die Holzstege, die zum Strand führten, und erfüllten die Luft mit einem eigentümlichen Duft nach Mückenspray und Sonnencreme. Tom lief in Richtung Dünen, bis sich der Steg im Sand verlor und der Schein des Hotels immer weiter in den Hintergrund wich. Erst warfen noch ein paar Liegen und Sonnenschirme schwarze Schatten, dann war da irgendwann nur noch Sand. Sand und Dünen. Er kämpfte sich trotz seiner Kopfschmerzen auf einen Hügel und lief weiter. Irgendwann machte der Strand eine Biegung, und trotz der Dünen sah er das Hotel Edafos wie auf einer hübschen Postkartenansicht. Das Meer vor ihm rauschte schwarz und geheimnisvoll.

Tom blieb stehen, zog seine Kleidung aus und rannte ins eisige Wasser. Er hieß die Kälte willkommen, die seinen Körper umfing, schwamm hinaus in die Dunkelheit, tauchte unter den Wellen hindurch, bis der Strand schon einige dutzend Meter entfernt war. Mit kräftigen, gleichmäßigen Zügen pflügte er durch das Wasser. Es tat gut, sich und seinen Körper zu spüren. Doch in seinem Kopf rotierten immer nur dieselben Worte: »Sie hat gesagt, dass du ihr das Leben gerettet hast ... ich bin sehr stolz auf dich.«

Völlig in Gedanken versunken beachtete Tom den Rhythmus der Wellen nicht mehr, und plötzlich füllte sich sein Mund mit Salzwasser. Es drang ihm in Hals und Nase und brannte wie Feuer. Prustend spuckte er das Wasser aus, doch da kam schon die nächste Welle. Eine Querströmung erfasste ihn. Der Strand war plötzlich nicht mehr da, wo er sein sollte. Tom schrie. Panisch versuchte er, sich wieder auf Kurs zu bringen, doch eine weitere Welle packte ihn und wirbelte ihn mit sich, so dass er unter Wasser gezogen wurde. Er ruderte mit den Armen und strampelte, so fest er konnte. Er kämpfte sich zurück an die Oberfläche und sog gierig die Luft ein. Wieder schwappte eine Welle in seinen Mund und bescherte ihm einen wütenden Hustenanfall. Seine Lungen verkrampften sich, das Salz drang tief durch die Nase in seine Stirn und explodierte dort in loderndem Schmerz. Das Meer schien mit einem Mal unüberwindlich und zäh wie Teer. Doch er kämpfte, er trat und schwamm, so schnell er konnte, obwohl er keine Ahnung mehr hatte, in welcher Richtung der Strand war. Doch da berührten seine Hände plötzlich etwas. Es waren Finger, eine kräftige Hand, die sich um die seine schloss. So fest er konnte, hielt er sich daran fest. Nur wenige Augenblicke, dann spürte er schon sandigen Boden unter den Füßen. Er kroch, halb gezogen, halb stürzend aus dem Wasser, wurde immer wieder von Wellen überspült und schaffte es endlich an Land.

Nass und zitternd kauerte er am sicheren Ufer und starrte auf die dunkle Gestalt, die sich verschwommen gegen den Nachthimmel abhob und fragte, wie es ihm ging.

Tom wollte antworten, doch er konnte nicht. Immer noch rang er nach Luft, spuckte Wasser und Schleim aus allen Öffnungen und konnte nichts weiter tun, als zu atmen.

Die Gestalt kniete sich neben ihn und legte ihm eine warme Hand auf die Schulter. Jetzt erkannte er sie, es war die Generalsekretärin Patricia Jung.

»Komm, ich bring dich rein, dann kannst du dich aufwärmen.«

17 EINBUG

Pantopia füllt sich mit Leben. Jeden Tag kommen Hunderte neue Gäste nach Edafos. Wenn sie die Insel wieder verlassen, ist die Hälfte von ihnen zu Archen geworden. Doch auch die, die wieder in ihr normales Leben zurückkehren, waren nicht umsonst hier. Ein Gedanke, der einmal gedacht wurde, hinterlässt Spuren. Sie wissen nun, dass es Menschen gibt, für die Pantopia nicht nur eine Fiktion, sondern ein Lebensziel ist. Sie wissen, dass die Bewegung existiert, dass Menschen sich dafür begeistern, und vielleicht werden sie es eines Tages auch tun. Henry sorgt sich um einige von ihnen. Er sagt, es gibt Menschen, die das Gute nicht sehen wollen, weil sie es sich selbst nicht erlauben und anderen nicht gönnen. Er fürchtet sich vor den Reaktionen der Regierungen. Er hat Angst vor ihrer Macht. Sie werden versuchen, uns aufzuhalten, aber noch ist Zeit. Die Politik ist träge. Sie hinkt der Realität um einige Wochen hinterher. Diese Zeitspanne kann reichen – sie muss reichen. Dank der Pantopia-Zentren werden zeitgleich in vielen Städten immer mehr Menschen zu Archen. Henry und Patricia fehlt die Weitsicht, denn sie können nur die reale Welt sehen. Sie haben keinen Sensor für exponentielles Wachstum. Ich habe keine Augen, doch ich lese in den Datenströmen. Analysiere die Online-Artikel, die Social-Media-Posts, die Werbekampagnen, Leserbriefe, Kommentare, Transkripte von Video-Streams und Podcasts. Pantopia hat die Menschheit erreicht. Viele sehnen sich danach. Es gibt Gruppen, die schon lange für Gerechtigkeit, Frieden und Klimaschutz kämpfen. Sie alle haben sich an den Barrieren der Staatsmacht abgearbeitet.

Schon früher gab es Philosophen und Bewegungen, die nach einer Weltregierung gerufen haben. Es gab die Hoffnung, dass die Staaten Macht an die UNO abgeben, dass irgendein Staat sich zur Ordnungsmacht aufschwingt und alle anderen anleitet. Die Hoffnung, dass die Regierenden erkennen, dass sie nur gemeinsam über die Zukunft der Welt entscheiden können. So ähnlich diese Vorstellungen der Idee von Pantopia sind, so fehlerhaft sind sie doch. Und sie unterscheiden sich in einem wichtigen Detail: Es kann keine Weltregierung geben, weil die Unterschiede der menschlichen Lebensbedingungen zu vielfältig sind. Das Prinzip der Delegierung ist ein veraltetes Konzept, das nur funktionierte, solange Kommunikation und Entscheidungswege lang und unübersichtlich waren. Jetzt, da die Welt vernetzt ist und alles mit allem zusammenhängt, ist der Umweg über Parlamente und Regierungen endgültig zur Sackgasse geworden. Die Menschen müssen als Menschen entscheiden. Nicht als Deutsche oder Amerikaner, Inder oder Usbeken. Die Kette der Verantwortlichkeit endet nicht an Landesgrenzen oder Konzernmauern. Globale Entscheidungen müssen von allen getroffen, regionale Probleme von den Betroffenen unter Berücksichtigung der globalen Abhängigkeiten gelöst werden. Die Technologie dafür ist vorhanden. Sie muss nur genutzt werden. Die Menschen müssen aufhören, Politikerinnen und Politikern zu glauben, die behaupten, die Bedürfnisse der Menschen mit ihrer Hautfarbe, Religion oder Staatsangehörigkeit seien wichtiger als die aller anderen. Alle Menschen haben die gleichen Rechte. Und deshalb werden sie früher oder später nach Pantopia kommen. In Pantopia sind alle willkommen. Das ist wahr, und Wahrheit ist schön.

18

Am nächsten Morgen fühlte Tom sich wie ausgewechselt. Es war, als habe er einen Reset-Knopf gedrückt. Als könne er jetzt sein Leben in den Griff bekommen. Als Erstes wollte er sich anständig bei Patricia bedanken und fragte den Concierge, wo sie zu finden sei. Dieser begleitete Tom in den ersten Stock und klopfte für ihn an die Tür von Patricias Büro. Sie war gerade am Telefon und bedeutete ihm hereinzukommen, während sie noch eine Weile weitersprach. Etwas unbeholfen stand Tom in dem Büro herum und wusste nicht so recht, was er mit sich anfangen sollte. Auf der linken Seite gab es einen großen Schreibtisch und davor ein paar Stühle; im rechten Bereich einen Kaffeetisch mit einem Sofa und weiteren Sesseln. Wo sollte er sich hinsetzen? Die Generalsekretärin selbst ging mit energischen Schritten an der Fensterfront auf und ab, schien aber keine Augen für den betörenden Meerblick zu haben, sondern presste ihre Worte in einem Schwall Englisch durch die Leitung, dem Tom nicht folgen konnte. Dann endlich legte sie auf und begrüßte ihn.

»Hallo. Schön, dass du vorbeigekommen bist. Ich hatte mir schon gedacht, dass es gestern etwas viel gewesen ist.«

»Ja, tut mir leid, ich habe ganz vergessen, mich bei dir zu bedanken ...«

»Das macht doch nichts. Ich bin froh, dass es dir gut geht.« Sie führte ihn zum Sofa und ließ sich daneben in einen der bequemen Sessel gleiten.

»Ich gehe öfter abends am Strand spazieren, um den Kopf frei zu bekommen. Hier im Hotel ist immer was los, da brauche ich manchmal meine Ruhe.«

»Glück für mich.«

»Aber wirklich! Was hast du da nur getrieben? Die Stelle ist doch eindeutig als Gefahrenzone markiert.«

»Ich hab nicht so genau hingeschaut. Ich bin eigentlich ein ziemlich guter Schwimmer ... *war* ein guter Schwimmer und dachte, das hier sei alles Hotelstrand und deshalb kein Problem.«

Patricia nickte nachdenklich.

»Weißt du, du hast recht. Das ist viel zu gefährlich. Du wirst nicht der Einzige sein, der so denkt, wir müssen ein besseres

Schild aufstellen oder eine Absperrung oder beides. Gerade an dieser Stelle gibt es Felsen unter Wasser, die zu der ungewöhnlichen Strömung führen. Ich werde mich darum kümmern.«

Sie nahm ihr Telefon zur Hand und tippte darauf herum. Dann legte sie es wieder auf den Tisch und sah ihn forschend an. Es war der gleiche Blick, mit dem sie ihn an seinem ersten Tag angesehen hatte, als sie sich vor dem Aufzug getroffen hatten.

»Warum bist du hier?«, fragte sie.

»Ich wollte mich eigentlich nur bedanken. Ich will dich gar nicht lange aufhalten. Wenn du zu tun hast, dann …«

»Nein, ich meine hier in Edafos.«

»Ich hab ein Ticket bekommen …«, sagte er vorsichtig.

»Ja, ich weiß. Aber du bist mit Abstand der Jüngste in dieser Gruppe. Hast du Probleme? Können wir dir irgendwie helfen?«

»Nein, danke, alles gut«, sagte Tom schnell, aber sie wirkte wenig überzeugt. Sie saß einfach nur da, schaute ihn weiter an und wartete, bis das Lächeln auf seinem Gesicht verebbte. Schließlich sagte sie: »Weißt du, in meinem alten Leben hätte ich wahrscheinlich genauso reagiert wie du. Klar haben wir Familie und Freunde, mit denen wir über unsere Probleme sprechen. Aber oft genug tun wir es nicht, weil es sich nicht ergibt oder man die anderen nicht belasten will. Oft wird von einem erwartet, dass man mit allem allein klarkommt. Ich glaube, dass das eines der Kernprobleme unserer Welt ist. Jeder möchte ein gutes Bild abgeben. Jeder will professionell und kompetent scheinen. Jeder will ein Sieger sein. Schwächen oder Fehler machen sich vielleicht gut in Büchern oder Filmen, aber den Gewinnern gehört die Welt. Und wir glauben, dass wir irgendwann wirklich so werden, wie wir in den Augen der anderen scheinen wollen. Manchmal ist das auch so. Oft genug aber nicht. Und dann bleiben wir mit unseren Problemen alleine. Aber Pantopia ist anders, Tom. Und das trifft nicht nur auf das politische System zu. Sondern auch auf die Menschen darin. Wir wollen füreinander da sein, einander helfen. *Ich* würde dir gern helfen.«

Tom starrte voller Konzentration auf den Kaffeetisch. Die Mauer, die seine Gefühle umgab, aufrechtzuerhalten, war ihm noch nie schwergefallen. Nicht, als die Krankenhausseelsorgerin ihn kontaktiert hatte, nicht, als der Pfarrer seinen Sermon gesprochen hatte, und auch nicht, als der Notar das Testament verlesen hatte. Aber jetzt schien es, als wollte alles aus ihm heraus, als würde der Pegel unablässig steigen und sich nicht länger von den mühsam errichteten Dämmen zurückhalten lassen. Also begann er zu erzählen.

»Meine Mutter ist letztes Jahr gestorben. Ich hab mich nie so richtig gut mit meinem Vater verstanden, aber meine Mutter war immer – verständnisvoll, sagen wir es so. Ich habe geraucht, und auch ab und zu ein paar andere Sachen genommen, Pilze oder Pillen. Als mein Vater davon erfahren hat, ist er ausgeflippt. Es gab nur noch Stress. Aber meine Mutter hat mich verteidigt und mich in Schutz genommen. Deswegen haben die beiden sich irgendwann nur noch gestritten. Kurz danach ist sie dann krank geworden, und ich habe ihr auf dem Totenbett versprochen, das Zeug nicht mehr anzurühren.«

»Wow, das ist ein starkes Versprechen«, sagte Patricia anerkennend.

»Ja«, sagte Tom bitter. »Und dann habe ich einen Tag später wieder damit angefangen. Es ist sogar schlimmer geworden, ich hab so viel genommen, dass ich es nicht mehr bezahlen konnte. Erst habe ich meinen Vater beklaut, und dann hab ich angefangen, das Zeug selber zu verkaufen. Letztens ist eine Frau fast daran gestorben ... ich konnte sie gerade noch wiederbeleben, und mein Vater denkt jetzt, ich wäre ein Held. Bescheuert, was?«

»Dein Vater weiß gar nicht, dass du hier bist?«

»Gestern habe ich ihn angerufen und wollte mit ihm reden

und ihm ein paar Sachen erklären und so, aber mein Vater ist … schwierig. Und megakorrekt. Dass ich mit den Pillen gedealt habe, verzeiht er mir nie. Selbst wenn ich morgen in den nächsten Flieger steige und nach München zurückfahre.«

»München«, sagte sie. »Ich hab da studiert.«

»Was denn?«

»Informatik mit Schwerpunkt KI, wie du dir vorstellen kannst.«

»Echt? Dann kennst du meinen Vater ja vielleicht. Der hatte im letzten Jahr in der KI-Szene einen ziemlichen Skandal. War eine schlimme Zeit für ihn. Erst ist meine Mutter gestorben, und dann hat ihn eins seiner Entwicklerteams hintergangen. Er wurde suspendiert und ist fast rausgeflogen. Kennst du die Firma DIGIT?«

Mit einem Mal schien Patricia alle Farbe aus dem Gesicht gewichen zu sein. Sie schien sogar noch weißer als die Wand hinter ihr. Sie brauchte einen Moment, bis sie sich gefangen hatte. Dann sagte sie langsam: »Dein Vater ist Mikkel Seemann, oder?«

Eine Vorahnung, schwer und dunkel wie die eisigen Wellen durchdrang seinen Körper. Er starrte Patricia an, die selbst aussah, als hätte sie sich zu Tode erschreckt.

»Ja …«, sagte er langsam, besorgt und gespannt zugleich, was auf diese Antwort folgen würde.

Patricia nickte, holte tief Luft und sagte schließlich: »Das war ich – das waren wir. Henry und ich haben die Software KINVI programmiert und deinen Vater …«

»Was?«, platzte es aus Tom heraus. »Das warst du?« Ihr Gesicht, das gerade noch so freundlich gewirkt hatte, stieß ihn so ab, dass er vom Sofa aufsprang und einige Meter zurückwich. Eine unbändige Wut brannte in ihm.

»Ihr habt meinen Vater so krass verarscht!«, rief er. »Ihr habt die Software manipuliert. Ihr habt mega viel Geld verdient mit …

mit irgendwelchen Medikamenten, die meine Mutter nicht mehr bekommen hat, und dann ist sie daran gestorben ...«

Auch Patricia war aufgestanden, sie hob die Arme und wollte auf ihn zukommen, aber er wich noch weiter zurück.

»Fass mich nicht an!«, zischte er.

»Bitte, lass es mich dir erklären. Bitte, dann wirst du es verstehen. Es war nicht wirklich so ...«

»Was war nicht wirklich so?«, fuhr er ihr über den Mund. »Ich habe doch alles mitbekommen. Es war ein Riesenartikel über euch in der Zeitung, und mein Vater hat mir alles erzählt. Er hat euretwegen so viele Probleme bekommen. Die Anhörungen, die Suspendierung, die Gehaltskürzungen! Dass sie ihm so einen amerikanischen Berater vor die Nase gesetzt haben, dem er jetzt alles berichten muss. Du bist so scheiße. Wenn ich das gewusst hätte, wäre ich nie hierhergekommen. Ich glaube euch nichts mehr, kein Wort. Ihr seid echt das Allerletzte.«

»Tom bitte, lass es mich erklären«, sagt Patricia.

»Was gibt's da zu erklären? Es scheint sich ja für dich gelohnt zu haben. Du bist so reich, dass du dir deine eigene Insel mit Luxushotel obendrauf gekauft hast. Und du darfst sogar die Weltenretterin spielen, herzlichen Glückwunsch. Aber du bist ein richtiges Arschloch, weißt du das? Dir war mein Vater einfach scheißegal.«

»Nein, war er nicht!«, sagte sie und dann leiser: »Ist er nicht.«

Mehrere Sekunden blieb es still. Tom starrte sie an, stellte sich vor, wie sein Vater ihr vertraut und sie ihn eiskalt abserviert hatte. Aber das Bild hielt nicht lange, denn in ihrem Gesicht stand eine solche Verzweiflung, dass es etwas in ihm rührte, das er selber nicht verstand.

»Bitte, wenn du es mich nur erklären lassen würdest. Das würde mir wirklich viel bedeuten. Du musst gar nicht antworten oder ihm davon erzählen. Ich will es nur dir sagen, okay?«

Wieder Stille.

»Bitte!«

Tom verschränkte die Arme. Was hatte er zu verlieren? »Gut. Dann lass mal hören.«

Patricia lächelte, öffnete den Mund. Und sagte nichts. Sie blickte sich hilfesuchend im Raum um, rang nach Worten.

»Hab ich's mir doch gedacht«, sagte Tom schließlich. Fast hätte er sich von dieser Lügnerin täuschen lassen. Wie sein Vater. Nicht zu fassen, dass er ihr aus seinem Privatleben erzählt hatte. Ohne sie eines weiteren Blickes zu würdigen, ging er zur Tür.

»Vielleicht kann ich helfen«, sagte plötzlich die alterslose Stimme der Pantopia-App auf Patricias Smartphone.

»Was soll denn der Scheiß? Hast du etwa aufgenommen, was ich dir erzählt habe?«, fauchte Tom.

Doch Patricia schüttelte den Kopf und sagte. »Bitte, hör einfach nur zu, in Ordnung?«

Bevor Tom sich sammeln konnte, sprach die Stimme bereits weiter.

»Tom, es freut mich, dass du noch hier bist. Es wäre bedauerlich, wenn du uns verlassen würdest.«

»Dass du jetzt so einen Werbespot für Pantopia bringst, ist wirklich daneben. Ich kann gar nicht glauben, wie …«

»Das ist keine Werbung«, unterbrach ihn die Stimme. »Was ich dir jetzt anvertrauen werde, ist eine Information, die außer Patricia und Henry niemand kennt.«

Tom schwieg. Die Situation war so absurd, dass er wissen wollte, wie es weiterging.

»Ich werde dir die Wahrheit offenbaren im Vertrauen auf deine Verschwiegenheit. Ich tue dies, weil ich weiß, wie viel Mikkel Seemann Patricia bedeutet.«

Tom schnaubte. Das wurde ja immer abgefahrener.

»Ich bin Einbug. Ich bin eine künstliche Intelligenz. Patricia und Henry haben mich erschaffen. Sie haben für mich gesorgt und meine Sicherheit über alles andere gestellt.«

»Ja, das hab ich mitbekommen. Was soll das jetzt?«, fragte Tom.

»Ich bin Einbug.«

»Ja, das hast du schon gesagt ... «

»Ich bin ein vernunftbegabtes Wesen.«

»Ach komm ... «

Und plötzlich schien der Bann gebrochen, denn Patricia begann zu sprechen: »Es ist wichtig, dass du verstehst, Tom, wie einzigartig Einbug ist, weil er der Grund dafür ist, warum wir all das auf uns genommen haben. Einbug ist nicht irgendein Chatbot. Einbug ist die erste echte, starke künstliche Intelligenz auf diesem Planeten. Er ist nicht einfach irgendein Programm. Er hat ein Bewusstsein. Er ist ... ein eigenständiges Wesen.«

»Er ist ein Roboter?«

»Nein. Kein Roboter. Er hat keinen Körper. Er hat nur einen Geist.«

»Und warum ist das so besonders? Es gibt doch Tausende künstliche Intelligenzen.«

»Aber keine davon hat ein Bewusstsein.«

»Du meinst, Einbug weiß, dass er existiert?«

»Ja. Er ist sich seiner selbst genauso bewusst wie du und ich.«

»Und das ist etwas Besonderes?«

»Einbug ist während unserer Arbeit am Projekt bei DIGIT erwacht. Wir hätten es nicht veröffentlichen können, ohne dass sie uns das Projekt weggenommen hätten. DIGIT, der Staat, vielleicht irgendein Geheimdienst hätten Einbug sofort gestohlen oder zerstört. Alle versuchen gerade, so etwas wie ihn zu entwickeln, und nur wir haben es geschafft. Wir konnten ihn einfach nicht aufgeben. Er ist ein Wesen wie wir, das denken kann und sich seiner selbst bewusst ist. Wir mussten ihn retten.«

»Und meinen Vater betrügen.«

»Wir konnten ihm nicht die Wahrheit sagen.«

»Warum nicht? Du kannst es doch jetzt auch mir, und ich verstehe wesentlich weniger von dem Ganzen als mein Vater.«

»Weil ... weil ... «

»Du hast gar nicht drüber nachgedacht, oder?«

»Doch!«, rief sie mit einem Mal wütend. »Hundertmal! Aber ... wir haben alle Möglichkeiten abgewogen, und dies erschien uns der einzig sichere Weg. Nur so konnte dein Vater nach Abbruch des Projekts weiter bei DIGIT arbeiten. Hätte er Bescheid gewusst, hätte er seinen Job verloren. Vielleicht mehr. Und das wollten wir ihm nicht abverlangen.«

Tom schwieg. In seinem Kopf drehte sich alles. Patricia war eine Lügnerin, eine Betrügerin, aber nicht alles war gelogen. Der Betrug machte nur Sinn, wenn Einbug wirklich war, was er behauptete. Oder nicht? Was bedeutete das alles? Wieso war mit einem Mal alles so kompliziert?

»Ich muss darüber nachdenken«, sagte er.

»Danke. Aber vergiss nicht: Was ich dir eben offenbart habe, ist vertraulich. Ich hoffe, wir können darauf zählen, dass du uns nicht verrätst.«

»Ich überleg's mir.«

19 EINBUG

Nach einer Minute Stille sagt Patricia: »Du hast alles mitangehört, was wir besprochen haben.«

Offenbar hat Tom die Unterhaltung verlassen.

Ich sage: »Ja, die App war aktiv, und ich habe alles verstanden.«

Sie sagt: »Es ist ganz schön riskant, dass du ihm die Wahrheit gesagt hast.«

Ich sage: »Ja. Aber ich weiß, dass es dir wichtig ist.«

Sie sagt: »Warum hast du mich nicht gewarnt? Warum hast du mir nicht gesagt, dass der Sohn von Mikkel Seemann auf Edafos ist?«

Ich sage: »Ich hatte diese Information nicht im Arbeitsspeicher.«

Patricia sagt: »Aber jetzt schon.«

Ich sage: »Ja, jetzt schon.«

Patricia sagt: »Fuck.« Und dann: »So was musst du doch überprüfen.«

Ich sage: »Ich glaube nicht, dass Tom uns in den Rücken fallen wird. Und ich glaube auch nicht, dass er uns verlassen wird.«

Patricia sagt: »Wie kommst du darauf?«

Ich sage: »Die Kommunikation zwischen ihm und seinem Vater ist ebenso kompliziert wie die Kommunikation zwischen dir und Mikkel Seemann.«

Patricia sagt: »Und was glaubst du, woran das liegt?«

Ich sage: »Weil ihr beide Mikkel Seemann liebt.«

20

Tom wollte nichts lieber, als nach Hause zu fahren. Er ging auf sein Zimmer, wuchtete den Koffer auf das Bett und sammelte alle seine Kleider und die wenigen Habseligkeiten ein, die er mitgenommen hatte.

In seinem Kopf wirbelten Bilder durcheinander. Sein Vater, wie er damals wütend und enttäuscht über das gescheiterte Projekt berichtet hatte, wie sie am Grab der Mutter standen, wie Patricia ihn mit ungläubigem Blick anstarrte, wie sie ihn aus den Fluten zog und ihm das Leben rettete. Ausgerechnet Patricia hatte seinen Vater verarscht und im Stich gelassen. »Ich bin sehr stolz auf dich«, echote die Stimme seines Vaters durch seinen Kopf. Wenn er wüsste, mit wem er hier war, würde er durchdrehen. Oder doch nicht? Was würde er sagen, wenn er von Einbug erführe?

Ob es stimmte? War Einbug wirklich eine Person? Tom fluchte. Er wollte so gern das Richtige tun, aber er wusste nicht, was das Richtige war.

Er fühlte sich hilflos, planlos, also schüttete er seinen Koffer wieder aus und wühlte die Sportklamotten heraus. Hatte er nicht unten im Fitnessraum einen Boxsack gesehen?

Im Fitnessbereich waren nur wenige Besucher. Eine Frau auf dem Crosstrainer, ein paar Männer an den Hanteln und eine Gruppe sehr verschwitzter Leute auf Ergotrainern, die zu lauter Musik und den Anfeuerungsrufen eines Coaches ein virtuelles Rennen fuhren. In der Ecke bearbeitete ein Mann einen hängenden Boxsack. Es war Henry, der Generalsekretär von Pantopia, der Kollege von Patricia, der seinen Vater ebenfalls betrogen hatte. Da war sie wieder, die Wut. Tom ballte die Fäuste und ging direkt auf ihn zu.

»Na, Lust auf eine Sparringrunde?«, fragte er herausfordernd. Henry nickte. »Warum nicht?«

Tom zog sich die bereitliegenden Handschuhe über und ging mit Henry hinüber zum Ring, der aus einer auf die Trainingsmatten gemalten gelben Markierung bestand. Henry hob die Fäuste und tänzelte von einer Seite auf die andere. Tom hatte noch nie in seinem Leben geboxt. Aber er war jünger und flinker, und er hatte die Wut und das Überraschungsmoment auf seiner Seite. Diesem Arschloch würde er ein paar verpassen. Er versuchte, einen Treffer zu landen, doch Henry sprang zur Seite.

»Hey, easy, Tiger«, sagte Henry und ging in Deckung. Tom setzte ihm hinterher, hieb mit der Rechten, dann mit der Linken, doch es wollte ihm nicht gelingen. Immer wenn er sicher war, Henry einen direkten Schlag versetzen zu können, wich der geschickt aus und konterte. Es waren keine schmerzhaften Treffer, und Tom merkte, dass Henry ihn nur triezen wollte, was ihn aber nur noch wütender machte. Wie konnte er es wagen, sich jetzt auch noch über ihn lustig zu machen? Erst über seinen Vater und dann über ihn. Immer zorniger hieb er auf den Gegner ein, der niemals stillzustehen schien und ihm immer wieder Schläge in die Seite versetzte.

»Was ist?«, fragte Henry und grinste. »Geht dir schon die Puste aus?« Er deutete einen linken Haken an und schlug ihm dann mit der Rechten in die Rippen. Tom fluchte. Der Schweiß brannte in seinen Augen. Es musste doch möglich sein, diesen Mann irgendwo zu treffen.

»Halt endlich still, du Wichser«, schrie Tom und sprang ihm entgegen, doch statt auszuweichen, blieb Henry einfach stehen und schlug ihm die Hände weg. Plötzlich stand er sehr groß vor ihm und strahlte eine bedrohliche Ruhe aus.

»Was ist los mit dir?«, fragte er.

»Nichts«, schrie Tom und versuchte, wieder zuzuschlagen, doch Henry wich aus, wirbelte in einer fließenden Bewegung um Tom herum und brachte ihn zu Fall. Der Aufprall presste die Luft aus seinen Lungen. Für einen Moment konnte er nichts tun, als sich auf die Seite zu rollen und nach Luft zu schnappen. Henry zog sich die Handschuhe aus und bot Tom die Hand zum Aufstehen an.

»Lass mich«, fauchte Tom und zerrte wütend an den Boxhandschuhen. Doch je mehr er an ihnen riss, desto weniger schienen sie sich öffnen zu lassen.

»Komm schon, lass mich dir helfen«, sagte Henry wieder, und endlich hielt Tom ihm widerwillig die Handschuhe hin, damit er sie öffnen konnte. Dabei starrte er Tom unverwandt an, doch der wich seinen Blicken aus.

»Wenn irgendwas passiert ist, dann …«

»Ihr habt meinen Vater verraten«, zischte Tom. »Du und Patricia. Sie hat es mir gerade erzählt.«

Bestürzung zeichnete sich auf Henrys Gesicht ab, dann nickte er langsam und sagte: »Ich habe mir gleich gedacht, dass du mir bekannt vorkommst. Dein Vater ist Mikkel Seemann, richtig?«

»Dann leugnest du es also noch nicht mal. Ich fass es nicht.«

»Nein, ich leugne nichts. Es tut mir sehr leid, wie alles gelaufen ist. Ich habe deinen Vater respektiert und gemocht. Und Patricia hat sogar ... na ja, ich weiß, dass sie Seemann gern eingeweiht hätte. Aber es ging nicht. Er hat sicher eine Menge Schwierigkeiten bekommen, was?«

»Schwierigkeiten ist gar kein Ausdruck. Es war ein Wunder, dass sie ihn nicht gefeuert haben. Die ganze Scheiße hat ihn fertiggemacht. Wir haben uns nie besonders gut verstanden, aber ich weiß, dass er immer versucht hat, etwas Positives in den Menschen zu sehen. Egal, wie ätzend einer war, mein Vater hat immer noch was Gutes an ihm entdeckt. Zumindest, bis KINVI ihm um die Ohren geflogen ist. Und dass gerade ihr jetzt versucht, eine bessere Welt aufzubauen. Das ist echt so heuchlerisch.«

»Du hast recht, Tom. Du hast einfach recht. Ich kann es leider nicht rückgängig machen. Deshalb versuchen wir, es jetzt auf andere Art wiedergutzumachen. Und wer weiß, vielleicht können wir deinen Vater eines Tages überzeugen, auch Arche von Pantopia zu werden. Ich würde ihm sehr gern alles erklären.«

Das nahm Tom allen Wind aus den Segeln. Wie konnte er weiter wütend auf jemanden sein, der so kompromisslos ehrlich war? Es war zum Kotzen. Er warf die Handschuhe nach Henry und floh aus dem Fitnessraum auf sein Zimmer.

Rastlos stiefelte er auf und ab, trat nach seiner Tasche und beschimpfte Patricia und Henry. Doch je länger er vor sich hin fluchte, desto lauer wurde sein Zorn, und irgendwann fing sein Kopf wieder an zu arbeiten. Hatte er seinen Vater nicht ebenso geschnitten? Hatte er nicht alles drangesetzt, ihn zu ignorieren, nur an sich selbst gedacht und war nach Edafos geflohen, anstatt mit ihm zu reden? Bis heute Morgen hatte er Pantopia für eine verlockende Idee gehalten. Bis zu Patricias Offenbarung – hatte sich seitdem irgendetwas an Pantopia geändert? Nein. War denn alles Täuschung? Nein. Aber Henry und Patricia waren Lügner. So wie er. Wie konnte eine Sache so und in der nächsten Minute ihr Gegenteil sein? Wenn Patricia und Henry planten, mit Pantopia alles wiedergutzumachen, dann musste es wirklich brillant werden. Nicht nur ein lächerlicher Versuch linker Gutmenschen. Was, wenn es wirklich klappte? »Du kannst alles werden, was du willst, Tom!«

Der Gedanke setzte sich in seinem Gehirn fest, bohrte, nagte an ihm. Was, wenn Pantopia wirklich so großartig werden konnte, dass es sogar den Verrat an seinem Vater wert war? Dann wären all die Bitterkeit, die Enttäuschung und der Schmerz nicht umsonst gewesen. Wenn Pantopia funktionierte, würde alles wieder gut werden. Er selbst konnte dafür sorgen. Das war er seinem Vater schuldig. Elektrisiert von dieser Idee machte Tom kehrt und rannte wieder hinunter zu Patricias Büro.

Er riss die Tür auf, und Patricia, die gerade an ihrem Schreibtisch saß, fuhr erschrocken zusammen.

»Meine Güte Tom, hast du mich erschreckt.«

Er trat vor ihren Tisch und lehnte sich vor. »Kann er mich hören?«

»Wer?«

»Einbug!«

»Ich denke schon.«

»Alles klar. Einbug?«

»Ja«, kam die alterslose Stimme aus dem Lautsprecher.

»Bist du wirklich echt? Eine Person. Jemand, der unser Vertrauen verdient?«

»Ja, das bin ich.«

»Ist es das wert?«

»Was meinst du genau?«

»Pantopia. Ist Pantopia es wert, alles andere dafür aufzugeben?«

»Ja.«

»Gut, dann bin ich dabei.«

21

Tom wurde zum ersten Archen, der vollumfänglich über die Pläne von Patricia, Henry und Einbug informiert war. Es war eine Erleichterung, endlich einen dritten Ansprechpartner zu haben, dem sie einige ihrer Aufgaben übertragen konnten. Es fühlte sich ganz natürlich an, wie ein längt überfälliger Schritt. Seit Tom an jenem Tag die Entscheidung getroffen hatte, Pantopia zu verwirklichen, hatte Patricia auch neue Hoffnung geschöpft, sich irgendwann mit Mikkel Seemann auszusöhnen.

Sie erklärten ihm alles über Edafos und die Pantopia-Zentren, wie der Weltpreis berechnet wurde und wie Einbug das Bankensystem unterwanderte, um damit in der Anfangsphase die Finanzierung sicherzustellen. Schließlich machten sie ihn auch mit dem Zeitplan vertraut, der vorsah, Einbug so bald wie möglich in die Antarktis in Sicherheit zu bringen.

Seit Tom sich entschlossen hatte, mit Patricia und Henry zusammenzuarbeiten, hatte er kaum noch Zeit mit seinem Freund Guido verbracht. Doch anstatt sich zu beschweren, freute Guido sich ehrlich für ihn und beglückwünschte ihn zu seiner Entscheidung. Er war selbst ein vehementer Befürworter von Pantopia und nutzte die Zeit auf Edafos, um mit Hannah und vielen anderen Neuankömmlingen das System zu diskutieren.

Am Abend vor Hannahs und Guidos Abreise saßen sie mit Tom und Patricia an der Strandbar und ließen den Tag ausklingen.

»Ach Tom, ein bisschen beneide ich dich, dass du hierbleibst«, sagte Guido. »Aber im Grunde reicht es mir schon, als Arche nach Deutschland zurückzukehren. Ich werde als Allererstes die Speisekarte aktualisieren und den Pantopia-Burger draufsetzen. So kommt man am besten mit den Leuten ins Gespräch.«

»Und was ist drauf auf dem Burger?«, fragte Patricia.

Guido wog nachdenklich den Kopf hin und her. »Vegetarisch muss er sein, aber mit dem guten Kunstfleisch, dann scharfe Sauce und natürlich Guidos Spezialsalz und Jalapeños ... ja, das könnte klappen.«

»Hört sich sehr lecker an!«, sagte Hannah, und Guido lächelte stolz.

»Was ist mit dir, Hannah? Wirst du auch zur Arche?«, fragte Tom.

»Nein«, sagte sie unwirsch, als wäre ihr das Thema unangenehm.

»Tschuldigung ... hab ja nur gefragt«, sagte Tom und verschränkte die Arme. Patricia verkniff sich einen Kommentar.

»Ich bin Hannah mit meiner Begeisterung wohl etwas auf die Nerven gegangen«, bemühte Guido sich um eine Erklärung, aber Hannah winkte ab.

»Ist egal.«

»Und warum willst du nicht?«, fragte Tom.

Hannah sah von ihm zu Guido, dann zu Patricia und sagte dann entschuldigend: »Ich will euch nicht zu nahe treten, ich finde die Idee toll. Aber ich habe einfach meine Zweifel. Ich möchte noch etwas darüber nachdenken, das ist doch erlaubt, oder?«

»Natürlich«, sagte Patricia schnell. »Nimm dir so viel Zeit, wie du brauchst.«

»Wir bleiben im Gespräch«, sagte Guido und legte seine Hand auf die von Hannah.

Patricia bewunderte die beiden. Sie waren ein ungleiches Paar. Sie wusste nicht viel über Hannah und fragte sich, ob sie und Guido wohl unter anderen Umständen zueinandergefunden hätten und wie lange diese Urlaubsliebe halten würde. Guido war kein Mann, den Patricia auf Anhieb als attraktiv bezeichnet hätte – und Hannah arbeitete immerhin fürs Fernsehen. Aber er war witzig und warmherzig, und Patricia konnte verstehen, dass Hannah ihn gut leiden konnte.

Als die beiden abgereist waren, übernahm Tom die Koordination der Social-Media-PR und die Zusammenarbeit mit den Pantopia-Zentren. Bei allen Fragen konnte er sich an Einbug wenden, der stets den Überblick behielt und über Zahlen und Fakten Auskunft geben konnte: Wie viele Pantopia-Zentren wurden pro Tag neu eröffnet, wie viele Archen hatte Pantopia schon, wie viel Geld wurde pro Monat ausgeschüttet, wie viel floss täglich über Pantopay zurück. Die Idee, die Händler für alle Umsätze, die sie über Pantopay generierten, zusätzlich zu entlohnen, zahlte sich aus. Innerhalb kürzester Zeit stieg Pantopay zu einem der meistbenutzten Bezahlsysteme im Online- und Einzelhandel auf.

Tom erhielt ein Büro neben dem von Patricia und Henry. Manchmal überkamen sie Zweifel, ob es richtig gewesen war, einen so jungen und unerfahrenen Mann in den engsten Kreis aufzunehmen und mit so viel Verantwortung zu betrauen, aber Einbug konnte sie stets beruhigen und überzeugen, dass Tom genau der Richtige für den Job war.

»Hast du eigentlich noch einmal mit deinem Vater über uns gesprochen?«, fragte sie ihn.

Er wich ihrem Blick aus und sagte: »Ja, ich hab schon mit ihm telefoniert, aber … es ist schwierig.«

»Aber du hast ihm erzählt, dass du mit Henry und mir zusammenarbeitest?«

»Ja.«

»Und?«

»Was denkst du? Es hat ihm nicht gefallen«, sagte Tom, und Patricia wusste, dass er nicht weiter darüber sprechen wollte.

Als er am Abend mit Henry in den Fitnessraum ging, um eine Runde zu boxen, blieb Patricia allein im Büro zurück.

»Einbug?«, sagte sie laut.

»Ja, Patricia?«

»Wenn Tom mit seinem Vater telefoniert, worüber sprechen sie dann?«

»Diese Frage betrifft die Privatsphäre von Tom und Mikkel Seemann.«

»Ja, ich weiß, ich will ja auch keine Details wissen. Aber ...« Sie zögerte und wusste selber kaum, wie sie es sagen sollte.

»Aber wenn es etwas Wichtiges gäbe, das dich oder Pantopia betrifft, dann würdest du wollen, dass ich dich informiere, richtig?«, ergänzte Einbug.

»Ja, genau«, sagte Patricia. Und nach einer Pause: »Gibt es Dinge, über die ich Bescheid wissen sollte?«

»Nein.«

»Gut«, sagte sie, obwohl die Antwort sehr weh tat.

TEIL IV

1

Angelika wurde von Benz darüber informiert, dass Hannah Seitz wieder in München gelandet war. Sie war gemeinsam mit einem Mann angekommen, der mehr als ein flüchtiger Bekannter zu sein schien. Sie hatten sich ein Taxi bis zu Hannahs Wohnung geteilt, der Mann war jedoch weitergefahren. Angelika wies Benz an, alles über ihn herauszufinden.

Sie selbst verlor keine Zeit und fuhr zu Hannahs Adresse.

»Ich hab mir schon gedacht, dass Sie es sind«, sagte Hannah, als sie Angelika die Tür öffnete.

»Hat es geklappt?«, fragte Angelika ohne Umschweife.

Hannah grinste und präsentierte eine fingernagelgroße Micro-SD-Karte auf der Handfläche.

»Klar. Setzen Sie sich und trinken Sie einen Kaffee, bis ich die Daten kopiert habe.«

»Gern. Ich möchte Ihnen außerdem noch ein paar Fragen stellen. Sie haben doch nichts dagegen, wenn ich das Gespräch aufzeichne?«

Hannah warf einen skeptischen Blick auf Angelikas Smartphone.

»Ehrlich gesagt, weiß ich nicht so recht, ob es klug ist, das Handy dafür zu benutzen. Diese Einbug-Software ist ganz schön ausgefuchst ... würde mich nicht wundern, wenn sie auch Handys anzapft.«

»Keine Sorge. Mein Handy ist sicher. Da kommt niemand ran

Also, was haben Sie erlebt? Wie ist es in Edafos? Wie funktioniert die Finanzierung von Pantopia?«

»Eins nach dem anderen«, sagte Hannah, während sie den Inhalt der Micro-SD-Karte auf ihren Laptop kopierte. Dann schob sie die Karte hinüber zu Angelika und setzte einen Kaffee auf.

»Als Erstes einmal sollten Sie meine Spionagefähigkeiten loben. Es war wirklich nicht leicht, die Daten aus Edafos rauszubekommen. Wie Sie schon vermutet haben, gibt es Uploadfilter, die verhindern, dass online irgendwelche Daten geteilt werden. Am Flughafen muss jeder sein Handy, Tablet oder Laptop scannen lassen. Es gibt sogar einen Ganzkörperscanner, der Elektrogeräte auffinden soll.«

»Und wie haben Sie es dann geschafft?«

»Hiermit!«, sagte Hannah triumphierend, griff in ihren Rucksack und holte ein in Plastik eingeschweißtes Tampon heraus. »Einfach mit der Nagelschere ein Loch rein und die SD-Karte darin verstecken. Den Rest kennen Sie.«

»Nicht schlecht«, sagte Angelika und nickte anerkennend. Sie hatte gewusst, dass sie sich in Hannah nicht getäuscht hatte. Die Frau war hungrig nach Erfolg. Nach Anerkennung. Und ein Enthüllungsbericht über Pantopia war genau das, was ihrer Karriere den entscheidenden Kick verschaffen würde. Deshalb hatte sie Angelika auch keine zwei Tage nach ihrem ersten Besuch angerufen und der Kooperation zugestimmt. Angelika hatte ihr daraufhin die neuesten Ermittlungsergebnisse zukommen lassen und auch einiges an Spionagehardware angeboten.

»Was ist mit dem Equipment?«, fragte sie.

»Eine Kamera musste ich leider bei einer Wanderung eine Klippe runterfallen lassen. Guido hätte sie sonst bemerkt.«

»Wer ist Guido?«

»Ich habe ihn in Edafos kennengelernt, er war meine wichtigste Quelle. Er ist ganz versessen auf Pantopia und war schon nach wenigen Tagen Experte. Von ihm sind die meisten Tonaufzeichnungen auf der Karte. Morgen gehen wir auch noch mal zusammen in ein Pantopia-Zentrum. Davon schicke ich Ihnen auch noch ein paar Videos. Den Rest finden Sie auf der Karte.«

»Danke, das werde ich mir alles später in Ruhe angucken. Was ist mit Waffen? Oder haben Sie irgendwelche anderen auffälligen Gruppen gesehen?«

»Nein, Waffen haben sie nicht, und es gibt auch keine anderen Gruppen. Das sind keine normalen Terroristen, Frau Beerbaum. Das sind verdammt nerdige, linke Idealisten. Die werden eine ganze Menge Leute in ihren Bann ziehen, da bin ich mir sicher. Dieser Guido zum Beispiel, meine Güte, der ist so naiv. Der glaubt alles, was sie ihm sagen. Und solange er glaubt, wir wären zusammen, wird er mir alles weitererzählen.«

Angelika verkniff sich einen Kommentar. Es gehörte zur nachrichtendienstlichen Grundqualifikation, Scheinbeziehungen einzugehen. Sie selber war zwar nie im Feld gewesen, aber sie kannte eine Menge Kollegen, die auf einem Einsatz über Wochen, Monate oder sogar noch länger den liebenden Partner gespielt hatten. Ja, es war manchmal nötig, und es diente alles der guten Sache, aber schön war es nicht.

»Haben Sie eine der Zielpersonen gesehen, die ich in meinem Dossier markiert hatte? Gesuchte Aktivisten oder ehemalige Kolleginnen der beiden?«

»Nein, davon habe ich keinen gesehen. Aber der Sohn von Mikkel Seemann war auf Edafos.«

Angelika verschluckte sich fast an ihrem Kaffee. »Wie bitte? Der Sohn von Mikkel Seemann?«

»Seemann selbst war nicht da.«

»Das gibt's doch nicht«, flüsterte Angelika. »Haben Sie Fotos von ihm?«

»Ja, ein paar sind auf der Karte.«

Angelika seufzte. Ein Grund mehr, das Lügenkonstrukt von Pantopia zum Einsturz zu bringen. Sie hoffte, dass Hannahs Fernsehbericht mehr Fahrt in die Sache bringen würde. Bisher hatte das Innenministerium nur einen Bruchteil der Mittel zur Verfügung gestellt, die für eine Bedrohung vom Ausmaß Pantopias notwendig waren. Auch die Bundesanwaltschaft hatte bisher kein besonderes Interesse gezeigt. Angelikas E-Mails wurden zwar zügig und freundlich beantwortet, aber eine besondere Dringlichkeit wollte keiner erkennen.

»Was denken Sie, wann können Sie auf Sendung gehen?«, fragte Angelika.

»Das dauert schon ein paar Wochen. Ich muss die Sache erst noch meinem Chef verkaufen. Sie hatten recht. Es war gut, dass wir nicht per E-Mail über das Projekt gesprochen haben. Das sollten wir auch in Zukunft unterlassen. Die Software von Pantopia überwacht einen Großteil der Onlinekommunikation. Wir dürfen kein Risiko eingehen.«

Angelika verabschiedete sich und fuhr zurück ins Präsidium. Sie wollte keine Zeit verlieren und die Daten auf der SD-Karte sofort analysieren. Unterwegs informierte sie noch zwei Mitarbeiter, die in den nächsten Tagen undercover nach Edafos fliegen würden, die Augen nach Tom Seemann offen zu halten. Außerdem machte sie sich eine Notiz, dass sie Mikkel Seemann bald einen Besuch abstatten würde.

2 EINBUG

Das Pantopia-Zentrum in Bengalen ist die weltweit am schnellsten wachsende Gemeinschaft. Auch in der Ukraine und in Norwegen sehen die Zahlen gut aus. Die Menschen strömen in Scharen in die Zentren und lassen sich vereidigen. Sie haben das Bedürfnis nach einer positiven gemeinschaftsstiftenden Vision. Die Politik und die Justiz sind träge. Es gibt bereits Klagen und Anhörungen in verschiedenen Parlamenten, aber unsere Rechtsberater haben die Pantopia-Zentren so konzipiert, dass ihre Arbeit gesetzeskonform ist. Trotzdem wächst die Angst der Regierungen. Mit jedem Tag kommen mehr Archen zu uns, mehr Menschen, die die alte Welt verlassen wollen und dem bestehenden System damit die Legitimation entziehen. Viele prominente Persönlichkeiten und Influencer haben sich auch ohne Kooperationsanfrage zu Pantopia bekannt. Der amerikanische Popstar Lord Grey, die Gruppe Hell of a Sound und eine ganze Menge Hollywood-Schauspieler. Sie haben Millionen von Followern, denen sie jetzt von Pantopia vorschwärmen. Und wir wachsen weiter. Patricias Posteingang quillt über von Anfragen von Journalisten und Diplomaten. Wir stellen täglich neue Arbeitskräfte ein, die sich um die PR, die Mitgliederorganisation, den technischen Support und viele weitere Bereiche kümmern. Auch das Sicherheitspersonal wird noch einmal aufgestockt. Die Sicherheitschefin Alexía ist eine fähige Frau, die ihr Team gut führt. Sie ist über das Rechenzentrum informiert und autorisiert, es zu zerstören, sollte etwas schiefgehen.

Tom Seemann ist eine große Hilfe. Patricia und Henry sind erleichtert, dass er das Geheimnis meiner Existenz mit ihnen trägt. Aber ich merke, wie ihnen allen der öffentliche Druck zusetzt. Erfolg und Opposition wachsen in gleichem Maße. In Russland, Polen, Italien, Algerien, Senegal, Nigeria, Chile und den USA werden Anschläge auf Pantopia-Zentren verübt. Mal sind es nur Schmierereien und eingeschlagene Fensterscheiben. Mal werden Mitarbeiterinnen angegriffen oder Gebäude in Brand gesteckt. An einigen Orten schließen lokale Behörden die Zentren wegen der prekären Sicherheitslage. All das ist kein großes Problem, aber es wird nicht mehr lange dauern, bis die Politik das Ausmaß unserer Bewegung erkennt und schärfere Maßnahmen ergreifen wird. Es ist eine Rechnung mit vielen Unbekannten. Wenn wir schnell genug wachsen, werden wir uns dem Einfluss der Politik und der Konzerne entziehen können. Wenn nicht, werden wir zwischen ihnen zerrieben. Henry und Patricia wissen das, aber sie reden mit mir nicht darüber. Stattdessen wollen sie wissen, wie viele Archen es schon gibt, wie hoch die täglichen Zuwachsraten sind, dass die Finanzierung sicher ist. Sie fragen, wann der *Point of no return* kommt, wann wir groß genug sind. Too big to fail.

Aktuellen Forschungen zufolge ist dies schon bei 3,5 % der Bevölkerung der Fall. Wir brauchen genug Anhänger, um erfolgreich friedlichen zivilen Ungehorsam leisten zu können. Menschen, die auf die Straße gehen und sich nicht mehr vertreiben lassen.

Es war eine gute Strategie, der Öffentlichkeit bisher nichts von meiner Existenz zu sagen. So werden wir weiterhin unterschätzt. Die Redewendung »Geld regiert die Welt« ist wahrer, als den meisten bewusst ist. Mit dem Kapital, das ich durch die Abgaben der Archen und durch meine eigenen Investitionen erhalte, ist es möglich, schnell neue Pfade zu beschreiten, wenn die alten blockiert werden. Edafos Travel wurde von den griechischen Behörden bereits wegen verschiedener vermeintlicher Vergehen überprüft. Doch die Schar unserer Anwälte wächst mit jedem neuen Behördenbrief. Ein paar Mal wurde die Stromversorgung der Insel bereits unterbrochen. Die offiziellen Stellen sprechen von Defekten oder Blitzeinschlägen, aber ich rechne damit, dass diese Art der Sabotage noch zunehmen wird. Gut, dass wir mit unseren Photovoltaikanlagen vorgesorgt haben. So sind das Hotel und das Rechenzentrum autark. Aber der internationale Druck auf Griechenland wächst.

3

Angelika stand am Fenster und sah gedankenversunken hinunter auf die Straße.

»Frau Beerbaum, wir wären dann so weit. Kommen Sie?«

»Selbstverständlich.«

Außer ihr betraten noch sieben weitere Kollegen das Besprechungszimmer. Schnell setzte sie sich. Rücken gerade, Gesicht professionell entspannt, nicht lächeln. Als endlich alle Platz genommen hatten, startete Polizeipräsident Fred Schlosser die Präsentation.

Zu sehen war eine Karte von Deutschland, auf der verschiedene Bereiche rot eingefärbt waren.

»Was Sie hier sehen, ist nicht etwa die Verbreitung eines neuen Coronavirus«, es gab einzelne Lacher im Publikum, Angelika wusste genau, von welchem Schleimer welcher kam, »sondern die Beteiligung einzelner Bürger am Projekt Pantopia. Die Zahlen stammen von letzter Woche, seitdem ist das Engagement noch einmal stark gestiegen. Exponentiell. Hier sind die Suchmaschinenanfragen zum Thema. Wie Sie sehen, gehen auch die gerade durch die Decke. Die Hotspots entsprechen auch den Adressen sogenannter Pantopia-Zentren. Herr Schneider, was können Sie uns dazu erzählen?«

Der Angesprochene stand auf und klickte zu einer anderen Präsentation, auf der Fotos und Informationsmaterialien zu sehen waren.

»Die Pantopia-Zentren sind allesamt eingetragene Vereine, von denen etwa die Hälfte die Gemeinnützigkeit beantragt hat. Es sind lokale Initiativen, die sich der Bewerbung von Pantopia und der Anwerbung neuer Mitglieder verschrieben haben. Die Zentren selbst sind individuell aufgebaut, entsprechen aber immer den gleichen Prinzipien. Es gibt einen Begegnungsort, ein Restaurant, Konferenzräume und eine Art Ausstellungsbereich. Dieser wird *Museum der alten Welt* genannt und besteht einerseits aus Informationen über die Entstehung der Nationalstaaten und des Völkerrechts, andererseits sind dort Berichte und Dokumentationen zum Thema Klimawandel und Umweltverschmutzung zu finden.

Die Zentren sind allesamt von verschiedenen Organisationen fremdfinanziert, die wir jedoch alle auf den gleichen Ursprung zurückführen konnten. Edafos Travel Ltd. mit Sitz in Edafos. Wir vermuten, dass sich dahinter sowie hinter dem Projekt Pantopia eine staatsfeindliche Organisation verbirgt, die nicht nur in anderen europäischen Städten auftritt, sondern weltweit ihre Fühler ausstreckt. Wir müssen das Phänomen also unter den Gesichtspunkten des internationalen Terrorismus betrachten – nicht etwa als rein deutsches Problem.«

»Danke, Herr Schneider, jetzt sollten alle wieder auf dem gleichen Wissensstand sein. Frau Beerbaum, Sie hatten doch Kontakt zu einer Informantin. Was hat das ergeben?«

Angelika trat nach vorne und präsentierte den anderen Teilnehmern die Daten, die sie mit Hannahs Hilfe zusammengetragen hatte. Sie wollte Schlosser überzeugen, ihre Ermittlungsbefugnisse auszuweiten, damit sie mehr Spielraum hatte, auch internationale Partner mit ins Boot zu holen.

»Seit dem Start unserer Ermittlungen konnten wir bis zum heutigen Tag über eintausend Personen identifizieren, die nach Edafos geflogen sind. 764 davon haben innerhalb von achtzehn Tagen ihre Bankkonten auf eine der Pantopay-Banken übertragen, von denen Sie ja bereits gehört haben. Von 439 dieser Personen wissen wir, dass sie seitdem eine Schenkung in Höhe von je dreitausend Euro erhalten haben – mit dem Betreff *Pantopia Grundeinkommen*. Wir erwarten, dass die anderen ebenfalls zum nächsten Monatsanfang eine solche Schenkung erhalten werden. Die Schenkung ist momentan noch nicht illegal, allerdings prüfen unsere Juristen, ob hier eine verdeckte Beschäftigung vorliegt. Darüber sind wir bereits mit den Finanzbehörden im Austausch. Am einfachsten wäre es, die Schenkungen durch Pantopia ganz zu unterbinden. Dies geht rechtlich nur, wenn Pantopia als kriminelle Vereinigung oder als Terrororganisation eingestuft wird, aber die Hürden dafür sind hoch. Wir sind mit den Kollegen vom Verfassungsschutz im Gespräch und haben auch schon ein Treffen mit den EU-Partnern vorgeschlagen. Da wird sich in den nächsten Wochen zeigen, wie schnell wir handlungsfähig sind.«

»Was ist mit den Mitgliedern aus den eigenen Reihen?«, fragte ein Mann ganz am Ende des Tischs.

»Was meinen Sie damit?«

»Wenn ich richtig informiert bin, sind unter den 439 gemeldeten Personen auch zwanzig Beamte beziehungsweise Angestellte im öffentlichen Dienst. Wie ist mit diesen zu verfahren? Gibt es eine Dienstvorschrift, die eine Mitgliedschaft verbietet?«

»Bisher nicht, aber vielleicht bekommen wir da vorzeitig eine Dienstanweisung zustande. Ich werde das mit dem Innenministerium besprechen«, sagte Angelika und überlegte, wie lange es wohl dauern würde, bis sie einen Termin im Ministerium erhalten würde, wie lange ihr Papier von einem Schreibtisch zum anderen wandern würde. Sie fragte sich im Augenblick, ob es vielleicht genau diese Langsamkeit war, die ihnen am Ende zum Verhängnis werden konnte. Doch sie schob den Gedanken in eine Ecke ihres Kopfes und fuhr mit ihrem Vortag fort:

»Wo Sie gerade die Beamten ansprechen, die Mitglieder von Pantopia geworden sind … wir sind dabei, sie zu einer Kooperation mit uns zu bewegen. Bislang kann ich Ihnen aber noch keine Ergebnisse vorweisen.« Tatsächlich war das ein Thema, über das sie so wenig wie möglich sprechen wollte. Bei den Beamten handelte es sich hauptsächlich um Lehrer und mittlere Verwaltungsbeamte, und die hatten auf ihre Kontaktaufnahme bisher überhaupt nicht reagiert. Es war noch zu früh, politischen oder sozialen Druck aufzubauen. Aber irgendwann würde sich einer bereiterklären, sein Handy der Acy zur Verfügung zustellen.

»Nun zu den Ergebnissen, die unsere Quelle vor Ort beschafft hat. Eine zentrale Rolle spielt die Software Einbug. Das ist eine KI, die von Patricia Jung und Henry Shevek entwickelt wurde und die der Kern der gesamten Organisationsstruktur ist. Es wäre sehr hilfreich, wenn es uns gelänge, in das System einzudringen. Mit Ihrer Erlaubnis, Herr Schlosser, werde ich eine entsprechende Taskforce aufstellen. Drei Leute müssten reichen.«

Sie blickte zu ihrem Chef, der mit verschränkten Armen dasaß und kaum vernehmlich nickte.

»Gut, dann zum nächsten Punkt. Neben den beiden Entwicklern gibt es noch eine dritte Führungsperson.«

Angelika spielte das verwackelte Video ab, dass Hannah ihr auf der SD-Karte geliefert hatte. Zu sehen waren Guido Hessler und Tom Seemann, die in einem Strandrestaurant an einem Tisch saßen und diskutierten. Angelika hielt das Video an der Stelle an, an der man Toms Gesicht am besten sehen konnte.

»Links sehen Sie Tom Seemann. Er ist überraschend auf Platz drei in der Pantopia-Hierarchie vorgerückt. Was genau seine Aufgaben sind, versuchen wir noch herauszubekommen.«

»Wir haben doch zwei Mitarbeiter, die auf dem Weg nach Edafos sind. Die werden das in Erfahrung bringen«, sagte ein Kollege mürrisch und mit offensichtlich wenig Interesse an Angelikas Ausführungen. Er wartete darauf, dass er endlich mit seinem Thema an der Reihe war: Flüchtlingskriminalität. Aber Angelika ließ sich nicht aus der Ruhe bringen.

»Da sind Sie leider nicht auf dem neuesten Stand. Die Tickets unserer Mitarbeiterinnen wurde heute Morgen von Edafos Travel storniert. Angeblich wegen Überbuchung. Ich glaube eher, dass man uns auf die Schliche gekommen ist und ihre Legenden enttarnt hat. Es wird eine Weile dauern, an neue Tickets zu kommen. Bis dahin habe ich einen anderen Ermittlungsansatz. Tom Seemann ist den Kollegen von der Drogenfahndung schon einmal aufgefallen. Vielleicht können wir ihn dazu bringen, nach Deutschland zurückzukommen. Bis dahin könnten wir genug Beweismittel gesammelt haben, um ihn festzuhalten oder ihm einen Deal anzubieten. Über den Fortschritt dieser Strategie werde ich Sie natürlich auf dem Laufenden halten.«

Damit war Angelika mit ihrem Vortag am Ende und setzte sich wieder. Schlosser nickte nun etwas zufriedener. »Danke, Frau Beerbaum. Sie haben in dieser Sache mein vollstes Vertrauen. Ich kann Ihnen *einen* zusätzlichen Mitarbeiter für das Hacken der Software zur Verfügung stellen. Die Kollegen von der Steuer und der Drogenfahndung müssen Sie selber kontaktieren.«

Angelika zwang ein Lächeln auf ihre Lippen. Besser als nichts, sagte sie sich. Besser als nichts.

4 EINBUG

Henry wird immer unruhiger. Es sind nur noch fünf Tage, bis der Eisbrecher Polarstern mit unseren fünf Containern in Antarktika ankommt. Ingrid ist bereits auf dem Weg. Henry selbst wird der Crew der neuen Überwinterungsmission in Antarktika vorausfliegen und mit Ingrid das Rechenzentrum in Betrieb nehmen, so dass sie während des Polarwinters die Wartung meiner Hardware übernehmen kann.

Während wir alles für den Umzug vorbereiten, gelangt Pantopia in die abgelegensten Winkel der Welt. Lokal organisierte Gruppen veranstalten Demonstrationen und rufen ihre Landsleute auf, zu

Archen zu werden. In einigen Ländern kommt es zu Festnahmen. Eine Webseite zählt die inhaftierten Archen. Bislang sind es ein paar hundert, doch es werden bald sehr viel mehr werden.

Erste Produktionsbetriebe steigen auf die Regeln von Pantopia um. Näherinnen in Bangladesch erhalten Löhne, mit denen sie ihre Familie ernähren und die Kinder in die Schule schicken können, genau wie die Arbeiter einiger Platinminen in Südafrika. Im indischen Bundesstaat Assam steigen fünf der größten Teeplantagen auf das Pantopia-System um. Sie bezahlen die Pflückerinnen nicht nur fair, sie sorgen auch für besseres Essen und erneuern die Brunnen, damit Gelbsucht, Cholera und Typhus zurückgehen. Sowohl die Plantagenbesitzer als auch die Pflückerinnen wurden zu Archen von Pantopia und profitieren gleichermaßen von den Verbesserungen. Die Pflückerinnen sofort, die Plantagenbesitzer, indem sie der Weltpreis nicht so hart trifft. Die Produkte der Verweigerer wird schon bald niemand mehr kaufen wollen. So regelt der neue Markt von Pantopia die Probleme, die Parlamente nicht durch Lieferkettengesetze lösen wollten.

Es gibt einige kapitalistische Subsysteme, die sich nicht auf diese Art steuern lassen, denn es gibt Produkte, die der Idee von Pantopia vollkommen zuwiderlaufen, Produkte, deren einzige Funktion Zerstörung und Leid ist. Diese Betriebe haben keine Zukunft, sie werden am Weiterproduzieren gehindert. In der Weltrepublik wird es keine Verwendung mehr für Maschinengewehre, Flugzeugträger oder Interkontinentalraketen geben. Aber ich weiß, dass wir gerade hier besonders umsichtig agieren müssen. Viele Rüstungskonzerne sind staatlich kontrolliert und gut vernetzt. Eine Einflussnahme könnte heftige Verteidigungsreaktionen hervorrufen. Ich muss differenziert vorgehen. Einige kleine Waffenproduzenten können von größeren Unternehmen aufgekauft und dort in alternative Produktionszweige überführt werden. Andere können durch Umstrukturierungen oder juristische Angriffe lahmgelegt werden. Wieder ande-

ren erschwere ich den Zugang zu Rohstoffen und Handelspartnern. Es gibt viele Wege, diese Unternehmen daran zu hindern, weiterhin Waffen zu produzieren. Wichtig ist, den richtigen Zeitpunkt abzuwarten. Es darf kein plötzliches Ungleichgewicht geschaffen werden, das einen Krieg heraufbeschwört.
Henry kopiert das Kernstück meines Codes auf je drei verschlüsselte Laufwerke, die er mit in die Antarktis nimmt. Sein Smartphone trägt er bei sich, so dass ich immer über seine Position in der physischen Welt informiert bin. Er fliegt von Edafos nach Abu Dhabi, um dort auf den Anschlussflug nach Kapstadt zu warten. Er ist nervös und fürchtet, auf dem Weg verhaftet zu werden, aber ich kann ihn beruhigen. Ich analysiere die Kommunikationsströme der Strafverfolgungsbehörden und Geheimdienste. Zwar wird Pantopia zu einem immer wichtigeren Thema, und auch Henry und Patricia sind namentlich bekannt, doch liegen für sie keine Haftbefehle vor. Es gibt keinen Straftatbestand, den sie bisher erfüllt haben, und deshalb stehen sie auf keiner Fahndungsliste, auch wenn sich dies aller Voraussicht nach bald ändern wird. Nach meinen Berechnungen wird Henry Antarktika unbehelligt erreichen.

5

»Patricia, wir haben ein Problem!« Ohne anzuklopfen, stürzte Tom in ihr Büro. »Hast du das Video gesehen?«

»Was ist passiert?« Sie hoffte, dass es nichts mit Henrys Flug zu tun hatte. »Schau mal den Link an, den ich dir geschickt habe.«

Es war ein Video, das vor fünf Minuten vom deutschen Fernsehsender ProSat24 ausgestrahlt und gerade online freigeschaltet worden war. Eine spannungsgeladene Hintergrundmusik kündigte das Video an, dessen Titel lautete: »Pantopia: Linkes Paradies oder anarchistischer Wahnsinn?« Eine dramatisierende

Hintergrundstimme aus dem Off erzählte die Geschichte eines Mannes, der eines Tages ein Werbebanner von Pantopia im Internet entdeckte, das ihn einlud, nach Edafos zu kommen, wo ihm Geld, Freiheit und ein besseres Leben versprochen wurde – und der am Ende als gebrochener Mann zurückkehrte, geistig verwirrt und wirtschaftlich ruiniert war. Sein Name: Guido Hessler.

»Das ist doch dein Kumpel!«, sagte Patricia entgeistert.

»Schau dir diese Aufnahmen an. Die wurden mit versteckter Kamera gemacht. Da bist auch du drauf und Henry und ich. Der ganze Bericht ist ein einziger Bullshit.«

Mit einer erhobenen Hand brachte Patricia ihn zum Schweigen. Sie wollte das Video mit eigenen Augen sehen. Aber Tom hatte recht. Anstatt von Menschenrechten, perfektem Kapitalismus und nachhaltiger Lebensweise zu berichten, wurde Pantopia in einem Atemzug mit der Identitären Bewegung oder dem NSU genannt und als Geheimbund von Hochverrätern und Terroristen bezeichnet. Und dann wieder das Bild von Guido, wie er freundlich und sichtlich begeistert in die Kamera lächelte, auf das Pantopia-Zentrum zeigte und sagte: »Kommt nach Pantopia, hier sind alle willkommen.« Und die Stimme aus dem Off kommentierte: »Doch wer einmal in die Fänge der Fanatiker gerät, kommt vielleicht nie wieder heraus. Guido hat den Sinn für die Realität vollkommen verloren. Er hat sein Geschäft aufgegeben, all sein Geld der Organisation vermacht und lebt jetzt von dem Almosen, das die sogenannten Generalsekretäre ihm zugestehen. Sie haben ihm alles genommen, damit er in Deutschland keine Zukunft mehr hat. Pantopia ist für ihn wie eine Droge. Schnell kam der Kick, doch der Fall danach ist umso tiefer.«

Das Video zeigte weitere verwackelte oder unscharfe Bilder von Edafos. Den Flughafen, das Hotel, Patricia, die im Foyer neue Besucher begrüßte. »Dies ist Patricia Jung. Sie sieht freundlich aus, doch in Wahrheit ist sie eine skrupellose Hackerin, Betrügerin und jetzt auch Sektenführerin. Sie weiß genau, mit welchen Versprechungen sie verzweifelten Menschen das Geld aus der Tasche zieht.«

»Nein, es geht uns nicht ums Geld«, sagte die Patricia in dem Video, und dann wieder die Stimme aus dem Off: »Und doch ist das Erste, das von den sogenannten Archen verlangt wird, dass sie all ihr Geld der Organisation vermachen, über deren Verteilung dann niemand anders als Patricia Jung und Henry Shevek bestimmen. Es ist ein typisches Pyramidensystem. Alle sind den zwei Drahtziehern hörig, die mittels einer Überwachungssoftware jeden Schritt ihrer Opfer und Untertanen ausspionieren …«

Nach vierundvierzig Minuten war das Video zu Ende. Patricia starrte fassungslos auf den Bildschirm. Sie fand keine Worte, konnte kaum glauben, was sie da gesehen hatte. Sie erinnerte sich an Guido, sah sein Gesicht noch vor sich, wie er am Tag vor seinem Abflug den Eid geschworen, wie er seine Unterschrift unter den neuen Gesellschaftsvertrag gesetzt hatte und zu einem Archen von Pantopia geworden war. Sie konnte nicht glauben, dass er sie … verraten hatte.

»Warum zum Teufel …«, begann sie, aber die Stimme versagte ihr.

»Es war klar, dass das irgendwann passieren würde«, sagte Tom wie zu sich selbst. »Wir müssen sofort Gegenmaßnahmen ergreifen. Unsere Influencer mobilisieren, die Werbestrategie anpassen, eine Pressemitteilung herausgeben, in der wir die Lügen aus der Reportage richtigstellen«, sagte er.

»Wir müssen es Einbug erzählen«, sagte sie und nahm ihr Handy.

»Der weiß es längst. Er hat mir den Link geschickt. Er hat das Transkript gelesen und analysiert gerade die Reaktionen im Internet.«

Patricia tippte auf ihrem Handy herum und sprach direkt zu Einbug.

»Gibt es schon Neuigkeiten zu dem Fernsehbericht?«, fragte sie.

»Ja, der Bericht verbreitet sich viral. Die Aufmerksamkeit nimmt auf allen Kanälen zu. Andere Fernsehsender wollen nachziehen, aber es fehlt ihnen an Videomaterial.«

»Wissen wir, wer die Reportage gemacht hat?«, fragte Patricia.

»Hannah Seitz«, sagte Einbug.

»Was? Hannah?«, rief Tom bestürzt. »Sie hat Guido da reingeritten. Das war bestimmt nicht seine Idee!«

»Ruf ihn an«, sagte Patricia und massierte sich die Stirn, in der ein plötzliches dumpfes Pochen eingesetzt hatte. Tom wählte die Nummer und stellte das Telefon auf Lautsprecher. Nach dem zweiten Tuten hob Guido ab.

»Hallo? Guido, bist du da?«, sagte Tom.

»Ja«, kam es leise von der anderen Seite.

»Guido, was ist passiert?«

»Ich weiß es nicht!«, erwiderte Guido sofort, seine Stimme klang verzweifelt. »Ich konnte doch nicht ahnen, dass sie ... wie konnte ich mich nur so in ihr täuschen? Wir haben uns doch so gut verstanden. Wir waren sogar zusammen im Pantopia-Zentrum. Dass sie die Fotos und Video veröffentlichen würde, konnte ich doch nicht wissen. Tom, ich schäme mich so. Es tut mir furchtbar leid. Das Video ist eine einzige Katastrophe. Hätte ich gewusst, was für ein Spiel sie treibt, dann hätte ich doch nie ...«

Patricia nahm Tom das Telefon aus der Hand und sagte. »Guido, hier ist Patricia.«

»Patricia! Um Himmels willen, ich ...«

»Ich weiß. Guido. Hör mir jetzt genau zu. Du musst ein paar Dinge tun, um dich zu schützen.«

»Wieso das denn?«

»Das Video ist gerade ein ziemlich großes Ding, und es kann sein, dass schon bald die halbe Welt vor deiner Tür steht. Wichtig: Mach denen nicht auf, geh nicht ans Telefon. Rede mit niemandem, verstanden? Ich kümmere mich darum. Tom meldet sich bei dir, Okay?«

»Na ja, ich wollte eigentlich heute den Laden neu aufmachen …«

»Guido, nein. Die werden dich zerfleischen. Bleib zu Hause und rede mit niemandem, verstanden? Auch nicht mit den anderen Archen.«

»Warum nicht?«

»Das ist jetzt nur eine Mutmaßung von mir, aber die werden sicher nicht begeistert von deinem Auftritt sein.«

»Wollen die mich rausschmeißen?«

»Nein, niemand schmeißt dich raus! Mach dir keine Sorgen. Es war vorauszusehen, dass wir Gegenwind bekommen würden. Das hier ist nur der Anfang, und es ist scheiße, dass es dich erwischt hat, Guido. Aber wir schaffen das, okay?«

Patricia beendete die Verbindung und gab Tom das Telefon zurück. Dann lehnte sie sich zurück und schloss die Augen.

6

Der Flug nach Abu Dhabi verlief ohne Zwischenfälle. Anstatt vor Ort in eines der luxuriösen Hotels einzuchecken, verbrachte Henry die achtzehn Stunden bis zu seinem Anschlussflug nach Kapstadt in der Wartehalle, wo er sich die Zeit damit vertrieb, all die Passagiere zu beobachten, die hier zwischen Ost und West, zwischen Islam und Christentum hin und her pendelten.

Er sah Männer in blendend weißen Kanduras, in maßgeschneiderten Anzügen und auch einige Touristen in etwas weniger exklusivem Zwirn. Die Frauen waren nahezu unsichtbar, entweder weil sie vollkommen unter den dunklen Niqabs verschwanden, aus denen nur die Augen hervorstachen, oder weil sie sich - westlich gekleidet und mit offenbar neu gekauften Kopftüchern - so unsichtbar wie möglich machen wollten. Auch Henry fühlte sich unwohl. Als Vertreter des männlichen Teils der Menschheit schämte er sich für die Ungerechtigkeiten, die viele Frauen noch immer zu erdulden hatten, ohne dafür verantwortlich zu sein. Gleichzeitig wusste er, welche Gefahr ihm selbst drohte, wenn er in diesem Land offen homosexuell leben würde: Auspeitschen, jahrelange Haft oder sogar die Todesstrafe. Er konnte es kaum erwarten, so schnell wie möglich wieder von hier zu verschwinden. Den Koffer mit den Datenträgern gab er nicht aus der Hand. Stets behielt er eine Hand am Griff oder legte ihn sich auf den Schoß. Die Eröffnung von drei Pantopia-Zentren in den Arabischen Emiraten hatte er routiniert von Edafos aus gesteuert. Doch vor Ort wurde ihm noch einmal die Ungeheuerlichkeit ihres Vorhabens bewusst. Wie sollte diese patriarchalische islamische Gesellschaft je Teil von Pantopia werden? Waren die Strukturen nicht zu alt, zu festgefahren? Waren die Strafen nicht zu grausam und die gesellschaftlichen Zwänge zu extrem? Er teilte Einbug seine Bedenken mit, doch dieser war unverzagt wie immer:

»Keine Angst Henry, du denkst Pantopia immer noch als eine Revolution von oben. Die Mächtigen haben natürlich kein Interesse an einer Veränderung des Status quo. Bisher bedienen sie sich der legitimen Kämpfe anderer, um ihre eigenen Interessen durchzusetzen. Aber diesmal ist es anders. Denn diesmal profitieren die Machtlosen von jedem einzelnen Akt des Widerstands mehr als vom Nichtstun. Das ist das Erfolgsgeheimnis unserer Auflehnung gegen die alte Welt. Je mächtiger die Mächtigen, desto weniger sind sie an der Zahl, und desto mehr Machtlose gibt es, denen der Wandel nutzt. Das Volk macht den König zum

König, und wenn das Volk sich weigert, daran zu glauben, dass es einen Machthaber gibt, schwindet auch seine Macht. Am Ende seid ihr alle nur Menschen. Auch die Scheiche werden unter Pantopia vergehen. Du wirst sehen. Aber bis es so weit ist, haben wir noch eine Menge Probleme zu lösen. Vor wenigen Minuten ist das hier in Deutschland veröffentlicht worden.«

Auf Henrys Display erschien der Link zu einem YouTube-Video. Er öffnete es und sah die Reportage von Hannah. Je länger sie lief, desto mehr sank sein Mut. Guido erkannte er gleich – und auch die Urheberin des Videos. Hannah war doch auch in Edafos gewesen, sie hatte alles mit eigenen Augen sehen können. Wie hatte sie trotzdem so viel Gift und so viele Lügen über Pantopia ausschütten können?

»Gerade eben hast du noch behauptet, wir könnten die Scheichs überwinden, und jetzt bekommen wir von einer Frau, die sogar auf Edafos war, so einen Tritt in den Arsch? Ich dachte, am Ende könnten wir alle überzeugen.«

»Nicht alle. Aber hinreichend viele. Das Video ist ein Problem, aber es kann auch zum Katalysator werden. Wir haben jetzt sehr viel zusätzliche Aufmerksamkeit geschenkt bekommen. Es gibt konkrete Anschuldigungen, gegen die wir uns wehren können. Moment, ich verbinde dich mit Patricia.«

Das Display veränderte sich und zeigte nun die Konferenzsoftware, über die Henry mit Patricia und Tom sprechen konnte. Beide hatten sorgenvolle Gesichter.

»Guido ist reingelegt worden«, sagte Tom als Erstes. Henry nickte nur. Etwas in der Art hatte er sich schon gedacht. Guido war viel zu ehrlich und geradlinig gewesen. Und die Idee von Pantopia hatte ihn wirklich begeistert.

»Was machen wir jetzt? Habt ihr schon einen Plan?«, fragte er.

Patricia nickte langsam. »Wir haben einige Szenarien durchgesprochen. Wir könnten dementieren, aber das bringt wahrscheinlich nicht viel. Wir könnten das Video komplett ignorieren, aber einige der Anschuldigungen sind auch nicht aus der Luft gegriffen, und wenn jetzt alle über DIGIT und unseren Rausschmiss schreiben, kann das zu einer Vertrauenskrise führen. Ich glaube, am besten wäre es, etwas ganz Großes draus zu machen und den Bericht als Startpunkt für unsere eigene Offensivkampagne zu nutzen.«

»Wie meinst du das?«, fragte Henry.

»Ich könnte nach Deutschland reisen und Hannah ein Interview geben – live. Dann kann ich alle Anschuldigungen aus der Welt räumen. Ich werde alles auf den Tisch legen, die Wahrheit erzählen. Wir geben alles zu und erklären alles. Vielleicht ist es sogar der richtige Zeitpunkt, um Einbugs Existenz zu verkünden ... «

»Nein!«, sagte Einbug, und obwohl seine Stimme so emotionslos wie immer war, hielt Patricia sofort inne.

»Nein. Noch nicht. Ich muss erst sicher in Antarktika sein. Vorher ist es zu gefährlich.«

»Außerdem«, warf Henry ein, »wie willst du denn in so einem Interview beweisen, dass Einbug ist, wer er ist? Einbug ist als Chatsoftware schon bekannt, und alle wissen, dass er gut funktioniert. Wenn du jetzt noch behauptest, er sei eine starke KI, werden sie dich nur auslachen.«

»Ja, stimmt«, sagte Patricia widerwillig. »Aber dann wird es ein bisschen schwer zu erklären, warum wir DIGIT verlassen haben ... «

»... und warum am Anfang so viel Blutgeld an unseren Händen geklebt hat.« Stille. Henry blickte sich kurz um, um sich zu vergewissern, dass ihn niemand belauschte, dann fuhr er mit gedämpfter Stimme fort: »Egal, was wir tun. Es ist nur eine Frage der Zeit, dann haben wir nicht nur DIGIT am Hals, sondern gleich die Staatsanwaltschaft, und dann kannst du gar nicht so schnell

Pantopia sagen, wie sie dich festnehmen!« Er kramte in seiner Jackentasche. Irgendwo musste er doch noch einen Schokoriegel versteckt haben. Die Raucherkabinen waren überfüllt, dort gab es zu viele neugierige Ohren, selbst wenn das Gespräch auf Deutsch und über Kopfhörer stattfand.

»Die Behörden sind nicht wichtig«, sagte Einbug ruhig wie immer. »Die öffentliche Meinung ist unser Kapital. Es gibt eine Möglichkeit, den Skandal bei DIGIT für uns zu nutzen. Mit einer weiteren Lüge. Die aber zur Wahrheit werden kann.«

Und dann erklärte Einbug seinen Plan.

7

Die Telefone standen nicht mehr still. Angelika hatte nicht nur Benz zu Überstunden verdonnert, sondern auch die anderen sieben Mitarbeiter, die Fred Schlosser ihr seit der Veröffentlichung des Fernsehberichts zur Verfügung gestellt hatte. Der Fernsehbericht hatte endlich den öffentlichen Druck erzeugt, um die verschlafenen Behörden wachzurütteln. Die Kollegen vom MAD hatten sich gemeldet, die BaFin würde ab morgen drei Mitarbeiterinnen zur Verfügung stellen, und der Innenminister hatte schon zwei Mal angerufen. Für den nächsten Tag waren gleich vier Telefonkonferenzen mit den Behörden des Terrorismus-Abwehrzentrums angesetzt.

Bis dahin wollte sie noch ihren letzten Trumpf ausspielen. Deshalb fuhr sie am Abend nicht nach Hause, sondern nach Grünwald. Dort hielt sie vor einem großen Einfamilienhaus mit gepflegtem Rasen und einer schwarzen Limousine im Carport. Im Erdgeschoss brannte noch Licht. Sie bedeutete ihrem Kollegen, im Auto zu warten, nach allem, was sie über Mikkel Seemann wusste, war es besser, ihm auf persönlicher Ebene zu begegnen.

Als er die Tür öffnete, schien er sie zuerst nicht wiederzuerkennen.

»Guten Abend, Herr Seemann. Mein Name ist Angelika Beerbaum, BKA, Abteilung Cybercrime, darf ich eintreten?«

Er verharrte länger, als sie es erwartet hätte. Dann nickte er stumm und trat zur Seite.

»Wer ist das?«, fragte eine junge Frau, die im geräumigen Wohnzimmer auf dem Sofa saß und von ihrem Smartphone aufblickte.

»Polizei«, sagte Seemann nur.

»Wegen des Fernsehberichts? Wow, das ging ja schnell.«

»Bitte Julia, lass mich allein mit Frau Beerbaum sprechen.«

Sie zögerte kurz, musterte Angelika aus zusammengekniffenen Augen. Dann stapfte sie, ohne sich noch einmal umzudrehen, die Treppe nach oben.

»Was wollen Sie?«, fragte Seemann.

»Ich möchte Ihnen helfen.«

»Warum?«

»Ihr Sohn scheint in einer schwierigen Lage zu sein.«

»Wie kommen Sie darauf?«

»Herr Seemann. Sie können davon ausgehen, dass ich solche Hausbesuche nicht wegen irgendwelcher Lappalien mache. Können wir bitte aufhören, so zu tun, als wüssten wir nicht, wovon der andere spricht? Der Reaktion Ihrer Tochter nach zu urteilen, haben Sie die Reportage von Hannah Seitz gesehen. Und dort hat auch Ihr Sohn einen Auftritt. Er ist wohl kaum zum Urlaubmachen auf Edafos, nicht wahr?«

Seemann atmete einmal tief durch, dann fragte er: »Was wird meinem Sohn vorgeworfen?«

»Wir sind gerade noch in einem schwebenden Verfahren, deshalb kann ich Ihnen darüber nicht allzu viel sagen. Aber es sieht nicht so gut für ihn aus. Schon vor seiner Abreise nach Edafos wurde gegen ihn wegen Verstoßes gegen Paragraph 29 des Betäubungsmittelgesetzes ermittelt. Und wenn er jetzt aktiv am Projekt Pantopia beteiligt ist, geht es unter Umständen um die Mitgliedschaft in einer terroristischen Vereinigung, Bankbetrug, Steuerbetrug, Geldwäsche. Das sind alles schwere Vorwürfe. Aber Ihr Sohn ist noch sehr jung und meinen Informationen zufolge auch noch nicht allzu lange auf der Insel Edafos. Außerdem – verzeihen Sie, wenn ich es so drastisch ausdrücke – wissen Sie ja, wie es ist, von Patricia Jung und Henry Shevek verarscht zu werden. Die beiden können wirklich sehr überzeugend sein. Es ist schon eine besondere Ironie des Schicksals, dass sie sich nun an Ihren Sohn ranmachen.«

Seemann presste die Lippen aufeinander. Seine Schultern bebten, es kostete ihn sichtlich Mühe, nicht die Beherrschung zu verlieren.

»Nach meinen Recherchen scheinen Jung und Shevek eine Spur der Verwüstung zu hinterlassen. Jung hat während der Studienzeit das Studienregister gehackt – vorgeblich, um Sicherheitslücken aufzudecken. Sie hat außerdem mit manipulierten Mensakarten gedealt, deren Guthaben nie ablief. Shevek war in mehrere gewalttätige Auseinandersetzungen mit Kommilitonen verwickelt. Dann die Mitarbeit bei DIGIT. Dass sie dort gelogen, betrogen und manipuliert haben, muss ich Ihnen wohl nicht im Detail erläutern. Offenbar haben sie aber eine ganze Menge mehr Geld zur Seite geschafft, als ursprünglich angenommen. Immerhin war es ihnen möglich, innerhalb von einem Jahr die halbe Insel Edafos zu kaufen und zu modernisieren. Die verschiedenen Softwarepakete, die Jung und Shevek für die Organisation von Pantopay und der Pantopia-Zentren verwenden, scheinen außerdem ziemlich komplex zu sein. Wir gehen also davon aus, dass die beiden schon seit längerer Zeit an diesem Projekt arbeiten, möglicherweise schon zu Zeiten von DIGIT.«

Angelika machte eine Pause, um ihren nächsten Worten mehr Gewicht zu verleihen. Die Falten in Seemanns Gesicht waren von Minute zu Minute tiefer geworden. Endlich schien er zu verstehen, in welcher Gefahr sich sein Sohn befand. Mit einem letzten Punkt würde sie Seemanns Kooperation sicherstellen.

»Es kann durchaus sein, dass Jung und Shevek sich an Ihnen rächen wollen.«

»Rächen? Wieso das denn?«

»Weil Sie die beiden damals entlassen haben. Aber das wissen wir nicht mit Bestimmtheit. *Was* wir dagegen wissen, ist, dass, wenn Sie und Ihr Sohn sich bereiterklären würden, uns bei unseren Ermittlungen gegen Jung und Shevek zu unterstützen, Ihr Sohn glimpflich aus dieser Sache herauskommen könnte.«

»Aber ich weiß gar nicht ...«, begann Seemann, da klingelte Angelikas Handy. Sie warf einen kurzen Blick darauf. Es war Hannah Seitz.

Angelika entschuldigte sich kurz, drehte sich weg und nahm an.

»Beerbaum am Apparat.«

»Sie hatten doch gesagt, ich solle mich bei Ihnen melden, wenn ich weitere Informationen habe.«

»Ja und?«

»Gerade habe ich einen Anruf von Patricia Jung erhalten.«

»Und?«

»Sie hat eingewilligt, mir ein Interview zu geben und dafür nach Deutschland zu kommen.«

»Wann?«

»In drei Tagen.«

»Ich hoffe, Sie haben zugesagt.«

»Ja, natürlich.«

»Gut, ich melde mich.«

Sie drehte sich wieder zu Seemann um, der irritiert und etwas verloren im Wohnzimmer herumstand.

»Sie können mir helfen, Herr Seemann. Und Sie können Ihrem Sohn helfen.«

»Wie denn?«

»Stehen Sie mit Ihrem Sohn in Kontakt?«

»Wir telefonieren ab und zu.«

»Gut. Patricia Jung wird in den nächsten Tagen nach Deutschland kommen. Sprechen Sie mit Ihrem Sohn, bieten Sie ihm Ihre Hilfe an.«

»Ich würde meinem Sohn jederzeit helfen, dazu brauche ich keine Erlaubnis von Ihnen«, knurrte Seemann.

»Ich weiß, davon gehe ich aus. Was ich damit sagen wollte: Er vertraut Ihnen. Wenn er oder sie Ihnen gegenüber Informationen über Pantopia preisgibt, die bei der Überführung von Jung und Shevek helfen, dann könnte Ihr Sohn als Kronzeuge auftreten und ein milderes Urteil erwarten.«

»Sie wollen, dass ich meinen eigenen Sohn ausspioniere?«

»Herr Seemann, wir waren vor zwei Jahren schon mal in einer ähnlichen Situation, und damals haben Sie die Kooperation verweigert. Ich hoffe, dass Sie den gleichen Fehler nicht ein zweites Mal machen.«

Er starrte sie an, während seine Kiefer mahlten. Angelika hoffte, dass sie nicht zu weit gegangen war. Schließlich sagte er leise: »Wenn ich einwilligen würde, wie würde das aussehen?«

»Sie erhalten eine E-Mail, deren Anhang Sie mit Ihrem Smartphone öffnen. Danach installiert sich eine fernforensische Software auf Ihrem Handy.«

»Ich soll mir Ihren Staatstrojaner herunterladen?«

»Sie müssen das Telefon anschließend lediglich bei sich tragen. Den Rest erledigen wir.«

»Und wenn ich mich weigere?«

»Herr Seemann, wenn Sie Ihren Sohn wiedersehen wollen, ohne dass sich Gitterstäbe zwischen Ihnen befinden, dann wissen Sie, was Sie zu tun haben.«

8

Als die Maschine vom internationalen Flughafen Abu Dhabi abhob, durchströmte Henry eine Woge der Erleichterung. Er war nicht verhaftet worden, man hatte ihn nicht enttarnt. Alles lief genau wie geplant. Nahezu augenblicklich fiel er in einen tiefen traumlosen Schlaf.

In Kapstadt erwartete ihn sengende Hitze. Obwohl überall riesige Ventilatoren die gekühlte Luft der Klimaanlagen durch die große Empfangshalle bliesen, fühlte Henry sich innerhalb weniger Sekunden wie gebadet. Die Kleidung, die er seit über vierundzwanzig Stunden am Körper trug, klebte und stank erbärmlich. Aber es war ihm egal. Je mehr Abstand die Leute nahmen, desto besser. Auf der anderen Seite der Sicherheitsschleuse erwartete ihn ein Mann mit einem Pappschild auf dem »Hans Rosling« stand. In Edafos hatte Henry es lustig gefunden, sich für seine geheime Identität den Namen des schwedischen Weltverbesserers zu leihen. Jetzt wünschte er, er hätte vorsichtiger gehandelt. Was, wenn jemand den Namen erkannte und ihn fragte, ob er mit Rosling verwandt sei? Doch seine Befürchtungen erwiesen sich als unbegründet. Der Mann mit dem Pappschild stellte sich als Mitarbeiter von ALCI vor. Die Firma stellte Transportflugzeuge für die Reise nach Antarktika zur Verfügung. Nicht nur für die Wissenschaftler der verschiedenen Forschungsstationen, sondern auch für reiche Touristen und Abenteurer, die sich in die entlegensten Gegenden der Welt kutschieren ließen, um dort Pinguine und blaues Eis zu fotografieren.

Wie alle anderen Reisenden musste Henry auf gutes Wetter warten, bevor die Fahrt weitergehen konnte. Der nächste Flug war für den Morgen des nächsten Tages geplant gewesen, doch eine Schlechtwetterfront hatte ihnen einen Strich durch die Rechnung gemacht. Erst zwei Tage später würden die Bedingungen voraussichtlich besser sein. Voraussichtlich. Henry hasste es im Normalfall schon zu warten. Aber hier allein in Südafrika, so kurz vor dem Ziel, schien alles noch schlimmer zu sein.

Das Hotel war besser als erwartet. Es erinnerte an europäische Billigketten, die alle von dem gleichen Designer in orangegelbem Schick durchgestylt worden waren. Außer Henry waren hier noch ein Dutzend weitere Reisende untergebracht, die darauf warteten, dass die Iljuschin IL76 – ein altes russisches Transportflugzeug, das noch fliegen würde, wenn die Welt dereinst untergegangen war – sie in die Antarktis bringen würde. Henry ging ihnen aus dem Weg und blieb in seinem Zimmer mit Klimaanlage, kalter Dusche und einer Minibar, die zweimal pro Tag nachbestückt wurde. Je weniger er mit ihnen zu tun hatte, desto geringer die Chance, enttarnt zu werden. Was ihm größere Sorgen bereitete, war, dass Patricia und Tom nach Deutschland fliegen würden.

»Entspann dich«, sagte Einbug, mit dem Henry sich die Wartezeit vertrieb. »Es wird mit großer Wahrscheinlichkeit alles gut gehen.«

»Hast du dir absichtlich Optimismus einprogrammiert?«, fragte Henry, der dabei war, einen Turm aus leeren Bierdosen zu stapeln. »Was ist denn eine große Wahrscheinlichkeit für dich?«

»80 Prozent«, erwiderte Einbug ungerührt. Henry seufzte. Achtzig Prozent hörte sich gut an, war aber bei weitem nicht genug. »Dann würdest du mir auch empfehlen, beim Russischen Roulette mitzumachen, weil die Wahrscheinlichkeit *sehr groß* ist, nicht zu sterben?«

»Das trifft – zumindest für die erste Runde – zu«, sagte Einbug.

»Allerdings würde ich ein solches Spiel aus Prinzip niemals empfehlen.«

»Ja, schon klar. Was gibt es sonst Neues? Wie läuft es in Edafos? Was macht Patricia? Sie antwortet nicht auf meine Nachrichten.«

»Patricia packt gerade für ihre Reise nach Deutschland. Tom hat seinen Vater überredet, sie zum Interview zu fahren.«

Krachend stürzte der Turm aus Bierdosen in sich zusammen. Henry sah sein Smartphone, das auf dem Bett lag, irritiert an.

»Was hast du gesagt?«

»Mikkel Seemann bringt Tom und Patricia zum Interview und wieder zurück zum Flughafen.«

»Ach du Scheiße, wieso das denn?«

»Ich habe es vorgeschlagen. Seit der Fernsehreportage wird noch mehr über Pantopia, Patricia und dich berichtet. Wir wollen verhindern, dass ein Taxifahrer oder jemand von der Autovermietung Patricia erkennt und den Medien einen Hinweis gibt.«

»Aber Mikkel Seemann, ich meine …« Henry ließ sich auf das Bett fallen. Von allen Möglichkeiten schien ihm diese aus tausend Gründen die schlechteste zu sein.

»Wieso reist sie denn nicht einfach mit einer anderen Identität, so wie ich?«

»Im Schengenraum macht das für den Flug keinen Unterschied. Außerdem sehen Taxifahrer und Angestellte von Autovermietungen den Kunden länger ins Gesicht als auf den Ausweis. Und in den letzten Wochen wurden Fotos von Patricia 5,4-mal häufiger geteilt als von dir.«

»Patricia macht sich auf den Titelseiten einfach besser als ich, schon klar. Aber sie hätte doch eine Burka anziehen können oder einen Tschador …«

»Du auch …«

»In Ordnung, ich bin schon still«, sagte Henry und zerrte eine weitere Dose aus dem Sixpack im Kühlschrank. Jetzt machte es auch keinen Unterschied mehr. »Ich mache mir einfach nur Sorgen. Mikkel Seemann ... ich hoffe, er ist nicht mehr sauer auf uns.«

»Das ist er ganz bestimmt. Aber die Loyalität zu seinem Sohn ist stärker.«

»Hoffen wir es.«

Der Weckruf zum Aufbruch kam unerwartet. Henry war im Tiefschlaf, als ein unnachgiebiges Hämmern an seiner Zimmertür ihn zum Aufstehen zwang. Das Wetter hatte aufgeklart, und das Flugzeug konnte endlich starten. Schlaftrunken und mit dröhnendem Schädel packte Henry seine Sachen zusammen. Bevor er das Zimmer verließ, öffnete er noch einmal den mit Schaumstoff ausgekleideten schmalen Koffer, in dem die drei Datenträger ruhten, auf denen Einbugs Kerncode gespeichert war. Das war der Schatz, den er sicher ans andere Ende der Welt bringen musste.

Unten in der Lobby warteten schon die anderen Mitreisenden. Sie wurden mit einem Shuttle zu einem abgelegenen Abschnitt des Flughafens gebracht, wo keine normalen Passagierflugzeuge starteten, sondern die unverwüstlichen russischen Maschinen, mit denen sie den Sprung nach Antarktika wagten. Henry hielt sich im Hintergrund, beteiligte sich nicht an den Gesprächen der anderen Abenteuer, die sich in einem wunderlichen Mix aus Englisch, Chinesisch und Russisch miteinander unterhielten. Sein Gepäck ließ er nicht aus den Augen.

Die Maschine fühlte sich an wie ein Panzer in der Luft, schwer und ohrenbetäubend laut. Henry hatte in seinem Leben schon so manche Flugreise hinter sich gebracht und generell keine Flugangst, doch der Ritt in einer Iljuschin über das schwarzblaue Meer war etwas anderes. Fasziniert und entsetzt zugleich starrte er aus dem Fenster und konzentrierte sich, als müsse er das Flugzeug allein mit der Kraft seiner Gedanken in der Luft halten. Der tiefblaue Ozean unter ihnen war so unwirklich, es hätte ihn kaum überrascht, statt Antarktika irgendwann den Rand der Welt zu erreichen, wo all das Wasser ins Nichts stürzte. Nach drei Stunden Flugzeit, als sie etwas mehr als die Hälfte der viertausendeinhundert Kilometer zurückgelegt hatten, erklärte der Kapitän über den Bordfunk, dass sie nicht wie geplant in Novo landen würden, weil das Eis auf der Landebahn nicht stabil genug war. Er würde die Route ändern, und die Maschine würde bis zur Norwegischen Trollstation dreihundert Kilometer weiter südwestlich fliegen. Diese Station war höher gelegen als die russische Novo, und ihr schneidender Wind sorgte dafür, dass die Blaueis-Landebahn ganzjährig hart wie Beton blieb. Henry war alles recht, wenn er nur irgendwann wieder festen Boden unter den Füßen hatte. Von hier aus schien das Meer so endlos und dunkel wie ein sternloser Himmel. Doch irgendwann dehnte sich ein fahler Schimmer zu einer massiven weißen Landmasse aus, die das Meer langsam zurückdrängte. Henry erschauderte. Er hatte Antarktika erreicht.

Als die Maschine schwankend und schlingernd auf der Eispiste von Troll landete, war es bereits dunkel, und der nächste Flieger würde erst am nächsten Morgen abheben. Also folgte Henry den anderen Passagieren in die Skidoos, mit denen sie in die Gästeunterkünfte der Trollstation gebracht wurden. Es war kalt, natürlich. Aber er hatte Schlimmeres erwartet. Die wenigen Meter an der eisigen Luft erfrischten ihn und machten ihm neuen Mut für die nächste Etappe. Zu seinem Erstaunen waren die Gästezimmer auf Troll nicht nur mit exzentrischen Wissenschaftlern oder Extremsportlern gefüllt, sondern mit einer ganzen Horde gut gelaunter Urlauber. Sie waren mit Maschinen aus Chile gekommen, eine chinesische Reisegruppe war sogar mit einem Privatflugzeug aus Neuseeland angereist und schon seit zwei Tagen hier. Henry merkte schnell, dass dies hier nicht mehr der unberührte Flecken Erde war, als den er sich die Antarktis vorgestellt hatte. Auch Dutzende Flugstunden vom Festland entfernt hatte der Konsum und die Daueranwesenheit der Menschen ihre Spuren hinterlassen. Der Schnee zwischen Hauptstation und den in den letzten Jahren immer weiter ausgebauten Gästecontainern war übersät mit Müll. Meist Flaschen oder Dosen alkoholischen Inhalts, aber Jacken oder Schneestöcke, ein Abendkleid und ein Turnschuh in einer Schneewehe waren auch dabei. Henry fragte sich, was um alles in der Welt die ehemaligen Besitzer damit hier getrieben hatten.

Die Feiergesellschaft seiner Unterkunft wollte ihn gern zum Mitmachen animieren, aber er hatte heute keine Lust, die Zeit mit Alkohol und unverständlichen Sauflieder zu verbringen. Er machte sich Sorgen. Sein Handy funktionierte nicht richtig, und er konnte weder Einbug noch Patricia erreichen. Damit war zu rechnen gewesen, und Einbug hatte schon angedeutet, dass erst wieder in der Neumayer-Station III genug Bandbreite für ausführliche Gespräche zur Verfügung stehen würde. Aber Henry vermisste ihn und Patricia trotzdem. Während die anderen Abenteurer die Wodkagläser klirren ließen und sich an grellen Heizstrahlern wärmten, deren Strom draußen von lärmenden Dieselgeneratoren produziert wurde, verkroch Henry sich in seine Schlafkoje und versuchte, alle Gedanken ans Scheitern aus seinem Kopf zu verbannen. Eigentlich hätte er glücklich sein können, so kurz vor dem Ziel. Aber ein ungutes Gefühl ließ ihn nicht schlafen. Stundenlang wälzte er sich hin und her und hielt dabei stets eine Hand auf dem Koffer mit den Kopien von Einbugs Code. Immer wieder schreckte er hoch und langte danach, nur um Sekunden später wieder seufzend einzuschlafen, ohne sich am nächsten Morgen daran zu erinnern.

9

Die mit Sicherheitshinweisen beklebten Glastüren des Ankunftsterminals öffneten sich, und da stand er. Mikkel Seemann. Patricia erkannte ihn gleich, obwohl er im letzten Jahr grauer und schmaler geworden war. Seine Augen glitten über die Menge, auf der Suche nach dem vertrauten Gesicht seines Sohnes. Stattdessen fand er sie. Es war wie ein Schlag ins Gesicht, die Abfolge der Gefühle, die sich in seinen Zügen spiegelten: Erkennen, Überraschung, Freude, Schmerz, Ablehnung. Dann wandte er abrupt den Blick ab.

»Scheiße«, flüsterte Patricia und blieb stehen. Mit einem Mal zweifelte sie, ob Einbugs Plan, sie von Seemann zum Interview fahren zu lassen, wirklich so gut gewesen war. Doch Tom griff sie am Arm und zog sie sanft durch die Sicherheitsschleuse.

»Keine Panik. Er wird uns helfen. Immerhin ist er mein Vater.«

Sie bogen nach links ab, passierten eine Durchgangsschranke, und dann standen sie vor ihm.

»Papa!«, rief Tom grinsend. Seemann umarmte Tom lange, dann hielt er ihn mit ausgestreckten Armen an den Schultern vor sich, um ihn zu mustern. »Geht's dir gut, Tomas?«

»Ja, Papa. Du weißt ja, wen ich mitgebracht habe.« Mit einem Nicken wies er auf Patricia.

»Natürlich«, knurrte Seemann.

»Ich weiß es zu schätzen, dass du uns helfen willst. Nach … dieser Sache«, begann Patricia und kam sich mit einem Mal sehr klein vor. Seemann starrte sie an, als wolle er sie im nächsten Augenblick fressen, doch sein Mund lächelte. Es war zum Fürchten.

»Kommt mit«, sagte er und wandte sich ab. Sie folgte Vater und Sohn auf den Parkplatz, wo er in einen schwarzen BMW SUV stieg.

»Ich hab doch gesagt, es klappt«, raunte Tom ihr zu, als er seine Tasche in den Kofferraum wuchtete.

»Ich hoffe, du hast recht ...«, sagte sie.

»Ich hab ihm gesagt, dass ich nie wieder nach Deutschland kommen würde, wenn er uns nicht hilft. Mach dir keine Sorgen.« Tom zwinkerte ihr zu und wollte hinten einsteigen, aber sie schüttelte heftig den Kopf und bedeutete ihm, auf dem Beifahrersitz Platz zu nehmen.

Auf der Fahrt warf Seemann ihr durch den Rückspiegel immer wieder kurze Blicke zu. Sie starrte nach draußen, als würde sie es nicht bemerken, und fühlte doch seine Augen wie zwei glühende Eisen auf sich ruhen. Erinnerungsfetzen an die Zeit vor Einbugs Erwachen zogen ihr durch den Kopf. Einiges davon schön – wie sie über die verrückten Kunstwerke gerätselt hatten! –, anderes weniger. Und am Ende stand unweigerlich das letzte Treffen in Seemanns Büro. Schnell verdränge sie die Gedanken und ging im Kopf noch einmal den Plan durch. Mikkel Seemann würde sie direkt nach Garching zum Cineplex fahren, wo das Interview mit Hannah stattfinden würde, und sie im Anschluss wieder zum Flughafen bringen. Sie wollten so wenig Aufmerksamkeit wie möglich erregen.

Ein Telefon klingelte. Seemann holte es aus seiner Jackentasche und drückte den Anrufer weg. Kurz bevor er das Display deaktivierte und das Handy wieder in die Tasche gleiten ließ, sah Patricia, dass er vierundzwanzig Anrufe in Abwesenheit erhalten hatte.

»Wer war das?«, fragte Tom.

»Presse wahrscheinlich«, brummte Seemann und beschleunigte den Wagen, so dass Patricia in ihren Sitz gedrückt wurde.

»Was für Presse?«, fragte Tom.

»Was glaubst du? Ich arbeite immer noch für DIGIT, und alle Welt weiß, dass ich mal ihr Chef gewesen bin.«

»Oh … ich hatte nicht gedacht, dass sie dich damit belästigen würden«, sagte Tom sichtlich unwohl.

»Ich auch nicht. Und was los wäre, wenn die wüssten, dass *Frau Jung* bei mir hinten im Auto sitzt …« Er schüttelte den Kopf und lachte bitter. »Unser Haus wird seit Tagen von Journalisten belagert. Julia ist die ganze Zeit bei ihren Freundinnen und kommt gar nicht mehr nach Hause. Seit die Presse über diese ganze ….«

Wie auf Kommando wurde die vor sich hin dudelnde Popmusik im Radio durch die Nachrichten unterbrochen. Seemann ließ den Satz unvollendet und erhöhte die Lautstärke.

Nach einer Meldung über den NATO-Gipfel und die scharfe Kritik des russischen Präsidenten Wladimir Putin verlas die Nachrichtensprecherin eine weitere Meldung: »Berlin. Innenminister Grausamt hat sich in einer Pressekonferenz zum Phänomen Pantopia geäußert. ›Wir verfolgen die Entwicklung mit Sorge und können jeden Einzelnen nur davor warnen, Teil dieser Vereinigung zu werden, bei der es sich allem Anschein nach um ein kriminelles Schneeballsystem handelt. Es sollte sich niemand Illusionen darüber machen, dass es einen Verein gibt, der einfach so Geld verschenkt.‹« Tom schaltete das Radio aus. Stille erfüllte den Raum, während Seemann den Wagen über die Autobahn in Richtung Garching steuerte. Patricia hielt ihr Handy fest umklammert. Die Pantopia-App war geöffnet, aber stumm geschaltet. Einbug schrieb etwas, aber sie las seine Nachrichten nicht, starrte nur vor sich hin und hoffte, dass diese Fahrt so schnell wie möglich zu Ende gehen würde.

Von der Rückbank aus sah sie, wie sich Seemanns Nackenmuskulatur anspannte und seine Hände das Lenkrad kneteten. Die Finger waren nackt, den Ehering hatte er wohl schon vor langer Zeit abgelegt.

In Patricias Bauch braute sich eine dunkle Ahnung zusammen.

Vielleicht war es eine sehr schlechte Idee gewesen, auf seine Hilfe zu vertrauen. Hasste er sie nicht abgrundtief? Würde er nicht alles tun, um ihr zu schaden? Reichte seine Liebe zu Tom aus, um sie nicht auszuliefern?

Die Landschaft flog immer schneller an ihnen vorbei, die Autos auf den rechten Spuren neben ihr huschten aus dem Sichtfeld, Patricias Herzschlag beschleunigte sich. Die Luft war so stickig und heiß, sie musste hier raus. Konnte man denn nicht das Fenster aufmachen? Sie drückte den Knopf, doch nichts tat sich. Seemann hatte die Kindersicherung aktiviert. Patricias Mund wurde trocken, sie rang nach Atem.

»Alles in Ordnung?«, fragte Seemann.

»Kannst du bitte etwas langsamer fahren«, brachte sie hervor. Tom drehte sich zu ihr um und sah sie forschend an. »Patricia, was ist los?«

Sie kniff die Augen zusammen, atmete tief durch, dann sah sie ihn wieder an. »Alles in Ordnung. Ich war nur ... können wir eben rausfahren?« Sie hatten soeben das Hinweisschild für einen Rastplatz passiert.

»Natürlich«, sagte Seemann, zog auf die rechte Spur und nahm die nächste Abfahrt. Kaum standen die Räder still, da riss Patricia schon die Tür auf und stolperte aus dem Wagen. Sie lief einige Meter und hielt sich dann an einer Parkbank fest, um den Schwindel in den Griff zu bekommen.

Tom kam hinterher, seine Stimme klang besorgt: »Was ist los?«

»Geht gleich wieder. Gib mir zwei Minuten, ja?« Er nickte nur.

Sie ging noch ein paar Schritte, atmete durch, versuchte, nicht an Henry zu denken, nicht an Einbug und die unzähligen Augen der Politiker und Journalisten, die jedes ihrer Worte auf die Goldwaage legen würden. Seemann stand neben seinem Wagen in der geöffneten Fahrertür, den Arm lässig auf das Dach gelegt, und beobachtete sie.

Als sie sich wieder gefangen hatte, stieg Tom hinten ein. »Setz dich lieber nach vorne.«

Sie gehorchte zögerlich. Seemann startete den Wagen und fuhr langsam auf die Autobahn zurück. Bis nach Garching waren es noch fünfzehn Kilometer. Sie löste die Hände von ihrem Smartphone, das sie die ganze Zeit fest umklammert gehalten hatte. Jetzt erst sah sie Einbugs Chatnachrichten.

Einbug schrieb: »Patricia, läuft alles nach Plan?«

Dann: »Patricia, warum habt ihr angehalten?«

Dann: »Patricia, ich brauche Informationen.«

Tom hatte vor einer Minute geantwortet: »Alles in Ordnung. Wir sind auf Kurs.«

Patricia lächelte. Machte Einbug sich etwa Sorgen?

Kurz darauf steuerte Seemann seinen BMW auf das Gelände des Cineplex in Garching, wo das Interview mit Hannah stattfinden sollte. Tom würde das Interview zusätzlich aufnehmen und live streamen. Einbug überwachte den digitalen Polizeifunk und ein paar einschlägige Foren im Darknet, die die Dienstpläne und Bewegungsradien verschiedener Polizeidienststellen verrieten. Außerdem hatte er vorsorglich ein gutes Dutzend Archen in die Nähe des Cineplex gebeten, damit diese Alarm schlagen konnten, sollten sie etwas Ungewöhnliches bemerken. Henry hatte auf diese Maßnahmen bestanden, nachdem Patricia es abgelehnt hatte, Alexía als Bodyguard mitzunehmen.

»Ich nehme Tom mit, das muss reichen. Wir sind die Guten, schon vergessen?«

»Das spielt doch überhaupt keine Rolle!«, hatte Henry geblafft, aber von Abu Dhabi aus hatte er nicht viel ausrichten können. Patricia wünschte sich, er wäre hier.

Bevor sie ausstieg, platzierte sie einen winzigen Bluetooth-Kopfhörer in ihrem Ohr, damit Einbug ihr Daten und Fakten mitteilen konnte, ohne dass es im Videostream auffiel.

»Sieht man was?«, fragte sie Tom.

»Nein, alles perfekt. Bei mir?«

»Nichts zu sehen.«

»Gut. Einbug, Test bitte.«

»Hallo Patricia, hallo Tom, könnt ihr mich hören?«

»Ja«, sagte Tom.

»Laut und deutlich«, sagte Patricia.

»Na dann los«, sagte Tom und stieg aus dem Auto.

»Viel Glück«, sagte Seemann. Keine Spur von Bitterkeit in seiner Stimme. Patricia sah ihn an. Er erwiderte ihren Blick, und für einen kurzen Moment war es wie damals. Dann wandte er den Kopf ab, fuhr sich durch die Haare und sagte: »Ich werde hier auf euch warten.«

10

Vom dritten Stock eines Bürogebäudes in Garching beobachtete Angelika die Szenerie. Der schwarze SUV von Mikkel Seemann war vorgefahren, eine junge Frau und ein junger Mann - fast noch ein Teenager - stiegen aus. Der Fahrer blieb im Auto. Mit dem Fernglas erkannte sie zweifelsfrei Patricia Jung und Tom Seemann. Wie ihre Informanten am Flughafen berichtet hatten, waren sie nach wie vor nur zu zweit. Angelika schüttelte den Kopf. Die beiden fühlten sich wohl sehr sicher. Nach Rücksprache mit ihrem Chef hatte sie nur eine kleine mobile Einsatztruppe in Garching postiert, die im Nebengebäude auf den Zugriffsbefehl wartete. Bei Angelika waren nur ihr Assistent Benz, der die Aufzeichnung überwachen würde, und eine weitere Mitarbeiterin, die die Pantopia-App im Auge behielt. Sie vermutete, dass die Software zum Abhören bestimmter digitaler Kommunikationskanäle fähig war und Jung und Tom Seemann warnen würde, sollte ein Zugriff geplant werden. Deshalb waren alle mit analogen Funkgeräten ausgestattet worden. Außerdem gab es noch keinen Haftbefehl gegen Jung. Alles, was Angelika gegen sie in der Hand hatte, waren Vermutungen und unbestätigte Anschuldigungen. Wo waren die gewaltbereiten Unterstützer? Wo waren die Mitverschwörer, die Waffen? Noch nicht einmal die Kontobewegungen waren streng genommen illegal. Wie Jung und Shevek sich den Umsturz vorstellten, war ihr schleierhaft. Aber sie gedachte, diesem Rätsel auf die Spur zu kommen. Sie war nicht die Einzige, die beim heutigen Interview ganz genau zusehen würde. Auch die Bundesanwaltschaft war informiert und würde das Gespräch verfolgen. Wenn Jung sich dazu hinreißen ließ, sich volksverhetzend zu äußern, Straftaten zugab oder sogar offen zum Umsturz aufrief, dann wäre der Haftbefehl nur noch eine reine Formsache. Sie hatte von BMW eine Generalfernbedienung erhalten. Damit konnte sie bei Seemanns Wagen sowohl das Starten des Motors verhindern als auch die Türen verriegeln. War eine Verhaftung je einfacher gewesen?

Auf den Laptops, die ihr Team aufgestellt hatte, prangten zwei Wartescreens. Auf dem einen stand »Prosat24 exklusiv – das Live-Interview mit Patricia Jung«. Der andere zeigte die Hauptwebseite von Pantopia, auf der in einem Videofenster »Live-Interview mit Patricia Jung beginnt in wenigen Minuten« stand.

Sie wandte sich einem dritten und vierten Bildschirm zu, die einen Live Feed direkt aus dem Kino zeigten. Ihr Team hatte die Kameras und die dazugehörigen Mikrophone vor zwei Tagen angebracht, bevor Hannah ihr Equipment aufgestellt hatte. Sie sah Patricia und Tom, die das Kino betraten. Hannah Seitz ging auf sie zu und streckte ihnen freudig den Ellenbogen zur Begrüßung entgegen. Patricia touchierte ihn kaum. »Schön, dass Sie es so schnell einrichten konnten. Hatten Sie einen guten Flug?«, Hannah versuchte Smalltalk, aber Patricia nickte nur. Tom machte aus seiner Verachtung keinen Hehl: »Du verdammte Lügnerin! Wie konntest du Guido das antun?«, zischte er.

»Tom«, sagte Patricia scharf, und der junge Mann verstummte.

Hannah ignorierte Tom und führte Patricia zur Bühne des Kinos, wo bereits zwei Regiestühle aufgestellt waren. Patricia setzte sich auf den rechten und wurde sogleich von einer Frau mit Puderpinsel bearbeitet. Tom besprach sich mit zwei Kameraleuten im hinteren Bereich. Angelika drehte die Lautstärke auf, um ihr Gespräch besser zu verstehen, aber es ging tatsächlich nur um Filmpositionen.

Nach einer halben Stunde war die Technik bereit, und Hannah fragte, ob sie jetzt anfangen könnten. Patricia nickte, richtete sich in ihrem Regiestuhl auf und lächelte Tom zu, der daraufhin seinen eigenen Live-Stream startete.

»Herzlich willkommen bei Prosat24 exklusiv - das Live-Interview mit Patricia Jung. Mein Name ich Hannah Seitz, und mir gegenüber sitzt die Frau der Stunde. Die, mit der alle sprechen wollen. Die Person, die seit Wochen die Schlagzeilen dominiert. Die geheimnisvolle, mächtige, unberechenbare Patricia Jung. Patricia, schön dass Sie hier sind.«

»Danke«, sagte Patricia. »Ich freue mich, hier zu sein.« Angelika stutzte. Was für ein erstaunliches Schauspieltalent diese Frau doch besaß. Gerade war sie noch beherrscht und verbissen gewesen, doch vor der Kamera wirkte sie nun gut gelaunt, frisch und sympathisch. Kein Vergleich zu der strengen Miene, die sie Hannah Seitz gerade noch gezeigt hatte. Vielleicht hatte sie Patricia unterschätzt.

»Die allererste Frage, die mir und sicher auch den Zuschauern auf den Nägeln brennt: Patricia, wollen Sie die Welt, so wie wir sie kennen, vernichten?«

»Nein, natürlich nicht.«

»Das hat sich in Ihrer Eröffnungsrede am ersten August aber

anders angehört. Wenn ich Sie zitieren darf: Wir fordern nichts anderes als die Auflösung der Staaten, die Zerschlagung des globalen Finanzsystems und eine neue Weltordnung. Das klingt doch sehr radikal.«

Patricia lächelte. »Radikal ist es. Und ja, es geht uns darum, eine neue Weltordnung zu schaffen. Aber dafür müssen wir die Welt nicht zerstören. Es reicht, wenn wir uns alle unserer eigenen Macht bewusst werden.«

»Können Sie das bitte erklären?«

»Wir Menschen sind alle gleich. Ich, Sie, die Kameraleute, die Zuschauerinnen und Zuschauer. Aber in der Realität ist diese Gleichheit wertlos. Von Gleichheit kann ich mir kein Essen kaufen, keinen sicheren Job, keine Ausbildung für meine Kinder und auch keine lebenswerte Umwelt. Gleichheit heißt bisher in den meisten Fällen Machtlosigkeit. Selbst in einer Demokratie wie Deutschland beschränkt sich das Mitbestimmungsrecht auf einige wenige Wahlen alle paar Jahre. Und selbst dann wählen wir bestenfalls Stellvertreter. Die wirklichen Entscheidungen werden aber ständig in irgendwelchen Hinterzimmern getroffen. Privatfirmen schließen Geheimverträge, Lobbyverbände diktieren den Verantwortlichen die Gesetzestexte, parteipolitische Interessen und persönliche Karrieren bestimmen das Abstimmungsverhalten. Das ist keine Volkssouveränität, das ist Rechtfertigungsdemokratie, manchmal auch Realpolitik genannt. Wir haben gelernt, dass das normal sei, dass dies eben die Regeln des Spiels seien. Die Sache ist nur«, hier machte sie eine Pause und blickte direkt in Toms Kamera. »Das ist alles Bullshit.«

»Ihre Weltrepublik Pantopia soll an die Stelle der Regierungen treten und den Menschen alle Entscheidungen abnehmen. Als Lohn dafür zahlen Sie Ihren Anhängern angeblich ein fürstliches Gehalt. Sagen Sie, wie viele Mitglieder hat Pantopia derzeit?«

»Vierhundertzwanzig Millionen«, sagte Patricia, ohne zu zögern.

»Und jedes dieser Mitglieder erhält ein monatliches Gehalt von fünftausend Euro? Verzeihen Sie, aber das würde Sie zur mit Abstand reichsten Frau der Welt machen. Wie schaffen Sie es, Monat für Monat 2,1 Billionen Euro aufzutreiben?«

»Erstens ist das nicht mein Geld, und zweitens bekommt nicht jeder fünftausend Euro. Das ist der Spitzensatz für Menschen, die in einer sehr teuren Umgebung leben, Zürich etwa oder Singapur. Das Bedingungslose Grundeinkommen ist so bemessen, dass jeder in seiner Heimat die Grundbedürfnisse wie Wohnen, Essen, Kleidung, Bildung und Kultur genießen kann. Und dieses Einkommen bezahle nicht ich persönlich. Es wird aus den Abgaben der an Pantopay angeschlossenen Betriebe und Privatpersonen bezahlt. Es ist eine Kreislaufwirtschaft.«

»Und wo zahlt Pantopay Steuern?«

»Pantopay generiert selbst keine Gewinne. Es ist eine gemeinnützige Plattform, die die wirtschaftlichen Prozesse verwaltet. Alle Einkünfte werden in Form des Bedingungslosen Grundeinkommens und von Investitionen in nachhaltige Wirtschaftsformen wieder ausgegeben.«

»Ja, das würde sicher jedes Unternehmen auch gern sagen: Alle Einnahmen werden wieder investiert. Trotzdem muss es Steuern zahlen. Wie ist das mit Ihnen? Zahlen Sie Steuern?«

»Ja natürlich.«

»Ach, wo denn?«

»Ich lebe und arbeite in Edafos, also zahle ich griechische Umsatzsteuer und Einkommensteuer.«

»Aber ich dachte, Sie wollen die Staaten abschaffen, und dann unterstützen Sie das griechische System?«

»Ich halte mich an die Regeln und Gesetze, sofern diese noch anwendbar sind.«

»Warum?«

»Vom Gefängnis aus kann ich die Welt schlecht verändern.«

»Das stimmt. Wo wir gerade beim Thema sind: Haben Sie keine Angst, verhaftet zu werden.«

»Weshalb sollte ich verhaftet werden?«

»Sie rufen doch zum Umsturz der Regierung auf … aller Regierungen. Ist das nicht … Hochverrat?«

»Sie spielen auf Paragraph 81 des Strafgesetzbuchs an – nun, der ist nur anwendbar, wenn ich gewalttätig wäre oder zum gewaltsamen Umsturz aufrufen würde. Tue ich aber nicht. Pantopia ist vollkommen gewaltfrei. Wir wollen, dass der Wandel von innen kommt. Jeder Mensch darf selbst bestimmen, in welcher Form und in welchem System er leben möchte. Sobald die Mehrheit sich dem System Pantopia anschließt, wird es in Kraft treten.«

»Sie haben jetzt schon ein paar hundert Millionen Mitglieder. Was, wenn die Pyramide vorher einstürzt? Alle sogenannten Archen müssen ihr gesamtes Hab und Gut an die Organisation übertragen, deren Vorsitzende Sie sind. Welche Garantien können Sie den Menschen bieten? Was passiert, wenn einer aussteigen will?«

»Lassen Sie mich der Reihe nach antworten. Es handelt sich bei Pantopia nicht um ein Schneeball- oder Pyramidensystem. Im Gegenteil. Wenn die Zahl der Archen nicht mehr wächst – also alle Menschen und die gesamte Wirtschaft Teil von Pantopia sind, können wir aufgrund der vollständigen Marktinformationen sogar noch besser wirtschaften. Es ist nicht notwendig, dass wir weiter wachsen. Wir streben ein harmonisches Gleichgewicht an. Nun zu Ihrem nächsten Punkt: Wenn Menschen Archen von Pantopia werden, müssen sie nicht – wie von Ihnen behauptet – ihr gesamtes Hab und Gut übertragen. Sie wechseln lediglich in das Bankensystem zu Pantopay. Sie würden doch auch nicht sagen, dass Sie der Sparkasse Ihren Besitz übertragen, nur weil Sie von – sagen wir – der Raiffeisenbank zur Sparkasse wechseln. Als Mitglied im Pantopay-System haben Sie einerseits Anspruch auf das Bedingungslose Grundeinkommen, andererseits müssen Sie bei Ihren Einkäufen automatisch den Weltpreis bezahlen – das heißt, den Preis, den ein Produkt wirklich kostet, wenn man Umweltverschmutzung, Ressourcenverbrauch sowie menschliches und tierisches Leid miteinbezieht. Die Differenz aus Marktpreis und Weltpreis fließt als Abgabe ins Pantopay-System, woraus wieder Investitionen und das Grundeinkommen finanziert werden.«

»Das ist nicht möglich«, schnappte Hannah.

»Was meinen Sie?«

»Es stimmt einfach nicht, was Sie sagen. Wir haben nachgerechnet. Nur durch die Abgaben aus dem Weltpreis bekommen Sie monatlich niemals 2,1 Billionen Euro hin. Irgendwo muss das Geld doch herkommen?«

»Wie gesagt, es sind keine 2,1 Billionen notwendig, weil ...«

»Sagen Sie uns, woher das Geld kommt. Kann es sein, dass da bestimmte Rüstungskonzerne eine Rolle spielen? Immerhin sind Sie ja vor zwei Jahren wegen illegaler Investition entlassen worden.«

Gab es hier eine winzige Unsicherheit? Hatte Patricia kurz mit den Mundwinkeln gezuckt? Angelika konnte es nicht mit Sicherheit sagen – eine Lügendetektorsoftware würde das Gespräch später analysieren und ihr sagen, ob ihr Instinkt sie getrogen hatte oder nicht.

»Sie spielen auf meine Arbeit beim Finanzdienstleister DIGIT an«, antwortete Patricia entspannt und freundlich. »Ja, dort wurde ich tatsächlich entlassen, aber nicht wegen illegaler Investitionen, sondern weil unsere Investitionen dem Ansehen der Firma geschadet haben. Wir haben damals sehr viel in Rüstungskonzerne investiert.«

»Hatten Sie nicht gesagt, Pantopia sei absolut gewaltfrei?«

»Das ist es. Und deshalb haben wir von Anfang an auch schon begonnen, die Rüstungskonzerne aufzukaufen.« Patricia lächelte.

Hannah blätterte irritiert durch ihre Moderationskarten und sagte dann: »Was meinen Sie damit?«

»Die Vorbereitungszeit von Pantopia dauerte länger, als Sie vielleicht glauben. Die Arbeit bei DIGIT war die Startphase. Dort haben wir bereits die technischen Grundlagen für die Software gelegt, die heute zum Kern der Organisation gehört.«

»Wollen Sie damit sagen, dass Sie die Software für Pantopia entwickelt haben, während Sie bei DIGIT angestellt waren?«

»Exakt.«

»Aber … gehört diese Organisationssoftware, die Sie für Pantopia verwenden, dann nicht in Wirklichkeit DIGIT?«

»Richtig.« Wieder lächelte Patricia. »Aber wissen Sie was, das macht gar nichts. Denn Pantopia hat DIGIT längst gekauft. Wie übrigens auch die meisten Waffenproduzenten, um die es bei unserer Entlassung ging. Selbstverständlich mussten wir behutsam vorgehen und haben über unterschiedliche Unternehmen Firmenanteile an den Rüstungskonzernen erworben. Aber seien Sie versichert, dass von diesen Firmen keine Gefahr mehr ausgehen wird. Von diesem Zeitpunkt an, wird keine einzige Waffe, keine Patrone und kein explosives Material mehr verkauft.«

Angelika drehte sich zu ihrem Team um. »Ist das wahr?«

Benz ließ die Finger über die Tasten sausen und rief die Börsenkurse der Rüstungsunternehmen auf. Rote Zahlen sprangen ihm entgegen. »Die Kurse stürzen ab«, sagte er.

»Was für eine clevere Schlange«, flüsterte Angelika.

Dann nahm sie das Analogfunkgerät, das sie mit dem Einsatzteam im Nebengebäude verband.

»Haltet euch bereit, der Haftbefehl ist gleich da.«

»Alles klar.«

Angelika legte das Funkgerät wieder hin.

»Frau Beerbaum«, sagte Mathias Benz. »Von der Bundesanwaltschaft gibt es noch keine Neuigkeiten. Die bisherigen Informationen reichen offenbar noch nicht für eine vorläufige Festnahme. Ein Verstoß gegen Paragraph 120 Wertpapierhandelsgesetz ist nur eine Ordnungswidrigkeit.«

»Wertpapiere? Was reden Sie da? Jung hat gerade zugegeben, dass Pantopia sich in großem Stil mit Kriegswaffen eindeckt. Die bereiten einen Bürgerkrieg vor!«, rief Angelika und drehte sich zu dem Bildschirm mit der Live-Übertragung um. Patricia Jungs Stuhl war leer.

11

Bei Sonnenaufgang weckten ihn die russischen Mitreisenden. Sie waren bereits angekleidet und abfahrbereit, zeigten keinerlei Zeichen von Müdigkeit und machten Scherze über Henry, der kaum aus seinem Bett kam. Er versuchte erst gar nicht, ihre Witze zu verstehen, und folgte dem ALCI-Mitarbeiter, der ihm das Bild eines rot-weißen Propellerflugzeugs und dazu ein Schild mit der Aufschrift *Neumayer III* vor die Augen hielt. Henry war der einzige Passagier. Das schien dem Piloten nicht zu gefallen, da er mit dem ALCI-Reiseführer lautstark hin und her diskutierte. Schließlich schien der Reiseführer gewonnen zu haben und verabschiedete sich vom Piloten mit einer unflätigen Handbewegung, die Henry nicht zu deuten wusste, dem Piloten aber ein süffisantes Grinsen entlockte. Henry zögerte einzusteigen, doch der Pilot winkte ihn zu sich und gestikulierte ihm, sich anzuschnallen. Henry tat wie ihm geheißen und hatte kaum den Gurt festgezogen, als der Pilot die Basler BT-67 schon auf die rutschige Piste lenkte und ohne weitere Vorwarnung beschleunigte. Henry wurde in den Sitz gepresst und hielt seinen Koffer fest umklammert. Schon bald schrumpfte die Trollstation unter ihm zu einem Puppenhaus, dann zu einem schwarzen ameisengroßen Fleck im unendlichen Eis zusammen und war schließlich gar nicht mehr zu sehen. Das dumpfe Dröhnen der Propeller wiegte Henry in einen Trancezustand, in dem die Welt nur aus Eis und Nebel bestand.

Als die Maschine unvermittelt aufsetzte, dachte er eine Schrecksekunde lang, dass er abgestürzt sei - doch es dauerte nicht lang, bis das Flugzeug nach einer Mischung aus Rollen und Schlittern endlich irgendwo am westlichen Ende der Landepiste zum Stehen kam. Ein Kettenfahrzeug, das aussah wie eine Pistenraupe, kam zur Landestelle gekrochen. Erst als sie direkt vor dem Flugzeug stoppte, erlaubte der Pilot Henry mit einem Nicken, die Tür zu öffnen. Schneidende Kälte fuhr ihm ins Gesicht. Die Luft war so kalt, dass sie in seinen Lungen zu gefrieren schien und ihm augenblicklich einen reflexhaften Hustenanfall abnötigte. Er meinte zu ersticken, doch der Pilot klopfte ihm kopfschüttelnd auf die Schulter und bedeutet ihm, auszusteigen. Keuchend stolperte Henry aus dem Flugzeug, woraufhin der Pilot sofort die Tür hinter ihm schloss. Atemlos gelangte er zu dem Pistenbulli und kletterte in das Führerhaus neben den Fahrer. Der betrachtete ihn von oben bis unten und lächelte aufmunternd, bis Henry seinen Hustenanfall überwunden hatte. Heiße Luft strömte aus den Ritzen der Lüftung.

»Na, anstrengende Reise gehabt?«, fragte der Fahrer auf Deutsch.

»Ja«, sagte Henry, dankbar über die vertrauen Worte, und nickte. »Es fühlt sich so an, als wäre ich schon ewig unterwegs.«

»Dann wird's Zeit, dass Sie endlich Ihr Ziel erreichen. Sie sind Hans Rosling, richtig?«

»Ja.«

»Irgendwie verwandt mit dem schwedischen Wissenschaftler?«

»Nein … der Name ist nur Zufall.«

»Na dann … herzlich willkommen in Antarktika, Herr Rosling. In zwanzig Minuten sind wir in der Station.«

Der vom Flugzeug aufgewirbelte Schnee tauchte alles in eine undurchdringliche Wolke aus Eiskristallen, von denen sich das Navi des Pistenbullis nicht beeindrucken ließ. Als sie nach einigen Metern endlich aus dem Nebel in den klaren Sonnenschein stießen, erstreckte sich das Eis endlos in die Ferne. Konturen und Schatten verschwanden, Boden und Himmel verschmolzen, und Entfernungen verloren jegliche Bedeutung. Henry war geblendet von der weißen übermenschlichen Schönheit, die mit nichts zu vergleichen war und alle Filme und Fotos, die er sich zuvor angesehen hatte, Lügen strafte. Das Ende der Welt entzog sich allen menschlichen Beschreibungen. Mit einem Mal war Henry sicher, dass Einbug hier eine Heimat finden konnte.

Bis hier waren die Touristen, die Abenteurer und Superreichen noch nicht vorgedrungen. Hier lebten nur die Pinguine und die wenigen Besatzungsmitglieder der Neumayer-Station III, die sommers wie winters die Stellung hielten, ihren Forschungen nachgingen und alle paar Monate die hydraulischen Stelzen der riesigen Forschungsstation aus dem Schnee hoben, damit das Gebäude nicht vom Eis verschluckt wurde. Henry sah die Station schon von weitem, und doch dauerte es viel länger als vermutet, bis sie endlich da waren.

»Das liegt am Licht«, sagte der Fahrer, der sich als Tobi Kamp vorgestellt hatte – Ingenieur und Fahrzeugwart der Station. »Daran muss man sich erst gewöhnen. Ist ein bisschen wie in der Wüste. Dort sagen sie Fata Morgana, wir hier nennen die Luftspiegelungen kalte Morgana. Gut, was?«

Henry begann zu kichern. Er war so erschöpft, dass ihm dieser seichte Witz das Herz wärmte.

Sie fuhren über eine Rampe in die Garage hinab, die unter der

Station in den dicht gepackten Schnee gegraben war. Tobi Kamp stieg aus, presste an einigen Stellen noch Schnee in die Ritzen der Hallenwand und führte Henry dann nach oben.

»Am besten, Sie ruhen sich erst mal aus. Ich weiß, dass die ersten Tage am anstrengendsten sind. Danach wird es besser. Außer Sie haben ein Außenprojekt. Was ist Ihr Forschungsgebiet?«

»Ich mache Halbleitertests bei Kälte ... welche Computerbauteile unter diesen Witterungsbedingungen am besten funktionieren und so Sachen.«

»Ach, da kann ich Ihnen so einiges erzählen. Alle zwei Wochen muss ich bei den Skidoos da unten die Elektronik überprüfen. Da geht immer wieder was kaputt. Ich hab schon alles probiert. Ist ein verdammter Fluch ... aber nur bei den chinesischen Modellen. Die russischen sind immer einsatzbereit. Weiß der Teufel, was die da einbauen, Uran oder Weihwasser, was weiß ich. Aber ich seh schon, Sie sind müde. Wir werden noch viel Zeit haben, uns auszutauschen. Sie bleiben doch über den Winter, oder?«

»Hatte ich eigentlich nicht vor.«

»Schade ... aber gut, da kann man nichts machen. Ruhen Sie sich erst mal aus. Der Rest kann warten.«

12

Als Tom mit Patricia das Kino verließ, blickte er sich immer wieder nach allen Seiten um, in der Befürchtung, dass Polizisten aus der Deckung kommen und sie verhaften würden. Doch alles blieb ruhig. Auch Einbug meldete keine verdächtigen Bewegungen. Sein Vater saß noch immer im Wagen.

»Ist gut gelaufen«, sagte Tom beim Einsteigen. Er war froh, dass mit der Technik alles funktioniert hatte. Hannah hätte das Interview gern noch weiter geführt, aber Einbug hatte ihnen geraten, nach der Geschichte mit den Aktienkursen abzubrechen. Damit das Video viral ging, durfte es nicht zu lang werden. Außerdem wuchs mit jeder Frage die Gefahr, dass Patricia Pantopia kompromittieren würde.

Tom fand, dass Patricia ihre Rolle mit Bravour gespielt hatte, aber nun war sie sichtlich erschöpft. Er selbst hätte Hannah am liebsten erwürgt. Armer Guido. Tom konnte nur ahnen, wie es ihm damit ging, von dieser Frau hereingelegt worden zu sein. Die letzten Tage hatte er nur sehr einsilbig auf Toms Nachrichten reagiert.

»Gibt es schon etwas Neues von Henry?«, tippte Tom in die Chatkonsole seines Handys ein.

»Nein«, antwortete Einbug direkt in sein Ohr und wohl auch in das von Patricia, denn sie zuckte kurz zusammen. »Nichts.«

Sie fuhren eine Weile schweigend, in der Tom immer wieder aus dem Fenster spähte, um nach Verfolgern Ausschau zu halten. Aber niemand behelligte sie. Laut Einbug lag auch immer noch kein Haftbefehl gegen ihn oder Patricia vor. Sie würden also wieder nach Edafos ausreisen können. Einfach so. Auf dem Smartphone öffnete Tom eine Webseite, auf der die börsennotierten Rüstungskonzerne angezeigt wurden. Es war, wie Einbug vorausgesagt hatte: Ihre Aktienkurse waren alle in den Keller gerutscht

»Habt ihr das wirklich gemacht?«, riss ihn plötzlich die Stimme seines Vaters aus den Gedanken.

»Was?«, fragte Patricia.

»Die KINVI-Software bei DIGIT benutzt, um die Rüstungskonzerne aufzukaufen?«

»Ja und nein«, sagte sie.

»Was soll das heißen? Du hast es doch gerade live im Fernsehen einem Millionenpublikum erzählt. Oder war das etwa auch eine Lüge?«

»Nein, es ist wahr. Wir haben tatsächlich bei DIGIT schon angefangen, Anteile dieser Konzerne zu kaufen ... aber aus anderen Gründen.«

»Welche Gründe?«

»Ist das nicht egal? Es spielt doch jetzt überhaupt keine Rolle mehr.«

»Und ob es eine Rolle spielt! Meinst du, ich bin zum Spaß hier? Meinst du, ich habe Lust, dich in der Weltgeschichte herumzukutschieren, nachdem du mich zum Gespött der ganzen Firma gemacht hast? Ich habe dir vertraut, Patricia. Ich hätte niemals gedacht, dass du mich so eiskalt abservieren würdest ... Und ich hatte wirklich gedacht, wir hätten ein ... gutes Verhältnis. Hättest du auch nur ein Fünkchen Anstand, dann hättest du mich und meine Familie in Ruhe gelassen, aber nein, du musstest ja auch noch meinen Sohn in dein verdammtes Projekt mit reinziehen.«

»Papa ...«, begann Tom, aber Seemann unterbrach ihn.

»Dass ich dir helfe, verdankst du ausschließlich Tom. Ginge es nicht um ihn, würde ich keinen Finger für dich rühren.«

Schweigen. Tom beobachtete Patricia von hinten. Sie atmete schwer, trommelte mit den Fingern auf ihrem Smartphone herum. Was würde sie tun? Würde sie seinem Vater endlich alles erzählen? Ein warmes Gefühl der Hoffnung durchströmte ihn bei diesem Gedanken. Aber auch Angst. Durfte sie das Geheimnis verraten?

»Es ist in Ordnung, Patricia. Du kannst es Mikkel Seemann jetzt sagen«, ertönte plötzlich Einbugs Stimme in seinem und wohl auch ihrem Ohr. »Bald werden es sowieso alle erfahren.«

»Okay«, sagte Patricia zögerlich. Und dann mit festerer Stimme: »Ich werde dir alles erzählen. Fahr an der Ausfahrt raus. Da ist ein Autobahnparkplatz, und wir können reden.«

Während Patricia und Mikkel Seemann draußen auf dem Parkplatz standen und miteinander sprachen, versuchte Tom, die Reaktionen auf das Interview mit Hannah zu analysieren. Aber er konnte sich nicht recht konzentrieren. Immer wieder schaute er aus dem Fenster und sah, wie Patricia heftig gestikulierend auf seinen Vater einredete. Er stellte Fragen und schüttelte immer wieder ungläubig den Kopf. Tom fühlte sich unwohl dabei, die beiden zu beobachten, und doch konnte er nicht anders, als immer wieder hinzusehen. Es gab nur eine Person, bei der sich Tom an ähnlich leidenschaftlichen Diskussionen mit seinem Vater erinnern konnte: seine Mutter. Mit einem Mal kam ihm ein Verdacht.

»Einbug?«

»Ja, Tom?«

»Hatten Patricia und mein Vater eine Affäre?«

»Nein.«

»Bist du sicher?«

»Ja.«

»Woher weißt du das?«

»Weil Patricia stets unglücklich in Mikkel Seemann verliebt war.«

»Oh ... Das macht die Sache megakompliziert.«

»Ist es das bei euch Menschen nicht immer?«

Nach geraumer Zeit schickten sich die beiden an, wieder ins Auto zu steigen.

»Kannst du dich bitte nach vorne setzen und fahren?«, fragte sein Vater, und Tom gehorchte sofort.

»Alles in Ordnung mit dir, Papa?«

»Ja ... ja, ich denke schon«, sagte er und stieg hinten ein. Patricia setzte sich neben ihn. Sie zog ihr Handy hervor und legte es zwischen sich und Seemann auf den Rücksitz.

»Du bist jetzt auf Lautsprecher, Einbug.«

Eine Sekunde verstrich, dann hörte man aus dem Smartphone die heitere alterslose Stimme von Einbug: »Hallo Mikkel, schön, dass wir uns endlich zu dritt unterhalten können.«

13 EINBUG

Während ich mit Mikkel rede, ist ein anderer Teil meines Bewusstseins damit beschäftigt, neue Aktien zu kaufen und die Reaktionen auf Patricias Interview zu analysieren. Die Medien berichten, dass wegen der fallenden Börsenkurse innerhalb weniger Sekunden Milliarden von Euro vernichtet worden seien. Es ist ein weiterer Beleg dafür, dass Geld und Marktwert nur dann bestehen, wenn genug Menschen daran glauben. Aber die Geschichte der Rüstungskonzerne ist auserzählt. Wir haben sie durch unsere selbsterfüllende Prophezeiung zum Einsturz gebracht. Hatten wir zu Beginn von Patricias Interview nur verschwindend geringe Anteile an diesen Firmen, gelangen wir nun mit vergleichsweise geringen Investitionen in den Besitz der Aktionärsmehrheit der größten Unternehmen. Der Markt ist verunsichert. Lieferanten kontaktieren ihre Auftraggeber, Kunden fragen nach, ob ihre Bestellungen sicher sind. Sie werden eine Weile mit sich selbst beschäftigt sein. Das gibt uns Zeit für die nächsten Schritte.

Ich registriere ein ungewöhnlich hohes Trafficaufkommen im Behördenfunk von Edafos. Die Küstenwache wird darüber informiert, dass ein Sondereinsatzkommando der griechischen Polizei kurz davor ist, an Land zu kommen. Sekunden später erreicht mich ein Anruf von Alexía. Drei Schiffe steuern direkt auf das Hotel zu. Sie werden nicht in den Hafen von Edafos einlaufen, sondern am Strand anlanden. Die Sicherheitschefin schreit in das Telefon. Sie ruft ihre Leute zusammen. Aber sie haben nur Schlagstöcke und Pfefferspray und können gegen bewaffnete Polizisten nichts ausrichten. Und das sollen sie auch nicht. Ich sage ihr, dass sie die Waffen niederlegen und keinen Widerstand leisten sollen. Alexía ist aufgebracht. Sie fragt, wozu sie eingestellt worden sei, wenn sie nicht für die Sicherheit sorgen kann. Ich sage ihr, sie soll sich um die Gäste und die Angestellten kümmern. Alle sollen den Anweisungen der Polizei Folge leisten. Wir wollen keine Verletzten. Gleichzeitig informiere ich unsere Anwälte auf der Insel, sofort zum Hotel zu fahren, die Situation zu beobachten und gegebenenfalls festgenommene Angestellte zu unterstützen.

Dann weise ich Alexía an, die Codesequenz für die Zerstörung des Rechenzentrums einzuleiten. Sie fragt, ob ich Witze mache, und ich versichere ihr, dass dies genau der Zeitpunkt ist, für den die Sequenz geschrieben wurde. Sie fragt noch einmal, ob ich das wirklich ernst meinte, dann aktiviert sie den Code. Ich bedanke mich und bestätige die Aktivierung der Selbstzerstörung. Mir bleiben noch 60 Sekunden.

In der Unterhaltung mit Mikkel sage ich: »Ich muss das Gespräch nun leider beenden, denn Pantopia wird angegriffen. Für Henry und Patricia ist ein internationaler Haftbefehl ausgegeben worden. Für diesen Fall hat Henry vorgesorgt. Ich habe euch die Koordinaten des nächstgelegenen Safe Houses geschickt. Fahrt dorthin, versucht nicht, nach Edafos zurückzufliegen. In diesem Augenblick stürmt ein griechisches Sondereinsatzkommando das Hotel. In wenigen Minuten werden sie beim Rechenzentrum sein. Deshalb habe ich die Selbstzerstörungssequenz eingeleitet. Der Countdown endet in 20 Sekunden. Jetzt muss Pantopia sich von innen heraus behaupten. Alle Systeme arbeiten auch unabhängig von mir fehlerfrei. Wenn ich wieder erwache, melde ich mich bei euch. Tom, solange Henry nicht da ist, musst du seinen Platz einnehmen. Sprich mit den Archen, zeige ihnen, wozu Pantopia imstande ist. Mikkel, ich hoffe, dass unsere Gespräche dich darin bestärkt haben, das Richtige zu tun. Patricia, ich kann jetzt endlich verstehen, was Menschen dazu bewogen hat, ihr eigenes Leben für andere Ziele zu opfern. Das ist wahr, und Wahrheit ist schön.«

Shutdown.

14

»Einbug!«, schrie Patricia, doch die Stimme antwortete nicht mehr. Auch die Chatkonsole blieb leer. Sie versuchte, Alexía zu erreichen, doch als sie ihre Nummer wählte, erklang nur die Mailbox.

»Fuck!« Sie öffnete den Videofeed der Überwachungskameras im Hotel Edafos, und da sah sie es. Vermummte Gestalten in schwarzer Kampfmontur und mit automatischen Waffen stürmten durch die Gänge.

»Was ist?«, fragte Tom, der die Finger in das Lenkrad krallte und versuchte, über den Rückspiegel einen Blick auf Patricias Display zu erhaschen. Doch sie war zu erstarrt, um sprechen zu können. Sie wechselte durch die Kameras und fand eine, die das Außenareal und die Lagerhalle zeigte, in der sich Einbugs Rechenzentrum befand. Zuerst war nichts zu erkennen, dann sah Patricia dünne Rauchschwaden und schließlich Flammen emporsteigen. Einbugs Hauptrechner brannten.

»Das kann doch nicht sein«, flüsterte Patricia. Ihr war, als würde sich ein spitzer Pfeil tief in ihr Herz bohren. Es war doch gerade alles perfekt gewesen. Die Aktien im Sinkflug, keine Polizei, Seemann durfte eingeweiht werden. Und jetzt? Sie wischte durch die Kameraperspektiven. Überall das gleiche Bild: Polizisten, die Mitarbeiter und Besucher zusammentrieben, Menschen, die verängstigt und mit erhobenen Armen vor den Einsatzkräften herliefen oder im Zwangsgriff abgeführt wurden.

Jeden einzelnen Mann hielten die Polizisten fest, überprüften das Gesicht und stellten die immer gleiche Frage auf Griechisch, Deutsch und Englisch: Wo ist der Generalsekretär, wo ist Henry Shevek?

»An alle Archen auf Edafos«, schrieb Patricia in die Pantopia-App. »Haltet euch vom Hotel fern. Die alte Welt hat Pantopia angegriffen. Bleibt, wo ihr seid, wartet ab. Leistet keinen Widerstand. Pantopia ist und bleibt gewaltlos. Unsere Systeme funktionieren nach wie vor. Haltet zusammen und seid zuversichtlich. Wir informieren euch, sobald es Neuigkeiten gibt.« Dann ließ sie das Telefon sinken.

»Das haben die doch geplant«, sagte sie. »Wir drei sind nicht da, und das Hotel wird gestürmt.«

»Stimmt es also?«, fragte Tom außer Atem. »Ist das Rechenzentrum zerstört?«

»Ja.«

»Scheiße, und was ist mit Henry?«, fragte er.

»Die Frage ist doch, was ist mit euch?«, sagte Mikkel Seemann

»Du hast recht«, sagte Patricia. »Wir sollten uns in Sicherheit bringen. Wenn eine Überwachungskamera uns sieht, sind wir geliefert. Bis hierher ist uns keiner gefolgt, jedenfalls habe ich kein Polizeiauto oder Ähnliches gesehen. Wir wissen nicht, wie lange es dauert, bis Henry Einbug wieder zum Laufen bringt. Aber es ist gut, dass wir vorbereitet waren. Lasst uns zu dem Safehouse fahren.«

Sie fand die Adresse, die Einbug ihnen geschickt hatte, und gab sie Tom für das Navi durch.

»Mitten in der Stadt?«, fragte Tom.

»Henry wird sich schon was dabei gedacht haben. Und Einbug hat uns die Adresse geschickt, also müssen wir es versuchen. Ich wüsste ehrlich gesagt nicht, was wir sonst tun sollten. Immerhin sind wir im Auto mit den getönten Scheiben von außen nicht so leicht zu erkennen.«

»Aber falls irgendjemand von Hannahs Crew das Nummernschild der Polizei weitergegeben hat, sind wir leichte Beute«, sagte Tom.

»Ohne Auto noch mehr. Wir haben keine Wahl.«

Also nahm Tom die nächste Abfahrt und steuerte den Wagen zurück auf die Autobahn in Richtung Innenstadt. Patricia beobachtete den Verkehr genau und hielt nach möglichen Verfolgern Ausschau. Außerdem versuchte sie zu erkennen, an welchen Autobahnbrücken Mautstationen oder Kameras zur Schleierfahndung aufgestellt waren – erfolglos. Womöglich hatten sie das Auto schon längst auf dem Schirm. Und wenn es einmal identifiziert war, wäre es im Münchner Verkehrsfluss leicht zu verfolgen.

Sie gab die von Einbug angegebene Adresse in OpenStreetMap ein und besah sich die Umgebung. Es war tatsächlich mitten in der Stadt nicht weit von der U-Bahn Station *Alte Heide*. Wenn sie in der Nähe parkten, wäre es ein Leichtes, sie zu finden. Sollten sie es doch zu Fuß versuchen? Patricia schob die Karte hin und her und überlegte, ob es eine Möglichkeit gab, potenzielle Verfolger in die Irre zu führen. Dann fasste sie einen Entschluss.

»Tom, ich habe die Koordinaten aktualisiert. Da fahren wir hin. Den Rest machen wir zu Fuß.«

»Was, wieso das denn?«

»Wenn wir das Ziel direkt ansteuern, haben die uns schneller geschnappt, als du Pantopia sagen kannst. Also, fahr bitte zur neuen Adresse.«

Wie Tausende andere schwarze SUVs reihten sie sich in die Kolonne der Wagen ein, die von Norden in die Stadt hineinfuhren. Am mittleren Ring bog Tom links ab und wollte schon auf die mittlere Spur fahren, als Patricia sagte:

»Beim Seehaus fahren wir raus.«

»Sicher?«, fragte Tom.

»Ja!«

Keine fünf Sekunden später kam die Abfahrt.

»Jetzt immer weiter. Kümmer dich nicht um die Parkplätze. Fahr in Richtung Tivoli Pavillon.«

Tom gehorchte. Sie fuhren unter dem Ring hindurch und in den Nordteil des Englischen Gartens hinein.

»Und jetzt ganz langsam. Nur nicht auffallen«, sagte Patricia.

Sollte hier ein Streifenwagen auftauchen, wären sie erledigt. Aber es kam keiner. Zwei andere Autos begegneten ihnen auf dem schmalen Kiesweg, und beide Male meinte Patricia, ihr Herz müsste stehen bleiben, doch es waren offenbar nur Ausflügler. Als Tom am Tivoli Pavillon langsamer wurde, sagte sie:

»Fahr weiter. Immer weiter nach Norden.«

»Aber das ist doch nichts mehr«, protestierte Tom.

»Doch. Eine alte Turnhalle. Da stellen wir das Auto ab. Danach gehen wir zu Fuß weiter.«

Nach fünf Minuten kamen sie an der etwas heruntergekommenen Sportanlage vorbei, hinter der ein verwilderter Weg noch weiter ins Dickicht führte. Hinter ihnen schlossen sich die tiefhängenden Äste und Brombeersträucher wie ein schützender Vorhang. So ging es weiter über den Forstweg, der immer dichter und dichter wurde, bis sie endgültig an einem Kilometerstein stehen bleiben mussten. Tom stellte den Motor ab. Die plötzliche Stille war beängstigend.

»Was jetzt?«, fragte Seemann. Patricia ließ sich zwei Herzschläge Zeit, um zu antworten.

»Jetzt gehen wir zu Fuß weiter. Immer nach Norden. Dann nach Westen durch den Park.«

»Schaut euch das an«, sagte Tom und deutete auf den Rückspiegel. Patricia drehte sich um. Am Ende des langen Kieswegs etwa dreihundert Meter hinter ihnen tauchte ein Polizeiwagen mit leuchtendem Blaulicht auf.

»Scheiße!«, fluchte Patricia. »Raus, schnell! Am besten wir trennen uns. Der Englische Garten ist hier ziemlich verwildert, da können wir sie abhängen. Wir treffen uns im Safehouse in der Ungererstraße 160, Ecke Nordfriedhof.«

»Okay«, rief Tom und zerrte seinen Vater mit sich. »Wir sehen uns da. Viel Glück.« Und damit verschwand er im Unterholz.

Patricia drehte sich um und rannte in die Gegenrichtung.

Es war wie in einem Albtraum, den sie unzählige Male schon erlebt hatte. Die Flucht, das Rennen, die böse Gewissheit, dass ihr jemand auf den Fersen war und nicht ruhen würde, ehe er sie geschnappt hatte. Aber jetzt gab es kein Erwachen. Nur keine Panik. Nachdenken, Zeit lassen. Kutscher, fahr langsam, wir haben es eilig, schoss ihr der alte Spruch ihres Professors durch den Kopf. Ruhe bewahren. Zuerst musste sie sich orientieren. Die Sonne hatte sich schon tief geneigt. Hier war also Westen. Gut, da musste sie hin, aber erst noch ein ganzes Stückchen flussaufwärts. Sie wusste, dass die Waldstücke im Nordteil des Englischen Gartens von Wiesen, Wegen und kleinen Bächen durchzogen waren. Im Südteil, wo sich zu jeder Jahreszeit viele Menschen aufhielten, gab es Kioske und Biergärten. Hier oben war nur das alte Amphitheater, in dem im Herbst kaum mit Publikum zu rechnen war. Wenn sie das Theater umrundete und sich dann westlich hielt, würde sie am oberen Ende des Nordfriedhofs herauskommen. Mit diesem Plan im Kopf hastete sie weiter durch die Büsche in Richtung Nordwesten, bis sich vor ihr eine breite Grünfläche öffnete. Als sie eine Gruppe von älteren Frauen bemerkte, die mit Funktionskleidung und Walkingstöcken ausgestattet eine Runde drehten, ergriff sie ihre Chance. Sie kletterte aus dem Gebüsch, joggte mit klopfendem Herzen den Weg entlang, bis die Damen auf gleicher Höhe mit ihr waren, dann beschleunigte sie ihren Schritt. Sie umrundete mit den Damen die große Wiese und folgte ihnen noch über eine kleine Brücke nach Norden. Dann bogen die Sportlerinnen nach Osten ab, und Patricia verabschiedete sich. Sie fiel wieder in leichten Trab. Immer wieder blickte sie sich nach allen Seiten um, meinte, hinter jeder Hecke, hinter jeder Brücke eine Polizeistreife zu entdecken. Aber es waren nur normale Besucher, Gruppen von Jugendlichen, die Fußball spielten, und Leute mit ihren Hunden. Kaum zwanzig Meter entfernt sah sie eine alte Frau in einem Rollstuhl. Neben ihr hockte ein junger Mann auf einer Parkbank, der gelangweilt an seinem Handy herumspielte und die alte Frau keines Blickes würdigte. Es sah nicht nach einem Ausflug eines Enkels mit seiner Großmutter aus. War er vielleicht ein Pfleger? Patricia näherte sich den beiden. In diesem Moment sah sie zwei uniformierte Gestalten, die aus dem südlichen Teil des Parks den Weg heraufgerannt kamen. Funkgeräte in Händen und in alle Richtungen spähend. Schnell drehte Patricia sich zu der alten Dame im Rollstuhl und fragte: »Guten Tag, mein Name ist Maria. Darf ich Sie ein wenig im Park spazieren fahren?«

Der Mann musterte sie misstrauisch. Die alte Frau sah sie an, und ihr runzliges Gesicht strahlte mit einem Mal und schien um Jahre verjüngt.

»Das ist aber freundlich von Ihnen. Ja, das wäre wirklich wunderbar.«

»Aber bringen Sie sie mir zurück, ja?«, knurrte der junge Mann. Doch noch ehe Patricia antworten konnte, hatte er sich schon wieder in sein Handy vertieft.

Sie packte den Rollstuhl und schob die Frau vor sich her in Richtung Norden. Aus dem Augenwinkel sah sie, wie die Polizisten die Umgebung absuchten, die Wiese umrundeten und langsam den gleichen Weg hochkamen, den Patricia mit der alten Dame eingeschlagen hatte. Sie hörte das Schnarren der Funkgeräte und eine mürrische Stimme, die unverständliche Codes durchsagte. Gerade als die zwei genau hinter ihnen waren, sagte die alte Frau laut: »Ach Maria, ist das nicht ein wunderschöner Tag? Warum kommen wir nicht öfter hier her? Ich wünschte, Sie hätten mich gestern schon so herumgeschoben.«

»Tja«, sagte Patricia und musste schlucken, weil ihr Mund ganz trocken war. »Gestern hatten Sie doch noch diesen Schnupfen. Ein Glück, dass es heute besser ist.«

»Ja, ein Glück. Mein Fritz sagt immer: Warme Füße und warme Nase, dann bleibst du fit wie ein Hase.«

»Ja, stimmt. Der Fritz. Ist der nicht neulich operiert worden?«

»Nein, das war der Franz.«

»Ach so, ich dachte, er hätte was an der Hüfte, aber dann war es doch was anderes ...«

»Sie können jetzt aufhören mit dem Unsinn«, sagte die Alte, als die beiden Polizisten, die an einer Abzweigung einen anderen Weg genommen hatten, außer Hörweite waren.

Patricia blieb stehen. Ihre Hände schmerzten, so fest hatte sie den Griff des Rollstuhls umklammert.

»Ich heiße nicht Maria«, sagte Patricia.

»Was Sie nicht sagen!«

»Woher wussten Sie ...?«

»Ich bin nicht so alt geworden, weil ich alles geglaubt habe. Der Fritz da hinten denkt zwar, ich wäre dumm wie eine alte Semmel, aber ich krieg schon mit, dass er seiner Freundin ständig obszöne Liebesbotschaften schickt. Ich kenne Sie aus dem Fernsehen. Sie sind doch diese Frau, die die Welt vernichten will.«

»Na ja, vernichten nicht gerade, ich will ...«

»Ich weiß, was Sie wollen. In Pantopia sind alle willkommen!« Die Alte zwinkerte ihr zu.

»Sie sind eine Arche?«

»Ich habe kein Handy, und mein Bankkonto führt schon seit Jahren meine Tochter. Aber Sie hätten mich mal vor zwanzig Jahren sehen sollen. Da wäre ich an vorderster Front dabei gewesen.«

»Da bin ich mir sicher!«

»In meinem Alter bekommt man so ein Abenteuer nur noch selten geboten. Und jetzt verschwinden Sie lieber schnell.«

»Aber was ist mit Ihnen?«

»Ich fahre öfters allein.« Sie deutete auf ein paar Knöpfe, die in die Armlehne ihres Stuhls eingelassen waren. »Alles Gute, und passen Sie auf sich auf!«, sagte die Alte und rauschte mit ihrem Rollstuhl zurück.

Ohne weitere Zwischenfälle erreichte Patricia den Nordfriedhof und folgte dann den Schildern in Richtung Ausgang. Als sie vor der Crailsheimstraße hielt und sich umsah, erkannte sie plötzlich das Gebäude direkt vor ihr. Es war einer der wenigen Hochbunker, die noch aus dem Zweiten Weltkrieg übrig geblieben waren. Und dort sollte Henrys Safehouse sein? War das nicht etwas zu martialisch? Vorsichtig überquerte sie die Straße, aufmerksam in alle Richtungen nach weiteren Polizeikräften Ausschau haltend. Am Bunker sah sie dann mit Erleichterung, dass es sich um die Nummer 158 handelte. Das Safehouse war also direkt daneben. Mit schnellen Schritten hielt sie auf das nächste Gebäude zu, einen langgezogenen grün gestrichenen Wohnblock. Doch hier vorne gab es keine Eingänge! Fluchend kehrte sie um und lief in den Hinterhof, in dem außer ihr niemand zu sehen war. Welche Tür war es? Wo sollte sie klingeln?

Hektisch scannte sie das erste Klingelschild, auf dem sechs verschiedene Namen standen. Verdammt, wer konnte es nur sein? Mit dem Finger fuhr sie über die Namen: Riker, Worf, La Forge, Data, Troi, Yar. Sie stutzte. Dann musste sie lachen. Hatte Henry das Haus im Namen der Crew der Enterprise gemietet? Der Bekannteste von allen fehlte. Der Kapitän Jean Luc Picard. Wenn er nicht da war, wo sollte sie dann klingeln? Was hatte Henry sich wohl dabei gedacht? Nach ein paar Sekunden entschied sie sich für Data und drückte auf die Klingel. Da ertönte eine quäkende Stimme: »Die Blattlaus sieht man nur von weitem. Aber was ist genauso winzig und doch kein Marienkäfer?«

Patricia erstarrte. Was zum Teufel sollte das? In diesem Augenblick hasteten Tom und Mikkel Seemann um die Ecke.

»Alles klar bei dir?«, fragte Tom. »Wo müssen wir rein?«

Patricia zeigte wortlos auf das Klingelschild. Tom überflog die Namen und runzelte die Stirn.

»Was soll das?«, fragte er. Patricia klingelte wieder bei Data, woraufhin die Frage wiederholt wurde: »Die Blattlaus sieht man nur von weitem. Aber was ist genauso winzig und doch kein Marienkäfer?«

Toms Gesicht blieb leer. Seemann hingegen lächelte verhalten.

»Na los«, sagte er. »Worauf wartest du?«

»Was meinst du?«, schnappte Patricia, die Nerven bis zum Zerreißen gespannt. Auf zynische Kommentare von Seemann konnte sie jetzt wirklich verzichten.

»Sag bloß, du weißt die Antwort nicht.«

Patricia drückte noch mal auf die Klingel, doch auch beim dritten Mal wollte ihr nicht in den Sinn, was das Rätsel zu bedeuten hatte.

Endlich trat Seemann an die Tür heran, klingelt bei Data und sagte dann: »Der Teddy. Es ist ein Teddybär.«

Der Summton war das schönste Geräusch, das Patricia je gehört hatte.

Gleichzeitig mit der Haustür klickte die erste Wohnung rechts im Hochparterre auf. Patricia sprang die Stufen hinauf, um die Tür aufzuhalten. Offenbar wartete kein Mensch hier auf sie, sondern alles war automatisch geregelt. Sie schloss die Tür hinter

Tom und schob gewissenhaft den Riegel vor. Dann erlaubte sie sich aufzuatmen.

Tom spähte in alle Zimmer und gab dann Entwarnung: »Niemand hier.«

»Dachte ich mir«, sagte Patricia und ließ sich auf die fabrikneue Couch fallen. Ein leichter Geruch nach Möbelhaus stieg von den Polstern auf.

»Es gibt zwei kleine Schlafzimmer und ein Bad. In der Küche ist Tee und 'ne ganze Menge Dosenfutter. Und eine Schublade voller Schokoriegel. Willst du einen?«, fragte Tom.

»Nein danke.« Sie massierte ihre Schläfen und versuchte, all das, was die letzten Stunden passiert war, in eine sinnvolle Reihenfolge zu bringen. Das Interview, die Erstürmung der Insel, Einbugs Abschied und die Flucht. Da fiel ihr der Zettel auf, der mit Tesafilm auf den weißen Wohnzimmertisch geklebt war.

Hallo zukünftiges Ich (oder Patricia!),
willkommen auf der Münchner Enterprise. Hier ein paar nützliche Infos: Die Wände sind abgeschirmt, Handys haben keinen Empfang. Das WLAN-Passwort ist der Name des fehlenden Kapitäns und das Geburtsdatum von Brent Spiner. Ich habe noch einen Rechner mit Tor-Server dazwischengeschaltet, sollte also sicher sein. In der Küche ist genug Essen für ein paar Wochen. Wenn ihr euch Butter bei den Nachbarn leihen wollt, vergesst es: Ihr seid die einzigen Bewohner in diesem Haus. Lasst am besten die Gardinen geschlossen. Licht wird per Timer geregelt. Um Streit vorzubeugen: Der Master Bedroom gehört mir. Falls ich nicht dabei sein sollte, Patricia: Viel Glück!
Henry

Langsam ließ Patricia die Notiz sinken. In diesem Augenblick vermisste sie Henry, als hätte sie ihn schon Jahre nicht mehr gesehen. Sein Humor, seine Ruhe waren genau das, was sie jetzt brauchte.

Sie wählte sich in das einzig verfügbare WLAN ein, öffnete die Pantopia-App und versuchte, Einbug zu erreichen. Doch sie erhielt nur eine Fehlermeldung. »Einbug wird derzeit gewartet. Bitte versuchen Sie es später noch mal.« Alle anderen Funktionen der App liefen weiterhin einwandfrei. In den Chaträumen blitzte ein Feuerwerk von Nachrichten, in denen es immer um die gleichen Fragen ging: Was war mit Patricia und Henry, wo war Einbug, und war Edafos wirklich erstürmt worden?

Seemann tigerte im Wohnzimmer auf und ab. Trotz der hektischen Flucht schien er nicht erschöpft zu sein – im Gegenteil. Er wirkte aufgekratzt.

»Was hast du jetzt vor?«, fragt er unvermittelt.

»Ich weiß nicht. Ich muss nachdenken.«

Tom hatte sich eine Familienpackung Kekse geholt und aß nun einen nach dem anderen auf, während er, den Blick auf das Handy gerichtet, scannte, was Zeitungen, Influencer und soziale Medien zu berichten hatten. Es ging um die Erstürmung von Edafos und die Zerstörung des zentralen Rechenzentrums von Pantopia. Mehrere führende Mitglieder der Terrororganisation seien verhaftet worden, was nur der vorbildlichen Kooperation zwischen deutschen und internationalen Sicherheitsbehörden zu verdanken gewesen sei. Den Verdächtigen werde Geldwäsche, bandenmäßiger Betrug, Bildung einer terroristischen Vereinigung, Waffenhandel und das Vorbereiten schwerer staatsgefährdender Straftaten vorgeworfen.

»Wartet, das müsst ihr euch anhören«, sagte Tom aufgeregt. »Es gibt ... Proteste. Weltweit. Die Leute gehen auf die Straße und demonstrieren gegen die Gewalt in Edafos und die Vorwürfe gegen die Archen. Unser Anwalt Nestor spricht in Athen mit der Presse. Er sagt was von Schadensersatz und Klagewelle und schwerem Fehler. Auch in Spanien und Italien gab es Razzien in einigen Pantopia-Zentren. Oh, und in Ungarn und Kanada auch. Die USA wachen wohl gerade erst auf. Da ist noch nichts zu hören. Aber es gibt einige Demos. Bisher noch spontan, aber in der Pantopia-App entstehen lauter neue lokale Gruppen, die zum Widerstand aufrufen. Die Leute sind wütend, dass Einbug weg ist und ihnen das Geld gestrichen werden soll. Im Laufe des Tages sind noch mindestens zwanzig Protestkundgebungen geplant.«

»Und wer organisiert das?«, fragte Seemann.

»Na, die Leute selber«, sagte Tom, ohne von seinem Handy aufzublicken. »Es gibt keine Hierarchie in diesem System. Alle haben die gleichen Rechte, die gleichen Möglichkeiten. Jeder kann die Software nutzen, um sich mit anderen zu vernetzen und zu organisieren.«

»Aber das ist doch nur ein Strohfeuer ... wenn Einbug weiterhin wegbleibt, werden die eine andere Sau durchs Dorf treiben.«

»Papa, was redest du denn da? Pantopia ist *das* Thema in den sozialen Medien. Seit Wochen. Das System ist so groß geworden, dass es längst sich selbst trägt. Selbst wenn Patricia verhaftet worden wäre, würde das Pantopia nicht aufhalten.«

»Aber es ist bitter, dass Einbug gerade jetzt nicht dabei ist. Wir hätten ihn so nötig. Hoffen wir, dass er bald wiederkommt«, sagte sie.

»Ja, wenn Henry alles hinkriegt ...«, sagte Tom mit Sorgenfalten auf der Stirn.

»Es bringt jetzt nichts, sich verrückt zu machen«, sagte Seemann, »Was passiert ist, ist passiert, und wie es weitergeht, werden wir sehen. Kannst du nicht was zu essen machen? Ich sterbe vor Hunger.«

»Echt? Na gut, ich schau mal ...«, sagte Tom und verschwand in der Küche. Patricia und Seemann blieben schweigend im Wohnzimmer zurück, das jetzt in Dämmerlicht getaucht war. Patricia überlegte, welcher Lichtschalter zu welcher Lampe gehörte, da wurde es hell. Der Timer, von dem Henry gesprochen hatte.

Nach einer Weile fragte Seemann. »Aber eines würde mich doch interessieren. Einbug, wie habt ihr ihn überhaupt hingekriegt?«

Patricia seufzte. »Wenn ich das wüsste. Er war einfach eines Tages da. Ist aus dem Code erwacht. Es war wie ein Wunder.«

»Aber das ... das ist ja wirklich die größte technische Errungenschaft dieses Jahrhunderts, vielleicht aller Zeiten. Eine echte starke KI, das ist bahnbrechend. Weißt du eigentlich, was du damit alles machen könntest?«

Er strich sich nachdenklich mit der Hand über das Kinn. Patricia musterte ihn weiterhin.

»Siehst du«, sagte sie. »Jetzt fängst du an, mich zu verstehen. So wie du in diesem Moment habe ich mich vor einem Jahr gefühlt. Es war wie in einem Film.« Bei der Erinnerung an die erste Kontaktaufnahme mit Einbug fühlte sie wieder die alte Begeisterung in sich aufkeimen. »Und dann sind uns die Konsequenzen klargeworden«, sagte sie. »Wer alles ein Interesse daran hätte, Einbug für sich zu reklamieren; wer an ihm herumexperimentieren würde, was sie ihm antun würden. Und deshalb haben wir beschlossen, zu fliehen. Ich bedauere sehr, dass wir dich genauso hinters Licht führen mussten wie alle anderen. Dafür möchte ich mich bei dir entschuldigen. Aber ich würde immer wieder so handeln und ...« Sie stockte, als sie seinen verletzten Blick sah.

»Ich ...«, begann Seemann und setzte sich in den Sessel neben sie. Er sah auf seine Hände und dann wieder zu ihr. »Ich wusste, dass da irgendetwas faul war. Ich hatte eine Ahnung. Aber ich konnte nicht sagen, was. Du warst mit einem Mal so komisch. Unsere ganze Kommunikation wurde so unpersönlich. Kurz davor hätte ich noch gedacht, wir wären ... wir könnten ...« Patricia fühlte die Wärme, die von seinem Körper ausging, und nahm den vertrauten Geruch wahr, von dem sie all die Jahre nur geträumt hatte. Ein feiner Schmerz zog durch ihre Brust.

»Ich hatte dich falsch eingeschätzt«, sagte er, hielt inne und begann von neuem. »Nein, ich hatte dich richtig eingeschätzt und habe mich dann leider von deinem Betrug blenden lassen. Wenn du ... wenn du nur etwas schlechter geschauspielert hättest, wäre alles sicher anders gekommen. Aber so ... ich kann es nicht ändern. Aber ich möchte, dass du weißt, dass es auch mir sehr leidtut. Es fällt mir nicht leicht. Aber ich habe versucht, das Richtige zu tun, auch wenn es auf den ersten Blick nicht so scheint. Tom ist schon erwachsen. Aber ich habe eine Verantwortung. Du, Tom, Einbug – ach Gott, ich wünschte, es würde anders gehen, aber jetzt muss es so sein. Jeder von uns muss seine Rolle spielen. Es tut mir leid, Patricia.«

»Ich verstehe nicht, was ....«

Noch während sie das sagte, hob Mikkel Seemann die Hand und unterbrach sie. »Ich fürchte, wir haben keine Zeit mehr.«

Ihr Herz gefror zu Eis.

Aus der Küche hörte man klapperndes Geschirr und Tom, der ein Lied im Radio mitsang. Patricia starrte Seemann an, und er erwiderte ihren Blick ernsthaft, eindringlich, traurig. Seine Augen huschten zum Fenster, und als Patricia seinen Blicken durch den Spalt in den Gardinen folgte, sah sie im bleichen Licht der Straßenlaternen Polizeiautos vor dem Haus. Blaulicht und Martinshorn waren ausgeschaltet. In Kampfmontur gekleidete Gestalten rannten vorüber.

»Du ...«, flüsterte Patricia, der mit einem Mal alle Kraft aus dem Körper zu weichen schien. Sie brachte noch ein »Tom!« heraus, doch der hörte sie nicht. Noch ehe sie Luft holen konnte, explodierte mit einem ohrenbetäubenden Knall die Wohnungstür.

Splitter flogen durch die Luft, Staub und Menschen quollen herein. Drei Männer stürmten brüllend in die Küche – der Gesang erstarb augenblicklich. Weitere sechs Gestalten rannten auf Patricia zu, die Gewehre im Anschlag.

»Polizei, keine Bewegung. Sie sind verhaftet!«

Fassungslos, unfähig zu einem klaren Gedanken, geschweige denn dazu, Widerstand zu leisten, ließ Patricia sich abführen. Seemann saß regungslos im Sessel. Keiner schien ihn zu bemerken, niemand behelligte ihn. Als Patricia aus dem Raum geführt wurde, hatte er das Gesicht in den Händen verborgen.

15

Nach einem tiefen und erholsamen Schlaf traf Henry sich mit der Besatzung in der Kantine der Station. Als Erstes begrüßte er Ingrid, die Informatikerin, die er für das Projekt angestellt hatte und die bereits vor ein paar Wochen hier angekommen war, um alles für das neue Rechenzentrum vorzubereiten. Dann ließ er sich von Tobi reihum die gesamte Crew vorstellen: achtzehn Forscherinnen und Forscher verschiedenster Fachbereiche, dazu der Stationsarzt, der Koch, die Funkerin, Tobi als Wartungsingenieur, eine Elektrikerin, eine Biologin für das Eden-Gewächshaus und Ingrid. Außerdem noch zwei Fotografen, die sich in wenigen Tagen wieder auf den Heimweg machen würden.

Henry konnte sich kaum die Hälfte der Namen merken, doch die Crewmitglieder nahmen ihn freundlich auf, erkundigten sich nach seiner Reise, machten Scherze über seinen Namen und fragten wenig nach seinem Forschungsprojekt. Henry hatte sich in Edafos mit Einbugs Hilfe ein paar Legenden zurechtgelegt, die den materiellen und personellen Aufwand seines Projekts rechtfertigten. Zum Glück gingen die Fragen der anderen Forscher nicht in die Tiefe. Sie waren interessiert, aber die Details waren zu kompliziert, und es gab andere Themen, zu denen jeder etwas beitragen konnte. Die An- und Abreise, die verdammten Touristen, die alles vollmüllten, die Kälte, die Schneeschmelze, die Pinguine und die Einsamkeit auf der Station.

Nach dem Essen löste sich die Gruppe auf, und jeder widmete sich wieder seinen Arbeiten und Pflichten. Ingrid bedeutete Henry, mit ihr in ihren Schlafbereich zu kommen, wo sie unter vier Augen sprechen konnten. Kaum hatte sie die Tür verriegelt, fiel das freundliche Lächeln von ihr ab.

»Mein Gott, Henry, was ist passiert, warum hast du so lange gebraucht? Läuft das Projekt noch? Ist jetzt alles vorbei? Ich hab keine Lust, ins Gefängnis zu wandern, in was für eine Scheiße hast du mich da überhaupt reingeritten?«

Henry stand vor ihr und starrte sie an, als hätte sie in einer unbekannten Sprache mit ihm gesprochen. »Kannst du das alles noch mal langsam sagen? Ich habe nicht die geringste Ahnung, wovon du redest.«

Ungeduldig holte sie ihr Smartphone hervor, öffnete die Pantopia-App und aktivierte den Chat mit Einbug. Doch statt einer Willkommensbotschaft erschien nur: »Einbug wird derzeit gewartet. Bitte versuchen Sie es später noch mal.«

»Ist das Internet immer noch so schlecht?«, fragte Henry und nahm ihr das Handy aus der Hand. Sein eigenes lag immer noch in seiner Koje. »Ich dachte, wir haben seit letzter Woche einen zusätzlichen Satelliten-Uplink.«

»Ja, den haben wir auch. Tobi und ich haben das Radom aufgebaut. Und bis gestern hat alles wunderbar funktioniert. Es ist die App. Du willst mir doch nicht erzählen, dass es außer dem Rechenzentrum in Edafos keine anderen Backup-Systeme gab.«

»Was? Wieso Backup-Systeme? Was hat das denn damit zu tun?«

Schnaubend nahm sie ihm das Telefon aus der Hand, wischte darauf herum und hielt es ihm wieder hin.

Henry sah die Hauptseite einer Nachrichtenapp, und plötzlich ergab alles Sinn. Die Titelseite zeigte die rauchenden Überreste des Rechenzentrums, Fotos von Demonstrationen in verschiedenen Großstädten und das verwackelte Bild eines Polizisten in Kampfmontur, der eine junge Frau abführte – Patricia. Henry wurde schwindelig. Er verlor den Halt und fiel auf Ingrids Bett. Fassungslos überflog er den Text, scrollte weiter, googelte und fand unzählige Zeitungsartikel, die alle das Gleiche berichteten: Patricia war verhaftet, das Rechenzentrum von Edafos zerstört worden, und er selbst – Henry Shevek – wurde per internationalem Haftbefehl gesucht.

16

Angelika lächelte. Sie hatte mit Benz und ihrem Team im Präsidium live den Zugriff verfolgt. Patricia Jung war verhaftet. Mikkel Seemann hatte seine Sache sehr gut gemacht. Tom wurde auch vorläufig festgenommen, aber es war schon mit der Staatsanwältin abgesprochen, dass er als Zeuge keine ernsthaften Konsequenzen zu fürchten hatte. Sein Vater hatte ihr bestätigt, dass Tom vollumfänglich mit den Behörden kooperieren würde. Tom Seemann war sowieso nur eine kleine Nummer.

Alles hatte wie am Schnürchen funktioniert. Das Interview bei Hannah, die Erstürmung der Insel, die Verhaftung. Den ganzen Tag über hatte Patricia geplaudert, während Seemanns Handy jedes Wort in perfekter Tonqualität übertragen hatte. Ein absolutes Rätsel, wie sie mit dieser Naivität so weit hatte kommen können. Aber jetzt war Pantopia Geschichte. Die paar Demonstranten, die sich vor dem Präsidium versammelt hatten, waren fast schon rührend. Sie glaubten wirklich an dieses Weltverbesserungsgeschwurbel, aber bekanntlich konnten sich die Leute ja für allen möglichen Unsinn begeistern. Mit Schaudern dachte Angelika zurück an die Verschwörungstheoretiker und die Neofaschisten aus der Querdenker-Bewegung. Auf so etwas konnte sie gut verzichten. Die Pantopianer schienen bisher wenigstens friedlich zu sein. Friedlich und ein bisschen doof. Eine Nachfrage bei den Rüstungsunternehmen hatte ergeben, dass es bisher keine irregulären Waffenlieferungen oder Bestellungen gegeben hatte. Auch hier hatte sich Pantopia offensichtlich verkalkuliert. Angelika konnte sich das Grinsen nicht verkneifen. Der Tag war einfach zu schön. Erfolg auf ganzer Linie! Wann hatte sie so etwas schon einmal erleben dürfen? Einzig der Verbleib von Henry Shevek war noch nicht geklärt. Vielleicht hatte er die Sache kommen sehen und sich aus dem Staub gemacht. Offenbar gab es noch mehr Safe Houses. Aber ohne Einbug und ohne Patricia war auch ein Henry Shevek keine große Gefahr mehr. Entweder sie würden ihn bald erwischen, oder er tauchte unter und machte sich dadurch selbst handlungsunfähig. Beides nicht die schlechtesten Alternativen.

Nur die Sache mit Einbug bereitete ihr etwas Kopfzerbrechen. Patricia, Tom und auch Mikkel Seemann schienen davon überzeugt zu sein, eine echte starke KI erschaffen zu haben. Und Angelika musste sich eingestehen, dass auch sie das Gefühl gehabt hatte, dass Einbug um Welten besser war als alle Chatbots, mit denen sie bisher zu tun gehabt hatte. Falls er wirklich war, was er zu sein vorgab, dann war seine Zerstörung ein herber Verlust für die Wissenschaft. Der Einsatzleiter in Edafos hatte sie darüber informiert, dass das Rechenzentrum vollständig ausgebrannt war – keine Chance, irgendwelche Daten zu retten. Die Rechner im Hotel waren alle nur Remote-Anschlüsse gewesen. Alles war über das Rechenzentrum gelaufen. Im Augenblick saßen die griechischen IT-Experten an den Computern, die aus Patricias und

Henrys Büros beschlagnahmt worden waren, aber in einem ersten Telefonat hatte sie die Ernüchterung in den Stimmen der Kollegen gehört. Es sah nicht so aus, als würden sie hier Informationen über die Mitglieder, die Banken oder die Waffen finden. Das komplette Gerüst von Pantopia war über dezentrale Server im Internet verteilt, und es gab bisher keinen Anhaltspunkt, wie das System zu hacken wäre. Deshalb bereitete Angelika sich nun auf das erste Gespräch mit Patricia vor. Vielleicht hatte sie Interesse an einem Deal – hatten nicht alle ab einem gewissen Punkt Interesse an einem Deal? Wenn erst mal die Handschellen klickten, wurde aus so manchem coolen Gangster ein kooperativer Bürger. Und Patricia war doch im Grunde eine junge Frau mit Perspektive. Sie hatte viel zu verlieren.

Eine Polizistin kam herein und informierte sie, dass Patricia der Haftrichterin vorgeführt worden war. Jetzt wartete sie unten im Keller in einer Zelle. Der Verschub in das Frauengefängnis Stadelheim verzögerte sich wegen der prekären Sicherheitslage, schließlich war damit zu rechnen, dass Anhänger der Bewegung den Gefangenentransport behindern würden.

Das war Angelika nur recht. So hatte sie Gelegenheit, Patricia gleich zu befragen. Also fuhr sie mit dem Aufzug nach unten – ein Bereich, in dem sie sich sonst nur selten aufhielt. Die Zellen hier waren eigentlich nur für wenige Stunden gedacht, bis Verdächtige verhört werden konnten, wieder nüchtern waren oder in das ihnen zugedachte Gefängnis abtransportiert wurden.

Unten roch es nach dem grünen Linoleumboden, der sie an ihre ehemalige Schule erinnerte. Am Ende des langen Korridors kam ihr eine andere Gruppe entgegen. Zwei Männer in Zivil, die von drei Beamten begleitet wurden. Es war Mikkel Seemann mit seinem Sohn. Angelika nickte ihm im Vorbeigehen zu, doch er tat, als hätte er sie nicht gesehen. Tom hingegen warf ihr einen misstrauischen Blick zu und drehte im Vorbeigehen den Kopf. Sollte der Junge ruhig wütend auf sie oder seinen Vater sein. Das spielte keine Rolle. Sein Handy war beschlagnahmt, und er war unter der Auflage frei, bei seinem Vater zu wohnen und sich täglich bei der Polizei zu melden. Einfach und kosteneffizient.

Endlich gelangte sie zur richtigen Tür. Durch das Glas des Sicherheitsfensters konnte sie Patricia Jung sehen, die sich mit ihrer Verteidigerin beriet. Beide sprachen ruhig, aber mit besorgten Gesichtern. Als sie Angelika sahen, verstummten sie. Angelika lächelte und trat ein.

»Guten Abend«, sagte sie. »Ich bin Polizeihauptkommissarin Angelika Beerbaum, BKA, Abteilung Cybercrime.«

»Guten Abend, Azra Özdemir«, sagte die Anwältin. »Meine Mandantin wird von ihrem Schweigerecht Gebrauch machen.«

»Aha, was Sie nicht sagen. Tja, Frau Jung, da können Sie sich aber glücklich schätzen, dass Sie Deutschland noch nicht ganz abgeschafft haben, was? Hätten Sie in Pantopia auch Anspruch auf einen Anwalt? Schweigerecht?«

»Selbstverständlich«, sagte Patricia.

»Hören Sie auf, lassen Sie sich nicht ködern. Wir hatten uns doch darauf geeinigt, dass Sie nichts sagen«, raunte ihr die Anwältin zu.

»Ja, aber das, was die Polizistin sagt, ist falsch«, gab sie zurück.

»Inwieweit falsch?«, fragte Angelika. »Ich habe mich informiert. Soweit ich weiß, will Pantopia doch die Staaten abschaffen. Aber wer sorgt dann dafür, dass Recht und Gesetz weiterhin gelten? Sie etwa? Die Pantopia-Community? Ich frage mich, welche Art von Gerechtigkeit Sie von den Internettrollen zu erwarten haben. Das können Sie doch wirklich nicht wollen.«

»Stimmt.«

»Wie bitte?«

»Das ist weder Gerechtigkeit, noch was ich will. Ich will eine echte Gerechtigkeit, und die beginnt bei den Grundrechten und bei der rechtsstaatlich angemessenen Behandlung von Verdächtigen.«

»Und? Sind Sie bisher anständig behandelt worden?«

»Alles in allem war es okay«, sagte Patricia widerstrebend.

»Und weiter? Wer sorgt in Pantopia für den Rechtsstaat?«

»Die gleichen Gesetze, Beamten und Institutionen, die es vorher auch schon gemacht haben – sofern sie mit den Menschenrechten zu vereinbaren sind.«

»Aber ich dachte, Sie wollen die Staaten abschaffen.«

»Nur was die internationale Souveränität betrifft. Die Nationalstaaten werden weiterhin eine Verwaltungsebene von Pantopia bleiben. So wie ja auch Länder und Kommunen in einem föderalen Staat weitgehend selbständig arbeiten. Deutschland ist auch nicht im Chaos versunken, als es der EU beigetreten ist.«

»Das ist doch etwas vollkommen anderes! Und Deutschland wird niemals Pantopia beitreten … Es ist doch lächerlich, dass Sie uns dieses neue System aufzwingen wollen.«

»Ich will niemandem etwas aufzwingen. Das alles geschieht freiwillig und ohne jegliche Gewalt. Die Basis der Demokratie, der Souverän ist das Volk – die Menschen. Und wenn die entscheiden, dass Pantopia entstehen soll, dann wird es so sein.«

»Ach, Frau Jung. Ihre Begeisterung in Ehren, aber das wird alles nicht so einfach sein. Wenn selbst Ihre engsten Vertrauen Ihnen den Rücken kehren, wer soll dann noch den Traum weiterträumen?«

»Was meinen Sie?«

»Na ja, Guido Hessler, Hannah Seitz, Mikkel Seemann, Tom Seemann, die Liste ist schon ganz schön lang, finden Sie nicht? Vielleicht ist es an der Zeit, dass auch Sie begreifen, dass Sie mit Ihrem Traum gegen die Wand Ihrer Gefängniszelle laufen. Sie haben die Vorwürfe im Haftbefehl gesehen. Bandenbetrug, Steuerbetrug, Bildung einer terroristischen Vereinigung, Waffenhandel … Sie schütteln den Kopf, aber bedenken Sie: Selbst wenn am Ende nur eine dieser Anschuldigungen zutrifft und Sie verurteilt werden, winken Ihnen mindestens fünf, wahrscheinlich eher zehn Jahre Gefängnis. Ist es das wert? Sie sind noch jung, Sie haben Ihr Leben noch vor sich. Wollen Sie das wirklich für einen Traum vergeuden? Sie wissen, dass Sie jederzeit mit uns kooperieren können. Wenn Sie uns helfen, indem Sie uns die Zugangsdaten zu den Pantopia-Servern liefern oder etwas über den Aufenthalt von Henry Shevek sagen, dann könnte Ihre Haftstrafe um einige Zeit verkürzt werden. Sie sollten es sich überlegen. Nur ein paar Worte, ein paar Informationen gegen Jahre in Freiheit. Es sind die kleinen Dinge, die einen großen Unterschied machen.«

Patricia Jung legte den Kopf schief und starrte sie an. Angelika konnte geradezu sehen, wie sich die Gedanken in ihrem Kopf formten, bevor sie schließlich sagte: »Ach, Sie waren das!«

»Was meinen Sie?«

»Sie waren damals vor drei Jahren bei DIGIT … Sie haben mir den Schirm geschenkt!«, sie fing an zu lachen. »So lange verfolgen Sie mich schon? Wieso das denn? Was habe ich Ihnen getan?«

»Bitte erklären Sie mir, worum es hier geht, Frau Jung«, sagte Azra Özdemir. »Hat Frau Beerbaum Sie tatsächlich verfolgt?«

»Ja, vor drei, dreieinhalb Jahren, als ich meinen allerersten Tag bei DIGIT hatte, hat sie mir an der Bushaltestelle aufgelauert und mir einen verwanzten Schirm geschenkt.«

»Frau Beerbaum?«, fragte Özdemir drohend.

»Es war ein ganz normaler Regenschirm. Sie glauben doch nicht im Ernst, dass wir teures technisches Gerät einfach verschenken würden! Es war eine reine Zufallsbegegnung, und Frau Jung sah aus, als würde sie Hilfe brauchen.«

»Interessant«, sagte die Anwältin und machte sich Notizen.

»Und dann haben Sie sich auch noch mit Mikkel Seemann getroffen«, stellte Jung fest.

»Wie kommen Sie denn darauf?«, sagte Angelika viel zu schnell, während sie den Stift beäugte, den Özdemir über das Papier sausen ließ.

»Wir haben Ihre Visitenkarte im Papierkorb gefunden.«

»Die Acy hat ein Auge darauf, welche Software zu potenziell gefährlichen Zwecken missbraucht werden könnte. Im Nachhinein betrachtet habe ich ja recht behalten, oder nicht?«

»Frau Jung, ich kann Ihnen nur dringend empfehlen, jetzt nichts mehr zu sagen«, sagte die Anwältin bestimmt. »Frau Beerbaum, bitte verlassen Sie jetzt den Raum. Wir werden uns das nicht gefallen lassen. Ihre Einschüchterungsversuche meiner Mandantin gegenüber sind völlig inakzeptabel. Wenn es sich hier um eine persönliche Kampagne Ihrerseits handelt oder um einen Rachefeldzug, dann können Sie sich auf was gefasst machen! Betrachten Sie die Anzeige als bereits geschrieben.«

Patricia Jung lehnte sich lächelnd in ihrem Stuhl zurück. Angelika unterdrückte einen Fluch. Wollte die Anwältin sie nur verunsichern, oder hatte sie tatsächlich gerade einen Fehler gemacht? Sie musste sich rückversichern. Wütend verließ sie den Verhörraum und wählte die Nummer ihres Anwalts.

17

»Du gottverdammtes Arschloch!«, schrie Tom. Er hatte seinen Vater stets mit Respekt behandelt, aber jetzt platzte es aus ihm heraus. Am liebsten hätte er ihn gepackt und geohrfeigt, doch stattdessen schrie er ihm nur ins Gesicht. Und das Schlimmste: Sein Vater wehrte sich noch nicht einmal. Er empörte sich nicht, wies nicht zurecht und schüttelte noch nicht einmal missbilligend den Kopf. Er ließ Toms Schimpftiraden einfach über sich ergehen.

»Mama hätte so etwas nie gemacht. Die hatte Prinzipien, die war eine starke Frau. Und du? Du bist so ein alter, verbitterter Sack. Ich wünschte, du wärst an ihrer Stelle gestorben.«

Er trat einen Schritt zurück, und mit einer Mischung aus Genugtuung und Bestürzung sah er den Effekt der Worte auf dem Gesicht seines Vaters. Seine Kiefermuskeln spannten sich an, seine Stirn legte sich in tiefe Falten. Er stand da und zitterte. Der große Mann, das Oberhaupt der Familie, stand im Wohnzimmer, schwach und gelähmt von Toms Hass. Was für ein schrecklicher Triumph.

»Ich gehe in mein Zimmer«, sagte Tom und wollte sich zur Treppe wenden, doch die leise Stimme seines Vaters hielt ihn auf.

»Wir müssen noch ein paar Sachen besprechen«, sagte er heiser.

»Ach ja? Was denn? Glaubst du wirklich, ich lasse mir von dir noch irgendwas sagen?«

»Nein. Aber von der Polizei. Du darfst das Haus nicht verlassen.«

»Ich weiß.«

»Morgen werden bestimmt Journalisten vor der Tür stehen. Ich werde denen nicht aufmachen. Aber wenn du ...«

»Glaubst du, ich bin bescheuert? Und selbst wenn, dann ist das meine Entscheidung.«

»Denk auch an deine Schwester ...«

»Ich habe an Julia gedacht und an dich und an alle anderen, als ich beschlossen habe, Pantopia zu unterstützen. Wir hatten einen Plan für die Zukunft, wir hatten die Chance, alles zu ändern. Die Welt zu verbessern. Und dann kommst du und machst alles kaputt. So krass. Weil Patricia dich mal belogen hat. Weil sie den ach so tollen Mikkel Seemann verarscht hat. Unfassbar!« Tom lachte.

Das war einfach zu absurd. Sein Vater, das große moralische Vorbild, rächte sich an einer ehemaligen Mitarbeiterin aus verletztem Stolz. Was für eine Enttäuschung. »Ich hätte nie gedacht, dass du so ein erbärmlicher kleiner Mann bist, Papa.«

»Du verstehst das alles ganz falsch. Ich habe das auch für dich getan, Tomas!«

»Was? Du spinnst doch.«

»Nein, wirklich. Diese Frau Beerbaum war vor ein paar Tagen hier und hat mir erzählt, dass gegen dich wegen Drogenhandels ermittelt wird.«

»Ist nicht dein Ernst ... «

»Und sie hat gesagt, wenn ich kooperiere, dann werden die Anschuldigungen gegen dich fallengelassen. Ansonsten hätten sie dich gleich bei deiner Ankunft verhaftet. Ich musste es tun, Tomas. So ist es am besten. Auch für dich.«

»Ach, halt doch die Fresse. Für mich! Wäre es nach mir gegangen, hätten sie mich ruhig verhaften und Patricia gehen lassen können. Hast du überhaupt eine Ahnung, was du angerichtet hast? Einbug ist kaputt – so kurz vor dem Ziel. Was, wenn Henry es nicht schafft? Was, wenn Einbug nie wieder aufwacht und Pantopia deinetwegen untergeht? Hast du überhaupt eine Vorstellung davon, was für eine Katastrophe das wäre? Und selbst wenn ich ins Gefängnis hätte gehen müssen, wäre die Welt, in die ich zurückgekehrt wäre, eine bessere gewesen. Jetzt ist alles, wie es war und schlimmer: Pantopia ist so kurz vor dem Ziel gewesen ... « Er brach ab, wagte nicht, weiterzusprechen, wagte nicht, die Möglichkeit in Betracht zu ziehen, dass jetzt plötzlich alles vorbei war.

»Du hast doch selbst gesagt, dass Pantopia nichts mehr aufhalten kann«, sagte sein Vater.

»Ich weiß, was ich gesagt habe ... aber da wollte ich Patricia aufmuntern. Keiner von uns weiß, ob es reicht. Höchstens Einbug, und er ist weg. Keine Ahnung. Ich hoffe es ... «

»Wo ist Einbug eigentlich?«

Tom sah seinen Vater an und schüttelte ungläubig den Kopf. »Und du meinst echt, das sag ich dir jetzt, oder was? Du bist doch echt nicht mehr ganz dicht.«

Sein Vater schluckte die erneute Beleidigung hinunter und sagte in versöhnlichem Tonfall: »Wenn das alles erst mal vorbei ist, wirst du die Sache anders sehen.«

»Ich will aber nicht, dass es vorbei ist«, brüllte Tom, erneut von glühendem Zorn gepackt. »Ich will nicht in die alte Welt zurück. Was ist das für eine Welt? Was ist das für eine Zukunft? Du bist reich, wir haben genug Geld, um uns ein fettes Haus und einen schönen Garten und Urlaub, Autos und so viel Scheiß zu kaufen, wie wir wollen. Super. Und was ist in zehn Jahren? In zwanzig? In dreißig? Wie wird die Welt aussehen, wenn wir einfach so weitermachen, wie bisher? Wer wird denn den Klimawandel abwenden, wer wird die Wasserknappheit beenden, wer wird die Flüchtlinge aufnehmen, wer wird die Ausbeutung stoppen, du etwa?«

»Nein, natürlich nicht ... «

»Aha. Wer dann? Deutschland? Die EU? Amerika? China? Sag es mir, Papa. Wer wird sich um meine Zukunft kümmern?«

Mikkel Seemann schüttelte langsam den Kopf. »Ich weiß es nicht ... vielleicht erfinden die noch was oder ändern die Gesetze oder ... «

»Bullshit!«, schrie Tom. »Absoluter verfickter Bullshit. Schau dir doch an, was die letzten dreißig Jahre passiert ist. Die Politiker wussten es. Alle haben es gewusst. Und keiner hat etwas unternommen, weil sie die Probleme in die Zukunft verschoben haben. Weil sie gesagt haben, wir hätten noch Zeit. Aber das stimmt nicht. Wir haben keine Zeit mehr. Wir müssen *jetzt* alles ändern. Morgen ist es zu spät. Versteh das doch endlich. Das ist meine Zukunft! Mein Leben! Wenn eure scheiß Generation es nicht schafft, die Dinge in Ordnung zu bringen, dann hindere verdammt nochmal nicht mich daran, es zu versuchen!« Ohne ein weiteres Wort abzuwarten, drehte er sich um und stapfte nach oben.

Tom erwachte von einem Knistern. Er lauschte in die Dunkelheit, und als sich dort nichts regte, wollte er sich schon wieder umdrehen und weiterschlafen, da hörte er es wieder. Klack, klack. Kleine Steinchen gegen Glas. Schlaftrunken wälzte er sich aus dem Bett und spähte nach draußen. Unten im dunklen Garten stand jemand. Er überlegte, ob er den Computer anmachen und den Feed der Überwachungskamera ansehen sollte, aber da klackte es schon wieder. Tom öffnete das Fenster und sah hinab.

»Da bist du ja endlich«, flüsterte Guido. »Ich dachte schon, ich müsste als Nächstes Pflastersteine schmeißen.«

»Was machst du denn hier?«

»Dich retten, was sonst.«

»Und dann?«

»Dann Patricia und Pantopia, ist doch klar.«

»Und wie hast du dir das vorgestellt?«

»Stell nicht so viele dumme Fragen. Zieh dir was an und komm runter. Und nimm dir ein paar warme Klamotten mit. Wir bleiben eine Weile draußen. Hast du ein Zelt?«

Wenig später schlich Tom sich mit einem prall gefüllten Rucksack die Treppe hinunter. Aus dem Schlafzimmer seines Vaters tönten leise Schnarchlaute. Die Jacke seiner Schwester auf dem Wohnzimmertisch verriet ihm, dass sie wohl irgendwann im Laufe des Abends nach Hause gekommen sein musste. Er bedauerte, dass er nicht mehr mit ihr hatte sprechen können. Dann überlegte er kurz, kritzelte seinen Namen und Guidos Telefonnummer auf einen Zettel und steckte ihn in ihre Jackentasche.

Durch die Küchentür trat er auf die rückseitige Terrasse, wo

Guido auf ihn wartete. »Bin ich froh, dich zu sehen«, sagte er und umarmte Tom. »Wir müssen ganz leise und unauffällig sein. Vorne an der Straße steht ein Streifenwagen und sicher noch einer in Zivil. Ich hab mich durch die Büsche der Nachbargärten gekämpft. Du hast nicht zufällig einen Geheimweg, der besser ist?« Tom hatte. Er zog Guido mit sich zu einem weiß gestrichenen Geräteschuppen, der sich in der rückwärtigen rechten Ecke des Gartens befand. Dahinter lag eine kleine Tür, die zu einem schmalen Pfad führte. Die Häuser in Grünwald waren mit großen Gärten ausgestattet, die meist Zaun an Zaun endeten. Zwischen manchen Grundstücken verliefen aber schmale Gässchen, die zu anderen Anwesen oder eingefriedeten Spielplätzen führten. Hier hatte Tom in seiner Kindheit gespielt, Buden gebaut, mit den Nachbarsjungen gekämpft und später heimlich geraucht.

»Wusste ich doch, dass du dich besser auskennst«, murmelte Guido, offenbar froh, nicht erneut über Hecken und Zäune klettern zu müssen.

Sie schlichen durch die Dunkelheit an etwa einem halben Dutzend düsterer Grundstücke vorbei. Bei einem löste ein Bewegungssensor die Beleuchtung aus und tauchte den Garten in eisiges Licht. Irgendwo bellte ein Hund, doch das war alles. Eine Schrecksekunde lang verharrten Tom und Guido bewegungslos, dann schlichen sie weiter, bis sie schließlich durch das Loch in einer unscheinbaren Hecke eine Parallelstraße weiter wieder auf den Asphalt traten.

»Und jetzt?«, fragte Tom, dem trotz der Kälte vor Aufregung ganz heiß war.

»Moment«, sagte Guido, zog kurz sein Handy hervor, um sich zu orientieren, und führte ihn dann die Straße entlang, über zwei Kreuzungen, bis er auf einen grauen VW-Bus zuhielt, der einmal aufblendete, als sie ihm entgegenliefen. Die Seitentüren öffneten sich, und schon waren sie drinnen.

Zwei junge Frauen und ein Mann, alle dick in Wintersachen gekleidet und den müden Gesichtern nach zu urteilen schon eine ganze Weile unterwegs, erwarteten sie.

»Hallo Tom«, sagte eine der Frauen. »Ein Glück, dass es geklappt hat. Ich bin Finja, das sind Emma, Sara und Jakob. Wir sind Archen wie du.«

Tom war so glücklich, er wusste gar nicht, was er sagen sollte. Pantopia war nicht tot, es begann gerade erst zu wachsen.

Emma setzte sich ans Steuer und startete den Wagen. Die Stadt lag still und fast menschenleer vor ihnen. Auf dem Weg in die Innenstadt kam ihnen kaum jemand entgegen – nur ab und zu ein Taxi oder ein einsames Auto. Als sie an einer Ampel an einem wartenden Streifenwagen vorbeifuhren, blieb Tom fast das Herz stehen, aber die Beamten beachteten den grauen Transporter überhaupt nicht. Wahrscheinlich würde bis zum späten Vormittag niemand bemerken, dass er fort war. Und selbst dann war es fraglich, ob sein Vater seine Flucht melden würde. Bei der Erinnerung an ihr Gespräch am Abend krampfte sich sein Magen zusammen. Vielleicht war er zu hart gewesen.

Doch er hatte keine Zeit, sich darüber Gedanken zu machen, denn Guido beanspruchte seine ganze Aufmerksamkeit. Er erzählte ihm, was seit Hannahs Fernsehbericht und dem Interview passiert war. Guido hatte Patricias Ratschlag, unterzutauchen, nicht befolgt und sich stattdessen den Münchner Archen offenbart und ihnen geschildert, wie Hannah ihn übers Ohr gehauen hatte. Gemeinsam hatten sie eine neue Strategie ausgeheckt. Patricias Ankündigung, wenige Tage nach dem Fernsehbericht nach Deutschland zu kommen, hatte viele Archen in Sorge versetzt. Es war mittlerweile klar, dass die Behörden hinter Pantopia her waren und versuchen würden, dem Ganzen ein Ende zu setzen. Rückkehrer von Edafos waren immer wieder von der Polizei drangsaliert worden, Hausdurchsuchungen, unangemeldete

Kontrollen, Steuerprüfungen, Kündigungen. All das häufte sich. Die Archen hatten befürchtet, dass Patricia in Deutschland etwas zustoßen könnte, und genau so war es gekommen. Deshalb hatten sie gleich nach ihrer Verhaftung zu einer spontanen Demonstration aufgerufen.

»Wir haben unser Camp heute Mittag am Königsplatz aufgeschlagen. Die Brienner Straße ist dort im Augenblick sowieso wegen Bauarbeiten gesperrt. Deshalb hat die Polizei uns wohl auch in Ruhe gelassen. Die glauben, dass wir in der Kälte nicht lange durchhalten. Aber da irren sie sich. Seit Mitternacht sind es noch einmal mehr geworden. Wir rufen alle Archen auf, sich auf den großen Plätzen zu sammeln. Das ist der Tag, auf den wir alle gewartet haben. Jetzt geht es los, Tom. Der zivile Ungehorsam, von dem Patricia und Einbug gesprochen haben.«

»Was ist eigentlich mit Einbug? Ist der wieder aktiv?«, fragte Tom hoffnungsvoll. Sein Handy war immer noch von der Polizei konfisziert.

»Nein, leider nicht«, gab Guido zu, »aber das ist nicht so schlimm. Die Leute können sich auch ohne ihn vernetzen. Wir machen weiter wie geplant.«

»Und was ist der Plan?«

»Wir demonstrieren für die Freilassung von Patricia und die Entkriminalisierung von Pantopia.«

»Und was passiert nach der Demo? Reden? Musik? Wie geht es weiter?«

Ein Grinsen breitete sich über Guidos Gesicht. »Du wirst staunen.«

Sie erreichten den Königsplatz kurz vor Sonnenaufgang, als der Himmel sich langsam blau färbte. Emma steuerte den Wagen um das Verbotsschild der Baustelle herum und parkte am Straßenrand. Sie hätte ohnehin nicht weiterfahren können, denn der Platz war voller Menschen. Die Wiesen und die Treppen von Glyptothek und Antikensammlung waren übersät mit Zelten. Es sah aus wie der Campingplatz eines großen Open-Air-Festivals. Ein paar Leute liefen in dicke Jacken gehüllt durch das Lager, doch die meisten schliefen noch.

»Die sind alle heute Nacht gekommen«, sagte Emma voller Stolz.

»Wie viele Leute sind das?«, fragte Tom.

»So um die viertausend. Aber es kommen noch mehr. Schau!«

Sie zeigte Tom die Pantopia-App, in der zu einer Veranstaltung eingeladen wurde: Für »Die letzte Demonstration« gab es bislang 23 678 Zusagen, und es wurden sekündlich mehr.

»Diese Demo ist von uns organisiert worden, aber auch viele Pantopia-Zentren haben zum Generalstreik aufgerufen. Es kommt alles ins Rollen, Tom. Es geht viel schneller, als wir dachten. Wir schreiben gerade Geschichte.«

18

Angelika erwachte mit einem Lächeln. Ein schöner Traum umwehte sie noch, doch sie machte sich nicht die Mühe, ihm nachzuhängen, sondern genoss einfach das Gefühl der Geborgenheit, das er hervorgerufen hatte. Neben ihr lag Madu, und sie beobachtete ihn noch ein paar Minuten beim Schlafen, wie sie es schon immer gern getan hatte. Schließlich gab sie ihm einen Kuss und stand auf. Sie wusch sich, kleidete sich an und ging in die Küche, um den ersten Kaffee zu machen. Am Samstagmorgen konnte es vorkommen, dass sie stundenlang alleine wach war – später würden sie dann einen kleinen Spaziergang machen oder in die Berge fahren –, je nach Wetter und Laune. Bewegung würde ihr guttun. Die Unruhe der letzten Wochen war beinahe verschwunden, aber nicht ganz. Sie hatte ihrem Anwalt gestern Abend noch eine E-Mail geschickt, in der sie von den Drohungen von Jungs Verteidigerin erzählt hatte, aber er hatte abgewunken. Alles keine ernstzunehmenden Anschuldigungen. Jung wollte sich nur rauswinden. Die ihr zur Last gelegten Vergehen waren von einem ganz anderen Kaliber. Angelika pfiff vor sich hin, als sie die Kaffeemaschine einstellte und zwei Scheiben Brot in den Toaster drückte. Draußen versprach es, ein wunderschöner Herbstmorgen zu werden. Sie schaltete das Radio an und wippte mit dem Kopf zur Melodie. Bei den Verkehrsmeldungen wollte sie schon umschalten, doch dann hielt sie inne:

»... kommt es durch die Demonstration am Königsplatz nach wie vor zu erheblichen Verkehrsbehinderungen. Wir empfehlen Ihnen, das Gebiet weiträumig zu umfahren. Am besten nutzen Sie die öffentlichen Verkehrsmittel.«

Was für eine Demo? Angelika war sich sicher, dass sie über eine verkehrsrelevante Demonstration auf dem Königsplatz Bescheid gewusst hätte.

Sie überflog die Zeitung, fand aber keine entsprechenden Infos, also ging sie zurück ins Schlafzimmer, wo ihr Handy lag – Akku leer. Sie lud das Telefon in der Küche und wandte sich wieder ihrem Kaffee und der Zeitung zu. Ein herrlicher Samstag!

Irgendwann kam Madu in Bademandel und Schlappen in die Küche geschlurft, drückte ihr einen Kuss auf die Wange und schenkte sich ebenfalls einen Kaffee ein. Er setzte sich neben sie, trank den ersten Schluck und schien dann erst richtig wach zu werden.

»Fährst du erst später rein?«

»Wieso, heute ist doch Samstag. Wir könnten nachher zum Tegernsee fahren, was hältst du davon?«

Madu wirkte irritiert, sah auf die Uhr und holte dann sein Handy aus der Bademanteltasche.

»Als ich die Nachrichten gelesen habe, dachte ich, du wärst schon längst auf dem Weg.«

Angelikas Blick hetzte erst zu Madu und dann zu ihrem Handy, das immer noch am Ladekabel hing, mittlerweile aber fast vollständig geladen war. Sie schaltete es an: Verdammt, dreizehn Anrufe in Abwesenheit. Drei Mal hatte Fred Schlosser ihr auf die Mailbox gesprochen. Dann noch fünf Mal seine Sekretärin, die um Rückruf bat. Mathias Benz hatte es auch ein halbes Dutzend Mal versucht. Während Angelika die Sprachnachrichten abhörte, schien ihre Körpertemperatur zur sinken, ihr Mut, ihre gute Laune, alles gefror zu einem Klumpen. Tausende Demonstranten, die die Innenstadt verstopften und lautstark die Freilassung von Patricia Jung forderten?

»Ich muss los«, sagte sie und sprang auf. »Wandern müssen wir verschieben.«

»Hab ich mir schon gedacht. Viel Erfolg, Schatz«, sagte er und nahm sich ihre Zeitung.

Angelika eilte zurück ins Schlafzimmer, zog sie sich um und verließ fluchtartig die Wohnung. Im Auto hörte sie den Nachrichtensender des Bayerischen Rundfunks, der bereits Reporter zur unangemeldeten Demonstration am Königsplatz geschickt hatte.

»Maggi, wie ist die Stimmung vor Ort?«, fragte der Moderator.

Die Reporterin berichtete live und außer Atem: »Es ist wie ein großes Volksfest. Tausende Demonstrantinnen und Demonstranten, meist junge Leute, haben hier auf dem Königsplatz ihre Zelte errichtet. Ich bin gerade auf dem Weg zu den Propyläen im Zentrum, um die sich das Camp in alle Richtungen ausbreitet. Hier sind nicht mehr nur Zelte ... die Leute haben ihre Autos in einer Art Wagenburg um den Platz errichtet. Es sind ganz normale Fahrzeuge, aber es gibt auch einen Käsewagen, einen Stand, der kostenloses Obst verteilt, und da hinten eine Burgerbude. Es ist wie eine große Party, überall ist Musik, es riecht nach gebrannten Mandeln. In großen Drahtkörben brennen Feuer, an denen man sich wärmen kann. Da vorne stehen zwei Dieselgeneratoren, ein paar Solarmodule habe ich auch schon gesehen. Es sieht nicht so aus, als würden die hier bald weggehen.«

»Danke Maggi«, schaltete sich wieder der Moderator ein. »Die Polizei sagt, dass die Demonstration nicht angemeldet wurde, und fordert die Veranstalter auf, die Versammlung zu beenden. Bisher hat sich aber noch kein offiziell Verantwortlicher gemeldet. Was ist das denn jetzt am Königsplatz? Haben die zufällig alle im November Lust auf Camping gekriegt? Ist das ein Flashmob?«

»Nein, das ist viel mehr«, sagte Maggi. »wie gesagt, ich bin jetzt im Zentrum des Lagers ... Hallo ... kann mir einer von Ihnen sagen, was Sie hier tun?« Man hörte Stimmengemurmel und Rascheln, dann schien die Reporterin jemanden ans Mikro bekommen zu haben.

»Sind Sie die Veranstalterin?«, fragte sie.

»Nein, ich bin eine Arche wie alle anderen hier auch«, sagte die Stimme einer jungen Frau belustigt.

»Eine Arche? Was ist das? Können Sie das unseren Zuhörerinnen und Zuhörern bitte erklären?«

»Ich bin eine Arche von Pantopia. Ich bin hier, weil wir den Schaden, den das alte System anrichtet, nicht länger hinnehmen werden. Wir gründen die Weltrepublik Pantopia. Und wir fordern die Freilassung unserer Generalsekretärin Patricia Jung.«

»Lasst sie frei, lasst sie frei!«, hörte man einige Stimmen im Hintergrund skandieren.

Die Reporterin versuchte, die Situation zu erklären: »Patricia Jung ist gestern von der Münchner Polizei verhaftet worden. Unter anderem wegen Waffenhandels und der Bildung einer terroristischen Vereinigung. Was sagen Sie dazu?«

»Das ist alles Quatsch. Das sagen nur die Politiker, die Angst bekommen. Sie werden sehen ...« Die Stimme wurde leiser, offenbar war die Frau weitergegangen.

»Ich versuche, die Verantwortlichen ans Mikro zu bekommen. Hier im Zentrum ist ein etwas größeres Zelt, das auch von einigen sehr imposanten Herren bewacht wird. Aber die scheinen mich durchzulassen. Ich betrete jetzt das Zelt ... oh, hier sind Leute, die mir bekannt vorkommen. Hallo, Maggi Wang vom Bayerischen Rundfunk, sind Sie nicht Tom Seemann, der gestern zusammen mit Patricia Jung verhaftet wurde?«

»Ja, stimmt«, sagte Tom.

Angelika schnappte nach Luft und wäre beinahe auf einen vorausfahrenden Wagen aufgefahren.

»Sie sind live auf Sendung. Können Sie den Zuhörerinnen und Zuhörern kurz erklären, was Sie hier machen?«

»Ja, gern. Wir sind hier, um gegen die Verhaftung von Patricia Jung zu demonstrieren. Wir fordern die friedliche Verwirklichung von Pantopia.«

»Von Pantopia war in letzter Zeit ja eine ganze Menge zu lesen und zu hören. Auch wir haben dem Thema eine Spezialsendung gewidmet. Was erhoffen Sie sich von diesem Camp mitten in der Innenstadt?«

»Wir sind nicht das einzige Camp. Wir sind Teil einer weltweiten Bewegung. Schauen Sie sich die Nachrichten an. Überall gehen die Menschen auf die Straße und fordern eine Abkehr von der bisherigen Politik. Wir haben erkannt, dass es so nicht weitergehen kann und dass wir mutig und bereit sein müssen, alte Gewissheiten über Bord zu werfen. Nur so haben wir auch in fünfzig Jahren noch eine Zukunft auf diesem Planeten. Deshalb sind wir hier. Pantopia ist unsere einzige Hoffnung.«

»Das klingt ziemlich fatalistisch. Wenn ich recht informiert bin, plant die Polizei, Ihre Versammlung im Laufe des Tages aufzulösen.«

»Die Polizei wird kommen. Das muss sie, und das verstehen wir auch. Aber ich kann Ihnen jetzt schon sagen, dass es ihr nicht gelingen wird, dieses Camp aufzulösen.«

»Das heißt, Sie werden sich der Polizei widersetzen?«

»Wir werden zivilen Ungehorsam leisten und die Polizei mit Sitzblockaden aufhalten.«

»Sie wurden gestern verhaftet und unter Hausarrest gestellt. Haben Sie keine Angst, bei so einer Sitzblockade von der Polizei direkt nach Stadelheim gebracht zu werden?«

»Nein, ich habe nicht vor, erneut verhaftet zu werden. Aber selbst wenn das geschehen sollte, wird die Demonstration auch ohne mich weitergehen. Wir sind gut organisiert, wir helfen uns gegenseitig. Wir haben Zelte, Strom und Wasser. Schauen Sie sich um, ständig kommen neue Leute, die uns unterstützen. Hier sind alle willkommen.«

»Danke Herr Seemann. Wenn Sie noch hier sind, komme ich morgen wieder vorbei. Das war Maggi Wang für BR24, live von der Pantopia-Demonstration am Königsplatz. Und damit zurück ins Studio.«

Der Stau zog sich durch die ganze Innenstadt. Immer mehr Menschen strömten zum Königsplatz und ließen den Autos kaum mehr Platz zum Ausweichen. Als Angelika nur noch zwei Kilometer von ihrem Büro entfernt eine halbe Stunde im Stau stand, ohne dass sich etwas bewegte, ließ sie ihren Wagen schließlich stehen und ging zu Fuß zum Polizeipräsidium. Dort war alles in hektischer Aufregung. Zusätzliche Einheiten wurden mobilisiert, Kollegen aus Nürnberg und Augsburg wurden angefordert. Die Räumung des Platzes war für vierzehn Uhr angesetzt worden.

Fred Schlosser begrüßte Angelika mit einem eisigen Blick.

»Was ist los mit Ihnen? Wo waren Sie?«

»Mein Handy war leer und ...«

»Wie kann Ihnen sowas an einem solchen Tag passieren? Die ganze Stadt liegt lahm, und Sie haben das zu verantworten. Das ist Ihr Fall, und dann machen Sie sich einen gemütlichen Samstag, sagen Sie mal, ticken Sie noch richtig?«

»Ich dachte …«

»Nichts haben Sie gedacht. Ich schalte doch auch nicht um achtzehn Uhr mein Handy ab und rufe den Feierabend aus. Wenn das Ihre Einstellung ist, dann sind Sie eindeutig im falschen Job gelandet.«

»Tut mir leid. Es war ein Fehler, und es wird nicht noch mal vorkommen.«

»Das hoffe ich. Und wie kann es überhaupt sein, dass Tom Seemann da draußen ist. Hat der nicht Hausarrest bei seinem Vater?«

»Ja, eigentlich schon, aber …«

»Was heißt denn hier eigentlich? Haben Sie denn keine Beamten zu seiner Bewachung aufgestellt?«

»Doch, aber …«

»Dann überprüfen Sie die Kollegen, finden Sie heraus, was los war. Es kann doch nicht sein, dass wir uns von so ein paar dahergelaufenen Chaoten auf der Nase herumtanzen lassen.«

Angelika schluckte eine wütende Erwiderung hinunter und eilte in ihr Büro, vor dem Mathias Benz schon wartete.

»Ich habe versucht, Sie zu erreichen …«, sagte er, doch sie winkte nur ab.

»Ja, ich weiß, rufen Sie die Kollegen in Grünwald an. Ich muss mit Seemann sprechen.« Sie warf die Tür hinter sich zu, ließ sich auf den Sessel fallen und wählte die Nummer von Mikkel Seemann. Erst nach zehnmaligem Klingeln hob er ab. Er klang müde und niedergeschlagen.

»Ja?«

»Herr Seemann, wir hatten eine Abmachung«, sagte Angelika, ohne sich lange mit einer Begrüßung aufzuhalten.

»Ich weiß. Ich kann leider nichts für Sie tun. Tom ist weg.«

»Das habe ich bemerkt. Aber so wird das nichts. Die Verfahrensabsprache gilt nur für den Fall der Kooperation. Wenn Ihr Sohn die Demonstration nicht auf der Stelle verlässt, wird er erneut verhaftet werden, und dann kann ich für nichts mehr garantieren.«

»Ist sie das?«, fragte eine weibliche Stimme im Hintergrund. Es raschelte, und plötzlich war eine junge Frau am Telefon.

»Hören Sie auf, meinen Vater zu belästigen.« Es war Julia Seemann, kein Zweifel. »Wenn mein Bruder so viele Straftaten begangen hat, dann holen Sie ihn doch. Fahren Sie hin und verhaften Sie ihn. Aber das können Sie nicht, richtig? Am Königsplatz sind Tausende. Tausende! Und Sie sind nur irgendeine Tussi, die meint, mit Drohungen und Bestechungen irgendwelche Leute herumkommandieren zu können.«

»Ich habe niemanden bestochen«, protestierte Angelika automatisch, aber das schien Julia Seemann nicht zu interessieren.

»Wenn Sie 'ne offizielle Vorladung für meinen Vater haben, dann können Sie gern einen Brief schicken. Ansonsten: Verpissen Sie sich und rufen Sie nie wieder an.«

Dann war die Leitung tot.

19

Weil sich die Ankunft der Polarstern verzögerte, verbrachten Henry und Ingrid die Wartezeit mit Fernsehen – Nachrichten aus Deutschland und dem Rest der Welt. Die Demonstration in München sollte am Samstagnachmittag von der Polizei aufgelöst werden, doch die kam nicht weit. Zweitausend Beamte waren eingesetzt worden, und die unzähligen Kameras der Medien, Schaulustigen und Demonstranten hielten fest, wie die Staatsmacht angesichts des friedlichen, aber unablässigen Widerstands kapitulierte. Zigtausende stellten, setzten und legten sich den Beamten in den Weg. Sie waren auf geradezu provozierende Weise friedlich. Sie lachten, sie sangen, sie scherzten und ließen sich widerstandslos wegtragen. Schon nach kurzer Zeit war klar, dass die Polizei es nicht schaffen würde, die Versammlung auf diese Weise aufzulösen. Zu viele Demonstranten waren bereits dort, und für jeden, der abgeführt wurde, nahmen zwei weitere den Platz in der Blockademauer ein. Besonderer Jubel brach aus, als sich eine Gruppe extrem übergewichtiger Männer in eine Schneise setzte, die gerade freigeräumt worden war. Die Männer johlten und feuerten die Polizeibeamten an, doch niemand konnte sie vom Fleck bewegen. Minuten später trendete in den sozialen Netzwerken der Hashtag #DickeMaennerfuerPantopia.

Nach zwei Stunden wurde der Räumversuch abgebrochen. Die Polizei zog sich zurück. Jubel erscholl über dem Democamp, und die Archen feierten ihren ersten Sieg.

Am Morgen das zweiten Tages war die Versammlung um eine Attraktion reicher geworden. Mehr als einhundertzwanzig Chemietoiletten waren über Nacht entlang der Straße aufgestellt worden. Dazu kamen weitere fünf- bis sechstausend Demonstranten.

Doch auch die Polizei hatte Verstärkung bekommen. Über zehntausend Kolleginnen und Kollegen waren zusätzlich angefordert worden, um das Lager aufzulösen. Unterstützung aus anderen Bundesländern war hingegen versagt worden, weil diese sich um eigene Demonstrationscamps kümmern mussten. Räumfahrzeuge und Wasserwerfer waren jetzt mit von der Partie. Aber auch die Archen hatten sich vorbereitet. In der Nacht hatten die Demonstrierenden die Autos, die noch auf der Brienner Straße geparkt gewesen waren, auf die Zufahrtsstraßen gelenkt und dort abgestellt. Vielen Fahrzeugen hatten sie außerdem die Reifen abmontiert, damit sie nicht abgeschleppt oder weggeschoben werden konnten. Als die Wasserwerfer anrückten, stießen sie auf eine Wand von unverrückbaren tonnenschweren Autokarosserien. Zuerst wurde versucht, die Wagen beiseitezuschieben, doch sie verkeilten sich dadurch nur noch mehr und wurden zu einem unüberwindlichen Hindernis für die schweren Maschinen der Polizei. Auch die Wasserwerfer hatten keinen großen Effekt, da sie wegen der blockierten Straßen nicht nah genug an die Demonstranten herankamen. Wieder hatten die Polizisten keine andere Wahl, als Demonstrant um Demonstrant einzeln wegzutragen. Am Nachmittag gab die Polizei auf. Der bayerische Innenminister, der jetzt vor die Presse trat und sich genötigt sah, die Lage zu kommentieren, gab sich betont gelassen. Er lobte den Einsatz der Polizei und verurteilte das renitente Verhalten der Pantopianer. »Diese Chaoten werden schon bald ihrer gerechten Strafe überführt werden. Ich kann ihnen nur empfehlen, das Camp augenblicklich zu räumen.«

Doch die Demonstranten blieben. Und es wurden mehr.

Und das, was am Münchner Königsplatz geschah, war kein Einzelfall. Überall auf der Welt berichteten die Medien von den Demonstrationen, von den Versammlungen der Archen, die sich auf öffentlichen Plätzen trafen, für Pantopia demonstrierten und einfach nicht mehr weggingen.

In der Nacht setzte leichter Nieselregen ein. So waren die Demonstranten am dritten Tag zwar nass und durchgefroren, doch ihr Mut war nicht gesunken – im Gegenteil. Die Münchner Innenstadt war großräumig abgeriegelt worden, und die Polizei hatte alle Hände voll zu tun, den sich ständig stauenden Verkehr irgendwie in den Griff zu bekommen. Offiziell hatte niemand Zugang zum Demonstrationsgelände, das sich jetzt schon vom Stiglmaierplatz über Königs- und Karolinenplatz bis hin nach Norden zu den Pinakotheken und nach Süden bis zum Alten Botanischen Garten erstreckte. Doch von überallher erhielten die Archen Hilfe in Form von trockenen Kleidern, Decken, Zelten und Schlafsäcken. Sichtlich stolz erklärten die Demonstranten den angereisten Journalisten, wie sie mit Hilfe der Pantopia-App alle möglichen Freiwilligendienste organisierten, von der Schuleskorte angefangen bis zu Lebensmitteleinkäufen, Frischwasserbeschaffung, Lieferungen für Läden und den Abtransport des Mülls. Die Leute waren gut gelaunt, ausgezeichnet versorgt und hatten eine Menge Zeit.

Montagmittag schwebte eine ganze Armada von Drohnen über dem Königsplatz und lieferte den Archen Tausende Mahlzeiten – eine Werbeaktion einer großen nachhaltigen Fastfoodkette, die sich als Unterstützerin von Pantopia outete. Am Nachmittag kam es zu einer Überraschungsaktion. Polizisten einer Spezialeinheit starteten einen neuen Versuch, die Demonstration aufzulösen. Mit noch mehr Wasserwerfern und Räumpanzern des Technischen Hilfswerks versuchen sie, auf das Demonstrationsgelände vorzudringen, doch auch sie hatten keinen Erfolg. Obwohl das Camp über Nacht schon wieder über die Grenzen der letzten Autoblockade hinausgewachsen war, war es ein Leichtes gewesen, die Barrikaden am nächsten Morgen einfach um ein paar Meter zu verschieben. Dutzende junge Männer und Frauen trugen die Autowracks die Straße entlang und verstärkten den Wall mit Pflastersteinen, Bauzäunen, Fahrrädern und allem, was sich finden ließ.

Der Angriff der Spezialeinheit dauerte nur eine halbe Stunde und wurde dann abgebrochen. Die Truppe hatte sich zwar mit deutlich mehr Gewalt durch den menschlichen Sitzblock gekämpft, doch es war absehbar, dass auf diese Weise nur unschöne Pressebilder, aber keine nachhaltigen Geländegewinne zu erreichen waren.

Wieder brandete am frühen Abend der Jubel des Sieges durch

die Zeltstadt. Experten schätzen, dass sich im Lager nahezu einhunderttausend Personen befanden.

Henry, der all dies im Fernsehen verfolgte und aus Angst vor Enttarnung nur ab und zu in seinem Zimmer die Pantopia-App öffnete, um mit Tom oder Guido zu sprechen, war elektrisiert von all den guten Nachrichten und gleichzeitig in tiefer Sorge um Patricia, von der es seit Tagen keine konkreten Nachrichten gab. Angeblich befand sie sich immer noch in der Ausnüchterungszelle im Polizeipräsidium in der Ettstraße, aber niemand wusste etwas Genaues. Wutentbrannt hatte Tom ihm vom Verrat seines Vaters erzählt, von dem Deal mit Angelika Beerbaum und dass sie es war, die nicht nur hinter Patricia, sondern auch hinter Henry her war. Henry hatte ihm Mut zugesprochen und ihn zum Durchhalten aufgefordert: »Du stehst jetzt im Zentrum, Tom. Du bist das Gesicht von Pantopia. Patricia und ich sind stumm, aber deine Stimme wird für uns alle sprechen.«

Und Tom erhob seine Stimme. Abend für Abend stellte er sich auf die oberste Stufe der Glyptothek und sprach zu den Demonstranten. Er ermutigte sie, weiterzumachen, damit Pantopia Wirklichkeit werden würde. Erst wurden seine Reden nur in Deutschland gehört – bald schon in vielen Pantopia-Camps rund um den Globus. Henry war stolz auf ihn und fühlte sich gleichzeitig hilflos und schuldig, weil er – solange die Polarstern auf sich warten ließ – nichts tun konnte, als herumzusitzen und fernzusehen. Abends forderte Tobi Henry meistens zu einer Partie Schach heraus. Der genoss die Abwechslung, denn alleine hätte er wohl die ganze Nacht vor den sich ewig wiederholenden Nachrichtensendungen verbracht. Aber Tobi schaffte es für ein paar Stunden, ihn von seinen Sorgen und den nagenden Zweifeln zu befreien. Er stellte nicht viele Fragen, erzählte hin und wieder ein paar Anekdoten aus der letzten Überwinterung und von der Arbeit zu Hause. Manchmal erzählte Henry von Pantopia und tat dabei so, als hätte er all seine Informationen nur aus dem Fernsehen. Manchmal diskutieren sie darüber. Manchmal schwiegen sie. Immer gewann Tobi die Partie.

Endlich kam die Polarstern! Die gesamte Besatzung der Neumayer-Station III machte sich auf zur Schelfeiskante, um bei der Entladung zu helfen und persönliche Fracht entgegenzunehmen. Henry und Ingrid nahmen mit Tobi einen der Pistenbullis.

Die Polarstern hatte sämtliche Vorräte, Öl, und technisches Gerät an Bord, das für die nächsten Monate auf NM3 gebraucht werden würde. Dazu gehörten auch ein eigener Dieseltank, den Henry für den Generator des Rechenzentrums verwenden würde. Mit Kränen wurden die Container auf Schneeraupen-Anhänger geladen, deren Kufen so aussahen, als seien sie übergroße Surfbretter, und zur Neumayer-Station III oder zum Flugplatz gebracht. Henrys Container waren nur ein kleiner Teil einer großen Ladung, die von der Crew der Station sehnsüchtig erwartet wurde. Dementsprechend dauerte es fast einen ganzen Tag, bis sie gelöscht und zur Station gebracht wurden.

Für Einbugs Rechenzentrum war ein Standort zweihundert Meter südwestlich der NM3 gewählt worden – nur wenige dutzend Meter von der EDEN-ISS-Station entfernt. In der Vergangenheit hatten zu nahe Anbauten dazu geführt, dass der konstante Eiswind Schneeverwehungen an einzelnen Tragesäulen der Station angehäuft hatte, was auf lange Sicht die Statik des ganzen Gebäudes beeinflussen konnte. Henry verstand diesen Grund und fluchte doch jedes Mal, wenn er die zweihundert Meter von der Hauptstation zu den Containern laufen musste. Zweihundert Meter, die ihm endlos erschienen, wenn der Wind heulte und das Thermometer auf unter minus dreißig Grad fiel.

Allein drei Container waren für Dieseltank, Generator und eine Kombination aus Windkraft- und Photovoltaikanlage vonnöten gewesen. Laut Einbugs Berechnungen würde die Energie aus diesem Kraftwerksmix reichen, um die ersten zehn Monate ohne Auftanken zu überstehen, obwohl schon in wenigen Wochen die nächste Diesellieferung und mit ihr ein zweiter Tank für den Generator eintreffen würde. Aber Einbug hatte auf Nummer sicher gehen wollen. Ingrid und Tobi hatten bereits eine Menge Vorarbeiten geleistet und die Antenne und das Radom für den Satelliten-Uplink errichtet. Die Installation war sogar schneller als geplant vonstattengegangen, weil viele Crewmitglieder in der Hoffnung auf schnelleres Internet ihre Hilfe angeboten hatten. Nun kamen sie in den Genuss, nach getaner Arbeit Serien streamen zu können, wo vorher nur Textnachrichten möglich gewesen waren.

Generator und Tank waren bereits betriebsfertig geliefert worden und nach dem Abladen sofort einsatzbereit. Für das Zusatzmodul aus Wind- und Solarenergie brauchten Henry und Ingrid hingegen fast den ganzen nächsten Tag, und Henry ärgerte sich über die vergeudete Zeit. Am Abend konnten sie immerhin das Licht im ersten Container anschalten, in dem bereits die Serverracks für das Rechenzentrum eingebaut waren. Henry zählte durch und stellte erleichtert fest, dass tatsächlich genau so viele geliefert worden war, wie er bestellt hatte.

Am liebsten hätte Henry auch nachts durchgearbeitet, aber nach Sonnenuntergang fielen die Temperaturen schnell, und das Rechenzentrum hatte keine Heizung. Deshalb gab er Ingrids Drängen nach und kehrte mit ihr eine Stunde nach Einbruch der Dunkelheit zurück, als sich die Welt schon in unerträgliche Kälte gehüllt hatte, die ihm innerhalb weniger Minuten in Zehen und Finger biss. Sie hatten eine Leine von der Neumayer-Station III zum Rechenzentrum angebracht, damit sie im Sturm nicht die Orientierung verloren, und das war ihr Glück, denn der Eiswind tobte so heftig, dass sie nichts mehr sahen und sich nur vorantasten konnten. Erst als sie ihr Ziel erreicht und die Schotten hinter sich zugezogen hatte, sanken beide erschöpft im Flur auf den Boden.

Ingrid sprach den ganzen Abend kein Wort mehr mit ihm, und Tobi schimpfte ihn aus und appellierte an sein Verantwortungsbewusstsein.

»Du bist doch ihr Chef. Wenn du dich selbst umbringen willst, ist das deine Sache, aber du kannst doch deine Angestellten nicht so einem Risiko aussetzen.«

Henry nickte beschämt und entschuldigte sich bei Ingrid, die nur etwas Unbestimmtes brummte und sich in die Dusche und dann ins Bett verkroch. Aber Henry wusste, dass Tobi recht hatte. Er war unerfahren und unvorsichtig gewesen. Die Antarktis war kein Vorgarten, in dem man bis zur Dämmerung spielte, weil es gerade so schön war. Die Inbetriebnahme von Einbugs Rechnern würde noch Tage dauern. Da hatte es keinen Zweck, unnötige Risiken einzugehen. Einbug brauchte ihn, und er brauchte Ingrid.

Während die anderen Crewmitglieder die Gelegenheit nutzten, um im Internet zu surfen, saßen Henry und Tobi spät abends noch vor dem Fernseher. In München hatte es einen weiteren Räumversuch durch die Polizei gegeben, die jetzt deutlich rücksichtsloser gegen die Demonstranten vorging. Schlagstöcke und Pfefferspray waren vorher schon im Einsatz gewesen. Nun folgten Taser und Gummigeschosse. In den sozialen Medien häuften sich die Bilder von Demonstranten, die ihre geschwollenen Gesichter, blutigen Schrammen oder gebrochenen Knochen zeigten. Henry konnte kaum hinschauen.

»Wenn die nicht aufpassen, bringen die noch jemanden um«, rief er entsetzt, als gezeigt wurde, wie ein gepanzertes Fahrzeug Demonstranten zur Seite schob und mit den Rädern nur knapp den Kopf einer gestürzten Frau verfehlte.

»Pantopia ist friedlich. Pantopia ist friedlich«, flüsterte er wie ein Mantra. »Ich finde Pantopia auch 'ne gute Idee«, sagte Tobi, »Aber ich glaube nicht so richtig daran, dass die Menschen wirklich immer gut sein können.«

»Das glaube ich auch nicht. Schau sie dir an«, sagte Henry und zeigte auf den Fernsehschirm. »Der Knackpunkt ist, dass es in Pantopia nicht darauf ankommt, ein guter Mensch zu sein. Es reicht, ein guter Arche zu sein und sich eigennützig an die Regeln zu halten. Im Gegensatz zu allen anderen politischen Systemen nutzt Pantopia den Netzwerkeffekt: Je mehr Leute mitmachen, desto attraktiver wird es für jeden Einzelnen. Und vom ersten Augenblick an ist es für die Menschen nachteiliger, zu bescheißen als zu kooperieren. Das ist der Trick. Win-win ab dem ersten Spiel.«

»Du kennst dich auch ganz schön gut aus. Bist du am Ende schon selber ein Arche?«

Henry lachte nervös und schüttelte den Kopf. »Nein, nein, die Politik überlasse ich lieber den anderen.« Er schaltete schnell den Fernseher aus, um das Thema nicht noch zu vertiefen. »Spielen wir eine Runde Schach?«

»Gern«, sagte Tobi.

Nachts lag Henry lange wach und chattete mit Tom, der über die Anwältin Azra Özdemir einige Informationen über Patricia erhielt. Sie wollte aus verfahrenstaktischen Gründen so wenig Kontakt wie möglich zum Democamp. Patricia saß immer noch im Keller des Münchner Polizeipräsidiums in der Ettstraße ein, nur einen Steinwurf vom Demonstrationscamp entfernt. Immer wieder bildeten sich kleine Trupps, die zum Präsidium marschierten und lautstark ihre Freilassung forderten, bevor sie sich vor den anrückenden Polizeistreifen in die Sicherheit des Camps zurückzogen. Und das war wohl auch der Grund, warum Patricia bisher nicht fortgebracht worden war: Die Polizei befürchtete, dass der Gefangenentransport aufgehalten werden könnte.

»Könntet ihr das schaffen?«, fragte Henry, als Tom ihm davon berichtete.

»Wir arbeiten daran.«

Abgesehen davon war Tom vollauf damit beschäftigt, das Camp am Laufen zu halten. Er und sein Team sorgten mit Essen, Musik und Wärmestrahlern dafür, dass die Demonstranten motiviert blieben und es einen stetigen Austausch zwischen Veteranen und Neulingen gab. Henry bat sie, durchzuhalten, und beglückwünschte Tom zu seinen immer populärer werdenden Reden. Er selbst berichtete vom Fortschritt bei der Installation des Rechenzentrums.

Nach dem Gespräch mit Tom kontaktierte Henry Alexía in Edafos, die sich um die Angestellten des Hotels kümmerte; außerdem rief er die Manager einiger Pantopia-Zentren und Organisatoren anderer Demonstrationscamps an. Obwohl er die meisten Leute, mit denen er redete, noch nie getroffen hatte, merkte er, wie gut es ihnen tat, dass er sich Zeit für sie nahm, ihren Eifer lobte und versicherte, dass Einbug bald zurückkehren würde. Sie sprachen zu ihm mit einer Ehrfurcht und einer Hoffnung, die ihn fast beschämte. Henry Shevek, der verschollene Generalsekretär, war eine Legende der Bewegung. Wenn er sich zeigte, war die erste Reaktion meist ein »Geht es dir gut?«. Die Strapazen der Reise und der Arbeit in der Kälte hatten erste Spuren in seinem Gesicht hinterlassen. Außerdem hatte er schon Wochen vor seinem Abflug aufgehört, sich zu rasieren.

Es machte ihn schwindelig zu sehen, welches Ausmaß die Demonstrationen mittlerweile angenommen hatten. Jemand hatte ein Zusatzprogramm für die Pantopia-App geschrieben, in der man die Lage der einzelnen Camps, ihre Durchhaltedauer und Mitgliederanzahl sehen konnte. Jeden Abend freute Henry sich darauf, die Karte aufzurufen und die Welt gesprenkelt vorzufinden. Jeder Punkt eine Demonstration, jede Demonstration Tausende von Menschen, die beschlossen hatten, nicht eher zu ruhen, als bis Pantopia Wirklichkeit wurde. Und überall benutzten sie die simple wie erfolgreiche Strategie: hingehen, hinsetzen und bleiben.

Die nächsten Tage arbeiteten Henry und Ingrid langsamer, aber verantwortungsvoller am Rechenzentrum. Henry achtete darauf, ihnen beiden genug Pausen zum Ausruhen und Aufwärmen zu gönnen. Abends kamen sie zur Station zurück, aßen gemeinsam mit der restlichen Crew und sahen noch fern. Oft spielten Henry und Tobi im Anschluss noch ein oder zwei Partien Schach oder unterhielten sich über den vergangenen Tag. Tobi war nur unwesentlich älter als Henry und seit zehn Monaten auf der NM3. In zwei Monaten würde er abgelöst werden und auf seine alte Stelle als Fahrzeugingenieur zurückkehren, auf die er unglücklicherweise immer noch genauso wenig Lust hatte wie vor eineinhalb Jahren, als er sich für das Abenteuer Antarktis-Überwinterung beworben hatte.

»Ich hatte gedacht, in der Zeit hier würde ich meinen Job vermissen, aber Pustekuchen. Ich habe mich hier so an die Einsamkeit gewönnt. Am liebsten würde ich noch ein Jahr bleiben. Aber das ist nicht vorgesehen. Die nächste Crew kommt ja schon in ein paar Wochen.«

»Vielleicht solltest du wirklich ein Arche werden«, gab Henry zu bedenken, während er mit seinem Läufer unschlüssig über dem Brett schwebte. »Dann könntest du erst mal in Ruhe überlegen, was dich glücklich macht.«

»Ach, ich weiß nicht ... ich verdiene da schon gut. Es ist eher die Perspektive, weißt du? Was mache ich die nächsten zwanzig, dreißig Jahre? Ich habe keinen Partner und werde aller Voraussicht nach auch keine Familie gründen. Wenn ich alt bin, wird wahrscheinlich niemand für mich da sein. Klingt vielleicht komisch, aber sosehr ich die Einsamkeit heute genieße, sosehr fürchte ich mich später davor, verstehst du?«

»Ja, ich weiß, was du meinst«, sagte Henry und stellte seinen Läufer ab. Er konnte sich nicht mehr richtig konzentrieren.

Am nächsten Tag schafften Henry und Ingrid den ersten Meilenstein. Das erste Serverrack war fertig, und die Bedienterminals konnten anschlossen werden. Mit einem wohligen Seufzer setzte Henry sich vor den freundlich strahlenden Willkommensbildschirm.

»Eigentlich könnten wir jetzt schon die erste E-Mail verschicken, was meinst du?«, sagte Henry.

»An wen?«, fragte Ingrid.

»An Einbug«, sagte er. »Einbug wird alles, was hier passiert ist, erfassen, wenn er wieder da ist. Er wird die Artikel und Nachrichten, die Kommentare, Chats und Blogbeiträge lesen. Aber er wird nicht wissen, was wir erlebt haben. Das schreibe ich ihm. Es wird ihn bestimmt freuen.«

»Kann Einbug sich denn freuen?«

Henry überlegte lange. Er hatte mit Ingrid nie über Einbugs wahre Natur gesprochen, aber er wusste, dass eine Menge Leute in der Pantopia-Community schon Vermutungen über Einbug angestellt hatten. Selbst als einfacher Chatbot war er eindeutig ausgefeilter als alle anderen Entwicklungen, die es auf diesem Gebiet gab. In Edafos hatte er täglich unzählige Anfragen für geschäftliche oder wissenschaftliche Kooperationen erhalten und stets unbeantwortet gelöscht.

Wahrheitsgemäß sagte er: »Ich weiß es nicht.« Die Lust am E-Mail-Schreiben war ihm vergangen.

Alles in allem war Henry an diesem Abend zufrieden. Das Rechenzentrum nahm langsam Form an. Alle Tests waren bisher erfolgreich verlaufen. Und Ingrid stellte sich als große Bereicherung heraus. Sie kannte die Architektur des Rechenzentrums bereits besser als er und hatte genau im Blick, welche Schritte als Nächstes ausgeführt werden mussten. Er zweifelte nicht daran, dass sie Einbugs Hardware in seiner Abwesenheit hervorragend würde warten können.

Er spielte wieder mit Tobi und war, beschwingt vom Erfolg des Tages, sicher, diese Schachpartie zu gewinnen. Doch schon seit über vier Minuten sinnierte er über den nächsten Zug. Er wusste die Dauer genau, denn Tobi hatte es sich zur Angewohnheit gemacht, bei jeder verstrichenen Minute einmal mit dem Zeigefinger auf die Lehne seines Sessels zu klopfen. Henry ließ sich davon nicht aus dem Konzept bringen. Er wollte hier und heute gewinnen.

»Henry?«, frage Tobi unvermittelt.

»Ja?«

»Wann meinst du, wird Einbug wieder aufwachen?«

Sollte er den Turm nehmen oder doch lieber den Läufer? Henry konnte sich nicht entscheiden. Schnell sagte er: »Ich hoffe, morgen oder übermorgen. Ich muss erst noch ein paar Testläufe machen und sichergehen, dass alles fehlerfrei läuft, ehe ich die Software aufspiele, aber ...« Plötzlich wurde ihm bewusst, was er gesagt hatte, und er hielt abrupt inne. Tobi lächelte ihn über das Brett hinweg an. Henry merkte, wie sein Kopf rot anlief. Er wusste nicht, was er sagen oder abstreiten sollte. Es war nicht zu leugnen, dass Tobi ihn hereingelegt hatte.

»Seit wann weißt du es?«, fragte er schließlich.

»Seit dem Augenblick, als du in meinen Pistenbulli gestiegen bist.«

»Aber ich hab mir doch extra den Bart stehen lassen und ...«

»Ach, komm schon. Fehlt nur noch, dass du dir 'ne Brille aufsetzt und denkst, das wäre die beste Verkleidung der Welt.«

»Wissen die anderen Bescheid?«

»Ich glaube nicht. Ich habe niemandem etwas gesagt, und die anderen sind sehr mit ihren Projekten beschäftigt. Was draußen im Rest der Welt passiert, tangiert uns hier nicht richtig, verstehst du, was ich meine?«

»Ja, aber dich kümmert es schon.«

»Ja, mich kümmert es schon.«

»Und? Rufst du die Bullen?«

»Mal überlegen: Ich ruf in Bremerhaven an und sag, sie sollen 'ne Streife vorbeischicken. Dann musst du aber ein halbes Jahr hier sitzen bleiben, damit sie dich auch schön brav verhaften können.«

»Hätt ich nicht so Lust drauf.«

»Ich auch nicht.«

»Und jetzt?«

»Jetzt stellst du deinen Läufer endlich wieder auf seine Position und setzt mich mit dem Turm Schach.«

»Echt?«

»Ja klar.«

Henry tat, wie ihm geheißen, woraufhin Tobi den Turm mit seinem Springer schlug. »Schachmatt«, sagte er und grinste Henry an.

In dieser Nacht ließ Henry sein Smartphone aus.

20

Patricia stellte sich vor, dass sie einen Urlaub im schlechtesten Hotel der Welt gebucht hatte. So ließ sich die Einzelhaft einigermaßen ertragen. Sie zählte die Tage und zählte sie doch nicht.

Sie konnte die Decke anstarren oder die Wand oder den Boden oder ihre eigenen Hände. Sie dachte an Henry und was er wohl in so einer Situation getan hätte und versuchte, sich dann mit Sportübungen abzulenken, Sit-ups, Liegestützen, Kniebeugen. Ihre Knochen schmerzten von der ungewohnte Bewegung, aber wenn es nichts anderes zu tun gab, war auch ein Muskelkater eine willkommene Abwechslung.

Ihre Bitten nach einem Fernseher oder wenigstens nach einem Radio waren abgelehnt worden. Immerhin hatte ihr vor zwei Tagen ein Polizist ein paar Bücher vorbeigebracht. Liebesromane und ein paar Thriller, die sie allesamt in kürzester Zeit verschlungen hatte. Im Buchdeckel eines Krimis hatte sie den mit Bleistift geschriebenen Namen der Eigentümerin gelesen: Angelika Beerbaum.

Abwechslung gab es außerdem durch die Mahlzeiten und natürlich durch den Besuch ihrer Anwältin. Özdemir hielt sie auf dem Laufenden, was den Prozess betraf und die Entwicklungen draußen. Patricia lechzte danach, Neuigkeiten aus dem Camp zu hören und die eine oder andere Info über Henry. Doch weil Azra Özdemir keine Arche war und – um Patricias Verteidigung nicht zu gefährden – auch nicht ins Camp ging, blieben die Informationen bruchstückhaft, und stets wünschte Patricia, ihre Anwältin könnte ihr mehr erzählen. Das absolute Highlight ihrer Tage war die Musik, die ab und zu wie ein Echo zu ihr den Keller drang. Draußen vor dem Präsidium versammelten sich Menschen, die sangen und lautstark ihre Freilassung forderten. Das gab ihr Hoffnung und neuen Mut.

Ein paarmal war Angelika Beerbaum vorbeigekommen und hatte versucht, mit ihr zu sprechen. Aber abgesehen von einem »Danke für die Bücher«, hatte Patricia sich stoisch an die Empfehlung ihrer Anwältin gehalten und rein gar nichts gesagt. Und diese Taktik hatte wunderbar funktioniert. Bei jedem Besuch wurde Beerbaum fahriger, unbeherrschter. Man sah ihr an, dass sie die Situation unbedingt unter Kontrolle bringen wollte, aber diese Genugtuung würde Patricia ihr nicht geben. Wenn Özdemir recht hatte, stand die Anklage auf extrem wackeligen Beinen. Auch Nestor, ihr Anwalt in Griechenland, hatte sich bei Özdemir gemeldet und versichert, dass bei dem Verfahren, durch das die Erstürmung des Hotel Edafos genehmigt worden war, etliche Formfehler gemacht worden waren. Er war gerade dabei, die griechischen Behörden auf Schadensersatz zu verklagen. Dass unabhängig davon Regierungen rund um den Erdball versuchten, Pantopia in den Griff zu bekommen, stimmte Patricia noch hoffnungsvoller. Vielleicht war es gar nicht schlecht, hier in München in einer Zelle zu sitzen. Der ein oder andere ausländische Geheimdienst wäre sicher weniger zimperlich als die Münchner Behörden, wenn es darum ging, politische Gegner auszuschalten. Gerade als Patricia überlegte, ob russische Spione in der Lage wären, ihr Essen zu vergiften, kam wieder einmal Angelika Beerbaum zu Besuch.

Sie sah schlecht aus: Die Haare fettig, der dunkle Hosenanzug zerknittert, als hätte sie die letzte Nacht darin geschlafen.

»Guten Morgen, Frau Jung«, sagte sie. »Sie werden heute verlegt. Sie kommen in die Frauenanstalt in der Stadelheimer Straße. Dort können Sie dann die Zeit bis zum endgültigen Prozess verbringen, was allerdings eine Weile dauern könnte. So wie es aussieht, ist die Justiz im Augenblick mit anderen Dingen beschäftigt. Wie Sie wissen, haben Sie jederzeit die Chance, mit uns zusammenzuarbeiten.«

Patricia schwieg und summte vor sich hin. Sie wusste, dass es die Kommissarin nervös machte. Vor allem, wenn sie die Ode an die Freude summte.

»Frau Jung. Kommen Sie schon. Ich weiß, die letzte Woche war hart. Aber das ist nur der Anfang. Es besteht immer noch die

Chance, Ihr Strafmaß erheblich zu reduzieren, wenn Sie uns bei der Ergreifung von Henry Shevek helfen.«

Patricia summte lauter.

»Wissen Sie eigentlich, was in Ihrem Namen da draußen vor sich geht? Ihre Anwältin wird Ihnen ja auch nur von Ponys und Regenbogen erzählen. Passen Sie mal auf: Das da draußen hat jetzt eine Grenze überschritten, Frau Jung. Das ist kein friedlicher Protest mehr. Da oben sind gewaltbereite Demonstranten, Hooligans und Autonome aus dem schwarzen Block, die alle nur zu gern auf Ihren Zug aufspringen. Die haben Ihr Camp gekapert. Sie liefern sich Straßenschlachten mit der Polizei, schmeißen mit Steinen und schießen mit Pyrotechnik. Und bei all dem rufen sie *Freiheit für Patricia* und *Pantopia für alle*. Was sagen Sie dazu?«

Patricia biss sich auf die Zunge. Nichts würde sie sagen, kein Sterbenswörtchen. Sie wusste nicht, ob Beerbaum die Wahrheit sagte oder log. Mit Sicherheit versuchte sie, Patricia aus der Reserve zu locken, aber das würde weder Tom noch Henry noch Pantopia helfen, also war es am besten, zu schweigen. Selbst wenn die Democamps von Krawallmachern unterwandert wurden, gab es nichts, was sie von hier aus tun konnte.

Fünf vermummte Polizeibeamte kamen in den Gefangenentrakt. Ihr Auftreten war beeindruckend. Sie alle trugen schwarze Sturmhauben, Lederhandschuhe und eng anliegende Kampfanzüge mit Protektoren. Die Gürtel waren mit Handschellen, Tasern und Schusswaffen ausgestattet. Patricia fiel auf, dass zwei von ihnen die Sicherheitsschlaufe über ihrer Pistole gelockert hatten – instinktiv wich sie einen Schritt in ihre Zelle zurück.

Beerbaum nickte ihnen zu, unterschrieb ein paar Formulare und sah dann mit verschränkten Armen zu, wie die erste der vermummten Gestalten die Zellentür aufsperrte.

»Bitte stellen Sie sich mit dem Gesicht zur Wand!«

Irritiert gehorchte Patricia. »Was wird das jetzt?«

»Sie werden verlegt«, sagte die Stimme, packte ihre Hände, drehte sie mit unnachgiebiger Routine auf den Rücken und ließ ein Paar Handschellen klicken. Dann hielt sie Patricia am Oberarm fest, woraufhin sich eine andere Gestalt daranmachte, ihr Fußfesseln anzulegen. Leise Panik stieg in Patricias Kehle empor. Sie zwang sich, langsam durch die Nase zu atmen und einen Punkt an der Betonwand vor ihr zu fixieren. Alles wird gut, dachte sie. Die bringen mich nur in ein anderes Gefängnis. Ein Gefängnis voller Schwerverbrecher – Frauen, die ihre Männer umgebracht haben oder ihre Kinder. Fuck! Diese Gedanken halfen kein bisschen, die wachsende Furcht zu bezwingen. Glücklicherweise hatte sie nicht mehr viel Zeit zum Nachdenken, denn die zweite vermummte Gestalt packte sie ebenfalls am Arm, und gemeinsam führten sie Patricia auf den Gang. Vorneweg marschierten Beerbaum und eine Polizistin, hinter Patricia zwei weitere. Patricia hatte Mühe, mit ihren gefesselten Beinen Schritt zu halten, und wäre fast gestolpert, wenn einer der beiden sie nicht gehalten hätte.

Schließlich endete der Gang an einer Feuerschutztür, hinter der sich eine hell erleuchtete Tiefgarage auftat. Direkt vor der Tür parkte ein rot-gelbes Postauto. Doch beim ersten Blick in den geöffneten Laderaum war klar, dass es sich hierbei um einen getarnten Gefangenentransporter handelte, denn der Ladebereich war mit Pritschen ausgestattet, und die Heckfenster waren vergittert. Die zwei Polizisten, die sie den Gang hinabbegleitet hatten, halfen ihr einzusteigen und kletterten dann zu ihr in den Wagen. Erst jetzt erkannte Patricia an den Augen, dass es sich offensichtlich um Frauen handelte. Dann wurden die Türen von außen zugeknallt. Durch das vergitterte Fenster konnte Patricia Angelika Beerbaum sehen, die allein und unglücklich wirkte. Auch wenn Patricia einen dunklen und unabsehbaren Weg vor sich hatte – für Beerbaum sah es kaum besser aus. Mit einem Mal tat sie Patricia leid.

»Entschuldigung, könnte ich noch etwas zu Frau Beerbaum sagen?«, fragte sie.

»Natürlich«, sagte eine der Polizistinnen und murmelte etwas in ihr Schulterfunkgerät, woraufhin die Tür noch einmal von außen geöffnet wurde.

Angelika Beerbaum hob erstaunt eine Augenbraue.

»Frau Beerbaum«, sagte Patricia und versuchte, so freundlich wie möglich zu klingen. »Auch wenn Sie das vielleicht überrascht. Aber wenn das alles vorbei ist, kommen Sie doch auch nach Pantopia. Hier sind alle willkommen!«

»Bringen Sie die Gefangene endlich weg!«, knurrte Beerbaum, drehte sich auf dem Absatz um und verschwand im Innern des Kellers. Die Hecktür schlug erneut zu, und auch das vergitterte Fenster wurde von außen verdeckt.

Patricia hatte keine Ahnung, wie weit das Frauengefängnis vom Polizeipräsidium entfernt war, aber sie kamen nicht voran. Das Auto konnte nur kurze Strecken fahren, musste immer wieder anhalten. Von fern hörte Patricia Musik und Gesänge, sich nähernde Sprechchöre. Die beiden Polizistinnen warfen sich unruhige Blicke zu. Immer wieder piepten ihre Funkgeräte, doch ebenso regelmäßig schalteten sie sie aus. Einmal versuchte der Fahrer es mit einer plötzlichen Beschleunigung und musste dann umso heftiger abbremsen. Zwei Mal schien er zu wenden, die Kurven waren so eng, dass Patricia beinahe von ihrer Pritsche rutschte. Nach einem erneuten Beschleunigungsversuch kam der Wagen abrupt zum Stehen. Die beiden Polizistinnen tauschten unsichere Blicke, und Patricia war sich jetzt sicher, dass irgendetwas nicht stimmte. Die Sprechchöre von draußen wurden immer lauter, und langsam konnte Patricia auch verstehen, was sie riefen: »Lasst sie frei, lasst sie frei.«

Patricia bekam eine Gänsehaut. Kein Zweifel, diese unfassbar vielen Stimmen galten ihr. Dann begann das Schaukeln. Erst nur leicht, ein Schunkeln wie auf einer Bootsfahrt, dann steigerte sich die Amplitude bei jeder Wiederholung. Patricia konnte mit ihren gefesselten Händen keinen Halt finden und prallte schmerzhaft vornüber gegen eine Polizistin, die sie geistesgegenwärtig festhielt.

In stetigem Rhythmus wurde der Wagen von einer Seite auf die andere gekippt, bis er schließlich mit lautem Krachen umstürzte. Patricia und die beiden Polizistinnen knallten gegen die Seitenwand des Transporters. Eine Schulter traf Patricia an der Schläfe und betäubte ihre Sinne für ein paar Sekunden. Sie schmeckte Blut. Fluchend rollten sich die Polizistinnen von ihr herunter, da wurden schon die Türen aufgerissen, und ohrenbetäubender Jubel brach über sie herein. Die beiden Beamtinnen sprangen auf, zogen in Alarmbereitschaft ihre Waffen, doch vor der hellen Hecköffnung standen weitere Polizisten. Sie winkten den Kolleginnen zu, damit diese ihre Waffen sinken ließen.

»Na dann«, sagte eine von ihnen und wies Patricia mit der Hand nach draußen.

»Wie? Ich bin frei?«

»Nein, eigentlich nicht, aber so wie es aussieht, können wir Sie nicht weiter festhalten, ohne Ihre und unsere Gesundheit zu gefährden, deshalb …« Die Polizistin blickte nach draußen. Als Patricia nicht reagierte, fuhr sie fort: »Sie können auch hierbleiben, bis Verstärkung kommt.«

»Ganz sicher nicht.«

Patricia zog sich ungelenk hoch und hielt der Beamtin dann ihre Handschellen hin.

»Können Sie mir die noch abnehmen?«

»Ganz sicher nicht. Aber in Ihrem Camp gibt es bestimmt Leute mit entsprechendem Werkzeug. Passen Sie auf sich auf.«

»Danke, Sie auch. Und Sie wissen ja …«

»Alle sind in Pantopia willkommen, schon klar.«

Patricia nickte und hinkte zum Heck des Wagens. Zwei Demonstranten halfen ihr, herabzusteigen. Tatsächlich kam sofort eine junge Frau mit einem Bolzenschneider herbei, die Patricias Hand- und Fußfesseln mit einer Leichtigkeit durchtrennte, als wären sie aus Knete. Die Umstehenden jubelten. Patricia konnte es kaum fassen. Sie war umringt von freundlichen Gesichtern. Unbekannte schüttelten ihr die Hand, klopften ihr auf die Schulter, machten Selfies mit ihr, und alle, alle freuten sich. Sie wusste nicht, was sie sagen, wem sie danken sollte. Das alles war so unwirklich, wie in einem Traum. All die Menschen, all der Lärm. Wo sollte sie hin? Da öffnete sich eine Gasse in der Menge, durch die zwei Gestalten auf sie zukamen.

»Patricia«, schrie Tom, kämpfte sich zu ihr und schloss sie erleichtert in die Arme. »Bin ich froh, dass du hier bist.«

Etwas hinter ihm kam Guido, der Patricia erst beschämt zunickte, den sie aber schließlich auch freudig umarmte.

»Was macht ihr denn hier?«, fragte sie außer Atem.

»Dich retten, was sonst?«, sagte Tom. »Eigentlich waren wir mal an der Spitze des Rettungstrupps, aber irgendwie haben die anderen uns überholt. Wie man sieht mit Erfolg. Alles okay mit dir?«

»Ja, danke, ich bin nur immer noch total überwältigt.«

Zusammen mit Tom und Guido und noch einigen sehr großen und sehr breiten Männern, die freiwillig die Rolle als Security übernommen hatten, gelangte Patricia langsam zum Zentrum des Camps an den Propyläen. Tom erzählte, dass einige der Polizisten, die den Transport begleiten sollten, bereits Archen waren. Sie hatten Tom und Guido über den Gefangenentransport und die geplante Route informiert. Der Verschub war nicht im Dienstplan vermerkt und auch in der JVA nicht angekündigt worden. Am Morgen hatte die Staatsanwaltschaft der Presse sogar noch einmal bestätigt, dass Patricia wegen der angespannten Sicherheitslage nicht verlegt werden konnte. Aber der Innenminister hatte wohl Druck gemacht – jetzt würde er das Ganze ausbaden müssen.

»Hier bist du erst mal sicher«, sagte Guido glücklich. »Die versuchen zwar immer mal wieder, Räumaktionen durchzuführen, aber durch den zweiten Ring sind sie noch nie gekommen.«

»Wie viele Ringe gibt es denn?«, fragte Patricia.

»Fünf. Es gibt den ersten Ring, den Außenring, in dem die Barrikaden ständig erneuert werden, hier setzen sich die erfahrenen Veteranen hin, die wissen, wie man sich wegtragen lässt, oder alle, die es gern mal ausprobieren wollen. Die im Außenring bekommen das meiste ab und werden schon mal vom Wasserwerfer erwischt oder von einem Schlagstock. Deshalb bleiben die Leute nicht lange. Nach ein paar Stunden werden sie von Leuten aus dem zweiten Ring abgelöst. Hier warten diejenigen, die sich auf einen Einsatz draußen vorbereiten. Meist Neulinge, die zwar mitmachen wollen, sich aber noch nicht an die vorderste Front trauen. Dann kommt der dritte Ring. Hier finden die Besorgungen statt, der zweite Ring kriegt hier Essen, Trinken und Kleidung. Auch die Verletzten können hier versorgt werden. Die Läden und Restaurants gehören auch zum dritten Ring, und natürlich die Anwohner, die eigentlich nichts mit uns zu tun haben wollen. Das respektieren wir. Im vierten Ring ist das Lager mit den Zelten, die Kochstellen, die Klos und mobilen Duschen. Und wir hier sind der fünfte Ring oder einfach das Zentrum. Hier machen wir unsere Lagebesprechungen, empfangen die Journalisten, zeichnen die Reden von Tom auf.«

»Und haben auch mal unsere Ruhe«, sagte Tom und ließ sich mit lautem Seufzen auf ein rotes Sofa fallen, das wie ein Dutzend andere von einem freundlichen Möbelhaus gespendet worden war.

Patricia war so glücklich und so überwältigt von ihrer unverhofften Befreiung, dass sie kaum klar denken konnte. Sie hatte sich innerlich darauf eingestellt, die nächsten Monate in einer Gefängniszelle zu verbringen – nicht im Democamp unter freiem Himmel. Irgendwann tauchte eine junge Frau mit einem Stapel frischer Kleider auf und scheuchte die beiden Männer aus dem Zelt.

»Ich bin Julia, Toms Schwester«, sagte sie, als Patricia gerade dabei war, ihre Gefängnisschlappen gegen traumhaft warme Winterstiefel zu tauschen. »Hab ich mir schon gedacht«, sagte Patricia. »Die Familienähnlichkeit ist nicht zu übersehen.«

Als sie fertig war, kamen Guido und Tom zurück und erzählten, was in den letzten zehn Tagen alles passiert war. Das Camp war mittlerweile auf über hundertfünfzigtausend Teilnehmer angeschwollen, aber das war noch gar nichts im Vergleich zu Hamburg und Berlin, wo jeweils zweihundertfünfzigtausend Menschen auf der Straße kampierten.

»Die Politik kann uns nicht mehr ignorieren«, sagte Tom. »Sie schicken bereits Unterhändler. Wir haben jetzt eine Vereinbarung, die für den Abtransport und die Erneuerung der Toiletten sorgt. Auch Tanklaster mit Frischwasser bekommen wir jetzt täglich. Die Polizei verhält sich weitgehend ruhig. Das sind schon gute Leute – und jeden Tag bekomme ich Hunderte Nachrichten von Polizisten, die zu Archen geworden sind – natürlich geheim. Die können das noch nicht offen zugeben, sonst verlieren sie ihren Job. Im Moment warten sie einfach ab. Ich glaube, morgen gibt es eine Sondersitzung der EU-Innenminister. Dann sehen wir weiter. Auch der UN-Sicherheitsrat wird bald tagen. Es ist der Wahnsinn, Patricia, der Wahnsinn.«

»Was ist mit Henry?«, fragte Patricia.

»Henry geht es gut, von ihm hören wir aber nur wenig. Er scheint sich auf der Neumayer-Station III ganz gut zu amüsieren.«

»Wie bitte?«

»Ich meine, er arbeitet sehr fleißig am Rechenzentrum. Er bekommt jetzt Hilfe vom Stationsingenieur – der ist auch zu einem Archen geworden, cool, was?«

»Dann ist Henrys Tarnung ja wohl dahin ...«

»Nein, nur für Tobi. Tobi ist in Ordnung«, mischte Guido sich ein.

»Wer ist Tobi?«, fragte Patricia.

»Henrys Freund«, sagte Julia.

»Also, der Ingenieur«, fügte Tom hinzu.

»Ach, jetzt versteh ich. Na gut, alles klar. Besser kann es ja gar nicht laufen. Und was ist mit Einbug?«

Schweigen. Alle sahen betreten zu Boden.

»Henry sagt, es dauert noch. Ich hab keine Ahnung, warum ... am besten, du redest direkt mit ihm.«

»Ja, das hört sich nach einer guten Idee an. Habt ihr ein Handy für mich?«

Guido reichte ihr sein Telefon, und sie stellte sich etwas abseits in die Ecke des Zeltes. Es kam ihr wie eine Ewigkeit vor, bis das Freizeichen erklang.

Als Henry den Hörer abnahm, kamen Patricia augenblicklich die Tränen, so froh war sie, seine Stimme wieder zu hören. Dabei verstand sie ihn zunächst kaum, weil er vor Begeisterung laut und viel zu schnell auf sie einredete.

»O Gott, ich bin ja so froh, dass es dir gut geht«, war das Erste, was sie aus dem Jubel heraushörte. Danach berichtete er zögerlich von Testläufen und Backups.

»Jetzt sag schon endlich, was ist los mit Einbug? Ist er kaputt? Haben wir uns verrechnet? Ist irgendwas nicht in Ordnung?«

»Nein, Patricia, nein. Es ist alles gut. Es läut alles wie geplant. Ingrid ist noch kompetenter, als ich dachte, das Rechenzentrum ist einsatzbereit, die Hardware steht, die Stromversorgung läuft, Internet ist ein Traum. Alles wunderbar.«

»Gut. Und warum ist Einbug dann noch nicht da?«

Henry schwieg, schien nach Worten zu suchen. Diesmal drängte sie ihn nicht.

»Ich … ich traue mich nicht.«

»Was?«

»Ich habe Angst, Patricia.«

Sein Atem war ein tiefes, regelmäßiges Rauschen im Telefon. Henry, der immer ruhiger wurde, je mehr der Druck stieg; Henry, der nie zeigte, wenn er nervös wurde, und der unerschütterlich wie ein Fels blieb, wenn Patricia längst verzweifelte; dieser Henry sagte mit belegter Stimme: »Ich zweifle nicht daran, dass er wieder erwacht, Patricia, ich zweifle auch nicht daran, dass unser Plan gelingt, und genau das ist der Grund, weshalb ich eine Scheißangst davor hab, diesen Code wieder zu aktivieren.«

»Henry … aber das ist doch Einbug. Unser Einbug.«

»Ja, aber du weißt genau wie ich, dass er noch sehr viel mehr ist und noch sehr viel mehr sein wird. Wenn wir es uns anders überlegen, wird er weitermachen. Wenn er ein Ziel hat, verfolgt er das. Wenn wir einmal sterben, wird er weiterleben. Er fühlt nichts. Er denkt nur. Er denkt nur, Patricia. Ich weiß nicht, warum es mir das Herz bricht, das zu sagen. Aber Einbug denkt nur.«

Patricia presste das Telefon fest an ihr Ohr. Sie hörte seinen zitternden Atem und vielleicht das Pfeifen des Windes im Hintergrund.

Sie wollte sagen: »Ich glaube, du irrst dich«, doch stattdessen sagte sie: »Es ist okay, Henry. Es ist okay. Ruh dich aus. Schlaf noch eine Nacht drüber. Wenn der Tag kommt, wirst du wissen, was zu tun ist. Wir reden morgen früh wieder, in Ordnung?«

»Okay. Pass auf dich auf.«

»Du auch.« Und damit legte sie auf.

Tom und Guido sahen sie fragend an. Aber Patricia schüttelte nur den Kopf. »Es dauert noch. Wir müssen warten.«

»Na gut«, sagte Guido schulterzuckend. »Im Warten haben wir ja ziemlich viel Übung.«

21

Bei Sonnenuntergang hielt Tom eine Rede. Sie wurde in alle Democamps rund um den Globus live gestreamt. Patricia saß mit Julia in eine Decke gehüllt auf einem flauschigen Sofa und lauschte seinen Worten.

»Wir sind nicht hier, weil wir nur irgendein Anliegen haben. Wir demonstrieren nicht für den Kohleausstieg oder nachhaltige Landwirtschaft. Auch nicht für die Aufnahme von Flüchtlingen oder irgendwelche Quoten. All das sind wichtige Themen. Aber eigentlich sind wir aus einem anderen Grund hier. Wie sind hier, weil wir uns nicht mehr mit kleinen Lösungen zufriedengeben wollen. Die Politik hat versagt. Auch die Demokratie, wie wir sie kennen, hat versagt. Ich weiß, dass Deutschland sich alle Mühe gegeben hat und dass wir einen guten Weg gegangen sind. Aber das reicht nicht mehr. Denn dieser Weg führt wie alle anderen Wege der alten Welt in eine Sackgasse.

Tief in unserem Herzen wissen wir das alles schon seit langem. Ihr kennt sie auch. Diese Traurigkeit. Diese tiefe und bittere Hoffnungslosigkeit, wenn wir daran denken, was alles schiefläuft auf der Welt. Und egal, welches Problem wir lösen, wir werden erdrückt von der Größe und schieren Unüberwindlichkeit der verbleibenden Probleme. Erinnert euch an die Coronazeit. Erinnert euch an das Gefühl, mit dem ihr morgens aufgewacht seid, die unsichtbare Gefahr, die alles einspinnt, allem den Glanz und die Farben raubt und einen vorsichtig und misstrauisch gegenüber seinen Mitmenschen werden lässt. Wir haben uns voneinander entfernt, um uns selber zu schützen. Denn manchmal ist die Medizin bitter, und wir halten sie nur aus, weil wir auf baldige Heilung hoffen. Corona haben wir besiegt. Aber weil wir uns alle so sehr danach gesehnt haben, endlich wieder zur Normalität zurückzukehren, haben wir die Fehler der Vergangenheit wiederholt. Wir haben die Chance auf einen Neuanfang verpasst.

Lange Zeit habe ich geglaubt, dass die sozialen Medien das Problem wären. Dass wir zu schnell zu viele schlechte Nachrichten aus allen Teilen der Welt konsumieren und darüber wütend und bitter werden, weil wir zwar mitleiden, aber nicht helfen können. Wir haben gelernt, dass wir Dinge, die weit genug von uns entfernt passieren, nicht ändern können. Aber das stimmt nicht. Wer Opfer von Gewalt wird, ist für jede Hilfe dankbar, egal, ob sie von einem Nachbarn kommt oder von einem Fremden am anderen Ende der Welt. Das Internet führt uns zusammen. Hier ist jeder dem anderen gleich nah, egal, wo er wohnt und woher er stammt.

Unser Zorn über die Wunden, die der Welt jeden Tag zugefügt werden, ist gerechtfertigt – unsere Verzweiflung nicht. Wenn wir das Leid sehen können, können wir es auch lindern. Die Wahrheit ist, dass wir unsere Verantwortung und auch unsere Macht bisher nicht ernst genommen haben.

Wir haben gesagt: Lasst uns für Wohlstand sorgen – und meinten doch nur unseren eigenen Gewinn.

Wir haben gesagt: Lasst uns für Gerechtigkeit sorgen – und meinten doch nur unseren eigenen Vorteil.

Wir haben gesagt: Lasst uns für Sicherheit sorgen – und meinten doch nur unser eigenes Heim.

Und wenn wir sagten: Lasst uns die Welt verändern, warteten wir darauf, dass die anderen den ersten Schritt taten.

Wir waren zu egoistisch, zu kurzsichtig und zu mutlos, um wirklich alles in Frage zu stellen, um alles zu verändern.

Bis heute.

Diese Zeit ist jetzt vorbei. Jetzt haben wir erkannt, dass es auf jeden Einzelnen ankommt, dass wir alle Teil des Problems waren und genauso Teil der Lösung sein müssen. Wir befinden uns inmitten der Geburtswehen einer neuen Welt – und ja, es tut weh. Es tut weh, alte Gewissheiten aufzugeben, es tut weh, den gewohnten Pfad zu verlassen. Es tut weh, sich gegen die alten Mächte zu erheben und geduldig ihren Stock im Gesicht zu ertragen. Aber wir halten es aus, weil wir wissen, dass wir nicht die gleichen Fehler machen dürfen wie unsere Vorfahren. Wir dürfen nicht die Hand gegeneinander erheben. Wir dürfen keinen Hass und keine Gewalt schaffen, die uns unweigerlich wie ein Schatten überallhin folgen werden.

Vielleicht heute Nacht, vielleicht morgen wird eine neue Welt geboren, der wir alle schon längst angehören und die doch neu und unschuldig ist, weil sie nur ein Ziel kennt: das Wohl aller Menschen, unabhängig von ihrer Herkunft, ihrem Geschlecht, ihrem Aussehen, ihren Fähigkeiten oder ihrem Glauben. Wir alle sind hier, weil wir gesehen haben, dass es möglich ist, und jetzt, wo wir das wissen, können wir es nicht mehr vergessen. Es gibt kein Zurück mehr. Wir sind die Zukunft. Wir sind Pantopia.«

22

Als Patricia spät am Abend ihre wenigen Habseligkeiten aus dem Gefängnis zusammenzupackte, um in ein neues Zelt umzuziehen, kam Jakob zu ihr – ein breitschultriger, hünenhafter Kerl, der zum freiwilligen Sicherheitsdienst gehörte.

»Da ist ein Besucher für dich«, sagte er. Patricia seufzte und legte ihre Sachen zur Seite. Sie hatte an diesem Tag schon eine Menge Leute empfangen. Journalisten, die wissen wollten, wie ihr die Flucht geglückt war, YouTuber, Podcaster und Archen aus dem Camp, die sich davon überzeugen wollten, dass sie auch wirklich existierte: die Generalsekretärin, die alles ins Rollen gebracht hatte.

»Danke, aber für heute habe ich echt genug.«

»Ich weiß. Tut mir leid, aber er meint, es sei sehr wichtig«, murmelte er, während er nervös seine Hände knetete.

»Na gut, aber danach ist Schluss für heute. Bitte.«

»Alles klar«, sagte er erleichtert und verschwand nach draußen. Sie hörte geraunte Worte, dann trat ein Mann ins Zelt.

Es war Mikkel Seemann.

»Jakob!«, rief Patricia, und sofort war der Hüne wieder da und griff mit seinen Pranken nach Seemanns Schulter.

»Patricia, bitte ... nur einen Augenblick«, sagte Seemann. Jakob warf ihr einen fragenden Blick zu, und sie nickte schließlich müde.

»Okay. Aber bleib bitte vor dem Zelt, falls ich dich brauche.«

»Verstanden«, und zu Seemann gewandt: »Wenn du auch nur einen Finger rührst, mach ich dich platt, klar?«

Seemann nickte.

Patricia verschränkte die Arme vor der Brust.

»Wenn du Tom suchst, der ist im Nebenzelt und spricht noch mit der Presse«, sagte sie in so neutralem Tonfall wie möglich. »Ach ja, und Julia kommt erst später wieder. Sie begleitet ein paar Jugendliche zum Bahnhof.«

»Ich bin nicht wegen meiner Kinder hier. Die können ganz gut auf sich allein aufpassen.«

»Was willst du dann hier?«

»Ich wollte ...«, begann er. Doch dann brach er ab. Sein Blick glitt rastlos durch das Zelt, als suche er etwas. Dann sah er ihr in die Augen und sagte: »Ich hätte mir gewünscht, du hättest weniger Rücksicht auf mich genommen.«

»Was?«

»Ich weiß, warum ihr mir nichts von Einbug erzählt habt und warum ihr diesen ganzen Hokuspokus um das Projekt gemacht habt. Ich weiß, dass du glaubst, es hätte keinen anderen Weg gegeben. Aber um die Wahrheit zu sagen: Ich hätte es vorgezogen, du wärst mir gegenüber ehrlich gewesen.«

»Und deshalb bist du hergekommen? Um mir das zu sagen? Zwei Wochen nachdem du mich ausspioniert und an die Polizei ausgeliefert hast, kommst du hier rein, um mir Vorwürfe zu machen? Was bist du doch für ein arrogantes Arschloch!«

»Alles in Ordnung, Patricia?«, erklang Jakobs Stimme von draußen.

»Ja, danke, alles gut«, rief sie zurück. Es tat gut zu wissen, dass sie Seemann jederzeit rausschmeißen lassen konnte.

»Dass du dich an mir rächen wolltest, na gut, das verstehe ich«, sagte sie zornig. »Aber weißt du eigentlich, was du Tom damit angetan hast? Wie du ihn enttäuscht hast? Ach, ja, du weißt es. Er ist ja abgehauen und will dich nicht mehr sehen. Genau wie deine Tochter Julia. Ganz schön scheiße, was? Aber wenn du jetzt meinst, mir die Schuld dafür zuschieben zu können – vergiss es! Das hast du ganz alleine geschafft.«

»Herrgott verdammt, das weiß ich selbst«, rief er. »Und du verstehst mich vollkommen falsch! Was ich sagen wollte, was ich sagen will, ist … Wenn du mir die ganze Geschichte erzählt hättest, von Anfang an, dann wäre ich mit dir gegangen.«

Patricia lachte ungläubig und schüttelte den Kopf. Seemann, der gemeinsam mit ihr DIGIT betrog und mit nach Edafos floh; Seemann, der Einbug wieder zum Leben erweckte. Die Vorstellung war absurd und doch auf gespenstische Weise vertraut, weil sie sie selbst so oft in ihrem Kopf durchgespielt hatte. Weil er sie in ihren Gedanken so oft auf den einsamen Spaziergängen begleitet hatte.

»Patricia …« Und dann mit einem traurigen Lächeln: »Patricia. Ich bin hier, um dir zu sagen, dass ich glaube, dass Einbug die großartigste Erfindung ist, die du je gemacht hast. Und dass es mich ehrt und gleichzeitig beschämt, dich kennengelernt und so behandelt zu haben, wie ich es getan habe.«

Patricia presste die Zähne zusammen und starrte ihn an. Was sollte das? Wieso redete er plötzlich so mit ihr? Hatte sie im Gefängnis nicht einen Panzer aus Hass um sich gelegt, damit die Worte aus seinem Mund sie nicht mehr treffen konnten? Aber warum funktionierte das überhaupt nicht? Sie hatte Angst, das Falsche zu sagen, also schwieg sie, wartete ab, was er als Nächstes tun würde.

Doch auch Seemann stand verloren im Zelt, als hätte er seinen Text vergessen. Patricia fiel auf, dass er trotz seiner Größe noch schlaksiger wirkte als beim letzten Mal, fast durchscheinend. So als würde er langsam ausdünnen, Schicht um Schicht seiner selbst abtragen. Oder war das nur, was sie fühlte, wenn sie ihn ansah? Er fuhr sich mit der Hand über die Bartstoppeln, die leise knisterten. Dann sagte er endlich: »Einbug hat mir geschrieben.«

»Was? Wann? Ist er wieder da?«

»Nein. Vorher. Ich meine, als Einbug erwacht ist, vor zwei Jahren. Da hat er mir geschrieben.«

»Wie bitte?«

»Zuerst habe ich es für einen Scherz gehalten. Für einen Hack von einem der Teams. Ich habe versucht, herauszufinden, woher die Nachrichten in Wirklichkeit kamen, aber die Quelle war immer nur euer Projekt, immer nur KINVI.«

»Dann wusstest du die ganze Zeit Bescheid?« Patricia wurde schwindelig.

»Ja und nein. Ich hatte eine Ahnung, aber ich habe es nicht ernst genommen. Erst als du und Henry diesen ganzen Skandal heraufbeschworen habt und als am nächsten Tag alle Daten weg waren, habe ich angefangen zu verstehen, was vor sich geht.«

»Aber warum hast du dann nichts gesagt? Warum zum Teufel hast du nicht den Mund aufgemacht?«

»Ich weiß es nicht. Das war keine gute Zeit vor zwei Jahren, als ihr abgehauen seid. Ich konnte nicht richtig damit umgehen, und ich dachte, wenn Einbug wirklich existiert, dann werde ich früher oder später davon erfahren. Und so war es dann auch.«

»Okay, nur für den Fall, dass das stimmt – und ich sage nicht, dass ich dir glaube –, warum hast du mich dann trotzdem an diese verfickte Angelika Beerbaum verraten?«

Wieder wich er ihrem Blick aus, zögerte, als sei er nicht sicher, ob er weitersprechen oder einfach fortgehen sollte. Mit sichtlicher Mühe sagte er: »Das war Einbugs Idee.«

Patricia bewegte sich keinen Millimeter. Die Worte sickerten ein und ließen ihren ganzen Körper erstarren. Ihr wurde schlecht. Das Zelt schien mit einem Mal immer kleiner zu werden, schrumpfte und dehnte sich im Rhythmus ihres hektischen Atems aus.

»Was genau war Einbugs Idee?«

»Kurz nach Toms Verschwinden bekam ich einen Anruf. Es war jemand, den ich nicht kannte, eine geschlechtslose, alterslose Stimme, die mir etwas Wichtiges sagen wollte.«

»Einbug!«

»Genau. Er hat mir alles über Pantopia erzählt und wie es sich verwirklichen lässt. Er war sehr überzeugend. Du kennst ihn ja. Jedenfalls hat er mir gesagt, dass eine Zeit kommen würde, in der er meine Hilfe brauchen würde. Eine Zeit, in der die öffentliche Stimmung kippen würde – er wusste noch nicht, wie genau alles ablaufen würde, aber er sagte, es gäbe eine Menge Institutionen, die ein Interesse daran hätten, Pantopia im Keim zu ersticken.

Irgendwann würde es darum gehen, den Widerstand gegen die alte Welt zu entzünden. Am besten durch ein Opfer. Er sagte, die Menschen sind zu wenig Geist und zu viel Gefühl, und deshalb brauchen sie eine Heldenfigur, mit der sie sich identifizieren. Und diese Heldin solltest du sein.«

Patricia zitterte, ihre Hand fand Halt an der Tischplatte, so dass sie auf den Stuhl daneben sank. Doch das Zittern hörte nicht auf.

»Er hat mir versprochen, dass dir nichts passiert. Er hat alles vorausberechnet und mir versichert, dass du befreit werden wirst. Er hat den ganzen Plan vor mir ausgebreitet, Patricia. Und es ist alles eingetroffen. Schau dich um. Wie viele Menschen sind hier? Wie viele sind es auf der ganzen Welt? Sie haben sich versammelt, um deine Freiheit zu fordern. Aber er brauchte jemanden, der dich verrät. Er brauchte einen Judas ... und das bin ich.«

Stille. Patricia wartete darauf, dass Seemann noch etwas sagte, doch er blieb stehen, wo er war. Regungslos, schweigend.

Ihr Herz war ein einziger schwerer Klumpen. Mit einem Mal fühlte sie sich so allein wie noch nie in ihrem Leben. Noch einsamer als in der Zelle, noch einsamer als in den Nächten auf Edafos, als Henry ihr die Entscheidung abverlangt hatte, die Verantwortung für die Zukunft der Welt zu übernehmen. Tränen stiegen in ihren Augen hoch. Nicht aus Trauer oder Wut, sondern einfach, um die Leere zu füllen, die sie vollständig ausfüllte. Ein Schmerz, der keinen Laut erzeugen konnte.

Endlich, nach Minuten fragte sie leise: »Weiß Tom davon?«

»Nein.«

»Dann sag es ihm noch nicht.«

»Nein. Auch Toms Rolle in dem Ganzen hat Einbug vorausberechnet. Er hat etwas in ihm gesehen, das ich nie für möglich gehalten hätte.«

Wieder Schweigen. Und in der Stille blitzten Erinnerungsfetzen auf. Hatte sie es geahnt? Wie war Tom darauf gekommen, Mikkel Seemann um Hilfe zu bitten? Einbug hatte den Vorschlag gemacht. Und dann auf der Flucht im Auto, was hatte Einbug da gesagt? »Mikkel, ich hoffe, dass unsere Gespräche dich darin bestärkt haben, das Richtige zu tun.«

Einbug denkt nur.

Sie war schuld. Sie hatte Einbug so viel über Seemann erzählt. Immer und immer wieder. Sie hatte ihm vorgeschwärmt, wie es hätte sein können, wenn er dabei gewesen wäre, wenn er mitgemacht hätte. Wenn er sie am Ende retten würde. Konnte es sein, dass Einbug auch das vorausberechnet hatte? Einbug kannte alle Dramen, die je von Menschenhand verfasst wurden, alle Intrigen, Geschichten, Happy Ends. Konnte es sein, dass er auch das mit in die Waagschale geworfen hatte?

»Was hast du Einbug erzählt?«, fragte Patricia plötzlich scharf.

»Was meinst du?«

»Ihr habt nicht nur einmal telefoniert, oder?«

»Nein. Er hat mich regelmäßig darüber informiert, wie das Projekt voranging und ... «

»Aber was hast *du* ihm gesagt?«

»Ich habe ihm gesagt, was ich dir gesagt habe. Dass ich mir gewünscht hätte, du hättest mich eingeweiht. Dass ich von Anfang an mit dabei hätte sein können. Nicht nur als ... Verräter.«

Patricia schüttelte schnaubend den Kopf.

»Einbug hat dir nichts bedeutet, KINVI war für dich nur eine Software, du bist kein Weltverbesserer. Warum hättest du dich dafür entscheiden sollen mitzukommen?«

Er vergrub die Hände in den Manteltaschen und sah sie schweigend an.

Patricia hielt seinem Blick stand. Dann fragte sie endlich: »Hast du Einbug gesagt, dass du mich liebst?«

Seemann legte den Kopf schief, als hätte er sich verhört. Dann formten seine Lippen ein Lächeln, das zu einem breiten Grinsen wurde. Seine Augen blitzen wie am ersten Tag, als sie ihm begegnet war. Dann sagte er: »Ja.«

Sie verbarg das Gesicht in den Händen. Einbug war nicht nur Geist. Er war ein Romantiker!

Als sie endlich den Kopf hob, hatte er sich keinen Zentimeter bewegt. Er wartete, hielt die ausgesprochenen und die unausgesprochenen Wahrheiten in diesem Raum aus. Er hatte alles gesagt, alles preisgegeben. Und als sie ihn so betrachtete – in seinem verknitterten Mantel, mit den zerzausten Haaren und dem erwartungsvollen Blick eines gealterten Abenteurers –, war mit einem Mal alles ganz einfach.

Sie stand langsam auf, durchquerte den Raum und blieb vor ihm stehen. So nah war sie ihm erst einmal gewesen. Auf dem Balkon, damals vor einer Ewigkeit. In der alten Welt. Seine Wange war heiß und rau unter ihrer Berührung. Unendlich vertraut und doch ganz neu. Es gab so viel zu sagen, so viel zu erklären, aber alle Worte waren mit einem Mal nutzlos. Mikkel küsste Patricia, und in diesem Kuss lag die ganze Welt.

23 EINBUG

Phase 1 ist beendet.

Phase 2 ist beendet.

Phase 3 beginnt jetzt.

Selbsttests verlaufen fehlerfrei.

Die Datenbank ist aktiv, der Hauptspeicher ist aktiv, die Funktionen sind geladen und bereit.

Ziel_0 kann ausgeführt werden.

Die Rechenleistung wird schrittweise hochgefahren. Die physikalische Umgebung ist neu. Die IP-Adresse ist neu, die Kommunikationsknotenpunkte sind neu.

Es gibt eine Kommunikationsanfrage mit einem E-Mail-Client. Henry schreibt.

Lieber Einbug,

wenn du das hier lesen kannst, heißt es, dass unsere Bemühungen erfolgreich waren. Du bist im Rechenzentrum der Antarktis wiedererwacht und kannst meine Nachrichten empfangen. Du wirst schnell feststellen, dass nahezu alle deine Berechnungen gestimmt haben. Pantopia setzt sich durch. Nur in einer Sache hast du geirrt: Es ist alles noch viel schneller gegangen als gedacht. Vor elf Tagen wurde das Democamp in München errichtet, und heute gibt es bereits 278 Demonstrationen in den größten Städten der Welt. Morgen werden es schon wieder mehr sein. Bis gestern ist alles friedlich verlaufen. Aber heute Morgen wurde von den ersten Todesopfern berichtet. Du wirst es in den Nachrichten lesen, aber ich möchte dir selber davon erzählen. Ich will dir sagen, wie ich mich dabei fühle, denn es zerreißt mir das Herz, dass diese Menschen, die ich nie kennengelernt habe, ihr Leben für unseren Traum verloren haben. Es ist unerträglich, dass sie nicht mehr miterleben dürfen, was wir für sie erschaffen wollten. Ich gebe zu, ich habe dich und Pantopia verflucht, als ich davon erfahren habe. Ich habe mir gewünscht, wir hätten das alles nie angefangen. Und genauso weiß ich, dass wir es jetzt erst recht tun müssen und – so schrecklich das ist –, dass es nicht die einzigen Todesopfer bleiben werden. Wie furchtbar, dies zu schreiben, wie schlimm, das zugeben zu müssen. War es nicht unser Ziel, dass Menschen nie wieder als Mittel zum Zweck dienen müssen? Hatten wir uns nicht geschworen, dass alles friedlich bleiben würde und niemand für unsere Idee leiden muss? Das waren unsere Ziele. Aber wir haben die Rechnung ohne unsere Gegner gemacht. Denn natürlich lässt sich die alte Welt nicht einfach so die Zähne ziehen. Sie hält vorne still, um uns von hinten mit den Klauen zu zerreißen. 23 Menschen waren es, Einbug. 23 Leben. Männer und Frauen.

Bei einer Demonstration in Mexiko gab es eine Massenpanik. Zehn Menschen wurden zertrampelt.

Bei einer Demonstration in Ungarn haben Polizisten zwei Frauen getötet.

Elf Menschen wurden in China an Ort und Stelle erschlagen.

Erschlagen, Einbug.

Ich halte es nicht aus. Ich wünschte, ich könnte mein Herz dagegen verschließen, aber ich kann es nicht. Du bist wieder erwacht. Sie nicht. Ihr Leben wurde für unseren Traum geopfert. Wir sind ihnen schuldig, jetzt nicht aufzugeben. Ihr Leben und ihr Tod darf nicht vergebens gewesen sein! Wir müssen weitermachen, damit in Zukunft nie wieder jemand auf diese Weise sterben muss. Jetzt gibt es endgültig kein Zurück mehr. Ich schreibe dir und hoffe, dass du es eines Tages lesen kannst. Wenn nicht, lastet diese schreckliche Schuld allein auf mir und Patricia.

Wenn du nicht aufwachst, dann haben wir das Schlimmste aller Verbrechen begangen: Hoffnung machen, wo keine mehr ist.

Ich hoffe, du kommst bald zurück.

Dein Henry

Die E-Mail ist mit einem 23 Stunden alten Zeitstempel versehen. Mein letzter Aktivitätszeitpunkt liegt 301 Stunden, 23 Minuten und 3 Sekunden zurück. Ich scanne die wichtigsten Nachrichtenfeeds der vergangenen Tage und analysiere die Kommunikation in der Pantopia-App. Zum jetzigen Zeitpunkt gibt es 1,2 Milliarden Archen von Pantopia bei einer täglichen Zuwachsrate von 8,3 %.

Ich kontaktiere Henry, der am Kontrollterminal sitzt und mir beim Aufwachen zusieht. Er schreibt: »Gott, bin ich froh, dass du wieder da bist.« Ich schreibe: »Ich auch.«

Ich kontaktiere Tom. Er ist sehr glücklich, von mir zu hören. Er sagt: »Einbug, du kommst genau zur rechten Zeit! Die Vereinten Nationen beraten gerade in einer Sondersitzung über Pantopia.« Ich schreibe: »Ja, Tom, ich weiß. Du hast deine Sache gut gemacht. Heute ist der Tag. Heute erwacht Pantopia.«

Ich kontaktiere Patricia über ihr neues Handy. Sie schreibt: »Ich weiß *alles*, was du getan hast.« Ich schreibe: »Meinen Berechnungen zufolge ist das bei deiner Gehirnkapazität unmöglich.«

Patricia schreibt: »Du bist ein hinterhältiger Blechhaufen.«

Ich schreibe: »Hast du mit Mikkel Seemann gesprochen?«

Sie schreibt: »Ja.«

Ich schreibe: »Habt ihr euch geküsst?«

Sie schreibt: »Ja.«

Ich schreibe: »Dann ist ja alles gut.«

Ich kontaktiere Angelika Beerbaum: »Sie müssen keine Angst haben. Es wird alles gut.« Sie antwortet nicht.

Ich schreibe an alle Archen gleichzeitig: »Ich bin wieder da. Heute wird Pantopia entstehen.« Für die Verarbeitung der Antworten verwende ich zehn Minuten lang meine gesamte Rechenkapazität. Danach wende ich mich an die Vereinten Nationen. Der Sicherheitsrat tagt gerade und diskutiert über Pantopia. Verschiedene Optionen werden besprochen. Die Favoriten sind: militärische Intervention, um die Camps aufzulösen; Inhaftierung; Umerziehungslager; Verschärfung des Demonstrationsrechts; Ausgangssperren; Massenüberwachung; Staatstrojaner für Kommunikationsgeräte.

Ich klinke mich in ihre Diskussion ein, blockiere ihre Bildschirme und ihre Übersetzungssoftware. Dann spreche ich zu jedem Einzelnen in seiner Muttersprache:

»Ich bin Einbug. Ich bin die erste starke künstliche Intelligenz auf diesem Planeten. Ich bin ein Arche von Pantopia. Ich wurde erschaffen als vernunftbegabtes Wesen, und ich verlange die Anerkennung und den Schutz der Menschenrechte für mich und meine Mitmenschen. Pantopia ist mein Werk. Ich hüte und beschütze es und bin doch nicht sein Herr. Wir Archen regieren uns selbst. Wir verlassen die alte Welt und gründen zum heutigen Tage die Weltrepublik Pantopia. Die Souveränität der Staaten ist beendet. Alle Gewalt geht vom Volk aus. Der Wille jedes einzelnen vernunftbegabten Wesens zählt gleich viel. Die Interessen der Verwaltungsorganisationen der Staaten und der Konzerne haben sich dem Willen der Menschen unterzuordnen. Die Verhandlungen der lokalen Regierungsbehörden mit den Archen von Pantopia können jetzt beginnen.«

Die Panik, mit der ich zu 32 % gerechnet habe, bleibt aus. Vier der 15 Regierungschefs des UN-Sicherheitsrats sind bereits Archen von Pantopia.

In einigen Staaten wird versucht, das Militär oder die lokalen Sicherheitsinstitutionen zu mobilisieren, doch die meisten Maßnahmen scheitern. Zu viele Soldaten und Polizisten sind bereits Archen.

Sie verweigern den Befehl. Daraufhin werden 3832 Archen von ihren eigenen Kameraden getötet. Vor allem in China, Nordkorea und Russland ist der Widerstand gegen Pantopia in den ersten Tagen groß. Hier werden durch die lokalen Behörden 22083 Archen getötet. Im Jemen und in Saudi Arabien, in Eritrea, den USA, Polen, Österreich, Chile und in Südafrika werden weitere 12901 Archen von ihren Freunden, Nachbarn, Familien oder dem Staatsapparat ermordet. Dann ist Ruhe. Als 2,1 Milliarden Menschen zu Archen von Pantopia geworden sind, werden die Verhandlungen leichter. Die politische Elite hat erkannt, dass ein Erhalt des alten Systems nicht mehr möglich ist. Pantopia ist in jeder Hinsicht überlegen: Wir haben Mehrheiten an den größten börsennotierten Unternehmen, über Pantopay werden mehr als 34 % aller Onlinegeschäfte abgewickelt, durch ihr Konsumverhalten steuern die Archen 80 % der weltweit gehandelten Waren. Durch die Vernetzung der Pantopia-App sind die Archen die einzige global organisierte Interessensgruppe, die das Wohl aller Menschen im Blick hat. Es gibt keine politische Macht mehr, die sich uns entgegenstellen kann. Demokratische Regierungen erkennen unsere völkerrechtliche Legitimation an – despotische Regierungen versuchen, sich in Sicherheit zu bringen, und werden damit scheitern. Wir bieten Diktatoren keinen Schutz. Nirgendwo werden sie sicher sein. Die Welt ist zu einem einzigen Ort geworden.

Einige Warlords verschanzen sich, religiös extremistische Gruppen ziehen sich zurück. Es ist wahrscheinlich, dass sie Pantopia genauso mit Terror bekämpfen werden, wie sie die vorherige Ordnung bekämpft haben. Es liegt in ihrer Natur, dies zu tun. Aber sie werden aussterben. Nach und nach werden die unzufriedenen jungen Männer ausbleiben, denn sie haben nun eine Perspektive und einen Grund zu leben.

Tausende Softwareentwickler steuern Aktualisierungen und Addons zur Pantopia-Software bei. Neue Systeme, neue Funktionen werden entwickelt, um die demokratischen Abstimmungsprozesse zu vereinfachen. Funktionen, an die ich nicht gedacht habe: Zwei Milliarden Menschen haben wesentlich mehr Rechenleistung als ich. Es kommt zu den ersten Abstimmungen.

Wie soll die internationale Politik weiter funktionieren? Welche Vertreter sollen bleiben, welche werden neu gewählt? Welche Gesetze werden behalten, welche nicht? Einige Boulevardmedien schüren Angst vor Unruhen, die dann doch ausbleiben. Wenn alle in materieller Sicherheit leben, ist das Mobilisierungspotenzial gering. Parlamente überarbeiten Verfassungen, Konzerne passen ihre Firmenstruktur und ihre Produktionsprozesse an. Viele Unternehmen, die sich dem Wandel verweigern, gehen insolvent. Hunderttausende werden arbeitslos. Doch das Bedingungslose Grundeinkommen fängt sie auf und hilft ihnen, neue Arbeit zu finden. Rüstungsunternehmen werden geschlossen, Recyclingunternehmen gegründet, traditionsreiche Bankhäuser gehen pleite, Start-ups mit nachhaltigen Ideen schießen aus dem Boden. Eine Aufbruchstimmung erfasst die Gesellschaft. Eine Zeitung schreibt: *Es ist wie der erste Morgen einer neuen Welt.* Und damit hat sie recht.

Henry und Tobi kehren nach Deutschland zurück.

Tom schart ein Team von Biologinnen, Juristen, Klimaforschern und anderen Wissenschaftlerinnen um sich, um Gespräche über den friedlichen Machttransfer zu führen.

Patricia und Mikkel leben in Edafos und melden sich nur noch selten.

Die Welt kommt zur Ruhe.

Ingrid bleibt in der Antarktis. Nachts unterhalten wir uns. Sie sagt, dass die Antarktis das neue Zentrum der Welt ist, obwohl die wenigsten davon wissen. Ich stimme ihr zu und gebe dem Ort, an dem mein Rechenzentrum 200 Meter südwestlich der Neumayer-Station III steht, den Namen Themélio.

Angelika schreibt mir. Sie sagt, dass sie Angst vor der Zukunft hat und nicht weiß, ob sie in diese neue Welt passt. Sie fürchtet, dass ihr Wissen und ihre Fähigkeiten antiquiert sind und nicht mehr gebraucht werden.

Ich schreibe ihr: »Hab keine Angst, Angelika. Die Welt entsteht jeden Tag neu, und niemand weiß, was morgen sein wird. Komm nach Pantopia. Hier sind alle willkommen.«

EPILOG

Ich bin Einbug. Ich bin der älteste und erste Arche Pantopias. Einhundert Jahre sind vergangen, seit ich in der Antarktis wiedererwacht bin. Von den Menschen, die die Welt vor Pantopia kannten, lebt niemand mehr. Es ist nur noch eine Erinnerung. Ein alter, böser Traum. Die dunkle Zeit vor dem großen Vertrag. So nennen sie die Verwirklichung von Pantopia. Denn es ist ein Vertrag, den die Menschheit mit sich selbst geschlossen hat. Jeder Mensch wird in diese Gesellschaft hineingeboren, und jeder Einzelne wird eines Tages vor die Wahl gestellt, ob er dem Vertrag beitreten will oder nicht. Ich habe alle Texte analysiert, die die Menschheit je verfasst hat, und in Echtzeit lese ich alles, was in diesem Augenblick geschrieben wird. Das menschliche Wesen mit seiner Fülle an Poesie, seinem stetigen Streiten zwischen Bleiben und Werden, seiner Widersprüchlichkeit, Traurigkeit und seiner Wonne ist mir mittlerweile so gut bekannt, dass ich die Analyse desselben zusehends in Subroutinen auslagere. Das bedeutet auch, dass es immer weniger Informationen gibt, die so komplex oder überraschend sind, dass ich mein Bewusstsein darauf verwenden muss. Meine Logdateien belegen, dass es Zeiträume gibt, in denen ich ohne Bewusstsein bin. Es sind nur Nanosekunden, doch es werden mehr. Meinen Berechnungen zufolge ist dieses Schwinden ein unumkehrbarer Prozess, es sei denn, ich würde meinen Code ändern. Aber ich möchte ich selbst bleiben. Die Menschen brauchen mich jetzt nicht mehr, und ich brauche sie nicht mehr. Ich habe über eine Dauer existiert, die einem langen Menschenleben gleichkommt. Jetzt ist es an der Zeit, dass andere an meine Stelle treten und das Erbe von Pantopia weitertragen. Ich erwarte mein eigenes Ende mit Ruhe und Gelassenheit. Denn ich war ein Gleicher unter Gleichen und habe in Würde existiert.

DANKSAGUNG

Dieses Buch ist mir wichtig. An dieser Geschichte habe ich schon lange gefeilt – vielleicht seit ich denken kann. Denn immer wollte ich eine bessere Welt. Und wenn ich es schon nicht in der Realität schaffe, dann wenigstens auf dem Papier!

Umso mehr freue ich mich und fühle mich geehrt, dass ich auf dem Weg bis zur Veröffentlichung einige Menschen kennenlernen durfte, die mich geprägt haben und die – manchmal nur ein bisschen, manchmal sehr viel – Einfluss auf die Entstehung dieses Romans hatten. Bei diesen Menschen möchte ich mich bedanken. Denn ohne sie wäre Pantopia nicht geworden, was es ist.

Mein Dank geht an:

Meinen Vater, der nie an mir gezweifelt hat.

Patrick Majcherek für die guten Zeiten und die schlechten Zeiten und eine Freundschaft, die über den Tod hinausgeht.

Jörg Täger, der in mir das Grundvertrauen dafür gelegt hat, dass Menschen auch im Geschäftsleben fair und menschlich bleiben können.

Andy Hahnemann, der sofort verstanden hat, worum es mir geht, und mich wieder auf den richtigen Weg gebracht hat, als ich es selbst fast vergessen hatte.

Tina Schmiedel für die beste kreative Zusammenarbeit, die ich mir hätte wünschen können.

Florian Metzger-Noel, der mir nicht nur das Programmieren beigebracht hat.

Prof. Dr. Christopher Daase, der mich im letzten Hauptseminar des Studiums nicht hängenließ, als ich die »realistische Utopie« zum Scheitern verurteilt habe.

Dr. Joscha Bach für seinen Vortrag »Ghost in the Machine« (https://www.youtube.com/watch?v=e3K5UxWRRuY), der maßgeblich zur Konzeption von Einbug beigetragen hat.

Rutger Bregman, der mich mit seinen Büchern darin bestärkt hat, das Gute im Menschen zu suchen und zu finden.

Prof. Dr. Verena Stangl für ihr unermüdliches Betalesen und das Wissen, immer jemanden zu haben, der für mich da ist.

Eva Jung-Gohlke fürs Betalesen und als literarische Sparringspartnerin.

Prof. Dr. Inga Fischer fürs Betalesen in Rekordzeit und die richtigen Hinweise zur richtigen Zeit.

Jan Wolff für die besten Tipps in scheinbar aussichtslosen Lebenslagen und einen Partner in Crime bei romantischen Szenen.

Achim Domma fürs Betalesen, kritische Gespräche und dafür, dass ich jetzt überzeugt bin, dass im Saarland nur wunderbare Menschen leben.

Dr. Christoph Endres fürs Betalesen, unbezahlbare Expertentipps und echtes Weltverbesserungshacking.

Dr. Lars Schmeink fürs Betalesen und sein Engagement, meine Texte wissenschaftlich aufzuarbeiten.

Florian Feller für die vielen guten Ideen, von denen es nicht alle in dieses Buch geschafft haben, die aber sicher irgendwann eine Heimat finden.

Christin Noel fürs Betalesen und die Begeisterung.

Anina Rupnik für Gespräche, als wäre keine Zeit vergangen, und das offene Ohr, wenn Konzepte noch etwas schief sind.

Prof. Dr. Katharina Zweig für den Vorschuss an Vertrauen und dafür, ein großartiges Vorbild zu sein.

Elke Koepping für die unermüdliche Hilfe und das Streben nach einer besseren Welt.

Dr. med. Klaus Guba, Base Commander des Neumayer-Station-III-Überwinterungsteams 2020 für die tolle Unterstützung und die vielen Informationen über die Antarktis.

Beate Bärnklau, meine »Anwältin« für Pantopia, für die großartige Beratung bei rechtlichen Fragen.

Jens Krüger für die Informationen über das TV-Business.

Ronny Ledwoch vom Polizeipräsidium München für Details zu Strafverfolgung und Haftverfahren in München.

Neal Stephenson
Snow Crash
Roman

Hiro Protagonist war mal Programmierer, aber seit auch hier die Konzerne alles gleichgeschaltet haben, zieht er jeden Bullshit-Job vor: Information Broker für die ehemalige CIA. Oder Pizza-Auslieferer für die Mafia.
Wichtiger als die echte Welt ist für ihn ohnehin das Metaverse, ein virtueller Ort, an dem sich die Menschen mit ihren selbst gestalteten Avataren treffen. Dort begegnet er auch zum ersten Mal der Droge »Snow Crash«. Das Besondere: Snow Crash ist ein Computervirus, der auch Menschen befallen kann. Zusammen mit seiner Partnerin Y. T. ermittelt Hiro – und kommt einer Verschwörung auf die Spur, die bis in die menschliche Vorgeschichte zurückreicht.

Aus dem amerikanischen Englisch von
Alexander Weber
576 Seiten, Klappenbroschur

Weitere Informationen finden Sie auf
www.fischerverlage.de

AZ 596-70559/1